文艺美学探赜

意娜 著

中国社会科学出版社

图书在版编目（CIP）数据

文艺美学探赜 / 意娜著. —北京：中国社会科学出版社，2020.8
ISBN 978-7-5203-6511-6

Ⅰ.①文… Ⅱ.①意… Ⅲ.①藏族—少数民族文学—文艺美学—中国 Ⅳ.①I207.914

中国版本图书馆CIP数据核字（2020）第080702号

出版人	赵剑英
责任编辑	张　潜
责任校对	王丽媛
责任印制	王　超

出　　版	中国社会科学出版社
社　　址	北京鼓楼西大街甲158号
邮　　编	100720
网　　址	http://www.csspw.cn
发 行 部	010-84083685
门 市 部	010-84029450
经　　销	新华书店及其他书店
印　　刷	北京明恒达印务有限公司
装　　订	廊坊市广阳区广增装订厂
版　　次	2020年8月第1版
印　　次	2020年8月第1次印刷
开　　本	710×1000　1/16
印　　张	28.5
插　　页	2
字　　数	371千字
定　　价	158.00元

凡购买中国社会科学出版社图书，如有质量问题请与本社营销中心联系调换
电话：010-84083683
版权所有　侵权必究

序 一

意娜送来她的书稿《文艺美学探赜》让我作序。这使我想起了三件事：

一是由于爱好文学，20世纪70年代二舅（乔高才让）送我一本根据苏联著名学者伊·萨·毕达可夫在1954年春至1956年夏，给北京大学中国语言文学系文艺理论研究生授课时的讲稿整理，于1958年出版的《文艺学引论》。这本书一直伴随着我，至今仍以风尘苍老的身姿居于我的书架上，其"绪论"的第三行字就是"研究文学的科学，叫作文艺学"这句话。书中讲到了文学的美学意义，像"劳动创造了美"（马克思），"美就是生活"，是劳动群众所热爱、所追求的生活，马克思列宁主义美学是根据反映论来解决关于美的问题的；"用珍贵的真理花冠装饰起来的美，会有百倍以上的美"（莎士比亚）；"理想是艺术创作的目的"（普希金）——书中的一些概念、思想，给我留下了极其深刻的印象。

二是我对美学的热衷始于大学的美学课。记得那时写过一篇作业，写的是"从实用到装饰——奶钩与美"——自那时起，我涉猎了黑格尔等的西方美学著作，和朱光潜、王朝闻、蔡仪等中国学者的著作，以及后来的李泽厚、刘纲纪等主编的《中国美学史》等。美学涉及的是一个庞大的体系，许多问题的讨论、争论由来已久。

三是在20世纪80年代后期，受当时文化思潮的推动，我开始写关于藏族美学的一本小册子，可惜的是进入 90 代后，由于繁重的行政、教学工作和当时已有的《藏族文化发展史》写作任务，不得不和其他一些创作思路一并搁置。所以，读者看到的只有《藏族文化与审美》① 以及一些书评、序文中我对藏族美学问题的一些看法。光阴荏苒，这一晃三十来年过去了，但那些往昔的苦读、思考，仍然别梦依稀，甚至纷至沓来。

意娜涉及的是一个重要的题目，一个复杂的题目，一个需要有知识宽度、厚度和理论高度的题目，也是一个面向世界学术领域的题目。——由于经过，才有体会，这是我看到她的书名时最为突出的感受。尽管由于各式各样的原因，"美"已经成为一个被用滥了的词。但是从柏拉图、亚里士多德到鲍姆加通、黑格尔，美学研究走过了漫长的道路，它还要继续前行，它的作用与价值将会进一步凸显。意娜选这个富有挑战性的题目不简单。因为，数年前我在一高校讲座时，有人问我："藏族为什么没有美学作品？"我当时说，戴"美学"帽子的作品还是有的，但真正能胜任并能有所建树的藏族美学研究凤毛麟角。为什么？完成这一使命需要解决藏学（藏语文、藏传佛教）、美学理论和艺术实践三个基础，而这三个基础统一于一人之身确有难度。许多人不敢碰，也有许多人知道其价值，但碰不了。浮光掠影是解决不了问题的。

从新中国成立以来林林总总的研究成果看，对于藏族美学，有三句话要说：

一是藏族美学研究虽然有一些零零星星的成果，但就整体而言，这一领域的工作刚刚起步，蕴含丰富、前景广阔，大有可为。

---

① 这篇稿子，先收入刘一沾主编的《民族艺术与审美》（青海人民出版社 1994 年版），由于全书体例要求定名为《崇高博大，强韧神奇——藏族艺术与审美》，后收入《藏族文化散论》（中国友谊出版公司 1993 年版）、《丹珠文存》第二卷下（中央民族大学出版社 2013 年版）时仍用现名《藏族文化与审美》。

美学有多种分类形式，不论从工艺、建筑等实用艺术，音乐、舞蹈等表情艺术，雕塑、绘画等造型艺术，戏剧、电影等综合艺术，还是文学等语言艺术，其发展历史悠久，种类繁多。门类发展不平衡，专家少，力量弱，领域欠拓展，学科无进步是基本问题。民族的美学问题往往与民族的社会理想、哲学思想、宗教信仰、社会风俗和历史积淀有着直接关系，因此，它必然地有自己的内涵、特点，而这个内涵特点就是社会价值、世界价值。

二是整体性、系统性是关键。黑格尔说："每一门艺术都有它在艺术上达到了完满发展的繁荣期，前此有一个准备期，后此有一个衰落期。因为艺术作品全部都是精神产品，像自然界产品那样，不可能一步就达到完美，而是要经过开始、进展和终结，要经过抽芽、开花和枯谢。"[①] 看似简单的存在，都是整体的系统的存在，是这一独立文化系统中有机的存在。当初我用"美向"一词概括，即统领这一民族文化的哲学思想所引导的体现于人民群众生活、行为的基本方向。学科门类只是它手段上固有的区别，实际上不同的门类都实践并服从于这一文化体系的"美向"。

所以，我们必须深刻地认识以原始信仰和苯教文化为基础，以藏传佛教哲学为指导的藏族文化发展的历史轨迹，知其来由，晓其根本，知其生成规律，晓其演变过程，把握其特点，深知其价值，便可做到大局于心，不乱方寸。

三是藏谚曰："先要有，后要好。"每个学者若有一得之功，便是对学术的推进。每一个学者都带着既有的残缺进入研究领域或研究状态，继而在实践中学习、成长，积小流而成江河，最终走向成熟、成功。无论是政治的经济的宗教的，还是理论的实践的，或学术的专业的，一个思想的获得、一个体系的完善、一个领域的开拓

---

① ［德］黑格尔：《美学》第3卷上册，朱光潜译，商务印书馆2012年版，第5页。

推进多是一个孤寂、苦难甚至充满血泪的过程。除了态度和感悟、所得不同,这个过程是一样的。年轻一代藏学研究工作者要有这样的信心和决心,咬定青山,点滴为功,登堂入室,一展才华。美学与哲学、伦理学、心理学等有着紧密的关系,但有其区别,诸如音乐、舞蹈、美术的学科研究不是美学研究,但它自然地要涉及美学,甚至美学角度成为不可或缺。藏学是20世纪的显学,它也是21世纪的显学,藏族美学的研究,同样会随着藏学的发展而发展,甚至会成为这一显学皇冠上的明珠。

　　学术是个不断爬坡的事业,走实才能走稳,走稳才能走成。意娜有良好的学术素养,是有潜力的后起之秀,我相信,顺着自己迈开的脚步前进,就一定能够不断取得新成就。

丹珠昂奔

(第十三届全国人民代表大会民族委员会副主任委员,原国家民族事务委员会副主任,中央民族大学教授、博士生导师)

序　　二

　　《文艺美学探赜》是一部十分难得的藏族文论—文化的理论著作。看到这本新作，我十分欣慰。几年前意娜告诉我说，她正在努力去做有关"构建藏族文艺批评史"的研究，赴美哈佛大学一年，也专注于此一论题。作为一个藏族学者，我认为她有这个使命，有这个责任，也有扎实的文艺美学与文艺理论的基础和能力。她是我国学术体系培养的首批藏族文艺学博士之一。今天看到这部三十多万字的专著印行，可喜，可贺。可说是"天不负卿""佛缘广厚"。长期的努力终见成果。

　　在过去多年本硕博教学中，我曾向学生们提出一些撰写论文（论著）的建议，被他们称之为"论文戒律"。

　　第一，立意高远。从学术发展的前景选取论题，取法乎上，全力耕耘，哪怕最终仅得其"中"，即得不了"上"也要保证"中"。如果一开始便起于泥淖，则永无升高之可能。

　　第二，在资料搜集上，必须爬梳抉择，涸泽而渔。前人成果必当全力搜取，不可遗漏。同时，选取资料须分出等级，必以一手为尊，不可以二流、三流资料为据。

　　第三，当今学术进入万家喧嚷、各擅其长、跨界运思、理论融汇的新学术时代，因此必须广涉邻科，旁搜远绍，洞观学术发展大势，有融合意识，有跨界思维，由此及彼，生发延展，学术始可大成。

　　第四，学术进取的路径上，往往依赖于点上开掘，掘井汲泉。历数先贤，他们几乎都从某一专门路径进入，成为某一领域的翘楚。而我国学术，则最喜大处着眼，漫天纵论，捭阖天下，无所不知。满纸虚言，往往难经历史检验。我意学术若想有所建树，必以深度开掘为宗，为始，为标，为是。舍此，绝无它途。当然我不反对有人专心致力于宏大叙事，但那需要长久学术功力的积累和体验成果的支撑，方可眼界高远，一挥巨笔，便成就经国之大业，不朽之盛事。

　　第五，欲站在学术的高点，必须守正创新，这一方面需要有继万世之绝学的目标、勇毅和能力，另一方面，站在理论最前沿，必须将创新放在首位，开拓进取，言前人之未言，拓先贤之未济。以高远的学术理想激励自身，奋身前行。

　　意娜这本书大致遵循了这些学术规范，论述深入，是值得称道的。

　　本书立意向高。作者没有从时间线索上去总结和追溯某一阶段甚至全部的文学史、艺术史或者批评史。她也没有把藏族历史上形成的文献和作品放回到当时当地，用传统思维来评价和考察这些作品对藏族文学艺术发展史的作用。我认为她极为可贵地提出了一些与当下文学艺术发展密切相关的理论思考，采取了点上开掘，掘井汲泉的学术方略。她的观点是与我们今天的读者更加亲近的，她回答了今天藏族文化史上的众多作品如何面向当代的问题。

　　本书提出了一系列具有开创性的命题，并做了充分论述：

1. 理论构建的文化基因与复调阐释
2. 藏族文艺美学的跨文化整合与多文本融汇
3. 文化基因是中华文化多元一体的共同渊源
4. 少数民族文艺理论的民族/民间间性
5. "传述者"的作者身份与本土性

6. 跨界时代的口头史诗：阐释的多样性

7. 少数民族文艺美学发展的五重进路

8. 藏族文艺美学的视觉图像传统

9. 《诗镜》的阐释传统：翻译与经典化

10. 《格萨尔》的理解（接受）问题

11. 藏传佛教与藏族文学艺术的关系

12. 藏族视觉技艺形态与规则程式

13. 藏密曼荼罗（坛城）的现代哲学蕴涵

14. 藏族生命美学的深度阐释

在我看来，这本书能够引起大家兴趣，认为值得一读的原因大致如下。

第一，这本书谈论的对象是整个藏族文学与艺术，至少在上编的理论建构中可以看出作者着眼于此。由于藏族文学艺术涵盖面非常广泛，在一部著作中如果面面俱到反而会稀释作者的焦点，我们看到，作者在中编和下编分别选取了藏族文艺范畴内的其中两大体系，也就是藏族的语言艺术和视觉艺术，作为对上编中所述理论的补充和案例性展开。理论应用的聚焦实际上变成了四个案例：藏族书面文学的经典理论和创作著作《诗镜》，藏族口头文学的集大成者《格萨尔》，藏族视觉艺术最负盛名的唐卡艺术，以及横跨了多种表现形式，并且盘根于宗教神秘信仰深处的坛城。这四个构建藏族美学体系的基点都是藏族文学与艺术领域中最引人注目的主题，与作者的理论旨归相呼应，既宏大，又收拢得恰到好处。

第二，这本书研究的话题是中规中矩的藏族文艺美学，但是她运用的学科知识却非常多，让我感觉到，她自己在书中反复强调对藏族文艺理论的梳理要打破传统艺术学科分类，在行动上也在积极践行。但这并不是容易的工作。从作者的论述可以看出她相当深湛的学术积累，熟稔美学与中外文艺理论的各种论题，以及相关人类学、民族学、文化学、阐释学的跨界学养。从本书广泛涉及的多重领域和参考文献来看，她的知识面和阅读面很广，我很高兴看到藏族年轻一代学者能够带着新的视角继续投入这项事业。

第三，我们说研究一种文化传统，是为了研究文化在当下的发展。我很高兴作者能够着眼于藏族文化在新时代如何传承过去，更好地在未来得到发展这样承前启后的问题。她总结的是从藏族传承至今的各种文学艺术传统中所蕴含的藏族文艺美学的规律性的理论，而眼光是放在未来的。这些理论的总结和提出，是为了回答当代中国藏族文学艺术理论的问题，甚至关注着藏族文学艺术的丰厚传承，将以什么样的方式来面对新的技术时代，新的文化时代，新的一代创作者和接受者。

凡是理论批评兴旺的时代，如同我们现在所处的时代，文学艺术的研究方法总会对峙于广博和偏狭两端。批评的自省性促使艺术科学化的发生，生成若干范式对文学艺术生产进行分级、归类和优劣判断。在当代中国，关于藏族文学艺术的理论讨论虽然不多，也多依附于中国文论、西方文论的框架，尤其是文学史、艺术史史论之中。跳出已有范式，甚至倡导新的范式，在历史潮流中是必然，对于每一位置身其中的学者来说，是胆量，是责任，也是能力的体现。

回到作者曾说起的"构建藏族文艺批评史"的课题，是一项勇敢的挑战，我也认为这本书是这个重要选题很好的开端。古希腊希罗多德对于"历史"的描述与此倒颇为相似。希罗多德说历史是对真相的探究，所以与其说作者试图构建一个传统意义上的藏族文艺批评史，不如说她正在尝试为藏族文艺批评从历史的角度建构一种新的理论系统。这个角度，使得一项复杂的研究课题变得容易亲近，并且是开放、面向未来的。

从 2000 年意娜上中国人民大学，我给她上课开始，已经过去很多年了。我看着她从懵懂青年成长为一个出色的学者。这些年她在国内外发表了几十篇论文，出版了不少著作。影响日渐扩大，声誉不断提高。

她先后赴美国哈佛大学、德国波恩大学各访问一年，去加拿大 UBC 和西蒙菲莎大学访学半年。她访学期间专注于学术，阅读了很多著作和论文。国际化视野与学术水平有了很大提高。

成就一位专门家不是一件容易的事。学术理想，人生目标，天赋才能，后天教育，个人素质，发展潜力，奋斗精神，自我调控……众多因素，不一而足。还须机缘巧合，时空对位。我国目前的高等教育，尚需在深化改革的背景下，创立新的理念，新的模态，新的范式，新的生态。我们期待着。

祝贺意娜专著出版，今后的路更长更艰巨，那就祝愿她不忘初心，戮力前行吧。

雪净菩提。藏艺光大。

金元浦

（中国人民大学文学院教授、博士生导师）

前　言

　　西藏，在人们心中似乎总是一种似真似幻的存在。

　　十几年前的一本西方画册曾给我留下了很深的印象。这本画册基于一个同题展览的内容①，可以视为欧美世界关于西藏主要的传说和误解的索引，在解构西方视野中的西藏形象的同时，又进行了重构，描绘了西方世界对藏族丰富而古老文化的误解、脸谱化，以及他们来自政治和商业的角度的探索；展示了一个对我们而言反而有些陌生的欧美文化镜像中的西藏形象。

　　从那时起，作为一个藏族的女儿，我成为一名西藏（藏族文化）的朝圣者、捍卫者、探索者、研究者，当然也是批判者、创新者。这是我无法逃脱的宿命？我的与生俱来的灵之所钟？

　　西方世界从 17 世纪开始对西藏持续进行着神话化与刻板化的重构。在 17 世纪之前，西方人都以为藏族人信仰基督教，这种如今看来错得离谱的印象大概是基于在中世纪的欧洲流传了好几百年的祭司王约翰的传说。传说祭司王约翰是东方三博士的后裔，一名宽厚正直的君主，他既是基督教祭司，又兼任着皇帝的职责，统领

---

　　① 2000 年 5 月至 2001 年 6 月，在瑞士苏黎世大学的民族志博物馆（Völkerkunde museum）举办了"梦幻西藏——中西视角"（Traumwelt Tibet-westliche und chinesische Trugbilder）的展览。画册英文版为 Martin Brauen：*Dreamworld Tibet-Western Illusions*，Bangkok：Orchid Press，2004。德文版为 Martin Brauen：*Traumwelt Tibet-Westliche Trugbilder*，Bern：Verlag Paul Haupt，2000。

一片充满财宝和珍禽异兽的神秘土地。祭司王约翰长生不老，因为他有一口"不老泉"。他的王国富庶得令人难以想象，尤其是他还有一面魔镜，能够看见他的每一寸国土。当时狂热的西方人根据这些描述推断出祭司王约翰的王国位置就在今天的西藏地区！虽然在事实上，这个祭司王约翰大概是在十字军屡次东征的艰难进程中塑造出来的一个理想化的文学形象。

从13世纪到17世纪，西方人就一直努力在寻找这个喜马拉雅乌托邦，但却徒劳无功。藏区极其险恶的自然地理环境使得那里从一开始就成为西方人极难到达的地方，也使得祭司王约翰故事变得更加神秘，令人神往。直到17世纪的传教士真的踏上藏区的土地，才知道那里没有耶稣，反而充满了"魔鬼的形象"。他们直到20世纪初都还坚持这片土地原本就信仰的是基督教，但是"被魔鬼恶意地把基督教信仰里所有其他的神秘都转变并篡夺到他自己的信仰中了"。那些他们无法理解的藏传佛教护法神像和其他古老文明的艺术品一样，被猎奇，被了解，被任意阐释。然后，被拼命地抢夺，带回西方世界——请去看看西方大多数著名的博物馆吧，我曾多少次伫立于那一幅幅巨型唐卡前，默然神伤。

进入工业化急速发展的20世纪初，西方人开始依据神智学背景赋予西藏新的神话形象套路——香巴拉：一个"伟大的白人兄弟会"的总部，西藏境内一个神秘的王国，只有有抱负的人才能亲眼看到这个地方。在这个神话中，香巴拉被塑造成为佛教的极圣地，印度和西藏的"圣人"都是来自"香巴拉"的超自然的人类，那里的居民是柏拉图提到的沉入海底的"亚特兰蒂斯"国的后裔，保存着这个王国的秘密教义。布拉瓦斯基创编的香巴拉神话影响了整个西方世界，也创造出了荧幕上著名的金发碧眼、穿着很像修道士衣服僧袍的白人"雅利安喇嘛"的人物形象。这成为那个时候西方人眼中的西藏形象，不仅进入到新纳粹文学中，也大量出现在大众文化的领域：在好莱坞电影里，在漫画里，在通俗小说里。直到现在，很多西方人和被西方化的中国文化反哺的国人也都还把藏族文化中的很多元素看作与我们的日常世界截然区分的超自然神秘境界。

到20世纪的中后叶，藏传佛教甚至成为商品世界里一个好用的符号。进入商品化的阶段，从汽车到化妆品、T恤、烟灰缸，甚至包括软色情的各种商品的设计和广告中，都找得到藏族的意象符号。从符号到信仰活动本身，在一定程度上都变成了被过度开发的一种商品。

就这样，西藏的形象，数百年来总是带着描述者的心意和想象，变成了一个个满足各种标榜所需要的表征符号。当人们呼吸不到透明的空气，喝不到清冽的水，他们就会臆造雪山源头的纯净圣洁；当人们被机械的轰鸣和猝不及防的现代化进程追赶得筋疲力尽，他们就会羡慕草原无穷无尽的缓慢和静谧；当人们伤心失望绝望惊恐，他们就会跪伏在西藏的神明脚下，乞求内心的平静。从亚特兰蒂斯到桃花源，再到香巴拉，来自各种文化背景的人们从来没有停止过对理想王国的想象，它是人们疲惫身心暂时逃离的秘密花园。不过，当这些想象被依附在一片现实存在的土地上，人们的认识便有了多种变化。但不管这片土地被赋予了多少想象，被寄托了多少情感与迷思，作为幻象的西藏一直都存在于人们的想象中，而真正的西藏从来就在那里，是你我的家园，是你我的原土，那里孕育着你我的身体和灵魂。

许多年来，西方一直要为西藏代言。且罢！当今的时代，中国形象、西藏形象正从西方世界固有的阐述"经典"中解放出来。我们正在重塑文化西藏的今日辉煌。在全球范围内，中国学人特别是藏族文化群体已然发出了自己日益强大的声音。藏文化在全球网络传输、广播电视、媒体报道、图书出版、电影产品、文化旅游和宗教仪式、学术研究、文献整理等诸多方面获得极大进展；而藏族美学与文艺理论的总结和阐释，也在这一过程中从西方回到中国。

今日我来，是命之所定，是学之所承，是责之所肩，是灵之所钟。

在拉萨繁华的街头，远道而来的朝圣者在城市的车流中磕着长头，完成漫漫旅程最后的一部分。一对失去了大儿子的夫妇，在处理完儿子的后事之后，变卖了家里的所有财产，带着全家老小从家乡磕长头前往拉萨朝圣。家里五六岁的小儿子也跟着大人，穿着皮裙，戴着木板的"手套"磕上千公里的长头。问他们为什么要朝圣，他们说，一家人在路上能够得到安宁与幸福，我们朝圣，是为还活着的众生祈祷平安。说完男主人憨厚地笑了，女主人却背过身去悄悄抹了抹眼泪。这些茫茫草原深处居住的人，用自己的身体丈量着大地，这是一种多么安静的壮举！我想说，请你们放下如此艰辛的执念吧！但他们却说，舍弃自己是"为活着的众生祈祷平安"。渺小的个体却有如此博大的胸怀，令我如此感动，又心往神驰。

或许我将重塑"西藏的幻想"——

我在本书中尝试在如下 12 个论题上予以突破与创新：

1. 文化基因是中华文明多元一体的共同渊源；
2. 藏族文艺美学的跨文化整合和多文本融汇；
3. 我国少数民族文艺美学的问题域与民族/民间间性的特征；
4. 我国少数民族文艺美学发展的五重进路；
5. 藏族生命哲学中的五大文化基因束；
6. 藏族双向"传述"传统的当代口头诗学建构与阐释的多样性；
7. 藏族十明文化与传统藏族艺术的分类；
8. 《诗镜》传统：翻译、经典化、在阐释中延异、创发；
9. 当代《格萨尔》史诗研究的框架与传播、接受、功能的重

点数据分析;

10. 藏族文艺美学的视觉图像传统：视觉政体、间性场域中的纯粹凝视;

11. 藏族视觉文化的技艺形态与规则程式：质料性、叙事性、量度规则;

12. 藏密曼荼罗（坛城）宇宙观念、文化内涵与现代哲学蕴涵。

当然，贯穿全书的理论核心是：发现、阐释与勾勒具有深厚传统的藏族文艺美学在新时代面临的新问题、新机遇与新发展。

目　录

上编　藏族文艺美学的研究语境与理论建构

导　言 ………………………………………………………（3）

第一章　理论构建的文化基因与复调阐释……………………（4）
　　第一节　文化基因是中华文化多元一体的共同渊源 …………（5）
　　第二节　藏族文艺美学的跨文化整合与多文本融汇 ………（24）
　　第三节　藏族文艺美学的形态与未来 ………………………（40）

第二章　藏族文艺美学的民族/民间特征……………………（49）
　　第一节　民族/民间间性对文艺理论的塑造 …………………（49）
　　第二节　少数民族文艺理论的鲜明特征 ……………………（56）
　　第三节　少数民族文艺理论的问题域 ………………………（62）

第三章　"传统"的建构与阐释的多样 …………………………（72）
　　第一节　时间与双向传述 ……………………………………（73）
　　第二节　"传述者"的作者身份与本土性 ……………………（84）
　　第三节　打破主流范式,打破边界维度 ………………………（90）
　　第四节　跨界时代的口头史诗:阐释的多样性 ………………（98）

第四章　新时代的新问题、新机遇与新发展 （102）
第一节　少数民族文艺美学发展的主要问题 （103）
第二节　少数民族文艺美学发展的五重进路 （107）
第三节　新时代的新问题、新机遇与新发展 （113）

第五章　学科比较与分类界定 （121）
第一节　十明文化与传统藏族艺术的分类 （121）
第二节　藏传佛教与藏族文学艺术的关系 （135）
第三节　藏族文艺美学与汉地文论的联系与差异 （145）

中编　藏族文艺美学的语言艺术传统

导　言 （157）

第六章　藏族诗学源流：论著《诗镜》 （158）
第一节　《诗镜》及其研究 （159）
第二节　《诗镜》的主要理论内涵 （167）

第七章　《诗镜》的阐释传统：翻译与经典化 （178）
第一节　《诗镜》文本的经典化 （178）
第二节　穿越语言之河：文本的翻译问题 （188）

第八章　《诗镜》的经典注释传统 （203）
第一节　《诗镜》的不同注释文本 （204）
第二节　关于"注释传统"的比较检视 （209）
第三节　《诗镜》中的注释传统分析 （215）

第九章 《格萨尔》与口头诗学 ………………………… (225)
第一节 《格萨尔》的创作和文本问题 ……………… (227)
第二节 《格萨尔》的传播问题 ……………………… (235)
第三节 《格萨尔》的理解(接受)问题 ……………… (241)
第四节 《格萨尔》的功能问题 ……………………… (246)

第十章 当代《格萨尔》研究格局及重点数据分析 ………… (251)
第一节 当下《格萨尔》史诗研究的问题域及其形成 …… (252)
第二节 《格萨尔》研究的创新意识与发展趋向 ……… (265)

下编 藏族文艺美学的视觉图像传统

导 言 ………………………………………………… (275)

第十一章 唐卡与藏族文艺美学中的视觉传统 …………… (276)
第一节 神的凝视:被看的救赎 ……………………… (277)
第二节 观与品:间性场域中的纯粹凝视 ……………… (287)
第三节 藏族艺术的视觉文化研究理论导论 …………… (295)

第十二章 视觉技艺形态与规则程式 ……………………… (310)
第一节 藏族视觉文化的技艺形态:质料性与叙事性 …… (311)
第二节 藏族视觉形象创作中的量度规则 ……………… (318)
第三节 量度规则下传统的藏族文艺美学程式 ………… (322)

第十三章 藏密曼荼罗(坛城)之形 ……………………… (331)
第一节 自然曼荼罗与平面曼荼罗 …………………… (333)
第二节 立体建造曼荼罗 ……………………………… (340)

第三节 "圆"的文化符号意义 …………………………… (351)
第四节 十字的文化符号意义…………………………… (354)

第十四章 藏密曼荼罗(坛城)之神 ……………………………… (362)
第一节 藏密曼荼罗(坛城)的宇宙观念 ………………… (362)
第二节 藏密曼荼罗(坛城)的文化内涵 ………………… (367)
第三节 藏密曼荼罗(坛城)的现代哲学蕴涵 …………… (373)

结　语……………………………………………………………… (377)

参考文献………………………………………………………… (383)

索　引…………………………………………………………… (425)

后　记…………………………………………………………… (431)

上　编

藏族文艺美学的研究
语境与理论建构

导　　言

　　按照当代美学与文艺理论的学术规范来研究具有历史纵深的藏族文艺，寻找浑然而厚朴的雪域美学，首先需要的就是理论构架。按照阐释学的原理，就是要"把XX当作XX"来确定。历史上所有的学术建构，都是在一定的理论框架下进行的。本编内容包含五章。首先对藏族文艺美学的文化基因、研究语境，它所依据的几种理论工具，必须揭橥的问题域，进行了论述与说明。其次论述了藏族文化的口头传统和口头诗学理论对传统文学理论的超越，少数民族文艺美学发展的"五重进路"，藏族文艺美学与相关学科的关系等。

第一章

理论构建的文化基因与复调阐释

> 第一最好不相见，
> 如此便可不相恋。
> 第二最好不相知，
> 如此便可不相思。
>
> ——仓央嘉措

> dang po ma mthong mchog pa
> sems pa shor don mi 'dug
> gnyis pa ma 'dris mchog pa
> sems 'ja'las don mi 'dug
>
> tshangs dbyangs rgya mtsho[①]

什么是本书的问题语境和问题意识？藏族文化拥有自己的美学与文艺理论吗？如果有，它有什么样的理论背景、知识样态和文化生态？如果有，它有什么样的宏观背景、历史变迁、流传方式？如果有，它有什么样的学科构架、特色内容、时代特点和创新空间？

---

① 黄颢、吴碧云编：《仓央嘉措及其情歌研究》（资料汇编），西藏人民出版社1982年版，第122、225页。

笔者所面对的是这样一个巨大的空白，已经有很多先行者留下了他们的脚印，但建构这样一个理论体系和学科系统，仍需要后来者具有开拓者的勇气和毅力。当然，也需要时间。

由此我们不得不正视当下藏族文艺相关研究中存在的大量问题。今天，从学理上我们不能仍然沉浸在百余年来西方制造的"西藏热"思路中，从路径上我们不能拘泥于对西式藏学的理路和架构的亦步亦趋；从方法上我们不能沉迷于简单资料的重复堆积。我们既需要清理起步时的根基，弄清楚学术研究的现状，也需要为下一步的理论探寻准备好合适的技术路线和合理的理论武器。

第一节　文化基因是中华文化多元一体的共同渊源

"国潮"兴起，传统回归，"文化基因"再次进入关注视野。文化基因是社会文化系统的遗传信息和初始密码，是社会发展中精神遗产的历史积淀。在当今传统文化复兴的伟大进程中，习近平同志提出了两个"最"的明确判断：我国优秀传统文化中包含着中华民族"最深沉的精神追求""最深厚的文化软实力"[①]，可以凝聚和打造强大的中国精神和中国力量。他严谨深刻地提出并反复论述文化基因，对中华文化发展规律做出了深刻的洞见，在继承中华传统文化中实现了创造性转化与创新性发展。文化基因是中华文化多元一体的共同渊源，也是探索藏族文化及其文艺美学的不二法门，这是本书全部研究的出发点。

[①] 习近平：《在中国文联十大、中国作协九大开幕式上的讲话》，《人民日报》2016 年 12 月 1 日第 2 版。

一 什么是文化基因

文化基因是一个类比性概念，由生物学的基因研究衍生。

基因从生物学角度讲即遗传因子，它是产生一条多肽链或功能RNA所需的全部核苷酸序列。基因支持着生命的基本构造和性能。储存着生命的种族、血型、孕育、生长、凋亡等过程的全部信息。基因在环境和遗传的互相依赖中，演绎着生命的繁衍、细胞分裂和蛋白质合成等重要生理过程。

文化学史上的文化基因指相对于生物基因而言的非生物基因，主要指先天遗传和后天习得的，主动或被动，自觉与不自觉而置入人体内的最小信息单元和最小信息链路。文化基因是人类文化系统的遗传密码，文化基因的不同使得各民族文化呈现出巨大差异。

1976年，生态学家理查德·道金斯（Richard Dawkins）在他的《自私基因》（*The Selfish Gene*）一书中造了一个在后来备受争议的新词"meme"，被翻译为文化模因。这个词的构词方式与基因（gene）类似，是对"mimeme"这个词的简写，从词源学来看，来源于希腊词汇中表示"模仿"的"mimēma"。他延伸了生物学上进化论的概念，用这个词来解释观念和文化现象。在他的书里，他用这个词来解释旋律、格言、信仰、时尚和建造拱门的技术[①]。根据"meme"的标准词义，模因（meme）是指文化传播中的源头物。基因复制有一个模板，这个模板在模因现象中就是模因。模因（meme）用了与基因（gene）相近的发音，表示"出自相同基因而导致相似"的意思，模因现象便被类比为基因的复制（实际上道金斯就是用基因复制来解释生活中的一些规律），故模因在一般情形下被直接用来指称文化基因。文化基因包括一系列文化观念、文化

---

① Richard Dawkins：*The Selfish Gene*，Oxford：Oxford University Press，1989，p. 365.

符号和文化实践，它们都是可以通过语言、手势、宗教仪式和其他可以模仿的现象来传播的①。

文化基因之所以被称为基因，因为它们与生物的自然基因有两点很相似，第一是自我复制，文化基因可以被不断的复制，也是通过这种方式进行传播。而复制的介质正是人类。因为人类不可能每次都百分之百复制某种文化基因，总是会依据历史、现实和环境有所选择，有所精炼，有所丰富，或者根据复制者的实际情况有所更动、变革或遗失；并通过这种扬弃创造出了新的文化基因，再用同样的方式二度传播。从某种意义上看，文化基因的发展过程也近似于生物进化论的。

第二，经历类似选择的文化基因面临两种结果，承传得不好的文化基因也会面临灭绝的危险，而另外一些文化基因则有可能存活、发展，甚至变异、强化。如果这样来看，文化基因复制得最好的传播得也最好，但传播得好的文化基因未必是对人类有益的。"如果我们把文化看作一个自组织系统，有自己的发展进程和生存压力——那么人类历史会变得更有趣。正如理查德·道金斯已经表明的，理念的自复制系统，或者说文化基因，可以迅速积累起自己的发展进程和表现。我认为文化实体并没有比原始动力有更高的动机来复制自己，并且修订它的环境来帮助它传播。自组织系统能做这件事的一种方式是消耗人类的生物资源。"②

文化基因的传播途径是"模仿（imitation）"，关于模仿的解释，学者苏珊·布莱克莫说："模仿与传染不同，个人学习和不同的非模仿社会学习，比如刺激增强、局域增强和目标竞争。真的模

---

① *The American Heritage© Dictionary of the English Language*, 4th ed. Boston: Houghton Mifflin, 2000. www. bartleby. com/61/. ［2009/01/22］.

② Kevin Kelly: *Out of Control: the New Biology of Machines, Social Systems and the Economic World*, Boston: Addison-Wesley, 1994, p. 360.

仿在动物界中比人类少多了，除了鸟鸣和海豚发声法，说明动物里很少，甚至没有文化基因。我认为更复杂的人类认知进程，比如语言、阅读、科学研究等，都在模仿能力的方式下建立，因此，所有的进程都是，或者可以是文化基因的。当我们明白了模仿的本质，显然就能分辨什么是文化基因，什么不是。我认为对于文化基因的定义应该坚持与模仿联系起来。"[1] 这种定义使得文化基因有了两个主要的构成方面：被模仿复制的，以及模仿后形成的。

对于文化基因这个概念，学界一直存在着不同意见的争论。一些学者认为这个概念缺乏严谨的定义，缺乏哲学理论的支持。在《现象学百科全书》的"Truth"词条里，德国科隆大学教授迪特·洛马（Dieter Lohmar）批评文化基因将高级理念的复合体——宗教、政治、公平和科学自身，都简化为单一技术序列。他认为，文化基因是一种"摘要"式的综合融汇型的形态，因此用单一科学技术方式理解不可能对文化基因有很好的解释。那些高度融汇的多层次的文化基因理念并不能化到原子或者分子形态。洛马认为，我们不能像研究基因一样从显微镜里观察文化基因。他觉得文化基因的观念是基于科学至上主义的观点，把文化也看作一种物质来分析，而忽略了那些理念之所以有趣，之所以值得研究的根本[2]。迪特·洛马的看法很有代表性，主要是反对单纯的科学主义或以科学实证的单一化方式来切割丰富复杂的人文领域。

与"文化基因"相近而更富人文意蕴（也更接近藏族文艺美学的现实状况）的西方文化理论是原型批评，或曰神话原型理论。它是在融会弗雷泽的文化人类学、荣格精神心理学与语言学基础上

---

[1] Susan Blackmore: "Imitation and the Definition of a Meme", *Journal of Memetics-Evolutionary Models of Information Transmission*, 2, 1998. http://www.baillement.com/texte-blakemore.pdf, [2009/01/22].

[2] Dieter Lohmar: "Truth", in *Encyclopedia of phenomenology*, Lester Embree eds., Dordrecht: Kluwer Academic Publishers, 1997.

建立起来的，20世纪四五十年代在西方流行的文艺批评理论。前期的主要创始人是弗莱（Northrop Frye），其最重要的作品为1957年出版的成名作《批评的剖析》[1]，书中的四篇论文分别论述了弗莱认为文学表达的历史、伦理、原型和修辞维度的方式、符号、神话和流派。其中核心概念之一的原型，成为弗莱批评思想的重要术语，体现了弗莱对文学和批评的基本看法。原型批评基于社会人类学和心理分析两个学科，如今在圣经文学批评和传统文化研究领域、女性和少数族裔研究领域还能见到原型批评的大量使用。

而原型的本义，在希腊语中指样式、模型、类型的起始，在日常的使用中代表着事物的"完美示例"[2]。原型是与集体无意识相联系的重要概念，荣格说"原型这个词就是柏拉图哲学中的形式（即理式）"[3]。柏拉图的理式（eidos）理念是集体意义上的，因为它描述的是事物的普遍而非特定的特征。17世纪的托马斯·布朗（Thomas Browne）和弗朗西斯·培根（Francis Bacon）在作品中都使用过"原型"（archetype）一词。

在荣格那里，"原型是集体无意识高度发展的要素，本能的心理对应物，是普遍存在的古老模式和图像"。他称之为原始意象的概念与原型同义，其存在需要从故事、艺术、宗教或者梦里间接推断出来，是遗传潜能，在以图像的形式进入意识或者在与外界互动时表现出行为的时候才能实现。荣格的原型既存在于心理，也存在于现实世界；原型不仅是通灵的实体，还是通向物质的桥梁。[4] 他

---

[1] Herman Northrop Frye: *Anatomy of Criticism: Four Essays*, Princeton, N. J.: Princeton University Press, 1957.

[2] 韦氏词典"archetype"词条。

[3] ［瑞士］荣格：《心理学与文学》，冯川、苏克译，生活·读书·新知三联书店1987年版，第53页。

[4] Anthony Stevens: "The archetypes", Chapter 3, ed. Papadopoulos, Renos. *The Handbook of Jungian Psychology*, London, New York: Routledge, 2006.

受到前述柏拉图理式的影响，也受到康德的类别（categories）和叔本华的原型（prototypes）的影响①。荣格的原型是"先验精神秩序的内省形式"②，"缺乏扎实的内容，因此是无意识的。它们在与经验事实相遇时会获得坚固性、影响力和最终的意识"③。荣格描述了原型事件：出生、死亡、与父母分离、启蒙、婚姻、对立统一。原型人物：伟大的母亲、父亲、孩子、魔、神、智慧老人和老妇人、骗子、英雄。原型图案：启示录、洪水、创造物。尽管原型的数量无限，但有一些总会反复出现，比如影子、智慧老人、孩子、母亲、少女、灵魂④。原型概念的核心并不在这些穷举形象中（也无法穷举），这些穷举的意象并非原型本身，而是由原型意象"作为原型"（archetype-as-such），所以主题明确的神话图像并不是原型，这是由变量组成的，而原型比这些变量更为深刻和本质⑤。

在荣格的原型理论中，文学文本是其中一种原始意象。后来的原型批评虽然基于此，但在弗莱等学者的推动下朝向另一个分支。在原型批评理论中，典型的原型人物如"灾难型的女性"，像是夏娃和潘多拉；典型的叙事原型如"旅程"，英雄史诗中的主角总是需要克服一系列障碍来达到目标，荷马的《奥德赛》如此，《西游记》如此，《格萨尔》亦如此。当原型被用在特定的作品中时，它们已经充满了意义⑥。

---

① Andrew Samuels: *Jung and the Post-Jungians*, London, Boston: Routledge & K. Paul, 1985.

② C. G. Jung: *Synchronicity: An Acausal Connecting Principle*, Taylor and Francis, 2013, p. 140.

③ C. G. Jung: *Two Essays on Analytical Psychology* (revised 2nd ed. Collected Works Vol. 7), London: Routledge, 1966.

④ Ibid..

⑤ C. G. Jung: *Man and His Symbols*, London: Aldus Books, 1964, pp. 57 – 58.

⑥ Andrew Samuels: *Jung and the Post-Jungians*, London, Boston: Routledge & K. Paul, 1985.

对于文化基因的更切近的理论是集体记忆。集体记忆是法国哲学家和社会学家莫里斯·法布瓦赫提出并推动的研究理念。集体记忆可以由特定社会群体构建、共享和传递，大到国家、时代，小到一个社区，都是如此。他的理论影响了心理学、社会学、历史学、哲学、人类学和文学等多个学科。集体记忆包括了共享的知识体系，社会群体的形象、叙事、价值观、观念和事件等。集体记忆与历史学最大的不同在于，集体记忆是站在相应社会群体立场上的，只关注历史的其中一个面向，因此，总是带有群体价值观和偏见的。[①] 集体记忆总是通过群体社会文化活动来表达和证明，共同回忆，既是民族群体共同生活的记录与积淀，又是走向未来的共同基础。它是形成民族凝聚力的基本要素，是社会自我发展、自我完善的内在机制。集体记忆的保存和传播，对于社会发展具有重大的关联意义。而后来的学者如扬·阿斯曼（Jan Assmann）等，提出集体记忆是基于日常交流传递的，比如口头文化传统就是一种典型的集体记忆传递形式，他称之为"交际记忆"。[②]

在西方，更多学者也从更具人文主义特征的角度对文化精神、文化基因进行了多方面的论述。如海德格尔存在阐释学，伽达默尔当代哲学阐释学，克利福德·吉尔兹的"地方性知识"，斯图尔德的文化生态观与文化变迁理论，都在努力寻找文化基因的历史传承、表现形态和实践功能。

二 国内关于中国传统文化基因的争论

在国内，一百多年来关于中华民族文化基因、文化要素、基本

[①] Henry L. Roediger, Magdalena Abel: "Collective Memory: a New Arena of Cognitive Study", *Trends in Cognitive Sciences*, Vol. 19, No. 7, 2015, pp. 359 – 361.

[②] Jan Assmann: "Communicative and Cultural Memory", A. Erll & A. Nünning ed., *Cultural Memory Studies: An International and Interdisciplinary Handbook*, Berlin, New York: Walter de Gruyter, 2008, pp. 109 – 118.

精神的争论也一直没有停歇，众多学者对此进行了不懈的叩问与探索。

　　文化的基因与自然界基因虽共用一词，但来源不同。文化基因从何而来？不是天生，而由人创造。梁漱溟认为，一个国家的文化有赖于天才人物的创造，特定时期的某些天才对于一国文化的基本精神有着巨大的影响，"中国之文化全出于古初的几个非常天才之创造，中国从前所谓'古圣人'，都只是那时的非常天才。文化的创造没有不是由于天才的，但我总觉得中国古时的天才比西洋古时的天才天分高些，即此便是中国文化所由产生的原故。"① 在他这里，中国先秦时代的老子、庄子、孔子，就是这种创造文化的天才人物。

　　文化基因并不是一个一个单独的元素独立存在，一定是综合的，融汇的。牟宗三先生认为，中国文化的基本精神是"综合的尽理之精神与分解的尽理之精神"。他说："何以说是'综合的尽理之精神'？这里'综合'一词是仅就上面'上下通彻，内外贯通'一义而说的。'尽理'一词，则是根据荀子所说的'圣人尽伦者也，王者尽制者也'，以及孟子所说的'尽其心者知其性也'，中庸所说的尽己之性，尽人之性，尽物之性等而综摄以成的。尽心、尽性、尽伦、尽制，统概之以尽理。尽心尽性是从仁义内在之心性一面说，尽伦尽制则是从社会礼制一面说。其实是一事。尽心尽性就要在礼乐的礼制中尽，而尽伦尽制是亦算尽了仁义内在之心性。而无论心、性、伦、制，皆是理性生命，道德生命之所发，故皆可曰'理'。"②

　　林语堂先生更加随性，在讲了很多中华文化的民性和特征之后

---

① 语出梁漱溟的《东西文化及其哲学》，见《梁漱溟全集》，山东人民出版社1989年版，第481页。

② 牟宗三：《历史哲学》，吉林出版集团有限责任公司2010年版，第164页。

总结说："在这些复杂的民性及文化特征之下，我们将何以发现此文化之精神，可以贯穿一切，助我们了解此民性之来源及文化精英所寄托？我想最简便的解释在于中国的人文主义，因为中国文化的精神，就是此人文主义的精神。"[①] 很清楚，在林先生看来，中国文化的基本精神，说到底，就是人文主义。

杜维明先生将"仁"看成中华传统的儒家文化的根脉："太虚大师——一位佛教的大师，他说我们的佛教既非宗教，又非哲学，既是宗教，又是哲学。儒家也可以从这个角度来了解。儒家的精神可以说是一种涵盖性和整合性的人文主义，它的人文精神非常宽广，和西方现代经过启蒙所发展起来的凡俗的人文主义有很大的不同。……《论语》里面讲，'为仁由己，而由人乎哉？我欲仁，斯仁至矣'。很明显这是一种内限感。最近出土的一批文物，给我们一个新的启示，这些文物中，'仁爱'的'仁'写法非常有趣，上面是一个'身体'的'身'，下面是一个'心灵'的'心'，'身心'就是一个'仁'，很明显它是一个内在的价值。"[②] 在这里我们可以看到中国儒家文化倡导的身心一体，表里如一，言行一致的仁文化的真谛。

当然，张岱年先生对中华文化的基本精神谈论得更为明确。"中国文化在几千年中，巍然独立，存在于世界东方，除了有一定的物质基础（物质生产的原因）之外，还有其一定的思想基础。这种思想基础，可以叫作中国文化的基本精神。……何谓精神？精神本是对形体而言，文化的基本精神应该是对文化的具体表现而言。就字源来讲，精是细微之义，神是能动的作用之义。文化的基本精神就是文化发展过程中的精微的内在动力，也即是指导民族文化不

---

① 林语堂：《吾国与吾民》，江苏人民出版社 2014 年版，第 43 页。
② 杜维明：《当代世界的儒学与儒教》，《北京大学研究生学志》2008 年第 4 期。

断前进的基本思想。……(1) 刚健有为，(2) 和与中，(3) 崇德利用，(4) 天人协调。我认为这些就是中国传统文化的基本精神之所在。"① 这一概括成为改革开放以来中华文化复兴的理论总纲。

李泽厚先生从更深的层面上提出了民族文化心理结构的"积淀说"，把人类的文化心理结构看成是历史积淀的产物，认为"心理结构是浓缩了的人类历史文明，艺术作品则是打开了的时代魂灵的心理学"②。在《美的历程》中，李泽厚认为"凝练在、聚集在这种种图像符号形式里的社会意识、亦即原始人们那如醉如狂的情感、观念和心理，恰恰使这种图像形式获有了超模拟的内涵和意义，使原始人们对它的感受取得了超感觉的性能和价值，也就是自然形成里积淀了社会的价值和内容，感性自然中积淀了人的理性性质，并且在客观形象和主观感受两个方面，都如此"，"这个共同特点便是积淀：内容积淀为形式，想象、观念积淀为感受"③。

对于这些研究，习近平提出："研究孔子、研究儒学，是认识中国人的民族特性、认识当今中国人精神世界历史来由的一个重要途径。春秋战国时期，儒家和法家、道家、墨家、农家、兵家等各个思想流派相互切磋、相互激荡，形成了百家争鸣的文化大观，丰富了当时中国人的精神世界。虽然后来儒家思想在中国思想文化领域长期取得了主导地位，但中国思想文化依然是多向多元发展的。这些思想文化体现着中华民族世世代代在生产生活中形成和传承的世界观、人生观、价值观、审美观等，其中最核心的内容已经成为中华民族最基本的文化基因。这些最基本的文化基因，是中华民族和中国人民在修齐治平、尊时守位、知常达变、开物成务、建功立

---

① 张岱年：《中国文化的基本精神》，《党的文献》2006年第1期。
② 李泽厚：《美的历程》，文物出版社1981年版，第212—213页。
③ 李泽厚：《美学三书》，安徽文艺出版社1999年版，第17—18页，第24—25页。

业过程中逐渐形成的有别于其他民族的独特标识。"①

习近平在多达几十次的报告、讲演和谈话中创造性地运用"文化基因"这一概念，并在理论和实践上赋予了这一概念全新的内涵。这是本书探索藏族民族文化基因和文艺美学核心的最新理论武器。

习近平文化基因论是中华文化原始基因的总括和提炼。习近平指出，"中华传统文化源远流长、博大精深，中华民族形成和发展过程中产生的各种思想文化，记载了中华民族在长期奋斗中开展的精神活动、进行的理性思维、创造的文化成果，反映了中华民族的精神追求，其中最核心的内容已经成为中华民族最基本的文化基因"②。习近平高度概括了中华文化基因的最基本的内涵，将文化基因确定为思想精华，理性思维、文化成果、精神追求的最核心的内容，成为民族精神、民族品格、民族文化的深层肌理。

习近平文化基因论述是对中华文化的开拓与创新。他提出："要使中华民族最基本的文化基因与当代文化相适应、与现代社会相协调，以人们喜闻乐见、具有广泛参与性的方式推广开来。"③ 讲到："深入挖掘中华优秀传统文化蕴含的思想观念、人文精神、道德规范，结合时代要求继承创新，让中华文化展现出永久魅力和时代风采。"④ 在全国政协十三届二次会议文化艺术界、社会科学界委员联组会上习近平还提到："古人讲：'文章合为时而著，歌诗合为

---

① 《习近平在纪念孔子诞辰 2565 周年国际学术研讨会暨国际儒学联合会第五届会员大会开幕会上强调　从延续民族文化血脉中开拓前进　推进各种文明交流交融互鉴》，《人民日报》2014 年 9 月 25 日第 1 版。
② 《习近平谈中华优秀传统文化：善于继承才能善于创新》，"人民网—理论频道"，2017 年 2 月 13 日。
③ 《习近平在中共中央政治局第十二次集体学习时强调　建设社会主义文化强国　着力提高国家文化软实力》，《人民日报》2014 年 1 月 1 日第 1—5 版。
④ 习近平：《决胜全面建成小康社会　夺取新时代中国特色社会主义伟大胜利——在中国共产党第十九次全国代表大会上的报告》，《人民日报》2017 年 10 月 28 日，第 1 版。

事而作。'所谓'为时'、'为事',就是要发时代之先声,在时代发展中有所作为。"① 我们今天不但要继承中华民族的文化基因,还要在时代发展中让文化基因创新发展,焕发新的光彩。

在推动中华文化基因创造新局面上,习近平指出:"要使中华民族最基本的文化基因与当代文化相适应、与现代社会相协调,以人们喜闻乐见、具有广泛参与性的方式推广开来,把跨越时空、超越国度、富有永恒魅力、具有当代价值的文化精神弘扬起来,把继承传统优秀文化又弘扬时代精神、立足本国又面向世界的当代中国文化创新成果传播出去。要系统梳理传统文化资源,让收藏在禁宫里的文物、陈列在广阔大地上的遗产、书写在古籍里的文字都活起来。"②

习近平关于文化基因的全面、系统的论述,是对马克思主义文化理论在新时代的创新性发展,也是本书探索藏族民族文化基因的指导思想与研究路径。

三 文化基因是中华民族文化多元一体的深厚渊源

中华民族在五千年的历史变迁中创造了源远流长的中华文明,建造了五十六个民族平等融合的和谐家园,形成了一体多元的家国体制。各民族独特的历史文化留下了丰富的文化基因,这些文化基因积淀了深层的民族集体记忆和集体文化无意识,集中构成了中华文化一体多元的共同渊源。

多元基础上的一体,是我国民族文化发展的最高准则。数千年来,中华各民族在长期共同生活中密切交往、相互依存、休戚与共,形成了中华民族多元一体的格局,共同推动了国家发展和社会

---

① 习近平:《在文艺工作座谈会上的讲话》,《人民日报》2015年10月15日第2版。
② 《习近平在中共中央政治局第十二次集体学习时强调 建设社会主义文化强国 着力提高国家文化软实力》,《人民日报》2014年1月1日第1版。

进步。多元一体的中华民族大家庭形成，多民族大一统的中国疆域开拓，是中国经济社会发展的历史必然。可以说，一部厚重的中国史，就是一部中国各民族诞生、发展、交融并共同缔造统一国家的历史，也是中华民族从自在走向自觉并且凝聚力向心力日益增强的历史。

中华民族历来追求团结统一，各民族共同开发了祖国的锦绣河山、广袤疆域，共同创造了悠久的中国历史、灿烂的中华文化。我国历史演进的这个特点，造就了我国各民族在分布上的交错杂居、文化上的兼收并蓄、经济上的相互依存、情感上的相互亲近，形成了你中有我、我中有你、谁也离不开谁的多元一体格局。这是维系我们多民族国家长期团结稳定的核心力量。

对于多元与一体，文化生态和文化变迁理论家斯图尔德认为，在各个不同民族文化交流变革中人类应尊重事实，承认"一体"与"多元"文化可以长期并存、延续。斯图尔德提出了他的"文化涵化"概念。在他看来，多元文化的并存并不像前人所理解的那样简单地被最终"同化"，而是在"主流"与"非主流"之间相互都发生变迁的情况下达到和谐兼容，其结果不是"同化"，而是在多元并存中寻找"一体"。作为中华民族的组成部分，各民族之间的相互影响，相互交融，尤其是汉族文化、马克思主义、现代化理论的影响深广。五十六个民族在共同的中华文化的大家庭中，推动政治、经济、社会的共同发展，在漫长的历史运行中形成了文化共识，保持和形成了一体的国家制度、经济形态、社会运行，特别是拥有历史共生、文明共享、文化共有的各民族团结共治的精神家园。

在总体的中华民族一体的宏大背景下，国家鼓励各少数民族积极发展本民族独特的历史、语言和风俗传统。文化多样性是人类文化发展的本然状态，但是在过去的岁月，我们对此还缺乏深刻的认识。我们习惯于按照一种既定的一统化的模式去套用一切对象，留下了一大堆表面化的肤浅的"表情"。而每一民族文化深层的传统理念、思维框架、地域限度，以及与自然的合宜性被忽视或者干脆被抹杀了。我们习惯于按照一种现代化的模式指导并推动一种运动，结果使我国多民族的文化生态遭到一定程度的破坏。

从全球视野上看，这些年来，文化多样性成为全球关注的重大课题。2005年10月，在国际文化政策网络（INCP）、文化多样性国际网络（INCD）等国际组织和相关国家的积极推动下，联合国教科文组织先后通过了《世界文化多样性宣言》及其行动计划和《保护和促进文化表现形式的多样性公约》。2007年，《保护和促进文化表现形式的多样性公约》正式生效。欧盟也在2002年通过了旨在保护语言多样性的《欧洲区域和少数人语言宪章》，并在2007年的《柏林宣言》中高度肯定了文化多样性对于欧洲未来发展的重大意义。

在文化多样性这一当今世界文化发展的统领性主题之下，集聚了文化表现形式的多样性，文化间交流与对话，文化遗产与知识产权保护，少数民族和土著人民文化发展和文化权利，国民文化创造力与国家文化创意产业发展，国家文化安全与文化软实力建设，公共文化服务，文化政策与文化发展战略，公民文化权利的保障等众多的重大主题。联合国教科文组织在《保护和促进世界文化多样性公约》中明确指出"文化多样性创造了一个多姿多彩的世界，它使人类有了更多的选择，得以提高自己的能力和形成价值观，并因此成为各社区、各民族和各国可持续发展的一股主要推动力"。

马克思主义的一个基本观点，是认为一切的文化和艺术均是社会生活的反映。文化所包含的更高形态的意识形态、思想精神、文明遗产、社会心理以及文化价值观，都是在长期人们的物质生产和社会生活基础上建立起来的，同时，这种总体的文化又反过来强力地作用于并影响着物质世界的生活。我国多元一体的国家形态，是在数千年各民族在共同生活中做出的历史的选择，是历经漫长时间和实践构建的命运共同体、文化共同体和艺术共同体。马克思认为，只有在人类的对象化的活动中，人的本质力量才能客观地展开和丰富。这个对象化的活动，就是人类的实践活动。在实践活动中生成的文化成为人的本质力量的自我实现和确证。马克思甚至把工业看成是一本心理学的打开的书。在改造自然界的过程中，人类把自身凝聚的思想、意识、感觉、理性以及对世界的认识与设计、规划，客观地投入现实实践之中，并在实践中不断提升"人的类本质"，凝聚"人的精神的类能力"，在不断地选择、积存与删汰中积累了文明的硕果和文化的精粹。这就是本书探索和寻找藏族文艺美学的马克思主义历史唯物论和辩证法的基础。

毋庸讳言，我们依然存在着一体与多元之间的矛盾和冲突，存在着多民族之间的协调、交流、融汇，存在着文化之间的沟通、理解和共享问题。这就需要我们进行民族间性和文化间性的深入研究。

四 探寻藏族美学与艺术的民族文化基因

寻找和挖掘藏族美学与艺术的民族文化基因是本书的目标。在新时代文化发展的宏伟语境中，藏族文艺美学研究进入了发展的黄金时期，获得了前所未有的发展机遇。我们需要探讨如何从历史与现实的纷繁要素中，厘清藏族文艺美学的主基因，勾勒其传承的脉络，挖掘其初始的根性。

藏族文艺美学有着漫长的历史传承和丰富的内容形式，历史上藏传佛教的大小五明文化体系的分类建构了传统意义上的藏族文艺研究基础。藏族文学艺术进入全球视野几百年，被分类介绍和研究也有上百年历史，迄今所见大略有数万部研究著作和论述。不过，在国内、国外及不同范式理论指导下，对于藏族文学艺术的研究逐渐形成完全不同的面向，在宗教、艺术学、人类学、文学和文化研究的不同研究视角之下，各自的研究朝着不同的志趣和论域推进，加之学科划分越来越细，不同话语之间的壁垒越来越高。须知藏族文学艺术的各种细分支系，纵然带有当代学科规制下细分的理由和惯制，其最初滥觞于青藏高原不谙读写的口头和视觉世界的基调，是多种多样的表现形式的基础，它们跨越了具体形式和流派的美学与文艺理论通则，形成整体性的与精神世界相通的美学法则。

然而，提出一个综合性的藏族文艺美学的宏大命题，并不是意在创立一个独立领域，或者编制一个面面俱到的综合性艺术学史，更不是试图把一切都划归到文化学的筐子里笼统地讨论一番。传统学科分类正面临学科越界扩容的推动，"构建藏族文艺批评史的纲要与路径"这一选题，便是试图在尊重百余年来各个细分学科已经广泛展开的跨学科思考面向，把其中具有超越性的可通约部分提炼出来，形成一个对藏族文艺美学的基础性概括。

第一，藏族诗学与艺术理论之间共享着表达主题，基于文字、语言（声音）和图像符号的通约性，在当代多元媒介文化转向的社会背景下，研究具有了理论上的合法性。

藏族文艺传统中，同一个主题常常用不同的表现形式来表达。最典型的如史诗《格萨尔》，除了历经千年至今仍然保持活态口头传承的说唱以外，在书面文学、唐卡、壁画、雕塑、石刻、藏戏、音乐、舞蹈、新媒体等各种艺术形式中都有长时间的传承，有些已经相当成熟。类似的情况在其他地方也能见到，如藏传佛教、历史、医药等主题，也都有多种形式的呈现。不同的形式不仅共享着相似的主题，还具有一些共同的美学与文艺理论属性。

与世界上许多国家传统艺术的表述一样，传统藏族艺术的研究、创作、批评中，极少着意提及"艺术"和"美学"，更多的是其基于藏族宗教传统构建并积淀的艺术创作/制作的结构、术语、方法、形态等，是自成一体的文化艺术的混融体系，其建构的侧重点在于质料（介质）与叙事。文字与声音的状况也是如此，不过究其本质，文字、声音与图像符号在文艺中的功能都可以归纳为沟通、表征与制造效果。过去，针对每一种介质符号我们都积累了可观的知识，却很少关注每一种介质符号意义的产生方式以及它们彼此之间的关联。

发生于20世纪的媒介革命虽然并不是生发自上述文化表现形式的多样性样貌，但媒介革命影响了我们对整个文化和社会制度的理解，进而影响了社会科学的重要走向，为我们提供了一个全新的学术讨论语境。它既呼应了藏族美学史上的创作现实，也超越了我们所熟悉的审美和文化表征。

第二，藏族美学与文艺理论之间共享着一些特征。

藏族美学与文艺理论之间最具有典型性的是三个节点：《诗镜》、唐卡及其量度经与《格萨尔》。通过对这三个节点的重点分析，我们尝试得出了若干藏族文艺美学主要特征：

（一）"诗镜学统"中藏族文艺美学的阐释传统

藏族《诗镜》迻译自梵文，后成为藏族文学的"创作指南"。它在数百年间经历了反复的翻译、解释、诠释和语内翻译过程，形成流传至今形式多样、为数众多的不同注疏版本，积淀为极具特征的"诗镜学统"。诗镜学统具有如下特征：跨越梵藏语际和跨越古今的"双跨性"，与佛教思想体系形成重叠互渗的"互文性"，以及由于语言本身就处于永恒变化之中，再加上源于原典作者和注释者之间多重"视域差"造成的"未定性"。双跨性指的是技术传统在传承历史中的横、纵两种跨越，横向跨越是量度经典来源跨语种从梵文翻译为藏文，而且还经历多种版本的翻译、重译、回译、对勘等；纵向跨越指同一文本经历了历时传承，带有跨时代语境特征。在横、纵两种跨越综合作用下，《诗镜》文本历经数百年传承，完成了本土化、经典化、宗教化等过程，成为藏族自己的理论著作。互文性表现在以《诗镜》为代表的诗学经典成为藏文《大藏经·丹珠尔》重要组成部分，被纳入藏传佛教这一统领性的意识形态框架下，确保了其对藏族书面文学的绝对权威，也是其作为藏族文艺美学理论经典的重要原因。未定性指观念、文化和代际等层面的错位，带来诸多样态的"视域差"。藏族传统文艺观念不是简单地汇聚起来，而是经历化合作用，内化并沉潜为观念因子，发生了并持续发生着作用，推动新的艺术生产和观念生产。藏族文学艺术经典历经多重重构，就在经典文学文本之外，兼具历史文本、文化文本等属性，并在藏族文人模仿和践行过程中逐渐内化为藏族文学观念的"文化基因"，大大超越了原典的意涵，进而成为充满张力的开放的体系。

（二）"量度规则"中藏族文艺美学的法度与程式传统

当代中国藏族文艺理论阐释体系是参照中国古代文论体系建构的，一向偏重文字传统。但纵观藏族文艺传统，由于历史上文盲人口长期占九成以上，书写文化的辐射面颇为有限，反倒是视觉艺术样式占据更为中心的地位，因而更具连贯性、程式性和统摄性，更易于传播和接受，在民众文化生活中也更为常见。令人遗憾的是，迄今为止的学术工作却在探索视觉艺术的法度和意涵上斩获有限。比如藏传佛教造像艺术中严格遵循的量度规则及技艺特性的呈现，尤其通过对相对统一的量度比例规范及其背后隐伏的时轮、律仪派理解框架的解析，揭示高度程式化的藏族视觉艺术中隐含的法度和规律，进而将其与藏族文艺理论整个传统体系联系起来考察，以揭橥其间所含藏族美学精神之诸面向，在方向上极为重要，在内涵上极具分量，但相应讨论长久缺位，需要我们大力推进。

量度规则代表了藏族文艺美学理论中普遍存在的一种程式传

统,是用以分析口头传统的"口头程式理论"正可以大展身手的舞台。藏族文艺活动中这种带有"公式"或"程式"性的可重复性及稳定性的结构规则,一直是保证藏族文艺活动中那些所谓"历史流传物的忠实传承的不二法门,通过形式上对有形、无形和精神"规则"的强调,并在实践中予以遵循,在事实上达到稳定的"复制"效果。与此同时,这一套规则又预留了足以形成完整可识别特征的空间:藏族文艺美学呈现出与众多其他文化截然不同的特性,既与规则来源地的古代印度和中原佛教传统有相似之处,又有高度自有的可辨识特征,正是这种规则外的开放空间在一代代"复制"中孕育出变化。两种作用交互发生影响,形成视觉技艺形态与规则程式,才得以发展出独出机杼的传统藏族文艺美学传统。

(三)"神圣传述"中藏族文艺美学的形象传统

"过去""神圣"和"源头"三个关键词,是以《格萨尔》为代表的口头传统在"时间"语境下呈现的三个特征。口头传统神圣性的建构,有着与文本的经典化类似的过程,是以经验积累为基础的,这种经验就形成了"记忆"。经过"经验实践—惯习养成—范式选择—对象命名—团体认同—理念传播—经典形塑—教育孵化—仪式确认"的过程,文本成为经典,口头传统被赋予了神圣性。佛教艺术自身逐渐从无形到有形,从简单到复杂的发展也深刻影响了藏族文化的形象化特质。藏传佛教在形成、发展和盛行的过程中,十分注重借助和利用形象化的艺术形式来宣扬教义,而这种形象化除了佛教普通的佛像等图示,还有以苯教和藏传佛教密宗的各种形象艺术为基础形式的各种艺术形象和祭祀仪式。在藏族文化的"十明"里,都充满了这种特质。在藏族诗学中,《诗镜》里比喻和象征都是占了很大篇幅重点论述的内容,此外还分出了4种字音修饰,35种意义修饰和16种隐语修饰,而比喻还被细分为32种具体的喻饰。从"操作"角度讲,诗学论著将传统书面文学创作中的形象化手法发挥到了极致。

第三，藏族文艺美学的体系性建构，有助于回答关于藏族文学与艺术理解和自身发展上的重大问题。藏族文艺的历史就像仍然处于演进状态中的《格萨尔》史诗一样，并不是一个永恒不变的桃花源、香巴拉或极乐岛，而是随着科学技术和社会发展综合同步发展的一部分。当下的文艺创作与研究，都面临着传统以何种方式进入当下的问题。当今学术研究环境已经与过往大不相同，仅从信息技术发展的角度看，"关于最古老的人类语言艺术与最先进的信息技术的奇妙结合，为未来的文学阅读、文学经验的总结和学术研究，带来充满挑战的新的可能性"。学科自身的发展、社会经济的发展、非物质文化遗产保护工作的展开，都为学者提供了越来越多的研究理路和范式。同时，我们的研究对象也不是一成不变的，自印刷术发明以来，媒介的发明与进步带来信息传播能力的跳跃式发展，文学信息的形制、规格和信息容量也随之发展变化，因而整个文学史的发展与范式的转化总是随着媒介的发展而变化。

第二节　藏族文艺美学的跨文化整合与多文本融汇

跨文化整合与多文本融汇是本书所遵循和得以展开的理论旨归：本书的研究构建具有当代阐释学的理论语境，以"生命哲学""历史流传物"和"地方性知识"作为其核心理念之一。西方阐释学重要代表狄尔泰的"生命哲学"，对人类生命活动予以深切观照，是我们考察藏族文化生命的本然状态的一面"理论之镜"。当代哲学阐释学的代表伽达默尔强调理解的普遍性和历史性，阐释学成为哲学主体思潮，解释的历史性成为当代西方哲学阐释学的核心问题，也是探寻藏族传统文化基因的可借用的理论之刃，因而"历史流传物"和"主体间性"是本书理论观照的重要论题。

一　作为藏族文艺美学文化基因的生命哲学

藏族文化中强大的生命哲学与宗教体验美学，是藏族文化百年来备受全球关注的重要原因。顽强的雪域生命意识及其与自然的搏斗、与环境的适应、协调，是藏族文化中的深层基因。中西生命哲学的研究给我们重要的启示。

传统阐释学的代表人物狄尔泰以其生命哲学的精深理论给我们探索藏民族的文化基因众多启示。狄尔泰的生命哲学的阐释学特别关注历史的承续过程。他建构了符合现代精神的新历史主义，从而成为黑格尔和马克思之后的古典历史主义的继承人。狄尔泰的历史哲学不同于黑格尔，他试图将人的生命以及人类的一切文化创造，都以历史作为基本活动平台。狄尔泰把人理解为历史的存在，但历史并非根据过去的对象来描述的，而是一系列世界观的描述。历史难以客观，总是从"内心深处浮现的生活经验"中来。狄尔泰强调"所有理解的内在时间性"，人的理解取决于过去的世界观，解释共同的世界。[1]

在狄尔泰这里，生命是个体从生到死体验的总和，以领会、阐释和体验三种方式来掌握本体。生命与外在的自然、他人、历史结成了复杂关联的世界，是特定历史条件下人类生命内在精神活动能力的表现，反思生命便获得了关联世界的透明性。而这种认识和反思不是抽象的、概念式的，而是诗意的领悟或反思。诗的想象世界摆脱了现实生存的窘迫，生命之谜因此被审美地领悟和体验到了，生命在这一过程中实现了超越，找到了意义。解释和理解都是历史

---

[1] Richard Palmer：*Hermeneutics*，Evanston，IL：Northwestern University Press，1969，pp. 117 – 118.

中持续固定化的各种生活形态的语言结晶，成为人类文化延续和发展的重要中介。但他们永远是暂时和有限的，需要后人的继承发展并加以完善，而且这是没有穷尽的。在狄尔泰那里，个人生命体验不仅要在个人的特殊经历里获得，还要同时有所体验，并必须进行不止一次的反复体验，这样的结果经验才是一种特殊的生命体验，对建构和丰富人类历史整体的文明有所贡献。[①] 这就清晰地描述了"文化基因"生成的历史沿革。

狄尔泰克服了施莱尔马赫"同语反复"的局限，即"语法上"的诠释和"技术上"的诠释之间的矛盾。他试图在历史的维度中，以作者的语言为中介，深入到作者的生命内在世界中去，并反过来将作者的内心活动以语言为媒介重新在新的历史条件下展示出来。这表明了在人类文化发展过程中，任何一种创造性因素的出现，都离不开人类历史的同一性。这种语境下，人类文明的一切表现形式，都被汇入生命之流，成为一个有机整体。[②]

同样推崇体验的还有曾获得过诺贝尔文学奖的法国哲学家亨利·柏格森。他认为获取知识的方式有两种：绝对的方式，即直觉，以及相对的方式，即分析。直觉正是一种体验，所以他称自己的哲学为真正的经验主义[③]，为藏传佛教密宗体验式的修行方式提供了生命哲学式的解读路径。柏格森认为分析永远是相对的，因为分析需要把对象进行划分和符号转化，这个过程一定会扭曲对象的一部分，忽略了对象的唯一性。他将直觉定义为一种简单、不可分割的同情体验，可以让人们进入同一个对象的内心世界，掌握其中

[①] 刘伟：《体验本体论的美学——狄尔泰生命哲学美学述评》，《四川大学学报》（哲学社会科学版）1993 年第 1 期；以及高宣扬、闫文娟：《论狄尔泰的精神科学诠释学》，《世界哲学》2019 年第 4 期。

[②] 高宣扬、闫文娟：《论狄尔泰的精神科学诠释学》，《世界哲学》2019 年第 4 期。

[③] Henri Bergson：*The Creative Mind：an Introduction to Metaphysics*，translated by Mabelle L. Andison，Mineola，N. Y.：Dover Publications，2007.

独特与无法言说的部分。正如城市，不管从多少角度对其拍摄，都无法提供穿越真实空间的感受，只能依靠直觉。同样，荷马史诗的阅读体验也是如此。如果要向不会讲古希腊语的人解释这种经历，可以翻译并且注解和评论，但是这些翻译和注解永远无法展现出以古希腊语来体验这首诗的维度价值。"通过知觉能力之扩大和跃然振作，或许也通过那些特异的人物对直觉能力的延伸……我们会重建知识的连续性，这种连续性不再是假设的和构想的，而是我们亲炙亲历的。"①

李泽厚先生将中华文化重要基因归为中国人的感性心理和对自然生命的崇尚："中国哲学无论儒、墨、老、庄以及佛教禅宗都极端重视感性心理和自然生命。儒家如所熟知，不必多说。庄子是道是无情却有情，要求'物物而不物于物'。墨家重生殖，禅宗讲'担水砍柴'，民间谚语说'留得青山在，不怕没柴烧'，等等，各以不同方式呈现了对生命、生活、人生、感性、世界的肯定和执着。它要求为生命、生存、生活而积极活动，要求在这活动中保持人际的和谐、人与自然的和谐（与作为环境的外在自然的和谐，与作为身体、情欲的内在自然的和谐）。"② 文化基因来自社会文化机体的遗传构成，它包含着对生命、生活、人生、感性世界的肯定，也包含着理性世界的观念、伦理、精神和哲学。

潘知常先生多年来倡导生命美学。他提出美学是"基于生命"并需要"回到生命"，审美与艺术的秘密隐身于生命关系，审美活动直接对应于"生命中的高光时刻"。生命即是超越，情感是对生命超越的体验，境界是对生命超越的情感体验的自由呈现。形上之爱，以及生命—超越、情感—体验、境界—自由，在生命美学中完

---

① ［法］柏格森：《关于变易的知觉》，《现代西方哲学论著选读》，北京大学出版社 1992 年版，第 59 页。

② 李泽厚：《中国古代思想史论》，人民出版社 2003 年版，第 327 页。

美地融合在一起。①

马克思主义哲学人类学是思考文化基因的上位指引，是寻找藏族文化基因的理论指导。马克思、恩格斯以"有生命的个人存在"为思考的起点，将"自由自觉的生命活动"看成人的本质特征，以"人的解放和自由全面发展"为人类走向未来的理想目标和价值尺度。② 优秀的文化基因作为人类的精神的、思想的、文化的精髓，就是人类改变世界的本质力量在历史和社会中的沉积。马克思指出，人的本质力量的自我实现和确证，一方面必须通过物质生产方式来实现，"通过实践创造对象世界，改造无机界，人证明自己是有意识的类存在物"③；另一方面，通过直观即精神把握的方式实现，即人在自己的意识中把握对象世界，包括"使自己的生命活动本身变成自己意志的和自己意识的对象"④，从而在直观中达到对人的本质力量的自我实现和确证。这样，人类就在文化中能动地现实地复现自己，从而在他所创造的世界中直观自身。藏族优秀的民族文化基因就是人类在生存的漫长过程中，不断选择、积淀自身创造的精华的过程。

对于生命活动的高度崇尚，对于生命的多种体验方式的推崇，是藏族文化中的鲜明特征。情感就是对于生命超越的体验，是诸多文化基因的共同要素。"体验"是生命过程中所获得、又在生命中保存和延续的精神力量；它充满活力，又不断自我更新和自我创造。

回到藏族生命哲学，存在着同样独特的文化基因束：

藏族生命哲学中"醉"的酒神精神。在藏族文化里，藏人爱

---

① 潘知常：《生命美学是"无人美学"吗？——回应李泽厚先生的质疑》，《东南学术》2020年第1期。
② ［德］马克思：《1844年经济学哲学手稿》，人民出版社2014年版，第50页。
③ 《马克思恩格斯全集》第42卷，人民出版社1979年版，第96页。
④ ［德］马克思：《1844年经济学哲学手稿》，人民出版社2014年版，第53页。

酒，酒和酒的沉醉是一种代代相传的生命形态。藏族生命哲学中有一种无我的状态，是一种在心境中忘记自我，与佛境、与自然融为一体的状态。这很像尼采对酒神状态的描述，他认为这种状态战胜了人生的悲剧性质，由现象而进窥本质，由必死的个体而化作永生的宇宙。在酒神状态中，"我们在这短促的一瞬间真的成了万物之源本身，感到它的热烈的盘存欲望和生存快慰……纵使有恐惧与怜悯之情，我们毕竟是快乐的生灵，不是作为个人，而是众生一体，我们就同这大我的创造欢欣息息相通"！在尼采后期，引入权力意志以后，"醉"成为"一种高度的权力感，一种通过事物来反映自身的充实和完满的内在冲动"。或者这样说，醉是权力意志充溢、生命力饱胀的状态。在醉的状态中，生命力被鼓动到最高水平，人自身的丰盈被投射到事物上，把事物理想化情感化，从而产生美感。

　　藏族文化氛围浸染的醉，是与高寒的雪域自然环境相应的藏区的生存状态，"岩石、雪山、草原、河水、海子，以及以死去的海底与蓝天对峙的大戈壁。它裸露于狂风与寒暑之中，让强烈的阳光在大地上碰起无数射线，然后让黑夜中野外的孤鹰的鸣叫唱出这片土地夜晚的安魂曲。而白天的旷漠却升起一片又一片的旋风。它对于眼睛来说，是没有风景的风景"。① 传统西部精神完全就来源于这种人与自然的同步。因此，西部景象，便是西部精神的隐喻、象征、照应，它源于人类无法遗忘的原始思维特征，这一特征曾由弗雷泽尔和列维·布留尔总结为交感巫术和原始互渗律。

　　藏族美学中的"歌"与"舞"的文化基因是藏族的民族精魂。几乎每一个藏族人都是最狂放最潇洒的"天生"的舞者，是会唱最独特最高亢的拉伊、花儿、牧歌、酒歌的天生的歌者。那些最优美

---

① 龙驿武砺兴：《中国西部文化精神论稿》，甘肃人民出版社2002年版。

的锅庄、弦子、踢踏、热巴，配着最激烈的赛马比赛，成为藏族生命活动中的"高光时刻"。这应了尼采的观点，即是说，当一个人的生命力受到强烈刺激从而最高限度地调动起来的时候，才能最充分地感受生命。这种沉醉是一种忘我、无我的状态。每个歌者和舞者的生命活动都是建立在他个人的特殊经验的基础上，所以这种体验就具有唯一性，具有不可代替的感性性质。这种体验就充分地释放了歌舞者内在的情感、情绪、心理，并在集体的活动中到达一种生命的境界。狄尔泰就把这种经验的获得过程当成是特殊的体验过程（erleben），而体验的结果所凝聚的经验就是一种特殊的"体验结晶"（Erlebnis）。藏族的歌舞、戏剧、说唱等都是这种生命体验的结晶。

藏族生命哲学中"身心一体"的磕长头的修行方式，是同样具有最赤诚的生命状态的另一种藏族文化形态。"磕长头"是藏传佛教信仰者最至诚的礼佛方式之一。那是"万物一体仁爱"的生命哲学的最诚挚的宗教表达形态。信徒们从各自的故乡，距离拉萨千万里的四川西部和北部、甘肃南部和河西、青海，以及西藏的其他地区开始，戴着护具和护膝，沿着道路，三步一磕，为着虔诚的信仰跋涉直至"圣城"拉萨朝佛。他们把全家一年、几年甚至一辈子的积蓄变成金银或钱币带在身上，供奉给寺庙，直到自己身无分文，再沿路乞讨回家。这样做在他们看来才是最虔诚的事。在这里，生命即宗教即体验，生命即宗教即超越，生命即献祭即升华。这里确实存在修行者宗教的迷狂，但也可看到一个伟大民族最赤诚的生命之裸陈。

藏族生命哲学中"转经桶"的"永恒的轮回"。轮回是藏传佛教的核心理念。转经筒又称"玛尼"经筒[①]，与六字真言（六字大

[①] 梵文 Maṇi，中文意为如意宝珠。

明咒）有关。藏传佛教认为，持诵六字真言越多，表示对佛菩萨越虔诚，由此可得脱离轮回之苦。因此人们除口诵外，还制作"玛尼"经筒，把"六字大明咒"经卷装于经筒内，用手顺时针摇转，每转动一次就等于念诵经文一遍，表示反复念诵着成百上千倍的"六字大明咒"。转经筒有大有小，小的拿在手中即可，大一些的需要支在腰部的皮套里作为支撑。再大的转经筒，就是我们在藏区大大小小的寺庙门前看到的一排排的转经筒，下端有可用于推送摇动的手柄，信众经常到寺庙去推动经筒旋转，这称为转经。有的还用水力、灯火热能，制作了水转玛尼筒、灯转玛尼筒。

藏传佛教的时间理念不是永恒的，却也是常人不可想象或者经历的①，这仍与尼采的"时间永恒"理念不同②。但是藏传佛教里的轮回是永恒的，除非人能修炼成佛，才能跳出轮回的桎梏。这带有了"超人"的超越之意，"永恒轮回"之思。就像《查拉图斯特拉如是说》的"宗旨"所言，永恒轮回思想是"人所能够达到的最高肯定公式"。

"天葬"③是藏民族对生命轮回的献祭和实践，生命即超越。这种生命祭献的方式，是对生与死对立的永恒矛盾的解除，是生命升华的一种自如的境界。有人说，哲学是宗教的女儿，宗教是人类

---

① 藏传佛教宇宙观里，时间上也是极长远的。有一个"劫"的概念，分小劫、中劫和大劫。一由旬等于四俱庐舍，一俱庐舍等于两千弓，一弓等于四肘，一肘有二十四指节，再往下是麦粒、虮虱、芥子、发尖、微尘和极微，每一种比下一种大八倍。在一个一立方由旬的体积里装满发尖，每一百年取一粒，直到取完为止积累的时间算是一个小劫中的一天，这样的一天累积到一百年才是一小劫，一小劫年数的平方是一中劫，一中劫年数的平方是一大劫。和空间一样，这个时间的范围已经远远超出了人类的视野。

② 尼采受赫拉克里特影响，他说"力，不可停滞"，此是本质的，而时间也是本质的，且"时间是永恒的"。由此变化也成为永恒，并最终使一切不断面临着否定，超人乃是一例。超人必须时时超越，任何停滞都意味着倒退。这就注定了尼采的悲剧性——他必须使意志反叔本华而行，坚决灌入到自己的审美拯救中。

③ 在这里，"天葬"仅作为一种独特性较强的文化形式化喻使用，其他蕴涵与形式此处不赘。

灵魂的女儿。人们说，哲学是宗教的女儿，宗教是人类灵魂的女儿。笔者则认为，所有的哲学、宗教和心理学都是人类在同自然和社会的博弈中生命开出的花朵，或绚烂或丑陋。藏族人生活的区域，多数处于高海拔地区，空气稀薄，气候寒冷，自然环境和地理气候相对博大神秘、变幻莫测。自然力量的强大、生存的困难和不确定，带来了极强的自然崇拜心理、神秘主义思维，以及对于生死的超脱、对于宗教的虔诚。不止面对藏传佛教一种，民间信仰也极为盛行，这一世生命的渺小都匍匐在如神山圣水一般时隐时现、高高在上的神灵世界里，在对未来世的期盼之中。强烈的生存意识和对生命的探索追问，就更加强化了人们心中的宗教信仰。甚至，在藏族人的意识中，佛经本身就是一种象征，它象征着生活的美满幸福，并且相信能够避灾消祸。例如，藏族人把经幡（即印满经文的各色丝绸）挂在自家的帐篷或房屋周围，挂在自家的头牛或头羊身上，以象征富贵安康。他们还经常把经文刻满他们周围的石头。如今，在专门打制过的片状石头雕刻经文——尼玛石，已成为西藏人的传统工艺之一。在他们眼里，正统的藏传佛经，是至高无上的福乐智慧，同时也是真善美的极致，也因此，佛国境界也就成为藏民族永恒的精神归宿。

从藏传佛教中的活佛转世制度的一般性思考看，藏民族坚信，具有崇高的行为修养和崇高的思想境界的佛教家，既是今生今世的佛，也是永生永在的佛，他们共同象征了人类灵魂的不朽。因此，他们的精神灵魂是永恒不灭的，是代代相传、生生不已的。尽管佛的精神灵魂在每一世所"住舍"的身体不同，但是，佛的精神灵魂却永远存在。实际上，佛的智慧永远只有一个至高无上的境界，即：自觉觉他，觉心圆满。否则，恐怕也不一定就是真活佛。一个真活佛，其精神灵魂必须是属于永生永在的人民。

二 当代哲学解释学的核心论题"历史流传物"与藏族文化基因

本书的主题决定本书具有强烈的历史观照,并由之选择了人文主义阐释学的理论取向。

在对施莱尔马赫和狄尔泰的传统阐释学批判之后,德国哲学家海德格尔将传统解释学从方法论和认识论性质的研究转变为本体论性质的研究,从而使解释学由人文科学的方法论转变为一种存在论的解释学。海德格尔通过对"此在"的分析达到对一般"存在"的理解,并把理解作为一种本体论的活动,提出了"解释学循环"的著名理论。

在海德格尔存在阐释学基础上,伽达默尔创立了当代哲学阐释学。伽达默尔提出了"效果历史""视野融合""人的前理解构架"和"我—你对话的主体间性"。他认为:"时间距离并不是某种必须克服的东西。这种看法其实是历史主义的幼稚假定,即我们必须置身于时代的精神中,我们应当以它的概念和观念,而不是以我们自己的概念和观念来进行思考,从而能够确保历史的客观性。事实上,重要的问题在于把时间距离看成是理解的一种积极的创造性的可能性。时间距离不是一个张着大口的鸿沟,而是由习惯和传统的连续性所填满,正是由于这种连续性,一切流传物才向我们呈现了出来。"[①] 他认为,历史不可能通过所谓客观、中立的方法去达致,历史本身通过语言无所不在地浸透于每一个人的理解和方法的应用中,它表现为主体的前理解,由前理解而形成的理解和理解的角度、理解的方法以及应用的个人方式或特色。

---

① [德]伽达默尔:《真理与方法》,洪汉鼎译,上海译文出版社出版1999年版,第381页。

对于本书来说，当代哲学阐释学的诸多观念，集中体现为对于历史流传物的关注和借鉴。所谓历史流传物是历史中某一文本通过作为事件的语言的传播与阐释而生成的构成物，它是效果历史的文本化持存，是作为过程的文化传统的生成，是作为流传事件而在语言文化中的漂移中进行的阐释活动本身，是人的社会性实践交往的沉积性呈现或现实。

作为当代哲学解释学关键词的流传物或历史流传物，其德文原文为Überlieferung，Über有在……之上、越过、超越、跨越的含义，liefer有送货，交货，提供之义；-ung系名词词尾。作为流传事件的德文原文为：Überlieferungsgeschehen，Geschehen有事件、事件之发生的含义。流传物的英文翻译为Tradition或Historical Tradition，即传统或历史传统。德语中与之相应的另一个概念是构成物（或译创造物，Gebilde）。

金元浦先生认为中文的流传物或历史流传物的解释，正呈现了解释学最根本的本质：作为理解、翻译和解释的技艺学，是经由翻译的转化而生成的，是在走向中文途中生产、构成或创造的。他强调了当代哲学阐释学的这一历史观："意义是人类全部人化文明的人类学历史成果。意义的历史性首先表现为意义与传统的关系。哲学解释学告诉我们，意义永远处在一种历史文化的承传之链中，任何一个阐释者，不管他自己是否意识到，他都必须从已有的传统这一具体的立足点进入解释，即使是与传统观点彻底'决裂'，也须从这一基础开始，而不能'天马行空'或建筑'空中楼阁'。任何意义也都不可能是无米之炊。这是历史的实践性决定的，除了已先在拥有一种前理解结构外，它还必须先期拥有足够的思想资源，这包括前人的各种历史文本，对历史的陈述，对历史意义的阐发或再阐发，其发生演变的历史，此即所谓解释的境况。任何当代意义的生成都是对历史的意义资源承传、选择、判断和创造的结果。我们属于传统远远大于传统属于我们。我们有不理解传统的自由,但我们没有不生活于其中的自由。"①

所有的流传物实际上都是构成物,因为构成物具有在过程中生成的特性,它是创造物,是作品。历史文本、语言文本和读者、阐释者都是在"流传"这一绝对的中介中通过"转化"(Verwandlung)的"事件"而构成的。转化并不是变化(Veranderung)。转化是"指某物一下子和整个地成了其他的东西,而这其他的作为被转化成的东西则成了该物的真正的存在,相对于这种真正的存在,该物原先的存在就不再是存在的了"②。所以,流传物是在历史事件的转化中生成的构成物:事件(历史事件)——文本化——流传——转化(阐释)——构成物1……流传——转化(阐释)——构成物2……

西方解释学作为特别关注传统的理论或学说,理所当然地将流传物或历史流传物作为其核心概念。但实际上作为中国文学阐释学的流传物或历史流传物却在一定程度上是翻译过程中衍生的或生成的概念,它不再等同于英文中的 Tradition,而是在语言的陌生化中衍生出或生成为另一个相对独立的概念(尽管仍有很多联系)的。本书的研究秉持和依据金元浦先生首倡的文学阐释学的理论架构,在间性理念指引下对部分与整体、历史与创新、一体与多元、地方与全国等关系中寻找耦合、平衡、协同、融汇等的创新的基本观念与思路。

金元浦指出:"流传物是内容。它不是具有坚固外壳不可更易的客体,不是固着不变的某一确定不改的对象,而是在主体间流动、传释的活体。内容是历史流传物的生命。它不仅构成形式史,

---

① 金元浦:《文学解释学》,东北师范大学出版社1997年版,第259页。
② [德]伽达默尔:《真理与方法》,洪汉鼎译,上海译文出版社出版1999年版,第143页。

更重要的是它构成内容史。流传物直接构成历史。它表现为文化无意识、集体前理解与民族文化意识结构。"①

三 文化多元一体背景下的"地方性知识"与"文化生态论"

文化多元一体背景下的"地方性知识"。该词由人类学阐释学家吉尔兹提出②。以他为代表的阐释人类学将地方性知识视为具有独特意义的文化子系统来进行描述和阐释，以便在西方文化中心观及其学科体系外，建构起一个个本土性文化知识系统来。他的这一努力确立了地方性知识在人类学话语圈中的重要地位。从地方性知识的形成机制上看，任何民族都是在依赖和利用其所处的自然环境创造自己的文化，生物多样性构成了文化多样性的前提和基础。基于适应和利用多样性资源的环境胁迫，人类形成了不同的社会经济生活，并进而产生不同的民族（族群）文化。不同民族对自然、环境、资源的认识不同，因而其适应方式也不同。优秀民族文化的传承要在"自知"上下功夫。③

文化生态与文化变迁。文化人类学家斯图尔特提出了文化变迁论、文化生态学和跨文化整合理论，这些与前述吉尔兹的地方性知识相与耦合。斯图尔德认为，文化生态学是文化史与人类生态学之间的跨文化整合的成果。它侧重研究一个地区或民族的文化形态与自然环境之间的关系。它认为处理好文化与环境之间的关系，是人类与其他动物的最大区别，人类能够根据环境的变化适当地调适文化。作为文化的人类，更少受到遗

---

① 金元浦：《再论历史流传物——文化实践解释学阅读札记之二》，《湘潭大学学报》（哲学社会科学版）2012年第1期。
② ［美］克利福德·吉尔兹：《地方性知识》，王海龙、张家宣译，中央编译出版社2000年版。
③ 丹珠昂奔：《认同、自信与自觉——习近平文化思想之思考》，《青海民族研究》2017年第3期。

传或生物本能的限制。

斯图尔特立足于文化变迁的三大动因对本书产生了重要作用。其三大动因之一为文化变迁的特殊历史的社会的过程；其二是某一"地方"的生活状况对其生态环境的适应产生出相应的文化生态；其三是文化变迁中的传播、传递、传承。这三大动因都面临着与其他文化相互间的矛盾冲突和相与相偕，甚至文化战争；也存在着自身文化中的三大动因的错位、纠结、不适和斗争。斯图尔特提出了跨文化整合的解决方案，提出了文化变迁中的社会层次理论，将社会整合的复杂程度划分为家庭、群落（村落或社区）、酋邦和国家四个层次。不同的层次要通过跨文化整合来实现提升。斯图尔特的文化生态学与吉尔兹倡导的地方性文化共展并存，成为本书的重要理论资源。

随着媒介范式的不断突破与革新，围绕藏族文艺作品以及美学和文艺理论本身展开的问题域也会相应发生变化。与其他理论一样，藏族文艺研究要保持生命力，也必须不断反思传统，展开新的理论探索。

藏族文艺美学的多重复合性与文化间性。为什么本书花费了如上的篇幅说明自己的前设理论构架？是在这里炫耀或者生拉硬扯各种理论话语？当然不是。这首先是由研究对象所处的时代、民族地域文化所关联的多重联系、当代世界学术发展的跨文化整合与多文本融汇的主流趋势决定的。

本书的研究对象藏族美学与文艺理论是一个尚未完全形成自身体系的学术论域，它所处的当前时代是一个全球文明互鉴的时代，是一个世界各国各种文化艺术范式和话语全面引入和传播的时代；它是一个在我国改革开放中美学与文艺理论获得高度发展和探索的时代，是在中华文化复兴的国潮推动下传统文化资源得到充分展现的时代；它是我国各少数民族文化艺术作品繁荣、理论研究多样化的时代，也是各民族历史文化资源全面发掘、不断进行改造立新的时代。这是一个在马克思主义指导下，创建具有民族特色的藏族美学与文艺理论的新时代。在这样一个时代发展的历史性高度来完成本书的任务，自然需要厘清藏民族地域文化所关联的诸多关系、诸多要素，这是一个必须厘清的前设语境。法国著名文艺理论家丹纳当年在《艺术哲学》中就曾明确提出"种族、时代、地域（环境）"三元素，让我们至今获益。

同样，本书的前设理论构架是在当代世界学术发展的主流态势中选择和借鉴的。它既是历史的、客观的，又是本书有目的选择的、是主观的，是为了更深刻地理解和构建本书目标论题。当代学术具有跨文化整合、多文本融汇和复调融合的新形态。它不再沿袭19世纪以来精细分科分类分属分目研究的基本方法论途径，而是跨文化、跨学科、跨部类整合融汇的。"学科互涉是渗透的，它不再局限于一部专著、一个章节，或一篇论文。而成了学科研究的一部分。多种多样的学科互涉出现了，从简单的借鉴和方法论吸收，到理论的丰富，领域的融合，并且从旧的学科互涉研究专项新的'跨学科'（cross-）、'对立学科'（counter-）、'反学科'（anti-）研究，来解决意义是如何生成如何保持和解构的问题。在表述上标新立异几乎成为每一种重要批评实践……的核心措施。""学科互涉对学术研究的重建、对它在学术团体内外一如既往的重要性来说，是基本的。它代表变化的力量，代表对正统的挑战，也是学术发展的动力。"数据说明，最近几十年来几乎所有的重大研究进展都是在已有领域之间的"学科互涉边界地带"的边界作业中实现的。① 由此，我们发现，新的研究的文本一定是多文本融汇生成的。所以

---

① ［美］朱丽·汤普森·克莱恩：《跨越边界》，姜智芹译，南京大学出版社2005年版，第202、228、251页。

本书将神话原型批评的集体无意识与文化变迁理论的集体记忆融汇；将狄尔泰生命哲学与当代哲学阐释学的"效果历史""视野融合"和历史流传物融汇；将中华传统文化的宏阔视野与地方性知识融汇；将视觉图像文化与口头诗学理论融汇。这就是本书提出和实践的多文本融合和复调式文本。

"复调"来自巴赫金的独创性术语。自巴赫金将音乐中的"复调"（俄文 полифония，英文 Polyphony）隐喻地使用在文学中，成为其独创性的术语之时，就暗示了一种可通约性（即使"通约"（Commensurability）概念本身也是社会学家库恩从数学概念中总结出的科学理论通用规则）。巴赫金在文学中使用的"复调"是一种叙事特征的描述，一种"多声部"现象。这里的可通约性指的是，藏族文艺批评史的研究不是一种方法论的单线历史，也不是从一个明晰的历史阶段"改朝换代"历时呈现的历史，而是"有着众多的各自独立而不相融合的声音和意识，由具有充分价值的不同声音组成真正的复调"[①]。巴赫金的复调理论恰恰是美学与文艺理论的重要理论创见。在中国和西方之间，在藏族文化与印度文化之间，在藏族地方性文化与中华文化之间，在历史传统文化与现当代文化新质之间进行跨文化整合，寻找共识、共在、共生的主体间性与文化间性。

文化间性（主体间性、学科间性、文学间性、地域间性、民族间性）的探索与寻找是当代阐释学的核心论题，也是本书的理论支点。当代世界多种文化形态、多种文明类型、多种语言范式与话语之间一直存在着对立、冲突、对话、交往的现实情境。文化间性是在这一背景下建构文化交流对话理论的核心范畴。它以"文化主

[①] Mikhail Bakhtin, *Problems of Dostoevsky's Poetics*, University of Minnesota Press, 1984, pp. 6-7. 中文译文参考［俄］巴赫金《陀思妥耶夫斯基诗学问题》，白春仁、顾亚玲译，载《巴赫金全集·诗学与访谈》，河北教育出版社1998年版，第4页。

体—文化主体"的文化间结构为基础，推进不同文化间的相互交流、相互作用、相互否定、相互协同，在各独立文化保持自身独特性的基础上，探寻不同国家、民族、地域的文化之间的共在性、约定性、协同性，寻找文化共识，建构跨文化交流共同体。其规定性是在社会生活和文化实践中实现文明交流的普遍有效性和理解的合理性，消除文化战争。

在马克思主义审美文化指引下进行创造性发展与创新性转化，这是我们构建具有鲜明民族特色的藏族美学与文艺理论的必由之路。也是本书认定的目标。然而，提出一个综合性的藏族文艺美学的宏大命题，并不是意在创立一个独立学科，或者编制一个面面俱到的综合性艺术学史，更不是试图把一切都划归到文化学的筐子里笼统地讨论一番。传统学科分类正面临学科越界扩容的推动，"构建藏族文艺批评史的纲要与路径"这一选题，便是试图在尊重百余年来各个细分学科已经广泛展开的跨学科思考面相，把其中具有超越性的可通约部分提炼出来，形成一个对藏族文艺美学的基础性概括。

当然多重文化融汇这一学术路径的选择也与我数十年来的学习、研究的实践经历相关[①]。别裁伪体亲风雅，转益多师是吾师。

第三节　藏族文艺美学的形态与未来

完成建构藏族美学与文艺理论的宏大课题是学者个人难以承担的巨大任务，但是总需要有人在学术的道路上甘愿开山劈石，筚路蓝缕。我们处在一个在百年未见历史性大变局中开出新天地的时

[①] 笔者曾先后学习和研读美学与文艺学、马克思主义文艺理论、西方古典文艺学、西方20世纪多元文艺范式与诸多理论话语，在中国人民大学、中国社科院哲学所学习，并前往加拿大英属哥伦比亚大学、西门菲沙大学、德国波恩大学和美国哈佛大学访学。

代。我们这一代也要无可逃避地承前启后，担负起沉重而又辉煌的历史使命。我愿意做开拓者们的马前卒。

文艺的本质是什么？马克思说，人是一切社会关系的总和。文艺是人学，关乎生命、生存、生活。文艺的本质是人与人、人与社会、人与自然的对话、交往和沟通。文艺包含了这三种对话，更着重于人与自身的精神性、观念性的自我对话。不仅如此，它还是文本之间、主体之间、文化之间、民族之间，乃至国家之间、世界不同文明之间的沟通和对话，并因此生成了间性。间性是文艺之为文艺的核心要素，它尊重多样性的存在，在保持各自独特性的基础上，通过相融、协调、共同交往，寻找文化、文艺的约定性、共同性。

藏族文艺美学的主流形态是什么，什么是它最重要的特征？历来的学者都对此给出了自己的回答。多数现当代学者，从现当代中国和西方现代文艺理论的阐释框架出发，特别是以西化构架较为明显的汉族文艺理论来构建藏族文艺学的基本结构形态——即以语言文学为基础，以书面文化、作家创作论等为主要对象的批评研究方式。但是面对藏族文化传统的实际，我们看到，藏族传统文艺学并没有十分明确的发展阶段分期，普遍的书面文化并不发达，精英化与宗教化程度高，典型意义上的文艺类别如诗歌、小说、散文、戏剧的发展并不均衡。

本书认为，独特的区域民族的混合型文艺形态是藏族传统文化的主形态；宗教影响下的文艺内容生产构成了藏族文艺学的基本特征；可视性图像文化占据藏族文化传统的主流；而口头传统基础上形成的口头诗学成为藏族文艺学的重要部分。

一 书面、口头与藏族文艺美学的语言艺术传统

《诗镜》之于藏族文艺理论乃至藏族美学，具有奠基性的地位。

这不仅因为它是藏族唯一一部指导文学创作的理论著作，还因为檀丁创造的"风格论"和《诗镜》中的修辞手法开启了藏族古典文学的规则制定，具有内在的宗教超越性和时代超越性。藏族学者通过对它的阐发，创造性表达地了藏族文化的"生命观相"，它不再仅仅是简单的修辞法则，更在不断的创造性阐释中成为藏族文化的经典。

《诗镜》走过了一条经典化的阐释道路，具有历史流传物文化传递的基本特征：它从多种话语中被选择、被抽离出来，借助于不同时代的社会、文化、宗教和教育传递的权力与渠道，获得了某种"膜拜价值"。经过时间的涤荡和历史的检验，成为主流的诗学标准，并为此后的创作共同体和批评共同体所认可，所奉行，所传承。逐渐超越特定的时空，在长期历史理解中随时"在场"。以《诗镜》为例，其在数百年间经历了反复的翻译、解释、诠释和语内翻译过程，形成流传至今形式多样、为数众多的不同注疏版本，积淀为极具特征的"诗镜学统"。诗镜学统具有如下特征：（1）跨越梵藏语际和跨越古今的"双跨性"，在"双跨性"的综合作用下，经典文本历经数百年传承，完成了本土化、经典化、宗教化等过程，成为藏族自己的理论著作；（2）与佛教思想体系形成重叠互渗的"互文性"，这些文化传统和表现形式被纳入到藏传佛教这一统领性的意识形态框架下，通过宗教的统治地位来确保文化的神圣性和绝对权威地位，也使得这些文化传统和表现形式在漫长历史发展中得到了更好的保护和传承；（3）由于语言本身就处于永恒变化之中，再加上源于原典作者和注释者之间多重"视域差"造成的"未定性"。

《诗镜》不是一部历史文献，而是藏族文学创作和批评的教科书。它针对阅读它的每一个时代和每一个当下，对"现在"持有意义。我们常常在童话里看到"魔镜"——它是用来回答问题的，

《诗镜》即是藏族文艺的魔镜。

丰富悠久的传统藏族史诗、口头传唱艺术是藏族文化的主流形态之一。由此而生的理论形态——口头诗学则成为藏族文艺学的主体部分之一。与当代大量的书面文学艺术的批评研究不同,口头诗学着眼于仍然"活态"生存于藏地的史诗的口头传唱,这在我们深入果洛的人类学"田野"调查中,得到了充分的展示。

藏族的口头诗学推重一种源头的神圣性,即在口头传统中,对传承内容来源神圣化。以《格萨尔》为代表的史诗说唱最具特色。来源神秘的史诗说唱艺人是"鹰的故乡,神的传人"。《格萨尔》说唱人就有神授艺人、掘藏艺人、圆光艺人等非遗传承人。他们终生说唱《格萨尔》,展现了口头传唱者的个体性。这种对传承人的强调和保护,改变了过去藏族艺术传统中的"匿名"方式,开创了传承人知识产权的新时代。

《格萨尔》的"史迹""神迹"和"源头"三个关键词,是在"时间"语境下呈现的三个特征。口头传统神圣性的建构,有着与文本的经典化类似的过程,是以经验积累为基础的,这种经验就形成了"记忆":经过"经验实践—惯习养成—范式选择—对象命名—团体认同—理念传播—经典型塑—教育孵化—仪式确认"的过程,口头演唱成为经典,口头诗学成为对位性的理论形态。

二 视觉政体与藏族文艺美学的视觉图像传统

对于藏族文化传统来讲,视觉图像文化占据藏族文化传统的主流,并形成了一种在历史中绵延的"视觉政体"(scopic regime, visual regime)。什么是视觉政体?美国学者马丁·杰在分析视觉图像的意义时指出,应当重视社会历史意义上的视界构成机制问题,他使用的术语是 scopic regime[①]，也有人使用了 visual regime[②]，二者都译为"视界政体"。

对于"视界政体"，国内研究者已经有较为完整的论述。"视界政体"指的就是在视觉中心主义传统下建立起的"一套以视觉性为标准的认知制度甚至价值秩序，一套用以建构从主体认知到社会控制的一系列文化规则的运作准则，并形成了一个视觉性的实践和生产系统"[③]。也就是说，视界政体是基于视觉中心主义传统形成的某种认识方式的建制化过程及其最终体系。以视觉为中心的认知方式的建制化过程带有如下特性："在视觉中心主义的思维下，视觉对象的在场与清楚呈现，或者说对象的可见性为唯一可靠的参照，以类推的方式将视觉中心的等级二分延伸到认知活动以外的其他领域，从而在可见与不可见、看与被看的辩证法中确立起一个严密的有关主体与客体、自我与他者、主动与受动的二分体系，并以类推的方式将这一二分体系运用于社会和文化实践领域使其建制化。"[④]

本书借鉴"视觉政体"理念，是认为藏族传统的宗教文化艺术活动的确是在一套以视觉性为基本认知制度和价值秩序、影响全民宗教认知并达到社会共识的文化规则和运作系统，它形成了一个视觉性的文化实践和生产系统。在90%文盲的藏族传统社会，视觉图像文化发挥了极为重要的作用。

虽然我们的研究对象是藏族传统文化，但我们必须看到，藏族艺术的视觉图像文化研究毕竟是在以流行文化研究为主的文化研究

[①] Martin Jay: *Downcast Eyes: The Denigration of Vision in Twentieth-Century French Thought*, Los Angeles: University of California Press, 1993.

[②] Rachel Bailey Jones: "History of the Visual Regime", *Postcolonial Representations of Women, Explorations of Educational Purpose*, vol. 18, Dordrecht: Springer Netherlands, 2011, pp. 101–115.

[③] 吴琼：《视觉性与视觉文化——视觉文化研究的谱系》，吴琼编《视觉文化的奇观》，中国人民大学出版社2005年版，第2页。

[④] 同上书，第6—7页。

学科已经充分发展的基础上进行的，不可避免地借鉴了20世纪末的视觉文化转向的成果。这种阐释萃取各种理论和方法，开创新的视角，新的路径，可以对藏族文艺进行全新的研究。在新的网络时代，图像的呈现已经变得如此清晰，传统资源的网络搜索也变得如此方便。但在本书中我们借鉴视觉政体理论，是基于藏族传统文化中可视性图像文化所占据的主流地位，并作为历史流传物在历史上延展出的丰富多样的形态，包括外在的形式和内在蕴涵。比如唐卡、曼荼罗（坛城）、藏族歌舞、藏戏……后现代的回溯让我们回归到事物的本来面目。

藏族视觉图像文化的经典案例是唐卡。作为文化的唐卡其文化身份指向图像观看中的文化认同。这是与观者和唐卡之间实际的观看关系相关的。遵循着宗教教义所设定的仰视的观看位置和视线决定了对于唐卡形式和内容的认识进入了预设的崇仰和膜拜的佛境模式。藏族艺术历史地具有"信徒"的宗教性质。它们符合布尔迪厄曾经提出的"纯粹凝视"的标准，并将这一观看定型化、仪式化。从这个意义上来说，对于藏族艺术的视觉文化研究应该根据研究路径兼顾诸多议题。一种是宗教的语言，一种是艺术的语言，两种状态下的观看都构成了场域的自主化。它的宗教本质具有一种"宗教意象""宗教象征"甚至"宗教幻想与宗教幻象"的特质，造出了一个佛界的氛围，超越了"物"之"象"，展现出的是一种佛的境界，一种神秘的情境，是对"物"的抽象化，却又是对"象"的观念化。

在博物馆和画廊中，唐卡变身为艺术品。观者所处的观看位置被预设为接受与欣赏模式。这种视线的平视使观者得以遵循画家的视线指引，对画面形式、内容进行观赏性的认知和评价。在此基础上产生的美学和艺术批评，通过观看者在"像像生像"的图像心理再造中将唐卡的像和内心自存的心像融合成第三像。此即唐卡图像的接受与欣赏模式。其中还包含着意识形态及其观看的权力关系的影响,包含现代文化生产对于藏族艺术意义的生成作用。

藏族艺术史的梳理,并不是传统意义上的从传统到传统,今天,我们必须看到,新媒介、影视文化和数字化图式也是当代藏族艺术史中不可缺少的一部分。在当前全球化和文化多样性、多媒体整合的脉络之下,藏族艺术在传播途径和内容上日益全球化,传统艺术生产和展示方式都受到了冲击。崭新的藏族艺术形态和传播方式正在飞速发展中。

三 面向未来的关键概念

本书是国家社科基金项目"构建藏族文艺批评史的纲要与路径"的成果,也与我承担的万人计划青年拔尖人才项目和哈佛大学燕京访问学者项目的内容有交叉。

在进一步的研究中,我将对藏族美学与文艺理论的关键概念进行滚动研究。我将其提炼为两个概念丛和十个主要概念。它们是:

(一)关键人物概念丛

1. 萨迦班智达·贡嘎坚赞。藏族历史上第一位被誉为"班智达"(大学者)的学者,藏族文艺理论的奠基人。他被认为同时精通大小五明,即藏族全部的学科,包括与文艺理论密切相关的宗教、历史、语言、文学、医学、历算、音乐、工艺、艺术等各个方面,尤其是他的诗学部分,写在《诗镜》未译介到西藏之前,是根据他学习梵文《诗镜》后的心得写成,这对建立藏族诗学和修辞理论体系是个开拓性尝试。

2. 五世达赖喇嘛阿旺洛桑嘉措。藏族文艺理论承前启后的开创者,他为藏族许多艺术门类做了正本清源的整理或者开拓。他精通语文、文学、历史、天文和美术等,亲自设计了布达拉宫、哲蚌寺等地的壁画。他为《诗镜》撰写的解释——《诗镜释难·妙音欢歌》使《诗镜》真正成为藏族自己的诗学著作。

3. 第司·桑杰嘉措。他也是一位精通大小五明的学术大家，一生著作等身。藏族历史上著名的医药唐卡"曼唐"就是他组织绘制的。他在1685年完成历算名著《普氏历演算法·白琉璃》之后，又完成了一部答疑的著作《白琉璃·除锈》，其中谈到了艺术和造像量度的源流和发展，并阐明了自己的见解，从而形成了一个完整的造像量度系统。

4. 六世达赖喇嘛仓央嘉措。藏族历史上最著名的诗人之一，作品以口头、抄本和木刻本等多种方式存世，在全球都有影响，具备了解释学意义上的翻译与阐释研究价值，也是文化传播意义上的范本。

5. 居米庞·南杰嘉措。不仅精通显密经典和五明知识，还精通医术、文学和艺术。他的《歌舞幻化音乐》《岭舞大乐音乐》《庆祝舞跳法》等，即是音乐舞蹈方面的专著。他也是为数不多研究《格萨尔》的宗教学者，对民间艺术和世俗文化的阐释还诠释出藏族近代学者对宗教与艺术关系的认知。

（二）关键文献概念丛

6. 《诗镜》。是藏族诗学论著中不同注疏版本和各个时期对其进行研究和延伸、阐释论著的共同主题，是藏文《大藏经·丹珠尔》中"声明"部的重要组成部分，也是藏族唯一一部指导文学创作的理论著作。《诗镜》本身是古代印度一部梵文诗学著作，经过数代藏族学者的翻译和重新创作，最终成为藏民族自己的重要美学理论。在藏族诗学理论中，它是虽译为"诗"，实则涵盖所有的"文"。

7. "乐论"。《乐论》及"注疏"是关于藏族古代音乐理论最早的论著，对曲调、作词和曲词配合都做出了规定，而注疏还补充了音乐教学、器乐及印度宗教音乐对藏族音乐的影响等。

8. 《五明概论》。尊巴·崔称仁青所著德格版大藏经的《甘珠尔》目录中的一部分,藏族传统文化中五个学科即五明——声明、因明、工艺明、医学明、内明的概论性著作。是藏族知识分类哲学的基础,亦是理解藏族美学与艺术理论的基础。

9. "量度经"。其实在藏传佛教造型量度方面,至今尚未形成高度统一的量度标准,除收录于大藏经的"三经一疏"以外,在密宗各种典籍中还收录有针对各自神祇的造像量度。比如《戒生经》《时轮经》《集行论》《黑色阎摩敌续》《黑色阎摩敌及其注疏》《文殊根劫》《四座续》等。通常被分为两大派:时轮派与律仪(戒生)派。

10. 《格萨尔》。被列入联合国非物质文化遗产名录的活态英雄史诗,以口头传承为主,辅以大量的手抄本与木刻本存世,是藏族口头传统与民间文学的"百科全书"。

我们处在一个伟大的学术创造的新时代,我们必须不忘初心,埋头苦干,在中国文艺学基础学科的建设中奋力前行。实践不等人,历史不等人。我们将参与在人类的伟大实践历史中创造中华民族的伟大历史实践。

第 二 章

藏族文艺美学的民族/民间特征

始知五岳外，别有他山尊。

——杜甫《木皮岭》

第一节 民族/民间间性对文艺理论的塑造

藏学有民族性、宗教性、政治性、国际性、斗争性等特点，全球化的语境使马克思文艺理论对藏学研究的指导作用显得更为重要。① "民族"是中国马克思主义文艺理论重要组成部分，这一概念在中国语境下具有双重含义：其一为中国马克思主义文艺理论所持民族立场、标准和观念，与经典、俄苏和西方等其他形态马克思主义文论相区别，涵盖漫漫历史长河中整个中华民族的文明。正如习近平同志这些年反复强调的那样，要实现"中华民族伟大复兴"，离不开中国文化的繁荣兴盛。其二为中国少数民族马克思主义文艺理论，又与前两者有所不同，相较中国马克思主义整体的民族文论，既有共同性，又有其鲜明特征。

中国革命文艺界在 20 世纪 30—40 年代兴起了"民族化"运

---

① 丹珠昂奔：《全球化背景下藏学研究的走向和任务》，《民族研究》2000 年第 2 期。

动，在中国文艺理论史上留下了"文艺大众化"的历史起点，更深层的则是顺应了当时抗日民族解放事业发展的内在需要，也是中国现代性发生发展的方式之一。通过民族形式运动彰显地方形式、民间形式和传统民族形式的自身存在价值，转化为新的"民族形式"并将之统摄和有机组合，寻求与现代民族国家相匹配的国族层面的文艺形式。① 正如当时毛泽东同志在《论新阶段》中对"民族形式"的叙述："……马克思主义必须通过民族形式才能实现。没有抽象的马克思主义，只有具体的马克思主义。所谓具体的马克思主义，就是通过民族形式的马克思主义，就是把马克思主义应用到中国具体环境的斗争中去……而代替以新鲜活泼的，为中国老百姓所喜闻乐见的中国作风与中国气派。"②

这场轰轰烈烈的"民族化"运动与少数民族文艺理论并没有直接的关系，但由于它是中国马克思主义文论中的一个主要论题，既是毛泽东文艺思想的开端，也是"中国文艺现代化道路由'五四'个人主义文艺向大众文艺方向发生切实改换的历史转折点"③，因此对少数民族文艺理论的建立也有重要的历史性影响。从中国文艺理论发展历史来看，马克思主义少数民族文艺理论的发展，是作为整体的中国马克思主义文艺理论的一部分沿着中国化民族化大众化的道路前行的；同时，它又是根据中国少数民族文学的语言的、历史的、区域的特征进一步深化的结果，从而具有自身发展的独特性。

---

① 袁盛勇：《民族—现代性："民族形式"论争中延安文学观念的现代性呈现》，《文艺理论研究》2005 年第 4 期；张武军：《"马克思主义中国化"与文艺界"民族形式"运动——兼及对中国当下文艺问题的启示》，《求索》2009 年第 1 期；颜芳：《中苏文艺理论中的"民族形式"辨析》，《中外文化与文论》2015 年第 2 期。

② 毛泽东：《中国共产党在民族战争中的地位》，《毛泽东集》第六卷，中国共产党研究小组刊印，一山图书供应 1976 年版，第 261 页。

③ 石凤珍：《文艺"民族形式"论争研究》，中华书局 2007 年版，第 3 页。

第二章　藏族文艺美学的民族/民间特征　/　51

在 1957 年前后，使用多年的"兄弟民族文学"的概念正式被"中国少数民族文学"取代。国家自 1958 年起寄希望于"以马克思主义的观点阐述的"少数民族文学单独成卷，编进文学史①。随着 1979 年中国社会科学院少数民族文学研究所和中国少数民族文学学会成立，中国少数民族文学终于有了自己的全国性研究机构和学术团体，开始建构自己的文学理论体系。并在近 40 年来，经历了"兄弟民族文论""少数民族古代文论"和"多民族文论"三个阶段②。

一　少数民族文艺理论与汉族文艺理论密不可分

马克思、恩格斯、列宁、斯大林在 19 世纪中后期至 20 世纪上半叶曾经在多种著作中论及民族文学③。民族文学除了作者的民族身份以外，还包含两个方面的要素：反映民族生活和本民族思想感情的内容要素；与内容要素相适应的民族形式④。中国少数民族文艺理论的构建一开始就是"马克思主义文艺学与民族学原理的结合"，这也构成了其主要特点和自成体系的依据⑤。后来中国民族文学理论界提出的"多民族文学史观"也正是这种思路的产物。马克思、恩格斯在《共产党宣言》中就说道："过去那种地方的和民族的自给自足和闭关自守状态，被各民族的各方面的互相往来和各方

---

① 邓敏文：《中国少数民族文学史的建设历程》，《民族文学研究》1994 年第 1 期。尽管这一初衷从未完成，但是少数民族文学史以分地区、分时代等多种方式已经出版了大量的著作，1983 年就出版了专门的《中国少数民族文学》专著。
② 姚新勇、刘亚娟：《少数民族文论的困境与中国文论"失语症"连带》，《文艺理论研究》2017 年第 1 期。
③ 毛巧晖：《民间文学的时代性及其当下意义——编〈马克思恩格斯列宁斯大林论民族民间文学〉之体会》，《民族文学研究》2018 年第 2 期。
④ 梁一孺：《论马克思主义经典作家关于民族文学的思想》，《民族文学研究》1984 年第 2 期。
⑤ 扎拉嘎：《马克思主义文艺学与民族学原理的结合——关于民族文学理论研究的思考》，《民族文学研究》1989 年第 5 期；刘宾：《少数民族文学研究四题》，《民族文学研究》，1983 年。

面的互相依赖所代替了……民族的片面性和局限性日益成为不可能,于是由许多民族的和地方的文学形成了一种世界的文学。"[1] 中国文学和文艺理论也是在历史上由各个分散的地区和民族在政治、经济和文化的交流中建立了不可分割也无法切割的丰富多彩的整体。加之民族语言的互相渗透、彼此丰富和影响,各民族在文学中的联系越来越紧密并得以进一步深化,这在汉民族与少数民族在题材、体裁、结构、形式,特别是在内容上的相互借鉴、相互采用和相互融浸中体现得最为明显。

"我国现在的'少数民族'之'少数',是以当代人口统计为基准的;而追溯历史,其中的许多民族并非少数;这些民族形成的历史,还都相当悠久,他们创造了辉煌灿烂的文化"[2]。中国文学史上,有很多少数民族出身、用汉语创作的著名作家和各种主题的作品,少数民族文学与汉族文学的关系也无法切割,都是平行与交叉发展相结合,互相影响、互相渗透、有分有合、浑然一体的。[3] 而中国少数民族文艺理论的成文著述并不晚,至迟在魏晋隋唐时代就产生了,迄今已经超过一千年。比如彝族的举奢哲、阿买尼(女)、布独布举、布塔厄筹和举娄布佗等人,他们较早地撰写出了少数民族的"诗学",其时相当于汉族的曹丕、钟嵘、陆机、刘勰等活跃的年代。从唐至清,还有许多鲜卑、匈奴、突厥、色目等民族的后裔和藏、蒙、回等民族的思想家和理论家,用汉文或少数民族语言留下了文艺理论著作。而近现代史上我们熟悉的老舍、程砚秋、沈从文、萧乾等人,也都是少数民族出身。[4]

马克思主义对民族文艺理论的加强和提升到目前为止尚未见到

---

[1] 语出《共产党宣言》,见《马克思恩格斯选集》第一卷,人民出版社 1972 年版,第 255 页。
[2] 钟敬文:《检读〈中国少数民族文艺理论集成〉》,《民族文学研究》2002 年第 3 期。
[3] 刘宾:《少数民族文学研究四题》,《民族文学研究》,1983 年。
[4] 于乃昌:《中国少数民族文艺理论概览》,《云南民族大学学报》(哲学社会科学版) 1999 年第 5 期。

较为完整和到位的梳理,其中就包括这样一个方面:立足于民族立场但又能超越特定民族的局限,试图在观察特定民族传统时随时保持更为开阔的国际性视野,同时引入更为客观的比较尺度和更符合科学工作原则的方法。马克思、恩格斯认为19世纪发展起来的比较学科因为"比较和确定了被比较对象之间的差别而取得了巨大的成就","具有普遍意义"①。如果只是过分局限在自己民族的视野内,自足自大,必然无法正确全面认识自己的民族,自诩的了解反而成为桎梏。马克思对卢克莱修和荷马的比较就很有代表性:"卢克莱修是真正罗马的诗人,因为他歌颂了罗马精神的实体;我们在这里看到的已经不是罗马的充满人生乐趣的、强有力的、完整的形象,而是健壮的、身披甲胄的英雄,他们身上再没有其他任何品质;我们看到的是'人对人像狼一样'的战争,是自为的存在的凝固形式,是丧失了神性的自然和脱离了世界的神。"②

二　少数民族文艺理论不是简单的民间文学加作家文学

由于马克思主义文论进入中国的迫切需求是反帝反封建的民族解放运动,是适应民族救亡形势的抗日战争,因此人民无疑成为这一伟大斗争的主角。尤其是中国革命中农民的重要性,革命文艺大力倡导走向民间。与之相应的民间文艺,如民歌、快报、说书、戏曲、章回小说等,也因此被高度重视,其蕴含的政治能量被充分培养和挖掘出来。"民族形式"因此与"民间形式"潜在地画上了等号。③

其实这里的"民族形式"的"民族"是"国族"而非少数民族,在这里有必要对"民族文学"和"民间文学"进行理论区分。这两个概念经常被连用为"民族民间文学",而且在早期有学者也

---

① 《马克思恩格斯选集》第3卷,人民出版社1972年版,第517—518页。
② 《马克思恩格斯论艺术》2,中国社会科学出版社1982年版,第56页。
③ 石凤珍:《文艺"民族形式"论争研究》,中华书局2007年版,第148页。

曾认为"民间文学也即是口头文学"①。

被认为是民间文学重要组成部分的古老形态的诗歌、神话、传奇、传说等产生于"人类野蛮时期的低级阶段",是人类的童年时期的产物。此时"人类的高级属性开始发展起来……在宗教领域中发生了自然崇拜和关于人格化的神灵以及关于大主宰的模糊观念;原始诗歌创作,共同住宅和玉蜀黍面包——所有这些都属于这一时期。……想象,这一作用于人类发展如此之大的功能,开始于此产生神话、传奇和传说等未记载的文学。而且已经给予人类以强有力的影响"②。马克思的论述是从民间文学产生的社会条件出发,强调了人类童年的历史创造与局限。

我国少数民族文学也因此被同样对待,这也是民族文学始终无法走入主流文学视野的原因之一。而我这里论述的,是不同意将民族文学与民间文学直接等同起来,将民族文学里非书面的、非作家的文学形态都全部算作民间文学的分类方式。

口头传统是民族文学的重要形式,少数民族文学的杰出代表三大史诗都是以口头形式传承的。学者也已经强调过狭义的口头传统只是部分对应"民间文学"和"口头文学",民间文学的学科对象和学术理路不足以涵盖口头传统的学术方向,"无论在研究对象谱型的丰富性方面,还是研究方法的多样性方面"③。但是忽略民族文

---

① 扎拉嘎:《民间文学的范畴与马克思两种艺术生产的思想——兼与毛星同志商榷》,《民族文学研究》1985 年第 2 期。

② 贾芝:《马克思主义经典作家与民族文学——〈马、恩、列、斯论民族文学〉前言》,《民族文学研究》1986 年第 3 期。其中引用的马克思的原文来自马克思的《摩尔根〈古代社会〉一书摘要》。

③ 朝戈金说,"口头传统"这个术语最初迻译自英文,近年在中国学界已经得到广泛认可和使用。英文 oral tradition 有广义和狭义两种用法:广义的口头传统,指口语交流的一切形式,狭义的则特指有悠久传承和较高艺术造诣的"语词艺术"(verbal art),后者部分地对应我们常用的术语"民间文学"或"口头文学"。见梁昕照:《"口头传统"不等于"口头文学"——访中国民俗学会会长朝戈金》,《中国社会科学报》2011 年 07 月 21 日第 5 版。

学自身发展规律，用汉族文学发展规律来比照民族文学，将少数民族的口头文学与书面文学也作为文学发展两个阶段，是不合适的。其实很多学者都多多少少谈及这个问题，认为"以往，我们通常把民间文学当成文学的史前史来认识，实际上并不是这样，民间文学有一个与作家文学长期并存发展的过程，这个过程所产生的特点，也应进入我们的研究视野。在这些环节（不是一切环节）我们可以阐明文学与文化、历史背景的本质联系，要能够从马克思主义的系统原则出发去观照文学现象和文学过程"①。

的确，从某种角度看，民族文学也是从民间文学发展起来的。在历史上，很多民族经历了以民间文学为唯一形态的历史阶段，随着社会的发展，这一阶段必然要结束，随着书面文学的发展，民间文学必然要走向衰落。② 就像马克思在《〈政治经济学批判〉导言》中所说："当艺术生产一旦作为艺术生产出现，它们就再不能以那种在世界史上划时代的、古典的形式创造出来；因此，在艺术本身的领域内，某些有重大意义的艺术形式只有在艺术发展的不发达阶段上才是可能的。……希腊人是正常的儿童。他们的艺术对我们产生的魅力……是同它在其中产生而且只能在其中产生的那些未成熟的社会条件永远不能复返这一点分不开的。"③ 这一论述讲述了希腊文明随着社会历史发展艺术生产变革的规律，尤其是两种艺术生产的绝佳例证。但是，多年来我们在引用这一段时，忽略了希腊的社会历史发展与我们少数民族地区社会历史发展非常不同的现实：希腊文明的历史语境消失了，传承中断了；而中国少数民族社会文化

---

① 刘魁立：《继往开来——全国少数民族文学史学术会上的发言片断》，《民族文学研究》1987 年第 2 期。

② 扎拉嘎：《民间文学的范畴与马克思两种艺术生产的思想——兼与毛星同志商榷》，《民族文学研究》1985 年第 2 期。不过，以"次生的口语文化"时代的特征来看，民间文学正在以新的形式得到发展。

③ 《马克思恩格斯选集》第二卷，人民出版社 1972 年版，第 112—114 页。

发展的语境尚存，文明承续，并在新形势下获得了进一步的成长。

从宏观的历史的经验来看，在民族文学理论建设过程中容易发生两种倾向：历史唯心主义倾向脱离社会历史条件来谈论民族和民族性格，将其抽象化和神秘化；机械唯物主义和形而上学则会忽略具体情况，用一个现成的公式来剪裁各种历史事实，把各种少数民族各自的文学现象进行简单的类比，纳入到同一个框架之中①。希腊文明早已中断，他们不仅经历过"歌谣、传说和诗神缪斯"的绝迹，丧失了"史诗的必要条件"，他们的书面艺术也早已中断。而我国的少数民族文明在与中原文化的互融互动过程中，不仅受到了中原文化的影响，社会发展在中原带领下共同发展，同时也保留了与自身社会历史发展同步的文化艺术形态的发展步伐。民族文学从"儿童"时代的早期形态自身也发展为现代形态。三大史诗的活形态传统、在数字时代与互联网、音画等技术直接对接，继续得以发展。这种发展不能被机械理解和生搬硬套为停留在"儿童"时期，而要看到它完全符合唯物史观，是民族特有的社会历史发展形态面貌决定的，民族"生活条件的反映"②。

第二节 少数民族文艺理论的鲜明特征

一 民族语言（思维）对民族文学形式的塑造

民族语言是民族文学形式的首要因素。这一点包括了民族文学两个方面的内容：第一是民族语言和文字。文学的民族风格很大程度上取决于语言本身。正如恩格斯描述的"荷马洪亮的语言好像是大海翻腾的波涛"，"罗马语言是威武的恺撒向军队的讲话"，"法

---

① 梁一孺：《论马克思主义经典作家关于民族文学的思想》，《民族文学研究》1984 年第 2 期。

② ［苏］斯大林：《马克思主义和民族问题》，人民出版社 1956 年版。

兰西语言宛如一条小河，湍湍地流去，不停地冲洗着顽强的石头。英国古老的语言，强壮的武士的痕迹。……但是德国语言，就像喧哗的波浪，拍打在气候美好的珊瑚岛岸上"①。中国少数民族文艺理论中，"诗律方面的声、韵、押、扣、连、对、段、偶、字、句等，不能用汉族的诗论观去简单的对应这些概念，文方面的主、题、体、骨、肉、风、彩、神、色、景、立、惊等，也有其特殊的概念，也不能作日常习惯用语去理解"②。比如藏汉诗论里都有"味"论。但是汉族文论中的"味"是"情味"，包括动词的体味、品味，形容词的意味，表现技巧的滋味；而藏族诗论中的"味"则是"生命意识的感性体验"③。

另一方面是民族语言对作者和读者④思维的影响。在文学实践中，有不少运用汉语或其他语言进行文学创作的少数民族作者。虽然不是使用民族语言，但是民族语言的思维习惯已经影响了他们的创作和表达。比较典型的是在表达中句式的排比、比喻的运用、喻体的选择等。就像马克思的名言"埃及神话决不能成为希腊艺术的土壤和母胎"，被一种民族语言和思维浸淫的无形遗产构成了形式中最具有识别度的一部分，因此"人们自己创造自己的历史，但是他们并不是随心所欲地创造，并不是在他们自己选定的条件下创造，而是在直接碰到的、既定的、从过去继承下来的条

---

① 《马克思恩格斯论艺术》4，中国社会科学出版社 1982 年版，第 276—278 页。
② 于乃昌：《中国少数民族文艺理论概览》，《云南民族大学学报》（哲学社会科学版）1999 年第 5 期。
③ 意娜：《藏族美学名著〈诗镜〉解读》，《当代文坛》2006 年第 1 期；于乃昌：《中国少数民族文艺理论概览》，《云南民族大学学报》（哲学社会科学版）1999 年第 5 期；袁济喜：《从刘勰与梁启超的文学趣味论审视当代中国文化》，《文心雕龙研究》第九辑，2009 年。
④ 民族文学简单套用"作者"和"读者"是不准确的，但是为了行文清晰简练，本文仍然沿用"作者"和"读者"，但"作者"不仅指作家，也指史诗歌手等口头文学的作者和多形态文学作品的呈现者；"读者"不仅包括文字阅读者，还包括听众、观众等。

件下创造"①。

二 文学与宗教关系的不可回避

在 1988 年《中国少数民族文学史丛书》的第一次评审工作会议上,《藏族文学史》送审稿被认为"在处理文学与宗教的关系问题上……有自己的特点"②。这揭示了马克思主义少数民族文艺理论的一个重要特点,就是丰富的宗教文化因素,这一方面是因为一些少数民族地区保持了更长时间"政教合一"的制度安排,宗教和神秘主义渗透到社会经济文化生活的方方面面。马克思主义少数民族文艺理论实事求是地看待和阐释民族文艺理论中的宗教神秘特征。主要表现在:在形态上,历史上少数民族文艺理论大多以宗教经典和经文形式存在,创作也常借神秘的理由来树立创作者的权威和正确性;而在内容上,所有对于文学艺术的探究,不管是起源、功能、特征、灵感等,都是依托于神秘化的。③ 不仅如此,有些文学操演本身就与宗教仪式活动浑然一体。如彝族的克智论辩,苗族的史诗《亚鲁王》吟唱等。

我国民族文艺学的重要特点是其丰富的宗教文化的重要内容,是如何认识和看待宗教与艺术的关系,以及其中包含的宗教艺术内容。马克思在论及民族民间文学时就提到,"在宗教领域中发生了自然崇拜和关于人格化的神灵以及关于大主宰的模糊观念",原始诗歌创作也属于这一时期。④ 虽然马克思的《论宗教艺术》最终没有正式发表,他对宗教艺术的论述还是保留在各种其他文献中,撰

---

① 《马克思恩格斯全集》第一卷,人民出版社 1982 年版,第 603、605 页。
② 邓敏文:《中国少数民族文学史的建设历程》,《民族文学研究》1994 年第 1 期。
③ 于乃昌:《中国少数民族文艺理论概览》,《云南民族大学学报》(哲学社会科学版) 1999 年第 5 期。
④ [德] 马克思:《摩尔根〈古代社会〉一书摘要》,中国科学院历史研究所翻译组译,人民出版社 1965 年版,第 54—55 页。

写此文过程中他收集资料的各种书摘也有问世。马克思认同前人的一句话:"如果我们去接近希腊艺术的英雄和神灵,但是不带宗教的或美学的迷信,那么我们就不能领会他们身上那种在自然界共同生活范围内未得到发展的、或至少能够在其中得到发展的任何东西。因为这些形象中属于艺术本身的一切,是具有人类美的习性在美好的有机构成物中的映像。"[①]

马克思认为宗教与艺术都是建立在经济基础之上相互影响的上层建筑[②],是人们掌握世界的四种方式中的两种[③]。马克思认为虽然宗教艺术"描绘的是天国的虚幻世界,而其原型却是人间的现实生活"[④]。其中,"想象"是非常重要的,"开始于此时产生神话、传奇和传说等未记载的文学,而业已给予人类以强有力的影响"[⑤]。宗教的想象是"人的存在在人脑中幻想的反映",是神仙世界的神的形象。[⑥]

他指出了宗教艺术的作用问题,讲到了艺术形式对于建立宗教

---

① 这是歌德的朋友鲁莫尔在《意大利的研究》中的一句话,马克思对其认可记载于[苏]里夫希茨(Lifshits, Mikhail Aleksandrovich)《马克思论艺术和社会理想》,人民文学出版社1983年版,第132页。

② 周忠厚:《马克思恩格斯论宗教与艺术的关系》,《江西师范大学学报》(哲学社会科学版)1991年第2期。

③ 理论的、艺术的、宗教的、实践—精神的。

④ 李思孝:《马克思与宗教和宗教艺术》,《北京大学学报》(哲学社会科学版)1986年第5期;周忠厚:《马克思恩格斯论宗教与艺术的关系》,《江西师范大学学报》(哲学社会科学版)1991年第2期。这篇文章曾经三易其题,从《论基督教艺术》到《论宗教和艺术,特别是基督教艺术》再到《论宗教艺术》,最后由于马克思对鲍威尔的不满而搁置,又因为研究兴趣的转向而放弃。

⑤ [德]马克思:《摩尔根〈古代社会〉一书摘要》,中国科学院历史研究所翻译组译,人民出版社1965年版,第55页。

⑥ 周忠厚:《马克思恩格斯论宗教与艺术的关系》,《江西师范大学学报》(哲学社会科学版)1991年第2期。周忠厚的原文里引用的版本是"幻象",语出恩格斯,见马克思等《马克思恩格斯选集》第3卷,人民出版社1972年版,第515页。他由此得出了艺术的想象是"实象",宗教的想象是"幻象"的结论。不过在后来版本的《自然辩证法》中,这句话被译为"幻想"。见毛巧晖、王宪昭、郭翠潇《马克思、恩格斯、列宁、斯大林论民族民间文学》,中国社会科学出版社2013年版,第169页。

崇高感的作用时说:"这些天生的庞然大物对精神是能起某种物质的作用的。精神感觉到质量的重压,这种压力感就是崇拜的开端。"① 宗教当中蕴含着艺术,宗教艺术也具有艺术自身的美。不过马克思、恩格斯认为宗教与艺术之间的关系不能过于紧密,会导致对艺术创新的限制。

这涉及几组概念的区分:宗教艺术与宗教题材的艺术不同。宗教艺术是艺术为宗教服务,而宗教题材的艺术有可能是反宗教的;神话也不能属于宗教艺术,因为神话有宗教因素,但是也有现实和世俗的层面;另外,受到宗教熏陶的作者创作的文艺作品也不属于宗教艺术②。针对宗教题材的艺术,马克思和恩格斯认为艺术解放需要摆脱宗教桎梏:"歌德很不喜欢跟'神'打交道;他很不愿意听'神'这个字眼,他只喜欢人的事物,而这种人性,使艺术摆脱宗教桎梏的这种解放,正是他的伟大之处。在这方面,无论是古人,还是莎士比亚,都不能和他相比。"③ 但是恩格斯也承认歌德"极力保护的诗的神秘主义"④。

而针对宗教艺术,马克思和恩格斯认为其中有艺术的因素。比如马克思摘抄过鲁塞尔的一句话:"如果我们不带宗教的或美学的迷信来探讨希腊艺术中的英雄和神灵,那就不能领会他们身上那种在自然界共同生活范围内未得到发展的,或能够发展的东西。因为在这些塑造的形象中,凡属于艺术范畴的一切,都是对壮丽的体型赋予人类优美习性或姿态的描述。"⑤

---

① 《马克思恩格斯选集》第一卷,人民出版社1972年版,第34页。
② 周忠厚:《马克思恩格斯论宗教与艺术的关系》,《江西师范大学学报》(哲学社会科学版)1991年第2期。
③ 《马克思恩格斯全集》第一卷,人民出版社1982年版,第650—652页。
④ 《马克思恩格斯选集》第三卷,人民出版社1972年版,第358—359页。
⑤ [苏]里夫希茨:《马克思论艺术和社会理想》,吴元迈等译,人民文学出版社1983年版,第132页。

要遵照马克思主义关于这些问题的经典解释,并在习近平文艺思想的指引下,厘清新时代中国特色马克思主义民族文艺学的宗教艺术相关问题。从理论建设上说,这有助于我们更好理解民间文艺的复杂性和多相性,有助于我们把文学活动放置在特定历史文化语境中加以考察,全面理解其文化内涵和现实功能;从现实需要上说,这也有助于消除对宗教的偏见和成见,有助于更透彻地理解宗教发挥作用的机理和法则,以及宗教生活与民众精神生活其他方面的关系等。

三 非物质文化遗产保护与少数民族文艺理论建设的同步发展

进入21世纪,中国少数民族文艺理论的另一个鲜明特征就是非物质文化遗产保护与少数民族文艺理论建设的同步发展。

马克思主义对民族遗产的态度一直都很明确,是人类精神发展的一种思想材料。马克思、恩格斯根据一些民族的古老习俗,研究了人类社会从野蛮进入文明的历史过程,包括对婚姻、家庭、民族、宗教以至文学艺术等方面都做了综合的比较研究。比如《古代社会》以及马克思对其的评价,还有恩格斯的《家庭、私有制和国家的起源》等著作。[①]

正如前文提到马克思曾在《路易·波拿巴的雾月十八日》中将民族遗产视为未来创造的先决条件,这对当下非物质文化遗产保护与少数民族文艺理论并行发展具有常新的指导意义。而且尽管联合国教科文组织在后续的工作文件和2015年颁布的《保护非物质文化遗产伦理原则》中才明确说明了非遗的活态原则,马克思主义对待遗产的态度一直是值得当下学习的,即不能因循守旧,崇古非

---

① 贾芝:《马克思主义经典作家与民族文学——〈马、恩、列、斯论民族文学〉前言》,《民族文学研究》1986年第3期。

今，应该将遗产为我所用，就像马克思主义本身一样，不是一个早已存在不可更改的符号，而是将其作为生发新时代理论的不竭源泉。继承遗产的意义在于从中"赞美新的斗争"，而不是"勉强模仿旧的斗争"，是要用新的"较大思想深度和意识到的历史内容"来面对现实生活，创新和发展过去的创作。①

第三节　少数民族文艺理论的问题域

中国少数民族文艺理论体系建构进度远远落后于对传统文学遗产的发现，也落后于当代少数民族作家们的创作实践，但研究一直在进行，成果也一直在出版。较早的有1983年朱宜初、李子贤主编的《少数民族民间文学概论》，1985年陶立璠的《民族民间文学基础理论》，后来还有如龙长吟《民族文学学论纲》②、李鸿然主编《中国当代少数民族文学史稿》，吴重阳《中国当代民族文学概观》，白崇人《民族文学创作论》，梁庭望、张公瑾主编《中国少数民族文学概论》，王佑夫主编的《中国古代民族文论概述》，关纪新、朝戈金《多重选择的世界——当代少数民族作家文学的理论描述》，关纪新主编《1949—1999中国少数民族文学经典文库·理论评论卷》，中国作家协会编的两卷本《新中国成立60周年少数民族文学作品选·理论评论卷》，汤晓青主编《多元文化格局中的民族文学研究——中国社会科学院民族文学研究所建所30周年论文集》，梁庭望、汪立珍、尹晓琳主编《中国民族文学研究60年》，徐其超和罗布江村主编《族群记忆与多元创造》，刘大先《现代中

---

① 《马克思恩格斯选集》第一卷，人民出版社1972年版，第603、605页。中共中央马克思恩格斯列宁斯大林著作编译局：《摩尔和将军：回忆马克思恩格斯》，人民出版社1982年版，第90页。其中恩格斯在给拉萨尔的回信中提到这一思想。

② 不过龙长吟要构建的"民族文学学"不限于中国少数民族，还包括汉族以及世界其他各民族在内，是更宽泛的"民族文学"概念。

国与少数民族文学》，吴重阳《中国少数民族现当代文学研究》[1]等。很多文章都将中国少数民族文艺理论学科建设的起点设置为郭绍虞先生1980年在《人民日报》的文章《建立具有中国民族特点的马克思主义文艺理论》，其中提到了"要建立具有中国民族特点的马克思主义文艺理论，还应该扩大我们的研究领域"，"近年来……兄弟民族的文艺理论也有所发现"[2]。

少数民族文学相关研究的论文刊发于各种综合性刊物和专题性刊物[3]、辑刊和内部出版物上。其中，《民族文学研究》作为唯一国家级少数民族文学研究学术理论刊物，长期以来在很大程度上体现了中国少数民族文学研究的主要议题和发展走势。通过统计其创刊以来相关领域的词频，这里试图对改革开放四十年（该刊创刊35年）来中国少数民族文学理论的论域进行梳理，当然不能涵盖完整的状况，指标的选择也带有主观性，但仍希望可以从大的方面说明一些问题。[4]（见下表2—1和表2—2）需要说明的是，表2—1

---

[1] 仅做举例解，恐有遗漏。另外，在张永刚的文章中，列举出数十位学者，虽然无法面面俱到，也有代表性。包括梁庭望、王平凡、赵志忠、关纪新、朝戈金、李鸿然、张文勋、罗庆春、王佑夫、王弋丁、王治新、张公瑾、彭书麟、巴·格日勒图、张直心、郎樱、王希恩、曹顺庆、何联华、陈思和、丁帆、汤晓青、尹虎斌、刘亚虎、姚新勇、吴重阳、李晓峰、刘大先、尹晓琳、姚新建、汪立珍、王宪昭、毛巧晖、龚举善、杨霞、高荷红、阿地里、李长中、纳钦、欧阳可惺、李建平、黄伟林、雷锐、林爱民、张燕玲、何光渝、艾筑生、王颖泰、安尚育、倪明、何积全、郭家骥、史军超、王亚南、高发元、瞿明安、邓启耀、何明、纳麒、陈国新、陈庆德、吕昭河、王文光、蔡毅、李子贤、张直心、张永权、马绍玺、傅光宇、贺希格、陶克陶等。见张永刚《构建当代少数民族文学研究的理论话语》，《曲靖师范学院学报》2018年第5期。

[2] 郭绍虞：《建立具有中国民族特点的马克思主义文艺理论》，《人民日报》1980年11月5日。

[3] 比如由四川大学文学与新闻学院主办的《阿来研究》，虽然名为阿来研究，实际征稿范围为藏族文学研究，实际刊发的更多是当代藏族文学评论文章。除了《民族文学研究》，相关民族院校主办的《中央民族大学学报》《西南民族大学学报》《中南民族大学学报》《广西民族大学学报》等也刊发了数量可观的少数民族文学研究方面的论文，少数民族文学"骏马"奖则于1990年开设了当代少数民族文学研究奖。

[4] 数据来源：中国知网，统计截止于2018年第3期。其中"民俗类"包含了神话、故事、传说和嘹歌、大歌等"歌"。由于分类细致，每一类中的绝对数量又不多，将这些具体类别统合为"民俗类"。

中搜索的六个指标来自于笔者阅读时得到的重复率印象，其数据并不具有排他性，彼此之间重复统计的可能性不低①，进行这样并不精确的量化分析，是为了给读者提供一个趋势性的草图，即少数民族文学研究常见的话题，在比例上是否符合我们的印象。

表 2—1　《民族文学研究》刊发相关主题论文篇数统计

	1983—1989	1990—1999	2000—2009	2010—2018
作家	156	165	201	174
民间	158	195	259	194
口头	53	59	116	85
史诗	112	110	110	82
诗歌	72	108	143	132
民俗类	193	228	291	218

表 2—2　《民族文学研究》各年代刊发文章总数统计

1983—1989	1990—1999	2000—2009	2010—2018
719	825	1235	1110

上表验证了部分学者的结论，即少数民族文学研究的成果多集中于民间文学和民俗学领域②，以"作家"为主题的研究，较之前

---

① 比如很多论文其实是同时谈及这六类中的两个甚至更多话题的，因此它们会在若干类中重复出现。
② 刘大先认为具体表现为三大块：各民族口头传统、各民族民间文学与民俗学、各民族文学关系。少数民族文学的研究"较少涉及作家文学的书写"。刘大先：《现代中国与少数民族文学》，中国社会科学出版社 2013 年版，第 119—120 页。

者略少，但数量和比重仍明显多于一些学者的判断。从学者的呼吁可以看出，近年研究者在努力打破"少数民族文学"基本等同于"民间文学"的成见，将作家文学定位为少数民族文学的重要组成部分。

四十年来，中国少数民族文学理论体系建构在少数民族文学史建构、民间文学研究和书面文学研究的路径上努力[①]。我认为其中有三个主题很具有代表性：少数民族古代文艺理论、多民族文学史观和口头传统理论。

第一，"少数民族文论"一般指古代的少数民族美学与文艺理论，古代文论是少数民族文艺理论的主要话题。与主流文艺理论学科一样，在展开广泛文化交往之前的本民族语言系统下的文学创作和美学观点被视为"纯粹"和容易辨别的主体理论，于是少数民族古代文艺理论被当作"各民族分别专有的"少数民族文艺理论，如傣族的诗文论、彝族的诗文论、蒙古族的诗歌理论、藏族诗学理论等，尽管其中不少理论文献来自其他文化传统。

有人认为"中国少数民族古代文论"的概念是在1991年正式亮相的，研究者已经注意到少数民族古代文论材料的整理不只是研究的基础工作，而已经是研究本身[②]。进入21世纪以来，理论的整体性建构成为研究的主要内容，跨学科的特征也逐渐

[①] 很多学者都提到少数民族文学史建构、民间文学研究、书面文学（作家文学）研究三类，其中各位研究者都有自己的选择，1986年，南方思在《中国民族文学研究概况》中话题总结为少数民族文学的历史地位问题、族别文学认定标准问题以及史诗、神话、民间叙事诗、作家文学、文学史编写等；刘俐俐总结方向为三个方向：作家文学研究、区域文学与比较文学研究、文化人类学角度的民族文学研究。此外，刘亚虎、汤晓青、尹虎彬、刘大先、朝戈金、王宪昭、毛巧晖、杨霞、高荷红、阿地里、纳钦等人编撰的年度"少数民族文学研究综述"也是根据年度考察中国少数民族文学研究状况的窗口。

[②] 姚新勇、刘亚娟：《少数民族文论的困境与中国文论"失语症"连带》，《文艺理论研究》2017年第1期。

呈现出轮廓。[①] 扶持作家文学的努力也关联到对少数民族古代文论的界定上，对少数民族文论边界的界定常常受限于中国古代文论等已经成熟的范式框架内，典型地表现为纠结这类资料展现出民间文学与作家文学的"糅合"，难以处理二者的关系。[②] 四十年来，少数民族古代文论的文献资料以文学史中的文论研究、文论选、文论集和研究专著等形式展开。[③] 有几部重要的综合性中国少数民族古代文艺理论文选出版，如买买提·祖农、王弋丁主编的《中国历代少数民族文论选》（1987年），以及其修订版，王弋丁主编的《少数民族古代文论选释》（1993年）；陈书龙主编的《中国古代少数民族诗词曲评注》（1989年）和中国少数民族古代美学思想资料初编组组织编写的《中国少数民族古代美学思想资料初编》（1989年）；彭书麟、于乃昌、冯育柱主编的《中国少数民族文艺理论集成》（2005年）等。至于按族别编纂的古代文论资料翻译、整理的成果数量也非常可观，这里就不罗列了。

在资料爬梳辑录之上，还有理论框架建构的努力，如王佑夫的《中国古代民族文论概述》，从中国古代民族文论总体面貌出发，按本质论、功能论、创作论、诗歌论、起源论、发展论、翻译论等范畴，进行了重要的范式建构；王佑夫的《中国古代民族诗学初探》则建立了少数民族与汉族的比较诗学的总体框架。[④] 有学者将他这样学者的文化立场和身份描述为"双重边缘"，这里的"边缘"与

[①] 刘亚娟：《中国少数民族古代文论研究的回顾与反思》，《大连民族大学学报》2017年第2期。

[②] 刘俐俐：《我国民族文学理论与方法的历史、现状与前瞻》，《中国中外文艺理论研究》，2009年。

[③] 刘亚娟：《中国少数民族古代文论研究的回顾与反思》，《大连民族大学学报》2017年第2期。

[④] 王佑夫：《中国古代民族文论概述》，中央民族学院出版社1992年。王佑夫：《中国古代民族诗学初探》，民族出版社2002年版。

学界惯常使用的边缘意涵有所不同，但毕竟认可王佑夫这类学者在一定程度上是建构中国少数民族文艺理论总体思路的"中坚力量"[1]。在笔者看来，这实际上无关是否位于所谓的"边缘"，而是研究者能否超越某单一范式，进而能够以平等的视线和包容的态度来看待不同传统。只有建立起比较的宏阔视野，才有可能为某个或某些传统建立起比较完整的体系。其实，处于"边缘"的学者往往才更有可能打破既有范式的壁垒，建立起更具有理论阐释力的体系。

第二，"多民族文学史观"的建构是改革开放以来中国少数民族文艺理论建设的一个集合和亮点。

中国少数民族文学理论的建构，从一开始就在文学史论上发力。"多民族文学史观"作为一个晚近频频出现的关键词，重要的少数民族文学研究者几乎都有涉猎。至迟于1983年，少数民族文学研究领域就以"多民族文学"为主题展开过讨论。1995年，关纪新和朝戈金出版了《多重选择的世界——当代少数民族作家文学的理论描述》，其中不仅提出"文学一经由民间口头文学蜕变羽化为作家书面文学，便为文学逐步进取以至最终逼近文学的本体价值，宣示出美好的前景"，还提出了"多元状态下的交流互动，是我国当代少数民族文学的现实生存氛围；互动状态中的多元发展，则又是当代少数民族文学的持续追求目标"[2]。实际上触及了"多民族文学史观"的观念基础。有意识地推动"多民族文学史观"形成，公认的起点是2004年由中国社会科学院民族文学研究所、四川大学文学与新闻学院、四川师范大学文学院、西南民族大学文

---

[1] 姚新勇的论文中提到的这种"双重边缘"，指的是王佑夫所处的边疆地区，客观学术环境比内地差，而他又不懂少数民族语言，无法展开具体少数民族文论的研究。当然，他也提到这种"双重边缘"也是王佑夫在资料获得和汉语能力上的"双重优势"。姚新勇、刘亚娟：《少数民族文论的困境与中国文论"失语症"连带》，《文艺理论研究》2017年第1期。

[2] 关纪新、朝戈金：《多重选择的世界》，中央民族大学出版社1995年版，第11页。

学院联合发起的"多民族文学论坛"。其中又以第三届论坛的召开为明确标志,原因是在这一届论坛上"中国多民族文学史观"以一个专门又醒目的议题出现。此后《民族文学研究》杂志自2007年第二期开始开设了"创建并确立多民族文学史观"的专栏,2012年李晓峰与刘大先出版了总览性的《中华多民族文学史观及相关问题研究》①。关纪新、朝戈金、汤晓青、刘大先、徐新建、李晓峰、欧阳可惺、吴刚等数十位作者以《民族文学研究》"中国多民族文学论坛"等各种平台,建构、丰富并且转换了"多民族文学史观"的理论框架和内涵,并成功将其标注为四十年来中国少数民族文学研究的核心概念。如今在学术网络检索,"多民族文学史观"主题论文156篇,其中45篇刊登在《民族文学研究》上。②

第三,基于西方口头程式理论创立的"口头诗学"理论,是少数民族诸多文学艺术研究论题中最能适应全球学术话语体系的一种③,近年来已经成为一批学位论文和研究课题的主要方向④。这一理论在中国的译介,主要是"口头程式理论""民族志诗学"和"口头性"问题。⑤ 从20世纪60—70年代开始,在美国的汉学家和华人学者开始将口头程式理论应用于中国文学研究。从20世纪90年代中期开始,中国的民族文学、民俗学领域学者开始集中译介口

---

① 李晓峰、刘大先:《中华多民族文学史观及相关问题研究》,中国社会科学出版社2012年版。

② 中国知网检索,日期:2018年7月29日。

③ 这种状态的出现,一方面由于口头传统的研究对象与中国少数民族状况接近,比较容易对话;另一方面是"口头传统"作为一个学科出现较晚。根据朝戈金的总结,1986年创办的《口头传统》(Oral Tradition)半年刊标志这一学科"正式走向前台"。见朝戈金《口头传统:人文学术新领地》,《人民日报》2006年5月29日。可与之相比的如中国学者在同样晚近出现的"文化研究"学科中的参与程度。

④ 朝戈金:《"回到声音"的口头诗学:以口传史诗的文本研究为起点》,《西北民族研究》2014年第2期。

⑤ 朝戈金:《关于口头传唱诗歌的研究——口头诗学问题》,《文艺研究》2002年第4期。

头程式理论并积极运用于本土实践①,"口头诗学"及其辐射的论域成为重要的话题。具体说,这个学派在地域和族群上涉及 32 个当代民族,分布在中国 22 个省、市、自治区,在文类和样式上涉及史诗、叙事诗、民间故事、民歌、民间小戏等数百种文本,进而影响到民俗学、古典文学、比较文学、文艺学、人类学、语言学、音乐学、戏曲戏剧学、历史文献学、宗教学等十多个学科。②

少数民族口头传统蕴藏丰富,与一些域外理论有多种结合的潜质和可能。中国材料的多向度阐释空间,其实在相当程度上丰富了口头诗学理论的体系和框架,进而成为这一高度国际化学科的相当活跃的一部分。口头传统领域旗舰刊物《口头传统》(美国)创刊以来,与中国有关的文章超过一成,这应当说是相当惊人的。③ 当然,一部精要的高度概括性的学科基本理论著作目前还没有产生。学界有人认为这是由于口头传统"比较复杂"④。不过在我看来,理论创新的工作在稳健进行中,一些开创性的思考也逐步引起学界瞩目,从朝戈金的"田野再认证"到巴莫曲布嫫的"五个在场",

---

① 根据郭翠潇的数据整理和总结,关于口头程式理论在中国的译介和应用,前人多是从口头诗学、史诗学学术史和学科建设的立场出发进行研究和述评,宏观勾勒出该理论在中国本土化的过程,如概括性地描述该理论的译介过程、应用和研究现状,评价该理论对民俗学、史诗学等相关领域研究范式转换所产生的重要影响,以个案研究的方式对应用该理论的重要著述做出述评,对该理论在中国的应用和本土化的反思,以及对未来发展的展望等。虽有学者在研究过程中列出了一些相关文献数据,但缺乏对这些文献数据的分析,更未形成具有说服力的结论。

② 郭翠潇:《口头程式理论在中国的译介与应用——基于中国知网(CNKI)期刊数据库文献的实证研究》,《民族文学研究》2016 年第 6 期。

③ 截至 2018 年 8 月。

④ 如"史诗既极端复杂多样,又涉及众多知识环节,它本身的超文类属性,百科全书式属性,扮演复杂社会文化功能的属性,都预示着对它进行精深研究的不易"。见朝戈金:《国际史诗学若干热点问题评析》,《民族艺术》2013 年第 1 期。又如"世界各民族或国家的口头传统非常复杂""中国各族史诗传统十分复杂",见尹虎彬《口头传统的跨文化与多学科研究刍议》,《比较文学与世界文学》2012 年第 2 期。尹虎彬《作为口头传统的中国史诗与面向 21 世纪的史诗研究》,《人类学高级论坛》,2002 年。以及"民间口头文学情形比较复杂,不可一概而论",刘大先《现代中国与少数民族文学》,中国社会科学出版社 2013 年版,第 137 页等。超过一半的作者在讨论口头传统时,都会谈及其研究对象的复杂性。

从杨玉成关于蒙古叙事文学音乐范式的总结，到叶舒宪关于口传文化的论述，再到晚近试图打通不同艺术门类建构更完整诗学法则的"全观的口头诗学"的号召①，理论的前景是光明的。当然，对于这一理论的实际运用，仍占据了口头传统理论相关论文的近七成。②对作家创作的研究亦可拿来比照，如 20 世纪 80 年代中期在文学创作中相当热络的"魔幻现实主义"思潮来自西方。尽管后来的学者对这种创作手法和理论描述都多有诟病，三十多年来仍没有产生新的名词取而代之。③

　　本人曾经不揣冒昧地将中国少数民族文艺理论的特征总结为三条：其一，民族语言（思维）对民族文学形式的塑造。其中包括两个方面的内容：民族语言和文字会在很大程度上决定文学的民族风格；民族语言对作者和读者的思维也有塑造作用。其二，文学与宗教关系无从回避——常见于各种少数民族文艺理论的总结中。其三，非物质文化遗产保护与少数民族文艺理论建设同步发展。这一条并不是局限为具体的某一种非遗项目，同时也是少数民族文学形式，比如少数民族三大史诗的"整理、保护和研究"，也应该包括这样一种思考：非物质文化遗产保护与后来文化表现形式多样性观念的提出，都代表了在现代化进程中国际政治、社会和学

---

　　① 朝戈金在 2017 年"图像与叙事——中国国际史诗学讲习班"上发表了题为"朝向全观的口头诗学：'文本对象化'解读与多面相类比"的演讲，指出，回观半个多世纪以来的口头传统研究，学者们相继从创编、演述、接受、流布等维度对口头文本加以界定、再界定，形成了诸多理论见解。在信息和传播技术高度发达的今天，中国多民族、多语言、多型类、多面相的传统文化表现形式在口头演述与行为叙事之间开启了一个亟待深拓的学术空间。由此认为，我们或许可以从"文本对象化"进一步走向"全观的口头诗学"。

　　② 根据郭翠潇的统计，从 1966 年到 2015 年，"简介评述、观点或概念引用"类占整个 710 篇样本总量的 69%。见郭翠潇《口头程式理论在中国的译介与应用——基于中国知网（CNKI）期刊数据库文献的实证研究》，《民族文学研究》2016 年第 6 期。

　　③ "在追求少数民族文学的认同途中，却假道西方的路径，似乎西方的文学实践是一个终极不变的标准，需要'他们'来证明'我们'的合法性，中间被省略的恰恰是一度无比强大、无所不在的民族/国家意识形态话语"。见刘大先《现代中国与少数民族文学》，中国社会科学出版社 2013 年版，第 135、140 页。

术界对前现代的反思，这一席卷全球的思潮与国内后来提出的"多民族文学"观念即便没有直接的因果联系，却也是共享社会文化语境的。

第 三 章

"传统"的建构与阐释的多样

> 古曰诗颂,皆被之金竹。故非调五音,无以谐会。
> ——钟嵘《诗品序》①

口头诗学是本书研究藏族传统文艺实践的批评利器。近年来,口头文化随着互联网科技的支持日益兴盛,法国学者在谈到民族文化今天的境遇时敏锐地发现,"今天正在发生另一种转变,对此我们可能束手无策。这就是从书面语到口语的转变"。作者认为,书面语是同一性普遍影响的结果,而口语则是差异性有组织的表现。今天,正是由于这种口头形态——即它们没有被刻写在超越领域之内——遭受了同一性的强暴而不能自我防卫,才会有这么多口语社会的报复。②

传统是当今最常见、适用范围最广的名词之一,常用时间/地域有效性来界定。几为常识的两个判断是:传统总是默认以时间顺序排列,较远的传统比较近的传统有更特别的分量。传统也默认遵守地域界限,某一传统"理应"属于某一地域范畴。当讨论过去岁月的生活方式、文化遗产、展开文化比较和

---

① 张少康:《中国历代文论精选》,北京大学出版社 2003 年版。
② Edouard Glissant, "Cross-Cultural Poetics: National Literature", *The Princeton Sourcebook in Comparative Literature*, Edit by David Damrosch, Natalie Melas, Mbongiseni Buthelezi, Princeton: Princeton University Press, 2009.

文明对话，以及说服抱持不同意愿者时，"传统"是最有力的论据之一，颠扑不破、不容辩解。同时，传统又极为脆弱，现代性是其最大的破坏者。但吊诡的是，这一破坏传统的力量，以"破旧立新"为特征的现代性，却也已形成了理性的"传统"[①]。如此，传统还能打破传统，"传统"何为？

传统之所以成为"传统"，指的是一种历时性规范，比如信仰、习俗、伦理、技术等，"在历史中形成，在流传中获得权威性"[②]。传统既然可以打破传统，一方面指示我们对"传统"的理解需要使用不同限定词，比如美术传统、婚姻传统、文学传统等，在口头文学领域，就成为"口头传统"。另一方面，传统打破传统的发生，如果仅仅是定语之间的争执，传统本身就失去了存在意义。当我们高呼"保护传统"，我们是否清楚明白保护的是什么，如何去保护。因此，虽然"传统"如此常用，对其的理解却始终不足。本文将以"口头传统"为剖析对象，从时间性、双向传述、作者身份和本土性等关键词入手，对传统何以称为传统的特征展开讨论。

第一节　时间与双向传述

口头传统，"也称口头传播（orality），是人类第一种也是最普遍的传播方式。口头传统不仅仅是'说话'，而是一种动态且高度多样化的口头—听觉媒介，用于发展、存储和传播知识、艺术和思想。它通常与文字相对照，它可以并且确实以各种方式进行交互，也与文学相互作用，而文学在规模，多样性和社会功能

[①] E. Shils, *Tradition*, Chicago: University of Chicago Press, 1981, pp. 6–7.
[②] 李河：《传统：重复那不可重复之物——试析"传统"的几个教条》，《求是学刊》2017年第5期。

方面相形见绌"①。至少在公元前500年人们思考"荷马问题"开始，口头传统就已进入研究视野，并从帕里与洛德的口头程式理论研究开始进入学术视野②。

口头程式理论建构了程式、主题/典型场景、故事范型/类型的理论框架③，其向书面文学研究靠拢的尝试，比如"文本"概念的引入，亦容易引导其他学者尽量套用书面文学的研究方式进入口头传统形态文学作品的研究，带来许多与"时间"相关的研究话题，比如从口头史诗唱词中推断故事中人物的"实际"生卒年、事件的实际发生时间等④。更重要的是，对"口头传统"的推崇常强调其传承之久远，仿佛只有古老，才能证明这一传统的价值。或者说，如果"传统"不与"古老"和"悠久"搭配，"传统"一词就显得不那么理直气壮了。但其实"口头传统"并不需要在书面文学占话语系统主流的状况下用时间的厚重来证明自己的合法性，因为各种证据显示，在21世纪，"口头传统仍然是主要的传播方式"⑤。尽管身处历史较为悠久文化中的人，会自觉地将时间

---

① "Oral Tradition", in *Encyclopædia Britannica*. Retrieved from https：//academic-eb-com. ezp-prod1. hul. harvard. edu/levels/collegiate/article/oral-tradition/477034。这一词条由约翰·迈尔斯·弗里撰写，访问时间：2018年10月7日。

② ［美］约翰·迈尔斯·弗里、朝戈金：《口头程式理论：口头传统研究概述》，《民族文学研究》1997年第1期。

③ 朝戈金、巴莫曲布嫫：《口头程式理论（oral-formulaic theory）》，《民间文化论坛》2004年第6期。

④ 这是另一个本文不涉及的"真实性"话题，这一类的研究也不乏借助自然科学的旁证来佐证部分事实的情况。比如刘宗迪：《怪物是如何炼成的》，《读书》2018年第5期。根据我在2017年的统计，在1984年1月1日以来关于《格萨尔》的2478篇汉语论文中，有276篇论文从神话或传说角度对《格萨尔》部分素材的来源进行讨论，延续了前辈学者对于起源问题的研究。其中仍然有为数可观的论文对《格萨尔》人物与事件的历史真实性进行专门的讨论（963篇，其中明确以"真实"为主题的论文有480余篇）。也就是说，将近五分之一的论文仍集中在学者们20世纪对《格萨尔》刚展开研究时的"格萨尔是不是真实的历史人物"等相关的话题上。意娜：《论当代〈格萨尔〉研究的局限与超越》，《西北民族研究》2017年第3期。

⑤ "Oral Tradition", in *Encyclopædia Britannica*. Retrieved from https：//academic-eb-com. ezp-prod1. hul. harvard. edu/levels/collegiate/article/oral-tradition/477034。

更长的传统视为更重要、更合理、更经典者，我们并不能认为传统与时间之间存在简单的正向对应关系。

然而口头传统与时间之间，确乎存在相关性。

首先，作为传统，口头传统是与时间范畴里的"过去"相对应的，是"曾经生活过的表演的化石"①。伽达默尔将"传统"（tradition）界定为"流传的"（Überlieferten）② 物质遗产、精神记忆和行为习惯，洪汉鼎将其翻译为"历史流传物"③，非常贴切，也指示了"传统"的"过去时"属性。

多久的过去可以成为传统？有学者认为需历时三代。"代"的使用非确指，而是一种指代：每一代有多长时间并不受限制。比如在学校，可能一届（代）学生只有4年，但学校里形成的一些习俗和做法，经过三代以后也能成为一种"古老的传统"（old tradition）④。而人类历史上还有历时更长的传统，比如一神教传统已经传承了2500—3000年；公民传统和基督教传统也已经传承了2000年；文学艺术中的现代主义传统传承了一个多世纪。西尔斯甚至举出了极端的例证，指出时尚本身并不是传统，甚至跟传统意义完全相反，但假以时日，时尚也有可能变成传统。⑤ 站在这一立场，具体的时间长短不那么重要了，口头传统是否真的传承了"千年"，并不是多数研究话题所需要的合法性证明。口头传统成为传统的关键，从存续时间的长短，转向了另一个关键词：神圣性。即是说，

---

① "Fossilized Transcriptions of Once-living Performances"，见"Oral Tradition"，in *Encyclopædia Britannica*. Retrieved from https：//academic-eb-com. ezp-prod1. hul. harvard. edu/levels/collegiate/article/oral-tradition/477034。

② 见伽达默尔的德文原著。Hans-Georg Gadamer，*Hermeneutik*：*Wahrheit und Methode*，Ergänzungen，Register. 2，Mohr Siebeck，1993，p. 443.

③ ［德］伽达默尔：《真理与方法》，洪汉鼎译，上海译文出版社1999年版。

④ E. Shils，*Tradition*，Chicago：University of Chicago Press，1981，p. 15.

⑤ 原文中说基督教传了将近2000年，鉴于原著出版于20世纪，故本文更改为"已经传承了"。E. Shils，*Tradition*，Chicago：University of Chicago Press，1981，p. 15.

口头传统的关键不在于产生了多久,只要有传承,并且在传承过程中产生了"神圣性",就是"传统"①。

何为"神圣性"?口头传统的"神圣"不等于"真理",如果将这种神圣性理解为真理,并当作史实去解读和追溯,便又是误解了。口头传统的神圣性不在于其"事物、习俗和秩序",而是"它们往往以过去的形式出现"。这种出现"本身没有'原因',它就是一切的原因"。所以口头传统的时间线与历史学的时间线并不同,口头传统中所建构的时间观念,"享有既不需要解释也不容置疑的绝对的过去",因此"自身便获得某种永恒性和不容置疑性"②。口头传统神圣性的建构,有着与文本的经典化类似的过程,是以经验积累为基础的,这种经验就是"记忆"。经过"经验实践——惯习养成——范式选择——对象命名——团体认同——理念传播——经典型塑——教育孵化——仪式确认"③的过程,文本成为经典,口头传统具有了神圣性。

口头传统的研究者时常希望从"历法计时体系",也就是通用计时方式,如公历、农历、佛历、回历、年号等来对口头传统内容的时间轴进行标注,试图将口头传统与"科学"对标,以"规范"口头传统研究。不过从前述口头传统与时间的关系而言,口头传统遵循"源头""流传"这样带有流水隐喻④的时间性,其中包含自

---

① 这与李河的论文观点相左。他认为神圣性只有"传统意义的传统"才可以具有,"现代传统大都不具有或不应具有这样的神圣性"。见李河《传统:重复那不可重复之物——试析"传统"的几个教条》,《求是学刊》2017 年第 5 期。

② Ernst Cassirer, *The Philosophy of Symbolic Forms*, Vol. 2, John Michael Krois, Donald Phillip Verene eds., Ralph Manheim, John Michael Krois trans., New Haven: Yale University Press, 1953, p. 106. 其中部分句子的翻译参考李河《传统:重复那不可重复之物——试析"传统"的几个教条》,《求是学刊》2017 年第 5 期。

③ 参见本书第七章第一节。

④ 参见本书第七章第二节。

足的时间和时间刻度系统①。

　　源头的神圣性是神圣性的最直观证明。在口头传统中，对传承内容来源的神圣化最有特色，尤其是以《格萨尔》为代表的史诗说唱。来源神秘的史诗说唱艺人会拥有更高的声望②。而在《格萨尔》说唱中，这样的艺人就包括神授艺人、掘藏艺人、圆光艺人等。以神授艺人为例，他们大多自称童年时做过奇特的梦，梦见史诗中的若干情节；或梦见史诗中的神或者英雄指示他/她终生说唱《格萨尔》；或在梦中读到大量抄本；或者不断做梦，梦到各种更新的故事，梦醒以后他们就开始史诗说唱的生涯。这类艺人的特征如今还包括在说唱过程中"附身"和无法停止说唱等现象③，进一步增强了神秘性。这是在如今对传承人进行强调和保护，进而逐渐消泯过去藏族艺术传统中"匿名性"的过程中，突如其来的逆转，足见源头的神圣性是藏族口头传统极为强调的特征。藏族将神授现象运用到许多方面，除了史诗说唱，唐卡绘画、藏文创制等都有神授传说。④

　　这种源头在卡西尔看来是"从无到有的创始"和"在过去时间中的起源"⑤。口头传统强调的神圣性在中外各种书面的经典传

---

　　①　如卡西尔论述传统的时间包含了起源（genesis）、变化（becoming）、阶段（phase）、目的（end）。参见 Ernst Cassirer, *The Philosophy of Symbolic Forms*, Vol. 2, John Michael Krois, Donald Phillip Verene eds., Ralph Manheim, John Michael Krois trans., New Haven: Yale University Press, 1953, p. 104. 以及李河《传统：重复那不可重复之物——试析"传统"的几个教条》，《求是学刊》2017 年第 5 期。

　　②　杨恩洪：《〈格萨尔〉艺人论析》，《民族文学研究》1988 年第 4 期。

　　③　角巴东主：《〈格萨尔〉神授说唱艺人研究》，《青海社会科学》2011 年第 2 期。

　　④　藏族著名画师郎卡杰学画的传说就是受莲花生大士在梦中的点化；见意娜《神来的灵感》，《中国经营报》2014 年 5 月 14 日。传说吞米桑布扎创制藏文时遇到困难，也是在梦中得到的启发。见央吉卓玛《幻境中成就永恒——〈格萨尔王传〉史诗歌手研究》，青海师范大学硕士论文，2011 年，第 23 页。

　　⑤　"Coming into Being" 和 "Genesis in the Past". Ernst Cassirer, *The Philosophy of Symbolic Forms*, Vol. 2, John Michael Krois, Donald Phillip Verene eds., Ralph Manheim, John Michael Krois trans., New Haven: Yale University Press, 1953, p. 105.

中均有体现。最典型的,就是强调"经",远如释迦牟尼所言的佛经,孔子所编的诗经,耶稣所言的圣经,大抵是由圣人书写,也只能由圣人书写。在中国传统中,"作者"是神圣的,一部经典,分为原文和复述、注释、讲解的衍生文字,其中"作非圣人不能,而述则贤者可及"①。这种"圣者作、贤者述"的中国传统,与西方的注释传统,或称"圣典"与"教义"传统②也基本相同。在英语与德语中,"作者"分别被称为 author 和 Autor,而"权威性"分别被称作 authority 和 Autoritaet,显然词根来自于"作者",亦可认为是西方传统中作者具有权威性的旁证。③

因而上述"过去""神圣"和"源头"三个关键词,是口头传统在"时间"语境下呈现的三个特征。

口头传统是一种集体记忆,其在出现以后,在一代代的"集体记忆中经过反复洗濯、融通,并用口头方式吟诵传唱,拓篇展部,日臻完善,逐渐形成今天这一宏大叙事"④。"记忆是反复实践的效果",口头传统经典化的第一步正是经验的实践,最后一步是仪式确认,像《亚鲁王》这样的口头传统就是"在丧葬仪式上不断重复,通过反复重温族群历史,固化族群记忆"⑤。

当我们说尊重与保护传统,是希望能够保持一些被称为"传统"的部分不被改变,保持"原样"。这种对同一性的诉求在界定不明时很容易被理解为原本中心论。在前述时间的流水隐喻中,就

---

① (宋)朱熹:《论语章句集注·四书五经》上,中华书局1985年版,第27页。
② 韦伯指出,圣典(Kanonische Schriften)包含了启示及神统,教义(Dogmen)指的是祭司对圣典意义的解说。[德]马克斯·韦伯:《宗教社会学·宗教与社会》,康乐等译,广西师范大学出版社2011年版,第58—59页。
③ 参见李河《巴别塔的重建与解构》,云南大学出版社2005年版。
④ 诺布旺丹:《〈格萨尔〉史诗的集体记忆及其现代性阐释》,《西北民族研究》2017年第3期。
⑤ 杨兰、刘洋:《记忆与认同:苗族史诗〈亚鲁王〉历史记忆功能研究》,《贵州大学学报》(社会科学版)2018年第4期。

是一种回到源头的尝试。在书面文学传统中，源头经典是"原本"，回到原本是解释一切正当性的基础，"回到孔子"或者"回到苏格拉底"等回到原本的诉求总会在传统被威胁时适时出现。① 在个人道德与社会伦理冲突凸显的当代，学者呼吁回到苏格拉底，因为他提出的个人道德与社会伦理的内在统一有助于重构当代伦理。② 而"对于在现代化坐标中登攀高点的中国人而言，'回到孔子'不仅仅出于为解决现实问题提供精神资源这个功利目的，它更意味着一个古老民族在价值和情感上的回归"，因此要重新回到孔子，回到他所提倡的"己所不欲勿施于人""以和为贵""己欲立而立人，己欲达而达人""天人合一""仁义礼智信"的精神世界中。③

但在口头传统领域，是否有这样的源头可供我们回溯呢？在解释学的视野里，处于流传中的传统，"既是此一物，又是彼一物"④。德勒兹就明确认为传统的传述无源头可寻："节日，就是对'不可重复'的重复。"⑤ 学者描述早期基督教口头传播的历史时有一个经典的论述："你可能熟悉旧的生日聚会游戏'电话'。一群孩子坐在一个圆圈里，第一个向坐在她旁边的人讲述一个简短的故事，然后告诉下一个，下一个告诉再下一个，以此类推，直到它回到那个启动它的人那里。这个故事总是在传述的过程中发生了很大变化，每个人都笑得很开心。想象一下，同样的活动正在发生，不是在一个下午有十个孩子的单独客厅，而是在罗马帝国的广阔区域

---

① 李河：《传统：重复那不可重复之物——试析"传统"的几个教条》，《求是学刊》2017年第5期。

② 段德智：《当代伦理的重构与"回到苏格拉底"——试论苏格拉底伦理思想的历史意义与当代启示》，《东南大学学报》（哲学社会科学版）2004年第5期。

③ 李拯：《我们为什么要"回到孔子"》，《人民日报》2014年09月25日第4版；张立文、周素丽：《回到孔子那里去寻找智慧》，《人民论坛》2014年第9期。

④ ［德］伽达默尔：《真理与方法》，洪汉鼎译，上海译文出版社出版1999年版，第604页。

⑤ G. Deleuze, *Difference and Repetition*, New York: Columbia University Press, 1994, p. 1.

（大约横跨2,500英里），有数千名参与者——来自不同背景，带着不同关注，处于不同语境——其中一些人还必须将故事翻译成其他语言。"① 这个视野回看亚鲁王在仪式上的重复，其回溯的集体记忆又是什么，源于何处，何以成为现在的面貌？

口头传统在亦此亦彼之间，沿着两个完全相反的方向展开传述：向后回归源头，也是我们一般意义上对传述的认知，即对已有的原本的"传统"进行忠实的模仿。但传述还有另一个方向，是虽为传述，但向前继续发展，在一代代传承复制过程中经过层层解读，实现转化，最后的结果或者推动了传统的发展，或者改变了传统的样子，带来"自身疏离化"的效果。②

向后回归源头，就是口头传统里一代代口口相传的历程。这不是口头传统所独有的，如今当我们叙述口头传统时，常常会将自己局限于"少数族裔""原住民"等视野。但其实所有具有世界意义的源头经典传播之初，大都或长或短有一段口头传播的历史。比如基督教口头福音传统（oral gospel traditions），是书面的《福音书》产生的第一阶段。内容包括耶稣的不同故事，以及转述耶稣说过的话等。③ 佛教早期情况也类似，梁启超曾说："初期所译（佛经），率无原本，但凭译人背诵而已。此非译师因陋就简，盖原本实未著诸竹帛也。"④ 而佛陀悟道之初，向五位弟子传道，"五人闻后便获果证，从佛出家，成为佛教里第一批'闻佛之声而悟道得道'的弟

---

① Bart D. Ehrman, *The New Testament, A Historical Introduction to the Early Christian Writings*, New York: Oxford University Press, 1997, p. 44.

② S. Kierkegaard, *Kierkegaard's Writings*. Princeton, N. J.: Princeton University Press, 1978, p. 149. 李河：《传统：重复那不可重复之物——试析"传统"的几个教条》，《求是学刊》2017年第5期。

③ Delbert Burkett, *An Introduction to the New Testament and the Origins of Christianity*. Cambridge, New York: Cambridge University Press, 2002, p. 124. 以及 Maurice Casey, *Jesus of Nazareth: An Independent Historian's Account of His Life and Teaching*, London: T&T Clark, 2010, pp. 3–5。

④ 梁启超：《中国佛教研究史》，中国社会科学出版社2008年版，第95页。

子，从而使'声闻'成为专门的悟道路径"①。

口头传统的讲述者是一个很好的入口，帮助我们认识这种对回溯源头的重复。仍然以《格萨尔》史诗说唱艺人为例，神授艺人从根本上确保了源头的合法性和对源头的还原度，虽然是代代相传的口头传统，但神授艺人的蓝本直接来自于神或者史诗故事本身，不管多少年、多少代的转述在神授传统中被有意略过了，"原本"的权威得到了保证。同样，藏族史诗独有的圆光艺人和掘藏艺人也是如此，只是方式不同。圆光艺人使用类似占卜的方法，通过咒语在铜镜或拇指上看到别人看不见的图像和文字。②掘藏艺人从意念或者文物的掘藏，后来的学者又将掘藏艺人细分为意念掘藏、实物掘藏和智态化掘藏三类③，但都是普通人找不到的文本和实物。闻知艺人是几乎所有史诗传承的主要方式，要求艺人记忆力强，善于模仿，有的善于阅读，博闻强记④。闻知艺人依靠自己的记忆力来保证对于史诗"源头"的忠实。

除了人的因素，口头文学的许多特征也保证在代际传递的过程中，内容能被最大程度记忆并准确传递。帕里与洛德提出的"口头程式理论"便是对这种现象的总结，包括程式、主题/典型场景，以及故事范型/类型。在程式理论中，程式被识别为"任何重复出现"，并且"反复出现"的"片语"⑤，反复出现的典型场景（武装一位英雄、旅行到一座城市、聚集起一支队伍），"很好地解释了那些杰出的口头诗人何以能够表演成千上万的诗行，何以具有流畅的

---

① 李河：《传统：重复那不可重复之物——试析"传统"的几个教条》，《求是学刊》2017年第5期。
② 伦珠旺姆：《〈格萨尔〉圆光艺人才智的图像文本》，《文化遗产研究》2015年第1期。
③ 诺布旺丹：《〈格萨尔〉伏藏文本中的"智态化"叙事模式——丹增扎巴文本解析》，《西藏研究》2009年第6期。
④ 杨恩洪：《〈格萨尔〉艺人论析》，《民族文学研究》1988年第4期。
⑤ [美] 约翰·迈尔斯·弗里、朝戈金：《口头程式理论：口头传统研究概述》，《民族文学研究》1997年第1期。

现场创作能力的问题"①。

　　这种记忆、传述，哪怕是直接"通神"减少中间环节，尽量靠近"原本"的传述，都不是"原本"，而是一种阐释。何况再高明的记忆天才也难以保证内容的原封不动，在口口相传的过程中，一定会发生变化，有学者称之为"自身疏异化"。因此，对于口头传统的关注，单向追溯原本的道路并不完整，还需要关注前行的重复。

　　前行的重复通往另一个方向。口头传统领域的"表演理论"就代表了这一方向。该理论认为口头诗歌文本是"表演中的创作"，"每一次表演都是一次创作"②。德里达有过一个著名的隐喻，将原本与译本的关系用生命来作比，指出译本是原本的增补，他们之间存在生存、死亡、复生、幸存的纠结和缠绕。③ 口头传统都是集体智慧的产物，作者大多是托名为某一位神圣人格，比如荷马史诗。但是"神圣知识皆靠口语相传，这一点自然在神圣知识的文献知识上留下永恒的印记，也是个别流派（shakhas）的经典彼此之间会有重大出入的缘故"④。

　　若将这种传述的语境极端化，即用另一种自然语言来"传述"，能看到这一向度显著的特征。在同一种自然语言下的"传述"也同此理，只是程度不同罢了。第一个典型的例证为在藏语、汉语和英语世界中都广受追捧的仓央嘉措诗歌。尽管仓央嘉措生活的年代距今只有三百余年，但围绕其诗作至今争议纷纷，几乎具备了传述双

---

① 朝戈金、巴莫曲布嫫：《口头程式理论（oral-formulaic theory）》，《民间文化论坛》2004年第6期。

② 同上。

③ Harold Bloom, *Deconstruction and Criticism* (Continuum book), New York: Seabury Press, 1979, p. 108. 译文参考李河《传统：重复那不可重复之物——试析"传统"的几个教条》，《求是学刊》2017年第5期。

④ ［德］马克斯·韦伯：《宗教社会学·宗教与社会》，康乐等译，广西师范大学出版社2011年版，第87—88页。

向度会发生的所有变化，在各个维度都无法追溯"原本"，尤其是作者和主题两个最根本的问题。

在作者问题上，诗歌虽然署名为仓央嘉措，但细究起来，多数版本的刻印不符合惯例；从内容看主题混乱、风格混搭，内容与仓央嘉措的身份明显不符；以至于不像一人所作，虽然公认诗作数量为70多首，但真伪存疑，甚至有人认为这些以"情歌"之名流传的诗歌都是出于污蔑为目的有意"炮制"。众说纷纭，讨论多数只能结束于"有待进一步探讨"。较为统一的处理办法是"在没有充分理由证明它不是仓央的作品以前"，仍然以他的名字作为这些诗歌的统称。①

在主题问题上，尽管很多藏汉知识分子都在呼吁停止将仓央嘉措诗歌称为"道歌"，认为仓央嘉措诗歌是"情歌"的仍占多数，同时，还有相当数量学者认为仓央嘉措是借男女情事为喻撰写政治诗。这种争论会直接影响对诗歌的理解和翻译，本身诗歌的翻译就会带来面目全非的文字效果②，再加上不同的主题理解，更会南辕北辙。③

---

① 蓝国华：《仓央嘉措写作情歌真伪辨》，《西藏研究》2002年第3期；荣立宇：《仓央嘉措诗歌翻译与传播研究》，南开大学博士论文，2013年，第2—3页；庄晶：《仓央嘉措初探》，《中央民族大学学报》（哲学社会科学版）1980年第4期。

② 笔者曾在一篇随笔中举过例子：人们常常引用仓央嘉措的"世间安得双全法，不负如来不负卿"，这是曾缄先生的翻译，其他翻译过这首诗的还有于道泉的"若要往空寂的山岭间去云游，就把彼女的心愿违背了"；刘希武的"我欲断情丝，对伊容辜负"；庄晶的"若去那深山修行，又违了姑娘的心愿"。所以这句"不负如来不负卿"，与其说是仓央嘉措的诗歌，不如说是曾缄先生的再创作了。见意娜《仓央嘉措：你念，或者不念》，《中国经营报》2011年12月5日第D07版。

③ 龙仁青：《仓央嘉措情歌及秘史》，青海人民出版社2005年版；谈士杰：《〈仓央嘉措情歌〉翻译出版与研究概况述评》，《民族文学研究》1989年第2期；恰白·次旦平措、曹晓燕：《谈谈与〈仓央嘉措情歌〉有关的几个历史事实》，《西藏民族大学学报》（哲学社会科学版）1990年第4期；李小红、田素美：《仓央嘉措情歌中爱情观的演变》，《名作欣赏》2011年第20期；班丹：《琐议〈仓央嘉措道歌〉篇名、几首道歌译文及其它》，《西藏文学》2005年第5期；嘎玛赤列格列、边巴：《谈仓央嘉措道歌隐意》，《西藏文学》2014年第3期；仓央嘉措：《仓央嘉措圣歌集》，北京十月文艺出版社2011年版。

第二节 "传述者"的作者身份与本土性

口头传统正是如此处于表面的悖论之中。一方面,口头传统也是传统,受到对"传统"偏见的束缚,认为有一个必须遵循的规范和标准,离这个标准越近,越具有说服力。这在藏族口头传统中发展到了一种极致,即以神秘化的方式确保口头传统的神圣性和讲述者的权威性,并在这一过程中强化了口头传统的相关规范和标准,也就是口头传统的实践者们所宣称的"恪守传统"。另一方面,口头传统又不像书面文学有一个被认定的标准本或权威本作为规范"文本",可以设定参数来比对各种版本之间是否有差异,有怎样的差异,是否尊重了"原本"。这样一来口头传统自然处于一个有意无意都会盈缩增减的动态状态,看上去似乎不如书面文本那样有规可循,但最后一定会遵循"万变不离其宗"的观念,也就是所谓的"在程度之内变异"的不二法门。至于二者之间的一致性,可以认定是对"宗"的推崇和追随。在中国古代有"丸之走盘"的比喻,被引来比喻中国文化传统中这种"万变不离其宗"的特征[1],显然,在我们理解口头传统时,多少也受到这种古典思维的影响。

"万变"给予了在"宗"的羽翼下充分解读和变化的权力。"变"的实施者都是在"宗"的语境下成长和理解"宗"的,他们的思维范式在"宗"内,对"宗"的前理解也在同一种传统之下,所以不离其"宗"是一种逻辑上必然的结果。不过"宗"形成并完善于过去某个时间点,所有的"变"都是与它有时间距离的,只是距离长短不同。这一点在过去常被忽视。由于具有时间的距离,

---

[1] 李河的论文中,引述过杜牧、黄宗羲对"丸之走盘"的描述。李河:《传统:重复那不可重复之物——试析"传统"的几个教条》,《求是学刊》2017年第5期。

即便是处于同一传统的前理解结构下,传述者所处的历史时间点与原本已经不同,有了新的时代理解和要求,形成了新的传统。传述者传述的是一个处于过去相对完整、封闭语境中的原本,但却是将这一原本拿到了传述者所处的当下语境中来讲述,原本的生命力和意义也是在这一过程中才显现出来,两种历史语境得以结合,成为伽达默尔所命名的"效果历史"①。

在过去的套路中,都是以原本的"宗"为中心的,区别只在于,现代的研究视角除了尊重"传统",增加了对传述者视域的关注,在传述原本的过程中对原本有所发展。伟大的依然是"原本",也就是那个"宗",优秀的传述者也只是"传述"者,他以承载者的身份搬运了"宗"。

前文已经论证过,经典的形成不光是因为"原本"经典,还经历了从"经验实践—惯习养成—范式选择—对象命名—团体认同—理念传播—经典型塑—教育孵化—仪式确认"的过程。从各种经典能够历尽波折,传承至今,甚至开枝散叶的经验来看,"顾统之著也,必有圣人开其先;统之传也,必有贤人承其后;而其衰也,亦必有命世之哲为之正其源而章其流,然后圣学一脉不至断绝于天下"②。源头创立和后世流传都需要各时期的传述者不断地讲述。他们的角色比创立者还重要,担任了认定其为经典的鉴定者、记诵者、解释者、传承者等多种角色。在该传统传承过程中遭遇内外危机时,他们还要担任改革者、协调者的角色,力挽狂澜。实际上,他们才是真正的作者,或者说是传统的主人和实践者。

这在米尔曼·帕里的理念中得到了一定的体现。他所描述的诗歌传统,是"体现为"许许多多个人,他们掌握了口头—程式的编

---

① [德]伽达默尔:《真理与方法》,洪汉鼎译,上海译文出版社出版1999年版,第383页。
② (清)熊赐履:《学统·卷五十三》,赵尚辅,《湖北丛书》,三余草堂刊本,1891年。标点为本书作者所加。

作技巧，并将此技巧传授给他们的继承人"①，他和洛德把创作/创编（composition），而不是记忆和背诵作为真正口头诗人的试金石。但他们的理论创立本身是为了说明"歌手的高不可及的口头技法是可以习得和传承的"②。所以我们习惯于评价一位史诗说唱艺人的成就是能够讲述的史诗部数，比如江格尔奇朱乃能够讲述 26 部长诗，传奇的玛纳斯奇居素普·玛玛依一个人讲出的《玛纳斯》就整理出18 部 23 万行。③ 我们在文学史建构中，很少用作品数量来衡量作家的成就④，由此可见，在研究视野中，虽然也在注重史诗的创作过程，但从一定意义上说，史诗说唱艺人还没有被真正当作"作者"来对待。

于是，一个真正的经典和传统，是在一代一代的"作者"而非简单"传述者"的代际累积、清障、净化、丰富和鼓吹中才得以流传至今的。"一个源头经典是否足够厚重，取决于其后世解释者是否具有足够强大的思想力量；一个传统的开端是否足够神圣，取决于其后世推展者是否能够不断增益它的卡里斯玛或'光晕'（auro）。"⑤ 在青海省玉树有一位《格萨尔》说唱艺人叫擦哇，他不光说唱《格萨尔》，还能说唱《水浒》《三国》，表演藏语脱口秀。擦哇不是玉树籍最知名的说唱艺人，所以他的其他创作和才华才会被人知晓，其实《格萨尔》说唱艺人几乎都可以像他这样展示出杰出的语言能力，这些都不光是"传述"的工作，他们的创作才华以出色的驾驭素材的能力这样的方式展现出来。

---

① ［美］约翰·迈尔斯·弗里、朝戈金：《口头程式理论：口头传统研究概述》，《民族文学研究》1997 年第 1 期。
② 尹虎彬：《口头传统史诗的内涵和特征》，《河南教育学院学报》（哲学社会科学版）2009 年第 3 期。
③ 阿地里·居玛吐尔地：《〈玛纳斯〉，一部不断被激活的民族史诗》，《文艺报》2013 年 1 月 7 日第 8 版。
④ 只有像乾隆皇帝这样的"作者"才会以作诗 43630 首来进行统计。
⑤ 李河：《传统：重复那不可重复之物——试析"传统"的几个教条》，《求是学刊》2017 年第 5 期。

毋庸置疑，口头传统具有空间特征，并在近年由于非物质文化遗产保护工作的开展越发得到关注。《江格尔》的研究就会聚焦于"卫拉克—卡尔梅克"的一支①，《格斯尔》研究细分到巴林地区、卫拉特地区、青海蒙古族地区等。藏族《格萨尔》也细分为青海果洛地区、玉树地区、德格地区、珠峰周边地区、裕固族地区、土族地区等。在果洛和玉树《格萨尔》文化生态保护区分别建立之后，地区观念得以进一步强化。

地区差别对口头传统最大的影响是语言，不同的语言可以被称为"方言"。空间给其中生活的主体提供了一种思维界限，这一界限以"特殊的方言性叙事"②为特征。这种"方言性叙事"既包括同一种自然语言在同一地区，经过时间历史性发展产生的变化和差异，这已在前面论述过；也包括不同空间、同一种或多种自然语言下的语言差别。胡塞尔也在晚年谈到过这个话题，指出"人首先考察民族的多样性，自己的民族和其他的民族，每个民族都具有自己的周遭世界，这个世界作为不言而喻的现实世界，对民族以及它的传统，它的诸神精灵，它的神话的潜力起作用"③，这在吉尔兹那里被称为"地方性知识"。

这种本土性的命名和归属其实也容易陷入悖论。当人们捍卫本土传统，对外来的"他者"传统进行竞争甚至排斥时，主要的理由是本土传统自祖先传承而来的"向来如此"的属性，因此要严防本土传统被"他者"传统改变甚至取代。地理边界在这个意义上成为

---

① 旦布尔加甫：《卫拉特—卡尔梅克〈江格尔〉在欧洲：以俄罗斯的搜集整理为中心》，《民族文学研究》2018年第1期。
② "A Particular Accent"，见Cassirer, Ernst: *The Philosophy of Symbolic Forms*, Vol. 2, John Michael Krois, Donald Phillip Verene eds., Ralph Manheim, John Michael Krois trans., New Haven: Yale University Press, 1953, p. 858.
③ [德]胡塞尔：《欧洲科学的危机与超越论的现象学》，王炳文译，商务印书馆2011年版，第387页。

进行判断我与他者，正常与荒诞的唯一且科学的标准。有意思的是，以古希腊文化为滥觞的西方文化，其实是以日耳曼、斯拉夫地区为核心区的，在地理上离古代的希腊非常遥远。① 佛教对中国文化而言原本也是外来的，只是后来融入本土，成为中国传统的一部分，并进一步在藏区形成了独特的藏传佛教。于是当我们谈到传统，尤其是口头传统时，需要建立一种立体的观念，除了纵向的（vertical）传统观念以外，还需要关注横向的（horizontal）传统。纵向的传统"来自我们的祖先、我们的宗教共同体以及被大众接受的传统"；横向的传统是"由这个时代与这个时代的人们施加给我们的"。横向的传统其实有时更加重要，但是却总是被忽视。所以"在'我们是什么'与'我们认为我们是什么'之间存在鸿沟"②。

从 18、19 世纪直到 20 世纪初，虽然中国和世界其他地方许多少数民族（原住民）文化渐次被外部世界发现，但那是一个人类学西方中心主义的时期，对待西方以外的文化传统主要是以"猎奇"为出发点的，这些文化于是被当作野蛮和落后的文化表征介绍给发达世界。从 20 世纪上半叶之后，随着全球化的推进和人口流动的频繁，文化传统以一种彼此平等的"文化表现形式多样性"的面目重新呈现于大众媒体和互联网。此时再看传统的本土性，就带上了复杂的色彩：在被他者的视线"平等"对待，并借助全球化路径被

---

① 黑格尔在《哲学史演讲录》中写道："提起希腊这个名字，住在有教养的欧洲人心中，尤其是我们德国人心中，自然会引起一种家园之感。欧洲人远从希腊人之外，从东方特别是从叙利亚获得他们的宗教，来世与超世间的生活。然而今生现世，科学与艺术，凡是满足我们精神生活，使精神生活有价值有光辉的东西，我们知道都是从古希腊直接或间接传来的——间接地绕道经过罗马。……我们之所以对希腊人有家园之感，乃是因为我们感到希腊人把他们的世界化作家园，这种化外在世界为家园的共同精神把希腊人和我们结合在一起。"见［德］黑格尔《哲学史讲演录》第一卷，贺麟、王太庆译，商务印书馆 2009 年版，第 157—158 页。

② K. Xuereb, "European Cultural Policy and Migration: Why Should Cultural Policy in the European Union Address the Impact of Migration on Identity and Social Integration?", *International Migration*, Vol. 49, No. 2, pp. 28 – 53.

广而告之的同时，本身却又会在文化保护的意识下表现出比过去强得多的排他性的逆全球化特征。如何走出纵向流传的"舒适区"，在横向的流通中继续流传？这是对所有的口头传统提出的新挑战。

口头史诗的研究，在整个文学和文化批评理论世界中，是处于边缘地位的，是"文化理论大都市边缘的一个村庄"①。

不过，这是个如世外桃源一般幽美、繁茂、自足的村庄。早在20世纪上半叶，针对古希腊史诗和巴尔干半岛的口头传统，学者们已经开始了打破边界的探索，展开了跨越文学、人类学、语言学和民俗学的综合研究。②到20世纪60年代，若干西方学者就着手口头传统理论的系统建设。到20世纪80年代末90年代初开始，以朝戈金为代表的中国学者，依据中国自身丰富的民族文化资源，尤其是形态多样、活态传承的口头史诗资料，加入这一项堪称宏伟的工程，并为这一理论流派扩充了田野工作的根据地，进而做出某些理论建树。他们建立了"一种比较便于操作的方法论"③，这种研究路数和特点，被美国学者马克·本德尔做了如下概括：

> 朝戈金是中国社会科学院少数民族文学研究机构年轻学者群体中的一位佼佼者，这个群体擅长在研究中整合中西方的理论……朝戈金教授继承了由钟敬文、马学良等老一辈学者开创

---

① [美]丹·罗斯：《逆转》，载[美]伊万·布莱迪编《人类学诗学》，徐鲁亚等译，中国人民大学出版社2010年版，第287页。虽然口头一词本身在学界也有争论，在纳吉的书里，提到了学界也有人（R. P. Martin, M. Herzfeld 等）认为使用口头一词会将文本性置于"高雅文学"支配之下，颇为不利。见[匈]格雷戈里·纳吉《荷马诸问题》，巴莫曲布嫫译，广西师范大学出版社2008年版，第17页。

② [美]约翰·迈尔斯·弗里：《口头诗学：帕里—洛德理论》，朝戈金译，社会科学文献出版社2000年版，第2、21、47页。

③ 朝戈金：《译者导言》，[美]约翰·迈尔斯·弗里：《口头诗学：帕里—洛德理论》，社会科学文献出版社2000年版，第18页。而关于"口头诗学"更为全面的梳理，则可见于朝戈金的另一篇文章《"回到声音"的口头诗学：以口传史诗的文本研究为起点》，《西北民族研究》2014年第2期。

的民俗研究传统,又将其与帕里、洛德、劳里·杭柯、约翰·迈尔斯·弗里等西方学者的著述、理论相结合,形成了兼收并蓄的学术视野……总之,朝戈金创造出一种综合的理论,并运用这种方法剖析了蒙古史诗传统中程式的本质和功能,他同时为其他中国学者多方面研究博大精深的口头的和与口头相关联的叙事传统,提供了一种深具启发性的模型,这方面的研究在海内外还远未充分。[1]

这个被称作"年轻学者群体"的学术追求,确实是要将"口头诗学"(oral poetics)进一步体系化。我们知道,口头诗学的主张从20世纪60年代被提出,至今仍没有成为文学/诗学领域一个被普遍接受的学术主张[2],但是建立这种理论的尝试,其意义仍然大大超出了这个理论本身。

第三节 打破主流范式,打破边界维度

口头诗学理论所不断强调的,正是基于自身的独特性[3]而不断

---

[1] Mark Bender, "Book Review of Oral Poetics: Formulaic Diction of Arimpil's Jangar Singing by Chao Gejin", *Asian Folklore Studies*, Vol. 60, No. 2, 2001, pp. 360–362, published by Nanzan University, Japan.

[2] 在论文第6页中朝戈金提到,洛德(Albert Bates Lord)于1968年,在其论文"Homer as Oral Poet"中,首次提出"口头诗学"(oral poetics)的概念,但至今仍未被收录到重要的工具书中,在中国学界的影响也刚刚开始。

[3] 在两篇文章里,朝戈金都对口头史诗与书面文学的区别做出了界定:在《译者导言》中,他将差异归纳为三点:口头史诗的歌手兼具了表演者、创作者和诗人的多重角色,不符合书面文学创作规律中"独创性"的要求;史诗的意义是由演唱的文本和文本之外的语境共同创造的;口头作品与书面作品之间没有不可逾越的鸿沟,而是形成了类似光学谱系的关系。在后面这篇论文里,他将二者的区别重新进行了划分,即口头诗学并无书面文本中所谓"权威本"之说,每次演述都是一次创作;口头文本是线性、单向、不可逆的声音过程;口头诗学高度依赖程式化的结构;口头诗歌创作没有完成一说;口头诗歌的受众参与了口头传承的意义制造和意义完成;口头传统艺人需要遵循传统和规矩,而并不需要独创能力;口传文本的互文性。

第三章 "传统"的建构与阐释的多样 / 91

证明的：所谓"史诗"并不是一个内部高度同构、特质高度统一的文类。在不同的文化传统和民族中，口头诗学的指涉也是有所差异的。因此，试图构造一种放之四海而皆准的分析模型也不太现实。① 按照朝戈金的总结，口头诗学理论主要解决两个问题：第一是口头传统②的"创编、流布和接受的法则问题"；第二，口头诗学本质上依然是诗学，因而仍然要将其放在诗学的大框架下来探索。其意义在于弥补了传统诗学理论体系中口头诗学理论的缺失。③

传统书面文本的研究方法，路径是笛卡尔主义式的，即要去发现文本中到底存在着什么。这种思路推崇的是清晰而确定的指向，通过推理演绎来发掘文本的内涵。其创作的过程往往是一个较长孕育和写作的过程。而口头传统本身的奇妙之处恰恰在于，它就在演述的当下被创造出来，就像感受一种疼痛一样被即时感知。④ 它们存在于人所共知的语境里，人们能感受到，但未必能确切指称。这

---

① 比如朝戈金《译者导言》，[美]约翰·迈尔斯·弗里：《口头诗学：帕里—洛德理论》，朝戈金译，社会科学文献出版社2000年版，第21页。不过，在口头诗学内部也经历了从"放之四海而皆准"到"量体裁衣"的过程。从最早理论建立，人们试图将其放置在全部口头传统的研究中，后来根据邓迪斯的介绍，派生出了各种关于史诗是否是一种世界性样式，口头程式理论是否适用于全部口头传统甚至是否完全适用于全部口头史诗的争论。关于争论的结果，大约能够形成共识的就是正文朝戈金所说的这几句话。后来尹虎彬进一步强调了史诗"全球的、区域的和地方传统的"三个传统背景，见尹虎彬《口头传统史诗的内涵和特征》，《河南教育学院学报》（哲学社会科学版）2009年第3期。

② 口头传统"除了史诗，还有抒情诗、民谣、颂诗、历史性韵文，以及难以计数的其他样式"，见朝戈金《作者中译本序》，[美]约翰·迈尔斯·弗里《口头诗学：帕里—洛德理论》，朝戈金译，社会科学文献出版社2000年版，第5页。不过在史诗中本身也可能包含着多种文类。

③ 朝戈金：《"回到声音"的口头诗学：以口传史诗的文本研究为起点》，《西北民族研究》2014年第2期。

④ 疼痛是一种感觉，很清楚，但是并不能明确。肉体疼痛可以用清晰并且确定的东西来描述，比如尖锐的物品，一种人所共知的疾病。但是物品和疾病并不是疼痛，它是主观才能感受到的。人们能够明白疼痛是什么，但是却不能把它说清楚，它必须和主体联系在一起，它是无法被阐释的。参见[美]罗伊·瓦格纳《诗学与人类学的重心重置》，[美]伊万·布莱迪编，徐鲁亚等译《人类学诗学》，中国人民大学出版社2010年版，第40—41页。

种感觉存在于人的内心，在说唱方式中通过言语和非言语的方式表现出来，用感觉的意义替代感觉。而这种意义在听众的内心世界里同样自我封闭，个人对它的解释也并非就是完全准确的①，就像我说的红色未必就是你所理解的那个红色，我口中的格萨尔也不一定与你心中所想的一样。这就是说，感受方式和感受本身都是相当主观的，但在"演述理论"看来，表演者与观众之间在交互作用下生产出特定的文本，形成交互作用的语境。② 对于口头传统的史诗形态，谁也不是唯一权威的诠释者，这里没有简单的所谓正确与错误的划分。

与世界上主流的文学理论经历了世纪之交文化转向和范式转换一样，口头诗学也正在经历着一场学术范式的转换。口头诗学以其非介质的面对面的交流方式，单次性的直接感受方式，和双向呼应的在场共振效应，形成了其建基口头至上的独特性，也因此与书面文学理论形成了清晰的分野。纳吉说过，"口头的"并不是简单与"书写的"对立。③ 尹虎彬在对中国口头史诗研究进行综述时，也提到中国的史诗研究"克服口头与书写二元论的僵化模式，在口头和书写、形式和意义、共时和历时、个人创造和集体性之间，寻求理论的张力"④。

近三十年来，学界都在各自的领域反思自启蒙时代以来"非此

---

① 见［美］罗伊·瓦格纳《诗学与人类学的重心重置》，载［美］伊万·布莱迪编，徐鲁亚等译，《人类学诗学》，中国人民大学出版社2010年版，第41页。
② ［美］阿兰·邓迪斯：《编者前言》，见［美］约翰·迈尔斯·弗里《口头诗学：帕里—洛德理论》，朝戈金译，社会科学文献出版社2000年版，第37页。
③ ［匈］格雷戈里·纳吉：《荷马诸问题》，巴莫曲布嫫译，广西师范大学出版社2008年版，第17页。在弗里的著作中，他也介绍了鲁尼·芬尼根、布雷恩·斯托克等人的著作超越了"过分简单化的口头与书面的二元对立问题"。见［美］约翰·迈尔斯·弗里《口头诗学：帕里—洛德理论》，朝戈金译，社会科学文献出版社2000年版，第265页。
④ 参见尹虎彬《口头传统史诗的内涵和特征》，《河南教育学院学报》（哲学社会科学版）2009年第3期。

即彼"的单一思维模式，多个学科高举库恩的范式理论①，反思笛卡尔时代以来的思路。当代范式理论告诉我们，随着独断论时代的结束，学术研究将不再只有一种范式，一种阐释方式。学术研究形成了范式多元、话语丛集的新局面。过去运用单一逻辑来解释一切事物，窒息了学术研究的多样性；科学（以及后来被延伸引用到人文学科）的发展不再是连续的、积累的和渐进的；而是断裂的和跨越式的达成范式转换。口头诗学理论正是这样一种探索，不但创造出来一套方法论体系展开阐释，同时也创造并且决定了阐释的对象。② 这种独辟蹊径的方式看似简单，实则不然。福柯曾经说过，"追求真理的意志"并不一定能起作用，因为一门学科往往有着规定，哪些命题是可以被接受的，人们很难跳到学科范围之外进行思考，一个人能否被学界接受，就取决于他在不在学科范围之内思考。③ 在文学研究中，每一个研究者都不可能以空白大脑进入研究对象的场域，他总要带着自己关于文学的已有知识储备、学理性思考和研究范式，以及由当下历史语境所催生的问题意识④，形成新的理解和把握对象的理论构架。

在口头诗学这个注重田野调查的学科里，学者们带着长期形成的专业语汇，他们同时握有阐释特权。这些专业语汇和阐释权威，以其学理性和权威性，梳理、总结和概括了民间的形式、构造和美学尺度。这种经过处理的"作为启发的知识"最终被带进文学世

---

① 托马斯·库恩（Thomas Kuhn）定义的范式为："一个科学共同体中的所有成员共享的，反过来说，一个科学共同体是由共享同一范式的人组成的。" Thomas Kuhn, *The Structure of Scientific Revolutions*, Chicago: University of Chicago Press, 1962, p. 111.
② 参考金元浦《接受反应文论》，山东教育出版社1998年版。
③ Michel Foucault, *The Order of Discourse*, Lingual Lecture at the College de France, December, 1970.
④ 金元浦：《文学，走向文化的变革》，河北大学出版社2013年版，第1页。

界，带给读者"原生态"的错觉。① 最终，"在那些整洁的、地方性的、高度清晰的分析性框架中……所有的范式都在循规蹈矩"。②

可以说，口头诗学理论的出现，代表了 20 世纪中叶前后文本（text）中心论左右整个英美文学美学与批评领域的状态下③，民间文艺学领域的一次呼应与反叛。正是因为文学理论在当时从作者研究走向文本研究，口头诗学文本不同于主流文本的特征才得以显示，才催生了口头诗学自身理论的创建。在其早期，随着语言论转向的强大推动力，专注于文学内部的本体性特征，以"程式"为抓手，专注于口头诗学自身的形式、技巧、结构、符号、语义和语言的研究。在后来的发展中，整个文学理论界都逐渐意识到文本中心主义的缺憾，即将文本孤立于社会意识形态及社会伦理之外，孤立于历史和现实生活之外，孤立于作者、读者和审美心理之外，将自身封闭在文本唯一论和形式至上的藩篱中，于是催生了对于这一理论的反思与争论，推动了这一理论在新世纪的范式变革与话语转化。

毫无疑问，口头诗学最初设定的限域，随着研究的深入已经被大幅度超越了。弗里（John Foley）依据传播介质，将口头诗歌分为：口头演述（oral performance）、声音文本（voiced texts）、往昔的声音（voices from the past）、书面的口头诗歌（written oral poems）。④ 朝戈金进一步补充说，随着数字技术的发展，自我录音和录像的文本、"写史诗"文本、"其他传统方式承载的史诗叙事或

---

① 参见［美］罗拉·罗马努其－罗斯《讲述南太平洋的故事》，［美］伊万·布莱迪编，徐鲁亚等译《人类学诗学》，中国人民大学出版社 2010 年版，第 64 页。

② Ivan Brady, ed. Special Section, "Speaking in the Name of the Real: Freeman and Mead on Samoa", *American Anthropologist*, 1983, p. 908.

③ 20 纪中叶前后，本文中心论范式下的俄国形式主义、英美新批评、语文学、结构主义、符号学、叙事学诸理论话语长期支配文坛，左右着整个文学美学与批评理论。

④ Foley, John Miles, *How to Read an Oral Poem*, Urbana and Chicago: University of Illinois Press, 2002, p. 52.

叙事片段，如东巴的象形经卷、彝族的神图（有手绘经卷和木版两种）、藏族的格萨尔石刻和唐卡、苗族服装上的绣饰（史诗母题蝴蝶歌、枫树歌等）、畲族的神图等，这些诗画合璧的传承方式，同样应该纳入学术研究考察的范围中来"①。弗里在其著作中也谨慎地表示："这一领域可能还要面临极大化扩展的挑战。"② 事实上，口头诗学边界的扩容既是学科本身发展完善的结果，也是整个文学越界扩容趋势中的一部分。口头诗学理论的出现已近百年，系统理论的构建也已逾半个世纪，从这一理论本身的建构来看，它的研究仍然在三个维度不断扩展：

第一，理论本身的维度。从帕里和洛德在《故事的歌手》③ 中将出自古典学语文学和人类学等学科的理论，综合运用于古希腊文学和巴尔干半岛的史诗研究开始，这一理论就在不断运用于各种民族口头传统的形式中得到生长和丰富，分析的文类也从以史诗为主，扩展到"抒情诗、民谣、颂诗、历史性韵文，以及难以计数的其他样式"，"影响了散布于五大洲的、超过了150种彼此独立的传统的研究"。随着"国际史诗研究学会"的建立，来自各种文化中研究学者之间的联络势必越来越紧密④，各种理论和田野材料的交流互通会给口头诗学理论本身带来进一步发展的可能。

第二，田野作业的维度。口头诗学理论是建立在对于口头传统艺术的基础上的。在口头诗学语境下的"传统"（tradition）一词，更接近于伽达默尔（Hans-Georg Gadamer）所言的"流传物"（tra-

---

① 朝戈金：《"回到声音"的口头诗学：以口传史诗的文本研究为起点》，《西北民族研究》2014年第2期。

② ［美］约翰·迈尔斯·弗里：《口头诗学：帕里—洛德理论》，朝戈金译，社会科学文献出版社2000年版，第44页。

③ ［美］阿尔伯特·贝茨·洛德：《故事的歌手》，尹虎彬译，中华书局2004年版。

④ 2012年，来自近30个国家的70名代表联合发起，在北京成立了"国际史诗研究学会"，这标志着口头诗学全球协作体系正在建立。

dition）。在纳吉（Gregory Nagy）看来，传统不是僵滞不变的，而是一直处在变化之中，在口头传统的文本以及活形态的口头传承过程中，都可以甄别出传统中一成不变和不断变动的成分[①]。而朝戈金认为，传统除了在历史语境中"世代相传"这个含义之外，其核心要义是"传承"，包括了表演过程中看得到的和隐含的全部要素[②]。由于"传统"的重要意义，口头诗学在晚近发展中更加重视田野作业，为研究增加了"难以比量的多样性"[③]。

第三，介质的维度。弗里在他后期富有互联网精神的"通道工程"（the Pathways Project）中再一次提到，口头传统的类型会随着流派、社会功能、表演者、站点，以及文本世界互动模式而变化，口头传统在互联网世界中注定是富有多样性的[④]。"口头传统是古老而常新的信息传播方式，在新技术时代也获得了新的生命力，表现在网络空间中、日常生活中、思维链接中，所以是不朽的。"[⑤]

世纪之交，整个文学的现实都与 20 世纪划界寻求本体的状况不同了。德勒兹和瓜塔里 1972 年在哲学领域提出了"去界域"的概念[⑥]，迅速影响了整个知识界。这一概念比过去流行的"跨界"（across boundaries）走得更远，强调边界的消失。在知识领域，"去

[①] 参见［匈］格雷戈里·纳吉《荷马诸问题》，巴莫曲布嫫译，广西师范大学出版社 2008 年版，第 19—21 页。

[②] 参见朝戈金《译者导言》，［美］约翰·迈尔斯·弗里《口头诗学：帕里—洛德理论》，朝戈金译，社会科学文献出版社 2000 年版，第 29—30 页。

[③] 朝戈金：《作者中译本序》，［美］约翰·迈尔斯·弗里：《口头诗学：帕里—洛德理论》，朝戈金译，社会科学文献出版社 2000 年版，第 11 页。

[④] John Miles Foley, *Oral Tradition and the Internet Pathways of the Mind*, Urbana：University of Illinois Press, 2012, p. 81.

[⑤] 朝戈金：《"回到声音"的口头诗学：以口传史诗的文本研究为起点》，《西北民族研究》2014 年第 2 期。

[⑥] 去界域，英文为 deterritorialization，又被译为解域，最初用于法国现象学理论，指的是在当代资本主义文化中人类主体性的流动性和离散性。见 Gilles Deleuze, Félix Guattari, *Anti-Oedipus：Capitalism and Schizophrenia*, translated by Robert Hurley, Mark Seem, Helen R. Lane, New York：Viking Penguin, 1977. 法文原版出版于 1972 年。

界域"呼吁打破学科间的区分和界限,各种跨学科的新研究领域,比如女权主义研究、文化研究、城市问题研究、人类学研究等后现代的热点出现。在支持文化转向的学者,尤其是其中更为极端的理论家看来,自然科学、人文科学、社会科学、艺术与文学、文化与生活、作品与理论、想象与现实之间,都已经不再存在不可逾越的界限。这种思潮迅速进入传统的人文艺术领域,使得各个学科都呈现出多样化的态势。[①] 事实上,即便是最保守的传统研究者,也或多或少受到了这股思潮的影响,在其研究中至少注意到了互联网对于研究对象和研究者本身的影响。

文学的边界日益模糊,大众文化、网络文化、图像、影视,它们就像当年小说的"登堂入室"一样,由下而上地进入文学的铜墙铁壁之中。文学自身坚固的界限已经如同今日北京的老城墙,沿着二环路竖立,却不再标示北京城的边界。

如今,边界是扩大还是拆除其实已经不再成为被关注的中心,由于技术的进步和全球化的经济扩张,人们日益走出书斋,站在更高的位势来全面观察世界,口头诗学的践行者们就不仅要去各个文化生态地域进行切近的田野调查,还要关注全球文化科技背景下新的口头文化的创造、诞生与发展。先前泾渭分明的学科分野也就在新的现实实践中移动、变化和重建。

今天,推动和发展口头诗学研究仍然是十分必要的。这种必要性体现在对传统民间文艺学对象,如《格萨尔》《玛纳斯》和二人转等口头文学的解析仍然需要它的介入。另外,在保护和复兴相声、评书等现场说唱艺术时仍然大有用武之地。还体现在对当代技术支撑下的电视、网络视频,特别是手机视频的故事会、脱口秀和

---

① 参见金元浦《论文学艺术的边界的移动》,《文学,走向文化的变革》,河北大学出版社2013年版,第65页。

娱乐秀等新兴口头文化形态的阐释和总结，也须臾不能离开口头诗学的研究路数和范式。

第四节　跨界时代的口头史诗：
阐释的多样性

弗里很早就看到了口头诗学理论的意义：

（口头诗学）将一系列显然缺乏联系的观察所得，具体化和明晰化为一种专门的、系统化的阐释。……这一学说已经决定性地改变了理解所有这些传统的方式……通过帮助那些沉浸在书写和文本中的学者们，使他们通过对民族和文化的宽阔谱系形成总体性认识，进而领会和欣赏其间诸多非书面样式的结构、原创力和艺术手法，口头理论已经为我们激活了去重新发现那最纵深的也是最持久的人类表达之根。这一理论为开启口头传承中长期隐藏的秘密，提供了至为关键的一把钥匙。①

口传史诗是活的文化（culture as lived）中的动态文化（culture in motion）。所谓动态文化，是一种基于面对面交流的文化②，是一种开放而非闭锁（open-endedness）的文化。史诗说唱的方式形成了单元大小不等的程式，当通过排列和灵活运用这些程式时，我们多少能够察觉，这种程式的排列和组合方式，具有某种无序特性，表现为与历史完整性的脱节。也就是说，口头传统的基本架构是历史形成的，但是保持着对新形式的开放窗口。令人遗憾的是，我们

---

①　[美] 约翰·迈尔斯·弗里：《口头诗学：帕里—洛德理论》，朝戈金译，社会科学文献出版社 2000 年版，第 4—5 页。

②　巴赫金所说的即将到来并永远存在的变化与交流。

看到某些僵固的研究思路正在大行其道，形成对活形态演述传统的割裂和粗暴阐释，并且戴上了尊重传统的帽子：在他们看来，文本的意义最终是由文本生产者决定并阐释的。这种将阐释和研究的权力牢牢把控在民族内部的主张，从长远来讲，拒斥了来自其他文化立场的对特定民族传统的解读，这是十分有害的。

虽然口头诗学理论一直在强调"以文本为本"（text-dependence）①，但学者们也同时呼吁，不仅要关注一位歌手在一次表演中所表达的声音、姿态等"文本"，也要关注那些没有叙述出来的由听众和歌手共享的知识②，"尤其是在口头艺术话语中，由语法和文化意义及象征等提供的潜藏信息与资源被最大程度地开发，语言与文化关系的本质也就凸显出来了"③。从解释学的角度来看，文本当然拥有原义，但并不存在所谓唯一的和不变的原义，它总是在生成之际及诞生之后，发生难以预测的各种变化。特定口头文本在不同演述者口中，在不同场合的演述中，抻拉或压缩、变形或僵固，形成千姿百态的文本。这些口头文本的含义也在研究者、批评者的不断阐释中，在参与对话互动的阅读者的主观阅读理解中，随着无尽的历史时间而变化。口头文本不断在原义的主体上增加和减少，形成一个又一个故事的系列。④

除此之外，口头传统的说唱过程，有一些非常确定存在但

---

① 实际上，弗里所坚持的"以文本为本"是基于比较研究而言的，这对于过去田野档案的不健全来说是非常重要的一个理念，我认为当它作为学科整体的研究思路时，容易导致对文本外要素的忽视。参见［美］约翰·迈尔斯·弗里《口头诗学：帕里—洛德理论》，朝戈金译，社会科学文献出版社 2000 年版，第 280—282 页。

② 朝戈金：《译者导言》，见［美］约翰·迈尔斯·弗里《口头诗学：帕里—洛德理论》，朝戈金译，社会科学文献出版社 2000 年版，第 29—30 页。

③ Joel Sherzer, "A Discourse-Centered Approach to Language and Culture", *American Anthropologist*, Vol. 89, No. 2, pp. 295–309, p. 296.

④ 这里也适用伊格尔顿所说的："……应把诗和小说看成复数形式，看成无休止的象征，而不是最终固定在一个中心，一种内涵和意义。"原文见 Terry Eagleton, *Literary Theory: An Introduction*, Minneapolis: University of Minnesota Press, 1983, p. 138。

是未必明确的内容介于说唱艺人和听众之间。比如情绪的愉快或痛苦；比如艺人所描述的符号、图像给听众带来的感知。① 艺人的表述主体与听众的理解主体之间所搭建起来的是一个最具个体意义，被个体深刻体会着的经验的综合体。② 这个综合体建立在一般意义上的"文化"之上，以"诗"的形式加以创造和整合。所以艺人的表述需要通过语言、手势等实现，并且使用隐喻和想象性的语言来交流。"在一首诗歌中描述其中的主题和韵律，是没有意义的。美学的描述应比这些笨办法更加精妙、更具分析性。"③

所以就口传史诗而言，它的意蕴不在程式和语言结构里，而是在它对这种结构和程式起作用的过程中被体会到的。因为诗学是没有办法去证明的，而且不能站在诗学之外去证明它。就像梦一样："梦是完全主观的，是一种凭借感知自身进行的感知绘图行为。"④ 而我们对它进行描述和阐释的时候，才发现并不能准确把握它。我们对它的解读，往往会是扭曲的。从这个意义上说，口头诗学既然是对传统文学理论的一种突破，也就不能固守在传统文学研究中主客两分的逻辑中。口头文本是一个准文本，歌手与听众之间、歌手之间，读者与读者之间，程式之间、异文之间，都存在着交流。口头传统的多样性正是在这种"间性"的场域中实现的。

主要是从口头史诗的研究中提炼出来的口头诗学法则，往往无

---

① 罗伊·瓦格纳说，诗学"是勾连人类形象内外部感知、形象自身与自我及他者之间的手段。且不论我们对被分享的究竟是什么尚存疑虑，共享的形象就是共享的自我感知。进而，被作为形象共存的其他自我就是'另一个'被自我本身感知的感知。一首歌曲或者一种文化，与个人以一种作为自我感知与以自我的方式对它的感知几乎没有什么区别"。

② 在现象学中将其称之为"主体内部的知识"（intersubjective knowledge），见 Herbert Spiegelberg, *Doing Phenomenology: Essays on and in Phenomenology*, Dordrecht: Springer Netherlands, 1975, p. 129。

③ Helen Vendler, *The Music of What Happens: Poems, Poets, Critics*, Cambridge: Harvard University Press, 1988, pp. 2–3.

④ ［美］伊万·布莱迪：《和谐与争论：提出艺术的科学》，见［美］伊万·布莱迪编《人类学诗学》，徐鲁亚等译，中国人民大学出版社2010年版，第39页。

法简单地以某一个学科的研究范式和评价标准来考量或评判，乃至套用。口头诗学理论已经用几十年的时间建立了一个由古典学、语文学、人类学、民俗学等学科参与形成的综合研究框架，它虽"不能成为一个流行的思潮，又不能被轻易打倒或抛弃"[①]。事实上，史诗中传递出来的想象与史实、文学价值与现实意义、字面意义与比喻意义、真与美、主观与客观、直觉与归纳等传统意义上的辨析，在传统研究中或许被热衷谈论，但在口头诗学的语境中其实并没有市场。口头传统本质上的多样性，正呼唤着一种人文社会学科的多样性视角。口头传统是在可能相对封闭的社会中形成的开放平台，它的研究也存在多种阐释的可能性。可以从不同学科切入，遵循不同学科的方法展开研究，形成多种范式共生的相互对话的多元形态。每一种话语方式都面对着整个口头传统巨大海洋中的某一个层次，某一种维度；在不同的语境下，在不同的历史时期，可以用不同的方法来获得这片大海的一部分特征，获得阐释的有效性和真理性。口头诗学本身的建构其实也是同样的道理。

"从一个新的角度看待事物，要么导致严肃的进步，要么导致胡言乱语"[②]。洛德、弗里、朝戈金等学者已经从口头诗学的角度走出了一个新的方向，取得了这样那样的成果，深化了对口头传统诸多侧面的描摹和理解。希望追随口头诗学方向的研究者们，不只是步其后尘，仿其路数，而是别出机杼，在材料上，在理论上，在技术路线上，多有创新，从而形成一个多声部的大合唱。只有这样，关于人类表达文化之根的研究，才能够日渐深入，并成为其他学科和领域的研究也需要时时参考和借鉴的范例。

[①] 朝戈金：《译者导言》，见[美]约翰·迈尔斯·弗里《口头诗学：帕里—洛德理论》，朝戈金译，社会科学文献出版社2000年版，第25页。

[②] [美]伊万·布莱迪：《和谐与争论：提出艺术的科学》，见[美]伊万·布莱迪编《人类学诗学》，徐鲁亚等译，中国人民大学出版社2010年版，第6页。

第四章

新时代的新问题、新机遇与新发展

也许多少年后在某个地方，
我将轻声叹息把往事回顾，
一片树林里分出两条路，
而我选了人迹更少的一条，
从此决定了我一生的道路。

——罗伯特·弗罗斯特《未选择的路》[①]

I shall be telling this with a sigh
Somewhere ages and ages hence:
Two roads diverged in a wood, and I—
I took the one less traveled by,
And that has made all the difference.

Robert Frost "The Road not Taken"

---

① 顾子欣译。在美国访学期间，我的住处距离弗罗斯特故居不远，也因此机缘重新阅读了他的诗。

第一节　少数民族文艺美学发展的主要问题

中国少数民族文艺理论建设之路颇多起伏和反复，以至于到 21 世纪初，还会困扰于"什么是少数民族作家文学"之类初级问题。① 而少数民族文艺理论的结构性建设，除了王佑夫先生等人的尝试，其他的理论和方法的系统性建构尚属空缺。

第一个问题，学科设置的壁垒在很大程度上限制了少数民族文艺理论体系的建构。处于"中国语言文学"一级学科之下的二级学科"中国少数民族语言文学"一直与"文艺学""中国古代文学""中国现当代文学"等二级学科并立。这种并立无意中造成了几重屏障——谈论中国文学时通常仅限汉语言文学，而中国少数民族文学研究多从本民族内部发动，经常切断了与更大范围内文学经验的勾连和对接，有学者称此现象为"双重盲视"②。这种双重盲视给少数民族文学研究带来了"两头堵"的尴尬面貌。

这种学科设置带来的另一个问题是，属于现当代文学学科的少数民族作家、作品和文学现象的研究队伍，与属于中国古代文学学科的古代少数民族作家、作品和创作研究的队伍，包括辽金文学和清代文学，被分列到不同的学科中去。更离谱的是，不少研究少数民族语言文学的学者，从学科归属上被放在社会学学科下面的民俗学领域，学位证书来自法学学科。至于主流的文艺学专业则几乎无人关注少数民族文艺理论，更遑论

---

① 关纪新在 2008 年成都首届"民族文学论坛"上的发言。见关纪新《既往民族文学理论建设的得失探讨》，中国民族文学网，2008 年。http://iel.cass.cn，访问时间 2018 年 10 月 25 日。

② 刘大先:《现代中国与少数民族文学》，中国社会科学出版社 2013 年版，第 28 页。

研究。一个从人口和作品的绝对数量上来讲并不占优势的少数民族文学，在学科设置上如此七零八落，要想建构一个综合性理论框架的难度可想而知。

中国语言文学一级学科覆盖 8 个二级学科，它们是：文艺学，语言学及应用语言学，汉语言文字学，中国古典文献学，中国古代文学，中国现当代文学，中国少数民族语言文学，比较文学与世界文学。中国少数民族语言文学与另外 7 个二级学科之间，分别形成彼此交错的复杂关系。少数民族语言与语言学诸学科，少数民族文学与文学诸学科，形成复杂的相互关系。例如耶律楚材、萨都刺、纳兰性德等，就同时是中国古代文学和少数民族文学的研究对象；老舍、张承志等，同时是中国现当代文学和少数民族文学的研究对象。语言方面的情况也类似，这里不拟展开讨论。

第二个问题，少数民族文学与汉族文学的难以切分和犬牙交错的复杂关系，给少数民族文艺理论带来了尴尬不清的自我定位和认知。当然，计较少数民族文学研究在文学研究整体成果中的数量和比重并不明智。这是由于一方面，少数民族人口只占全国人口的 8.4%[1]，他们中真正通行和经常使用本民族文字的民族不到 10 个，大多数民族属于"前文字"或"无文字"社会。有些民族借助其他民族文字来书写。在有文字的民族中，因为社会发达程度的缘故，文盲在整个人群中的比例异乎寻常地高。依赖他民族语言、依赖本民族精英、依赖跨语言从事翻译的人才，这些都导致少数民族文学跨界传播和接受的困难。另一方面，来自本民族群体的过于强调本民族文学特殊性的意识，往往会造成本民族研究者的画地为牢，也会多少形成对其他民族研究者的某种拒斥，这就客观上造成

---

[1] 根据第六次人口普查数据计算而来。参见国务院人口普查办公室《中国 2010 年人口普查资料》，中国统计出版社 2012 年版。根据第二卷"2—1 全国各民族分年龄、性别的人口"记录，全国总计 1332810869 人，其中汉族 1220844520 人。

了将自己局限于某一个民族或民族语言的范围内的困顿局面，也加剧了在整个中国文学研究中被"打入另册"的状况。这些使少数民族文学在整个中国文学格局中获得恰当定位乃至得到某些彰显的努力变得更难以实现。

可是如果将少数民族文学的特殊性做淡化处理，既不合理，也会与"主流"文学理论产生多重错位。例如，在很多民族的文学世界里，史诗、故事、山歌、弹唱艺术等是重要体裁，但这些体裁在主流文学理论视野中，是极端边缘的。能够"无缝对接"的只有书面文学研究，尤其是现当代少数民族书面文学。于是，这方面的少数民族文学研究，就自动"采用了汉语和主流的话语模式"①。

与之相关的一个衍生话题是：有个别人认为，少数民族文论常常"天然"地适用于一些理论话语，比如古代文论"天然"具有"文化诗学"特征，这样形成了一种"天然性"的论述思维。但是"天然性"是由西方话语构建与描述的，使得少数民族文艺理论成为西方文论的资料佐证。② 就有人推断说这也是以口头诗学为代表的新理论难以推进和自我建构的原因之一。其实这样的诟病不仅出现在少数民族文论建构过程中，而且出现在整个中国文艺理论建构的反思中。中国文论在为西方文艺理论背书和提供例子的批评一直不绝于耳，因此出现"失语症"这样容易引起注意的说法也就不奇怪了。③

这种论断看似振振有词，但少数民族文艺理论的"天然性"真的成立吗？以藏族诗学理论为例，藏族古代唯一一部指导文学创作

---

① 刘大先：《现代中国与少数民族文学》，中国社会科学出版社 2013 年版，第 120 页。
② 姚新勇、刘亚娟：《少数民族文论的困境与中国文论"失语症"连带》，《文艺理论研究》2017 年第 1 期。
③ 文论的"失语症"是曹顺庆等学者受到后殖民理论的影响，自 1996 年起针对中国 20 世纪 80 年代以来文艺理论话语权争夺提出的总结和观点。

的理论著作《诗镜》本身是古代印度一部梵文著作。从公元 12 世纪开始，经过数代藏族学者的反复翻译和重新加工，逐步成为藏民族自己的美学理论经典。在藏族诗学理论中，它是不同注疏版本和各个时期对其进行研究和延伸、阐释论著的共同主题。这个阐释传统我曾名之为"诗镜学统"。虽名为"诗"①，实则涵盖所有的"文"②。《诗镜》在藏族文论史上一直居于核心地位，发挥不容置疑的引领作用，进而影响及于其他领域，如大五明之一的内明即佛教经典也注重用诗镜修饰法来修饰表述，藏族历辈大德高僧和文人智者也大多在撰述中从头到尾使用诗镜论修饰法。总之，遍览内外明处（学科）、藏族历史（或编年）、综合性文史著作、传记、传说等，遵循诗镜修饰法来修饰文章的随处可见。如果将藏族诗学理论视为"天然"，那对其源头的梵语《诗镜》则有失公允；但如果学界能够认同以藏族诗学为典型事例的少数民族古代文艺理论可以将外来理论和本土实践进行紧密结合，那为何又对西方理论的冲击以及汉语传统的辐射如此耿耿于怀，不容乃至苛责？

第三个问题，文学批评对少数民族文艺理论整体建构还没有发挥应有的作用。显而易见，文学批评的数量是中国少数民族文艺理论文章中最多的，受到的各种议论也最多。理应更快建立起"最大限度迫近与强有力地照射批评对象的理论框架和话语系统"的说法不无道理，但遗憾的是，这一点尚未实现。"中国当代少数民族文学在当代文学批评"中仍然是缺席的③，"主体性回应和建构性理

---

① 仁增在《浅析〈诗镜〉中诗的概念》（载于《青海民族学院学报》2006 年第 1 期）一文中归纳了藏族学者关于"诗"的十几种概念，包括"诗"即修辞学、"诗"即诗歌、"诗"即诗学理论、"诗"是悦耳夺人心之词语等。
② 王沂暖先生说，snyan ngag 是"美妙文雅的言辞"的意思，相当于"文章"，所以"诗"镜译为"文镜"更合适。见王沂暖：《〈诗镜论〉简介》，《青海民族学院》1978 年第 4 期。
③ 李晓峰：《中国当代少数民族文学创作与批评现状的思考》，《民族文学研究》2003 年第 1 期。

论基点都十分贫弱"①，原因是"还没有自己全向度的理论平台"②，理论思考常常具有"被动性、重复性和随意性"③。具体而言，有学者认为少数民族文学批评受到西方、汉族和精英话语的压迫。④ 学者们还对少数民族文学批评的问题做出过形象的描述，比如评论者的"另册"心态、"关门做老爷"心态和"糊涂农夫"心态等。⑤ 也有人尖锐指出，浅尝辄止的"导游图解式"评论泛滥，以及评论者与批评对象之间隔膜明显的弊端。⑥ 当然，不难看出其中一些问题也是整个文学批评界普遍存在的，并非少数民族文学所独有。

国内学者在针对如何构建少数民族文学理论批评史的可能性问题上进行了研判，比如《中国少数民族文学批评史可能性思考》一文中就提出，面对种种困境，少数民族批评理论史可以在文学史观念、文化背景和研究资料三个方面进行突围。⑦ 这类观点，已经有了一种文化转向的自发和自觉，是一种积极的思考。

第二节 少数民族文艺美学发展的五重进路

我们把少数民族文学与文艺理论看成什么样的研究对象，这种

---

① 汪娟：《当代少数民族文学批评何去何从》，《文艺报》2012年2月6日第6版。
② 关纪新：《既往民族文学理论建设的得失探讨》，中国民族文学网，2008年，http://iel.cass.cn，访问时间2018年10月25日。
③ 姚新勇：《对当代民族文学批评的批评》，《文艺争鸣》2003年第5期。
④ 曹顺庆：《三重话语霸权下的少数民族文学研究》，《民族文学研究》2005年第3期。
⑤ 刘大先：《当代少数民族文学批评：反思与重建》，《文艺理论研究》2005年第2期。
⑥ 关纪新：《既往民族文学理论建设的得失探讨》，中国民族文学网，2008年，网址：http://iel.cass.cn，访问时间2018年10月25日。
⑦ 艾翔、艾光辉：《困局与突围——中国少数民族文学批评史可能性思考》，《民族文学研究》2013年第6期。

"设此"① 提问本身就已经选择了一种范式和路径，已经预设了回答的方式。没有能够跳出历史、社会背景和文化文学语境的文学理解②，是包括本书在内的对改革开放40年间少数民族文艺理论的切入思路，自然引出上一节我的理论预设，也就是我所论述的问题和困境部分。问题的提出，其实也已经指向了答案的方向。

第一，学科越界扩容与文化转向。

文化转向是从20世纪70年代开始就逐步影响全部人文社会学科的学术运动，是"这一代"以来影响最大的学术潮流③，涉及过去来自社会科学边缘领域的各种新的理论崛起，强调"文化过程和意义系统的因果和社会组成作用"④。中国文艺学界自20世纪末21世纪初开始频繁讨论文艺学的文化转向问题⑤，其缘起除了涉及从语言向文化的转向，对于此前20年社会快速发展的电视等媒介兴起对传统纸媒的挑战以及互联网的兴起也颇多反思。媒介文化深刻影响了各民族人民的现实生活，少数民族传统文学艺术前现代的创作方式、呈现方式、传播方式都受到了巨大冲击。文化在创新，学科在扩容，文化媒体革命看似只是传播方式的变革，实际上带来的是整个文化本体的革命。

整个文学都面临着重新审视原有文学对象的问题。越过传统的边界，关注视觉文化、媒介文化、大众文化、网络文化、性别文

---

① 在这里，我跟随金元浦对海德格尔"设此"（as-which）的引用，是为了声明我对解释学路径的选择。海德格尔在他的著作中提出了解释的三种功能，"问此"（As-question），指前理解结构及"问题意识"的存在；"设此"（As-which），指对象在与前理解解释者的对话中得以显现；"构此"（As-structure），指向此与设此之间的往复。

② 金元浦：《文艺学的问题意识与文化转向》，《中国人民大学学报》2003年第6期。

③ Mark Jacobs and Lynette Spillman, "Cultural Sociology at the Crossroads of the Discipline", *Poetics*, Vol. 33, No. 1, 2005, pp. 1 – 14.

④ G. Steinmetz, *State/Culture: State-Formation after the Cultural Turn*, Ithaca, NY: Cornell University Press, 1999, p. 2.

⑤ 代表性学者包括金元浦、陶东风等。

化、时尚文化、身体文化已成潮流；而文艺理论同样重新考虑研究对象，比如图像时代语言与视像的关系，数字时代网络和虚拟空间与文学的关系，媒介时代文学与传播的关系，时尚时代文学的复制与泛审美化问题，全球化时代文化多样性与文学主体性等问题。[1]文字以外的文学如何进入文学研究成为主流文艺学研究的一个重要话题。从"语言转向"到"话语转向"，从"葛兰西转向"到"福柯转向"，从"文化转向"到"技术转向"，从"视觉转向"到"听觉转向"，20世纪以来的人文学术思潮，"转向"层出不穷[2]，尽管不是处于同一个逻辑和话语层面，但已呈现话语丛集的壮阔景象。

这一切带给少数民文艺理论研究更多的困惑和挑战。本土化、现实化和民族化成为提问之前需要廓清的。此时再追问少数民族文学的定义和边界意义并不大了，今日少数民族文艺理论怎样向自己提出问题，可能更有积极的推动作用。传统意义上少数民族文艺即以口头性和视觉性为主要特征之一，而新一轮的视觉文化与听觉文化[3]带着相似的面貌与完全不同的介质重新参与到少数民族传统文化生活中去，看上去与少数民族文学实践更接近，带给少数民族文化以一种弯道超车的天然优势，当然实际上带给少数民族文学艺术创作和研究前所未有的挑战。相较于主流文艺理论而言，少数民族文艺理论除了要回答与其相似的问题，还要增加处理传统图像、传统语言与传统文化生态与这一切的关系，在原本就复杂的少数民族、主体民族和西方三重维度的文艺理论研究中又增加了一个维度，向少数民族文艺理论研究者提出了更高的要求。

---

[1] 金元浦：《文艺学的问题意识与文化转向》，《中国人民大学学报》2003年第6期。
[2] 曾军：《转向听觉文化》，《文化研究》2018年第1期。
[3] 除了近年来非常热闹的视觉文化研究，听觉文化成为一个新话题，侧重于对视觉以外感觉的关注，以及在中西叙事传统比较研究中，用"听觉传统作用下中国古代叙事的表述特征"与西方传统进行区分。见傅修延《为什么麦克卢汉说中国人是"听觉人"——中国文化的听觉传统及其对叙事的影响》，《文学评论》2016年第1期。

第二，新时代少数民族文艺理论建设的五重进路。

2018年6月，"推动'三大史诗'在新时代的传承与发展——贯彻习近平总书记关于弘扬中华优秀传统文化系列重要讲话精神工作会议"在北京中国社会科学院召开，标志着以"三大史诗"为标志的少数民族传统文学对文艺理论"当代性"的呼应，主动发出的"实现中华文化的创造性转化和创新性发展"的宣言。

这种当代性不仅是指知识范式和思想体系所不可避免带有的时代痕迹，回答时代提出的问题，还有一种对当下时代的超越，指向未来的意义。① 前文已经叙述了困境、挑战，后面也给出了一些解决方案，其实更概括一点说我愿意称之为五重进路。

第一重：壮大根基。习近平指出"中华优秀传统文化是中华民族的精神命脉，是涵养社会主义核心价值观的重要源泉，也是我们在世界文化激荡中站稳脚跟的坚实根基。要结合新的时代条件传承和弘扬中华优秀传统文化，传承和弘扬中华美学精神"②。中华民族优秀传统，民族文化的精神命脉、民族区域发展的重要源泉、依托于五千年文化的宏大滋养，各民族走向共同富裕的现实图景，和谐发展的未来方向，构成我国民族文艺学发展的坚实根基；要解决宏观发展与微观（中观）突破、民族文化多样性与独特性、文艺形式变革与内容优化、现象丰富性与族别独创性之间的矛盾、冲突和平衡。实现民族文艺的全民共有、全民珍爱，全民分享和全民推进。

第二重：构建民族文艺学的学科体系。至少包括六个部分：1. 马克思主义和习近平文艺思想关于民族文学艺术的论述，包括对待传统文艺思想、对待文艺与宗教、文艺与社会的思想和方法论；2. 民族文艺学的基本原理，除一般文艺学的本质/本体、内

---

① 范玉刚：《众声喧哗中的繁荣与现代性的焦虑——对五年来文学理论发展的印象式扫描》，《南方文坛》2018年第1期。

② 习近平：《在文艺工作座谈会上的讲话》，《人民日报》2015年10月15日第2版。

容、形式、结构、创作论、文本论、接受论之外，还要特别关注民族文艺资源较为富集（积）的艺术起源、民间自源文艺的生长及其田野调查等；3. 古代各民族文艺学思想与理论成就；4. 中国民族文论与周边国家及西方文论、各民族之间（汉族与少数民族、少数民族与其他少数民族）互相影响和比较研究；5. 中国民族文艺理论/美学史；6. 民族文艺批评（评论）及批评史。

第三重：美学价值关怀与探寻。弘扬民族文艺的艺术与美的多重价值，是民族文艺学发展的进路之一。"文艺是铸造灵魂的工程，文艺工作者是灵魂的工程师。好的文艺作品就应该像蓝天上的阳光、春季里的清风一样，能够启迪思想、温润心灵、陶冶人生，能够扫除颓废萎靡之风。"[1] 我国多民族文化和生态的极为丰富的美学资源、艺术资源、自然生态资源的发掘，独具特色的民族物质文化与非物质文化遗产的发掘、保护和更新；独特的人类学美学价值的发现，当代新媒介艺术、时尚艺术、流行大众艺术中美的创新、创意、创造。

第四重：方法论的变革。创新是民族文艺学发展的不二法门。党的十八届五中全会确立了我国新时代发展的五大理念：创新、协调、绿色、开放、共享，其中创新是五大核心理念中核心的核心，具有全体发展中的优先性。新的发展理念，为新时期的发展勾勒了清晰路径，擘画了推动发展全局深刻变革的全新蓝图。我国民族文艺学也要在这一总体框架下，不断推进理论创新、文化创新。今天，创新已在全社会蔚然成风，民族文艺学也要高举创新改革的旗帜，打破陈规，开放包容，承传经典，迎纳新知。坚持"双百"方针、"二为"方向、"发扬学术民主、艺术民主，提升文艺原创力，

---

[1] 习近平：《在文艺工作座谈会上的讲话》，《人民日报》2015年10月15日第2版。

推动文艺创新"①，将我国民族文艺学建设成新时代开拓创新的典范。

第五重：民族文艺学发展的新路径。在人类命运共同体的发展语境下，中西交流、文明互鉴，民族融合、文化交融，地域交往、错杂互容，这是民族文艺学发展的必由之路。习近平指出："我们社会主义文艺要繁荣发展起来，必须认真学习借鉴世界各国人民创造的优秀文艺。只有坚持洋为中用、开拓创新，做到中西合璧、融会贯通，我国文艺才能更好发展繁荣起来。"② 民族文艺学的发展路径应包括，以中华文化总体为基点的宏观总体上中国与世界各国各民族各地域多种文明文化的互鉴互通；以总体民族文艺为基点的中观视角的民族文艺与主体文艺之间的比较、对话、交流，综合、融汇、提升、概括（这是民族文艺学的重点关注）。以民族文艺为基点的与世界相关内容的比较、交流；各少数民族之间文化艺术的相互比较、对话、交流，共同塑造既富于民族传统特征又关注新时代先进文化融会贯通的民族文艺学新路径、新形态，新趋向。

习近平《在文艺工作座谈会上的讲话》中指出："每个时代都有每个时代的精神。广大文艺工作者要高扬社会主义核心价值观的旗帜，把社会主义核心价值观生动活泼、活灵活现地体现在文艺创作之中，用栩栩如生的作品形象告诉人们什么是应该肯定和赞扬的，什么是必须反对和否定的，做到春风化雨、润物无声。要把爱国主义作为文艺创作的主旋律，引导人民树立和坚持正确的历史观、民族观、国家观、文化观，增强做中国人的骨气和底气。"③ 我

---

① 习近平：《决胜全面建成小康社会　夺取新时代中国特色社会主义伟大胜利——在中国共产党第十九次全国代表大会上的报告》，《人民日报》2017年10月28日第1—5版。
② 习近平：《在文艺工作座谈会上的讲话》，《人民日报》2015年10月15日第2版。
③ 同上。

国民族文艺学的发展,也必须遵循习近平新时代中国特色社会主义思想的指引,以更宏阔的气魄,更坚韧的努力,更开放的心态,更勇敢的步伐,去开拓文化艺术的新境界,攀登理论建设的新高峰。

第三节 新时代的新问题、新机遇与新发展

中国民族文艺学的建构是个伟大的百年工程。在这样一个伟大时代,我们将通过我国民族文艺学学者和全国文艺工作者的艰苦努力,培育文化的沃土,营造良好的环境、深化文艺改革,探索和建构出无愧于我们这个伟大民族伟大时代的全新的民族文艺学新体系。这一伟大事业需要几代研究者不断接续的努力,才会获得未来的成功。站在这样一个正在攀上高原,仰望未来高峰凸显的历史时刻,我们数代学人将有信心有能力完成时代赋予的这一伟大历史使命。

中国少数民族文学研究是在改革开放以后才特别受到重视和展开的,在 20 世纪 80 年代以前,民族文学理论基本上"消弭于民间文学总体之中"[1]。改革开放 40 年之间,中国少数民族文学从学科设置、资料积累、人才培养、阵地建设乃至课题取得,总体上在不断成熟,成果日渐丰满。[2] 不过相较于文学创作活动和作品、作家研究,理论研究一开始就不在规划蓝图内,文学史编纂才

---

[1] 刘俐俐:《我国民族文学理论与方法的历史、现状与前瞻》,《中国中外文艺理论研究》,2009 年,第 416—419 页。
[2] 在梁庭望、汪立珍、尹晓琳主编的《中国民族文学研究 60 年》中对新中国成立 60 周年的学科发展描述是"从多元到整合的文学理论""从无到有的民族文学学科建设""从搜集到整理的资料积累""从单一到繁荣的发展趋向""从课堂到社会的文学辐射",虽然是 60 年的总结,用来描述改革开放 40 年来中国少数民族文艺理论的发展也是适用的。

是核心。① 1986年《民族文学》杂志举办第一次"少数民族文学理论研讨会",提出"民族特质、时代观念、艺术追求"的"少数民族文学三个基本支撑点",具有开创意义。② 后来作协系统、高校和研究机构部分通过下属期刊陆续组织了多种民族文学理论和批评的会议,逐渐发展出"多民族文学论坛"等少数品牌,在学科内形成持续影响力,"在理论创新和学科建设方面均有新的收获,呈现出学术机构与作协组织合作、理论研究与创作实践结合、历史反思与建构探索并举的格局"③。

40年来,绝大部分理论研究集中在"作家论",多"少数民族作家个体批评或评论",少学理性的"持续性关注、系统性梳理、整体性研究",并且正在努力挣脱主流文学话语的牵制,"逐渐走向一种文化的自觉",乃至还努力在"学术权力机构"面前为少数民族文学争取更多的重视。④ 在中国文艺创作"有高原缺高峰"的整体情况下⑤,中国当代少数民族文艺理论不仅缺高峰,从严格意义来讲甚至尚未跨进高原。

不过,"古今中外,文艺无不遵循这样一条规律:因时而兴,乘势而变,随时代而行,与时代同频共振"⑥。时代性是少数民族文艺理论建设与发展的题中应有之意。进入新时代,少数民族文艺学也

---

① "(1979年3月)具体提出了少数民族文学的研究方向:抢救少数民族口头文学资料,编修少数民族文学作品选,编订中国各少数民族文学史,研究各民族之间以及各少数民族与邻国之间的文学交流等。该规划框架迄今没有重大改变。"见刘大先《民族文学研究所成立始末》,中国民俗学会网站,2007年,网址:http://www.chinesefolklore.org.cn,访问时间2018年8月25日。

② 关纪新在2008年成都首届"民族文学论坛"上的发言。见关纪新《既往民族文学理论建设的得失探讨》,中国民族文学网,2008年,网址:http://iel.cass.cn,访问时间2018年10月25日。

③ 在李冰2012年9月18日的"第五届全国少数民族文学创作会议上的讲话"中提到这一格局。见中国民族文学网,网址:http://cel.cssn.cn,访问日期2018年10月25日。

④ 刘大先:《现代中国与少数民族文学》,中国社会科学出版社2013年版,第25—27页。

⑤ 习近平:《在文艺工作座谈会上的讲话》,《人民日报》2015年10月15日第2版。

⑥ 习近平:《在中国文联十大、中国作协九大开幕式上的讲话》,《人民日报》2016年12月1日第2版。

不可能一成不变，必然需要解决新问题，面对新机遇，迎接新发展。

　　国内关于少数民族文艺理论的著述本来就不多，在过去十年"新""后"称霸文艺理论界，在论述少数民族文艺理论时也深受影响，专门针对马克思主义民族文艺理论的论述更是少之又少①，在少数民族文学研究的旗舰刊物《民族文学研究》上，改革开放以来刊登的与"马克思主义"有关的论文也仅有 19 篇，其中直接与马克思主义文艺理论为研究主题的论文不到 5 篇。② 但马克思主义文论并没有过时，对于少数民族文论而言，其本土化、具体化的工作仍然任重道远。在此过程中，有"多民族文学史观"的概念得以孕育和发扬。③

　　新时代马克思主义少数民族文论的发展要避免过去在马克思主义文论中国化过程中走过的弯路，即封闭、保守和僵化。其实在马克思的经典论述中，早已昭示过："只要描绘出这个能动的生活过程，历史就不再像那些本身还是抽象的经验论者所认为的那样，是一些僵死事实的搜集，也不再像唯心主义者所认为的那样，是想象的主体的想象的活动。"④ 民族文学研究的学者已经意识到："坚持以马克思主义为指导，需要将马克思主义的世界观和方法论内化为观察世界、分析问题和解决问题的基本立场和方法，而不是将其标签化、庸俗化。……那种主观武断、脱离实践、故作惊人语，甚至是以'张口闭口引用马克思'为目标的研究，违反马克思主义实事求是的基本立场和观点，要予以坚决抵制。"⑤

---

　　① 仅以国内关注少数民族文学研究的《文艺报》为例。《文艺报》于 2006 年专门开辟了"少数民族文艺专刊"，代表了中国作家协会和国家民委对于繁荣少数民族文艺的具体举措。但是通过检索可知，2000 年以来《文艺报》所刊登以"马克思主义"与"少数民族"为主题的文章数量为 0。

　　② 截至 2018 年 4 月。

　　③ 刘大先：《2012 年少数民族文艺理论话题年度述评》，《中国中外文艺理论研究》，2013 年。

　　④ 《马克思恩格斯选集》第一卷，人民出版社 1972 年版，第 31 页。

　　⑤ 语出自中国社会科学院学部委员朝戈金。引自钟哲《创新努力不愧于时代的伟大理论》，《中国社会科学报》2017 年 5 月 17 日。

在研究民族文艺时，有一句话经常被单独使用："越是民族的就越是世界的。"这句话在鼓励民族文化特征过程中，有时被误用，变成"放弃普适性的目标和标准"，在"原汁原味"中满足他人猎奇心理的说辞。① 这种观念和一度盛行的"自动屏蔽"民族"落后"的习俗等习惯虽然是另一个极端，但也是同源的。习近平主席近年来在两次讲到"越是民族的越是世界"的时候，为这句话的真正含义做了明确的注解：

一方面，这句话揭示了由特殊性到普遍性的规律。在强调民族性问题时，我们坚持"越是民族的越是世界的"，"并不是要排斥其他国家的学术研究成果，而是要在比较、对照、批判、吸收、升华的基础上，使民族性更加符合当代中国和当今世界的发展要求"，这样"就有更强能力去解决世界性问题；把中国实践总结好，就有更强能力为解决世界性问题提供思路和办法。这是由特殊性到普遍性的发展规律"。②

另一方面，这句话揭示了中国学术要走向世界，必须遵循规律，扎根"中国大地"。习近平主席套用这句话，鼓励中国在办学上坚持中国特色。他指出，"没有特色，跟在他人后面亦步亦趋，依样画葫芦，是不可能办成功的。这里可以套用一句话，越是民族的越是世界的。世界上不会有第二个哈佛、牛津、斯坦福、麻省理工、剑桥，但会有第一个北大、清华、浙大、复旦、南大等中国著名学府。我们要认真吸收世界上先进的办学治学经验，更要遵循教育规律，扎根中国大地办大学"。③

由此可见，中国少数民族文艺在新时期走向世界的过程中，需

---

① 赵敦华：《为普遍主义辩护——兼评中国文化特殊主义思潮》，《学术月刊》2007年第5期。
② 习近平：《在哲学社会科学工作座谈会上的讲话》，《人民日报》2016年5月19日第2版。
③ 习近平：《在纪念毛泽东同志诞辰120周年座谈会上的讲话》，《人民日报》2013年12月27日第2版。

要理论工作者进一步总结提炼从特殊性到普遍性的文艺创作规律，在张扬民族特色和让更多的读者和观众能够以平等的眼光理解少数民族文化，欣赏少数民族文艺；同时，在介绍其他民族文艺经验的时候，要遵循文艺规律，扎根民族自己的文化，既不妄自尊大也不妄自菲薄地进行文艺创作。

进入新时代，少数民族文艺理论建设面临着两个重大的发展机遇：其一是数字技术的发展对研究范式带来巨大冲击引发变化；其二是学科和学界的扩容与转向。可以预见，少数民族文艺理论在新时代正在塑造新的特色，出现新的趋势，踏上新的征程。

围绕"实现中华民族伟大复兴"这一总体目标，从 2014 年《在文艺工作座谈会上的讲话》到 2016 年《在中国文联十大、中国作协九大开幕式上的讲话》等文献中不难看出，习近平文艺思想也逐渐丰满并更为体系化，"立足于历史与现实，从时代发展变化出发，通过强调文艺的社会价值和精神引领价值，重新确立了文艺的主流价值内涵，在文艺的功能、文艺的价值、文艺的标准、文艺的组织、文艺的管理等方面，对中国社会主义文艺的发展提出了指导性意见"[①]。随着习近平文艺思想的形成，当代中国马克思主义文艺学从几代领导人的中国马克思主义文艺理论中得以进一步丰富和创新，更加适应时代的发展，其关于民族文艺的思想为我国民族文艺学的发展指明了方向与路线。

在习近平主席的讲话中，多次列举《格萨（斯）尔》《玛纳斯》和《江格尔》作为少数民族文艺的代表。比如 2014 年 10 月 15 日，习近平在文艺工作座谈会上的讲话第一次讲到三大史诗："从《格萨尔王传》、《玛纳斯》到《江格尔》史诗……浩如烟海的

---

① 蒋述卓、李石：《论习近平文艺思想对中国马克思主义文艺理论的创新与发展》，《暨南学报》（哲学社会科学版）2018 年第 2 期。

文艺精品，不仅为中华民族提供了丰厚滋养，也为世界文明贡献了华彩篇章"①；2018年3月20日，习近平在第十三届全国人民代表大会第一次会议上的讲话中提到："中国人民是具有伟大创造精神的人民。……传承了格萨尔王、玛纳斯、江格尔等震撼人心的伟大史诗……我相信，只要13亿多中国人民始终发扬这种伟大创造精神，我们就一定能够创造出一个又一个人间奇迹！"②

新时代的马克思主义少数民族文艺理论作为新时代中国特色社会主义文艺思想的组成部分，其创新性在于：

第一，新时代少数民族文艺理论是中华民族文化伟大复兴的创造力的一个重要源泉。

"今天，我们比历史上任何时期都更接近中华民族伟大复兴的目标，比历史上任何时期都更有信心、有能力实现这个目标。而实现这个目标，必须高度重视和充分发挥文艺和文艺工作者的重要作用"；"没有中华文化繁荣兴盛，就没有中华民族伟大复兴。一个民族的复兴需要强大的物质力量，也需要强大的精神力量。没有先进文化的积极引领，没有人民精神世界的极大丰富，没有民族精神力量的不断增强，一个国家、一个民族不可能屹立于世界民族之林"。③ 这是习近平在文艺工作座谈会上的讲话内容，也是将文艺与中华民族伟大复兴这一目标紧密相连的论述。在国家社会实践层面，当代世界处于大发展大变革大调整时期，社会主要矛盾发生了变化；在文化创新创造层面，以三大史诗为代表的少数民族文艺自古以来就是中国人民创造精神的体现之一，而现在我们也正进行着人类历史上最为宏大而独特地实践创新，为文化创新创造提供强大

---

① 习近平：《在文艺工作座谈会上的讲话》，《人民日报》2015年10月15日第2版。
② 习近平：《在第十三届全国人民代表大会第一次会议上的讲话》，《人民日报》2018年3月21日第2版。
③ 习近平：《在文艺工作座谈会上的讲话》，《人民日报》2015年10月15日第2版。

动力和广阔空间；在文学艺术创造层面，中华民族的精神，是反映在几千年来中华民族产生的一切优秀作品中，也反映在我国一切文学家、艺术家和民间艺人的杰出创造活动中。少数民族文艺理论，不仅是经典作品构成中华文化宝库中重要组成部分，也是文化自信、未来持续保持生命力和创造能力，继续进行文艺创作和研究的不竭动力。

第二，新时代马克思主义少数民族文艺理论也要正确处理艺术与市场的关系问题，这在过去的少数民族文艺理论论述中是几乎不曾提及的。

自改革开放以来，国内的文艺创作都多少受到市场经济的影响，尤其是少数民族文艺创作的体制和观念也不得不做出适应性改变，给当代少数民族文艺创作带来更多可能性。经典马克思主义文艺理论对艺术与市场关系的论述主要侧重于区分了物质生产与精神生产的关系问题，这在中国几十年的马克思主义文艺理论发展中都未能形成突破，直到习近平在文艺座谈会上谈到文艺与市场的关系问题，终于在这一方向创造出新的理论空间。他在讲话中说道，"文艺不能在市场经济大潮中迷失方向"，"一部好的作品，应该是经得起人民评价、专家评价、市场检验的作品"，"优秀的文艺作品，最好是既能在思想上、艺术上取得成功，又能在市场上受到欢迎"。[①] 这些讲话重新确立了艺术与市场的辩证关系，一方面文艺繁荣离不开市场，同时文艺也不能沦为市场的奴隶。因为市场的弊端而因噎废食，或者为了全面迎合市场而挖掘和夸大甚至扭曲少数民族文化中最容易唤起猎奇心理的部分，都是对习近平文艺与市场辩证关系的误读。

但中国少数民族人口仅占总人口不到10%，用超过90%其

---

① 习近平：《在文艺工作座谈会上的讲话》，《人民日报》2015年10月15日第2版。

他语言文化人口的审美需求去改变少数民族文艺本来的面貌，就违背了保护文化表现形式多样性的基本宗旨。在为本民族读者和观众服务的文艺创作和进入更大市场的需求之间存在着"断崖式"的中间地带。本民族读者和观众的数量比过去讨论得较多的高雅艺术的观众数量还要少，因此常常被忽视。需要建立市场条件下的对位性保护机制，保护为本民族读者和观众服务的创作的"独立性、自主性不受市场侵蚀，在文艺生态健全中孵化和解放文艺生产力"①。

第三，新时代马克思主义少数民族文艺理论也被赋予了新的人民性的内涵，这既与传统的人民性理论一脉相承，也随着新的人民性的阐释，鼓励新时期少数民族文艺理论拓展视野，带着历史积淀创新前行。

"中国梦必须紧紧依靠人民来实现"，"人民不是抽象的符号，而是一个一个具体的人，有血有肉，有情感，有爱恨，有梦想，也有内心的冲突和挣扎。……要始终把人民的冷暖，人民的幸福放在心中，把人民的喜怒哀乐倾注在自己的笔端，讴歌奋斗人生，刻画最美人物，坚定人们对美好生活的憧憬和信心"。② 这就是说，少数民族文艺创作和研究，不是对故纸堆的重新装修，是"文以载道"的文学功能的再次强调，更是在"为艺术而艺术"和纯粹猎奇和丑化迎合市场之间走得平稳平衡，走出少数民族文艺自己的风骨和风格，"用文艺的力量温暖人、鼓舞人、启迪人，引导人们提升思想认识、文化修养、审美水平、道德水平"③。

---

① 范玉刚：《正确理解文艺与市场的关系——对"习近平文艺座谈会讲话"精神的解读》，《湖南社会科学》2015 年第 3 期。
② 习近平：《在文艺工作座谈会上的讲话》，《人民日报》2015 年 10 月 15 日第 2 版。
③ 习近平：《在中国文联十大、中国作协九大开幕式上的讲话》，《人民日报》2016 年 12 月 1 日第 2 版。

第 五 章

学科比较与分类界定

乍见美妙喜悦的尊颜，疑是皎洁的月轮出现。
你那表示消除一切颠倒与惶惑的标识——
是你那如蓝琉璃色彩般长垂下的发辫。
妙音天女啊！愿我速成文殊般的智慧无边。
——五世达赖喇嘛阿旺罗桑嘉措《西藏王臣记》

yid 'ong bzhin ras zla gzhon 'khor lo gnyis skes la//
'khrul ba ster yang 'phyang mo sel byed mgo skyes kyi//
be+e D+'ur mthing kha'i lan bu rab 'phyang dbyangs can ma//
smra ba'i dbang phyug ngag gi rgyal po nyer grub mdzod//
　　　　ngag dbang blo bzang rgya mtsho，*bod kyi deb ther dpyid kyi rgyal mo'i glu dbyangs*[①]

第一节　十明文化与传统藏族艺术的分类

由于至今极少有关于藏族艺术美学的专门研究，我们只能从艺

[①] 原文出自（清）五世达赖喇嘛《西藏王臣记》（藏文），民族出版社1980年版，第2页。汉文译文参考郭和卿的译本，见（清）五世达赖喇嘛《西藏王臣记》，郭和卿译，民族出版社1983年版，第2页。

术本身入手展开讨论。结合艺术史、艺术理论、美学、宗教哲学和类型学对藏族艺术进行分类,是展开藏族文艺美学研究之前最重要工作之一。这一事项很少被专门提出,却重要如亚里士多德所言:不能不经过逻辑推理(分析学)就企图讨论真理及相关问题。他继承柏拉图等先贤理念并创立的范畴学说,虽不完全等同于后世学科分类及知识分类,仍奠定分析哲学基础,成为后世哲学与科学的重要思想工具。①

知识分类成为一个问题,因为知识永远在过程当中,不可能有固定不变的本质,不会完结,人文知识亦在此列。藏族美学与文学艺术的创作者、读者/观者、阐释者、研究者都带着自己的前理解状态或结构进入理解、创作、接受和研究。不管是否将分类问题单列出来展开讨论,它都一直存在并产生决定性影响。"是"什么的提问看似简单,却是哲学存在论的核心问题,对它的提问和回答构建了整个研究活动的整体框架;当人们面对藏族文艺,做出"是什么""为了什么""要做什么"的提问并自我回答或寻求外部答案,其实就代表了提问者自身的范式观。一种范式观就是一种不同的向世界提问的方式,选择了一种范式观,就是选择了一种提问方式,也就是选择了一种回答方式。②

原则上,藏族美学应遵循藏传佛教大小五明文化的分类。③ 藏

---

① 亚里士多德在《形而上学》1005b2—5 中表达过 "the ultimate nature of reality (cf. A. 983b2n.), an inquiry into the conditions under which beliefs are to be accepted as true…It belongs to logic, which you should study before you approach such questions"。见 Aristotle & W. D. Ross, *Aristotle's Metaphysics*, England: The Clarendon Press, 1912, p. 283.

② 金元浦:《革新一种思路——当代文艺学的问题域》,《中国中外文艺理论研究》, 2008 年。

③ 五明,指五种"明处",即五种学科。包括"大五明"中的工巧明(工艺学)、医方明(医学, gso rig)、声明(声律学, sgra rig pa)、因明(逻辑学, tshad ma rig pa)、内明(佛学, nang don rig pa)和"小五明"中的修辞学(snyan ngag rig pa)、辞藻学(mngon brjod rig pa)、韵律学(sdeb sbyor rig pa)、戏剧学(zlos gar rig pa)、历算学(rtsis rig)。关于五明,见(清)尊巴·崔称仁青《五明概论》(藏文),民族出版社 2006 年版,第 8 页。

族文化受宗教思想（先是苯教，后以藏传佛教思想为主）浸淫，历史上知识分子群体几乎由僧侣阶层构成，通常还直接被"大小五明"或"十明文化"指代。① 大五明中的工巧明（bzo rig pa）包括建筑、绘画、雕刻等学科，与如今我们熟悉的艺术范畴有关。具体而言，工巧明分身、语、意三类，每种又分殊胜和一般两类，见下表②：

表5—1　　　　　　　　　　工巧明的分类及内容

	身工巧	语工巧	意工巧
殊胜	佛像、佛经、佛塔和寺院等皈依之处的建造	讲经颂法、撰写佛教论著等	闭关修炼等有关宗教的修炼
一般	劳动工具和生活用具、一般衣物的制造	唱歌、说话等一般的语言文字和文学艺术工作	一般的内心思维和意识活动

一方面，五明文化的概念分类都是从印度随着佛教传入藏族地区，并在藏区传播和发展起来的，本身代表了当时印度文化的特征；③ 另一方面，五明文化为宗教服务，本身并不专门针对艺术，五明之中只有内明是殊胜之学，工巧明按功能属摄受和饶益的学科。④ 相当一部分仍然属于活态发展的当下艺术形式，如口头传统、民间文学、民间歌舞等，虽深受宗教文化影响，严格来说却并不属

---

① 徐世芳：《略谈对藏族文化、传统及藏族传统文化的认识》，《西藏研究》2004年第3期。

② 根据如下资料编写：1. 贡保扎西、琼措：《论藏族传统文化的雅与俗——以五明之工巧明的分类为例》，《西南民族大学学报》（人文社科版）2014年第3期。2. 夏玉·平措次仁：《西藏文化概论》（藏文），西藏人民出版社2006年版，第174页。3. 桑本太：《藏族文化通论（藏文）》，青海民族出版社2004年版，第152—153页。

③ 班班多杰：《藏传佛教大小五明文化》，《中国宗教》2003年第11期。

④ 摄受与饶益均为佛教用词。摄受指使以慈悲心收留和护持众生。饶益指使人受益。可参阅（清）尊巴·崔称仁青《五明概论》（藏文），民族出版社2006年版，第1页；Dge-'dun-rgya-mtsho, & Blo-bzaṅ-rgya-mtsho: *Rig gnas chen po lnga'i rnam bzhag mdor bstan pa blo gsal rtsed dga' rgod pa'i 'dzum dkar zhes bya ba bzhugs so*（Par thengs 1. ed.），甘肃民族出版社2010年版。

于五明范畴。尤其是如今备受推崇的藏族民间文艺高峰《格萨尔王传》在传统文化中,除少数宁玛派僧人曾对其进行过搜集整理和弘扬/宣介,基本不被主流认可。[①] 而如今《格萨尔王传》已经和《玛纳斯》《江格尔》等兄弟民族的口头史诗一道,成为中华民族文化"文艺精品"的重要组成部分。[②] 所以说,大小五明文化的思想框架是我们研究藏族艺术的基础性框架,但大小五明的知识分类本身并不能直接用于藏族艺术的分类、阐释和研究。

藏族艺术进入全球视野几百年,被分类介绍和研究也有上百年,著作和专论计有数万件之众。这里有必要对总体介绍和研究藏族艺术和文化的专著和图书做一简要鸟瞰,从中整理并枚举百年来中外学者、博物馆、教育和研究机构对藏族艺术的(自然)分类方式[③]及主要话题,为藏族美学和文艺理论专题研究指明方向。

纳入考察的专著和图书包括藏族文化与艺术综合性介绍类图书、艺术史、博物馆馆藏目录和展览介绍。

表 5—2　　　　　　部分藏族文化与艺术综合性介绍类图书

书名	分类标准	具体分类
Arte del Tibet（Renzo Freschi arte orientale）, Milano: R. Freschi, 2001	宗教	除了单列的书函,都是人物内容
Béguin, G. 等, *Tibet, Art et Méditation: Ascètes et Mystiques au Musée Guimet*, Musée des beaux-arts Paris, 1991	宗教	大师、宁玛派、噶举派、萨迦派、噶当派和格鲁派、其他

---

① 甚至认为传唱《格萨尔王传》是虚度时光,只有无所事事、没有追求的人才传唱和倾听。见贡保扎西、琼措《论藏族传统文化的雅与俗——以五明之工巧明的分类为例》,《西南民族大学学报》(人文社科版) 2014 年第 3 期。

② 习近平:《在文艺工作座谈会上的讲话》,《人民日报》2015 年 10 月 15 日第 2 版。

③ 这里所指的分类方式并非广义上的"艺术分类",也不考虑逻辑分类,而是从自然分类体系出发进行讨论。

续表

书名	分类标准	具体分类
Chandra, Lokesh, *Tibetan Art*, Konecky & Konecky, 2010	内容	佛、菩萨、度母、密宗坛城、大师和藏王、医药唐卡、佛塔
Gordon, A., *Tibetan Religious Art*, New York: Columbia University Press, 1952	形式	佛像、壁画和唐卡、图像、书籍和木刻、法器、服饰和面具、金属/乐器和珠宝、酥油花和沙坛城
Kitamura, T 等, *Hihō Chibetto mikkyō ten: Chibetto mikkyō bijutsu ni miru mandara no sekai*, Ōsaka-shi: Ryūshōdō, 1992	形式	雕像、唐卡、法器
Knoblock, J., & Miami Art Center, *Art of the Asian Mountains: a Group of Paintings, Sculptures, and Objects from Bhutan, Nepal, Sikkim, and Tibet*, Miami, Fla.: Miami Art Center, 1968	形式	绘画、雕塑、法器
Lauf, D., *Tibetan Sacred Art: The Heritage of Tantra*, Berkeley, Calif: Shambhala, 1976	内容、美学	佛与菩萨、文字之美、宗教含义、坛城、护法神、大师与圣人
Lo Bue, Erberto, *Art in Tibet: Issues in Traditional Tibetan Art from the Seventh to the Twentieth Century*, Leiden: Brill, 2011	综合	历史、量度、技法、材料、图片等
Olschak, B., & Thupten Wangyal, *Mystic Art of Ancient Tibet*, Delhi: Niyogi Books, 1987	散论	绘画、图像学、技术、材料、影像记录
Orientations Magazine Limited, 熊文彬译, 西藏艺术: 1981—1997 年 Orientations 文萃, 文物出版社, 2012	散论	绘画、建筑、藏文写卷、壁画、藏文公文、写本插图、雕塑
Pal, P., American Federation of Arts, & Newark Museum, *Art of the Himalayas: Treasures from Nepal and Tibet*, New York: Hudson Hills Press, 1991	材质	雕塑与法器、绘画、织品

续表

书名	分类标准	具体分类
Pal, P. 等, *The Art of Tibet*, New York: Asia Society, 1969	综合	历史、宗教、众神、艺术家和供养人、材料和技法、雕塑、绘画
Pal, Richardson 等, *Art of Tibet: A Catalogue of the Los Angeles County Museum of Art collection*, Los Angeles, Calif.: New York, N.Y.: The Museum, 1990	形式	绘画、雕塑、法器
Reynolds, V. 等, *Tibet, a Lost World: The Newark Museum Collection of Tibetan Art and Ethnography*, New York: American Federation of Arts, 1978	功能	祈福用品、乐器、法器
Rhie, Thurman 等, *Wisdom and Compassion: The Sacred Art of Tibet*, New York: Asian Art Museum of San Francisco, 1991	宗教	宗教史（释迦牟尼传、罗汉、菩萨、大师、法王）、教派（宁玛派、萨迦派、噶举派、格鲁派）、极乐世界
Skorupski, T, *Body, Speech and Mind: Buddhist Art from Tibet, Nepal, Mongolia and China*, London: Spink & Son, 1998	地点	行政区域
Rhie, Thurman 等, *From the Land of the Snows: Buddhist Art of Tibet*, Mead Art Museum, 1984	内容、宗教	莲花生大师；米拉日巴、萨迦班智达及萨迦派；宗喀巴及格鲁派；历代达赖喇嘛及护法；佛与菩萨；坛城
Till, B., Swart, P., & Art Gallery of Greater Victoria, *Art from the Roof of the World*, Victoria: Art Gallery of Greater Victoria, 1989	形式、材质	画像、绘画、雕塑、法器、珠宝、生活用具

续表

书名	分类标准	具体分类
阿坝州文化局：《阿坝藏族羌族自治州文化艺术志》，成都：巴蜀书社1992年版	形式	民间文艺：音乐舞蹈、藏戏、曲艺、雕塑、民间工艺（金属、编织、挑花刺绣、车磨、民族服饰、古建筑）、民间文学（神话、史诗、故事、歌谣、谚语）、民间艺人 宗教艺术：神舞、酥油花与彩沙、唐卡
德吉草：《四川藏区的文化艺术》，成都：四川民族出版社2008年版	形式	文学（诗歌、史诗、作家文学）、古籍（文字、文献）、戏剧与歌舞、绘画、民间工艺美术（雕塑、雕版印刷、纺织缝绣、木器工艺）、民间体育
尕藏才旦：《藏族独特的艺术》，西藏人民出版社2001年版	形式	藏戏、歌舞音乐、绘画、雕塑、工艺、建筑艺术
尕藏才旦：《藏族文艺中蕴含的价值观》，西藏人民出版社2014年版	形式	神话、史诗、吐蕃文学、艺术、近现代文艺作品、谚语/民谣/长诗
尕藏加：《西藏佛教神秘文化——密宗》，西藏人民出版社1999年版	形式	宗教艺术（宝吉祥、生存圈、曼荼罗）、藏式佛塔
格勒：《藏族早期历史与文化》，商务印书馆2006年版	形式	藏剧艺术、歌舞艺术、文史档案
嘉雍群培：《藏族文化艺术》《中央民族大学出版社2007年版	形式	民歌、说唱艺术、藏戏、乐器、舞蹈、绘画、雕塑、建筑、服饰文化

续表

书名	分类标准	具体分类
康·格桑益希：《藏族传统美术》，文物出版社 2015 年版	散论	苯教、佛教教理；画像度量及内容；民间画艺画诀、民间信仰、德格印经院、曼荼罗、传统美术理论
康·格桑益希：《藏族民间美术》，文物出版社 2015 年版	散论	壁画、岩画、石刻、"风马旗"与经幡、民间手工艺
康·格桑益希：《藏族美术史》，四川民族出版社 2005 年版	形式	远古时期：石器、陶器、骨角质器物、岩画、建筑 小邦时期：大石及石墓、金属器、建筑艺术、民俗美术（原始神灵、图腾及崇拜物、图符）、岩面壁画、古象雄文字、工艺美术（制陶、编织、服装）、美术风格 吐蕃时期、古格时期、萨迦时期、帕木竹巴时期、甘丹颇章时期、当代：建筑、雕塑、绘画、藏文书法/经书装帧/篆刻、实用美术（面具、制陶、金属铸造、服饰、编织）
谢继胜，熊文彬，罗文华，廖旸：《藏传佛教艺术发展史》，上海书画出版社 2010 年版	地理、案例	按照藏传佛教的传播路径，讲藏地与中原、西夏的藏传佛教的壁画、绘画和建筑
熊文彬：《西藏艺术》，五洲传播出版社 2002 年版	形式	建筑艺术、雕塑艺术
杨辉麟：《西藏的艺术》，青海人民出版社 2008 年版	形式	建筑艺术、绘画艺术、歌舞艺术、文学艺术

第五章　学科比较与分类界定　/　129

续表

书名	分类标准	具体分类
余永红：《陇南白马藏族美术文化研究》，中国社会科学出版社2016年版	形式	服饰、傩面具、村落与建筑、家具、刺绣、绘画、小型装饰品
扎雅·诺丹西绕：《西藏宗教艺术》，谢继胜译，西藏人民出版社1989年版	形式、内容	形式：唐卡、泥塑、金属雕刻、金属雕铸、石刻和木刻 内容：释迦牟尼、佛陀二位弟子、十六尊者、居士、和尚、四大天王
张亚莎：《西藏美术史》，中央民族大学出版社2006年版	形式	远古时期、石器时代：石文化、岩画、建筑 吐蕃王朝时期：建筑、雕塑、绘画 宋元明时期：建筑、雕塑、唐卡、壁画 清代：建筑、雕塑、民间雕刻、绘画
赵永红：《神奇的藏族文化》，民族出版社2003年版	词条	藏族起源的传说、文化遗址、语言文字、典籍、藏文大藏经《甘珠尔》和《丹珠尔》、译著、诗歌、世界上最长的史诗《格萨尔王传》、小说、民歌、民间故事、神话、谚语、格言、岩画、绘画艺术流派、壁画、唐卡、音乐、舞蹈、戏剧、说唱、苯教、藏传佛教、藏传佛教格鲁派、活佛转世制度、图腾崇拜及铜牦牛、白牦牛、藏医

续表

书名	分类标准	具体分类
赵永红:《神奇的藏族文化》,民族出版社 2003 年版	词条	藏药、藏医经典著作《四部医典》、天文历算、钱币、金属工艺、木雕、碑铭、石窟、泥塑、酥油花、布达拉宫、寺院建筑、佛塔、民居、膳食、饮茶、服装、首饰、人名、伦理道德、礼仪、婚姻观及婚俗、丧葬习惯、禁忌、传统体育、节日、文化交流与相互影响
周炜:《西藏文化的个性:关于藏族文学艺术的再思考》,中国藏学出版社 1997 年版	形式	古典小说、史诗、民间文学、戏剧艺术

上表的统计看似繁杂,但可以看到有几个重要问题浮现出来:

第一,在提及藏族艺术时,很少有研究涉及文学,上表中只有德吉草《四川藏区的文化艺术》、杨辉麟《西藏的艺术》、尕藏才旦《藏族文艺中蕴含的价值观》和周炜《西藏文化的个性:关于藏族文学艺术的再思考》中将文学作为一个分类。本书不会讨论更大视野内艺术划界问题。尽管中外对艺术分类从未统一,但文学一直是广义艺术的重要分类之首。但当我们说到藏族艺术时,习惯上往往是指狭义的艺术,很多时候往往仅指美术。外文著作对藏族艺术的定义常更为狭窄,仅指博物馆展出的文物类艺术品。上表中较少提及的众多日本研究者的著述则更多关注田野考察,涉及藏传佛教/密宗艺术的作品时,多以不同地理位置或教派的寺庙建筑、壁画和唐卡或者法器艺术类型为线索。①

第二，上表所列著作中，没有人专门讨论过艺术分类问题。尤其应当注意的是，大量著作以散论和关键词形式避开了分类问题。回到中外文艺理论体系中的艺术分类，会发现其中充满歧见。就中外美学理论而言，对艺术的分类方式远未统一。回溯远古，在古希腊神话中的九位缪斯女神掌管九种艺术与科学，就是一种分类思想。② 18 世纪英国美学家海里斯《论音乐、绘画和诗学》，是艺术分类的代表性著作。③ 在西方 19 世纪的艺术分类专著中，将艺术分为诗学、绘画、雕塑、建筑和音乐。其中，所谓诗学并不局限于诗歌的艺术法则，而是含括整个语言艺术；画家需要展现才华和智慧才能被称为艺术家，如果只是临摹，完全不呈现思想，那么他只能是技工；雕塑家亦如是，之所以被称为艺术家是需要他们来做艺术设计，否则就只是雕工或者石匠。④ 近代以来，一般认为艺术的基本门类有七种：诗学、音乐、绘画、雕刻、戏剧、舞蹈、建筑。⑤

今天，在西方的学术体系中对艺术的分类仍未达成共识，一个代表性案例是维基百科英文版"The arts（艺术）"词条，虽然不能成为严谨学术参考、引用和考证依据，但作为互联网时代众包式知识生产方式的代表，这一词条的构成方式集中体现了在全球英文视

---

① 除了上表中列出的 Skorupski, T., *Body, speech and mind: Buddhist art from Tibet*, Nepal, Mongolia and China, London: Spink & Son, 1998, 还有如 Yoritomi, Miyasaka, Yoritomi, Motohiro, & Miyasaka, Yūshō, 2001; Chibetto zuzō shūsei ed., Tōkyō: Shikisha, Noritake, K., 2004; Nishi Chibetto Bukkyō shi, Bukkyō bunka kenkyū ed., Tōkyō: Sankibō Busshorin, Masaki, A., 2009; Hajimete no Chibetto Mikkyō bijutsu, Tōkyō: Shunjūsha 等。

② 九种艺术和科学包括：英雄史诗、历史、抒情诗与音乐、合唱与舞蹈、爱情诗与独唱、悲剧与哀歌、喜剧与牧歌、颂歌与修辞学和几何学、天文学与占星学等。

③ J. Malek, "Art as Mind Shaped by Medium: The Significance of James Harris' 'A Discourse on Music, Painting and Poetry' in Eighteenth-Century Aesthetics", *Texas Studies in Literature and Language*, Vol. 12, No. 2, 1970, pp. 231–239.

④ C. Lane, *A Classification of Sciences and Arts: Or, A Map of Human Knowledge*, London: Effingham Wilson, 1826, pp. 20–21.

⑤ 李心峰：《艺术的自然分类体系》，《文艺理论与批评》1992 年第 6 期。

野中艺术分类的不同思考。在这一词条中包含了至少三种对艺术的分类方式：在首段定义中，写明艺术分为三大类：文学（戏剧、诗歌和散文）、表演艺术（舞蹈、音乐和舞台剧）和视觉艺术（建筑、陶瓷、制图、绘画、摄影和雕刻）。在"分类"子项中，又列出另一种分类方式：艺术分为七种，其中文学、绘画、雕塑和音乐是主要四种，还有三种衍生形式，戏剧是表演出来的文学，舞蹈是用动作表达的音乐，歌曲是带有文字和声音的音乐。而词条本身的内容结构又分为五种：视觉艺术（建筑、陶瓷、观念艺术、制图、绘画、摄影、雕塑）、文学、表演艺术（音乐、舞台剧、舞蹈）、跨界艺术、其他艺术（实用艺术、电子游戏）。[①]

中国艺术类型学研究可以追溯至春秋时期《周礼》中的"六艺"：礼、乐、射、御、书、数，与古希腊九种分类、藏传佛教大小五明的分类比较相似，反之与现代学科分类体系距离十分遥远。这就进一步说明，在尊重传统的同时，理论研究迫切需要在当下的研究范式和理论体系中展开，才可能是当代的学术，具有当代的意义。至于宋代刘道醇将中国艺术分为八类：人物、山水林木（山水）、畜兽（走兽）、花竹翎毛、鬼神、屋木、塑作、雕木，[②] 其实只将艺术等同于绘画，并且兼取题材、材质的标准，当代的艺术研究当然不能采纳这种分类体系。

中国当代艺术学界对艺术分类同样各持己见，大约有 8—14 种不等的分类方法，包括以学科为基础的建筑、音乐、美术（或细分为绘画、雕塑）、舞蹈、文学、戏剧、电影，再加上其他的学科，如工艺美术、服饰艺术等。主张 14 种分类的是：书法、绘画、雕塑、建筑、实用—装饰，可统称为造型艺术；音乐、舞蹈、戏剧、

---

① https://en.wikipedia.org/wiki/The_arts#Ceramics，访问日期：2018 年 8 月 23 日。
② 潘运告、熊志庭、刘诚淮、金五德：《宋人画评》，湖南美术出版社 2010 年版。

曲艺、杂技，统称为演出艺术；摄影、电影、电视，统称为映像艺术；文学，即语言艺术。[①]

第三，证明藏族艺术在国内国外及不同范式理论指导下，形成完全不同的面向。范式不同于"流派"或"风格"，是看问题的方式。在上表中，我们看到分类涵盖了题材、材质和功能等常见的艺术分类方式。但具体而言，这三种分类方式采用的不同指标——宗教、艺术学和文学/文化研究——将各自研究带往完全不同的方向。

一则，西方学者更坚持藏族艺术只是宗教的表现形式，强调其功能性，但对其功能性的研究也仅从教义出发或政体历史出发，虽然名为"艺术"，实际上与艺术关系不大。

二则，在从艺术学角度切入藏族艺术研究时，西方学者的艺术分类思维还与截至19世纪的艺术分类观念无二，比如Gordon, A.（1952）、Olschak, B., & Thupten Wangyal（1987）、Till, B., Swart, P., & Art Gallery of Greater Victoria（1989），著作虽然都出版于20世纪后半叶，延续的却是19世纪法国现代美学家阿兰（Alain，本名Émile-Auguste Chartier）的分类方式，例如将图像和绘画分成两类处理。

再则，中国学者的切入视角主要是艺术与文学/文化研究，艺术偏重于本体的艺术史建构，文化则侧重于构建整个藏族文化生态环境，打破精英文化的界限，将音乐、歌舞、民间工艺和民间艺术作为研究的重要组成部分。这一方面大约是研究者本身拥有藏族文化身份，对藏族文化有整体性的切近的感受，或者虽非藏族，但长期深入藏区生活工作，对藏族文化有超过物质表现形态之外的切身

---

① 李心峰：《20世纪中国艺术理论中的艺术类型学研究》，《民族艺术研究》2002年第4期。

体会，因此能够超越西方学者的视野，由表及里，触及民族文化精神内核；另一方面可能是虽然语言不同，但汉藏文化之间、藏区与汉地之间从未间断过的相互影响与交流，为汉语学术系统的藏族文化研究，带来了远超西方学者的便利和优势。在进行艺术形式、文化环境和哲学精神内涵（包括佛教艺术的比较研究方面），即使同样借鉴西方哲学与艺术理论（以艺术分类为例），汉语学术研究都更贴近研究对象的内在方面和外在方面。

　　文化艺术是民族身份的载体，美学和文艺理论也同样。自20世纪80年代中国学者大规模译介、推广国外学界新理论以后，大约从1996年开始，国内在继续讨论西方艺术理论的同时，也发出对中国自身文论"失语"的感慨，酝酿对这种"西化"趋势的反弹反拨，① 并在近两年形成一波对西方文论"强制阐释"的批判。② 不过现实情况的复杂性令理论建构不能长驱直入，艺术既是地方的，也是全球的。西方学者以中国艺术理论研究为例，指出中国画不管是原料还是形式、概念都与西方艺术不同，但是它的阐释体系仍然是西方的。中国艺术理论家和在西方大学里的华裔研究者，都使用同样的理论框架和资源——精神分析、符号学、图像学、结构主义、人类学、文化身份。他们的行文结构都是西式的：摘要、文献综述、脚注论点。"像是《现代柬埔寨艺术》或者《现代藏族艺术》这样的著作，有时会以承诺不受西方艺术史或例子的影响而开始，但根据我的经验，作者很快发

---

① 大概从1996年徐岱和曹顺庆的几篇论文开始，中国文论界开始公开呼吁文论/文化"失语症"，至今已有接近350篇公开发表的论文（知网搜索）。在1996年发表的几篇代表性论文有徐岱《当代中国文论的"文化失语症"——兼论文学批评的话语形态》，《东方丛刊》1996年；曹顺庆《文论失语症与文化病态》，《文艺争鸣》1996年第2期；曹顺庆《重建中国文论话语》，《中外文化与文论》1996年第1期。

② 对于西方文论"强制阐释"论的总结和批判自2014年起，由张江在《文学评论》和《文艺争鸣》同时发表的两篇《强制阐释论》发起，在短短四年间，张江本人撰写了15篇同论题论文，在国内引领了共225篇同主题论文发表（截至2018年8月，知网搜索）。

现自己不仅深深感受到了不可避免的西方参照系,而且深深感受到了西方自然主义或反自觉主义的故事情节,甚至是关于"古典"和"巴洛克式"时期的情节。[①]

艺术发展从地方开始,随着交往的全球化逐步被选择。近代以来的艺术史都是以西方为圭臬的,因为几乎所有的艺术史编者和理论家都是有专业训练的,这种训练则是以西方学术话语体系为框架的,于是在研究范式上,在理路和方法上,在概念体系上,都不能脱离那个体系。全盘推翻"别人的"和"前在的"框架,在如今的全球化语境下不仅不可能,也不明智。

理论研究的意义不仅在于发现,更在于为其定位,从亚里士多德时期开始,这种定义、定性和分类就与比较研究有关。比较研究不仅是一种社会科学研究方法,也是不同案例了解自身的方式。简言之,没有比较,藏族文化艺术的"特色"就根本不会存在。近年来在艺术研究领域的一些新尝试,比如将人类学研究方法引入艺术理论研究,用"制度批判"回避传统西方艺术分类中不适用的部分来研究亚洲艺术等。[②] 这种在西方话语体系下"修修补补"的研究看似妥协,却是使特定研究进入可比较的全球视野,争取话语权和席位的最好方式。

第二节 藏传佛教与藏族文学艺术的关系

有一些观念多年来已经不证自明:藏传佛教在千余年的发展历

[①] James Elkins,"Art History as a Global Discipline", in Elkins, J. Ed., *Is Art History Global?* New York: Routledge, 2007, pp. 3 - 23. 几年前爱尔兰科克大学、布伦艺术学院和美国芝加哥艺术学院联合发起了一个系列讨论"艺术史是全球的吗?"经过若干轮现场圆桌讨论和笔谈,于2007年出版了同名讨论合集。

[②] 德国学者的《图像人类学》,见 H. Belting, *Bild-Anthropologie: Entwürfe für eine Bildwissenschaft* (Bild und Text), München: W. Fink, 2001;美国学者的《现代亚洲艺术》,见 J. Clark, *Modern Asian Art*, Honolulu: University of Hawaii Press, 1998。

程中，已经成为藏族文化之所以能成为藏族文化的根本基础。宗教观念深入人心，渗透到藏族人日常生活的每一个方面，建构了藏族人看世界的方式，全面影响了藏族人的观念和行为方式。

在藏族文化中，艺术一直与宗教紧密相连，藏传佛教在藏族人民生活中所焕发的震撼人心的感召力，既源于宗教的内涵，也源于艺术的魅力。藏传佛教艺术在风格、形式和材料技法的具体运用方面都体现着由于其宗教内容而启发出的艺术家无穷的想象力和创造力。而无数艺术化的具体细节又使藏传佛教富有神话般的色彩。从而，藏传佛教艺术既呈现出独有的丰富与包容，又呈现出极端的纯粹与超然。藏传佛教的宗教内涵也正是以其出类拔萃的艺术形式获得了最为有效的弘扬，最终和拥有长期陶冶而形成充沛艺术气质的藏族人的生活完全融为一体了。从这个角度来看，藏族艺术最为突出的内涵即是其宗教意义。在1988年《中国少数民族文学史丛书》的第一次评审工作会议上，有人就指出《藏族文学史》送审稿"在处理文学与宗教的关系问题上……有自己的特点"[1]。

不光藏族地区，中国少数民族文化多多少少都带有这一特征。这一方面是因为一些少数民族地区保持了更长时间"政教合一"的制度安排，宗教和神秘主义渗透到社会经济文化生活的方方面面。马克思主义少数民族文艺理论实事求是地看待和阐释民族文艺理论中的宗教神秘特征。主要表现在：在形态上，历史上少数民族文艺理论大多以宗教经典和经文形式存在，创作也常借神秘的理由来树立创作者的权威和合法性；而在内容上，所有对于文学艺术的探究，不管是起源、功能、特征、灵感等，都是依托于神秘化的。[2]

---

[1] 邓敏文：《中国少数民族文学史的建设历程》，《民族文学研究》1994年第1期。
[2] 于乃昌：《中国少数民族文艺理论概览》，《云南民族大学学报》（哲学社会科学版）1999年第5期。

不仅如此，有些文学操演本身就与宗教仪式活动浑然一体。如彝族的克智论辩，苗族的史诗《亚鲁王》吟唱等。

在已经得出上述判断之后，仍要展开这样一场论述，目的是要澄清：这里讨论的藏族文艺美学，是站在 21 世纪文化转向的学术语境下展开的。它不是完全由宗教世界观产生的形而上学和意识形态所直接塑造的藏族美学。我的工作，不是要担任宗教与艺术之间的翻译者，而是在不脱离藏族艺术社会文化背景的前提下，探讨藏族艺术传统在当下的审美经验哲学以及藏族艺术与生活的关系。要实现这一目标，需要厘清藏传佛教与藏族艺术的关系，显然将二者过于紧密地捆绑在一起或者过于主观地将彼此切割开来都是不恰当的。

艺术与宗教的关系论证已经持续多年，这种艺术与宗教的关系看似稳固，其实不仅复杂，而且一直处于变化中。[1]

历史上很多材料都论证过艺术与宗教在本质上是相同的。

在马克思那里，宗教与艺术都属于掌握世界的四种方式，[2] 是以感觉的方式、直觉的方式在对对象的感性把握中获得其最深刻的意义。它们往往都是通过审美的方式来体验世界，极为关注感性个体的生命运动，对视觉形象具有高度的认同，对想象和幻想有着根本的依赖。同时，它们都是在构建一个令人无限向往的"理想国"。马克思认为虽然宗教艺术"描绘的是天国的虚幻世界，而其原型却

---

[1] F. Brown, "Introduction: Mapping the Terrain of Religion and the Arts", in F. Brown ed., *The Oxford Handbook of Religion and the Arts*, New York: Oxford University Press, 2004.

[2] 科学的和理论的掌握世界的方式，宗教的掌握世界的方式，艺术的掌握世界的方式和实践—精神的掌握世界的方式。见《马克思恩格斯选集》第 2 卷，人民出版社 1995 年版，第 104 页。理论把握的方式是从抽象上升到具体的把握方式，即从抽象的理论要素上升到具体的对象的研究考察。实践—精神的掌握世界的方式是人类日常生活的把握世界的方式，与人类最普遍的日常思维相关。

是人间的现实生活"①。其中,"想象"是非常重要的,"开始于此时产生神话、传奇和传说等未记载的文学,而业已给予人类以强有力的影响"②。宗教的想象是"人的存在在人脑中幻想的反映",是神仙世界的神的形象。③

本雅明认为艺术就是从宗教中起源的。④ 哲学家桑塔耶拿说:"宗教和诗歌本质上是相同的,它们的不同仅在于与实际事务相关的方式。当诗歌干预生活时,它被称为宗教,而当它只是超越生活时,宗教就被视为诗歌。"⑤ 宗教和艺术在把握世界上确乎有着一些相同或者相似的特征。宗教就是诗,宗教就是艺术。宗教艺术批评家 T. R. 马特兰认为,宗教就是一种艺术形式,宗教之所做即艺术之所做。⑥

尽管宗教与艺术有很多相似之处,但他们自身无疑具有他者不可替代的特征,又是不同的。德国人本主义哲学家费尔巴哈说,"艺术认识它的制造品的本来面目",而"宗教认为它幻想出来的东西乃是实实在在的东西","艺术并不要求我将这幅肖像画看作实

---

① 李思孝:《马克思与宗教和宗教艺术》,《北京大学学报》(哲学社会科学版) 1986 年第 5 期;周忠厚:《马克思恩格斯论宗教与艺术的关系》,《江西师范大学学报》(哲学社会科学版) 1991 年第 2 期。马克思的这篇文章曾经三易其题,从《论基督教艺术》到《论宗教和艺术,特别是基督教艺术》再到《论宗教艺术》,最后由于马克思对鲍威尔的不满而搁置,又因为研究兴趣的转向而放弃。

② [德] 马克思:《摩尔根〈古代社会〉一书摘要》,中国科学院历史研究所翻译组译,人民出版社 1965 年版,第 55 页。

③ 周忠厚:《马克思恩格斯论宗教与艺术的关系》,《江西师范大学学报》(哲学社会科学版) 1991 年第 2 期。周忠厚的原文里引用的版本是"幻象",语出恩格斯,见《马克思恩格斯选集》第 3 卷,人民出版社 1972 年版,第 515 页。他由此得出了艺术的想象是"实象",宗教的想象是"幻象"的结论。不过在后来版本的《自然辩证法》中,这句话被译为"幻想"。见毛巧晖、王宪昭、郭翠潇《马克思、恩格斯、列宁、斯大林论民族民间文学》,中国社会科学出版社 2013 年版,第 169 页。

④ [德] 本雅明:《机械复制时代的艺术作品》,王才勇译,中国城市出版社 2002 年版。

⑤ George Santayana, *Interpretations of Poetry and Religion*, New York: Scribner, 1927, p. V.

⑥ [美] T. R. 马特兰:《宗教艺术论》,李军、张总译,今日中国出版社 1992 年版,第 7 页。

在的人；但宗教则非要我将这幅画看作实在的东西不可"，"看作神本身，看作实在的、活的实体，他们服侍它就像他们所敬所爱的一个活人一样"。① 而针对宗教艺术，马克思、恩格斯认为其中有艺术的因素。比如马克思摘抄过鲁塞尔的一句话："如果我们不带宗教的或美学的迷信来探讨希腊艺术中的英雄和神灵，那就不能领会他们身上那种在自然界共同生活范围内未得到发展的，或能够发展的东西。因为在这些塑造的形象中，凡属于艺术范畴的一切，都是对壮丽的体型赋予人类优美习性或姿态的描述。"②

艺术总有自己的圭臬，宗教也总有自己的藩篱。科林伍德在深入研究后指出："艺术是不可解译的，宗教则无法解译自身。艺术之所以无法得到解译，是因为它除了那种以美的形式被淹没在意象洪水中的完全不明确的意思之外，别无任何其他意义。宗教之所以无法解译自身，其原因不是它没有意涵——它具有一个非常确定的意涵，而神学和哲学的渐进的任务正是通过推理得出这种意涵——而是在于，尽管它有意涵并且知道这一点，但是它认为自己已经表达了这种意涵。它确实已经表达了这种意涵，但是只是通过比喻的手段；而这种比喻的自我表达，即象征和意义的融合，正因为宗教自身认为无须解译，才需要解译。因为字面意义上的语言只是被公认为比喻性的语言，而被我们称作比喻性语言的东西是未能意识到自己只是比喻的语言。"③

作为一种世界观理论，宗教很像哲学，它就是哲学；作为一种灵魂拯救的知识，宗教很像艺术，它也就是一种艺术。没有现实世

---

① ［德］费尔巴哈：《宗教本质讲演录》，见《费尔巴哈哲学著作选集》下卷，荣庭等译，商务印书馆1984年版，第684—685页。
② ［苏］里夫希茨：《马克思论艺术和社会理想》，吴元迈等译，人民文学出版社1983年版，第132页。
③ ［英］罗宾·乔治·科林伍德：《精神镜像，或知识地图》，广西师大出版社2006年版，第121页。

界的返照，便没有彼岸世界的图景；没有诉求超越的渴望，便没有信仰的激情；没有美的事物的追求，就没有虔诚的崇拜；没有庄严的灵魂超度仪式，就没有精神在天国的永恒。在这里，我们很难截然分清什么是艺术，什么是宗教。它们似乎就是同一事件、同一心灵活动。所以，艺术家说，没有一种圣徒般的虔敬，就很难成就伟大的艺术；神学家说，没有一种艺术家的智慧，就很难成就伟大的宗教。这不是夸张，检阅人类的艺术史和宗教史，我们便可以发现，人类创造的一切伟大的艺术，都具有宗教的神采；而世界上一切伟大的宗教，也都具有艺术的意蕴。[①]

杨慧林教授强调了"诗性"与"灵性"的同构关系，他举例说，当今"最有感染力的宗教绘画"被保罗·蒂利希（Paul Tillich）认为是毕加索的《格尔尼卡》。尽管其中"没有宗教内容"，但是"它表明了……心灵破碎、疑虑、空虚以及毫无意义"。而支撑这种艺术语言的，正是"探究人类深层的疏离和绝望"的基督教信仰。他认为，"神话思维"与"诗性思维"的共生，最终还是从"诗性"得到了更趋"灵性"的表达。所以保罗·利科（Paul Ricoeur）"象征引发思想"等命题，实际上是以"隐喻"进一步标识出西方文化乃至基督教传统中的语言学印记。而后来之所以有学者试图"将柯尔律治……置于利科与莱维纳斯（Levinas）的争论之中"，也反映着当代西方人对"诗性"语言与"灵性"经验相互构建的意识。[②]

在藏族文化的早期，原始宗教与苯教将艺术吸纳进来，在祭祀活动中引入了牦牛舞、仙鹤舞等拟兽舞蹈、表示狩猎的活动舞蹈以及简单的歌唱、器乐（铃、鼓、号等），并且进一步进入宗教，包

[①] 高长江：《宗教的阐释》，中国社会科学出版社2002年版，第200页。
[②] 刘光耀、杨慧林主编：《神学美学》第一辑，上海三联书店2006年版，第92、96页。

括后来的藏传佛教，形成如今形象化的宗教艺术形态。佛教艺术自身逐渐从无形到有形，从简单到复杂的发展也深刻影响了藏族文化的形象化特质。藏传佛教在形成、发展和盛行的过程中，十分注重借助和利用形象化的艺术形式来宣扬教义，而这种形象化除了佛教普通的佛像等图示，还有以苯教和藏传佛教密宗的各种形象艺术为基础形成的各种艺术形象和祭祀仪式。在藏族文化的"十明"里，都充满了这种特质。以西藏江孜白居寺"十万佛塔"为例，意大利藏学家杜齐写到这座名塔时说："从入口开始进入建筑物，人们按如下的方式进行参拜，即始终以右边朝向建筑物的核心，而这一核心又不可思议地与世界的轴心等同划一。单独的圣堂被奉献给特定的一组神。壁画上也描画着它们，并且象征地表现了我们赎罪及随之而来的升华净化的各种各样的途径……人们渐渐地从较为简单的体验的象征走向更为复杂的层面……直至最终上顶层……顶层的神像通常意味着最初启示的终极顶点，这里用男神和女神的结合，即用本质的光辉统一体来象征无上智慧与真实怜悯的综合。当参拜者到达顶点时，他便完成了对本质奥义的朝圣，经过了漫长的道路他从多样归向了大一……他又开始回撤，从大一走向多样，从绝对同一走向了二元。在这种方式中他体证了本质和表象、永恒与短暂的相互关系。"①

古代艺术发端于神话和宗教，并借由宗教提供给艺术的光环得以保存、发扬，不仅保持着魅力，还被赋予强大的精神力量。宗教中的艺术虽然往往与普通的真实事物形成对比，但它们通过生动的艺术体验带给受众真实感，艺术提供的"现实"有着比科学和常识更深刻的真实。由于艺术品可能在外形上与非艺术品完全相同（比如栩栩如生的人像），分析美学家丹托提出变形理论（transfigura-

---

① ［意］杜齐：《西藏艺术》（下），张亚莎、李建雄译，《西藏艺术研究》1994 年第 2 期。

tion)，认为艺术需要被艺术家通过艺术史和艺术理论解释为艺术，即，"艺术品以某种方式变形为一个更高，神圣的本体论领域，完全不同于这个世界的真实事物，它们可能在视觉上或感觉上难以辨认，或者就像在现成品中一样，它们甚至可能在物理上是相同的"①。

尽管艺术家将艺术作品看作模仿、再现和虚构，宗教则将其看作实在、真实，乃至被再现的对象本身。英国美学家科林伍德承袭了费尔巴哈的观点，认为"……所有的宗教都是用神话的或隐喻的措辞来表现它自己，它说一个东西，而指另一个东西，他用比喻来表达真理。但是关于宗教的关键事实是，它不是隐喻，而是无意识的隐喻。……因此，在宗教中那种对真实的和非真实的之间区别的不关心，这是艺术的本质，就被取消了。宗教本质上就是真理的探索，并明确意识到它自己就是这样的探索。我们见到比喻，但我们见不到真理，我们只意识到真理就在那里，它的存在把比喻的美变成了神圣。但是，因为这种神圣只具有象征的特性，所以宗教仍保持着一个偶像崇拜和迷信的因素"②。其实这种观点在更早的王尔德那里，就已经成为一种他认定的"公理"："任何真的东西必须成为一种宗教。"③

在我们过去熟悉的黑格尔的理论中，在"绝对精神"的阶段，绝对精神经过一系列漫长的变化后，呈现为本来的面貌：艺术、宗教和哲学。我们在艺术中通过直观来把握绝对精神，在宗教中通过表象或想象一个最高神来把握绝对精神，而在哲学中，则通过逻辑

---

① R. Shusterman, "Art and Religion", Journal of Aesthetic Education, Vol. 42, No. 3, 2008, pp. 1–18.

② [英] 罗宾·乔治·科林伍德：《艺术哲学新论》，卢晓华译，工人出版社1988年版，第90页。

③ 参见 [英] 奥斯卡·王尔德《王尔德全集·书信卷》，鲁伯特·哈特·戴维斯编，苏福忠、高兴等译，中国文学出版社2000年版。

的思考来完成对绝对精神的理解。黑格尔曾经预言，艺术只是绝对精神的第一阶段，在绝对精神进化过程中，艺术会被宗教取代，最终两者都融入哲学。[1] 但 19 世纪以后的艺术家们（包括马修·阿诺德、奥斯卡·王尔德和史蒂芬·马拉美等）却认为恰恰相反，艺术会取代宗教和哲学，成为当代人精神追求的顶点。[2] 当社会进入"读图时代"，当下社会发展的现实似乎更支持艺术家们的观点，尽管艺术与商业紧紧绑在一起，这种观点就更得人心了。美国新实用主义哲学家理查德·罗蒂甚至说："对文学宗教的希望，其中世俗想象的作品取代圣经作为每个新一代的灵感和希望的主要来源。"[3]

如今的发展现实已经与黑格尔的艺术终结理论发生出入。以唐卡教育为例，如今已经以非遗传承人培训、国家艺术基金培训等多种方式在民间和高校展开。[4] 对藏族和藏传佛教文学艺术的研究在艺术史、哲学、文学、文化研究、民族音乐学、影视批评等多个学科领域找到。而反过来，在宗教中，艺术的意义和地位也得到了提升，宗教界乐见艺术在大众视野中的关注度攀升，借以在当代社会扩大宗教的影响力。[5] "研究宗教和艺术的人们似乎越来越多地认为艺术在宗教中发挥的作用远远超过学者和宗教思想家以前

---

[1] 杜书瀛：《"艺术的终结"：从黑格尔到丹托——尝试某些"批判性"解读》，《艺术百家》2016 年第 5 期。

[2] R. Shusterman, "Art and Religion". *Journal of Aesthetic Education*, Vol. 42, No. 3, 2008, pp. 1–18.

[3] R. Rorty, "Religion as Conversation-Stopper", *Common Knowledge*, Vol. 3, No. 1, 1994, p. 1.

[4] 如西藏大学、青海民族大学、西南民族大学等高校这几年每年都承办中国非物质文化遗产唐卡传承人群培训班；国家艺术基金支持了多个唐卡的艺术巡展、中青年创作和中央民族大学唐卡艺术人才培训项目等。

[5] 典型的例子是龙泉寺开发的动漫形象"贤二"。人们往往将其视为营销案例，但如果我们更新艺术范畴（参考上一节所论述的艺术分类问题），这也是宗教主动借助大众喜闻乐见的艺术形式传播的例证。

所承认的"①。印度教较之过去就明显打破了过去视文本为上的模式，"艺术以各种形式向更普遍、更流行的印度宗教生活形式开放"②。正如马克斯·韦伯也认为艺术与宗教是天然的盟友，宗教的"普适性"需要诉诸情感的传道，投大众所好，这就需要艺术与之结盟。③

作家创作是个人精神的体现，不过在其作品中体现的宗教思想，也是宗教精神的一部分。有学者分析藏族作家的创作，就指出了这种"现实的存在"④。当下的藏族艺术比藏传佛教本身与世人更亲近。艺术本身就很像宗教仪式：唐卡被悬挂到各种高雅的禅修班和茶室，代表了一种传递丰厚资产又超越物质的高级精神价值。藏族艺术，包括最为民间的农具、牧歌和民间说唱，也被呈现在博物馆、画廊、剧院中，观众就像参观寺庙一样面对各种藏族艺术作品。

如果从这个角度来审视当下藏传佛教与藏族艺术的关系，我们似乎可以说，在藏族艺术现实传播的语境中，藏族艺术成为藏传佛教的另一种"方便法门"⑤，一种能够逃脱藏传佛教各种繁琐修持和经咒的完美替代品。藏族艺术并没有因此与藏传佛教分离，但却

---

① F. Brown, "Introduction: Mapping the Terrain of Religion and the Arts", in Brown, F. ed., *The Oxford Handbook of Religion and the Arts*, New York: Oxford University Press, 2014.

② Jessica Frazier, "Arts and Aesthetics in Hindu Studies", *The Journal of Hindu Studies*, Vol. 3, 2010, pp. 1 – 11.

③ ［德］马克斯·韦伯：《经济·社会·宗教——马克斯·韦伯文选》，上海社会科学出版社1997年版，第104页。

④ 刘大先分析次仁罗布的长篇小说《祭语风中》，指出："小说起于帕崩岗天葬台，这是旧时代的死亡，同时也是新时代的诞生；终于帕崩岗天葬台，则是历史中的个人体悟到命运的轮回与救赎的可能：'漫天的星光闪闪烁烁，习风微微吹荡，我的心却静如一面湖水。我们经历的一切会随风吹散，不会留一丝丝的痕迹！'……这样的历史观并没有脱离宗教的窠臼。"见刘大先《流动的现实主义——近年来少数民族文学创作趋势扫描》，《贵州民族大学学报》（哲学社会科学版）2016年第2期。

⑤ 笔者在几年前的文章里，写到过"唐卡是引导初级修炼者进入佛界的方便法门"。见意娜《看与被看：唐卡的视觉文化分析》，《当代文坛》2013年第6期。

用了跟过去时代都不相同的方式延续着藏传佛教的文化身份。于是艺术和背后的精神文化借此打破跨语言、跨文化的界限，穿过宗教和教派壁垒，略过经济社会发展不同阶段和水平的差异，变成一种全球通行的文化语言。在这种语境下，与其说藏族艺术是一种宗教艺术，不如说艺术本身已经被认同为艺术宗教。

哲学家也有人抱持这种观点，英国分析哲学家乔治·爱德华·摩尔就曾说："宗教只是艺术的一个分支……宗教所服务的每一个有价值的目的也是通过艺术服务的。"[1] 但在实际生活中，人们往往不会担忧艺术表达遭到限制，而会明显偏向于宗教观念和宗教文本，担心艺术表达不符合宗教规定，为了防止教义被曲解甚至彻底否定艺术的表达。藏族文艺的经典例证仓央嘉措的诗作在被形容为"情诗"之后，就遭到严厉纠正，因为人们认为道歌受到了不可饶恕的亵渎。

这种捍卫是发自宗教艺术和宗教功能的内在理路。在宗教语境下使用的图像、文字和声音，具有赋予宗教以直观印象的效果，作用是让教理更容易理解，更不容易忘却，追随宗教的过程更愉悦生动，在教徒修习的过程中协助观想，并不意味着具有现代主义观念中艺术的功用。这一点需要专门注意。

第三节 藏族文艺美学与汉地文论的联系与差异

作为研究文学艺术的学科，文艺学从西方传入中国，从最初以欧美文论为主导，到后来追随俄苏模式的文学艺术研究的概念丛、

---

[1] 这一论断没有公开发表，题名是"Art, Morals, and Religion"，见 Tom Regan, *Bloomsbury's Prophet*, Philadelphia: Temple University Press, 1986。

定义丛,以及这些概念背后的基本原理和方法,结合以《在延安文艺座谈会上的讲话》等重要文献为基础的中国共产党文艺实践和理论,形成了一套主导性的文艺美学理论体系。当然,以今天的观点来看,这一套理论和方法与中国传统文论和创作实际也并未刻意要对接。进入 20 世纪 80 年代以后,我国文艺理论界由苏联转向西方,集中译介了西方近几十年形成的重要文论成果,将西方历时性建构的理论体系内化为中国学者共时性并置的理论工具。20 世纪 90 年代以来,新的理论追求逐步明晰,试图建构在维度上跨文化、跨地区的理论视域,力争"涵盖东西方文学特征和性质"的理论,通过"创造、传统继承和多元融合"[①] 来共同建构成为新时期学科建设的理论诉求。中国文论的上述发展历程,同时塑造了汉地文论与藏族等少数民族文艺美学,成为它们共同的发展背景。

藏汉文艺美学同样共享的语境还有许多民族共同拥有的"诗意表达"或者"诗性智慧"。在世界文化背景中,虽然各个民族基本上都走过了早年以诗歌为主要语言载体的时代,包括了汉族文化与深受其影响的藏族文化在内的中国文化,至今却仍然显示出浓厚的诗性气息。但需要指出的是,我们并不能因为总体而言全人类文明都走过诗歌主导的时代,就认为诗性是文明早期,或者说不发达时期的必然产物。维柯在《新科学》中将这种人类的早期智慧称为"诗性智慧",更是加剧了诗歌与早期文明形态相伴生的印象。[②] 笔者认为,这种思路是西方中心主义的产物,当西方人从进化论的观念观看这个世界,面对自身已经不明显的文化诗性,便自然而然将其定位为早期文化历史的伴生物,放置为文化发展中一个已经结束

[①] 饶芃子:《借异而识同 籍无而得有——对文艺学学科的反思和展望》,《江苏社会科学》1999 年第 6 期。

[②] 参见刘士林《关于"中国诗性文化"的知识报告——对中国文化的现代阐释》,载于《烟台大学学报》(哲学社会科学版)2007 年版。

的阶段。

同为中国诗性文化，汉族文化与藏族文化却展现出很大的不同。汉族诗性文化的特征是"空白与未定性"，它"作为中国诗文化的内在精韵，具有中国文学精神的某种全息性。它也是中国古代文学审美解释学关注的核心论题，是以意境为主形态的中国艺术意义的生成与运作机制"[①]。而藏族的诗性文化，则是华丽的，充满比喻的。二者的不同恰似同样可以解读为宇宙观的藏密曼荼罗与汉族的阴阳鱼、周氏太极图和博局之间的巨大差异：藏密曼荼罗用各种比喻与具象给观者营造出一个巨细靡遗的"佛境指南"，色彩绚丽，层次丰富；而汉族的几种宇宙图是黑白的，由甚至有些抽象的形象组成，充满了大片的空白，与其说是一个图像，不如说是一个意境，与同样言简却大可挖掘其深意的文字相配合，任由观者的体悟去填充。

另一个容易理解的共享语境是汉藏文艺美学中，都有佛教，尤其是大乘佛教的思想影响。佛教在藏族文艺美学中表现很明显，是主导的思想来源。在汉地文艺美学中，佛教为美学渲染了深邃的形而上底色。中古时代（魏晋南北朝）的佛教美学从玄学中汲取了灵感，"将神秘的精神实体当做现实世界和艺术创作之美的最高境界，并贯彻到形神观和造像论中"。而士大夫将审美创作视为"发泄幽情、导达意气的精神寄托"，将佛教视作"解脱烦恼、求得来世幸福的天国幻想"，审美和佛学都是他们"排遣人生忧嗟的精神宣叙"。[②]

不过，藏汉文艺美学之间相勾连的，恐怕并非仅仅是共享了某种语境。本节拟举出四例，以"传""神""韵""味"四字代之喻之，与诸君共享这种审美共鸣。

[①] 金元浦：《大美无言》，海天出版社1999年版，第215页。
[②] 袁济喜：《中古美学与人生演讲录》，广西师范大学出版社2007年版，第136—137页。

"传"在这里指代流传物。文本是一种流传物，不仅可以通过翻译跨空间传播，还具有历史性特征，产生在较早时代的各类文本，历经种种淘汰，由于内容等原因传诸后世的，被称作历史流传物。历史流传物与不同时代的读者之间，有一种在历史中形成的文化、语言上的距离。针对这种距离，传统的处理方式首先是要认可这种历史流传物的经典性、神圣性和权威性，解释的过程是将一种绝对的真理用当下的语言讲述出来，因此从古至今，有经典的地方，多有延绵不绝的注释传统，[①] 这在汉藏之间是共通的。

根据对藏族《诗镜》的观察，《诗镜》在藏族中的传承，除了不同时代的诸多语际翻译、重译与译文修改之外，还有绵延不断的语内翻译和注释传统。而关于《诗镜》的注释专著，从标题的关键词"释难""诠释""概说""笔记"等，到文内的各有侧重，就可看出《诗镜》注释种类的丰富程度，除了一般意义上的解释，还包括综述、举例、答疑、阐发等细分的方法，与国学的"义疏"所包括的传、注、笺、正义、诠、义训等相比，也是不遑多让，形成了具有范例意义的"诗镜学统"。

汉地古代经典的注释传统最初形态自《四书》《五经》诠释始，而文学经典诠释则从《诗经》诠释肇端，此后绵延两千多年不绝，形成了一套由注、释、传、笺、疏、证、集解（集注、集传、集释）等在历史中形成的完整系统。汉地经典传承的一个特色，就是通过注经的方式，或者我注六经，走一条儒家学术探索追求经典之原义的路径；或者六经注我，把我想说的、创新的、变法的观点、理念，借经典之名表达出来，创为新说。

概言之，中土的训诂和西方的释经学传统虽然名称相异，却与我们总结《诗镜》学统委实有些相同含义：语际和古今之间翻译、

[①] 关于注释传统的详细讨论，请参阅第八章。

经典的辨析、累加的解释，合起来担当经典文本和各时代读者之间的信息传递者。如章太炎在《国故论衡》中分出的通论、驸经、序录、略例四者，通论为总释，像《尔雅》《说文解字》，其本身又变成被阐释的原典；驸经为各种注疏，是最常见的训诂学著述；序录近于通释性议论；略例类似"释难"，具有实践和经验的指导性。① 如果说西方的释经学与我们观察到的《诗镜》的语内翻译（注释）传统，在功能和特征上有相通之处，则汉语训诂学在形式上也可与《诗镜》注释传统相契合。当然，我们今天对跨语言、跨文化的注释传统进行整体观看的眼光和学理性思考，当是在哲学解释学兴起以后。

"神"是在形象之外的精神层面。比如唐卡被称为藏文化的"百科全书"，其内容不仅包括了藏传佛教所尊崇的佛陀及本生故事、佛界神阶系统的各种形象造型，还有历史人物和故事、工程图、诗歌、书法、天文、地理、历算、医学、动物学、植物学，等等。由于内容上的包罗万象，使得唐卡超越了普通绘画的层次，负载了表现藏族文化形象全貌的责任，又作为一种诗性的艺术提供可供咂摸体味的可能。

眉眼之神是唐卡艺术的灵魂。它在眉眼的"神的凝视"中蕴含着无限的慈悲，彰显着对人的关怀，也以"无"来开示佛境的万千意涵。开眉眼是唐卡画师的绝活，据说"单脉相传，不轻易示人"②。"眉眼开好了，唐卡就更成功，如果开不好，本来已经画好的唐卡等于失败了"③。不过"开眉眼"只是一个统称，指的是五

---

① 景海峰：《从训诂学走向诠释学——中国哲学经典诠释方法的现代转化》，《天津社会科学》2004 年第 5 期。
② 达洛、白果主编：《雪域奇葩：中国藏区唐卡艺术》，黑龙江人民出版社 2011 年版，第 93 页。
③ 西合道口述，吕霞整理：《美善唐卡：唐卡大师西合道口述史》，中国编译出版社 2010 年版，第 149 页。

官的描画。也因为如此，开眉眼在唐卡绘画中尤为重要，要挑选良辰吉日，画师觉得身体清爽的时候才能进行。[①] 实际上，佛陀、菩萨、天女、俗人的眼睛在唐卡里都是不同的，而且同一尊像在走、行、坐、睡时候的眼神也不一样。然而佛的视线毕竟不同于常人。佛的慈悲，能让他看到世间一切悲苦与所有善恶，而在佛眼之中，众生平等，众生都有菩提心。

在传统绘画理论中，眼睛是人物传神的关键。这在中国画论中就是如此。成语"点睛之笔"的原型东晋顾恺之[②]所说的"四体妍蚩，本无阙少，于妙处传神写照，正在阿堵中"[③] 就代表了中国古代画家对于眼睛描绘能够传神的重视。这里"阿堵"指的就是眼睛。他还说"征神见貌，则情发于目"，也是强调眼睛能表达人物的精神和感情状态。比他更早的汉代的贾谊在《道德说》中说："鉴者所以能也，见者，目也。道德施物，精微而为目。是故物之始形也，分先而为目，目成也形乃从。是以人及有因之在气，莫精于目，目清而润泽若濡，无毚秒杂焉，故能见也。由此观之，目足以明道德之润泽矣，故曰'泽者，鉴也'。"[④] 表明眼睛可以通达道德，体现神。

"韵"则是文学艺术中的节奏与韵律。节奏是文学艺术在起源时期"声音、姿态、意义"三者互相阐明关系中的"共同命脉"。[⑤]后来尽管诗歌、音乐与舞蹈逐渐分开，节奏仍然是贯穿各种艺术形式的共同特征。

[①] 达洛、白果主编：《雪域奇葩：中国藏区唐卡艺术》，黑龙江人民出版社2011年版，第91页。
[②] 顾恺之是中国古代画论中最重要的一位强调眼睛描绘的先驱，关于他，除了"点睛之笔"，还留下了点一睛百万金这样的传说故事。
[③] 见（南朝）刘义庆著，徐振堮校笺《世说新语校笺》，中华书局1984年版，第388页。
[④] （汉）贾谊著，阎振益、钟夏校注：《新书校注》，中华书局2000年版，第326—327页。
[⑤] 朱光潜：《诗论》，上海古籍出版社2005年版，第89页。

在汉地诗论之中，名义上有着"一简之内，音韵尽殊，两句之中，轻重悉异"等平仄规定。即便是散文，隋唐以前也受到诗赋限制，有明显韵脚，或者保持华丽辞藻和整齐的句法段落。而骈文四六的影响不仅贯穿明清，在当今白话文创作中也时有运用。① 但诗歌的实际节奏并非如此刻板的物理规定，意韵对词韵的影响也很大。朱光潜先生举例李白和周邦彦同一首曲调《忆秦娥》，因为情趣的不同，英雄气的李白"音尘绝，西风残照，汉家陵阙"与儿女气的周邦彦"相思曲，一声声是，怨红愁绿"无法按照同样的节奏来念诵。②

在汉地美术的视野中，"韵"的重点不是"从画中感受到的任何音乐因素，而是放在他能感受到的画家动作"，如沈宗骞所言"天地之故，一开一合尽之矣"，"时有春夏秋冬自然之开合以成岁，画亦有起讫先后致然之开合以成局"。③ 这与藏族文艺美学有不同的侧重。由于藏族视觉图像多数需要承担宗教功能，多数创作无法抒发创作者个人的思想，形式美的价值更为重要，在中国传统美学中，至今仍能在宗教场所的绘画中看到类似的功能性表达，而作为艺术作品的绘画，得以从形式美中走出来，探索另一种精神上的气韵。如南朝刘宋时期的文人兼僧侣宗炳，在《画山水序》中表达过"余复何为哉？畅神而已"的感受。④

藏族文艺美学中的韵律和节奏特征也值得关注。众所周知，韵律学是小五明中的一项专门学问，主要研究的是梵文诗歌轻重音组合规律的编排方法。而藏族音乐和舞蹈也因为独特的节奏和韵律而极有辨识度。藏族美术，尤其是藏传佛教美术作品多数具有鲜明的

---

① 朱光潜：《诗论》，上海古籍出版社2005年版，第83页。
② 同上书，第94页。
③ 高建平：《中国艺术的表现性动作——从书法到绘画》，安徽教育出版社2012年版，第215—217页。
④ 袁济喜：《中古美学与人生演讲录》，广西师范大学出版社2007年版，第72页。

辨识度，也有相对统一的主题和立意，创作角度的技术特性在藏族文艺理论中呈现尤为突出，最重要的证据即是藏传佛教美术中严格的量度规则。① 记录量度经典的文献被称为"量度经"，是对这一主题文类的统称。量度经通常记录了量度单位和比例，以及每尊具体形象的具体比例。在量度经典中，既有对尊像身体和五官的量度比例，还有尊像的姿态、法器、服装、首饰、座位等附属特征的绘制法则。经文版式、藏文字体、坛城、佛塔等，也均在量度限定范围内。

以量度规则为代表的"程式"现象存在于藏族文学艺术的各种表现形式中。针对造像的量度占据了量度经篇幅中的大半，不过在视觉艺术领域内，如佛塔造像、经卷形制、文字书写等传统形式上也都各有相关的规则，形成了相应的程式系统。松巴·益西班觉②《身、语、意注疏花蔓》的成文结构就具有代表性，它分为五部分：身（坛城与佛像）量度、语（佛经）量度、意（佛塔）量度、绘画颜料、功德，其中前四部分的内容为工具性的。③ 这一结构提示了被列入量度系统的"艺术"门类包括身、语、意三大类，指坛城、佛像和其他宗教造像、佛经和佛塔。除了视觉层面，像《格萨尔》这样的口头传统程式、《诗镜》这样的修辞学规则也构成了量度在各自领域中的一个向度。

"味"是东方诗学共享的理论话题。汉地古代文论中推崇的钟

---

① 在相关文献中，"度量"和"量度"均被使用。两个词语意义相似，略有不同，"量度"指对某种不能直接测量、观察或表现的东西进行测量或指示的手段；"度量"指测量、测度，也可以指测量长短大小的工具。由于"三经一疏"较多被译为"量度经"，加之佛像和绘画较符合"不能直接测量、观察或表现的东西"，本文使用"量度"一词。

② 1704 年出生，青海托勒人，青海佑宁寺（dgon lung dgon pa）第三十二任堪布。

③ 比如尕藏在编译时就直接删掉了第五部分，其他学者在介绍这部著作时也通常直接跳过第五部分不提。尕藏：《藏传佛画度量经》，青海民族出版社 1992 年版，第 16 页。当增扎西：《18 世纪造像量度文献〈佛像、佛经、佛塔量度经注疏花蔓〉与作者松巴·益西班觉》，《西藏艺术研究》2015 年第 4 期。

嵘在《诗品》中所言"滋味",是延续了《文赋》《文心雕龙》等提出诗歌之"味"的提法,是对内容感染力及形式上的美感和韵味的综合考量,在后世得以广泛应用,形成一套完整的体系。而藏族文艺美学中的"味",则是继承自梵语理论中的"情味",虽则来源不同,表达的却是相似的文艺审美观念:以品尝食物的比喻来鉴赏文艺作品。只是二者在"口味"和操作上风格有异,"情味"浓艳,而"滋味"淡远;"情味"由重重程式规则归纳推导,而"滋味"则重感悟、轻思辨。两"味"并置,恰如一桌丰盛的家宴,呈现出藏汉文论中本质相通而各放异彩的面貌。

中　编

藏族文艺美学的
语言艺术传统

导　言

　　藏族文艺美学极好地呈现了语言艺术中书面文学与口头文学的互恰关系。相应的，在藏族语言艺术中也集中体现出藏族美学与文艺理论中的多个理论特征。这一编包括5章，选择了两个案例——书面文学理论《诗镜》和口头文学经典《格萨尔》来展开剖析，解释了这两部作品在藏族美学与文艺理论框架下的代表性意义，并且分析了其中蕴含的翻译传统、注释传统和接受传统等。这些不仅存在于语言艺术中，也是承袭了上一编的理论框架，遍布于全部藏族文艺美学之中的。

第 六 章

藏族诗学源流:论著《诗镜》

在冈底斯雪山顶,漫天狂风暴雪中,
雪狮行走非本愿,原属狮子前业定。
下方无边大海洋,波涛翻滚水底层,
鱼儿去游非本愿,原属鱼类前业定。
我在上界神宫殿,未曾亲口做应承,
领兵打仗称大王,四处征战是命定。

——《格萨尔·世界公桑》[①]

gangs ti se lhun po'i rtse mo ru/
rlung bu yug 'tshub pa'i gdong len du/
seng dkar mo 'grim 'dod ma yod kyang /
mgo g. yu ral can gyi sngon las red/
dma'zad med rgya mtsho'i klong dkyil du/
mtsho rba rlabs 'khrugs pa'i gting rum du/
nya gser mig 'khyug 'dod ma yod kyang /
lus lto dkar can gyi sngon las red/

---

① 藏文由贡却才旦整理,汉文由何罗哲翻译,见《格萨尔文库》第 5 卷,《格萨尔文库》编纂委员会编,上海古籍出版社 2018 年版,第 217、318 页。

steng 'dod khams lha yi pho brang nas/
las dmag 'khrug byed pa rgyal po'i las/
ngas bsgrub ces khas len ma byas mod/
las sngon gyis thog tu babs pa red/
gling rje ge sar rgyal po'i sgrung /'dzam gling spyi bsang /

第一节 《诗镜》及其研究

《诗镜》（snyan ngag me long）是藏族诗学论著中最主要的主题，是藏文《大藏经·丹珠尔》中"声明"部的重要组成部分，也是藏族唯一一部指导文学创作的理论著作。[①]《诗镜》本身是古代印度一部梵文诗学著作，经过数代藏族学者的翻译和重新创作，最终成为藏民族自己的重要美学理论。在藏族诗学理论中，它是不同注疏版本和各个时期对其进行研究和延伸、阐释论著的共同主题。虽译为"诗"[②]，实则涵盖所有的"文"[③]。"《诗镜》的实际作用非常大，大五明之一的内明即佛教经典也尽量注重用诗镜修饰法来修饰，藏族历辈智者也均在经典中从头到尾使用诗镜论修饰法，内外明处（学科）都不能忽略诗镜，藏族历史（或编年册）、综合历史著作、传记、传说等均用诗镜修饰法来修饰文章。不仅是用词之时使用的修饰法，甚至是成为观看全部明处（学科）

---

① 赵康：《八种〈诗镜〉藏文译本考略》，《西藏研究》1997 年第 2 期。
② 仁增在《浅析〈诗镜〉中诗的概念》（载于《青海民族学院学报》2006 年第 1 期）一文中归纳了藏族学者关于"诗"的十几种概念，包括"诗"即修辞学、"诗"即诗歌、"诗"即诗学理论、"诗"是悦耳夺人心之词语等。见树林《中国当代〈诗镜论〉研究述评》，《民族文学研究》2018 年第 2 期。
③ 王沂暖先生说，snyan ngag 是"美妙文雅的言辞"的意思，相当于"文章"，所以"诗镜"译为"文镜"更合适。见王沂暖《〈诗镜论〉简介》，《青海民族学院》1978 年第 4 期。

之眼睛。"①

梵文《诗镜》（Kāvyādarśa）是由 7 世纪的檀丁（Daṇḍin）创作的，他也是长篇小说《十王子传》的署名作者，可能是同一个人，但这两部著作都没有提供作者生平作为佐证。在 20 世纪 20 年代，印度又发现了一部小说残本《阿凡提巽陀利》，被认为是《十王子传》失佚的前面部分。其中提到作者出生在南印度波罗婆国建志城的一个婆罗门世家，曾祖父是国王辛诃毗湿奴的宫廷诗人。因此根据国王辛诃毗湿奴的在位时间，推断檀丁大约生活在公元 7 世纪下半叶。

梵文《诗镜》分三章，第一章论述诗的分类、风格和诗德。第二章论述词义修辞方式（"义庄严"）。第三章论述词音修辞方式（"音庄严"）和诗病。庄严与诗病的提法并非《诗镜》的首创，比《诗镜》稍早的婆摩诃的《诗庄严论》观点也基本一致。庄严分 39 种，诗病分 10 种。在传统的庄严与诗病论述外，《诗镜》的创新之处在于提出了两种"风格论"：维达巴风格和高德风格。维达巴风格也就是十种诗德，是风格的生命，从音韵和意义表达来划分：紧密、清晰、同一、甜蜜、柔和、易解、高尚、壮丽、美好和三昧。高德风格是另一种诗德，与维达巴风格差异很大甚至相反。现存的梵文《诗镜》有多尔迦沃基希（P. Tarkavagish）编订本（加尔各答，1881）、波特林格（O. Böhtlingk）编订本（莱比锡，1890），伦格恰利耶（M. Rangacharya）编订本（马德拉斯，1910）、贝沃迦尔（S. K. Belvalkar）编订本（浦那，1924）、班纳吉（A. C. Banerji）的梵藏对照本（加尔各答，1939），特古尔（A. Thakur）和恰

---

① 树林翻译并引述哥顿的原话，树林：《中国当代〈诗镜论〉研究述评》，《民族文学研究》2018 年第 2 期。根据原注，原文出自哥顿《略谈〈诗镜〉的民族化过程》（藏文），《中国藏学》1997 年第 2 期。

（U. Jha）编订本（达班加，1957）等。①

虽然在《诗镜》传入藏区之前，藏区已经有了自己的诗歌，②但《诗镜》是一部系统性的完整诗学论著，对藏区诗歌进行了重新塑造。萨迦班智达·贡嘎坚赞被认为是藏族诗学理论的开创者，13世纪初，在他的《智者入门》第一章译述了檀丁的《诗镜》，并在他所著的《萨迦格言》和《乐论》中加以初步运用。他第一次区分了"修辞论著"和"诗歌著作"，将檀丁的《诗镜》和另一位诗学家写的《妙音颈饰》等诗学著作称之为"修辞论著"，而将《佛本生传》等佛经文学作品称之为"诗歌著作"。③ 在《智者入门》中，他选译了《诗镜》中八种修饰的例诗：直叙自性修饰法、譬喻修饰法、形象化修饰法、点睛修饰法、否定修饰法、叙因修饰法、翻案修饰法、存在修饰法等。他还阐述了诗的意义、诗德（谐音、柔和、三摩地）、诗的形体或文学体裁、诗的风格、诗的庄严（修饰）等问题。萨迦班智达不仅定义了"庄严"，还定义了"词庄严"，"庄严"的定义内涵比檀丁的定义更为丰富，其关于如何使用比喻（庄严）的论述是对庄严论发展做出的一大贡献。④

《诗镜》首次被完整翻译为藏文是在13世纪末。从藏历第五饶迥火牛年（1277年）开始，八思巴洛追坚赞和本钦·释迦桑布授意大译师雄敦·多吉坚赞（shong ston rdo rje rgyal mtshan）和印度学者、诗人罗奇弥伽罗（拉卡弥伽罗）在萨迦寺完成了《诗镜》

---

① 上述檀丁生平及梵文《诗镜》版本信息参考黄宝生《印度古典诗学》，北京大学出版社1993年版，第218—219页。
② 索朗班觉、赵康：《诗学概要明镜——〈诗镜〉简介》，《西藏研究》1983年第1期；还克加：《〈诗镜〉传入藏区前后的藏族诗歌比较研究》（藏文），中央民族大学硕士论文，2007年。
③ 萨班·贡嘎坚赞：《智者入门》（藏文），民族出版社1981年版，第4页。
④ 阿·额尔敦白音、树林等：《贡嘎坚赞〈智者入门〉与阿旺丹达〈嘉言日光〉比较研究》（蒙古文、汉文），社会科学文献出版社2015年版，第2页。

的全文翻译。这个版本的译文有两个抄本存于西藏档案馆。[①] 多吉坚赞又将《诗镜》传授给自己的弟弟、著名译师洛卓丹巴（blo gros brtan pa）。洛卓丹巴在讲学的过程中也将此书的内容进行传授。在这一版译文的基础上，邦译师洛卓丹巴、夏鲁译师·却炯桑布、聂唐·洛丹喜瓦等做了一些修改，并加入了一些注释。1772年，藏族大学者司徒·却吉忠乃（又名丹贝宁杰）（Situ Chokyi Jungney）对照梵文的两部《诗镜》注释，对《诗镜》藏文译文进行了校改，编出《〈诗镜〉梵藏两体合璧》（slob dpon dbyug pa can gyis mdzad pa'i snyan ngag me long ma zhes bya ba skad gnyis shan sbyar），译文更精确。[②] 这一版本的出现，《诗镜》的译文基本上定型于斯，后来他的徒弟康珠丹增却吉尼玛写出了诗镜注《妙音语之游戏海》，进一步提高了司徒丹贝宁杰译本的权威性。藏族学者布顿·仁钦珠在首次编订藏文大藏经《丹珠尔》时，将用藏文字母转写的《诗镜》原文和藏译文都收录。藏族学者对《诗镜》学习、阐释和再创作的历程由此开始。历代藏文《诗镜论》版本很多，有德格版、拉萨版、那塘版、北京版、拉卜楞寺版、扎什伦布版、达兰萨拉版本等，也有很多抄本。[③] 这些版本差异巨大，学者在逐字比较了萨迦手抄本、北京版、拉萨版和德格版后发现，全部656首诗文中，文字完全相同的只有62首，在四种版本中文字均不相同的达到三分

---

① 这两个抄本原藏于北京民族宫图书馆，其中一本22页，每页长58厘米，宽9.5厘米，双面抄写，每面9行，封面书写 snyan ngag me long zhes bya ba bzhugs lags sto（《诗镜》）。另一本37页，每页长48.5厘米，宽8厘米，双面抄写，每面7行，封面书名 me long ma'i rtsa ba//（《诗镜正文》）。两个抄本的后记均写明"遵照殊胜的功德无量的师尊大宝法王和释迦桑布大师的旨意，印度诗学家室利拉卡弥伽罗和西藏比丘甸顿译成于吉祥萨迦大寺"。见赵康《八种〈诗镜〉藏文译本考略》，《西藏研究》1997年第2期。

② 赵康编译：《〈诗镜〉四体合璧》，中国藏学出版社2014年版，第2页。

③ 赵康教授在1997年就已经搜集整理了十余种《诗镜》原著版本。见赵康《八种〈诗镜〉藏文译本考略》，《西藏研究》1997年第2期。

之一，有219首。①

《诗镜》的汉文译本也有一些。金克木先生的最早，1965年就发表了，但他是从梵文直接翻译注释而来的。②而藏文《诗镜》的汉译则是，1986年，全国民族院校文艺理论研究会委托中国少数民族古代美学思想资料初编编写组对《诗镜》进行了汉文翻译。翻译和注释工作由中央民族大学赵康教授完成，他根据《〈诗镜〉梵藏两体合璧》翻译，在翻译过程中参考了康珠·丹增却吉尼玛的《诗疏妙音语海》以及五世达赖阿旺·罗桑嘉措（ngag dbang blo bzang rgya mtsho）的《诗镜释难·妙音欢歌》（snyan ngag me long gi dka'ı grel dbyangs can dgyes pa'i glu dbyangs）和第巴桑结嘉措为《妙音欢歌》写的注疏、居米庞·囊杰嘉措的《诗疏妙音喜海》及崩热巴·才旺便巴的《诗注甘蔗树》等诗注，汉文还参考了金克木先生译的第一章及第三章的部分章节。译文面世后，成为受到学术界认可的《诗镜》汉文译文中较准确和权威的版本。③后来还有黄宝生先生将梵文本和藏文本增加了注释，编入《梵语诗学论著汇编》出版。④2014年，赵康又出版了藏文、藏文拉丁转写、梵文和汉文四种语言的《〈诗镜〉四体合璧》。⑤2016年，贺文宣将1957年青海人民出版社出版的藏文版本翻译为汉文，出版了汉藏对照的《藏族诗学明鉴》。⑥

《诗镜》在藏族文学范畴中，不仅是一门学问，更是藏族文学创作的指南。藏族学者对《诗镜》的再写作方式主要有两种：

---

① 赵康：《八种〈诗镜〉藏文译本考略》，《西藏研究》1997年第2期。
② 《诗镜论》第一章和第三章（部分），先单独发表，后又收入他的《古代印度文艺理论文选》。金克木翻译注释：《诗镜论》，《古典文艺理论译丛》10，人民文学出版社1965年以及金克木译：《古代印度文艺理论文选》，人民文学出版社1980年版。
③ 《中国少数民族古代美学思想资料初编》，四川民族出版社1989年版。
④ 黄宝生：《梵语诗学论著汇编》，昆仑出版社2008年版。
⑤ 赵康编译：《〈诗镜〉四体合璧》，中国藏学出版社2014年版。
⑥ ［印］旦志：《藏族诗学明鉴：汉藏对照》，多吉坚参等译，民族出版社2016年版。

一种是按原文的文字逐句地加以注释，还增补注释者本人创作或者选择其他名家的诗例，有的还加入了本人的新见解。这种写法是大部分学者所采用的方法。结果是几百年来逐渐将《诗镜》民族化，形成藏族自己的诗学体系。[1]

比如，在修辞方面，藏族学者根据本民族语言的特点和文学创作的需要，重新解释其中一些涉及诗歌的基本概念，使《诗镜》的内容更为完整和充足，并且完全符合藏族语言和文学自己的特征。《妙音欢歌》中有一首藏族学者重写的诗例："草原披上了碧玉般的飘带，／晶莹的泉水在翻腾跳跃，／响起了隐隐约约的雷声，／年轻的孔雀跳起了舞蹈。"[2] 这首诗不管是意象还是构词都完全是带有藏族特色的诗歌了。新中国成立以来出版的相关作品还包括米旁·格列朗杰的藏文《诗镜注》（snyan ngag gi bstanbcoos chenpo me long lla vjugpavi bshad sbyar dan drive dgongs rgyan）等。[3] 而边罗在研究十几种译本和注释本的基础上，致力于解释《诗镜》的原意，并阐释了其中所蕴含的修辞手法规律。[4]

另一种是作者完全不按《诗镜》的文字和诗例，而集中其理论

---

[1] 根据赵康在1997年的统计，就他所看到和收集的版本，藏族学者们写的《诗镜注》和论述、研究《诗镜》的著作有一百部（篇）之多，比较著名的著作如萨班贡噶坚赞的《智者入门》、匈译师多吉坚赞的《妙音颈饰》、邦译师洛卓丹巴的《诗镜广注正文明示》、嘉木样喀切的《诗镜注文体及修饰如意树》、纳塘根敦拜的《诗镜解说念诵之意全成就》、夏鲁译师却迥桑布的《诗镜集要》、仁蚌巴阿旺计扎的《诗学广释无畏狮子吼》、萨迦巴阿旺却札的《诗镜问答善缘精华点滴》、素喀瓦洛卓杰波的《诗镜之镜》、五世达赖罗桑嘉措的《诗镜释难妙音欢歌》、第司桑杰嘉措的《诗镜释难妙音欢歌之注疏》、米庞格列囊杰的《檀丁意饰》、一世嘉木样协见多吉的《妙音语教十万太阳之光华》、崩热巴呷玛策旺般巴的诗镜注《甘蔗树》、康珠丹增却吉尼玛的《妙音语之游戏海》、居米庞囊杰嘉措的《妙音欢喜之游戏海》等，其中不乏多达二百页以上的著作，用《诗镜》的基本规则写作的诗例、传记、格言、故事、书信集、佛经文学译著等实难胜数。见赵康《八种〈诗镜〉藏文译本考略》，《西藏研究》1997年第2期。

[2] 马学良、恰白·次旦平措、佟锦华主编：《藏族文学史》下册，四川民族出版社1994年版，第719页。

[3] （清）米旁·格列南杰：《诗镜注》（藏文），青海民族出版社1957年版。

[4] 边罗：《诗镜第二篇章修辞示范简要》（藏文），西藏人民出版社2010年版。

阐述的部分，用自己的语言，以歌诀的形式进行再创作。这种方式完全将《诗镜》的原型抛开，吸取其理论的精华进行创作，这样将诗例简单化，将《诗镜》完全藏化，理解记忆都降低了难度，有利于藏族诗学理论的传播。比如才旦夏茸活佛的《诗学概论》，是1979年为西北民族学院首届古藏文研究生编写的藏文诗学教材，体例和内容与《诗镜》一书基本一致，但是是一部原创的诗学理论著作。[①]

到了现代，藏族学者仍然对《诗镜》进行着诗学修辞方面的研究工作。如才旦夏茸活佛的《诗学通论》；毛儿盖·桑木旦先生撰写的《诗学明晰》；赛仓活佛的《诗学修辞明鉴》；多吉杰博的《诗论明灯》；东嘎·罗桑赤列的《诗学明鉴》；扎西旺堆的《藏文诗词写作》；丹巴嘉措的《诗学修词明钥》；赵康教授的论文《诗镜及其在藏族诗学中的影响》《诗镜与西藏诗学研究》《论五世达赖喇嘛的诗学著作〈诗镜释难·妙音欢歌〉》《康朱丹增却吉尼玛及其诗学著作〈妙音语之游戏海〉》《嘉木样协贝多吉的诗学著作〈妙音语教十万太阳之光华〉简析》《关于藏族诗学中"生命"之说的倡导者的探讨》《对诗镜关于作品内容与形式的论述做出原则性发展的不是米滂》《八种〈诗镜〉藏文译本考略》；格桑顿珠教授的论文《论〈诗镜〉中的诗学理论怎样发展成为藏族的诗论》等。

蒙古族学者树林梳理了藏文、汉文和蒙文视野中对《诗镜》的译介和研究历程，比较了三种语言环境下不同时期研究方法和研究范畴的不同之处，展现了国内《诗镜》研究的基本面貌：

第一，从共时性角度看，《诗镜》的研究涵盖了藏文、汉文和

---

① 才旦夏茸：《诗学概论》，贺文宣译，《西北民族大学学报》（哲学社会科学版）2012年第5期。

蒙古文,但是三者的研究内容有所不同。"藏文研究结合传统与现代研究,诗镜论全部内容的详细探讨更为突出,包括名词术语及例诗的阐释、宗教典故和宗教名词含义的解释、诗学理论概念等。汉文研究初期为《诗镜论》原著翻译、注释、介绍分析,后来转为以诗学意义和美学探讨为主,把诗镜理论归结为风格论和庄严论。蒙古文研究更多的是用现代文艺理论阐释和转换诗镜理论,探讨诗镜某一范畴和概念、审美意义、诗学价值等,力争构建理论体系,当然也像藏文研究一样,进行翻译注释。"①

第二,从历时性角度看,三种语言的研究虽然同时在进行,但在不同时期侧重点不同,特点也不同。"藏文成果最多,研究人员也较多,既注重传统研究,也不乏当代研究的追逐。80、90年代论文数量最多,进入21世纪后论文减少,专著和教材增多。蒙古文研究从20世纪80、90年代起步,到21世纪发展较快,论文明显增多,堪与藏文论文媲美,同时诞生了几部《诗镜论》专著。汉文《诗镜论》研究则从最初的翻译注释和介绍,到后来的藏文诗学某一理论范畴的解释和研究,再到《诗镜论》审美研究、本土化研究。"②

树林还总结了《诗镜》藏、汉、蒙古文研究的不足和当代趋势:从研究《诗镜论》著作的数量来看,藏族学者研究的重点集中在总数不超过20位的古代和当代著名学者上,绝大部分学者的著作尚未涉及。汉族学者研究则主要集中在古代的几名藏族高僧学者诗学名著上,不超过10位。蒙古族学者的研究虽已涉及大部分蒙古族高僧和少数藏族高僧学者,但还有大量的蒙藏高僧藏文《诗镜论》著作要继续挖掘研究。就是说还有大量的藏文诗学著作未被关

---

① 树林:《中国当代〈诗镜论〉研究述评》,《民族文学研究》2018年第2期。
② 同上。

注或深入研究。对《诗镜论》原著的研究论著中，重复性的介绍分析较多，缺乏一些理论范畴的新发现新解释。研究方法单一，古代理论现代话语转换力度还不够，缺乏具有哲学深度的研究或系统研究。比较研究需要扩大视野，放在东方和世界诗学大背景中进行，才能揭示更大的理论意义和本质特色。当前研究虽然也注重现代阐释，注重用西方理论、中国文论来阐释传统诗镜理论，不过缺乏具有东方文学或世界文学视野的研究作品。

"中国当代研究把《诗镜论》及其后来阐释著作和例诗均归入民族诗学和文学遗产范畴。因此其研究重点放在现代阐释和探讨上，把诗镜理论放在现代文艺理论视野中来探析其理论价值，这是当代《诗镜论》研究的基本面貌。"[①]

第二节 《诗镜》的主要理论内涵

黄宝生先生在《印度古典诗学》中，总结檀丁的《诗镜》主要几个理论范畴为庄严论、风格论和味论，并且檀丁还是风格论的开创者。由于古代印度《诗镜》并非唯一的著作，只是其中之一，而且檀丁《诗镜》涉及的几个范畴也多与其他著作有继承或者承上启下的作用，视野不同，在整个印度诗学的位势与在藏族诗学中的地位不同。因此对《诗镜》内容范畴总结和分类不可直接照搬现代学者对印度古典诗学的总结。比如印度古典诗学理论可以分为庄严论、风格论、味论、韵论、曲语论、推理论、合适论、诗人学。在印度古典诗学论著里，最早的一部专门著作是与檀丁同一世纪，但是稍早的《诗庄严论》，作者是婆摩诃。在他之前，公元前后产生，定型于4—5世纪的婆罗多《舞论》，和6—7世纪的《跋底的诗》

---

① 树林：《中国当代〈诗镜论〉研究述评》，《民族文学研究》2018年第2期。

都在其中涉及诗文和语法。在此之后，8世纪出现了伐摩那的《诗庄严经》，优婆吒的《摄庄严论》和已失传的《诗庄严论》注解《婆摩诃疏解》。在9世纪，楼陀罗吒也著了一部《诗庄严论》。此外，还有《火神往世书》第336—346章，《毗湿奴法上往世书》，九世纪欢增的《韵光》，王顶的《诗探》；10世纪楼陀罗跋吒的《艳情吉祥痣》；10—11世纪新护的《舞论注》和《韵光注》，恭多迦的《曲语生命论》；11世纪摩希摩跋吒的《韵辩》，安主的《合适论》和《诗人的颈饰》，波阇的《辩才天女的颈饰》和《艳情光》，曼摩吒的《诗光》《词功能考》，雪月的《诗教》；12世纪鲁耶迦的《庄严论精华》，伐格薄吒的《伐格薄吒庄严论》，同名的伐格薄吒的《诗教》；13世纪阿利辛赫和阿摩罗旃陀罗的《诗如意藤》；13—14世纪代吠希婆罗的《诗人如意藤》，维底亚达罗的《项链》，维底亚那特的《波罗多波楼陀罗名誉装饰》，胜天的《月光》；14世纪维希吠希婆罗·格维旃陀罗的《魅力月光》，毗首那特的《文镜》；15世纪般努达多的《味花簇》《味河》和《庄严吉祥痣》；16世纪格维格尔纳布罗的《庄严宝》，盖瑟沃·密湿罗的《庄严顶》，阿伯耶·底克希多的《莲喜》；17世纪世主的《味海》和《驳画诗探》。[①] 每一种论著都有多种编订本，但由于与本文主题不直接相关，因此只是列举于此，证明其丰富，不再一一注明解释。

以1986年中国少数民族古代美学思想资料初编编写组的版本为例。《诗镜》共有656首诗，绝大多数为七字句，共占623首，其余的诗中六字句1首，九字句12首，十一字句18首，十三字句1首，十五字句1首。全诗共分三章：第一章有105首，主要论述著作的重要意义、懂诗学的必要性、诗的形体、语言分类和诗的和

---

① 黄宝生：《印度古典诗学》，北京大学出版社1999年版，第217—242页。

谐、显豁、同一、典雅、柔和、易于理解、高尚、壮丽、美好、比拟等"十德";第二章有364首,分别讲了35种修辞方面的意义修饰以及它们的205个小类;第三章有187首,分为三部分,也就是字音修饰(包括叠字、回文和同韵等难作体)、16种隐语修饰和诗的"十病"。

藏族诗学理论最重要的创建之一就是"生命说",也就是诗的内容。除此之外,基本的共识是《诗镜》的主题包括诗外在的形体、修饰和诗病,也因此长久以来,《诗镜》主要以讲授诗歌写作方法的修辞学著作而闻名。

诗的形体指的是文学形式的分类,分为韵文、散文和散韵混合,韵文指诗歌,是《诗镜》论述的主体,这与檀丁《诗镜》相同。散文体在《诗镜》中定义为小说与故事,指"没有截断为诗句而在表达各种内容时,使用了诸如比喻等修饰手段,语言通顺流畅的一种特殊的诗的形体"。而小说与故事对《诗镜》来说,只是不同名称的同一种文体。① 散韵混合往往指戏剧。韵文体每一首诗是一个输洛迦(sho lo kha),即颂,这在梵文和藏文诗论中通用的。② 藏族《诗镜》在形体方面有不同于檀丁之处,源于藏文和梵文的表达差异,以及《诗镜》在传承过程中自然的丰富和发展。

一个不同表现在虽然也名为输洛迦,但藏文韵文并不像梵文诗歌那样严格,而结合了藏族本身就有的颂体诗格律,不强求长短音

---

① 索朗班觉、赵康:《诗学概要明镜——〈诗镜〉简介》,《西藏研究》1983年第1期。
② 输洛迦来自梵文诗学,但其来历见《罗摩衍那》。在其"童年篇"第二章中,有一个蚁垤仙人,在森林里看见一对麻鹬在交欢。突然一个猎人射中了公麻鹬。公麻鹬坠地翻滚,满身鲜血,母麻鹬凄惨悲鸣。蚁垤仙人心生怜悯,脱口而出一首诗:你永远不会,尼沙陀(猎人)! 享盛名获得善果;一双麻鹬耽乐交欢,你竟杀死其中一个。说完以后,蚁垤仙人自己也感到诧异,反复琢磨自己说了什么,最后意识到这是一首诗。他对徒弟说:我的话都是诗,音节均等,可以配上笛子,曼声歌咏,因为它产生于我的输迦(悲伤),就叫它输洛迦。后来,大梵天吩咐蚁垤仙人就用这种体裁来编写《罗摩衍那》。见季羡林《罗摩衍那》第一卷,人民文学出版社1980年版,第17—26页。

位置、单句完整和汉文古诗那样严格的押韵和平仄。比如学者们常常提到的诗例,完全采用谐体民歌的形式在翻译写作,每句六个字:

dpal gzi ngo tsha grags pa(财富、威严、自爱)

blo gsal tshig dang dgav dag(三慧、礼仪、民心)

kyod la vphel ba gnyis gang(王皆两全齐备)

vdi gnyis lha dbang la med(天帝望尘莫及)

另一个是四种构成诗的基本环节:"独解"(或译为"自解",grol ba)、"归类"(或译为"一类""同类",rigs)、"库藏"(或译为"仓库",mdzod)、"集聚"(或译为"集合""结集",'dus pa)。[1] 在檀丁《诗镜》中,这被当作"大诗"的分支一笔带过,但在藏族诗论中它们得以阐释。其中三种都在藏文诗论中有重新解释。独解依然指一节四句诗自成一首完整的诗,类似汉语古体诗中的绝句;归类指由至少两节诗组成一首,但每一节要相互照应,前面不管多少节都用来说明或形容最后一节,其中往往还要求整首诗用一个动词谓语;库藏由两节以上的诗句组成,要有两个以上的动词谓语,表达相互联系的多个内容;集聚也是要两节以上,用多个动词谓语表达同一个意思。除了独解,剩下的都是长诗,而且集聚往往更长,被称为大诗(snyan ngag chen po)。[2]

诗的修饰基本内容来自檀丁,但藏族学者从定义到范畴都做了修订和补充。比如强调比喻必须是有相似之处的不同事物。[3] 在梵

---

[1] 独解指一节诗自成一首完整诗歌;归类指五节以上构成的诗;库藏指各节独立连在一起;集聚指同一格律的许多节连在一起。

[2] 赵康:《〈诗镜〉及其在藏族诗学中的影响》,《西藏研究》1983年第3期;王沂暖:《〈诗镜论〉简介》,《青海民族学院》1978年第4期。

[3] 《诗镜》中写的比喻是两者相似就可以,藏族学者在此基础上做了区分,指出本体和喻体不能混同。见赵康《〈诗镜〉及其在藏族诗学中的影响》,《西藏研究》1983年第3期。在文中,赵康还列举了其他的修订,比如互相争论,再如多使用单音节重复而不是模仿梵文的多音节重复。

文注释者的发挥启发下，藏族学者创造一些新的修饰类型。比如在比喻修饰（dpe'i rgyan）里，那雪巴增加了不一致喻（mi mthun pavi dpe），素喀瓦增添了前无喻（sngon med pavi dpe）；在形体化修饰中，仁崩巴增加了可怖形体化（vjigs rung gi gzzugs can）；点睛修饰（rgyu'i rgyan la bcu drug），学者们将原有的 12 类增添为 16 类；① 否定修饰中素喀瓦增加了确定否定（nges pavi vgog pa）和不定否定（ma gnes pavi vgog pa）。②

尽管把檀丁《诗镜》中诗病的部分悉数翻译成为藏文，藏族学者依然根据自身情况做出了说明：（韵律失调、缺乏连声、失去停顿和用词不当）③ 这四种诗病出现在梵文诗中，不主张在其他语言中生搬硬套，正如"不要在没有锦缎图案的褐衣上挂项链"④，藏文诗对《诗镜》的学习要尊重藏语自己的规律。

藏族诗学对梵文诗学理论《诗镜》的超越，最主要在"生命"。"生命说"不光是对檀丁《诗镜》内容的补充，更主要是观念的转变。所谓生命，即诗的内容。檀丁的论著并非不涉及诗的内容，但正是有了"生命"理念，藏族诗学不再是只关于形式的"操作手册"，而真正成为诗学理论。而将内容提升到"生命"的用词，即便是用现代眼光来看，也是极具超越性的。藏族传统生命观里，将诗歌主题分为 18 类，包括人生四大事⑤：城市、海洋、山

---

① 参见改觉《〈诗镜论〉简介》（藏文），《西藏民族学院学报》1981 年第 4 期。
② 赵康：《康珠·丹增却吉尼玛及其〈妙音语之游戏海〉》，《西藏研究》1987 年第 3 期。
③ 韵律失调指梵文音节数出现了多少不等和重音轻音搭配不当。缺乏连声是印度雅语诗里把连ံ词随便分开，断句不当。失去停顿是打乱诗中固定的停顿位置。用词不当是违反文法规则，尤其是虚词使用规则。
④ 语出康珠旦增确吉尼玛，引自赵康《〈诗镜〉及其在藏族诗学中的影响》，《西藏研究》1983 年第 3 期。
⑤ 即法、利、欲、解脱。由于历代从未对此外来概念进行详细阐释，在《论〈诗镜〉中的四大事》一文中，作者解释了婆罗门教的"四大事"含义，帮助《诗镜》中佛教化的"四大事"理解。见卓玛加《论〈诗镜〉中的"四大事"》（藏文），青海师范大学硕士学位论文，2011 年。

岭、季节、日升、月降、嬉姻、饮酒、欢爱以及相思、结婚、生子、定计、遣使、征伐、胜利等。① 学界公认其标志是16世纪索喀瓦·洛卓杰波所写：

> 以人的躯体、生命和装饰作为例子，
> 集中为四大事诸内容的如同生命，
> 表现形式的韵文、散文和混合体如同身躯，
> 意义、字音、隐语等修辞手法就像是装饰。②

他还引用过《萨迦格言》中的一个名句：没有生命的僵尸，纵然俊秀谁索取！后来五世达赖阿旺洛桑嘉措所著的《妙音欢歌》中，为"生命说"正了名，③ 还写道：

> 具有韵文、散文、混合体的青春风姿
> 具有讲述四大事"生命"的聪明才智
> 饰以意义、字音、隐语等宝饰的红妆
> 这高贵女子唱起美妙动人的歌曲。④

---

① 热贡·多吉卡：《略谈修辞学之核心即 srog》（藏文），《西藏研究》1992年第2期。见树林《中国当代〈诗镜论〉研究述评》，《民族文学研究》2018年第2期。以及徐其超：《论藏文〈诗镜〉生命美学意蕴》，《西南民族大学学报》（人文社科版）2010年第12期。
② 赵康：《〈诗镜〉及其在藏族诗学中的影响》，《西藏研究》1983年第3期。关于这方面的标志性人物，王沂暖先生曾指出比如檀丁《诗镜》中的"文章美修饰，可以传永世"，在藏族《诗镜注》中，成为"具有美妙意义和韵律修饰的文章，必将人人传诵，永垂不朽"，见王沂暖《〈诗镜论〉简介》，《青海民族学院》1978年第4期。这也被收入其主编的《藏族文学史略》中，但赵康则撰写了一篇文章来反驳，见赵康《对〈诗镜〉关于作品内容与形式的论述做出原则性发展的不是米滂》，《西藏研究》1989年第4期。
③ 他说：嘉木喀、纳塘巴、容巴等许多学者以及巴俄祖拉等恃才傲物的人在这个问题上陷入了混乱。他们把传说和四大事等说成是"诗的形体"，有的曲解为"意义的形体"，有的歪曲为"字词的形体"，这一句和正文中对《萨迦格言》的引用均见赵康《论五世达赖的诗学著作〈诗镜释难妙音欢歌〉》，《西藏研究》1986年第3期。
④ 索朗班觉、赵康：《诗学概要明镜——〈诗镜〉简介》，《西藏研究》1983年第1期。

由于他的坚持和呼吁，形体、生命和修饰的提法成为一种常识，用以指导古体诗创作。

笔者在 2006 年的《藏族美学名著〈诗镜〉解读》① 中写过，历代对于《诗镜》的研究主要都是将《诗镜》视为重要的修辞学著作来看的，对《诗镜》的研究也都是集中在该书指导诗歌创作和古代诗歌鉴赏的部分。在赵康教授和格桑顿珠教授的文章里虽然也涉及关于《诗镜》美学理论的内容，但是数量不多，也只涉及了美学范畴中有关内容与形式辩证关系以及生命说源流方面史实性的部分内容。《诗镜》传入青藏高原后，引起了藏族宗教文化界的极大重视，经过较长时期的流传和融合，逐渐被消化和吸收，按照藏族的语言特点和写作实际进行了改造、补充和创新，从而使《诗镜》成为藏族自己的文学和修辞方面的理论著作，受到历代藏族学者的公认和尊崇。应该说，这在藏族文学发展史上是一个重大的突破。因为它使藏族的文学创作实践有了理论指导，从对美的自然反映走向对美的有意识的描叙，从写作技巧和手法的自发形成走向作者的主观追求。客观地说，这种理论对于整个藏族文学艺术都有不同程度的影响。对于藏族文学而言，各种体裁都受到了它的影响，在藏族的很大一部分文人中兴起了一股新的文学思潮和文风，出现了大批诗歌作品，它们的艺术风格独树一帜，与当时藏族文学领域流行的"道歌体"和"格言体"诗歌鼎足而立，形成一种新的"年阿（Snyan-ngag）体"流派，风靡文坛而历数百年不衰。"年阿体"诗歌讲究修辞，喜用词藻，注意形式。比如五世达赖阿旺罗桑嘉措所著《诗镜释难·妙音欢歌》中，在解释"自解"一类诗时，写了诗例："身在洁白水生之蕊心，/梵天女儿妩媚夺人魂，/弹奏多弦

---

① 意娜：《藏族美学名著〈诗镜〉解读》，《当代文坛》2006 年第 1 期。

吉祥曲悠扬，／向您致敬如意心头春。"① 第一句中的"水生"是"荷花"的异名（传统译为藻饰词），第二句中的"梵天女儿"即"妙音天女"，第三句中的"多弦"是"琵琶"。这是一首赞美妙音天女的诗，每句都是9个音节，4句表达一个完整的内容。

宗喀巴大师在所著《诗文搜集》中有一首"年阿体"的《萨班赞》："到达知识大海之彼岸，／为经论宝洲地之总管，／美誉远扬传入众人耳，／萨班大师，受稀有颂赞。／／睿智明察诸事物本性，／慈祥赐予格言宴众生，／佳行专修佛祖所喜业，／讳称尊名我向你致敬。／／你的智慧纯无垢，／学识无边极渊厚，／如同光辉烁神路，／透照我迷惘心灵，／袒露无遗我惊奇。／／极广佛智似文殊菩萨，／极白雪山之域众生的，／极美项珠辉照普天下，／极力消除阴霾，萨迦巴。／／举世无双的佛王护法。／遍知一切的文殊菩萨，／精通五明的火班智达，／雪域唯一怙主，萨迦巴。／／不分昼夜向你顶礼拜，／你的"相好"世代放异彩，／愿睹尊身常转圣法轮，／愿闻教语不断入耳来。"② 此诗在藏语中共6个诗段，除第三个诗段是5句，每句7音节外，其余各段都是4句，每句9音节。诗中的"知识大海""经论宝洲""格言美宴"等，是运用了《诗镜》中所说的"省略形象修饰"手法，即把"知识"形象化为"大海"；"经论"形象化为"宝洲"；"格言"形象化为"美宴"。在它们之间各省略掉一个属格"的"字。诗的第4个诗段的4句，运用了句首一字重叠式，重叠了一个"极"字。诗中赞颂了萨迦巴（即萨班·贡嘎坚赞）的渊博学识，超凡的才智，并特别歌颂了他对大小五明的贯通和提倡，赞美了他撰写格言诗的功德。由此披露出作者对先哲的崇敬之情、仰慕之意，同时也显示了作者高洁的德行和坚贞的信念。

---

① 佟锦华：《中国少数民族文库·藏族古典文学》，吉林教育出版社1989年版，第62页。
② 同上书，第64—65页。

此外，在藏族文学史上占据重要地位的许多作品，从《萨迦格言》开始，包括五世达赖散韵结合的历史文学名著《西藏王臣史》，才仁旺杰撰写的长篇小说《旋努达美》（又译为《青年达美的故事》）和传记文学名著《颇罗鼐传》《噶伦传》等，都是"年阿体"文学作品的代表。还有藏宁·海如嘎（即桑吉坚赞）编著的《米拉日巴传及道歌》，宗喀巴大师所著的《常啼菩萨的故事：如意宝树》《京俄扎巴绛曲的故事：福力的须弥山》，象雄巴却旺扎巴写的《罗摩衍那的故事》，仁蚌巴阿旺济扎所写的《萨迦班智达传：贤动善道》等，也都是在《诗镜》出现以后创作的，其创作也符合《诗镜》所倡导的写作原则。

实际上，当人们将目光较多地聚焦于《诗镜》在文章写法和修辞学方面对藏族文学产生的深远影响时，我们还应该看到，《诗镜》这部作品正如它的名字，就像是一面文化的镜子。它不仅折射出了美文，更折射出了以原始苯教和佛教为依托和指导，建立在杂粮—牧畜生产模式上的，一直受到汉民族和其他民族文化影响的藏族文化艺术的典型特征。正如我们所知，一定时期的文学艺术作品是当时的社会心理的产物。《诗镜》中现有的理论和诗例都来源于历代藏族学者的思考和实践，来源于多元和丰富的藏族文化，反映了藏族文化中对美的品评标准。

比如藏族最为典型的综合性艺术门类藏戏。它所表现出的很多审美特征都能在《诗镜》中看到。例如，宗教特色。在藏戏中，有着严谨而固定的表演程式，开场"温巴顿"（猎人说唱）中，首先是戴面具表演的七温巴（渔夫或猎人）、穿着古老部落头人服饰的二甲鲁（领班，借用过去一个部落头人的名字，头戴大红高帽，手拿竹弓，表示权威），以及戴着凤翅头饰和轻裙飘带的七娜姆（仙女）出场，礼赞佛法圣人，并膜拜藏戏祖师汤东杰布的画像。在《诗镜》的开端，有雄敦·多吉坚赞向专司智慧的文殊菩萨进行礼赞的诗句："向圣者妙吉祥童子致敬！"在藏族文化中，由于深受宗教影响，在藏族历史上起过重要作用的人都被神化，受后人顶礼膜拜，除了藏戏祖师汤东杰布，还有藏医药的始祖宇拓·元丹贡布等。这种在开头对神佛进行膜拜的，还有绘塑艺术，比如作为藏传佛教雕塑规则的重要依据的《十摞手造像量度经》开头，也有"向离欲世尊（即释迦）顶礼！"这样的语汇。

再如比喻和象征。在藏戏中，有着温巴面具和人物面具之分，面具的颜色、形制都十分多样。作为藏戏人物身份的主要识别标志，面具对于人物性格和身份地位都有象征作用。如蓝色温巴面具象征温巴的勇敢与正义；红色面具表示国王，而红色同时又是权力的象征；土黄布做成的立体形状的面具象征的是村民老头的形象。藏戏的台词大多从诗歌、散文、格言中来，文学性很强，文学中的各种修辞技巧在台词中都能看到。藏戏的故事是从改编佛教经典开始的，取材于历史传说、民间故事、佛经故事和社会事件，其中蕴含着丰富的藏传佛教和为人处事、齐家治国的道理。如作为藏戏八大剧目之一的《赤美滚登》，讲了白岱国国王有一件叫作如意宝的宝物。王子赤美滚登是一个善良勇敢、乐善好施的人。一次敌国派人装成穷人向王子讨要布施，用花言巧语骗去了如意宝。由于奸臣的挑拨，国王怒将王子流放。流放途中，王子仍然乐善好施，把自己随身的所有财物，包括自己的妻儿和眼睛都布施了出去。敌国国王闻之后悔不已，主动交还了宝物。王子回宫后继承了王位，国家昌盛，后来他又将王位让给儿子，自己与王后专心修行，终得圆满。在藏戏的表演中，故事被演绎得生动有趣，向百姓传递了兼听则明、多行布施之理。《诗镜》将诗歌分为韵文、散文和散韵合体，藏戏中的所有文学内容都被包括在内进行详述。在《诗镜》中，比喻和象征都是占了很大篇幅重点论述的内容，此外还分出了 4 种字音修饰，35 种意义修饰和 16 种隐语修饰，而比喻还被细分为 32 种具体的喻饰。

总的来说,《诗镜》的论述模式都是采用分类及类关系、穷举类项目、各项目定义、各项目诗例,这样的论述方式给阅读带来了很大的方便,也使《诗镜》多年来成为诗歌创作者们速查的诗歌创作指南和手册。正如前文所述,《诗镜》中蕴含着丰富的美学思想。这些思想一部分在诗中明确指出,还有一部分可由诗例和作者的其他叙述总结而来。

《诗镜》强调了语言对于整个文学的基础性作用。在《诗镜》开篇就对前人所写的有关各种体裁写作规则的著作进行了歌颂,认为正是有了前人关于写作规则的著作存世,"人们才有处世的准则":"如果称作词的光①,/不去照亮轮回界,/那么这全部三世间②,/就将变得黑黢黢。"《诗镜》作者认为语言有时空所不能湮灭的力量,因为先王荣耀的影像已经映入了语言的镜子,而当先王离开人世,他们的荣耀影像却不曾消失。语言的这些力量能否正确发挥出来取决于使用他的人:"智者曰:语言使用得当,/它就是如意神牛,/如果使用得不正确,/说明使用者是牛。"因此,如果诗有小毛病,绝对不能无动于衷,因为:"即使身躯甚美丽,/斑疹一点毁艳容。"《诗镜》的作者认为,正是因为如此,那些讲语法和写作规则的著作才有存在的必要,好教会人们辨别诗德和诗病,不然人们在诗的世界里就像盲人一样,而盲人是不能辨别形状和颜色的。

---

① 这里的"词的光"指的是文法家们的定制语言规则的文法著作。
② 指藏族传统所说的神、人、龙三域。

第 七 章

《诗镜》的阐释传统：翻译与经典化

> 指穷于为薪，火传也，不知其尽也。
>
> ——《庄子》

第一节 《诗镜》文本的经典化

当我们追溯各种文化对经典的注释传统，将经典赋予历史流传物的特征，把它从历史年表的固定卡位上拿下来，认定其意义具有开放性，其实就动摇了经典之所以成为经典的传统评价标准。因为常识意义上的"经典"，相当关键的一个判断标准，即有"规范""恒久"特征，可以经得起时间的涤荡、历史的检验，足具典范性和无时间性。① 不过这种无时间性并不是超历史的价值观，而是超越特定的时空，在长期历史理解中随时"在场"。意味着，以《诗镜》来说，称之为经典，并不是说它可以超历史存在，它也并不代表某一种历史现象或者事件，而是具有历史性的保存过程。② 《诗

---

① 在伽达默尔的论述中，对经典的分析从这两方面展开，"一种无时间性的当下存在，这种当下存在对于每一个当代都意味着同时性"。见伽达默尔《真理与方法》，洪汉鼎译，上海译文出版社1999年版，第369页；郭持华《"历史流传物"的意义生成与经典化》，《杭州师范大学学报》（社会科学版）2005年第2期。

② ［德］伽达默尔：《真理与方法》，洪汉鼎译，上海译文出版社1999年版，第368页。

镜》不是一部历史文献，而是藏族文学，尤其是诗学创作至今仍然可以用作教材和参考的工具书，它针对阅读它的每一个时代和每一个当下，对"现在"持有意义。在童话里，"魔镜"是用来回答问题的；① 在《诗镜》的阅读实践中，它是提问者：读者在它面前打开自己，"在与经典的对话中，文化作为传统对一代代人发生影响，形成具有强大生命力的文明"。②

对典范性的考察略显复杂一些，与文物、雕塑、建筑等有形遗产不同，文本流传物能够成为经典，与介质、油墨、笔法、装饰等外在文物评价标准无关，③ 是在历史中被建构起来的。《诗镜》在如今印度和汉语世界中的"经典"价值就与在藏文语境中完全不一样。在印度，梵文是古代印度几种较大的语种之一，④ 但梵语从来都没有成为过普通人使用的语言，一直都只是给特定人群阅读，再加上自 12 世纪起梵语文学日渐腐朽僵化，失去生命力，同时各种地方语言文学却蓬勃兴起了。虽然梵语文学从公元前 2000 年到现在仍然存在，1947 年以来作品甚至可能超过 3000 部，梵语文学的读者群却已变得十分小众，无法进入印度主流文学视野，梵语诗人也几乎都由梵学家和梵语教师担任了。⑤ 何况在古代产生的梵语诗学著作繁多，仅在《印

---

① 指童话"白雪公主"："Magic mirror in my hand, who is the fairest in the land?"（魔镜魔镜告诉我，谁是这个世界上最美丽的人？）

② 郭持华：《"历史流传物"的意义生成与经典化》，《杭州师范大学学报》（社会科学版）2005 年第 2 期。

③ 正如悬泉寺的汉简和汉纸文献具有文物、历史、科技、文化的各种重大价值，甚至能证明我国纸张的发明比过去认定的时间早一个世纪，却不能成为"经典"一样。

④ 才旦夏茸说，古印度有四大语种梵语、巴利语、毕舍遮语和阿婆夏商语。才旦夏茸、张凤翮：《关于藏族历代翻译家梵译藏若干问题之研究》，《西北民族大学学报》（哲学社会科学版）1985 年第 3 期，第 39—44 页。

⑤ Tripathi, Radhavallabh & Sahitya Akademi, *Ṣoḍaśī: Samakālikasaṃskrṭakāvyasaṅgraharūpā*, 1st ed., New Delhi: Sahitya Akademi, 1992, p. xiv, p. xvi. 以及金克木《〈梵语文学史〉前言》，《外国文学研究》1980 年第 2 期。

度古典诗学》就列举了 43 种,《诗镜》只是其中之一。① 再加上梵语文学式微就是因为其繁琐的诗学法则,所以即使有了"当代梵语作家选集",主编也在前言里极力撇清当代诗人与过去古代诗论的关系,不仅一部不提,还着力强调这些诗人是如何突破传统,努力适应当代语境的。② 而在汉语语境中,《诗镜》的功能是不同的,更多的是提供比较文学研究的资料、呈现文学史的多样性,以及中华民族大团结的意义。③

由此可见,除了文本内在的知识、背后的观念,社会对其的需求和要求,现实需要和历史作用,各种力量综合起来,才能把一个文本流传物推到"经典"的位子上。④ 而藏文《诗镜》成为经典,梵文《诗镜》只是古籍,汉文《诗镜》只是资料,三者之间的区别又在于藏文《诗镜》在历时 800 余年的理解和解释过程中揭示出来的文学创作的规律,被历代藏族文学创作者都奉为经典,唯此,这一文本才完成和持续进行着"经典化"的过程。而该过程,也是一个不断被翻译、被解释,通过解释不断与时俱进地揭示文本的意义,并将文本的意义上升为权威和规范的过程。

在《诗镜》的诸多诗例中,罗摩衍那故事(Ramayana)是一个热门主题,不仅在原作中有多处体现,在藏文注释著作中,也偶有罗摩故事的重写诗例。有学者认为《诗镜》的传入和流传对罗摩

---

① 黄宝生:《印度古典诗学》,北京大学出版社 1999 年版,第 217—242 页。
② Tripathi, Radhavallabh & Sahitya Akademi, Ṣoḍaśī: Samakālikasaṃskr̥takāvyasaṅgraharūpā, 1st ed., New Delhi: Sahitya Akademi, 1992.
③ 在针对《诗镜》翻译的哲学视角中,我已经论述过《诗镜》汉译的意义,参见本书第七章第二节。
④ 郭持华:《"历史流传物"的意义生成与经典化》,《杭州师范大学学报》(社会科学版) 2005 年第 2 期。

故事在藏区的传播起到重要作用。① 罗摩衍那史诗在梵语文学和藏语世界、藏族文化中都有较高地位，从 7 世纪就开始明确译为藏文，也有多个版本，亦是一部著名的文学作品。罗摩故事在印度是一部经典，但在藏族文化中里，它无法达到同为翻译作品的《诗镜》那样的地位，我们将罗摩故事在藏区的文本流传过程也进行一个简单梳理，从中比较《诗镜》经典化过程中的特殊之处。

作为古代印度最重要的两部史诗之一，《罗摩衍那》至今仍然是印度文化的一部经典作品。可资参考的是，另一部史诗《摩诃婆罗多》在西方学者那里被提到与圣经、可兰经、荷马史诗、希腊神话和莎士比亚戏剧同样经典的层面。② 和《摩诃婆罗多》一样，《罗摩衍那》不仅仅是故事③，它的叙事寓言呈现了古代印度教的教义、哲学和伦理，在印度有数千种手写本，又有佛教、锡克教、耆那教的改编，50 多种梵文注释版本，在东南亚柬埔寨、印度尼西亚、越南、马尔代夫等国也有各自的版本在流传，"几乎所有的印度语言都介绍了《罗摩衍那》"④。除了是印度教传统艺术中重要的表现主题并进入宗教叙事，罗摩故事至今都是大众文化艺术的表现主题，进入电影、戏剧、美术、图书、电视剧等多种表现方式。⑤

---

① 仁欠卓玛：《藏族传统修辞理论〈诗镜〉中的罗摩故事研究》，《西藏大学学报》2017 年第 3 期。

② W. J. Johnson, *The Sauptikaparvan of the Mahabharata: The Massacre at Night*, New York: Oxford University Press, 1998, p. ix.

③ 简言之，罗摩故事讲的是神圣的罗摩为拯救妻子悉达与魔王斗争的故事。

④ 季羡林：《罗摩衍那初探》，外国文学出版社 1979 年版，第 1—2 页。季羡林先生说有 2000 多种手写本。关于《罗摩衍那》在东南亚的传播和各种改编、变体，维基百科的"Ramayana"条目论述并提供了部分证据，因为与本文没有直接关联，故不在此一一查证。

⑤ 比如 1958 年的泰卢固语/泰米尔语电影 *Sampoorna Ramayanam*、1961 年印地语电影 *Sampoorna Ramayana*、1963 年泰卢固语/泰米尔语电影 *Lava Kusha*、1971 年泰卢固语电影 *Sampoorna Ramayanamu*、1992 年印度/日本动画片《罗摩衍那：王子的传说》、2010 年华纳兄弟印度动画电影《罗摩衍那：史诗》等。

罗摩衍那故事多次在《诗镜》中作为诗例出现。比如在区分东方派和南方派在"柔和"风格的分歧时，举例说东方派会使用"难读音"："王族一方所有人/霎时全被消灭尽"，这是取材于罗摩消灭刹帝利族的故事；在讲到"宏伟/宏壮"修饰时，举了两首诗例"惹瓦那自斩首级能忍极重之苦楚，惹哈之子未能够违背上师的训令"①，前两句的典故是十首魔王将自己的其中一个头砍下来供奉给湿婆，后两句的典故是罗摩王子的父亲答应了自己的第二位王后将王位传给另一位婆罗多王子，让罗摩去静修林苦修十四年，而罗摩听从父亲的要求放弃王位前去苦修。"各种珍宝镶嵌在墙上/映出了成百个影像/庵查那之子费尽心机/认出了楞伽自在的真相"②，这里的典故是猴王的大臣神猴哈奴曼在迷宫一样的楞伽城宫殿内，被宝石映照出的上百个迷惑身影中，认出了魔王的真身。这两个典故米旁的《诗疏檀丁意饰》都做了注释和讲解。③ 此外，丹增曲吉尼玛《诗镜注释妙音戏海》中，附上了印度教大神毗湿奴十化身故事，其中第七个故事就是罗摩衍那故事。④

据说《罗摩衍那》是比《诗镜》更早进入藏区的作品。在敦煌发现过《罗摩衍那》藏译本残篇，根据对藏文风格的比对，是在

---

① 赵康翻译为"罗估之子敢于承担/斩断罗婆那首级的重担"，指出典故是罗摩王子为了救回自己的妻子悉达，前往楞伽岛与魔王战斗，斩断了魔王十个头中的马头，见中国少数民族古代美学思想资料初编组《中国少数民族古代美学思想资料初编》，四川民族出版社1989年版，第195页。但是根据罗摩衍那故事，罗摩王子只是杀死了魔王的马，魔王的头是自己供奉给湿婆的。

② 本段中出现的三个诗例摘自：中国少数民族古代美学思想资料初编组《中国少数民族古代美学思想资料初编》，四川民族出版社1989年版，第129、195页。

③ 仁欠卓玛：《藏族传统修辞理论〈诗镜〉中的罗摩故事研究》，《西藏大学学报》2017年第3期。

④ 仁欠卓玛：《探析印度史诗〈罗摩衍那〉在藏族传统文学中的价值》，《西藏艺术研究》2015年第2期。

吐蕃时期的成果，①译本是散文风格，诗颂极少，其中还有少量藏族谚语，口语化痕迹比较重，也有民间歌谣痕迹，内容也经过译者的改写。②同时期班第任青桑布译师翻译的《殊胜赞》和《胜天赞》在经历代修订之后收入大藏经，其中也提到一些罗摩故事梗概，这一版本被认为才是真正影响后来藏文语境中的罗摩故事梗概。③ 10—11世纪的大译师仁钦桑布在翻译《释迦牟尼赞注释》中讲到了罗摩王子的故事。13世纪的《萨迦格言》里也引用了不少罗摩故事。在同时代的仁钦贝对《萨迦格言》撰写的注释性故事中，包含一则《夜叉王的故事》，就是一个相对完整的罗摩故事。④在《诗镜》之后，受到《诗镜》的影响，藏族学者撰写了大量的诗学理论著作，也像《诗镜》一样使用了不少《罗摩衍那》主题的诗例。

15世纪开始，又有各种版本的《罗摩衍那》和罗摩故事出现在藏文文献中，在藏族许多学者在互通书信时也会将《罗摩衍那》故事主题诗用作引子。比如象雄·却旺扎巴曾经模仿《罗摩衍那》梵文故事写过藏族自己的《罗摩衍那之可技乐仙女多弦妙音》。⑤

---

① 语言风格更接近同时期唐蕃会盟碑的藏文语法。比如后加字'a和又后加字da；mi被写成myi，mid被写成myid，元音i写成反的等。见王沂暖、唐景福《藏族文学史略》（七），《西北民族大学学报》（哲学社会科学版）1984年第1期。但据藏族学者历代的说法，藏区早在9世纪以前就有《罗摩衍那》的流传。见木尔盖·桑旦《罗摩衍那》（藏文版），四川民族出版社1982年版，第4页。译文有五部文卷，不是同一时期的成果，但是都属于吐蕃时期。参见仁欠卓玛《探析印度史诗〈罗摩衍那〉在藏族传统文学中的价值》，《西藏艺术研究》2015年第2期。季羡林认为这是藏族学者的改写。见季羡林《印度古代文学史》，北京大学出版社1991年版，第122页。

② 王沂暖、唐景福：《藏族文学史略》七，《西北民族大学学报》（哲学社会科学版）1984年第1期。

③ 《诗镜檀丁意饰》中提示了这一点。参考仁欠卓玛《探析印度史诗〈罗摩衍那〉在藏族传统文学中的价值》，《西藏艺术研究》2015年第2期。

④ 王沂暖、唐景福：《藏族文学史略》七，《西北民族大学学报》（哲学社会科学版）1984年第1期。

⑤ （明）象雄·曲旺扎巴：《罗摩衍那》（藏文），四川民族出版社1981。其中还包括20世纪阿旺丹贝坚赞为其写的注释。

象雄的故事着力于语言而非情节,情节非常简单、直白,但是语言充分运用《诗镜》修辞理论描绘环境和人物形象,文辞考究。[1] 更多的作者是像《诗镜》那样,在自己的作品中讲述"繁简不同"的《罗摩衍那》故事。[2] 在20世纪三四十年代藏族学者更敦群培和热拉·智通合译的一版最为完整。[3] 岭·格桑列协嘉措还写过罗摩故事的藏戏剧本,著名现代藏族作家端智嘉在临终前还完成过《罗摩衍那故事》的第一章,收录在其全集中。[4]

回顾《罗摩衍那》在藏区整个传承过程,方式与《诗镜》十分类似,从梗概式的译介(敦煌本),到经萨迦班智达在其著作中的化用,再经过《诗镜》的翻译与注释传统,藏文《罗摩衍那》故事的创作,以及近现代的持续关注。这正好证明了不是所有的文本流传物经过历史性阐释都可以实现经典化。《诗镜》的经典化过程中具备了一定的特殊性:

第一,权力持续参与历史性阐释。

经典从来都不是把先哲的言论像一张白纸那样客观汇总,它从来都关涉到一种刻意的选择,一种建制(institutionalization),只有对当下社会秩序最能表达和捍卫的东西才能被奉为经典。[5] 因此文本被注释的方式除了解释内容,也是要将文本中的理念与社会时代

---

[1] 多布旦、仁欠卓玛:《〈罗摩衍那〉不同版本的文化解析》,《西藏大学学报》(社会科学版)2011年第4期;扎布:《藏族文学史》下,青海民族出版社2002年版,第699页。

[2] 如陇钦巴所著《佛宗宝库》、嘉木样二世久美旺布的《一世嘉木样自传释》、布顿大师、土观·却吉尼玛、森巴·益西班觉、章加·饶白多杰、五世达赖、居米庞·甲央南吉嘉措、觉昂·杰宗达然纳塔、才旦夏茸、万克巴智巴·格列南杰等。见洛珠加措、曲将才让《〈罗摩衍那〉传记在藏族地区的流行和发展》,《青海社会科学》1982年第1期。

[3] 根据书的结尾依据的是梵文第48—108章。多布旦:《印度史诗〈罗摩衍那〉的藏文文献价值与研究综述》,《西藏大学学报》(社会科学版)2014年第1期。

[4] 多布旦:《印度史诗〈罗摩衍那〉的藏文文献价值与研究综述》,《西藏大学学报》(社会科学版)2014年第1期。

[5] A. Krupat, "Native American Literature and the Canon", *Critical Inquiry*, Vol. 10, No. 1, 1983, pp. 145–171.

的历史性需要、社会权力的现实需要相结合，不管最后是阐扬还是批判，都是为社会权力服务的；这样的文本才能被赋予"合法性、正统性、权威性乃至神圣性"①。20世纪80年代初，藏族学者就分析过《罗摩衍那》在藏区不如《诗镜》受推崇的原因：《诗镜》是印度东方派、南方派共同和非共同的两派都加详细注解和内外道共同学习的内容，而《罗摩衍那》的内容描写毗湿奴十种化身之一的罗摩变化为作喜杀死无数魔鬼的故事，"在佛光普照的大地的藏区必要性不大"②。

其他学者也侧面提到过，《罗摩衍那》故事在历史上之所以在藏区得以广泛流传，其中一个原因是在《诗镜》译介进来之前，《释迦牟尼赞》被引进到藏区，僧侣文人当成经文来阅读，里面引用的罗摩故事便开始在藏区的传播。③ 而且在《诗镜》传入之前，敦煌古藏文本的《罗摩衍那》就已经删掉了毗湿奴的部分，罗摩王子的一生都由"业"来串联，④ 佛教化程度已经非常高，故而也是彼时藏区佛教弘法宣传的一部分，虽然实际上由于时局动荡这一版本可能并未真正传播出去。而《诗镜》则真正进入了权力核心，从译介进入藏区开始，它就作为文学创作的指南和诗学规则的权威，在七个多世纪里都指导着藏族古典文学的创作和理论建构。

第二，从多声部到单声部的统合。

这是《诗镜》与《罗摩衍那》在藏区传承过程中最大的差别。文本意义永远是多层的，进入不同层面，得到不同的意义。即便是

---

① 郭持华：《"历史流传物"的意义生成与经典化》，《杭州师范大学学报》（社会科学版）2005年第2期。
② 洛珠加措、曲将才让：《〈罗摩衍那〉传记在藏族地区的流行和发展》，《青海社会科学》1982年第1期。
③ 降边嘉措：《〈罗摩衍那〉在我国藏族地区的流传及其对藏族文化的影响》，《中央民族大学学报》（哲学社会科学版）1985年第3期。
④ 仁欠卓玛：《探析印度史诗〈罗摩衍那〉在藏族传统文学中的价值》，《西藏艺术研究》2015年第2期。

能看到文本的多层结构，由于阅读者的前理解，也必须要选择一种意义和立场。在不同的历史语境中，这种前理解也会呈现出不同的历史立场，所以"众声喧哗"是我们回望历史流传物时的应有之意。《罗摩衍那》在藏区的传承历程就是如此。从吐蕃时期被删除印度教痕迹进入佛教宣传资料，到《诗镜》时期成为诗学修辞的案例，再到格律诗学的操练场，到近现代以来重新回到故事本身，《罗摩衍那》在不同的时代被从不同的意义层面抽出。

而《诗镜》则走了经典化的阐释道路：从多层话语中抽取一种，并且与其他话语区分开来。在历史进程中，借助社会权力获取了合法性，由于它被认定的实用价值满足了社会需要，成为主流的诗学标准，获得越来越大范围群体的认可和追捧，各个时代同时代的其他话语被遮蔽。此后无论梵文诗学、汉地诗学和藏地自主写作的诗学理论，众多的其他诗学著作也再未能取得与之相当的地位，而且一定程度上被其遮蔽。这一过程，就是典型的经典化路径："把充满异质因素的多元解释遮蔽起来，进而使对流传物的解读从多声部解读走向单声部解读的一种解释策略。单声部只能迎合一种理念或旨趣，因而，经典化的阐释乃是独断型的，它把这种理念或旨趣树立成为典范和准则。"① 虽然如今藏族格律诗也已经与古典藏族诗学创作有了不同，音韵等各方面不再死板地遵守《诗镜》的规定，对自由体裁诗歌的一些优势有所吸收，② 但是由于过去近百年来对外译介的过程，《诗镜》在藏族诗学中的经典地位又得到了进一步巩固，在实用和规则基础上，在新的注释过程中又被树立了"文化经典"的身份，其排他性更甚。即使藏族诗学创作发生变化，《诗镜》的唯一合法性反而被加强了。

---

① 郭持华：《"历史流传物"的意义生成与经典化》，《杭州师范大学学报》（社会科学版）2005 年第 2 期。

② 吉扎：《新时期藏族格律诗演变研究》，西藏大学硕士论文，2017 年。

这同时也说明了文本流传物经典化阐释过程的第三个特征：文本在历史阐释经典化与去经典化过程中的身份转化。

当经典与社会权力和时代联系在一起，而非过去常识中的超时代性，就需要面对时代变化或者社会权力更迭。这一过程会重构历史流传物的意义结构关系，文本的意义层次可能会发生变化。《罗摩衍那》就是在这样的过程中被湮没，敦煌本的故事内容之所以没有再次出现在后世藏族学者的转述中，就被认为是在吐蕃王朝没落时在战乱中被掩藏了，并且有幸在20世纪初重见天日，重新回到学术视野。但这时候，介绍《罗摩衍那》故事情节，同时弘扬佛法的意义层次已经不重要了，"敦煌本"成为研究吐蕃王朝、古代藏语语法、文学风格的史料，也成为文化遗产、中外文化交流的证据。这种更迭除了在跨时空的语境中重新活跃某个文本流传物的意义，也会带来新的变化，比如我们在本文开头已经论述过的《诗镜》的意义变化。在新的历史境遇中，《诗镜》产生了全新的意义话语，经典被赋予新的身份，仍然还是经典，或者说，又一次在历史语境的注释中被经典化，成为另一种意义上的经典。①

相比印度古典诗学中众多的诗学论著，《诗镜》在藏族文学中的地位充满传奇色彩。但这还是因为檀丁创造的"风格论"和《诗镜》中的修辞手法本身符合当时藏语言文学的规律，或者说在合适的时机参与了藏族古典文学的规则制定，具有内在的宗教超越性和时代超越性。因此在宗教纷争和政治权力更迭的过程中依然能够以"声明学"论著的身份保持着经典的传承。而在梵语文学逐渐衰落的历史进程中，藏族学者适时创造和发展了"生命说"，及时阻止了修辞理论僵化文学实践的倾向，避免了藏族古典文学流于形

---

① 郭持华：《"历史流传物"的意义生成与经典化》，《杭州师范大学学报》（社会科学版）2005年第2期。

式、陷入辞藻的窠臼。一方面，只有具备了成为经典的内在魅力，才有可能成为经典，《诗镜》成就了藏族古典文学的巨大成就；另一方面，任何文本流传物的经典化和去经典化都是一种历史性的阐释策略，藏族古典文学实践和时代也成就了《诗镜》成为一部经典。

第二节　穿越语言之河：文本的翻译问题

在巴黎布朗利希拉克人类学博物馆（The musée du quai Branly-Jacques Chirac）坡形旋梯上，常年用投影在地面投出一条"语词的溪流"，沿着地形"流淌"而下。这些词语是博物馆所有藏品涉及的人名和地名，一共16597个。观众在这条河流之中逆流而上或者顺流而下，不经意之间就蹚过整座博物馆承载的人类文明。这条"河"的流动以不同的节奏和密度进行，"水流"一直处于变化之中，有时湍急，有时在原地形成旋流，最后汇总到底部的"收集区"（the collection area）并且渐渐消失。这件装置艺术品的作者查尔斯·桑迪森（Charles Sandison）解释说，水是生命和运输必需品的重要载体，语言和信息也是如此。而思想才得以在时间与空间之中流动和传播。"我们观察到的人类历史，并非具体的含义，而是由语言之河在历史的地表雕刻而成的河道与峡谷。"[①] 这些语词在历史长河中具有了具体的意义，而又像水一样意义逐渐蒸发，最终融入人类的生死之河。

[①] 艺术家查尔斯·桑迪森出生于苏格兰，现在常驻芬兰，他受博物馆委托，在2009年完成这件装置艺术品。作品介绍参见博物馆网站介绍 The River, an Installation by Charles Sandison, http://www.quaibranly.fr/en/public-areas/the-river/。访问时间：2018年9月8日。以及 Charles Sandison, A foreword by Charles Sandison, 2009, http://www.quaibranly.fr/fileadmin/user_upload/1 - Edito/6 - Footer/5 - Les-espaces/4 - Rampe/A-foreword-by-Charles-Sandison-EN.pdf。访问时间：2018年9月8日。

第七章 《诗镜》的阐释传统:翻译与经典化 / 189

图7—1　装置艺术"语调的溪流"（巴黎布朗利希拉克人类学博物馆）

　　《诗镜》这部藏族文艺理论史上几乎唯一的系统化诗学论著，围绕它的话题始终绕不开"翻译"。不仅因为它最初是从7世纪檀丁的梵文原著翻译而成，也因为自13世纪以来藏族学者对其不同译本之间的差别和争论大多与翻译有关。比如《诗镜》的不同藏文译本之间，纵然有邦译师区分"snyan ngag"与"snyan dngags"的书写方式，创造性地将诗学理论与诗歌作品相区别①，多数的译本更新都是从译文的改错和准确性角度展开的。五世达赖罗桑嘉措对《诗镜》拉萨版的推荐就是由于其译者"洛丹喜巴的译文通顺"。居米庞·囊杰嘉措对司徒丹贝宁杰译本的推荐也是由于"出生于印度僧伽罗岛的佛学大师仁钦拜和佛学大师阿旺扎巴所写的梵文注释，在圣地声誉显赫，司徒丹贝

---

① "dngags"就是"ngag"，在拼写上在单字前后各增加了一个前加字 da，一个后加字 sa，在形式上做出区分。"snyan ngag"本就是诗歌或诗学（文学）的意思，写成"snyan dngags"表示译师强调《诗镜》中的"诗"是指诗学理论。

宁杰手头有这两部梵文注释的原著，并据此进行了认真修改，因此这是一部确凿可信的著作"①。

藏族诗学理论对《诗镜》最大的理论创建公认为"生命说"的提出。但即便围绕生命说的争论，也多从翻译角度展开。比如当王沂暖等学者认为生命说的提出者是米旁·格列朗杰，并印证其一条释文"听者忘了疲倦，学人见之欢欣，这样具有美妙意义和韵律修辞的文章，必将人人传诵，永垂不朽"。但赵康反驳了这一观点，认为提出者应该是16世纪素喀瓦·洛卓杰波，他的证据之一就是上一条释文的原文译文应该是"就像从《如意藤》中看到的所有作品那样，听者不懈怠，而使世上学者们喜欢。说这样的诗篇具有美妙的字音及意义修饰，由于掌握者多，因而直至劫末之前不会失传，并将长存于世"。这句话中的"意义"翻自原文的"sgra don gyi rgyan"，是指的 sgra'I rgyan 和 don gyi rgyan，应该被译为"字音修饰和意义修饰"，所以这句话"依然只是在强调修辞，因此看不出对《诗镜》有什么原则性的发展"。②

不难看出，"翻译"是《诗镜》研究的重要面向，而对"翻译"的研究又都是从比较文学和语言学的角度展开的，这一学术路径已延续800年。虽然都是《诗镜》，翻译概念承诺了至少三种语词世界，从自然语言上分为梵文、藏文和汉文；每一种语言又在历时语态下有不同的语词构成方式，如古汉语与现代汉语。这一切再加上默会知识，与传统哲学理念追求唯一实在和纯粹哲学知识的宗旨相悖。传统哲学的宗旨只能解答另一个世界，即理性的概念世

---

① 赵康：《八种〈诗镜〉藏文译本考略》，《西藏研究》1997年第2期。
② 王沂暖先生的论证见王沂暖《〈诗镜论〉简介》，《青海民族学院》1978年第4期。赵康先生的反驳见赵康《对〈诗镜〉关于作品内容与形式的论述做出原则性发展的不是米滂》，《西藏研究》1989年第4期。

界，超越语词，追求"去翻译化"①。本文以哲学/文学解释学角度进入，并无意标新立异，只希望从另一个角度审视《诗镜》研究，供诸位参考。

一 澄清两种思路

随着当代知识考古学（知识谱系学）和阐释学、诠释学的发展，过去的很多陈旧观念得以更新。比如是否有一个确定不移的唯一本质存在、"永恒的真理"，放之四海而皆准，超越地域、国度、民族和文化？② 是否存在可以用科学的方法、辩证的概括，一次性问答就可以终结的问题（question）？如今我们得以知晓，文学一直处于一种现实和本体的变动之中，我们提出的，应该是根本性问题（problematic），也就是问题中的问题（the problem of all problems），用以敞开某种过去封闭的论域（region）。③

翻译总蕴含着"只可意会"的玄妙。关于藏族《诗镜》内容的研究多用藏文完成，汉语研究著作多流于泛泛而谈，原因便在于此：并非研究者汉语写作不畅，是原文中许多内容带有藏文独有的语言特征，尤其是古体诗语法和表达又类似汉语文言，很难翻译成其他语言。④ 比如《诗镜》中对比喻修饰（dpe'i rgyan）列出32种比喻方法，实现信、达、雅的翻译非常困难，尤其是其中双解喻、双关喻和连珠喻三种，由于具有太强烈的藏语特征，更难翻译，即

---

① 李河：《巴别塔的重建与解构：解释学视野中的翻译问题》，云南大学出版社2005年版，第1页。
② 金元浦：《革新一种思路——当代文艺学的问题域》，《中国中外文艺理论研究》，2008年。
③ 李河：《巴别塔的重建与解构：解释学视野中的翻译问题》，云南大学出版社2005年版，第2页。
④ 另一个鲜活例证便是社会上开展汉藏、藏英翻译业务的商业机构几乎都会专门注明，不承接文学类藏文材料的翻译，这在其他语种翻译市场中是难以见到的，可见藏族文学和文论翻译之难。

便是逐字逐句忠实于原文翻译出来，除非配上详细的解释，否则读者也是看不懂的。①

这种"只可意会"的部分代表了语言所承载的知识基本形态，一种"默会知识"（tacit knowledge），也就是我们在日常生活中和一定语境下的常识，理所当然、无可置疑的约定俗成，② 它的翻译和解释依靠经验和领悟力，没有普适的规律和原则可以遵循。所以在展开讨论之前，我需要澄清过去研究中的两种思路，因为它们与上述追问的展开是完全不同的路径。

第一种思路是：翻译的意义是最大限度地接近"原本"，我称之为"自然意识"。

翻译研究的主要对象是翻译的前言、后记、译者注和书信。这些信息"总是非反思地信守着"③ 翻译忠于原著，最大限度地用另一种语言呈现原著思想的原则。五世达赖阿旺·罗桑嘉措的诗学老师才旺顿珠在看完《诗镜释难·妙音欢歌》之后给五世达赖写信

---

① 双解喻在《诗镜》中的诗例为"柳林似娇娘，婆娑青丝长"，其中"婆娑青丝长"有两种解释，第一种将少女比作柳树，意为少女像柳树一样美；第二种描述柳林像少女一样有发辫，容貌秀丽。两种含义通过多义词和不同断句来实现。双关喻在《诗镜》中的诗例为"为常冷光敌，具德含馥郁，汝容若玉立，此乃双关喻"，其中有好几个双关语。"冷光敌"可以指羞月的美貌，也可以指月亮一出就合闭起来的莲花；"具德"可以指容貌极美，也可以指莲花由于孕育除了梵天而具有的妃子之德；"含馥郁"可以指莲花的芳香，也可以指美人身上的芳香。连珠喻在《诗镜》中的诗例为"光华与日日与昼，白昼增光于宇宙，丰功使君光千秋，连珠喻比前与后"。本来的意思很简单，就是英雄征服了敌人，也为自己增添了光彩。但在表达上分了三层：正如阳光为太阳增添了光华，白天的太阳为白天增添了光华；正如白天的太阳为白天增添了光华，白天又为天空增添了光华；正如白天为天空增添了光华，英雄你征服了敌人，也为自己增添了光华。由此可见，如果没有详细解释，上述诗例是不可能体会其中的技巧和文采的。参见张凤翻《藏文修辞学中的"比喻"方法》，《西北民族大学学报》（哲学社会科学版）1987 年第 2 期。

② J. Harris, V. White, "Tacit Knowledge", in *A Dictionary of Social Work and Social Care*, Oxford University Press, 2013. Retrieved Sep. 8, 2018, from http：//www.oxfordreference.com.ezp-prod1.hul.harvard.edu/view/10.1093/acref/9780198796688.001.0001/acref – 97801987966 88 – e – 1480.

③ 李河：《巴别塔的重建与解构：解释学视野中的翻译问题》，云南大学出版社 2005 年版，第 2 页。

说:"一般说来,邦译师的诗注可做准绳,然过分简略;雪域中其他的解说大多有不准确之处,犹如误入黑暗途径。而您这部著作就像是为使莲苑一般的檀丁的思想一齐开放,明亮的太阳射出妙言的万道光芒,使我等如同蜜蜂一样的求知者们为之欢欣鼓舞"①,就充分体现了这一点。在康珠·丹增确吉尼玛《妙音语之游戏海》中,他写道:上述这些著作(指萨迦班智达、匈译师和邦译师等的著作)都因循了梵文原著及注释,除了少许因不理解而出现的错误外,可以作为学习研究《诗镜》的标准依据。诚然这是把修辞理论最早向西藏所做的介绍,但由于原著词义深奥、理解困难,行文过于简练,所以后来的注释者们尽管也承认要以匈、邦译师的注释为准则,却免不了往往歪曲原著思想,并且掺进了自己编造的观点,以致造成《诗镜》注释的混乱。②

作为翻译,这些文本和标注无可厚非,对于翻译的研究如果只跟随上述文字的逻辑,再参考严复《天演论·译例言》中的"信、达、雅",那就是将研究停留在具体语境的翻译鉴赏上,可以将之描述为对翻译作品的再度翻译。

第二种思路是拒绝相关的思考和阅读,先入为主地预设边界,限制对一个选题其他的切入可能。人类对于世界的认识总是带有自己原本的知识框架,以有限去把握无限。任何一个解释者和研究者,都不可能"以清明无染的'白板'状态去'忠实'地反映生活、表现生活,或映照文学作品本身,而必然以一种前理解状态或前理解构架进入理解和研究。也就是说,他(他们)必然已经先在拥有某种关于文学的理解、范式、话语、范畴(不管他们自己是否自觉意识到),并只能依照这种框架来理解

---

① 赵康:《论五世达赖的诗学著作〈诗镜释难妙音欢歌〉》,《西藏研究》1986 年第 3 期。
② 赵康:《康珠·丹增却吉尼玛及其〈妙音语之游戏海〉》,《西藏研究》1987 年第 3 期。

和解释文学"①。这与上一种思路相关。我们提出问题的方式，总是带有自身学术背景，换言之，能够提出什么样的问题，就能期待什么样的答案，答案很难超出提出问题的方式。如果提前限定了提出问题的方式，也就是提前限定了可能得到的解答。

二 翻译的语词层面与概念层面

何为翻译？翻译既有"以内翻外"，也有"以今翻古"。此言语出梁启超，以内翻外即狭义的翻译（translation），指不同语言之间的互译；以今翻古指同一语言随时间变化以后，用今人的语言翻译（解释，interpretation）古人的语言。②清代陈澧说："地远则有翻译，时远则有训诂；有翻译则能使别国为乡邻，有训诂则能使古今如旦暮，所谓通之也。"③《诗镜》的梵—藏—汉翻译即为狭义翻译，而其各种注释本，则属于以今翻古的范畴。这在西方语言学话语系统中，又分别被称为"语内翻译"（intra-lingual translation）和"语际翻译"（inter-lingual translation）。在这一节主要讨论语际翻译问题。

藏文的创制脱胎于梵文，藏文的30字母从梵文的34个字母中直接继承了23个，藏文四元音也是从梵文16个韵母中取舍而来，后加字、又后加字、前加字、上下加字和层叠字等藏文特别的拼字方法，也是借鉴自梵文语言学著作。这是《诗镜》之所以可以从梵文翻译成为藏文，并且成为藏族诗学理论"宝典"的语音基础。也正是因为如此，梵文经典的各种译本中，

---

① 金元浦：《革新一种思路——当代文艺学的问题域》，《中国中外文艺理论研究》，2008年。
② "翻译有二：以今翻古，以内翻外。以今翻古者，在言文一致时代，最感其必要。盖语言易世而必变，既变，则古书非翻不能读也。求诸先籍，则有《史记》之译《尚书》……以内译外者，即狭义之翻译也。"梁启超：《翻译文学与佛典》，《饮冰室专集》卷59，台湾中华书局1987年版，第1—2页。
③ （清）陈澧：《东塾读书记》，中西书局2012年版。

第七章 《诗镜》的阐释传统:翻译与经典化 / 195

唯有藏文译本"无论是词汇、语句,还是用词表意……都负有较别的译文优美的盛名"①。在这一阶段,我们暂不考虑梵文与藏文语言上的亲缘关系,将《诗镜》的梵—藏—汉翻译模块化处理,以做更清晰的分割和解释。

《诗镜》的梵文版本如今可见的主要有多尔迦沃基希编订本、波特林格编订本,伦格恰利耶编订本、贝沃迦尔编订本、班纳吉的梵藏对照本,特古尔和恰编订本等。②藏文完整版本包括德格版、拉萨版、那塘版、北京版、拉卜楞寺版、扎什伦布版、达兰萨拉版本等,也有很多抄本。汉文译本有1965年金克木先生的梵—汉译本、赵康1986年和2014年的梵—藏—汉译本等。它们之间形成了一种"原本(原本注释本)"与"译本(译本注释本)"的二元关系,这种二元关系遵循以原本为中心。如下图所示:

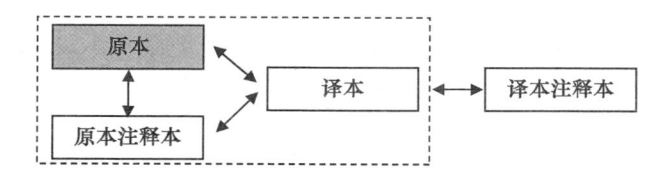

图7—2 《诗镜》版本关系图

这种简单的二元关系在前提上承认自然语言的多样性,以及唯一的概念世界。藏文《诗镜》的超越性就在于,在其从梵文译入,到最后成为藏族诗学理论专著的过程中,仍然尊重概念世界(即诗学理论,尤其是修辞学理论本身)的唯一,但通过注释和自然语言的扩展,藏文《诗镜》不再是简单的翻译了,而更像是一个新的

---

① 才旦夏茸、张凤翩:《关于藏族历代翻译家梵译藏若干问题之研究》,《西北民族大学学报》(哲学社会科学版)1985年第3期。
② 黄宝生:《印度古典诗学》,北京大学出版社1993年版,第219页。

"原本"+"原本注释本"的模式。

但在现代性语境下，这种简单的二元关系很难单独存在了。学术领域，西方语言与东方的二元关系以及汉语与民族语言的二元关系凸显。前者中的西方语言以及后者中的汉语，成为各种原本二元关系中的"原本"，通过翻译实现扩张。而原本的自然语言二元框架下的传统语言以及它们背后的默会知识，逐渐丧失了"原本"的地位，或者丧失了本该作为"原本中心主义"应该有的话语权力。传统语言在此过程中以知识传播为初衷而被翻译，却无意中因为翻译加速了传统语言的式微，这是一个不容回避的现实问题。[①]

狭义翻译是一种以文本为载体的信息交换，但很难衡量原本与译本所承载信息是否相同，原本与译本之间是否能够实现真正的对等（alternative）。传统翻译的目标，"不仅是在两种以上的文本之间建立一种从语词到语词、语句到语句、章法到章法的严格对应关系，而且要建立从作者到读者、原本意义到译本意义乃至原本的阅读想象到译本的阅读想象之间的严格对应关系"[②]，意即能用译本代替原本在译本语言使用环境里被使用。但没有译本能实现与原本的等同。

在狭义翻译中，原作者、原本、译者、译本和读者构成复杂的五角关系。每一种语言在一定时期的文学共同体（作者共同体、译者共同体、读者共同体、研究者共同体）内，都各自存在着一种主

---

① 表现在学者用西方语言发表的学术论文在高校比汉语论文更受重视，以及少数民族学者须用汉语发表论文才能获取成果认定。而从联合国教科文组织到民间自发在社交媒体发起的"保卫母语"的相关运动客观上佐证了这种现象的存在。尽管各方尽量避免这个过程中涉及的不公，但必须承认，在比较文学和比较研究的视野下，使用被更广使用范围语言，是给选题赋予学术合法性的重要条件。

② 李河：《巴别塔的重建与解构：解释学视野中的翻译问题》，云南大学出版社2005年版，第7页。

导的"范式"[1]，包括默会知识、理论体系、方法论、符号系统等，是共同体看问题的方式。简言之，《诗镜》的翻译本身就是把梵文诗学范式解释给藏文诗学系统，但《诗镜》的梵文诗学范式由檀丁的范式、檀丁《诗镜》注释者的范式和译者自身的理论范式组成。译者自身的理论范式决定了他的"期待视野"，即他对梵文的掌握水平，他如何看待梵文《诗镜》，以及他将以何种方式理解原文。所以我们读到的译本本身，就是译者自身的思维范式所理解的檀丁的《诗镜》原文、梵文注释者的注释，并用译者的表达方式表达出来，加之藏文《诗镜》经过不同时代的多位译者。比如整个翻译脉络比较清晰的司徒·丹贝宁杰的译本，德格版《诗镜》，他依据的蓝本首先由匈译师与拉卡弥伽罗共同翻译，然后经过邦译师修改过后，再由夏鲁译师根据《诗镜》原文和印度诗学家仁钦拜的梵文注释、阿旺扎巴的梵文注释修订，由仁钦扎西抄录而成。丹贝宁杰在这一蓝本的基础上，再次对照两本梵文注释，[2] 修改了藏译本，形成德格版《诗镜》。我们用图7—3展示德格版《诗镜》与檀丁梵文《诗镜》之间的关系：

　　从图7—3复杂的关系可以知道，即便藏文译师从来不曾改写诗例，增加见解，仅仅一字一句做翻译，[3] 德格版藏文《诗镜》也绝无可能与梵文《诗镜》原文相等同。这也用解释学方式佐证了，藏文《诗镜》虽然习惯被称为译著，但早已是藏族译者自己的诗学著作。

---

[1] 也就是模式、共同遵循的一般原理、模型和范例。这一公认由托马斯·库恩做出的概念界定，被从科学哲学领域引入到各个人文和自然学科。

[2] 在该版后记原文中只说到丹贝宁杰"对照了两部梵文注释"，并未提及梵文原文，虽然根据逻辑判断肯定有此举，但一方面尊重后记原文，另一方面不要再增加复杂程度，这里和图示中暂时不加列梵文原文一环。后记原文参考赵康《八种〈诗镜〉藏文译本考略》，《西藏研究》1997年第2期。

[3] 参见本章第一节介绍的历代藏族译师对檀丁《诗镜》的继承和发展形式。

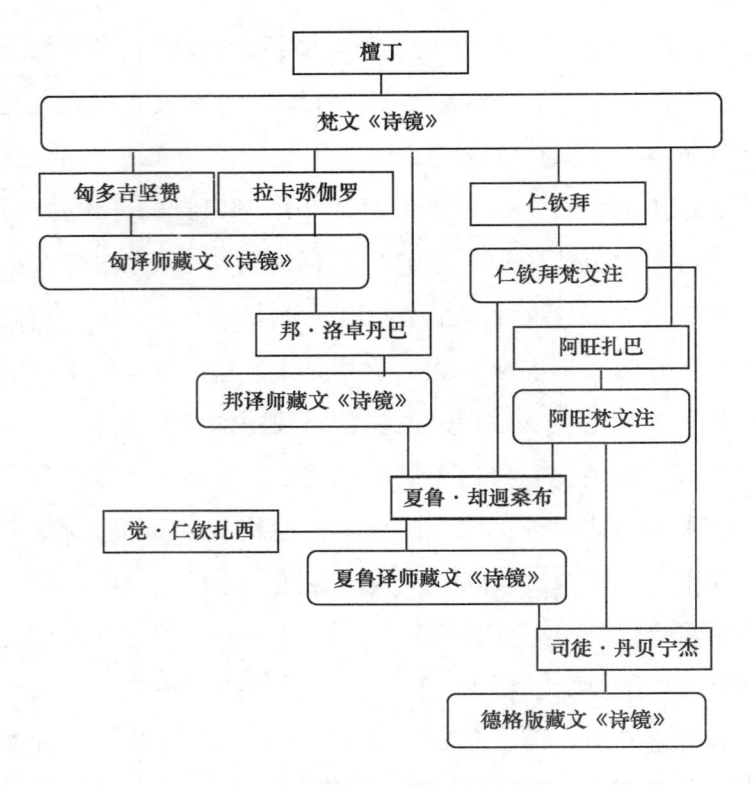

```
                          ┌──────┐
                          │ 檀丁  │
                          └───┬──┘
                    ┌─────────┴──────────┐
                    │   梵文《诗镜》      │
                    └─┬────────┬───────┬─┘
        ┌─────────────┤        │       │
   ┌────┴─────┐  ┌────┴─────┐  │  ┌────┴───┐
   │匈多吉坚赞│  │拉卡弥伽罗│  │  │ 仁钦拜 │
   └────┬─────┘  └──────────┘  │  └────┬───┘
   ┌────┴──────────┐           │  ┌────┴──────┐
   │匈译师藏文《诗镜》│         │  │仁钦拜梵文注│
   └───────────────┘           │  └───────────┘
              ┌────┴─────┐        ┌────┴───┐
              │邦·洛卓丹巴│        │阿旺扎巴│
              └────┬─────┘        └────┬───┘
         ┌────────┴─────┐         ┌────┴──────┐
         │邦译师藏文《诗镜》│       │阿旺梵文注 │
         └──────────────┘         └───────────┘
                      ┌────┴──────────┐
                      │夏鲁·却迥桑布  │
                      └────┬──────────┘
    ┌──────────┐      ┌────┴──────────┐
    │觉·仁钦扎西│──────│夏鲁译师藏文《诗镜》│
    └──────────┘      └───────────────┘
                           ┌────┴──────┐
                           │司徒·丹贝宁杰│
                           └────┬──────┘
                        ┌───────┴────────┐
                        │德格版藏文《诗镜》│
                        └────────────────┘
```

图7—3　德格版藏文《诗镜》译本关系图

三　翻译行为对意义的重构

上图并未涉及诸位译师所处的不同年代，也没有收录历代关于《诗镜》的藏文注解。这些译师和注释者之间通过文本展开的跨时空神交，构成了藏文《诗镜》自13世纪末以来的延续800余年的"语内翻译"传统，与更为著名的"经传"传统非常类似。在多种文化传统中，都存在着将一个具有"传统之源"身份的文本，如古希腊经典、《圣经》、古代汉语系统内的"六经"等。在东西方还因此生成了专门的学科，在中国古代叫"小学"[①]，在西方叫"释

[①] 小学，又称中国传统语文学，包括分析字形的文字学，研究字音的音韵学，解释字义的训诂学，围绕阐释和解读先秦典籍来展开研究，因此又被称为经学的附庸。

经学/解经学"①。与"语际翻译"类似，都要求对原文的绝对服从，强调"本真""本源""正统"等。但这同样是一厢情愿的愿景。"'回到源头'或'恢复正统'虽然在传统中一向是'传述者'的宗教责任，但'传'与'经'之间难以逾越的天然界限"②，同样使得这种"语内翻译"也不可能实现译本与原本的完全相同。

在原本与译本之间，传递的是被翻译的"信息"，这种信息在《诗镜》翻译过程中，是抽象的"诗学（修辞学）理论"。理论的存在（being）和信息的传达（being known）之间，也有微妙的差异。同样都是"诗学（修辞学）理论"，在梵文版中写作的目的是对梵语文学理论的总结，"带有比较浓厚的经验主义色彩，热衷于形式主义的繁琐分析和归类"，满足了实用的需要，是一本"实用手册"③。梵译藏依据的古典文献有《译法二部》和《翻译名义集》，被译为藏文版的目的则是因为"梵文成为藏族典籍的基源"④，藏文的创制和语法规律与梵文比较接近，"如何写诗的理论著作，据说在印度这类书不少，较著名的是《妙音颈饰》和《诗镜》"，翻译《诗镜》可以"使学习和研究诗学的人能有一个准确的依据"⑤，也是要起到工具书的作用，主要采用意译、直译、音译的方式。⑥

---

① 释经学与解经学本来不同。释经学即 Hermeneutics，将圣经的教导运用在现实之中，即目的是了解神对此时此地的当事人说了什么；它与解经学还不同，解经学为 Exegesis，是对原本的语言和环境进行解读，即神在当时当地对原来的听众说了什么。但是两者都适用于此。
② 李河：《巴别塔的重建与解构：解释学视野中的翻译问题》，云南大学出版社 2005 年版，第 7 页。
③ 黄宝生：《印度古典诗学》，北京大学出版社 1993 年版，第 218 页。
④ 才旦夏茸、张凤翮：《关于藏族历代翻译家梵译藏若干问题之研究》，《西北民族大学学报》（哲学社会科学版）1985 年第 3 期。
⑤ 语出康珠·丹增确吉尼玛的《妙音语之游戏海》，见赵康《康珠·丹增却吉尼玛及其〈妙音语之游戏海〉》，《西藏研究》1987 年第 3 期。
⑥ 才旦夏茸、张凤翮：《关于藏族历代翻译家梵译藏若干问题之研究》，《西北民族大学学报》（哲学社会科学版）1985 年第 3 期。

但是被译为汉文版，形式上由于拼音和语法规则不同，要实现"信、达、雅"几乎等同于重新创作。本人曾经论述过比较不同版本的仓央嘉措诗歌汉译由于译者的不同，被翻译成完全不同的诗歌的例子。[①] 同时汉译《诗镜》有不同的理由和功能。其一，提供比较文学研究的资料。金克木先生在其翻译的《印度古代文艺理论文选》中提到他进行翻译的目的是"借此稍微了解印度文化传统的一角，并同我国古代的文学批评理论略作对照"[②]。黄宝生先生介绍印度诗学理论的目的也非常相似："供国内比较文学家参考，也供国内文学理论家参考。……因为文学普遍规律和特殊形态的发现和总结，离不开对世界各民族文学现象的比较研究。"[③] 其二，呈现"文学史的多样性"，"为研究文学的外部规律和内部规律，提供了极为鲜活的材料和极大的阐释空间"[④] 其三，对于"中华民族大团结"的意义，"更多地了解中国境内各少数民族的文化及文学"[⑤]。这三种意义都不同于藏文版《诗镜》。

在一般印象里，翻译都是一种双向交流，但从前述分析我们不难看出，翻译一直是单向的，这决定了原本与译本之间并不对等的关系。原本之所以被翻译，是因为其具有值得被翻译的价值。抛开语言、语法、词汇的差异，由于对同一种"理论存在"具有不同的"信息传达"的期待视野，藏文《诗镜》翻译要满足工具书的操作价值。汉文《诗镜》翻译更看重文化价值，各种译本都尽量如实表达原本，但这个超越了自然语言的原本因期待视野的不同实际上变成不同的存在，翻译方法和各自的侧重也就有了差异，走上了不同的道路。

---

① 意娜：《仓央嘉措：你念，或者不念》，《中国经营报》2011 年 12 月 2 日。
② 金克木：《古代印度文艺理论文选》，人民文学出版社 1980 年版，第 1 页。
③ 黄宝生：《印度古典诗学》，北京大学出版社 1993 年版，第 2 页。
④ 朝戈金：《如何看待少数民族文学的价值》，《光明日报》2017 年 4 月 10 日第 13 版。
⑤ 陈平原：《"多民族文学"的阅读与阐释》，《文艺争鸣》2015 年第 11 期。

翻译对意义的重构在文学作品的评论中会被提及，但在理论的译介过程中几乎被忽略。一个值得注意的例子是美国哲学家对海德格尔的研究，发现海德格尔很多重要思路形成于对古希腊哲学一些基本概念（"基本语词"）的重新翻译，比如解释学（hermeneutics）、逻各斯（logos）等。[①] 在海德格尔那里，他是在回到原本，追寻古希腊的真正含义。我们也同样可以认为，他用重新"翻译"的方式，将古希腊一些基本理念进行了意义的重构。这也从侧面揭示，理念在历史传承和传播过程中，意义也会发生偏移、衰减或停滞，即便是同一个理念，经历着从未间断的传承和发扬，也会在量变到一定程度可以进行"重新翻译"，理念的地缘性、历史性也就昭然若揭了。这与我们在上一节所理解的"常识性"的理念和语词二分/二元对立又产生了矛盾。概念显然也具有类似语词的特征，受时空影响，所以即便是完成了语际翻译，语内翻译也是需要持续进行的。

不难发现，传统的翻译研究只关注"可译"，而本文以哲学入手，关注的是文本的"不可译"，二者的协调，便是"间性"（inter-）。唯有如此，才能避免前面提到的两种思路：客观主义和相对主义。

文学的本质是对话、沟通和交往，包括了"主体间、学科间、文化间、民族间共同拥有的协同性、约定性、有效性和合理性"[②]。间性的意义不仅在于，不同自然语言体系下的《诗镜》，虽然带着各自的范式特征，仍然可以通过翻译行为达成"协议"，构建不同范式之间的"居间存在"（inter-esse）。而且包含了我们在本文中论

[①] Andrew Benjamin, *Translation and the Nature of Philosophy: A New Theory of Words*, Taylor and Francis, 2014, p. 15. "基本语词" 见李河《巴别塔的重建与解构：解释学视野中的翻译问题》，云南大学出版社 2005 年版，第 18 页。

[②] 金元浦：《革新一种思路——当代文艺学的问题域》，《中国中外文艺理论研究》，2018 年。

述的文学研究主客两分之外的作者与原文、原文与译者、译者与译本、原文与译本、作者与译者,以及他们各自与读者的主体间交流,这是一种"建构的姿态"。间性尊重多样性的存在,在相融、共同交往中不但不会磨灭各自的独特性,反而营造一种对话环境和生长空间,承认创新、承认随历史进程不断的"重新翻译"的需求,鼓励历史语境下的传承和演化。

第 八 章

《诗镜》的经典注释传统

缪斯和格雷斯,宙斯的女儿!你们是曾光临卡德莫斯家的人。
你们来到那里,参加他的婚礼,并演唱了一段美丽的史诗:
"亲近为美,疏远则不然。"
那就是通过他们不朽的嘴巴传来的史诗。

——泰奥格尼斯①

Μοῦσαι καὶ Χάριτες, κοῦραι Διός, αἵ ποτε Κάδμου
ἐς γάμον ἐλθοῦσαι καλὸν ἀείσατ᾽ ἔπος,
"ὅττι καλόν, φίλον ἐστί · τό δ᾽ οὐ καλὸν οὐ φίλον ἐστί,"
τοῦτ᾽ ἔπος ἀθανάτων ἦλθε διὰ στομάτων.

Muses and Graces, daughters of Zeus! You were the ones who came once upon a time to the house of Kadmos.

You came there, to his wedding, and you sang a beautiful epos:

"What is beautiful is near and dear, what is not beautiful is

---

① 希腊文和英文来自 Gregory Nagy: "Ancient Greek Elegy", *The Oxford Handbook of the Elegy*, Karen Weisman eds., Oxford: Oxford University Press, 2010。麦加拉的泰奥格尼斯(约公元前585—540),是一位古希腊诗人。现存的亚历山大时代以前的哀歌大部分都出自他之手。

not near and dear."

That is the epos that came through their immortal mouths.

Theognis

  本文中的"注释",指对经典的解释、诠释和翻译。在学术研究语境下,语际翻译最为普遍,一目了然,而语内翻译,也就是我们平时称为"注释"的翻译行为较少进入研究视野。[①] 德国哲学家伽达默尔将其称之为"历史流传物",是同一种自然语言内对已有文本的诠释和解读。需要说明的是,"解释""诠释"与"语内翻译"虽内涵外延各有侧重,在本文中实无严格界分,这与《诗镜》本身的注释传统有关,加之本文并非聚焦训诂,故在此一并用"注释"二字概括之,虽未必足够周详,但也是为避免用词太过琳琅满目,反而给理解带来困难。

第一节 《诗镜》的不同注释文本

  《诗镜》在藏族中的传承,除了不同时代的诸多语际翻译、重译与译文修改之外,还有绵延不断的语内翻译和注释传统。降洛堪布主编的 20 卷《藏文修辞学汇编》(2016 年版)的第一卷中,收录有《诗镜》原文和 19 种不同的《诗镜》注释,[②] 就是这种语际

---

 ① ZETHSEN K. Beyond Translation Proper: Extending the field of translation studies, *TTR*: *Traduction*, *Terminologie*, *Rédaction*, 2007, Vol. 20, No. 1, pp. 281 – 308.
 ② 19 部注释中,包括了司徒却吉迥乃(si tu chos kyi 'byunggnas)的《诗镜梵藏双语合璧》(slob dpon dbyug pa can gyis mdzad pa'i snyan ngag me long ma zhes bya ba skad gnyis shan sbyar);大诗人迦梨陀娑(snyan ngag mkhan chen po nag mo'ikhol)的《云使索引》(sprin gyi pho nya zhes bya ba);萨迦三祖扎巴坚赞(rje btsun grags pa rgyal mtshan)的《吉祥喜金刚赞》(dpal kye rdo rje'i bstod pa daN + Da ka);7 部萨迦班智达的著作,如《智者入门原文节选》(mkhas pa rnams 'jug pa'i sgo zhes bya ba'i bstan bcos kyi rtsa ba)、《智者入门节选注》(mkhas pa rnams 'jug pa'i sgo zhes bya ba'i bstan bcos kyi rang 'grel)、《拉萨佛赞》(lha sa'i bde bar gshegs pa rnams la bstod pa)等。见降洛《诗镜注释》,《藏文修辞学汇编》,四川民族出版社 2016 年版。

翻译和语内翻译的一个集中呈现。又，根据赵康在 1997 年的统计，就他所见，历代藏族学者们撰写的"诗镜注"和论述、研究《诗镜》的著作有一百部（篇）之多。① 本书重点并不在罗列和对比《诗镜》各种注释版本的差异，因此并不求全备，且笔者自忖以在佛教数字资源中心②看到的 66 个版本，已足以展现《诗镜》注释传统的基本特征。下面仅列举其中的 18 个，归纳出几类注释的路径和侧重，用以辅助后文的理论展开。③

表 8—1　　　　　　　　《诗镜》注释方式举例

用语	注/著作者	文献名称
"释难"（dka' 'grel）	五世达赖阿旺罗桑嘉措（ngag dbang blo bzang rgya mtsho）	《诗镜释难妙音欢歌》（snyan ngag me long gi dka' 'grel dbyangs can dgyes pa'i glu dbyangs）
	嘉木样迦湿（'jam dbyangs kha che）④	《诗镜第二章释难》（snyan ngag me long gi le'u gnyis pa'i dka' 'grel）
"诠释"（'grel pa）	米庞格列囊杰（mi pham dge legs rnam rgyal）	《檀丁意饰》（snyan ngag me long ma'i 'grel pa daN + Di'i dgongs rgyan）⑤
		《藏文诗镜注》（snyan ngag me long ma dang bod mkhas pa'i 'grel pa）
	康珠丹增却吉尼玛（bstan 'dzin chos kyi nyi ma）	《妙音语之游戏海》（snyan ngag me long gi 'grel pa dbyangs can ngag gi rol mtsho）

---

① 《八种〈诗镜〉藏文译本考略》。

② 佛教数字资源中心（BDRC）位于哈佛大学，前身为金·史密斯于 1999 年创建的藏传佛教资料信息中心（TBRC），2016 年更改为现名。中心成立以来，收集、寻找、数字化、编目和归档了近 1200 万页具有重要文化价值的藏文、梵语和蒙古语作品。

③ 对于表格中文献的汉译人名、文献名，仅为本人根据文献音/意粗翻的结果，部分篇目参考了其他已有的汉译名称，可能会有错译漏译，请读者谅解。

④ 据文献标注，嘉木样迦湿出生于 14 世纪，这部文献 1985 年在印度影印出版。

⑤ 尤巴坚、俄克巴：《诗镜注》（藏文），青海民族出版社 2004 年版。

续表

用语	注/著作者	文献名称
"诠释"（'grel pa）	居米庞囊杰嘉措（'ju mi pham 'jam dbyangs rnam rgyal rgya mtsho）	《妙音欢喜之游戏海》（snyan ngag me long gi 'grel pa dbyangs can dgyes pa'i rol mtsho）
	邦译师洛卓丹巴（blo gros brtan pa）	《诗镜广注正文明示》（snyan ngag me long gi rgya cher 'grel pa gzhung don gsal ba）
	仁蚌巴阿旺计扎（ngag dbang 'jigs med grags pa）	《诗学广释无畏狮子吼》（snyan ngag me long gi 'grel pa mi 'jigs pa seng ge'i rgyud kyi nga ro）
"概说"（rgya cher 'grel pa）	纳塘译师桑噶室利（Nartang Lotsawa Sanggha Shri/纳塘根敦拜 snar than dge 'dun dpal）	《诗镜解说念诵之意全成就》（snyan ngag me long gi rgya cher 'grel pa）
"解释"（bshad pa）	米庞格列囊杰	《诗镜释例妙音海岸》（snyan ngag me long gis bstan pa'i dper brjod legs par bshad pa sgra dbyangs rgya mtsho'i 'jug ngogs）
"诗例"（dper brjod）	米庞格列囊杰	《诗镜释例妙音海岸》
	五世班禅洛桑益西（blo bzang ye shes）	《诗镜第二章诗例》（snyan ngag me long las le'u gnyis pa'i dper brjod）
	丹增旺杰（rta mgrin dbang rgyal）	《诗镜第二章意饰诗例》（snyan ngag me long le'u gnyis pa don rgyan gyi dper brjod lha'i glu snyan）
	却吉迥乃（chos kyi 'byung gnas）	《诗镜双语合璧及诗例》（snyan ngag me long ma skad gnyis shan sbyar dang dper brjod）
	丹增南嘉（bstan 'dzin rnam rgyal）	《诗镜颈饰诗例》（snyan ngag me long gi dper brjod nor bu'i phreng ba）
	阿旺却吉嘉措（ngag dbang chos kyi rgya mtsho）	《诗镜诗例善知窗》（snyan ngag me long ma'i dper brjod rab gsal klags pas kun shes）

续表

用语	注/著作者	文献名称
"释论"（'grel bshad）	崩热巴·才旺便巴（karma tshe dbang dpal 'bar）	《诗镜新释论甘蔗树（诗注甘蔗树）》（snyan ngag me long gi 'grel bshad sngon med bu ram shing gi ljong pa）
"释疑"（dogs gcod）	莲花不变海（padma 'gyur med rgya mtsho）	《诗镜释疑精要》（snyan ngag me long ma'i dogs gcod gzhung don snying po）
"笔记"（zin tho）	多木丹然绛（stobs ldan rab 'byams）	《诗镜笔记》（snyan ngag me long gi zin tho dran pa'i gsal 'debs）

上表所列十几种《诗镜》注释专著，从标题的关键词"释难""诠释""概说""笔记"等，到文内的各有侧重，就可看出《诗镜》注释种类的丰富程度，除了一般意义上的解释，还包括综述、举例、答疑、阐发等细分的方法，与国学的"义疏"所包括的传、注、笺、正义、诠、义训等相比，也是不遑多让。总之，《诗镜》已非单一著作，在藏族学术传统中，历代学者通过翻译和"注释"建构出一种极具特色的学统，这一学统具有范例意义，因为它不仅是跨语际的，也是跨时代的。笔者于是建议称之为"诗镜学统"。

《诗镜》注释学统除了方法上多样，篇幅上也蔚为大观。国内学者的论著中还提到过译师雄顿·多吉坚赞的《妙音颈饰》、嘉木样喀切的《诗镜注文体及修饰如意树》、夏鲁译师却迥桑布的《诗镜集要》、萨迎巴阿旺却札的《诗镜问答善缘精华点滴》、素喀瓦洛卓杰波的《诗镜之镜》、第司桑杰嘉措的《诗镜释难妙音欢歌之注疏》、一世嘉木样协贝多吉的《妙音语教十万太阳之光华》等，其中多数著作都在200页以上。《妙音语之游戏海》是传统印刷，更是多达884页。降洛堪布主编的文集为16开本现代版式，有804页之巨。基于《诗镜》的基本规则写作的诗例、传记、格言、故事、书信集、佛经文学译著等，实难胜数。1986年赵康受中国少数民族古代美学思想资料初编编写组委托，第一次进行《诗镜》汉译时，参考了康珠·丹增却吉尼玛的《诗疏妙音语海》，五世达赖喇嘛阿旺洛桑嘉措的《诗镜释难·妙音欢歌》，第巴桑结嘉措为《妙音欢歌》写的注疏，居米庞·囊杰嘉措的《诗疏妙音喜海》和崩热巴·才旺便巴的《诗注甘蔗树》等本子，汉译还参考了金克木先生译的第一章和第三章的部分章节。译文面世后成为《诗镜》汉译中较权威的版本。① 后黄宝生为梵文本和藏文本增加了注释，编入《梵语诗学论著汇编》出版。② 2014年，赵康又出版了藏文、藏文拉丁转写、梵文和汉文四种语言的《〈诗镜〉四体合璧》。③ 如此复杂绵密的定向知识的积累叠加和阐释的嬗变增益，已足以构成一个学术的伟大传统，成就一个值得代代学者反复品鉴踏查和深耕细作的学统，也就是以国学中所言"义疏"为主要特征的注释传统。

　　黄宝生在梳理印度古典诗学时说过，"优秀的文学理论家是不挂招牌的比较文学家"④，意为欲说清楚某一种民族或地区文艺理论，需有诸多其他民族文学现象和规律作参照。这话本是劝诫研究者要开阔视野，但在笔者这里却不止于此，还进一步引发笔者对"传统"（tradition），进而对"学统"另生遐想。与"文化"⑤ 一样，"传统"的定义也有诸多版本，在通常意义上人们认同的是"世代相传的精神、制度、风俗、艺术等"，在具体学科语境下，"传统"经常被作者用来定义其思想与作者所在学科领域的关系，⑥

---

① 《中国少数民族古代美学思想资料初编》，四川民族出版社1989年版。
② 黄宝生：《梵语诗学论著汇编》，昆仑出版社2008年版。
③ 赵康：《〈诗镜〉四体合璧》，中国藏学出版社2014年版。
④ 黄宝生：《印度古典诗学》，北京大学出版社1993年版，第2页。
⑤ "文化"一词，公认的定义都多达200余种，从不同的学科切入有不同的理解。
⑥ Kurz-Milcke, Elke; Maritgnon, Laura. "Modeling Practices and 'Tradition'", *Model-based Reasoning*: *Science*, *Technology*, *Values*, New York: Springer, 2002, p.129.

一如"传统"在使用中可大可小,"学统"也一样,既可以指科学的、学问的大传统,也可以指一个特定方向的知识进阶和发展历程。沿着这个思路,笔者拟在此稍稍述及学术"注释传统"的其他一点情况。

第二节 关于"注释传统"的比较检视

考虑到中土乃文献名邦,文论传统不仅源远流长,而且丰富多样,也能见到宗教的多重影响,正好可以拿来与藏族文论传统——来源相对单一,传承相对集中,核心相对稳固——做一个比照。在中—西、汉—藏双重参照下,方能构建"注释传统"的形态特征。

与藏族《诗镜》传释过程相类,汉地古代经典的注释传统有一套由注、释、传、笺、疏、证、集解(集注、集传、集释)等在历史中形成的完整系统。训解和阐述儒家经典的学问被称为经学,其中文字、音韵和训诂是汉语经学时代的主要治学领地,以训诂解析经典。清代陈澧说:"地远则有翻译,时远则有训诂;有翻译则能使别国为乡邻,有训诂则能使古今如旦暮,所谓通之也。"① 训诂以释义为主,有义训、声训和形训,章太炎将之分为通论、驸经、序录、略例四类。根据唐人孔颖达的解释,"诂者,古也,古今异言,通之使人知也;训者,道也,道物之貌以告人也"②。这是说由于古今用语不同,各地物产和命名有异,故而需要解释和描述。清人马瑞辰释为"盖训诂,第就经文所言者而诠释之"③。

汉地释经方式中的"注",主要是对原典的解说。由于古代经典年代久远,语言文字发生变异,需要对今人解说,对文义进行通

---

① (清)陈澧:《东塾读书记》卷十一,中西书局2012年版,第218页。
② (唐)孔颖达:《毛诗正义》,《十三经注疏》上册,中华书局1980年版,第269页。
③ (清)马瑞辰:《毛诗传笺通释》上册,中华书局1989年版,第5页。

释。而"（义）疏"，则起源于南北朝，其作用为疏通原书和旧注的文意，阐述原书的思想，或广罗材料、对旧注进行考核，补充辨证，如南梁皇侃的《论语义疏》。后汉郑玄注群经，孔颖达《五经正义》疏解其经注。"传"为经书作注的著作，一般由他人记述，如《左传》《公羊传》等。"笺"原为传的阐发和补充，"吕忱《字林》云：'笺者，表也，识也。'郑以毛学审备，遵畅厥旨，所以表明毛意，记识其事，故特称为笺"①。

汉地古代经典的注释传统最初形态自《四书》《五经》诠释始，而文学经典诠释则从《诗经》诠释肇端，此后绵延两千多年不绝。孔子"诗三百，一言以蔽之，曰思无邪"即开创了中国诗歌诠释的传统，前此还有《左传》中所记鲁襄公二十九年吴国季札出使中原列国，在鲁国"请观于周乐"，对乐工演奏《诗经》各部所做的品释。② 在唐代雕版印刷出现以前的"钞本"时代，"集注前代著作"是"非常时髦的学问"，由于当时文献尚未定型，各家话语丛集。③ 如在汉代，由于儒学繁荣，《诗经》诠释也空前繁盛，"凡《诗》六家，四百一十六卷"④，篇章浩繁，且形成以董仲舒为代表的官学诗经学、今文经学与在野的私学古文经学之间的论争。今文经学重章句，古文经学重训诂，后定于官学的今文派齐、鲁、韩三家均亡佚，唯有毛诗独存。而毛诗之《诗大序》则成了影响深远的中国文学解释学的经典文本，由它开启的"诗言志"与"诗言情"的争论，"六义"歧见的解释，"美刺""正变"的阐发整整影响了中国千年的文学批评。此外，汉代对《楚辞》的解释与品评也形成了中国文学注释传统的另一源头。

---

① （唐）孔颖达：《毛诗正义》卷一，《十三经注疏》上册，第269页。
② 指《季札观乐》，参见杨伯峻《春秋左传注》，台湾复文图书出版社1991年版，第1161—1166页。
③ 刘跃进：《有关唐前文献研究的几个理论问题》，《深圳大学学报》（人文社会科学版）2016年第6期。
④ 《汉书》卷三〇《艺文志》，中华书局1962年版，第6册，第1708页。

西汉淮南王刘安在《离骚传》中品释屈赋,多所推重,为司马迁引为同类,而班固则从儒学立场出发对之颇多指摘。

注释传统不光加速了今古文经学的融合,还造就了定本文献的经典化。如果进而考察先秦儒家的言论,如"言以足志,文以足言";"不知言,无以知人也"等,儒家开辟了一条从知言、知志到知人的经典解释特征。[①] 综合上述述论,大致可知:训诂既是一套语言解释体系,又构成了一个有层次的复合意义结构。

如同清人皮锡瑞所称:"著书之例,注不驳经,疏不破注;不取异义,专宗一家。"[②] 汉地古代释经学的原则是经不破传,有传解经,由笺释传,注不离经,诂取正义。释不乖义,疏不破注。注偏文字训诂,疏释文意内涵。虽然后世对"疏不破注"颇多争议,皮氏四句仍成为汉语注释传统的定评。训诂学今天已被纳入现代学科中的"语言文字学"方向,强调其对文献字词的解释功能。但"古今异言"只是表象,真要"通之"需要更广阔的文化语境。不过,自经学兴起以后,训诂学作为"小学",逐渐在自身发展和人们的印象中变成了杨雄所说"壮夫不为"的"雕虫小技",将其窄化了。有了这种趋势,在西学传入中土之后,训诂被工具化,更加远离学理的思辨,终被列入语言文字学,乃是事有必至也。

《诗大序》之后,魏晋南北朝时期,曹丕在《典论·论文》中品藻评释建安七子的作品,刘勰在《文心雕龙》中对各朝文学进行全面的臧否诠解、系统阐发。特别是钟嵘,著《诗品》三卷,将自汉迄梁的一百二十二位诗人分为上、中、下三品,钩沉其师承渊源,阐发其风格特点,诂解其诗意诗味。因之而生出"自然"诗、

[①] 语出《左传·襄公二十五年》和《论语·尧曰》,以及郭持华《儒家经典阐释与文化传承发展——以"毛诗"为中心的考察》,《杭州师范大学学报》(社会科学版) 2018 年第 3 期。

[②] (清)皮锡瑞:《经学历史》,中华书局 2004 年版,第 141 页。

"滋味"诗、"直寻"诗、"文尽意余"诗等解释文学意义的角度,形成品评、阐发、解释、诠诂、笺注等的汉地释经学雏形。总之,宗经、征圣、释经、评经、正义从此成为贯通中国文学理论与批评的一条主线,它既是固守传统,法先复古的"通灵宝玉",又是借题发挥、创立新说的"便捷法门",与中国文化传统息息相关,所谓"浸淫于世运,熏结于人心"是也。甚至千余年后的文坛仍在忙于解经释经。整个明代将六经几乎全数视为文学,依据文学之法予以评点、诂释,被清人斥为"解经""乱经"和"侮经"三缪。①而整个清季则将六经全数视为历史,因而便有了乾嘉时代的考据、义理、辞章。甚至到清末,康有为为变法运动创造理论,先后写的《新学伪经考》和《孔子改制考》两部著作,都是在尊孔名义下写成的。前一部书把封建主义者历来认为神圣不可侵犯的某些经典宣布为伪造的文献。后一部书把本来偏于保守的孔子打扮成满怀进取精神,提倡民主思想、平等观念的先哲。

这是汉地经典传承的一个特色,就是通过注经的方式,或者我注六经,走一条儒家学术探索追求经典之原义的路径;或者六经注我,把我想说的、创新的、变法的观点、理念,借经典之名表达出来,创为新说。

这就是中国文学文化批评挥之不去,无所不在的一条学术的和精神的源流。

概言之,中土的训诂和西方的释经学传统虽然名称相异,却与我们总结《诗镜》学统委实有些相同含义:语际和古今之间翻译、经典的辨析、累加的解释,合起来担当经典文本和各时代读者之间的信息传递者。如章太炎在《国故论衡》中分出的通论、驸经、序录、略例四

---

① (明)钱谦益:《赖古堂文选序》,载《钱牧斋全集》第17卷,上海古籍出版社2003年版,第768页。

者，通论为总释，像《尔雅》《说文解字》，其本身又变成被阐释的原典；驸经为各种注疏，是最常见的训诂学著述；序录近于通释性议论；略例类似"释难"，具有实践和经验的指导性。① 如果说西方的释经学与我们观察到的《诗镜》的语内翻译（注释）传统，在功能和特征上有相通之处，则汉语训诂学在形式上也可与《诗镜》注释传统相契合。当然，我们今天对跨语言、跨文化的注释传统进行整体观看的眼光和学理性思考，当是在哲学解释学兴起以后。

同样，从古至今，有经典的地方，多有延绵不绝的注释传统。在西方，释经学（hermeneutics）是一专门学科，一般认为亚里士多德《解释篇》在西方传统中第一次从哲学角度辨析了语言和逻辑之间的关系。不过一般而言，西方注释的理论和方法是从宗教的圣经注释学（exegesis）发展出的，② 最初主要关注文本的语词和语法，进入现代才发展出神哲学诠释学。③ 西方民间认可的注释传统起源则是"神使"赫尔墨斯（Hermes），他是众神之间、神与人之间的中间人，也因此被认为是语言（language）和言语（speech）的发明者和翻译者。④ 西方释经学的来历含有一种暗示：能够进行阐释的人必须具备接收神圣信息的能力，这既是必要条件，也是对其身份的一种认可；阐释者还需具有辨别真假信息的能力，也须能言善辩，表达能力出众；由于与神谕有关，释经学中又暗含着权威与服从的意思。所以在基督教释经学传统中，对圣经进行正统解释

---

① 景海峰：《从训诂学走向诠释学——中国哲学经典诠释方法的现代转化》，《天津社会科学》2004年第5期。

② J. Grondin, *Introduction to Philosophical Hermeneutics*, New Haven & London: Yale University Press, 1994, p. 2.

③ 同释经学一样，圣经注释学也是一门专门的学科。许列民《从 Exegesis 到 Hermeneutics——基督宗教诠释理论的螺旋式发展》，载《基督教思想评论》，上海人民出版社2005年版，第98—117页。

④ D C. Hoy, *The Critical Circle*, Oakland University of California Press, 1981.

的只能是教会。① 早期释经学严格限制在信仰范围内，着力于字面释义和隐喻释义两个方面，阐释圣经文句具有的四义：字义、寓意、道德、比喻，② 正所谓"文字告诉你情节，寓意点拨你信仰；道德指导你行为，比喻留给你希望"③。

德国 19 世纪哲学家兼神学家施莱尔马赫（Friedrich Daniel Ernst Schleiermacher）创用了一套新的做法，将语文学技巧"第一次与一种天才的哲学能力相结合，并且这种能力在先验哲学中造就……这样就产生了关于阐释（Auslegung）的普遍科学和技艺学"④，从此，局限于圣经系统和西方语言系统中的释经学从宗教经典中独立出来，普遍适用于各种经典文本；同时，"解释"经典也不再是传达神谕，而是通过解释者对原意的理解，构成一种普遍的方法论。伽达默尔在 1960 年发表的《真理与方法》中第一次使用"哲学解释学"这一术语，标志着哲学解释学以一门专门的新学科面目出现。这一学科的自立带给我们诸多启示：

首先，文本是一种流传物，不仅可以通过翻译跨空间传播，还具有历史性特征，产生在较早的时代，由于内容等原因传诸后世，所以被称作历史流传物（Ueberlieferung）。⑤

其次，历史流传物与不同时代的读者之间，有一种在历史中形成的文化、语言上的距离。针对这种距离，传统的处理方式首先是要认可这种历史流传物的经典性、神圣性和权威性，解释的过程是将一种绝对的真理用当下的语言讲述出来。解释者的想法被忽略，

---

① 许列民：《从 Exegesis 到 Hermeneutics——基督宗教诠释理论的螺旋式发展》，许志伟主编，《基督教思想评论第二辑》，上海人民出版社 2005 年版，第 98—107 页。
② W. Jeanrond, *Theological Hermeneutics: Development and Significance*, New York: Crossroad, 1991, pp. 15–21.
③ 杨慧林：《圣言·人言——神学诠释学》，上海译文出版社 2002 年版，第 19 页。
④ 洪汉鼎：《理解与解释——诠释学经典文选》，东方出版社 2001 年版，第 89 页。
⑤ 英语译为 tradition，汉译的"历史流传物"是洪汉鼎先生所译，脱离了英译的"tradition"可能带来的误导，可谓相当形象精准。

解释者在当中只是一个工具，并没有意义上的存在价值。

再次，当哲学解释学在德国哲学家伽达默尔手中展开，他给上述过程增加了一个"理解也具有历史性"的维度，历史流传物的内涵由此发生了颠覆性变革。①

我们在此提及哲学解释学，并非要用它来具体指导各种语境下的"注释"行为，而是要提示一种新观念：过去我们加意抱持的某一注释传统，往往并非人类文明景观中的特例。借助诸多理论和工具，我们就有可能更好地认识它。立足于中土和西方的阐释学基础，尽力超越历代藏族学者的视阈，再回观《诗镜》的注释传统，笔者便有了些许新见地。

第三节 《诗镜》中的注释传统分析

汉地的释经学和西方的释经学传统虽然名称相异，却于我们总结《诗镜》学统有借鉴与传通意义。《诗镜》也有原典的注释、章句、诠解、阐发、传笺、义疏、正义、集解的历史形成的传承与解义的方式，也有它独有的翻译转换过程（汉地经典也有大量翻译）。诗镜学统具有如下特征：形成了跨越语际和跨越古今的双跨性，与佛教思想体系形成多重交叉的"互文性"，以及原典作者和注释者之间的语义衰减和语义增殖。

据后世推测，《诗镜》创作于公元 7 世纪下半叶，② 创作初衷

---

① 郭持华：《"历史流传物"的意义生成与经典化》，《杭州师范大学学报》（社会科学版）2005 年第 2 期。

② 《诗镜》的创作时间并无记载，现有的推断来自于间接证据。古代梵语文学中的长篇小说《十王子传》也署名为檀丁，与《诗镜》相同，但也没有提供时间和作者生平介绍。在 20 世纪 20 年代，发现了另一部小说残本《阿凡提巽陀利》，被考证为《十王子传》失佚的前面部分，里面有对作者的介绍。因为提到作者的祖父是国王辛诃毗湿奴（公元 6 世纪下半叶在位）的宫廷诗人，由此推断出檀丁生活在大约 7 世纪下半叶。见黄宝生《印度古典诗学》，北京大学出版社 1999 年版，第 218 页。

大概与更早的《诗庄严论》等一样，附庸于梵语戏剧学和语法学，涵盖已相对成熟的梵语戏剧学尚未覆盖到的诗歌艺术和散文艺术，对已有经验做出总结，进而给创作者提供一个"实用创作手册"。从初创到13世纪末被藏文迻译，梵文经过600年发展，本身也发生了很大变化，何况梵文和梵语文学在公元12世纪已经开始衰落，以至于失去活力，被其他地方口语文学取代，① 成为主要存活于文献中的传统。进入藏文传统后，它如枯枝嫁接到生命树上，再次获得生命力，在多个层面焕发了生机：首先是丰富了藏语言本身，"在一定程度上改变了藏文书面语种的修辞方法，语用等特点"②；其次，在实用功能上，也成为藏文诗学创作的"指南"和教科书；再次，梵语文学的诗歌样本和诗学规则，以这样那样的方式被吸收到藏文传统中，又经历代代学人的模仿和实践，终于内化为藏文文学传统中的基因，今天已是万难分离和指认了。藏文本身历经千年的发展，变化很大。不过藏文的创制本身充满争议，至今未有定论，也堪称解释学可以一展身手的案例。进入近现代以来，《诗镜》成为研究中印古代文化交流的对象，其众多版本也在诗学文本之外，被赋予历史文本、文化文本等多重角色。于是，我们今天面对的藏文《诗镜》学统，就不再是单一的诗学理论体系，而是一个充满张力的和开放的文化过程，其张力则体现在论域和话题是在梵文与藏文之间，前代与后代之间，原典与义疏之间，以及诗学思想与历史文化背景之间尤其是与佛学体系之间展开的。

一如物理学中有"测不准"原理，解释学体系认为人类文明进程的特点和规律注定会出现多种"未定性"问题，这与我们习惯的定性思维有所不同。比如关于藏文诞生的争议就是一例。

---

① 金克木：《梵语文学史》，江西教育出版社1999年版，第196页。
② 如尼玛才让：《藏语书面语发展历史研究》，硕士学位论文，西北民族大学，2010年等。

最晚在 9 世纪的敦煌古藏文文献中，就已经提到藏文是在松赞干布时期出现的。[①] 而在 1322 年布顿大师《佛教史大宝藏论》、1363 年蔡巴·贡嘎多吉《红史》、1388 年索南坚赞《西藏王统世系明鉴》中都详细描述了吞布扎是如何在松赞干布时期创制的藏文。才让太则考证在松赞干布之前就已经有《王统世系如意树》等著作出现，主要证据是，一则，仅靠口传不可能将松赞干布之前雅隆王系三十多代王朝的传承和臣妃、事迹保留下来；二则，松赞干布在幼时佛教自印度传入以前已能阅读史籍，说明桑布扎创立藏文之说不可信。[②] 在夏察·扎西坚赞的《西藏苯教源流》中，写到藏文字母由古代象雄文字演变而来，而非在松赞干布时代由桑布扎创制。萨尔吉又认为"（象雄说）只是苯教徒的一家之言，目前还缺乏有力的旁证"[③]。后世的中外学者从有限资料出发，广泛比较了藏文与古印度多种文字，以及在我国古代西部存在过的南语、于阗文和象雄文，提出种种假说；还有学者建议在继续寻找新材料以外，从字体学、语音学、语法学等专业角度对藏文进行考察，获取最终的答案。[④] 由于历史资料漫漶，关于藏文的起源就变成一桩悬案。在解释学看来，尤其因为藏文字不是摆在博物馆的文物，无法利用科学手段进行断代考察，盖因它本身不仅是记录历史流传物的工具性载体，还同时就是历史流传物，传习至今的过程中，包括前引学者的考证和语言学研究的证据片段，都在历史的时间轴中不断"被言说、被丰富、被阐释、被承传，从而组成一个绵延的历史的效

---

① 萨尔吉在其论文中引述了敦煌古藏文文献中说道"吐蕃以前无文字，此（指松赞干布）赞普时始出现"。萨尔吉：《藏文字母起源的再思考》，《西北民族大学学报》2010 年第 2 期。
② 参见才让太《藏文起源新探》，《中国藏学》1988 年第 1 期。
③ 萨尔吉：《藏文字母起源的再思考》，《西北民族大学学报》2010 年第 2 期。
④ 此部分论述参见萨尔吉《藏文字母起源的再思考》与才让太《藏文起源新探》。

果"①。才让太说:"它并非某人所创,而是藏族古代先民在自己文化的实践中集体创制的。要说它的创始人,只能是那些不知名的巫师、牧人、樵夫一类,而不是后世的桑布扎。"② 此说便是"未定性"的体现。

既然语言本身都是恒常变动的,那么,观察一本"修辞学"著作的注释传统,就变成了观察一种语言文本形式的传统。它进入每一个时间段的"当代"视野,人们都要通过对这个文本的理解和解释来实现与传统的对话,从而揭示出意义:五世达赖《妙音欢歌》时代的《诗镜》已经不同于萨迦班智达《智者入门》的时代了,而当现代研究者考察当时的注释,指出过去的注释作品"囿于时代的局限性和他的生活条件、地位,他的这些作品宗教色彩比较浓厚"③时,又构建出另一种时代的视角。由于前现代媒介变化的缓慢和历史的叠加性,人们常常会忽视这种代际性,将有差异的过去看作是浑然一体的意义确定不移的对象。藏族文化传统是如此,在汉语文化传统以及中世纪西方传统中情况也类似。④ 文化与历史的命名常常让我们忽视时间和其中的人。这些命名不仅能帮助我们快速识别和定位某一时空,还占有并塑造了其中的人。这种占有使得文化与历史的理解成为可能,但也让一切"理解"行为在发生之前便预设了对这种"理解"的走向。

如果只看原文不看注释,会让人感觉藏文《诗镜》与梵文

---

① 郭持华:《"历史流传物"的意义生成与经典化》,《杭州师范大学学报》(社会科学版) 2005 年第 2 期。

② 才让太:《藏文起源新探》,《中国藏学》1988 年第 1 期。

③ 赵康:《论五世达赖的诗学著作〈诗镜释难妙音欢歌〉》,《西藏研究》1986 年第 3 期。

④ 在西方,基督教神学历史观决定了一种观点,即上帝创世、基督诞生和末日审判之间的无数个时代和人类作为是没有多大意义的;上帝创世发动了时间之流,基督诞生赋予历史原点,末日赋予每一刻拯救的意义。黑格尔认为中国历史在几千年中是单一、毫无变化的。见吴国盛《时间的观念》,中国社会科学出版社 1996 年版,第 90—91 页;[德] 黑格尔《历史哲学》,王造时译,上海书店 1999 年版,第 119—120 页。

《诗镜》几乎完全相同，尤其是其中绝大多数诗例几乎是原样翻译过来，译者们并没有将古印度和梵文特点浓厚的名词和用语进行本土化改造，所以想证明藏文《诗镜》具有独立性并不容易。例如，第三章开头连续15首不间隔重迭的诗例，在直接翻译为藏文后完全失去了原本要说明的"不间隔重迭"特征，即便译文采用的是梵文转写，也仅能体现格式，必须依靠藏族学者在注释中根据藏文特征另外撰写的诗例才能体会。这些才正是本书论述"注释传统"的原因之一。只有当我们检视藏文《诗镜》的各种注释版本时，才会发现藏族译者与梵文作者有相当不同的视域。这里的"视域"是"看视的区域，这个区域囊括和包容了某个立足点出发所能见到的一切"[1]。它决定着藏族注释者能够从《诗镜》的文本里看到什么，得到什么，《诗镜》在他们面前呈现为什么。不同年代和教育背景的注释者带着不同的前理解（或者说"成见"）上手，建构了他们的"地平线"。这种视域的不同，反映在文字、语言规则和世界观等多个方面。此处以相似度比较高的第一章和第三章作为主要的比较对象，来说明梵文《诗镜》和藏译之间的"视域"差，至于辨识度较高的重写诗例之类暂不在此讨论。

　　由于《诗镜》传入藏区时，梵语文学已然式微，藏族注释者不可能见到如梵文作者所处时代那样丰富的梵语文学作品。因此，可以说梵文作者和藏文注释者眼中的梵文文本是不同的。于是，当梵文原著说明"综合了前人的论著，考察了实际的运用"[2] 时，藏族注释者就要特别提示说这里指的是"关于诗的十德的运用或各种类型的诗例"[3]。假如译者不追加这样的话语，其同时代读者便会失去

---

[1] ［德］伽达默尔：《真理与方法》，洪汉鼎译，上海译文出版社1999年版，第388页。
[2] 金克木：《诗镜》，载《古代印度文艺理论文选》，人民文学出版社1980年版，第22页。
[3] 《中国少数民族古代美学思想资料初编》，四川民族出版社1989年版，第247页。

线索。

　　再有，由于藏语诗歌与梵语诗歌本身的语言差异，就出现对同一名词有不同解读的情况，比如藏族学者对于构成诗的四个基本环节之一的"类"（kulaka）的解释就是一例。在梵文中要求它有5—15节（或称组，一组四句）诗句组成一首诗，所以金克木先生在汉译时直接将其翻译为"五节诗"①，而藏文则翻译为"rigs"，将规则改为由至少两节诗组成一首，但节之间要相互照应，前面不管多少节都要用来说明或形容最后一节，还往往要求整首诗用一个动词谓语。② 可见来到具体情况中，藏译对原典规矩的更改还是相当大的。又如，《诗镜》第一章里提到"在学术论著中，梵文以外的（语言一概）称为土语"③，但藏族学者认为这种提法只应限于古代印度，在藏语中并不适用。④ 再譬如对暗喻（比拟）的定义："一种不同的性质，依照世上（可能的）限度，正确地加在与它不同的另一处（事物之上），相传这就是暗喻"⑤，藏译为"把某事物的特征，按照世间的常理，正确加之于他物上"，文字上差别不大，但在藏注中就指出"某事物是有生物，他物指无生物"，做出了具体的限定，⑥ 这种具体限定其实就是对原典的发展和细化，使其更易操作和实践。

　　梵藏间的"视域差"还体现在世界观上。针对《诗镜》中的"假如名叫词的光不从世界开始时就照耀（世界），这全部三界就

---

　　① 金克木：《诗镜》，载《古代印度文艺理论文选》，人民文学出版社1980年版，第24页。
　　② 赵康：《〈诗镜〉及其在藏族诗学中的影响》，《西藏研究》1983年第3期；王沂暖：《〈诗镜论〉简介》，《青海民族学院》1978年第4期。
　　③ 金克木：《诗镜》，载《古代印度文艺理论文选》，人民文学出版社1980年版，第27页。
　　④ 《中国少数民族古代美学思想资料初编》，四川民族出版社1989年版，第251页。
　　⑤ 金克木：《诗镜》，载《古代印度文艺理论文选》，人民文学出版社1980年版，第37页。
　　⑥ 《中国少数民族古代美学思想资料初编》，四川民族出版社1989年版，第254页。

会成为盲目的黑暗了"①。根据对古代印度的了解，成书于公元前12世纪、集中了吠陀时代主要哲学颂诗的《梨俱吠陀》集中体现了当时的宇宙观，其中宇宙被分为三个区域：天、地、空三界，天界在上，肉眼不可见；空界居于天地之间；地界在下。这一分法一直到公元前5世纪的《尼禄罗》中依然延续，并且将33神分布于此三界中。② 金克木先生在讲解《舞论》和《诗镜》时，解释三界为"天、人、地"，根据他对《梨俱吠陀》的解读，也是指"天、空、地"。③ 而在藏文版的《诗镜》中译者对于"三界"的注释多为"神、人、龙"。诚然"神人龙"三界与"天人地"三界颇有类似之处，但此三界的认知是生发自藏族文化传统，与彼三界在信仰体系上已然不同。后世还有学者对藏族三界或者三域宇宙进行过多种解读，例如指出其与萨满教、苯教和佛教思想等的关联。④ 这类存在于观念体系上的视域差在藏族《诗镜》中还有一些，在此仅举一例以作说明。

质言之，从各自时代语境出发解释经典便构成了这一历史流传物"效果历史"的一部分，成为此后其他人考究和阐发的对象。⑤ 在笔者看来，梵文《诗镜》不断被翻译、被注释和再注释的过程，并不是简单的思想和观念的叠加，而是不断进行意义的化合。笔者称之为"《诗镜》注释学统"，就是要强调，它

---

① 金克木：《诗镜》，载《古代印度文艺理论文选》，人民文学出版社1980年版，第23页。
② 孙晶：《印度六派哲学》，中国社会科学出版社2015年版。
③ 金克木：《诗镜》，第2、23页；金克木《〈梨俱吠陀〉的三首哲理诗的宇宙观》，《哲学研究》1982年第8期。
④ 佟德富、班班多杰：《略论古代藏族的宇宙观念》，《思想战线》1984年第6期；刘俊哲：《藏族苯教宇宙观的形成与演变》，《中华文化论坛》2014年第8期；洛加才让：《论苯教和佛教的宇宙审美观》，《青海师范大学民族师范学院学报》2005年第1期。
⑤ 郭持华：《"历史流传物"的意义生成与经典化》，《杭州师范大学学报》（社会科学版）2005年第2期。

已不是原典或原典的迻译，也不是任何单一注释者所能代表的知识聚合。这一学统确乎与儒家言、人、世的解释学循环有相似之处。诚如陆九渊所言的"六经注我，我注六经"，在"疏不破注"的窠臼之外，儒家已然形成了知言、知志、知人的双向通道，"我注六经"，构成了儒家注释传统的学术史；"六经注我"，则建构了汉语经典传承的思想史。儒家在唐代雕版印刷出现以后，读书方式发生变化，学术方式也随之改变，朱熹重新注经，"从圣人言论中发掘天理深意"与陆九渊无须外求，"古圣相传只此心"走向分野。[①] 无论如何，看似"注不离经"，实则"述中有作"，经世致用，在与时俱进的阐释中才实现了儒家文化的转化与发展。与之相应，既然《诗镜》已然内化为藏族诗学思想，并践行于文学创作中，将其视作"注释汇总"就不合理。历史不会在当下停止，只要藏文文学创作还在，《诗镜》的理念就会不断发展，向着未来敞开，会出现新的意义和新的阐释。与中土经学时代的话语丛集类似，藏族《诗镜》注疏纷呈，汇聚而下，历经抄本、刻本，来到电子文献大量涌现的时代，各自的历史传承虽殊途，但同样面临学术文化转型，如何看待经典、阐释经典、创造经典，成为共同的话题。[②]

笔者对本部分的概括如下：藏族《诗镜》构成了一种"注释传统"，笔者称之为"诗镜学统"或"诗镜注释学统"。笔者不揣冒昧，尝试总结其属性数条，以就教于方家：其一，诗镜学统有双跨性。所谓"双跨"指《诗镜》传承历史中的横、纵两种跨越，横向跨越指《诗镜》所代表的一类经典文本的来源是跨语种的，从梵文翻译为藏文；纵向跨越指同一文本经历了

---

① 刘跃进：《有关唐前文献研究的几个理论问题》，《深圳大学学报》（人文社会科学版）2016年第6期。

② 刘跃进：《走近经典的途径》，《人民政协报》2012年2月20日。

历时传承，带有跨时代语境特征。在横、纵两种跨越综合作用下，《诗镜》文本历经数百年传承，完成了本土化、经典化等过程，成为藏族自己的理论著作。其二，诗镜学统有"互文性"。这里的互文性表现在《诗镜》的文法规则是藏文《大藏经·丹珠尔》中"声明"部的重要组成部分，被纳入藏传佛教这一统领性的意识形态框架下，确保了其对藏族古典书面文学修辞文法的绝对权威，也是《诗镜》成为文学理论经典的重要原因。不只是《诗镜》，藏族文艺理论中的许多经典文献，如绘画中的"三经一疏"[①]等也都带有这种特征。其三，诗镜学统具有"未定性"。观念的、文化的、代际的等层面的错位，带来诸多样态的"视域差"。观念不是简单的汇聚起来，而是经历化合作用，内化并沉潜为观念因子，发生了并持续发生着作用，推动新的艺术生产和观念生产。顺便提一句，本文从《诗镜》中总结的"注释学统"不是孤例，在视觉艺术领域，也能见到双跨性、互文性和未定性现象。在笔者"藏族文艺美学"课题的整体思考中，看到它们呈现出了很强的整一性特征。

　　语言承载着历史与传统，"互文"性（或者遵循20世纪哲学界常用的文本间性、主体间性、文化间性）在本质上都是通过语言理解实现的。尽管在藏族文学史中，《诗镜》的影响范围主要是精英化的书面文学，[②]对更为广阔的民间文学和口头传统并无太多直接影响，但本文力图传达的是，《诗镜》所代表的传统，及由诸传统

　　[①] 指四种收录在大藏经中，代表藏传佛教造型量度的美术理论：《如尼拘楼陀树纵围十搽手之佛身影像相》（造像量度经）、《（转轮法王）画相》《身影像量相》，以及《造像度量经》的注疏《佛说造像量度经解》等。

　　[②] 但《诗镜》对整个精英化的书面文学创作具有绝对的权威。虽译为"诗"，实则涵盖所有的"文"。《诗镜》在实际使用中，佛教经典也尽量注重用诗镜修饰法来修饰，藏族历辈智者也均在经典中从头到尾使用诗镜论修饰法，藏族历史（或编年册）、综合历史著作、传记、传说等均用诗镜修饰法来修饰文章。

构建的藏族文艺美学,在这一点上与各种文化传统有共通之处,即:文化的生命存在于对文化传统的不断理解和解释之中,没有这种不断更新的解释,传统无法在历史中形成;传统始终处于"未完成状态",意义总有"未定性"[①],具有双跨性、互文性和未定性特征的文化传统因而总是向未来开放的。

---

① 金元浦:《论文学的主体间性》,《天津社会科学》1997 年第 5 期。

第九章

《格萨尔》与口头诗学

> 饶益世界利乐有情乐章中
> 放射出万丈圣智如意光芒
> 巨擘无比镇妖伏魔定乾坤
> 神圣的格萨尔大王请赐福!
> ——居米庞囊杰嘉措,《神奇传记秘文宝镜》[①]

'dzam gling phan bde grub pa'i rol mo ru
ye shes nor bu 'bar ba'i zer phreng gis
nag phyogs bdud dgra 'dul la mthu bo che
skyes mchog seng chen rgyal pos shis pa stsol

'ju mi pham 'jam dbyangs rnam rgyal rgya mtsho,
ngo mtshar rtogs brjod brda gsang nor bu'i me long zhes bya ba bzhugs so

《格萨尔》史诗是一部典型的口头诗歌作品,而研究口头诗歌的理论被称为口头诗学。20世纪60年代,西方学者从荷马史诗研究中提出"口头诗学"这个概念,并在过去半个多世纪里进行了大量的理论解读。"口头诗学"既是一种方法论系统,也是一种与传

---

① 诺布旺丹译。

统文学研究相呼应的研究视角。如今，口头诗学理论已经至少被用在全球超过150种不同的语言和文化传统中，涵盖了包括各类民间叙事、圣经文本的生成、爵士乐的即兴创作、民谣等与"即兴"有关的多个领域，产生了至少2200种研究成果。①

口头诗歌虽然名为"诗歌"，却与我们现在熟悉的古体诗和现代诗都有所不同，与其他民间口头表达的形式，比如小曲小调和功能性的口头唱诵，关系要更为密切一些。在口头诗歌中，关于押韵和节奏等韵律的存在，主要不是为了审美，而更可能是便于口头诗歌内容的学习和记忆。与书面化的诗歌主要表达诗人个人的情感抒发有所不同的是，口头诗歌里，主要蕴含着地方知识和集体记忆，相当的比例还具有实际的仪式等功能。正如口头诗学的创始人之一洛德（Albert B. Lord）所说：

> 口头诗学与书面文学的诗学不同，这是因为其创作技巧不同的缘故。不应当将之视为一个平面。传统诗歌的所有要素都具有其纵深度，而我们的任务就是去探测它们那有时是隐含着的深奥之处，因为在那里可以找到意义。我们必须自觉地运用新的手段去探索主题和范型的多重形式，而且我们必须自觉地从其他口头诗歌传统中汲取经验。否则，"口头"只是一个空洞的标签，而"传统"的精义也就枯竭了。不仅如此，它们还会构造出一个炫惑的外壳，在其内里假借学问之道便可以继续去搬用书面文学的诗学。②

在本章，我们将讨论《格萨尔》史诗与口头诗学理论的关系。

---

① 朝戈金：《创立口头传统研究的"中国学派"》，《人民政协报》2011年1月24日。
② A. Lord, "Homer as Oral Poet", Harvard Studies in Classical Philology, 72, 1968, pp. 1 - 46. 以及朝戈金：《口头诗学》，《民间文化论坛》2018年第6期。

口头诗学理论按照一般文学理论的规律，总是包括创作及文本论、传播论、接受论、功能论等。我们也将遵循这一逻辑进行介绍，透过这一理论体系的映射，我们可以更好地理解《格萨尔》史诗的形成、传播、接受、形式和意义，也可以借助对《格萨尔》口头诗学的分析，帮助我们理解其他像《格萨尔》史诗这样的口头诗歌，以及文学史上那些已经书面化的、曾经的口头诗歌作品。

第一节 《格萨尔》的创作和文本问题

在回答有关具体创作和文本问题之前，我们需要理解孕育了《格萨尔》史诗的藏族文化传统本身，这样可以帮助我们更好地将史诗作为文化整体的一部分，而不是单个的文学作品来理解。简言之，藏族文化传统具有一些典型特征，即双跨性、互文性和未定性特征，在《格萨尔》史诗的创作、传承和发展过程中，我们也能观察到这些特征。

在藏族文化传统的传承史中，有着跨语种和内容的横向和跨时间的纵向两种跨越，我们称之为"双跨性"[①]。横向跨越指藏族文艺形式和文化传统中许多经典文本的来源是跨语种的，这在藏族许多经典书面文献中很容易得到证实。比如藏文大藏经《甘珠尔》《丹珠尔》是从汉、梵文中译出的。在口头领域，学术界会使用"交互指涉"来形容这种跨越，意思是《格萨尔》史诗故事与其他的故事存在一种互相印证的效果，同一个故事原型可能会出现在很多个不同的故事中。比如格萨尔的"英雄诞生"故事，虽然基本的结构是：（1）大家都知道或有预言说，有一个了不起的人物要诞生了；（2）英雄总会以一种特殊的方式诞生，生出来是一个肉球或者

[①] 意娜：《〈诗镜〉文本的注释传统与文学意义》，《文学遗产》2019 年第 5 期。

一个蛋,或者从怀孕的时候或诞生那一刻出现异象,种种神奇的征兆;(3)英雄诞生以后出现种种神迹,有着不可思议的成长等。虽然基本结构都是如此,但不同的版本差异相当大,在不同的英雄故事中也都能找到类似的主干情节或者不同的细节相同。[①] 在具体说唱过程中,艺人也会从各种语言的故事中获得灵感,为自己的说唱更生动更精彩而服务。过去的艺人走南闯北,自己经历的故事或者沿途听说的故事也会以艺术化的方式融入自己的说唱中。尤其是当代的格萨尔说唱艺人,很多都会汉语,很多艺人不仅会说《格萨尔》,还能说《水浒》和其他内容,还有人借鉴内地的曲艺形式编创了《格萨尔》相声等。[②] 很难说他们在说唱中不会从其他语言的故事中获取灵感,丰富原有的叙述内容和细节。

纵向跨越指同一部文本或者作品经历了历时性的传承,经过数百年甚至上千年的代代相传甚至口口相传,总会带有跨时代的语境特征。在书面文学里,我们可以看到不同时代留下的文本总会带有那个时代的特征,不管是物质上的装帧方法、印刷手段,还是遣词造句中的时代语汇,都是我们考察的证据。也就是说,藏族那些本土化、经典化的作品所传承的每个时代,都赋予了这部作品这一时代独有的特征。而口头传统虽然很难追溯过去某个时代的痕迹,但是一定会具有当下时代的特征。2002年全国《格萨(斯)尔》工作领导小组办公室联合国内多家单位组织了《格萨(斯)尔》千年纪念活动,活动还纳入了联合国教科文组织2002—2003年参与项目中,确认了《格萨尔》的千年传承历史。但不管传承了多久,不管口语已经发生了多大的变化,艺人使用的语言总是当下的普通农牧民受众听得懂的,并不会像我们朗读过去时代的书面文学作品

---

① 李连荣:《试论〈格萨尔·英雄诞生篇〉情节结构的演变特点》,《西藏研究》2018年第1期。

② 杨恩洪:《〈格萨尔王传〉的说唱艺人》,《中国民族报》2015年8月4日。

一样充满佶屈聱牙的文言和古语。同时，这种特征也告诉我们，同一个故事不只是有一种固定的叙述方式，可以和当下的其他表达方式结合起来，对于《格萨尔》来说，只要是有助于百姓理解故事的手段，都可以使用。所以除了艺人与抄本、印刷本、藏戏、绘画之外，我们这个时代才有的小说、流行音乐、动画、电影、游戏、景区陈设等方式当然也可以参与到《格萨尔》故事的讲述当中来，与当下时代相关的语境结合起来，可以创作出表现形式多样的作品。

只要接触过《格萨尔》史诗，一定能感受到其中浓郁的宗教氛围。这并不是孤例，而是藏族文化传统的另一个重要特征：互文性，是指藏族很多文化传统和表现形式与藏传佛教之间的互动关系。这些文化传统和表现形式被纳入到藏传佛教这一统领性的意识形态框架下，通过宗教的统治地位来确保文化的神圣性和绝对权威地位，也使得这些文化传统和表现形式在漫长历史发展中得到了更好的保护和传承。比较典型的如藏族诗学理论著作《诗镜》，译自梵文，经过历代藏族学者的阐释，变成藏族诗学理论的唯一权威。可是梵文时期的《诗镜》并不是梵文世界里最重要的一部诗学理论作品，甚至最初跟佛教关系也并不密切，只是诸多梵文诗学技巧作品中的其中之一。但是与其他作品一起传入藏区被翻译为藏文以后，《诗镜》的文法规则因为被纳入藏传佛教这一统领性的意识形态框架下，使《诗镜》超越其他梵文文法经典，成为文学理论经典，也确保了其对藏族古典书面文学修辞文法的绝对权威。绘画中的"三经一疏"[1]等也都带有这种特征。而《格萨尔》史诗原本与藏传佛教并不直接相关，是民间的作品。在发展过程中，17世纪德格竹庆寺的第一世主持白玛仁增大师以开启净意伏藏的形式，撰

---

[1] 指四种收录在大藏经中，代表藏传佛教造型量度的美术理论：《如尼拘楼陀树纵围十搩手之佛身影像相》（造像量度经）、《（转轮法王）画相》《身影像量相》，以及《造像度量经》的注疏《佛说造像度量经解》等。

写了格萨尔史诗中的《分配大食财宝》；该寺大堪布白玛巴杂尔撰写了格萨尔王传《雪山永晶宗》。作为竹庆寺堪布的一代宗师居米旁大师撰著了"格萨尔金刚长寿王"等系列祈供偈，在整个藏区的诸多教派中产生了深远的影响，成为寺院祈请护法的传承仪轨传承至今。进入20世纪，竹庆寺第五世活佛土登曲吉多吉创建了格萨尔寺院乐舞，首次把格萨尔这一民间说唱艺术转换成寺庙乐舞，也成为一项传承仪轨，在每年的金刚橛修供大法会的最后一天表演。[①]发展至今，格萨尔史诗已经与藏传佛教密不可分，不仅藏传佛教的宗教思想在《格萨尔》故事情节和内容中多有体现，宗教人士也大力支持《格萨尔》抢救、保护与研究工作。他们出资进行《格萨尔》风物遗迹的修缮，节庆的组织，文献的搜集、整理和出版，有的宗教人士本身就是《格萨尔》研究专家，参与史诗一线的研究工作。

尽管针对《格萨尔》史诗在宏观上已经基本上有了各种"共识"和"定论"，但《格萨尔》本身并没有唯一性，我们从每一个说唱艺人说出的故事都不完全相同这一点就能知晓。这是藏族文化传统的第三个特征"未定性"，意思是由于观念的、文化的、代际的等层面的错位，带着不同前理解结构的受众总是用不同的立场、眼光和视角来观察对象。简言之，就是"每个人心中都有一部不同的《格萨尔》"，不光是艺人可以对《格萨尔》有不同的理解，听众和读者也可以把自己的知识积累和观念投射到作品的理解中，用自己的眼光来看《格萨尔》，可以看成英雄史诗，也可以看作爱情故事，还可以看成地方历史和民俗活动的记录。从这个意义上来说，传统始终处于"未完成状态"，意义总有"未定性"。

未定性的另一重解读是对史诗传统的"活态"上。《格萨尔》

[①] 益邛：《竹庆寺格萨尔藏戏》，《甘孜日报》2019年7月26日第6版。

的创作至今尚未结束，从古至今，它都一直处于不间断的增创与共创之中。每个艺人、每个时代都给这部史诗增加了独特的内容，而所有参与《格萨尔》史诗的传承人，也共同为这部史诗增添了生命力。口头传统的历时性发展过程很难像书面文学研究那样从文献学角度获取确凿的证据，不过经过几代学者的努力，也基本对《格萨尔》当下形态的成型过程有了共识。

以格萨尔本人的形象来看，在如今的格萨尔形象描述中和主要的故事里，可以看到玛桑格萨尔、格萨尔军王和历代赞普故事原型的影子。[①]

具体来说，玛桑氏族是吐蕃史前社会"十大领主"之一，据记载有九兄弟。在多种典籍中玛桑神和格萨尔大王都同时出现过，在《格萨尔》史诗中也常常出现"玛桑格萨尔"和其他以玛桑尊号冠在格萨尔身上的不同表述。在史诗中还有一个有趣的"玛桑式环卧大寝"，在《格萨尔》"降魔"篇里就出现了三次。说的是格萨尔大王"在岭地丰泽草滩的沟头，片石和雪山连接之处，把马群赶向右边的沟，牛群赶向左边的沟，羊群赶向沟中央，格萨尔杰贝顿珠自己将头钻进皮袄的右边袖筒，将两只脚套进左边的袖筒"[②]的睡姿。

格萨尔军王是在藏族各种历史典籍里提到的人物，不一定等同于史诗中的格萨尔王。《贤者喜宴》里写在聂赤赞普之前的藏区，"诸多小邦热衷于战争，不分善恶难自由。四邻国王常欺凌，汉地王像蛇缠树，天竺王像狼扑羊，大食国王像猛鹞，追赶群鸟不停息，格萨尔王像利斧，急砍树木尤为猛"[③]。在这段描述中，格萨尔

[①] 曼秀·仁青道吉:《十一世纪的格萨尔：试论格萨尔史诗的成型》,《西藏艺术研究》2001年第4期。

[②] 曼秀·仁青道吉:《远古的〈格萨尔〉：试论〈格萨尔〉的原始"素材"》,《西藏研究》2007年第4期。

[③] （明）巴俄·祖拉陈瓦,《贤者喜宴》（藏文），民族出版社1986年版，第156页。曼秀·仁青道吉:《远古的〈格萨尔〉：试论〈格萨尔〉的原始"素材"》,《西藏研究》2007年第4期。

是与藏区、汉地、天竺和大食国并立的区域。在史书《臣相遗教》中，记载了一段格萨尔与吐蕃的关系，说尽管格萨尔大王像利斧，但是吐蕃军队依靠幻术，最终征服了他。在《格萨尔》史诗中，觉如还没出生的时候就已经出现了"格萨尔军王"这个词，也是作为与藏区、汉地、天竺并立的区域之一，用法跟前述相同，但是在史诗中格萨尔王本人也自称"格萨尔军王"，比如他会唱："若不知道我是谁，玛康花花岭域地，屈潘那波之子孙，格萨尔军王便是我。"①

除了玛桑格萨尔和格萨尔军王，格萨尔王这个史诗人物可能还集中了历代吐蕃君王的功绩。吐蕃政权时期的多次战争都体现在《格萨尔》史诗里。学者们认为，《姜岭大战》依据的可能是吐蕃赞普赤都松赞或赤德祖赞时期与历史上的南诏王之间的战争；《松巴犏牛宗》可能是对敦煌文献中记载的松赞干布时期娘·芒布杰尚囊对苏毗部落征服收编的文学表达；《突厥兵器宗》反映了历史上吐蕃与突厥在历史上旷日持久的战争场景。②

主题上也有类似之处。降妖伏魔、征战四方是多数史诗共同的主题，《格萨尔》《江格尔》《玛纳斯》《亚鲁王》《吉尔伽美什》《伊利亚特》《罗摩衍那》《摩诃婆罗多》……都是这一主题。很多英雄都是从天界或者其他世界回到人间拯救其人民，这种"不约而同"可能都是神话传说在无形中塑造了这样的叙事安排。至少洛德在1959年分析《巴格达之歌》的时候，就从英雄阿利亚来自神灵死去或被放逐到其他世界，但当威胁来临又回来拯救人民的主题中意识到了这个问题。在《格萨尔》故事中，我们在开篇就能看到类

---

① 《格萨尔·松岭之战》，西藏人民出版社1981年版，第120页。曼秀·仁青道吉：《远古的〈格萨尔〉：试论〈格萨尔〉的原始"素材"》，《西藏研究》2007年第4期。
② 曼秀·仁青道吉：《远古的〈格萨尔〉：试论〈格萨尔〉的原始"素材"》，《西藏研究》2007年第4期。

似的情节：位于南瞻部洲中心东部、雪域之邦朵康地区的岭噶布（意为美丽的岭地），原本风调雨顺，百姓安居乐业。突然间妖风四起，将邪恶和黑暗带到这片土地，百姓民不聊生祈求上天的帮助。天神便派下神子推巴噶瓦（意为闻者欢喜），前往人间拯救众生。因此，尽管各种口头传统基于不同的民族语言，基于其他民族口头传统发展起来的口头诗学，也可以试着用来理解《格萨尔》史诗。

口头诗学的基本规则来自于口头程式理论。口头程式理论中把全球各地的口头史诗分为三种文本类型：口头文本或口传文本、源于口头的文本、以传统为取向的文本等。有三个判断的指标：创编、演述、接受。根据这个指标，《格萨尔》是典型的口头文本或口传文本，因为《格萨尔》的创编是口头的，演述也是口头的，而听众的接受是基于听觉的。与之相比，荷马史诗只能是一部源于口头的文本，因为它在早期可能是与《格萨尔》一样都是基于口头和听觉的，但是被整理为书面文学作品以后，它的创编和演述形式中都加入了书写，而接受者几乎都只能是依靠视觉阅读和观看的读者了。还有一些史诗从一开始就是书写出来的，他们中虽然有很多传统的内容，但其创编演述都是经由书面完成，读者也是通过视觉阅读的。这其中典型的就是芬兰的史诗《卡勒瓦拉》。而纳吉后来介质的划分，《格萨尔》又进一步与斯拉牧诗歌（Slam poetry）进行了区分，在介质上属于单纯的口头演述的口头诗歌，而用口头演述、听觉接受的斯拉牧诗歌则因为创编方式的书面性被列为音声文本。

口头程式理论为抽象的理论提供了三个重要的工具，它们的配合使用，可以看到口头诗歌的故事构造规则是如何起作用的，回答了我们的说唱艺人何以不借助文字的帮助也能演述成千上万的诗行，具有那么强的现场创编能力。

第一种叫程式（formula），指的是具有重复性和稳定性的词组，在口头传统的吟诵中，即便无法精通语言，听众也能很轻松发现很多词组会反复出现，这些反复出现的词组就是程式。相对于这些程式的存在带给听众的熟悉感，它存在的最大意义是帮助歌手在现场表演的压力之下，可以很快地流畅叙事。它是口头传统最重要的特征。

在早年间学者们研究荷马史诗的时候，发现有一些"特性形容修饰语"反复出现，比如"飞毛腿阿基琉斯""灰眼睛的雅典娜""绿色的恐惧"等。从中学者们发现了程式，而这种程式又来自传统。①《格萨尔》的歌诗唱段有着程式化的结构顺序，一般包括：开篇词——唱段引子——致敬神佛祈愿——介绍地点——人物自我介绍——曲牌介绍——唱段主要内容—唱段结尾等。其中大多数部分内部也有各自的结构程式可循。比如有一些句式总是重复出现，如衬词"啊拉""塔拉"，在唱段起唱的引子中一定会出现，一方面有助于艺人演唱时起音定调，标示着正词演唱的开始；另一方面，也成为《格萨尔》唱段音乐上辨识度最高的标志。②再如介绍地方和人的时候，也常用"若不知道这地方……若不知道我是谁……"这样的固定句式。在对唱诗行结束时，往往也有"听懂它是悦耳语，不懂不再做解释"这样的固定句式，用于强调前述内容的重要性，同时标注段落的结束。③事实上，学习型的史诗说唱艺人在抄录下重要的词汇，比如英雄们的城堡被形容成"一只号角""一只冲向地面的兀鹰""落到地面的布谷鸟""一扇紧闭的大门""太阳那样光芒四射"；作战部队可以描述成"湍急的山泉或奔腾

---

① 朝戈金：《创立口头传统研究的"中国学派"》，《人民政协报》2011年1月24日。
② 扎西东珠：《藏族口传文化传统与〈格萨尔〉的口头程式》，《民族文学研究》2009年第2期。
③ 丹增诺布：《浅析〈格萨尔〉史诗中的口头程式语》，《西藏艺术研究》2013年第2期。

咆哮的瀑布""一片乌云""一阵冰雹"等。①

第二种工具叫典型场景（typical scene），也可以被称为母题，是一种叙事单元，比程式大，比故事范型（story-pattern）小。故事范型是第三种工具，是故事层面的程式，比如我们常说的"征战""复仇"都是故事范型。

在口头诗歌中，有一个"这一首（特定的）诗"（the song）和"这首（一般意义上的）诗"（a song）的区别。《格萨尔》史诗总体上是"这首诗"，而每一次每一个艺人所说唱的版本都是"这一首诗"，每一个"这一首诗"在不同的时间、不同的场合，通过不同的媒介所呈现的同一个故事，都会有这样那样的差别。《格萨尔》的说唱不是传述，而是"在演述中创编"的过程，每一次的演唱都是一次现场的创作，演出的是一个新的版本，因而也就没有标准本一说了。

第二节 《格萨尔》的传播问题

口头诗学的建立，不能基于那些早期的整理文本，要真的去听去看艺人的演述，所以学术界一直说口头诗学是"回到声音"。口头诗学中演述理论（performance theory）是很重要的组成部分。这一理论认为，意义的生成和有效传递，不仅仅由言语行为及语词文本来完成，演述过程中很多要素都参与了意义的建构。

欣赏史诗演述的过程与我们读小说、读诗歌、读剧本甚至听录音、看录像都不同，它将创作和接受置于同一时空，演述的现场语境十分重要。语境这个词，除了指阅读理解中的"上下文"，还具

---

① ［德］卢道夫·卡舍夫斯基、白玛次仁：《西藏史诗〈格萨尔王传〉的各种母题和内容索引初探》，载赵秉理主编《格萨尔学集成》，甘肃民族出版社1990年版，第1312页。

有田野意义，指的是表演期间临时组成的社会关系的总和，包括了六个要素：艺人、文本、受众、事件、仪式和传统。① 史诗演述的"全息性"意义就是由这六要素组成的互为关联的动态过程。② 这种语境，会反过来从状态、内容和文化方面影响到艺人的现场说唱发挥。同时，对于那些早已将《格萨尔》史诗内容了然于胸的当地民众和史诗爱好者来说，演述形式比内容更重要，这种情景有些类似于歌迷去听歌手的演唱会，并非为了听一首自己从没有听过的新歌，而是在现场感受史诗演述歌手忘我的表演，与之互动，还可以在演唱会把自己置入志同道合的歌迷人群中，找到归属感和共同的激动心情。

有学者比较过说唱艺人在面对摄影机/录音机和面对真实观众的不同："有些演述者平时非常健谈，但一坐在摄像机面前，往往表现出手足无措、表情僵硬、局促不安的'晕镜头'情况，原来谈笑自如、表情丰富、神采飞扬的表现大失水准；尤其面对近距离镜头时，直视动作明显减少，代之以低头或环顾左右；在摄像灯的强光照射下汗流浃背等。"③ 这说明现场的环境对艺人的临场发挥影响非常大。对于带有宗教性的说唱，现场的状况可能会带来更多影响，很多神授艺人都有随便哪个章节不用准备张口就来的神奇能力，但往往说唱过程中不能被打断，否则就是对格萨尔王的不敬。很多艺人还会在手中拿一张空白的纸条或者镜子，观众看上去像是他们在照着书念，实际上这些"道具"除了圆光艺人说唱时对着镜子的仪式、宗教和神秘功能，对艺人本身也有定神的作用。④

---

① 杨杰宏：《音像记录者在场对史诗演述语境影响》，《民族艺术》2018 年第 5 期。
② 乌·纳钦：《史诗演述的常态与非常态：作为语境的前事件及其阐析》，《民族艺术》2018 年第 5 期。
③ 杨杰宏：《音像记录者在场对史诗演述语境影响》，《民族艺术》2018 年第 5 期。
④ 袁晓文、刘俊波：《川西高原上的〈格萨尔〉说唱艺人》，《西藏人文地理》2011 年第 11 期。

演述语境同时也会对当时说唱的内容产生影响。玉树的《格萨尔》说唱艺人达哇扎巴曾经描述自己说唱的《霍岭大战》长度问题时，就说他有长、短和一般的三种唱法，说唱前祈请神灵决定说唱的长度，他唱过的《祝古国宗》《霍岭大战》《蒙古马宗》等每部都能达到 200 小时以上，短的也有一两个小时。而他的表弟松扎说唱《格萨尔》则可长可短，随时根据现场情况调整长度。①

如今《格萨尔》演述语境发生了很大变化。牧民定居、说唱艺人停止流浪，改变了原有的《格萨尔》民间表演环境。随着非遗保护力度的加大，藏区在节庆活动的策划中也增加了许多与《格萨尔》相关的主题。史诗演述有时候变成了"逢场作戏、应付场合、走过场的游戏行为"，首批进入城市的格萨尔艺人经过二十多年的城市生活，思维方式也变得城市化了，说唱准书面化、神授艺人"失忆"等现象也出现了。② 在那曲，还开设了 3 家《格萨尔》说唱厅（或称仲肯茶馆）。在这样的茶馆，一般会有 5 位左右的常驻艺人，每两个小时轮换演出，不过为了吸引消费者，除了《格萨尔》正文的说唱，艺人们还会增加数小时的幽默脱口秀和小品表演。③ 这些变化都会直接影响《格萨尔》的演述语境。

道具在说唱现场的使用，类似于我们当下习以为常的插图和演示文档（PPT）的效果。既是对内容和情节的再现，也对史诗叙事有重要的补充作用，使得说唱更加生动形象。在传统的《格萨尔》说唱中使用的"道具"主要是唐卡。在青海玉树、西藏昌都等地的艺人说唱时，常常会挂上相关内容的唐卡，艺人手里拿着一支饰有

---

① 杨恩洪：《寻访年轻一代〈格萨尔〉说唱艺人》，《中国西藏》2008 年第 3 期。
② 诺布旺丹：《艺人、文本和语境——〈格萨尔〉的话语形态分析》，《民族文学研究》2013 年第 3 期。
③ 王晓易：《在羌塘草原，邂逅最神秘的格萨尔说唱传人》，《第一财经日报》2018 年 5 月 31 日。

彩色绸布条的箭，一边指画，一边说唱。① 任乃强先生还看到过在寺庙中艺人指着《格萨尔》壁画说唱史诗的场景。② 《格萨尔》说唱内容中独特的"帽赞"里，艺人还会手持帽子来讲述："说唱艺人戴的帽子，那是格萨尔在赛马取胜后戴过一次的帽子传下的，其形如藏区地形地貌四水六岗，用白毡制成，镶黑边，上方插有雕、鹞鹰、雄鹰的羽毛，旁有布谷鸟、鹦鹉、孔雀的羽毛，后有白色哈达结成的辫子垂下，两边有动物耳朵，上边捆有红、黄、蓝、白、绿五色绸条，前方镶有铜鞍、铁弓箭、小白海螺及白黑羊毛线等。霍岭下册中，格萨尔去降服霍尔王时，变成了三个人，每个人都戴着这种帽子，然后唱起了帽子赞，这种赞的唱法与折嘎艺人唱的差不多……"③ 这项帽子被称为"仲夏"，是故事帽的意思。那些依物史诗歌手如果不指着唐卡说唱，往往都会在手里托着"仲夏"而唱。帽子既是艺人一件精美的装饰品，也是优秀艺人的标志。因为这种艺人的帽子一般都是寺院特制的，持有者有一种得到认证的意味在其中。所以说唱艺人往往只需要托着帽子出现在村子里，牧民们就会自动聚拢过来，艺人会先唱"帽赞"，帽子的来历，装饰品的作用和象征意义等，群众看到这些，听到这些，就会相信他是最好的说唱艺人，就会愿意请他来给大家讲《格萨尔》。④ 而且从起始的唱段中，我们还能观察到不少前面已经提到的语词程式特征：

　　国王妃子询问我／让我把这帽子叙说／别的地方我不去／宗巴的福地有三个／一是前往印度领地／印度法王对我说／宗巴请

---

① 扎西东珠：《〈格萨尔〉与民间艺术关系研究述评》，《西藏民族学院学报》（哲学社会科学版）2003年第2期。
② 冯文开：《史诗演述中语图交互指涉的诗学特质》，《内蒙古民族大学学报》（社会科学版）2018年第6期。
③ 杨恩洪：《民间诗神：格萨尔艺人研究》，中国社会科学出版社2017年版。
④ 同上。

进别离去/我说宗巴回头想跑/他说宗巴来得正巧/没有帽子让人惋惜/我想呀一定要顶帽

　　二是前往黑（衣）汉地/黑汉执政王对我说/宗巴请进别离去/我说宗巴回头想跑/他说宗巴来得正巧/没有帽子让人惋惜/下城汉地有句名言/头无帽子似雪中鸟/脚无鞋子似水中鸟/身无衣袍似瘦青蛙/我想呀一定要顶帽

　　三是返回吐蕃领域/吐蕃的国王对我说/宗巴请进别离去/我说宗巴回头想跑/他说宗巴来得正巧/没有帽子让人惋惜/黑发藏人有句名言/头无帽子似山野鸡/脚无鞋子似红足鸽/身无衣袍似水中鱼/我想呀一定要顶帽

　　圣释迦牟尼对我说/宗巴们需要一顶帽/倘若有帽便合佛法/如意的石佛对我说/宗巴们需要一顶帽/倘若有帽便可引路/北方上部龙凶神说/宗巴们需要一顶帽/倘若有帽便伏敌人/咱的护法神对我说/宗巴们需要一顶帽/倘若有帽便护头颅/我想呀一定要顶帽！[①]

　　史诗在形成过程中，总是凝聚着特定族群的神灵观念，有着对图腾、祖先、英雄的崇拜情节，像《格萨尔》这样的作品一定与宗教信仰要素密切联系在一起。于是史诗的说唱也变成神圣仪式的一部分，许多艺人说唱能力是从神降的办法获得，他们与神的沟通也是说唱过程中的重要环节。仪式帮助他们召请格萨尔或者史诗中的其他英雄显圣，降临到说唱现场的道具上，再将信息传递给艺人。所以在仪式的结尾，艺人们往往都会念诵一段祷词来宣誓自己将誓死完成《格萨尔》史诗故事的演述：即使有一天，飞奔的野马变成枯木，洁白的羊群变成石头，雪山也消失得无影踪，江河不再流

[①] 《格萨尔·赞帽词》，德庆卓嘎、饶元厚翻译，《西藏艺术研究》1991年第4期。

淌，星星不再闪烁，太阳失去光辉，雄狮大王格萨尔的故事，也会世代流传。这种仪式固定下来以后，已经成为史诗演述必不可少的一个环节，即便无须吁请神的时候，也会作为完整说唱过程的一部分进行展示。①

艺人才旦加说唱的时候，要先在现场的正中央挂起一幅格萨尔画像，画像前面摆放一碗净水、一团酥油、一块白石头，点燃柏香，用糌粑在周围划一个白圈结界，然后坐在唐卡前念咒，然后才开始说唱史诗。②圆光艺人的仪式性特征也很明显。比如圆光艺人才智，在表演开始前需要举行一套圆光仪式：首先在才智面前的桌子正中央放一个堆满青稞的托盘，中间插一个直径为 10 厘米的凸面铜镜，凸面面向圆光艺人，铜镜用蓝色哈达半盖着。才智右手拿着一根插着羽毛的彩箭，上面系着五彩哈达。镜子前面正中放置一盏酥油灯，左右再各摆一个盛满茶水的高脚铜杯，最后，点燃一根香，开始念诵经文，然后正式开始观看圆光的仪式。不同的格萨尔圆光艺人在铜镜中看到的内容是不一样的。过去西藏著名的圆光艺人卡察·阿旺嘉措在镜中看到的都是文字，据他说首先是梵文，然后是象雄文，最后才是藏文。文字的出现与隐去都与他自己的阅读速度保持一致。而才智看到的主要是图像，他说，在圆光中看到了岭国的疆域，故事中的将士形象和武器铠甲、降妖伏魔的场景。有时候图像还会以隐喻的方式出现。③

艺人的史诗说唱通常以单口为主，但也有对口和群口的形式存在。对口形式主要出于表演效果考虑，两人分饰不同角色，可以将演述变得更精彩，将角色之间的冲突表现得更充分。而群口演述则

---

① 央吉卓玛：《〈格萨尔王传〉史诗歌手展演的仪式及信仰》，《青海社会科学》2011 年第 2 期。
② 徐国琼：《〈格萨尔〉考察纪实》，云南人民出版社 1993 年版，第 119 页。
③ 诺布旺丹：《格萨尔神秘的传承人（之二）神奇的圆光显像》，《今日民航》2009 年第 10 期。

主要出现在专门组织的史诗演唱活动和大型节庆场合。① 群口演述的方式可克服单口演述的单薄感，更适合稍大的舞台，有更强的戏剧感，却与藏戏演出完全不同。

第三节 《格萨尔》的理解(接受)问题

藏族众多的文艺表现形式中，多数都是依靠口头传统和视觉艺术传承的。广义的口头传统包括一切口头交流，而狭义的口头传统则具有共时和历时的双维度含义：在共时性上，指的是口头艺术，尤其是"神话、传说、歌谣、谚语、谜语等民间文学（folk literature）或口头文学（oral literature）"②；在历时性上，指书面文学繁盛之前的"传统社会"主要的沟通方式。之所以对历时性维度进行区分，是因为习惯上我们将口头文化、书面文化、影视文化和数字文化与人类文明发展历程相对应，将这些文化形态描述为递进发展的关系。但这只是一种理想化的状态，仅与物质载体的技术发展史相对应。藏族文艺发展史之所以难以依照这一规律界分，不仅因为藏族口头传统至今仍在藏族社会中具有重要作用，并跨越介质边界，使用到书面、影视和数字互联网等全部工具，不是过时的历史阶段产物；还因为历史上的书面文化在藏族社会中的身份较为特殊，更多的是翻译阐释古代印度和中国汉地的经典，是典型的"高雅文化"，并不完全是在本民族文化内部，从早期文化自然发展而来的。

藏族口头传统的主题几乎涵盖藏族文化的方方面面。宗教传播，以至于形成藏族"全民信教"的盛况，其传播过程也在相当程

---

① 央吉卓玛：《〈格萨尔王传〉史诗歌手展演的仪式及信仰》，《青海社会科学》2011 年第 2 期。

② 朝戈金：《中译本前言》，载［美］约翰·迈尔斯·弗里《口头诗学：帕里—洛德理论》，社会科学文献出版社 2000 年版，第 10 页。

度上由口头方式完成。在藏传佛教形成以前,如历史典籍所述,故事、谜语和苯教是古代吐蕃社会重要的文化载体[①],也是口头传统的主要内容。随着藏传佛教成为藏族文化的核心,藏族口头传统的内容则转向以藏传佛教为主要比兴手段的全部文化社会生活。

然而传统的藏族文化研究都是以文献研究为主,对藏族文艺的研究,尤其是文学研究限定在书面范围内,与西方和中原研究无缝对接。不过这些书面文学究竟在多大程度上代表藏族文学的全貌,却很少被考虑到。从西藏自治区教育状况统计数据可以得知,在1951年之前,知识被寺院垄断,青壮年文盲率高达95%,即使到2000年,西藏自治区青壮年文盲率仍然达到39%,直到2015年才降到0.52%。[②] 此处暂不考虑识字与阅读文学作品之间的距离,以及藏语作为拼音文字,在拼读和组词造句之间的差别。如果将西藏自治区的识字率大约等于整个藏族人口的识字率,那么在1951年以前,甚至包括1951年之后相当一段时期,作为研究对象主体的书面文学,在藏族社会中的实际读者人口比例少于整个藏族社会人口的5%。

相较于在西方和中国文艺研究中已经相对充分的书面文学和视觉艺术的接受问题研究,口头传统的接受问题研究较少。西方口头传统理论的巨擘其实在二十多年前就已经注意到了学科发展中出现的"接受"(理解)问题和打破书面、口头分野的边界问题,[③] 不过至今学界仍旧只是简略提及,并无太多深入论述。

口头传统认为"书面文学诉诸目,口头文学诉诸耳"[④],口头

---

① 吴健礼:《浅议"仲、德乌、苯"在古代吐蕃社会中的作用》,《西藏研究》1997年第3期。
② 刘刚、边巴次仁、白旭、德吉:《60年关于西藏的真相与谎言》,《人民日报海外版》2011年5月23日。教育部:《西藏自治区教育》,载《中国教育年鉴2000》,2000年,http://www.moe.gov.cn。黎华玲:《西藏青壮年文盲率降至0.52%》,新华网,2015年,http://www.xinhuanet.com。
③ 弗里、朝戈金:《口头程式理论:口头传统研究概述》,《民族文学研究》1997年第1期。
④ 朝戈金:《"回到声音"的口头诗学:以口传史诗的文本研究为起点》,《西北民族研究》2014年第2期。

传统的传播是采用演述（performance）的方式，每一次的演述都是一次重新的创编（composition），很多情况下进行重新创编的人可能就是同一名演述者。"口头传统传播的核心就是在演述中重新创编。传播（transmission）是更广泛理解接受的关键。"① 从这个意义上来说，书面文学是在被传播出去以后，才被受众读到，广泛的欣赏行为才开始发生。但被演述的口头传统的接受行为是从传播的过程中就已经开始了，并且口头传统的创编过程允许在公众看到听到演述者的每一个新场合都进行重新创编。"口头传统在接受和表演间有一个有机连接"②，因为没有演述能够离开成功的接受而单独存在。受众的反应在《格萨尔》史诗中的作用是显而易见的。

不过，出于两方面考量，这种严格的区分不再具有普适性。其一，弗里将口头诗歌按介质不同分为四类：口头演述、声音文本、往昔的声音与书面的口头诗歌，对应的受众欣赏方式为听觉、听觉、听觉/书面和书面。③ 所以口头传统完整的欣赏方式涵盖了口头与书面两种介质。其二，书面文学的阅读活动确是在纸质书刊发行结束才开始，但其传播过程远远早于此，评论、口碑、与权力的捆绑和市场销售推广是从书面文学诞生之始就从未与文本分开的，这些都进入到书面文学被读者接受和建构过程中，与具体的读者阅读接受难以切割。基于此种分析，打破刻板的"书面/口头"界分，将口头传统视为完整主体分析其理解（接受）问题，是可行并必要的。

"接受"（Reception）一词在文艺学各部门广泛使用，虽均指作品被受众欣赏的过程，但具体含义相异。比如荷马史诗的研究学

---

① G. Nagy, "The Earliest Phases in the Reception of the Homeric Hymns", in *The Homeric Hymns*, New York: Oxford University Press, 2011, p. 281.
② Ibid..
③ John Miles Foley, *How to Read an Oral Poem*, Urbana and Chicago: University of Illinois Press, 2002, p. 52.

者受接受理论影响,在古典学领域基于20世纪20年代的"古典传统"(Classical Tradition)理论,兴起了古典学接受研究(Classical Reception Studies),并在进入21世纪以后终于走进主流视野,成为古典学的一个热门的话题。[①]古典学的接受研究探讨的是"接受"的其中一个维度,即古希腊文学与拉丁文献如何从古至今在跨文化的互动中被接受,并通过文学、艺术、音乐和影视影响至今。

在《格萨尔》史诗说唱中,"理解(接受)"有许多层次的内涵。首要的意义就是观众认可眼前的说唱者。著名的《格萨尔》说唱艺人桑珠在学习说唱的过程中,正式成为一位出色的说唱者的标准,就是得到听众的认可和接受,观众宽容地夸赞当时还是年轻人的桑珠比他祖父唱得还好。由于他祖父是一位已经享有盛誉的著名《格萨尔》说唱艺人,观众的认可是桑珠后来坚持学习,并且最终成为一名杰出艺人的重要支撑。而最终被认可为"杰出",也是听众的选择。[②]听众的游牧生活状态决定了说唱艺人也不得不随之流浪,但流浪的经历也让艺人们增长了见识,丰富了自己的故事,使得说唱变得更丰富生动有趣。为了适应各地听众的方言和口音,说唱艺人们还会学习各地的方言和词汇,在不同的地方尽量采用当地的方言、语汇和音调,让听众们能更容易听得懂和喜欢。比如桑珠本人虽然是昌都人,说话带有浓重的康方言色彩,但他会有意识地摒弃康方言中的生僻词汇,不断学习各地的民间谚语和歌谣,丰富自己的说唱内容。[③]

[①] James Tatum, "A Real Short Introduction to Classical Reception Theory", Arion: A Journal of Humanities and the Classics, Vol. 22, No. 2, 2014, p. 79. 以及 Felix Budelmann, Johannes Haubold, "Reception and Tradition", In Lorna Hardwick, Christopher Stray eds., *A Companion to Classical Receptions*, Malden, MA: Blackwell, 2008, p. 1.

[②] 旺秋:《在漂泊的生活中——介绍〈格萨尔〉说唱艺人桑珠》,载赵秉理主编《格萨尔学集成》,甘肃民族出版社1990年版,第1786—1787页。

[③] 杨恩洪:《民间诗神:格萨尔艺人研究》,中国社会科学出版社2017年版。

"理解（接受）"的第二层含义是观众会参与《格萨尔》史诗说唱的过程。"某家富裕的牧户或者某个寺院、某个活佛，或某个家族请仲肯说唱，或者仲肯在某个节日里演唱时，他的听众希望听哪部，他就得说唱哪部，听众希望他说多长，他就得说多长。换言之，无论什么时候，他都能坦然面对听众，并使听众满意。"① 在讲述的过程中，现场观众的反应会直接影响艺人的说唱。积极的反应对艺人是一种鼓励，而消极的反应也提醒着艺人需要立刻调整自己的演述。观众还起到相声里"捧哏"的效果，在说唱的过程中帮腔、附和，甚至有的观众会跳出来补充或反驳，继续这场演述。

"理解（接受）"的第三层含义类似于我们所说的前理解，是一种知识准备。在口头诗学中，用一个词叫"传统指涉性"（traditional referentiality）来描述这种解释学意义上的前理解结构，是传统本身所具有的阐释力量。② 史诗故事之间相互勾连，从任何一部史诗部本开始讲述的时候，并不需要艺人对所有的背景知识重新做一遍介绍。史诗演述的场景，其实已经默认了演述者和听众之间针对有关的经验和价值判断达成了共识。听众已经具备了关于当地风物的知识，对于人物所处环境和生活方式的知识，所以自然而然就带入情境之中了。比如阿尼玛卿雪山是格萨尔大王的寄魂山；黄河源头的扎陵湖、鄂陵湖和卓陵湖是嘉洛、鄂洛、卓洛三大部落的寄魂湖；四川德格县的阿须乡是格萨尔的故乡等。而如果缺乏这种知识的人，即便是听得懂藏语，也未必能完全听懂故事，这就类似只会汉语而不知道北方生活的人听不懂相声，以及虽然会一些英语但是并没有办法听懂英文脱口秀节目一样。

除了个体体验之外，《格萨尔》史诗中呈现出来更重要的是一

---

① 周爱明：《〈格萨尔〉口头诗学》，博士学位论文，中国社会科学院研究生院，2003年。
② 巴莫曲布嫫：《叙事型构·文本界限·叙事界域：传统指涉性的发现》，《民俗研究》2004年第3期。

种集体的记忆。位于青海省果洛藏族自治州甘德县的德尔文部落被中国社会科学院民族文学研究所和全国《格萨（斯）尔》工作领导小组办公室命名为"《格萨尔》史诗村"，还被推荐进入联合国教科文组织"非遗"优秀实践名录。该部落现有四百多户，九百多人，均从事牧业劳动。他们的思维、生活方式非常传统，口头方式是他们相互交往、交流的主要媒介。部落内部的制度和契约完全以口头形式确定，谈话时往往使用史诗时代人物的口吻相互戏谑。他们在日常生活中也常常举行许多与《格萨尔》有关的节日活动和宗教仪式。他们将自己的祖先追溯到岭国大王格萨尔，认为自己祖先的血统来自于董氏华秀部落，是藏族六大姓氏之一，格萨尔就被认为是董氏部落的后代。他们还常常自称是"岭国某某人的化身或转世"，部落也出了多位著名的《格萨尔》说唱艺人。生活在20世纪30年代的掘藏大师谢热尖措就诞生在德尔文部落，他被认定为岭国大将治·尕德曲君威尔纳之子南卡托合杰的转世，他的掘藏作品有《大食财宗》《秘密赛马称王》《香雄珠宝宗》（已散佚）、《上师修供法》《甚深教法》及《格萨尔修供法》等。除此之外，素有"说不完《格萨尔》艺人"之称的昂仁被认为是格萨尔股肱之臣米穷卡德的转世；德尔文吾洛，又叫特多昂加，被认定为格萨尔王大将噶德香文尖的转世，著有《阿斯查宗》《赛马成王》等；喇嘛德华为蒙东江德拉赤噶的转世，著有《蒙岭之战》《开拓玛域疆土》等。①

第四节 《格萨尔》的功能问题

许多《格萨尔》说唱艺人都不约而同讲述过同一个叙事：格萨

---

① 诺布旺丹：《〈格萨尔〉史诗的集体记忆及其现代性阐释》，《西北民族研究》2017年第3期。

尔在闭关修行期间，爱妃梅萨被黑魔王鲁赞抢走。为了救回爱妃，降服妖魔，格萨尔王出征魔国，途中因为匆忙，他的宝马不小心踩死了一只路上的青蛙。格萨尔王觉得即便是无意，造成如此杀生的结果也很痛心。于是将青蛙托在手上，轻轻抚摸，并虔诚地为其祈福，希望这只青蛙来世能投生为人，并且能将格萨尔降妖伏魔、造福百姓的故事告诉给所有的黑发藏民。艺人们相信，这就是世上第一个《格萨尔》说唱艺人的前世经历。① 这个故事提示我们说唱艺人的职责是说出格萨尔大王的丰功伟绩。可是为什么需要艺人们在某一个场合来宣传格萨尔大王的某一个故事呢？

在构成史诗语境的六种元素之外，还有一种元素值得关注的，被称为"前事件"，意思是指史诗演述的目的、功能和意义，规定了"这一次"史诗演述事件发生的前提。比如荷马史诗的演述在流传过程中曾经有一个常态化的演述场景——泛雅典娜赛会。这个具有季节性反复举办的活动成为了荷马史诗演述的正式场合，也形成了演述传统，或者说一种被称为"中心化语境"的场景。与《格萨尔》史诗相似的另一部重要的史诗《江格尔》就具有五种最常见的演述场景：（1）日常聚会上的演述；（2）春节和庆典上受邀进行的演述；（3）《江格尔》比赛中的演述；（4）在军营里应邀进行鼓舞士气的演述；（5）敖包祭祀上的演述。② 如今观众们最容易看到《格萨尔》史诗演述的场合基本都在各种节日庆典上，在那曲等地的格萨尔仲肯茶馆也可以看到艺人的表演。

如今我们看到美好的表演都觉得是很好的休闲娱乐内容。不过《格萨尔》虽然大量出现在各种节庆活动和晚会、综艺节目的表演中，总不能忘记它所具有的目的、功能和意义。20世纪中叶著名

---

① 降边嘉措：《格萨尔论》，内蒙古大学出版社1999年版。
② 乌·纳钦：《史诗演述的常态与非常态：作为语境的前事件及其阐析》，《民族艺术》2018年第5期。

的法国中国学家和藏学家石泰安（Rolf A. Stein）在内蒙古和藏区考察时记录的《格萨（斯）尔》说唱就说明了一部分的现实功能：史诗说唱与巫术和宗教密切联系起来，对观众而言更是在狩猎和战争中获得有利条件的一种仪式。在狩猎过程中，说唱艺人是能吸引猎物的巫师，土族《格萨尔》是在春节的夜间由萨满说唱的，青海热贡、霍尔和果洛人在葬礼筵席上演唱《格萨尔》，在演唱中人们相信如果在一片撒上糌粑的土地上让艺人连续数日说唱《格萨尔》史诗，会在地上的糌粑粉上看到格萨尔王的马蹄印。① 《格萨尔》的"地狱篇"总是鲜有人讲，虽然因为它是最晚被创作的部本之一，还有民间信仰认为艺人说完"地狱篇"就会很快离开人世。②

除了上述常态化的演述场景，还有偶发的非常态场景需要说唱史诗，最主要的非常态场景包括灾害、战乱、瘟疫和疾病。石泰安就记录过在蒙古族《格斯尔》的说唱中，并不是为了文化娱乐和欣赏，而是"消灾除病"和战神供奉仪式。③ 蒙古族史诗歌手苏勒丰嘎说他学会演唱《格斯尔》的渊源正是因为，"在他小的时候，村子里流行牛瘟，死了很多头牛。长辈们为了除瘟祛邪，邀请史诗歌手普尔莱演述了一部《格斯尔》。普尔莱端坐在圈着病牛的牛圈里演述史诗，年少的苏勒丰嘎在一旁听着这场史诗演述，便学会了普尔莱的那部《格斯尔》"④。藏族人也是如此，民众相信史诗演述的时候，不光是老百姓会聚集起来，周围的山神也会来参加。听到史诗演述的山神也会对人产生好感，使人畜免遭疾病危害。民众认为哪里有灾有难，只要请艺人来说唱一段《格萨尔》，就能消灾避难。

---

① 石泰安：《西藏史诗与说唱艺人研究》，耿昇译，西藏人民出版社1993年版。
② 徐斌：《格萨尔史诗说唱仪式的文化背景分析》，《西南民族大学学报》（人文社科版）2006年第8期。
③ 石泰安：《西藏史诗与说唱艺人研究》，耿昇译，西藏人民出版社1993年版。
④ 乌·纳钦：《史诗演述的常态与非常态：作为语境的前事件及其阐析》，《民族艺术》2018年第5期。

不同的场合演唱《格萨尔》的不同部本，既是应景，也能产生相应的祈福功能。比如赛马会上演唱"赛马称王"；喜庆日子或者贵族、头人家生孩子，会演唱"天界篇"和"英雄诞生"；外出经商的人会请艺人演唱"大食财宗""汉地茶宗"和"雪山水晶宗"等，都是对史诗神力崇拜和灵活功能场景的表现。[①]

对百姓来说，不光是听《格萨尔》演述可以消灾攘祸，在家里保存《格萨尔》的唐卡、刻本和抄本也有类似的功效。一些人家里不惜用一头牦牛换一部《格萨尔》手抄本，像供奉大藏经一样供奉起来，有些家庭还把抄本藏在夹墙里永久封存作为传家之宝。据说甘孜地区有一家人藏有三部手抄本，别人用15头牦牛换他都不同意。[②]

对艺人来说，影响现场发挥的除了观众的反应，还有"为什么演唱"的问题。过去桑珠老人就说，以前要到人家里去讲，环境很安静，过去给老百姓讲是为了让听众高兴，不一定需要按照顺序来，是按照"缘分"来讲。而如果是为录音讲《格萨尔》，要求就不一样了，因为要考虑研究需要，内容就要考究，不能随便发挥。录音的节奏与现场不同，会因为磁带翻面这样的事情被打断说唱，这是现场说唱不可能发生的事。同时现场说唱演出也会受制于节目整体安排，有时候只有十几分钟的时间来说唱一段，那就"不是讲故事，只是表演"了。[③]

此外，在藏区，《格萨尔》史诗内容与文化传统已经如此紧密，很多情况下已经不是简单的功能问题，有一些仪式节庆已经与《格

---

① 丹增诺布：《〈格萨尔〉史诗的神圣性与演唱仪式》，《西藏艺术研究》2012年。周爱明：《〈格萨尔〉口头诗学》，博士学位论文，中国社会科学院研究生院，2003年。

② 周爱明：《〈格萨尔〉口头诗学》，博士学位论文，中国社会科学院研究生院，2003年。徐国琼：《藏族史诗〈格萨尔王传〉》，载赵秉理主编《格萨尔学集成》，甘肃民族出版社1990年版，第682页。

③ 周爱明：《〈格萨尔〉口头诗学》，博士学位论文，中国社会科学院研究生院，2003年。

萨尔》史诗融为一体。比如每年藏历六月的"世界公桑"（世界大祭奠日），德尔文部落的全体成员会汇聚到神山之下，举行集体煨桑祭祀活动。这是一年中该部落最重要的集体性节庆活动，通过公共煨桑仪式供养三宝、格萨尔王、护法神、战神、地方神和土地神等，祈求众生平安。当天，也一定会有纪念格萨尔大王的赛马大会和艺人史诗说唱、格萨尔羌舞和藏戏表演。节日、仪式与史诗经年累月地交融往复，融为一体，巩固了部落内共同世界观、理念和知识的传承，也形成了文化意义的再生产。[①]

[①] 诺布旺丹：《〈格萨尔〉史诗的集体记忆及其现代性阐释》，《西北民族研究》2017年第3期。

第 十 章

当代《格萨尔》研究格局及
重点数据分析

  口语使有形标志的客观性与手势的主观性相结合，使后者的表达与前者的自我意识相结合。

——黑格尔《伦理体系》

  The spoken word unites the objectivity of the corporeal sign with the subjectivity of gesture, the articulation of the latter with the self-awareness of the former.

Hegel, System of Ethical Life[①]

  经过学者们几十年的辛勤努力，作为我国三大史诗之一的藏族伟大史诗《格萨尔》获得了一批重要研究成果，为世所瞩目。《格萨尔》研究也成为各方关注的"显学"，近年来越来越受到学界的关注。在创新作为我国未来发展核心要素的指引下，我国《格萨尔》研究界，特别是新一代学者，如何在新的历史条件、新的学术视野、新的研究手段、新的思考方式上，继往开来，有所开拓，有

[①] G. W. F. Hegel: *System of Ethical Life and First Philosophy of Spirit*, Albany: State University of New York Press, 1979.

所创新，突破单一、固化、重复的研究模式，实现《格萨尔》研究的范式转换，这是新的伟大时代赋予我们的历史使命，是国内外高速发展变化的社会现实向我们提出的重大课题，也是党和国家关于学术研究继承、发展、开拓、创新必然要求。

当今学术研究环境已经与过去大不相同，仅从信息技术发展而言，"关于最古老的人类语言艺术与最先进的信息技术的奇妙结合，为未来的文学阅读、文学经验的总结和学术研究，带来充满挑战的新的可能性"[①]。学科自身的发展、社会经济的发展、非物质文化遗产保护工作的展开，都为学者提供了越来越多的研究工具。但我们的研究对象不是一成不变的，自印刷术发明以来，媒介的发明与进步带来信息传播能力的跳跃式发展，文学信息的形制、规格和信息容量也随之发展变化，因而整个文学史的发展与范式的转化总是随着媒介的发展而变化。随着媒介范式的不断突破与革新，围绕《格萨尔》展开的研究问题也会相应发生变化，与其他文学理论和文学批评一样，《格萨尔》研究要保持生命力，也必须不断反思传统研究，展开新的理论探索。

第一节　当下《格萨尔》史诗研究的问题域及其形成

《格萨尔》史诗研究的问题域指的是《格萨尔》研究的主要问题、问题之间的关系及问题的走向。借助于当下数据库建设，我们从问题域追索，可以通观学术研究的趋势与流程。学术史数据显示，我国《格萨尔》史诗研究种类众多，长期坚持，研究成果相当

---

① 朝戈金：《信息技术给民族文学研究带来新的可能性》，《人民政协报》2017年2月27日第9版。

显著。特别是近年来的非遗保护与传播研究，展示了研究的新主题。但从几十年研究的总体脉络来说，也形成了相对固化和较低水平重复的研究模式。主题相对单一，路径多年不变，国内国际联通交流缺乏，跨学科跨界研究稀少。特别是缺乏明确的问题意识：经过多年的"抢救"研究，我们面对的是新阶段《格萨尔》研究如何推进、升级和创新，如何研判学术发展新趋势，如何选择学术突破的新目标，设定研究的新的问题域。

我国《格萨尔》史诗研究自 20 世纪 50 年代开始，其问题域的发展主要受到两个因素的影响：一个是《格萨尔》史诗自身在社会文化领域的身份变化，尤其是它列入"人类非物质文化遗产代表作名录"之后，对跨学科研究《格萨尔》史诗起到了决定性的推动作用；另一个是国内文学研究领域的影响，文学研究的理论创新拓宽了《格萨尔》研究者的视野，提供了新的研究视角和理论范式。

其实，有关《格萨尔》的讨论，开始时间要早得多。在赵秉礼主编的《格萨尔学集成》中提到，在甘肃拉卜楞寺所藏的《松巴全集》中，松巴·益喜班觉（1704—1788）与六世班禅白丹依喜（1737—1780）在 1779 年就以书信方式讨论了有关格萨尔的问题，见于《关于格萨尔问答》。在 1930 年的《四川日报》副刊上，也刊发过任乃强先生介绍格萨尔的文章《藏三国》与《藏三国举例》。[①]

在很长一段历史时期内，国内外《格萨尔》研究都是围绕着几个基本问题展开的。杨恩洪和降边嘉措早在 1984 年就分别总结了过去几十年里国内外《格萨尔》研究的主要论题。在国外学者那里，主要是 6 个话题：（1）史诗的人民性；（2）史诗的起源，主要有几种争论，基于一定的历史事实、神话人物、来源于印度、伊

---

① 朝戈金：《国际史诗学术史谫论》，《世界文学》2008 年第 5 期。

朗等以前史诗的改造等；（3）史诗主人公格萨尔是否是历史人物，包括关公说、凯撒说、成吉思汗说和角厮罗说等；（4）蒙藏格萨尔的关系，包括蒙古《格斯尔》是藏译，及蒙古人民独创；（5）史诗与宗教的关系。主要包括格萨尔故事反贵族反喇嘛教、来源于苯教、来源于萨满、不能摆脱喇嘛教等；（6）史诗的比较研究。较多讨论《格萨尔》与印度史诗《罗摩衍那》的关系。[1] 而在国内学者这里，关注的主要话题是：（1）对《格萨尔》总体评价，阐述它在藏族文学史中的地位；（2）主题思想和社会意义；（3）产生年代；（4）史诗主人公格萨尔与历史人物的关系；（5）民族风格和艺术特色。[2]

令人吃惊的是，在对《格萨尔》研究开展了半个多世纪后，甚至在杨恩洪、降边嘉措两位所总结的研究范畴过去33年之后，上述问题今天依然是《格萨尔》研究的主要话题。我从课题立项、公开出版物（汉语）和公开检索论文（汉语）三个方面对《格萨尔》自1984年以来的研究话题进行了分类统计，由于篇幅所限本部分仅对课题立项及公开检索论文（汉语）两项展开分析。

在对与《格萨尔》主题直接相关的课题立项搜索中，我注意到，1984年以来，在网站公开的信息中，国家社科基金共立项"格萨尔"各类研究项目39项，教育部人文社会科学课题立项共25项。[3] 其中按照研究主题分类，这64个项目大致可分为如下几个问题：

1. 史诗的基础研究及资料整理，侧重点是基于人类学或民族志研究方法，普查各类田野研究《格萨尔》的艺人、版本问题，文库建设并在后期扩展为数据库建设研究。这一类研究成为《格萨

---

[1] 杨恩洪：《国外〈格萨尔〉研究综述》，载四川省《格萨尔》工作领导小组办公室编《〈格萨尔史诗〉论著文摘》（内部资料）1，1989年版，第26—29页。

[2] 降边嘉措：《国内〈格萨尔〉研究概况》，载四川省《格萨尔》工作领导小组办公室编《〈格萨尔史诗〉论著文摘》（内部资料）1，1989年版，第29—31页。

[3] 搜索自国家社科基金及教育部网站，截止至2017年2月10日。

尔》研究的主体，其中社科基金项目20项，教育部项目9项，占到了项目总数近一半。由于信息技术的发展，数据库建设成为各种传统学科"转型"的新热门。然深究之，其仍属于基础性的资料研究范畴，故均列入此类别下。

表10—1　《格萨尔》基础资料研究国家社科基金课题立项情况

项目编号	类别	研究课题	时间	负责人	所属单位
14BMZ032	一般项目	藏文化视角下的《格萨尔》史诗母体新考	2014	其米多吉	西藏大学
14XZW037	西部项目	玉树地区格萨尔文化普查与考证	2014	娘吾才让	青海民族大学
13AZW011	重点项目	藏文《格萨尔》流传版本普查与研究	2013	角巴东主	青海民族大学
13XZW026	西部项目	《格萨尔》史诗典型人物超同研究	2013	拉布杰巴桑	甘肃民族师范学院
13XMZ054	西部项目	《格萨尔》口头叙事表演的民族志研究	2013	曹娅丽	青海民族大学
13XZW032	西部项目	《格萨尔》史诗的历史人类学研究	2013	马都尕吉	青海师范大学
13CZW095	青年项目	西藏口传史诗《格萨尔》说唱艺人的传承与保护研究	2013	王金芳（措吉）	西藏大学
12XZW030	西部项目	藏族历代《格萨尔》考述文献收集、整理与研究	2012	旦正	青海民族大学藏学院
10BZW111	一般项目	《格萨尔》各类版本综合研究	2010	仁青道吉	西北民族大学格萨尔研究院
09AZW002	重点项目	藏区《格萨尔》说唱艺人普查与研究	2009	角巴东主	青海民族学院《格萨尔》研究所
09CZW067	青年项目	《格萨尔》文学人类学研究	2009	韩伟	西北师范大学文史学院

续表

项目编号	类别	研究课题	时间	负责人	所属单位
07AZW003	重点项目	《格萨尔》手抄本、木刻本版本研究	2007	黄智	青海民族学院《格萨尔》研究所
06XZW011	西部项目	藏区《格萨尔》遗迹遗物普查与考证	2006	角巴东主	青海民族学院
05BZW064	一般项目	藏族史诗《格萨尔王传》说唱艺人调查研究	2005	杨恩洪	中国社会科学院民文所
03AZW001	重点项目	大型格萨尔文化数字资源库建设及其应用研究	2003	兰却加	西北民族学院《格萨尔》研究院
93AZW001	重点项目	《格萨尔王传》优秀艺人口头说唱科学版本	1993	降边嘉措	中国社会科学院少数民族文学所
93BZW009	一般项目	《格萨尔》新探	1993	角巴东主	青海省文联《格萨尔》研究所
12XZW030	西部项目	藏族历代《格萨尔》考述文献收集、整理与研究	2012	旦正	青海民族大学藏学院
13AZW011	重点项目	藏文《格萨尔》流传版本普查与研究	2013	角巴东主	青海民族大学

数据来源：国家社科基金网站。

表10—2 《格萨尔》基础资料研究教育部课题立项情况

年份	研究课题	所属单位	负责人
2009	江河源格萨尔文化普查与考证	青海民族大学	角巴东主
2007	藏区《格萨尔》遗迹遗物普查与考证	青海民族学院	角巴东主
2007	《格萨尔》手抄本、本刻本版本研究	青海民族学院	索南卓玛
2006	《格萨尔王传》8部翻译整理著作	青海民族学院	角巴东主
2004	格萨尔大型文化库	西北民族学院	兰却加
2003	藏汉合璧格萨尔藏式地图及其图解说明	西北民族学院	仁青道吉
2003	大型格萨尔文化数字资源库建设及其应用研究	西北民族学院	兰却加
1999	《格萨尔》文库第二卷	西北民族学院	玛乌尼乌兰
1995	《格萨尔》文库	西北民族学院	王兴先

数据来源：教育部网站。

2. 史诗比较研究，尤其是经久不息的蒙藏《格萨尔》比较研究及传统的中印、中欧史诗比较研究。近年来国内还由西北民族大学领衔开展了土族、裕固族等《格萨尔》史诗的比较研究。这一主题在立项课题中热潮暂退，只检索到社科基金项目3项，教育部项目3项，全部由西北民族大学学者主持。

表10—3　　国家社科基金《格萨尔》相关比较研究项目立项情况

项目编号	类别	研究课题	时间	负责人	所属单位
12XMZ061	西部项目	蒙古族史诗《江格尔》与藏族史诗《格萨尔》比较研究	2012	齐玉花	西北民族大学
11XWW004	西部项目	《格萨尔》与《伊利亚特》叙事比较研究	2011	罗文敏	西北民族大学文学院
10BZW115	一般项目	土族《格萨尔》的挽救与保护研究	2010	王国明	西北民族大学格萨尔研究院

数据来源：国家社科基金网站。

表10—4　　教育部《格萨尔》相关比较研究项目立项情况

年份	研究课题	所属单位	负责人
2012	东部裕固族《格萨尔》故事收集、整理研究	西北民族大学	安玉红
2005	新发掘的土、裕固族格萨尔与藏、蒙格萨（斯）尔比较研究	西北民族大学	王兴先
2005	土族《格萨尔》的抢救与保护面临的问题及其对策研究	西北民族大学	王国明

数据来源：教育部网站。

3. 史诗与宗教的关系。这一类选题要求学者在《格萨尔》和宗教研究都有相当程度涉猎，故立项课题不多，只有5项社科基金项目，其中3项为普查类项目，研究项目只有2项。

表10—5　国家社科基金《格萨尔》与宗教关系研究课题立项情况

项目编号	类别	研究课题	时间	负责人	所属单位
16XZJ001	西部项目	《格萨尔》史诗中的原始宗教文化研究	2016	才让东智	青海民族大学
14XZJ001	西部项目	中国藏区民间格萨尔信仰的田野考察	2014	索加本	青海民族大学
12XZJ006	西部项目	藏传佛教宁玛派供修仪轨中的格萨尔信仰文献收集整理与研究	2012	兰却加	西北民族大学
11XZW002	西部项目	宗教型《格萨尔王传》的文本普查与研究	2011	索加本	青海民族大学《格萨尔》史诗研究所
06BZW069	一般项目	《格萨尔》史诗的宗教文化研究	2006	平措	西藏大学

数据来源：国家社科基金网站。

4. 史诗文学特色及细部研究。这一类选题回到《格萨尔》的"民间文学"定位，从各种文学研究视角切入，在社科基金与教育部各有5个项目立项。值得注意的是，此类研究已与30年前针对《格萨尔》"艺术特色"研究产生较明显差别，进入多种范式并存时代，除了政治—意识形态批评和社会历史审美批评，女性主义、新历史主义文化诗学、文化研究等多种话语都被运用到《格萨尔》史诗的文学研究中。

表10—6　国家社科基金《格萨尔》文学研究课题立项情况

项目编号	类别	研究课题	时间	负责人	所属单位
12XZW029	西部项目	藏族《格萨尔》女性文学研究	2012	伦珠旺姆	西北民族大学
12XZW043	西部项目	史诗《格萨尔》"口述"中的体育文化普查与研究	2012	巷欠才让	青海民族大学《格萨尔》研究所

续表

项目编号	类别	研究课题	时间	负责人	所属单位
10XZW036	西部项目	语料库的格萨尔史诗语言研究——以《霍岭》为例	2010	多拉	西北民族大学中国民族信息技术研究院
08CYY029	青年项目	川西贵琼藏族"格萨尔"的抢救整理与贵琼语的深入研究	2008	宋伶俐	西南交通大学
06XZW010	西部项目	《格萨尔》文学翻译论	2006	扎西东珠	西北民族大学《格萨尔》研究院

数据来源：国家社科基金网站。

表 10—7　　　　教育部《格萨尔》文学研究课题立项情况

年份	研究课题	所属单位	负责人
2012	《格萨尔》史诗叙事传统研究——以青海果洛甘德县德尔文部落为个案	西藏大学	王金芳（措吉）
2011	《格萨尔》史诗一体多元结构文化现象研究	西北民族大学	夏雄杨本加
2007	比较视阈下《格萨尔王传》的"史诗文体学"意义	西北民族大学	罗文敏
2004	格萨尔与藏族民间文化研究	西北民族学院	坚赞才让
2004	格萨尔与民间文化研究	西北民族学院	杨本加

数据来源：教育部网站。

5. 史诗的非遗保护、传播与创新研究。这是当下《格萨尔》研究对过去的最大突破，与《格萨尔》史诗的独特文化身份有关，成为新时期研究的热点：社科基金课题 6 项，教育部课题 7 项，占到项目总数的 1/5。

表 10—8　　　　国家社科基金《格萨尔》非遗保护、传播与
创新研究课题立项情况

项目编号	类别	研究课题	时间	负责人	所属单位
16BZW174	一般项目	英语世界里的《格萨尔》研究	2016	吴结评	西华大学
15ZDB111	重大项目	《格萨尔》说唱语音的自动识别与格萨尔学的创新发展	2015	陈建龙	北京大学
15XZW041	西部项目	史诗《格萨尔》视觉文化的数字化保护与研究	2015	巷欠才让	青海民族大学
12XZW031	西部项目	格萨尔史诗中的生态文化与三江源生态环境可持续发展关系研究	2012	南拉加	青海师范大学民族师范学院
12CZW090	青年项目	《格萨尔》史诗的国外传播研究	2012	于静	
08XZW025	西部项目	三江源地区《格萨尔》文化的保护研究	2008	索南卓玛	青海民族学院

数据来源：国家社科基金网站。

表 10—9　教育部《格萨尔》非遗保护、传播与创新研究课题立项情况

年份	研究课题	所属单位	负责人
2012	活形态民族史诗《格萨尔》翻译与传播研究	天津工业大学	王治国
2010	21世纪《格萨尔》史诗传承能力及发展活力调查与研究	西北民族大学	伦珠旺姆
2010	玉树灾区"格萨尔"音乐遗产的传承与保护	青海民族大学	郭晓虹
2009	《格萨尔》史诗的当代传播研究	鲁东大学	王景迁
2007	《格萨尔》史诗的传播研究	烟台师范学院	王景迁
2006	格萨尔王与数字艺术传媒工程	西南民族大学	刘葵
2005	格萨尔风物遗迹与西部旅游开发	西北民族大学	杨本加

数据来源：教育部网站。

在对与《格萨尔》主题直接相关的论文检索（中国知网）中，

1984年1月1日以来共有各类汉语文章2478篇。① 论文考察我采用"关键词检索"的方式，因为"一套关键词不仅是文献检索的根词，也不仅是当下互联网超文本链接的漂移的能指，而且是内在地揭橥着一种话语体系的构架、趋向与适用域"②。我以课题研究中最常出现的10个词作为关键词，用主题检索的方式进行了全面考察，试图从中得到这些论文中研究主要问题的情况，检索结果如下：

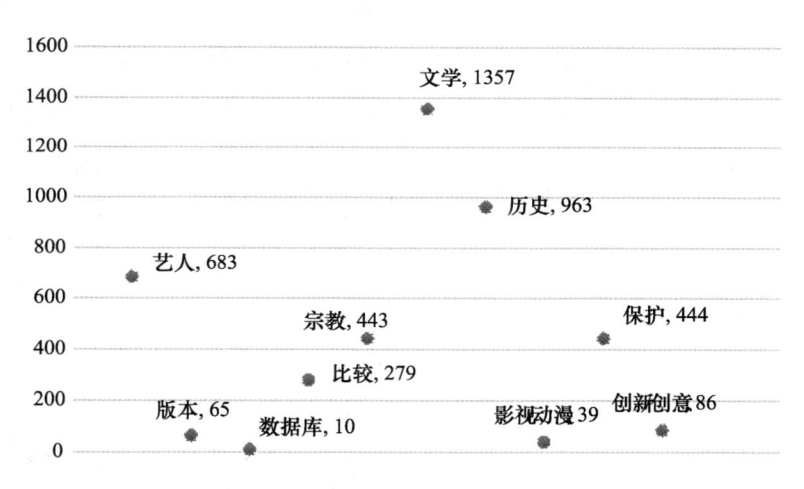

图10—1　《格萨尔》研究论文主题统计

从论文主题关键词检索结果，我们可以得出如下结论。

（一）文学仍然是《格萨尔》研究最重要的主题

在这些论文中，还存在大量重复性、概括介绍类的文章，直到前几年，仍有论文专门论述《格萨尔》的文学意义，而近年发表的综述类论文中，大部分还是对《格萨尔》早期研究情况和资料的总结和记录。非常遗憾的是，对于海外《格萨尔》的研究情况，在杨

---

① 搜索自中国知网，截至2017年3月3日。
② 金元浦：《革新一种思路——当代文艺学的问题域》，《理论创新时代：中国当代文论改革与审美文化转型》学术研讨会论文集》，西宁，2008年7月16日，第49—64页。

恩洪、李连荣等人之后①，就不再有专门的文章就20世纪80年代以来的国际《格萨尔》研究进行介绍，《格萨尔》的文学研究在一定程度上成为国内学者自娱自乐、内部交流的学术话题。而实际上国外《格萨尔》研究虽非热门话题，却间或有国外学者撰写的英、法文论文发表，国外也召开过"国际《格萨尔》学术会议"②，但在国内却鲜为人知，国内学者的参与度也相当低。

有276篇论文从"神话"或"传说"角度对《格萨尔》部分素材来源进行讨论，延续了前辈学者对于"起源"问题的研究。其中仍然有为数可观的论文对《格萨尔》人物与事件的历史真实性进行专门的讨论（963篇，其中明确以"真实"为主题的论文有480余篇）。也就是说，将近五分之一的论文仍在研究学者们在20世纪对《格萨尔》刚展开研究时的"格萨尔是不是真实的历史人物"相关的话题。

---

① 除了前述杨恩洪1984年的文章外，李连荣2003年也发表过《国外学者对〈格萨尔〉的搜集与研究》，载《西藏研究》2003年第3期。但文中对于国外研究的介绍没有超过20世纪80年代。后来2006年索南卓玛发表的《国内外研究〈格萨尔〉状况概述》，载《西藏研究》2006年第3期，也是如此。

② 如2014年10月27—28日由法国高级研究实践学院与法兰西公学院、亚洲东方文明研究中心在法国巴黎召开了"岭格萨尔的多种面孔"——纪念鲁勒夫·A. 石泰安（Rolf Alfred Stein, 1911—1999）格萨尔学术会议。几乎国外最主要的格萨尔专家悉数到齐，如：主持者马修·凯普斯坦（Matthew Kapstein）是法国高级研究实践学院宗教研究部主任，兼任亚洲东方文明研究中心藏学研究项目主任；主持者前国际藏学会主席（2006—2013）查理斯·瑞博（Charles Ramble），曾任牛津大学西藏与喜马拉雅研究讲师（2000—2010），现任法国高级研究实践学院历史与哲学部主任；老一辈藏学家、安尼·玛丽·布隆多（Anne-Marie Blondeau）女士；著名格萨尔音乐研究专家、曾任法国科学研究中心首席研究员、87岁高龄的玛尔利·艾尔费（Marelli Helffer）女士；曾任国际藏学会主席（1995—2000）的藏族本教研究专家卡尔梅·桑木旦（karme Samten）；曾在英国卡第夫大学（Cardiff University）领导身体、健康与宗教研究团队、两次参加我国举办的国际格萨尔学术会、在研究藏族社会人类学与宗教、历史及文明进程方面卓有成就的藏学家杰弗尔·塞缪（Geoffrey Samuel）；还有曾长期在石泰安教授身边工作的汉学家郭丽英女士等。来自法国、英国、芬兰、奥地利、加拿大、澳大利亚、美国、荷兰、中国等十余个国家的学者参加。我国学者中国社会科学院民族文学所诺布旺丹、杨恩洪，青海省文联格萨尔研究所角巴东主、西北民族大学格萨尔研究院王国明参加了此次会议。

（二）文学研究的角度仍以文本研究及作者研究为主

在舆论领域频繁出现的"田野""版本""数据库"等研究进行中的"高频词"却并没有成为多数论文的主题，以"田野"和"版本"为研究主题的论文数量加起来也不过130余篇，而讨论《格萨尔》数据库的文章只有10篇，其中真正意义上的论文只有一两篇。更为传统的文学研究主题还是主流。

在《格萨尔》的文本研究中，文学叙事和审美研究表现突出，有99篇论文主要从文学叙事角度研究《格萨尔》史诗，113篇论文从"审美"或者"美学"角度展开研究。而文学细部研究则从人物分析、景物描写、语言学、文学人类学、文学生态等多种角度切入，呈现出丰富的面向，反映了《格萨尔》史诗研究在文学学科内部自身研究的多进路趋势。

艺人研究是《格萨尔》史诗研究的重要主题。说唱艺人是《格萨尔》史诗传承的最主要角色，国家、省（自治区）、自治州、市、县都有自己的代表性说唱艺人，以全国格办为代表的研究管理机构也多次组织了不同层级的艺人认定、宣传活动，客观上助推了艺人研究。[①] 不过在艺人研究的众多成果中，"八股文"特征极为突出，有相当数量的论文都套用了三段式的写作方式：艺人生平介绍、特色唱词节选、艺术特色总结。运用合适的方法对艺人进行整理研究是一种进步，但缺乏深入探索的"艺人研究"类论文容易流于表浅的套路，没有真正彰显其学术意义。

（三）与社会现实有关的话题成为当下的研究热点

这当然与人类非遗代表作名录的申报和获批以及国家非遗战略与政策相关。与"保护"相关的文献就多达444篇，与"遗产"

[①] 比如全国格办会同青海格办聘请相关专家于2014年7月10日至14日对青海省果洛州境内的32名《格萨尔》传承艺人进行了总体考察与分类鉴定。2012年12月全国格办在北京举办了"圆光中的史诗格萨尔王——学术研讨会暨唐卡展"等。

相关的文献更多达 535 篇。在从具体行业出发讨论格萨尔的文章中，较成阵势的旅游业占到 272 篇，而人们关注较多的影视、动漫、创新、创意等主题各均不超过 50 篇。这些相关的文献属于更大范畴的文化研究或者文化产业、文化政策研究，具有更明显的短板，与本文主题较远，不拟在此赘述。

值得专门列出的是，2015 年 9 月 10—13 日，在四川成都召开了第七届"国际《格萨尔》学术研讨会"①（以下简称 2015 年研讨会），共发表《格萨（斯）尔》论文 56 篇，其中《格萨尔》相关论文 53 篇。此次论坛突出的一个特点是为 10 位青年学者专列一场，他们的身份涵盖艺人、艺人/学者后代、研究生（文学、语言学、音乐学、社会学、自然科学），论题代表新一代学者的研究问题域，体现出青年学者的部分特征：勇于批评现有研究的不足；大胆采用多种学科的研究方法；关注比狭义文学理论更广阔的文化环境、自然生态与社会生态。但他们研究的基本问题仍囿于师长的视野限制。②

---

① 近年来，全国格办每年都会联合各个省区政府及学术机构主办 2—3 次《格萨尔》学术会议。2015 年研讨会是其中涉及国内研究学者面最广、主题最具代表性的一次，并且创造性地在论坛中设立"青年专场"，集中展示了青年学者的研究兴趣，故以该论坛为例进行分析。

② 与前辈相比，年轻学者多数具备了藏汉双语，甚至藏汉英三语研究能力，他们的关注点集中在三方面：一、格萨尔史诗本体的保护与传承。其中知名艺人斯塔多吉，艺人格日尖参的女儿杨青拉毛，玉树格萨尔抄本世家后代央吉卓玛已经不同于前辈艺人，接受了系统的藏族文学、人类学、民俗学、民族学的研究生教育，带着新的学术背景回到格萨尔的本体研究，包括地名、史诗历史与现实的考证，以及翻译问题。除了艺人研究，青年学者也关注到了藏区自然生态和社会生态变化中看待格萨尔本体的方式，以及保护与传承方式的变化。而拉玛扎西勇敢指出了当下格萨尔本体研究中语法研究的不足。二、格萨尔史诗表现力扩张的思考。高莉运用了西方视觉文化转向的理论，实际上是回到了藏族文化本身视觉文化的本质，而其媒介和表现形式的多元重构既是现在发生的现实，也是未来的发展方向。三、格萨尔研究的跨学科思考。站在社会学、音乐学、文化研究甚至自然科学的角度回望格萨尔。

第二节 《格萨尔》研究的创新
意识与发展趋向

我们今天研究《格萨尔》史诗，已经不同于历史上任何时代对格萨尔乃至藏族文化的研究，新的语境、新的问题意识、新的学术伦理原则和立场以及新的认识论方法论的移入，都令今天的学术工作，呈现某些新的态势。从过去年代人们带着西方文化中心论和中原文化中心论的立场，往往以俯视姿态看待藏族文化，对西藏全民宗教文化特性缺少认识，对包括《格萨尔》在内的藏族文化和艺术所具有的珍贵非物质文化遗产的典范意义缺乏了解和到位评价。几个世纪以来，由于藏民族在建构自己的艺术本体观念方面缺环较多，在很长的历史时期中都没有发掘与提炼格萨尔对于藏民族极具特色的艺术精神和艺术形式的集大成功能和意义。于是，《格萨尔》研究就先天地缺乏了一种宏阔的历史维度的洞察和领悟以及精深的艺术演进规律的深刻把握。

从前文所综述的《格萨尔》研究的问题域历史与现状不难看出，几十年来大部分的研究并不是为了提出和解决"问题"，而是因循着固有的思路，围绕格萨尔进行较为粗放的资料积累工作，如前述64项研究课题中，关于田野、资料的调查、普查类课题就有29项。资料工作当然非常重要，但这几十年间累积起来的巨量资料，并没有成为学术境界升华的资源。这些资料提出了什么问题，能够回答什么问题，发挥什么样的作用，这些是至今都没有被很好地思考的问题，离做出出色回答，距离还要更远一些。

《格萨尔》史诗的"唯一性"判断渐次失效。一些媒体和部分学人多年来都很爱说《格萨尔》是"唯一活着的史诗"。近年来随着史诗学学科的发展，以及传媒对传统文化的更多介绍，人们对包括《格萨尔》史诗在内的各种口头和书面史诗有了更全面的了解。《格萨尔》研究话语系统中很多所谓的"唯一"的桂冠,不少都失效了——以活态史诗的认定为例,今天大家都知道,在中国和世界上其他地方,仍有大量口传史诗以活形态传承着,《格萨尔》当然不能以此专美。

  史诗不仅是"一个内部包含极多异质因素的庞大的谱系"[①],其构成要素也很难再以单一概念进行定义和区分。过去我们简单地把艺人分为神授、掘藏、圆光、吟诵四个类型,近年来有人总结为神授型、掘藏型、圆光型、顿悟型、智态化型、闻知型和吟诵型等七个类型。[②] 从田野工作的成果来看,多数艺人不仅从职业化转向半职业化,身份也更复杂了。比如青海玉树著名艺人达哇扎巴,他从小在家放牧,据说 15 岁那年"经过一场神秘般的梦境之后,开始说唱《格萨尔》的故事",具有顿悟型艺人的典型特征,可是,他在说唱过程中不仅滔滔不绝、吐字清晰、结构严谨、表情丰富,还在表演中陷入迷狂状态失去自控力,具有鲜明的神授艺人特征。学者们还了解到,他成为半职业化格萨尔艺人之后,不仅整理自己所讲述的史诗,还勤于学习别的艺人讲述的《格萨尔》史诗演唱和文本,也会学习各种学术研究著述,以期多方面提高自己的说唱能力,这也使他超越了神授和顿悟艺人的路数了。

  在更为广阔的国际史诗学术格局中反观我们的研究,一些长期困扰我们的问题就会逐步清晰起来,即便有些问题不能一次性解决,也至少具有了解决问题的恰当思路。比如,长期占据我们观念的所谓史诗是关于历史的诗歌,所以一定要有历史人物、事件和场所的设定就相当幼稚。蒙古族学者就蒙古史诗的所谓历史真实性就

---

  ① 朝戈金:《国际史诗学若干热点问题评析》,《民族艺术》2013 年第 1 期。
  ② 诺布旺丹:《艺人、文本和语境——文化批评视野下的格萨尔史诗传统》,青海人民出版社 2014 年版,第 4、30 页。

质询说:"今天我们所见的蒙古史诗中,有哪位历史上真实人物的影子?从成吉思汗到忽必烈,从拔都汗到蒙哥汗,哪位骁勇善战的历史人物在史诗中得到了描述?哪个真实城堡的攻克、哪个曾有国度的征服、哪次伟大的胜利或悲壮的失败,在蒙古史诗中得到过叙述?完全看不到踪迹。……事实上,在有经验的听众那里,从史诗故事所发生的主要场所'宝木巴'国度到具体的其他地点,都应当合乎惯例地按照史诗的'语域'来理解……英雄主义气概得到充分的、概括化的彰显,而不必拘泥于具体的人物和事件。"[①] 也就是说,即便不具有历史真实因素,也不会折损史诗艺术魅力和文化价值的见地,已经影响到格萨尔研究专题的转向。

纵观文学史和文学理论发展史,创新始终是文学生存发展的核心动力。文学看似千年不变,但其并不具有唯一不变的本体,我们所见到的文学现象、文学理论体系和框架都不是生来如此,而是在一个漫长的历史过程中逐步建构起来的。正如我们现在看到的《格萨尔》说唱,也是经过数百年时间,在藏族传统语言特征、地域文化、知识体系和传承习惯中选择、阐释和发展的结果。党的十八大以来,以习近平同志为核心的党中央高度重视中华优秀传统文化的传承发展。习近平同志在2014年10月15日文艺工作座谈会上的讲话中,专门提到了《格萨尔》史诗,他尤其在很多场合谈到传统文化的与时俱进、推陈出新,推动中华文明创造性转化、创新性发展。在2016年5月17日哲学社会科学工作会议和在2016年11月30日中国文联十大、中国作协九大开幕式上,习近平同志都指出"中华文化延续着我们国家和民族的精神血脉,既需要薪火相传、代代守护,也需要与时俱进、推陈出新","要推动中华文明创造性

[①] 朝戈金:《国际史诗学若干热点问题评析》,《民族艺术》2013年第1期。

转化、创新性发展,激活其生命力"。①

通过对《格萨尔》学术研究的反观,更新《格萨尔》研究的问题意识已经成为该学科未来发展的基本前提。

首先,《格萨尔》文学文本研究需要充分追攀中国史诗研究的前沿成果,抛弃以黑格尔"绝对知识"终极性主张建构下删略前提、删略语境、删略条件的从属论、工具论文学观,接受多种范式话语对史诗文本的研究,对《格萨尔》文本进行"重新提问"。这种"重新提问"看似是对研究主题的扩充,实际上体现出在当下整个《格萨尔》研究群体看问题方式的变化,是一种与过去不同的区别真问题和假问题的标准,是一种新的回答问题的方式。十多年前,朝戈金发表了《从荷马到冉皮勒:反思国际史诗学术的范式转换》,已经提出了中国史诗学研究"范式转换"的呼吁。这一阶段的理论建构,抓住程式、典型场景和故事范型三大核心术语,将传统意义上的史诗"文本"细分为手抄本、木刻本、石印本、现代印刷本、改编本、勘校本、口述记录本、录音整理本、视频和音频文本,并基于"创编——演述——流布"的互动层面将其来源认定为"口头文本"(Oral text)、"来源于口头传统的文本"(Oral-Derived text)和"以传统为导向的口头文本"(Tradition-Oriented text)三个层面。② 口头程式理论可以充分运用于《格萨尔》的文本研究当中,尤其是其中以语词、词组和句子为单位的诗法句法分析可以成为《格萨尔》文本研究的重要面向。

第二,《格萨尔》研究需要充分总结传统研究和田野、资料研究的现有成果,对几十年来讨论的主要问题做出回答。这涉及我们

---

① 习近平:《在中国文联十大、中国作协九大开幕式上的讲话》,《人民日报》2016年12月1日第2版。
② 朝戈金:《从荷马到冉皮勒:反思国际史诗学术的范式转换》,《学术动态》2007年第21期。

对文学研究的另一种误解：认为文学研究是依靠一代代研究者不断积累文学事实、田野调查和考据结果逐步接近文学本质的过程。资料可以迭代累积，但文学理论是从量变到质变的"范式变革"的飞跃过程。这种飞跃指的正是我们"总体的看问题的方式"的变革。这也就是本篇论的主题"在问题意识导引下，寻找和确定新的问题域"。没有亘古不变的统一批评范式，它不符合马克思主义的辩证法。某一种范式在一定时期可以是研究的主流和常态，甚至可能成为了学科的"规范"和"常识"，但它也是会发生变化的。当时代已经发生变化，甚至研究对象本身已经发生变化，其他类似的对象通过当今的现代传播方式进入人们视野，过去学者眼中"唯一"的研究对象已经失去了其唯一性。面对种种新形势，仍然沿用过去的研究视角会越来越牵强，新的批评范式势必登堂入室，取代旧的范式。更替的过程是有阵痛的，对新范式的包容和接受是学科发展必然的选择。

以艺人研究为例，例如前述诺布旺丹已经在其著作《艺人、文本和语境》中将艺人类型重新认定为神授型、掘藏型、圆光型、顿悟型、智态化型、闻知型和吟诵型等七个类型，并进行了定义和区分，这是在大量田野基础上的突破性一步。[①] 但关于《格萨尔》艺人类型仍需进一步对各种类型现象的发生予以解释，才能在此基础上将艺人的"传记式"研究建构为一套包括艺人发生、认定、长期跟踪研究在内的完整理论结构。

再如对于格萨尔与历史人物、历史事件之间真假关系的讨论，除了历史学、考古学意义上的研究之外，从文学角度对此进行的探讨都属于过去19世纪对文学本质的认识论、反映论的理解，是传

---

① 诺布旺丹：《艺人、文本和语境——文化批评视野下的格萨尔史诗传统》，青海人民出版社2014年版，第3—4、30—37页。

统社会—历史批评的核心问题。在早期的研究中是正常的，但是在文本主义批评等话语体系已经融入中国文学研究三十余年之后仍然坚持提出这些问题，仍然是在两个世纪以前的学术视野和思维范式的原地踏步，是学科停滞、固步自封的表现。

第三，《格萨尔》研究需要始终保持对本体发展变化的开放性，超越书面文学研究范式，承认当代文化对《格萨尔》本身的解构与重建，建立符合口传文化特点的理论模型，勇于建构多元立体理论模型。

在全球化背景下，我们对于民族文化保护的意识进一步加强，越来越强调非物质文化遗产，维护文化表现形式的多样性，强调对于《格萨尔》史诗的抢救、保护和传承。在《格萨尔》史诗的研究视野中，地方性知识、文化多样性的观念指导我们研究格萨尔的个性和丰富性，强调了民族语言中那些不可翻译、但是极具文化特质的地域性的知识，极大地彰显了藏族文化自己的特色。这种研究，的确对于传统的一元化的知识观和科学观具有潜在的解构和颠覆作用，格萨尔文化、格萨尔艺术的蕴涵空前地丰富了，多样化了，世俗化了，也更人类化并人性化了。《格萨尔》研究的进一步跨学科综合研究，要突破目前文学、民族学（人类学）的研究模式，进入文化学（文化研究）、哲学、美学、艺术学、戏剧学、影视学、传播学、解释学、经济学等学科综合研究新领域。

格萨尔史诗从神圣性、历史性、故事性、知识性的文化传承对象转变成为一种蕴含民族的、并具有人类文化内涵的独特的艺术形式、一种艺术类别。当下《格萨尔》史诗的受众、介质、艺人生活都发生了变化。过去史诗的受众只是本民族的百姓，在民间流传，当今已经成为全球的艺术观赏者都能进行艺术与文化鉴赏的对象，并且得到官方、宗教人士、学者、艺术家、商界和民众的全面接触、扶持和支持。它的知识和文化传承意义被娱乐、文化身份等其他作用冲淡。过去史诗仅靠现场对于至多上百人说唱，艺人的临场表现、现场观众的反应对于史诗说唱的结果起到决定性影响；当今史诗已经通过现场表演、文字整理、音频、视频等多种方式传播，还通过通俗读物、电视剧、电影、动漫、游戏、流行歌曲等其他介质流传，受众无以计数。藏族谚语说，格萨尔艺人的数量就像杂色马的毛一样多。过去史诗说唱艺人大多流浪，走到哪儿说到哪儿，挣的是类似内地街头卖艺人"平地抠饼，对面拿贼"的供养或者布施；当今说唱艺人已经随着牧民的定居而定居，相当比例的艺人已经获得了国家固定的月薪或补贴，有的艺人已经成为了事业单位或者行政机关的工作人员，《格萨尔》说唱从艺人谋生的技能转向了自己的事业或者艺术特长。

我认为，《格萨尔》史诗的未来研究，要勇于突破作者（艺人）中心主义和文本中心主义的桎梏，勇于建构开放的、立体的、多元—多维的理论架构（下图）。

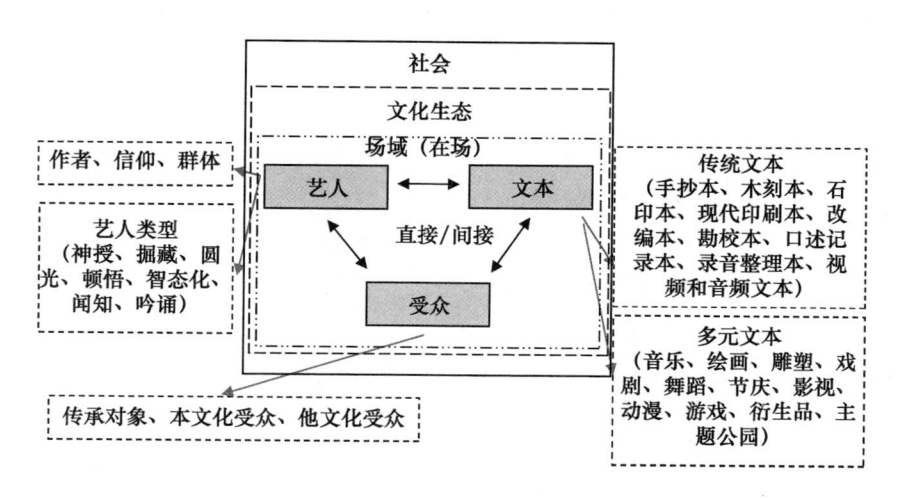

图10—2 《格萨尔》史诗未来研究的理论架构

第四，《格萨尔》研究需要参与到国际史诗研究阵营中，基于中国材料，做出理论贡献。从宏观角度，《格萨尔》研究要为"向世界讲好中国故事"，向世界展示中国文化、藏族文化做出贡献。不仅要将国际《格萨尔》和史诗研究的最新理论、方法、成果拿回来，进行比较研究；更要把最新的《格萨尔》研究新成果、格萨尔创意新故事、格萨尔创意新产品以国际表达方式推向世界。而从学科角度，基于丰富多样的文本和现实存在的多样化的艺术实践，国内《格萨尔》研究要为国际史诗理论的发展创新与开拓，提出中国总结与中国方案。

下 编

藏族文艺美学的视觉图像传统

导　言

　　这一编分为4章，是与上一编语言艺术传统同一维度的视觉图像传统分析。对于藏族文化传统来讲，视觉图像文化是一种延续很长时间的"视觉政体"。视觉图像传统不仅包括图像建构的技艺形态与规则程式，还包括观看与被看的双向互生。与上一编类似，选择了藏族视觉图像建构最重要的量度规则与极有特色的藏传佛教密宗曼荼罗（坛城）为分析对象，讨论了在传统视觉图像分析方式之外，形式与精神之间互相制约和建构的关系。

第十一章

唐卡与藏族文艺美学中的视觉传统

> 我们永远不会只看一件事。我们一直在关注事物与我们自己之间的关系。
>
> ——约翰·伯格《观看之道》
>
> We never look just at one thing; we are always looking at the relation between things and ourselves.
>
> John Berger, *Ways of Seeing*①

传统的唐卡解读大都采用作者视角,这其实也是普通艺术鉴赏的方式。正如里德(Herbert Read)在《现代绘画简史》里所言:"整个艺术史是一部关于视觉方式的历史,关于人类观看世界所采用的各种不同方法的历史。"② 正是因为强调的是作者之看,所以唐卡艺术强调其职业化、专业化、技术化和艺术化,对于唐卡的鉴赏于是变成了一个需要后天培养的能力,或者更确切地说是技术。人们热衷于谈论画师、技巧、风格、年代鉴定,出现了很多"唐卡专

---

① John Berger: *Ways of seeing*, London, New York: British Broadcasting Corporation and Penguin Books, 1991, p. 9.
② [英]赫伯特·里德:《现代绘画简史》,刘萍君等译,上海人民美术出版社1979年版,第5页。

家"指导人们如何欣赏唐卡,如何购买唐卡,而观者只能努力追寻作者之看的原意,附和那些关于线条、用色、构图的赞叹,关于神像身份的准确判断,仿佛只有这样,才算是看得懂唐卡。

但是观者被置于何处,就真的应该被忽略吗?我认为唐卡的意义不仅在于上述作者之看的意义,其真正的观想主体是观者。唐卡中的很多内容主题本身就是修行者用之观想的对象,它们的本意就早已超出了我们所理解的艺术范畴,是唐卡投射到观者内心协助其修持佛法的一种观看。在唐卡原本的意义里,就包含了看与被看二者的共生和互动。唐卡是走在今天的艺术理论和文化理论之前的。唐卡不像其他的艺术形式,需要等到文化研究的视觉文化理论已经上升到将观者考虑在内才让人恍然大悟,唐卡千年以来就是实践着看与被看的互动,一如慈悲佛眼,静静观望着世人争先恐后将其咂摸点评。

第一节 神的凝视:被看的救赎

研究唐卡有多种角度,从美学和艺术的角度来看,唐卡是一种艺术品,是一种蕴含着深刻的藏民族文化内涵的艺术品种类。

格式塔学派认为,"艺术品是一个完整的统一体,一种有力的'格式塔'……艺术品是作为一种结构感染人的……是各部分互相依存的统一整体"[①]。阿恩海姆进一步说,"一件作品要成为一件名副其实的艺术品就必须满足下述两种条件:第一,它必须严格与现实世界分离;第二,它必须有效地把握住现实事实的整体性特征。这就是说,一件艺术品必须完全独立于它周围的事物",艺术是"运用形象去显示出这种多样化的现象中所存在

[①] [美]李普曼编:《当代美学》,邓鹏译,光明日报出版社1986年版,第418页。

的秩序"①。而整体性的把握要从"部分"开始，再把握各部分的联系，并在头脑中重建这种联系，才有了整体的印象。"所谓'部分'，就是整体的一个特殊的'段落'，其特殊性就在于，它在特定条件下，能显示出与周围背景的一定程度的分离。反过来，周围背景的性质和排列，也能确定这个'段落'能不能成为一个'部分'，或者说，也能确定其'部分性'的程度"②。

唐卡的美学品质不可避免地与宗教联系在一起的。"反映了引向慈悲、光明存在状态（state of being）的宗教修行，以及它达到的无数美学表达。"③ 所以，我们的讨论，就从唐卡中最重要的一个细节——佛的眼睛开始。

大卫·摩根（David Morgan）提出了一个概念叫"神的凝视"（Sacred gaze）。他认为，在视觉文化的学术背景之下，观看（seeing）活动与"假设、倾向、习惯和常规、历史关联及文化实践"④有关。他说：

> 神的凝视这个词指明了观念、态度，及形成宗教观看行为的习惯的特定轮廓，发生在特定的文化历史背景中。一种神圣注视是一种方式，以这种方式，观看耗费一幅画、一个观者，

---

① ［美］鲁道夫·阿恩海姆：《艺术与视知觉》，滕守尧、朱疆源译，中国社会科学出版社1984年版，第195、185页。
② 同上书，第96页。
③ John C. Huntington and Dina Bangdel, *The Circle of Bliss: Buddhist Meditation Art*, Chicago: Serindia, 2003, p. 19. 原文是：The exceptional atworks gathered here reflect the religious practices that lead to this compassionate, illuminated state of being, as well as the myriad aesthetic expressions of its attainment。
④ 原文是：assumptions and inclinations, habits and routines, historical associations and cultural practices。参见 David Morgan, *The Sacred Gaze: Religious Visual Culture in Theory and Practice*, Berkeley: University of California Press, 2005, p. 3。

或者一种带着精神意义的行为。①

摩根的理论来自于视觉文化研究领域中的"凝视"。英国的福尔莱对其总结得好:"对于后结构主义和后现代主义(大部分是以精神分析学为中介)来说,凝视并不仅仅是一个关于感觉的概念。它所涉及的问题并不仅仅是关于观看机能,或是在某种物质层面上的映像过程,尽管此二者也是整个凝视概念的一部分。凝视的概念既涵盖了观看行为,也包括了被看的行为,既是感觉的过程,也是赋予意义的过程;既是呈现于眼前的事物,同样也是进入或是离开此种视像(或者说主观)区域的事物。"② 以及"凝视可以被看作是一种显示权力与控制,知识与能力的力量。更多是占有它,而不是简单地仅有观看的能力——它让主体与自身,与他者的关系得以正当化。有了凝视,就等于存在,或者换句话说,被他者的凝视来辨认,也就是获得在场感"③。

这是一个暂时不用考虑观者的视角,一如上面这段话所揭示的,借用罗兰·巴特用在结构主义中的词语——"锚定",也就是作者与图像以及观者之间的关系被"锚定"④。

这一点在偶像崇拜的宗教艺术里出现是再正常不过了。佛陀是唯一,而观者则是无名的芸芸众生。普通的观者观礼佛像,佛像也或悲悯或喜悦或忿怒或平静地望着脚下的众生。观者是谁已毫无意

---

① John C. Huntington and Dina Bangdel, *The Circle of Bliss: Buddhist Meditation Art*, Chicago: Serindia, 2003, p. 19. 原文是:Sacred gaze is a term that designates the particular configuration of ideas, attitudes, and customs that informs a religious act of seeing as it occurs within a given cultural and historical setting. A sacred gaze is the manner in which a way of seeing invests an image, a viewer, or an act of viewing with spiritual significance。

② [英]帕特里克·富尔赖:《电影理论新发展》,李二仕译,中国电影出版社2004年版,第2—3页。

③ 同上书,第28页。

④ 参见曾军《观看的文化分析》,山东文艺出版社2008年版,第42—43页。

义,甚至连画师也是多余。① 宗教的神圣感在这种主体缺失的观看关系里油然而生。这在晒佛的场景里最为明显,巨大的释迦牟尼佛像在整面山坡展开,佛祖慈祥地看着朝圣的信徒,而信徒有如蚂蚁一般黑压压地匍匐在他的脚下。在这个场景里,是谁在看谁?是我们在观礼佛,还是佛在看我们?在看与被看的互换之中,意义就产生了:人的渺小、佛的伟大,宗教的庄严神圣在这个场景凸显,构成了一个间性的观看世界。②

图 11—1 晒佛节

然而佛的视线毕竟不同于常人。佛的慈悲,能让他看到世间一

---

① 藏族艺术并不突出画家本身,唐卡作品鲜有题款。唐卡画作数不胜数,能知道名字的画师却只有那几位。不光是唐卡,佛像铸造、酥油花等,都是如此。

② 福柯曾经有一段类似的论述,他在描述一幅画家自画像的油画时说:"在表面上,这个场所是简单的;它是一种单纯的交互作用:我们在注视一幅油画,而画家反过来也在画中注视着我们。没有比这更是面对面的相遇,眼对眼的注视,以及当相遇时直率目光的相互叠加。但是,相互可见性的这一纤细的路却包含了一整套有关不确定性、交换和躲闪的网络。……但是,反过来说,画家的目光,因导向是油画以外的自己正面对着的虚空,所以,凡是存在着多少目击者,他都把他们当做模特加以接受;在这个确切的但中立的场所,注视者与被注视者不停地相互交换。"见[法]福柯:《词与物》,莫伟民译,生活·读书·新知三联书店 2001 年版,第 5 页。

切悲苦、所有善恶，而在佛眼之中，众生平等，众生都有菩提心。

在传统绘画理论中，眼睛是人物传神的关键。这在中国画论中就是如此。成语"点睛之笔"的原型东晋顾恺之[①]所说的"四体妍蚩，本无阙少，于妙处传神写照，正在阿堵中"[②]就代表了中国古代画家对于眼睛描绘能够传神的重视。这里"阿堵"指的就是眼睛。他还说"征神见貌，则情发于目"，也是强调眼睛能表达人物的精神和感情状态。比他更早的汉代的贾谊在《道德说》中说："鉴者所以能也，见者，目也。道德施物，精微而为目。是故物之始形也，分先而为目，目成也形乃从。是以人及有因之在气，莫精于目，目清而润泽若濡，无毳秒杂焉，故能见也。由此观之，目足以明道德之润泽矣，故曰'泽者，鉴也'。"[③] 表明眼睛可以通达道德，体现神。

在西方，新柏拉图主义者普罗提诺（Plotinus）也曾提出肖像画最重要的是眼神，因为眼神能够反映心灵。[④] 西方的文学艺术批评也一直把文艺作品中的人物的眼睛看作是"心灵的窗户"。

眉眼之神是唐卡艺术的灵魂。它在眉眼的"神的凝视"中蕴含着无限的慈悲，彰显着对人的关怀，也以"无"来开示佛境的万千意涵。

开眉眼是唐卡画师的绝活，据说"单脉相传，不轻易示人"[⑤]。"眉眼开好了，唐卡就更成功，如果开不好，本来已经画好的唐卡等于失败了"[⑥]。不过"开眉眼"只是一个统称，指的是五官的描

[①] 顾恺之是中国古代画论中最重要的一位强调眼睛描绘的先驱，关于他，除了"点睛之笔"，还留下了"点一睛百万金"这样的传说故事。

[②] （南朝）刘义庆著，徐振堮校笺：《世说新语校笺》，中华书局1984年版，第388页。

[③] （汉）贾谊著，阎振益、钟夏校注：《新书校注》，中华书局2000年版，第326—327页。

[④] 朱光潜：《西方美学史》上卷，人民文学出版社1985版，第119页。

[⑤] 达洛、白果主编：《雪域奇葩：中国藏区唐卡艺术》，黑龙江人民出版社2011年版，第93页。

[⑥] 西合道口述，吕霞整理：《美善唐卡：唐卡大师西合道口述史》，中央编译出版社2010年版，第149页。

画。也因为如此，开眉眼在唐卡绘画中尤为重要，要挑选良辰吉日，画师觉得身体清爽的时候才能进行。① 实际上，佛陀、菩萨、天女、俗人的眼睛在唐卡里都是不同的，而且同一尊像在走、行、坐、睡时候的眼神也不一样。②

  有经验的鉴赏者可以通过唐卡佛像的眼睛的画工判断这幅唐卡的工艺水平，而作为观赏者，当我们凝视神佛的眼睛，当下会有一种心灵震颤（也许无法察觉），这种震颤既来自于通过唐卡对眼睛描画形式带给我们的艺术上美的感知；也来自于通过佛像眼睛形状的描画带给我们对于佛像情绪的感知而带来的审美震颤；还有将佛像的情绪投射到自己内心，与内心的羞愧、喜悦、感动、悲伤相激荡所产生的心灵震撼。

  寂静相的佛像有一种叫作"玉见"③ 的眼形。此眼形有如横卧之弓，上眼睑的中间部分向下眼睑的方向凸出一个弧度，挡住了眼珠的上下边缘。当我们凝视这对眼睑下垂的双眼，安详温柔的感觉立刻笼罩过来，这是一种最为温和的眼神。而仔细看时，发现眼睛虽然微微眯起来，眼神却是温和地凝视着观者。这种眼形在唐卡画

---

① 达洛、白果主编：《雪域奇葩：中国藏区唐卡艺术》，黑龙江人民出版社2011年版，第91页。

② 一般来说，佛像的眼珠是淡雾色，佛与菩萨的眼帘是蓝色，忿怒佛像的眼帘是朱红色和黄丹色，天女的眼帘是金黄色。不过实际绘画中，眼帘也可以用其他颜色来画，这都由画师灵活掌握。比如西合道的黄财神眼睛画法是将眼睛涂成白色，用橘红色分染眼角，并将橘红色从眼角往眼中部稍稍分染，用黑色画出上眼睑，用普蓝色在上眼睑下勾一道内眼线，眼珠用湖蓝色涂出来，眼珠的边用普蓝色描一遍，中间再用普蓝色点出来。见西合道口述，吕霞整理《美善唐卡：唐卡大师西合道口述史》，中央编译出版社2010年版，第148页。此外，还有根据施主经济情况，把所有佛像的眼珠和眼帘都用金汁上色的画法。佛像的睫毛用黑色勾画，下眼帘上淡黄色，上眼窝上黄丹色，两个眼角上黄丹色，忿怒佛像的眼帘要上两遍黄丹色，再用朱砂勾描。佛陀和菩萨的眉毛要画成蛋青色，颜色从淡蓝到深蓝逐层加深。其他佛像的眉毛一般都是黑色的。见达洛、白果主编《雪域奇葩：中国藏区唐卡艺术》，黑龙江人民出版社2011年版，第92页。

③ 或"玉简"，或"衣见"。

师那里是表现了佛像"什么都能看见"[①]。"玉见"的眼形眼角有两种方向：两端下垂或者两端上翘。下垂的眼角略显严肃，像是佛像凝视之时若有所思。观此眼形，观者的心境也平静下来，仿佛随着佛像的视线往内心自视。对视之际，躁乱的内心渐渐平复，茫然无措的抉择在不知不觉中已答案自现。这就是佛教的信仰力量，不在于神佛为你做什么，他们只是引导你开掘自在的菩提心，在平和的心境中，唤醒自己内心的强大力量。而上翘的眼角喜气难掩却又若隐若现，佛像直视观者，像是赞许又好像有所节制，眼神温和，却有说不出的强大力量。与这样的眼神对视，观者再骄傲的内心也顿生谦卑，在佛无边的智慧海面前，凡人如此渺小蒙昧，修行成佛之路道阻且长。

图 11—2 唐卡佛像的"玉见"眼形

[①] 见西合道口述，吕霞整理《美善唐卡：唐卡大师西合道口述史》，中央编译出版社 2010 年版，第 145—148 页。

284 / 下编　藏族文艺美学的视觉图像传统

　　寂静相还有一种眼形如青稞粮食,称为"乃见"①,也叫"粮食眼睛"②,佛像以此眼形凝视观者,仿佛面无表情,当与之对视,悲悯之意刹那间涌进观者内心。佛像凝望众生之苦,用眼神让观者看到了自己的内心,观者当下所有悲苦艰难都有了依靠,更加虔诚礼佛修行,以求来世解脱今生无尽的苦难。

图 11—3　唐卡佛像的"乃见"眼形

　　唐卡的眉眼之神,除了慈悲形的慈眉善目外,还有忿怒相的"狞厉之美",二者相映相对,相辅相成。
　　忿怒相的眼形都用大而圆的瞳孔表现,眉毛很粗,并且两端上翘,两眉之间拧成深深肉结。忿怒相的佛像大多面目狰狞,背景装饰也大多恐怖阴沉,仿佛怒视观者。而观者大多因佛像外形狰狞便不敢与之对视。而忿怒本尊本就是护法降魔之像,自然显得凶狠。但若观者一心向善并无心魔,与忿怒相本尊对视,却发现眼神中并无残暴,竟也是慈悲智慧。

---

①　或"内见"。
②　见西合道口述,吕霞整理《美善唐卡:唐卡大师西合道口述史》,中央编译出版社2010年版,第145—148页。

第十一章　唐卡与藏族文艺美学中的视觉传统　/　285

图 11—4　忿怒相的眼形

佛像凝视众生，是用目光投射照亮观者内心，众生不是向外寻求答案，不是求神佛显灵，而是在佛像注视之下向自己寻找答案。文化研究专家霍尔认为："意义不在客体或人或事物中，也不在词语中。是我们把意义确定得如此牢靠，以致过不多久，它们成了看上去是自然和必然的了。意义是被表征的系统建构出来的。它是由信码建构和确定的……信码确定了概念和符号间的关系。它们使意义在不同的语言和文化内稳定下来。"① 然而，"意义所依赖的不是记号的物质性，而是其符号功能。正因为一种特定的声响或词代表、象征或表征一个概念，它才能在语言中作为一个符号去起作用并传递意义——或者，如构成主义者所说，去意指（符号—化）"②。所以，佛教文化的意指实践也是符号化的过程，既是我们常说的理念的形象化，更是通过符号，被人识别、掌握，进入到文

---

① ［英］斯图尔特·霍尔编：《表征：文化表象与意指实践》，徐亮、陆兴华译，商务印书馆 2003 年版，第 21 页。

② 同上书，第 26 页。

化循环和跨文化领域，在不断被人解释和阐释的过程中还原它的意义，甚至再生产出意义来。

这里有两个概念，"意指"和"意义"。意指（signification）对于索绪尔来说就是"某个符号或者符号系统与其指涉现实（referential reality）的关系"，"巴尔特充分采用这个概念以指符号在某种文化中的作用"。[①] 意指不等于意义，顶多属于"潜意义"，而"意义"（meaning）是指"任何意指的含义（import）。文化的产物。意义基本属于未被理论化的术语……意义不应被假定居于任何东西之中，不管它们是文本、言说、节目、行动或行为，即使这种活动和对象可能被理解为充满意义，意义是传播的产物或结果，所以，人们无疑会常常与之遭遇"[②]。所以，要使唐卡的意义真正实现，必须通过观者的观看，通过视觉将其变为现实，转换为观者的情感或者认识。

在我们对于唐卡的研究当中，佛教文化或者藏族文化的意指总是被具体化为画师或者度量经通过画面把所要表达的意义或隐或显地表现出来，所以，研究者们都是通过画面分析逆向追溯创作的"意指性意义"或者意义在画面中的实现程度，这便是一个基本思路。在研究者的论述中，常常假设制作者的意向和观众的反应之间的关系存在，但是具体进行分析的时候，却常常漠视这种关系存在，在实际研究中仅仅依靠识别和清点有意义的画面特征就揭示出意义来。所以，在标榜情境主义的研究背景之下，实际上进行着表征主义的研究。

---

① ［美］约翰·费斯克主编：《关键概念：传播与文化研究辞典》第 2 版，李彬译注，新华出版社 2004 年版，第 260 页。
② 同上书，第 159—160 页。

第二节　观与品：间性场域中的纯粹凝视

　　唐卡绘制的其中一个功能，是将宗教形象化，让初级修行者可以通过观想具体的形象"而去除妄念，信乐倍增，进而以有相入无相，泯除一切能所差别之见，体证万法平等，而与本尊相应"①。这令我们想起胡塞尔现象学中的"直观"②和索绪尔试图通过言语实现对语言的把握③——二者都是要观者祛表征之魅，实现对对象的"本质直观"。

　　传统的肉眼之看与心眼之看之分来自于柏拉图。在他的"洞穴隐喻"中，他借助苏格拉底之口，把地穴囚室比喻为可见的世界，把火光比喻为太阳的能力。人只能看见外部世界投射到岩壁上的阴影。在这个隐喻中，柏拉图提出了"灵魂的眼睛"的概念，在形而上学中驱逐了肉眼的存在。④ 在传统观点里，"肉眼之看"是一种经验主义的感性观看，而"心眼之看"是基于对意识、理性、精神的推崇而将其作为认识的前提。在这里，我并不打算追寻这两种"看"的哲学史脉络，也不打算准确梳理这两个词的内涵和外延，毕竟这两个词的原意是放在启蒙的理性光辉背景之下，这与唐卡分析的背景是不相同的。而我只想借用这两个词语之形表达唐卡审美

---

　　① 《安像三昧仪轨经》。
　　② 胡塞尔说："我们是在寻求关于认识本质的直观的明晰性。认识从属于思维领域，因而我们就能直观地把它的一般对象提高到一般意识之中，于是一种认识的本质学说就能为可能的了。"见［德］胡塞尔《现象学的观念》，倪梁康译，上海译文出版社1986年版，第12页。
　　③ 索绪尔对文字和语言关系的剖析充分表明了以文字为代表的现象和以语言为代表的本质之间的矛盾。他说："文字使语言的面貌变得模糊；不是一种装扮而是一种伪装"；"另一种结果是，文字代表的它所应该代表的语言越少，人们把它作为一种基础来用的趋势就越强。语法学家从来没有把注意力从书写的形式上移开过。从心理上讲，这很容易解释，但是结果却让人烦恼。"见［瑞士］费尔迪南·德·索绪尔《普通语言学教程》，刘丽译，陈力译校，中国社会科学出版社2009年版，第36页。
　　④ 参见曾军《观看的文化分析》，山东文艺出版社2008年版，第66页。

的两个维度:"工艺的唐卡"和"信徒的唐卡"。

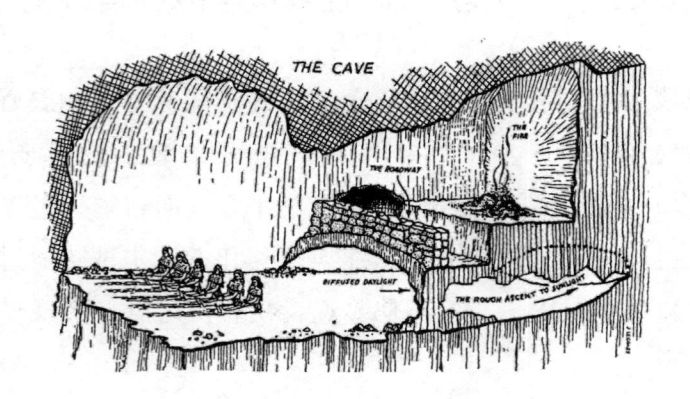

图11—5 柏拉图的"洞穴隐喻"

我用一个比喻来说明:唐卡像是一块考究的路牌,"肉眼之看"或者说"工艺的唐卡"看到的是材质、装饰、文字的花体、文字所讲述的内容、路牌抗击风吹日晒灾害的能力,甚至能咂摸出在夕阳下路牌独自站立留下长长影子的画面美感;而"心眼之看"或者说"信徒的唐卡"看到的则是"方向感",一如唐卡是引导初级修炼者进入佛界的方便法门。

在我看来,人们对于"工艺的唐卡"的审美,非常神似"肉眼之看"。正如我总结的前人对唐卡进行审美的8个主要特征,都是属于"肉眼之看"的,或者说,"物象"的层次。

所谓物象,顾名思义就是将唐卡视为一物。从物的角度分析唐卡的美,无外乎肌理、色彩、形状、科学的认知,作为画面,则是技术性的分析,基础就是"透视",既包括焦点透视,也包括散点透视。在传统的唐卡分析中,对其中心突出、讲究对称、散点透视的布局分析,对其线描勾勒方法和功力的技术分析,对其色彩及对比的分析,对于唐卡的装饰性、对于唐卡题材的广泛性的分析,都是在物象这个层次进行的。这符合了布尔迪厄关于"纯粹凝视"的本意,一种诗化的观看,一种艺术的眼光对唐卡的欣赏,即"纯粹的绘画意味着作为一幅画而被自在地和自为地加以欣赏,亦即作为一种玩味画的形式、明暗和色彩的游戏。换言之,而不是作为一种独立于关于超验意义的话语。所以,纯粹的凝视(与纯粹的绘画必然相关)乃是纯粹化过程的结果,是由历史不断变革过程中所实现了的本质之真正分析"①。布尔迪厄的这种判断可以视为将凝视看作艺术场域的产物的本质。他进一步说明这种凝视是需要后天习得的,他说,"'眼睛'是由教育再生产的历史产物"②。

然而,我认为布尔迪厄针对的是对纯粹的艺术品进行的凝视分析,但普通的艺术品与唐卡还有不同,因为唐卡不仅具有"工艺的唐卡"的艺术本质,还具有"信徒的唐卡"的宗教本质这另一重的本质。但是不管为何,它们都符合"纯粹凝视"的标准,都需要建构一套语言来将这一观看定型化、仪式化。一种是艺术的语言,一种是宗教的语言,两种状态下的观看都构成了场域的自主化。"信徒的唐卡",具有一种"宗教意象""宗教象征"甚至"宗教幻想与宗教幻象"的特质。唐卡造出了一个佛界的氛围,超越了"物"之"象",展现出的是一种佛的境界,一种神秘的情境;唐卡的画面充满了象征,就连唐卡本身都是神佛的象征,它是对"物"的抽象化,却又是对"象"的观念化。

唐卡又是一种幻象,因为它绘出了"象"的多义性,描绘了无"物"之"象"的模糊性。佛与菩萨慈悲而智慧的双眼遍照众生。当人注视唐卡中的佛像,看到自己被佛注视的时候,很容易产生或喜悦、或感动、或悲伤、或忐忑、或愧疚的心情。在这里,既不是

---

① [法] 布尔迪厄:《纯美学的历史起源》,载《激进的美学锋芒》,福柯、哈贝马斯、布尔迪厄等著,周宪译,中国人民大学出版社 2003 年版,第 57 页。
② [法] 布尔迪厄:《〈区分〉导言》,黄伟、郭伟华译,载《消费文化读本》,中国社会科学出版社 2003 年版。

佛的注视，观者缺失；也不是人们的观看，佛的缺失（佛像只是被观看之物）；这是一种佛与观者之间的双向对视、交流的视觉场域，是一种观者与佛之间的双向交互作用的关系。

这在哲学史上曾有清晰的脉络：从主体缺失回到"绝对主体"和"先验主体"，从非此即彼的主—客关系，到20世纪转向"主体间性"[①]。德国哲学家卡尔-奥托·阿贝尔（Karl-Otto Apel）拓展了对于交往[②]的语用学探讨。在他看来，人类知识的可能性条件和人类伦理与审美活动的主体间有效性这一"先验"问题，必须在人类语言交往共同体的观念中寻找答案。

对于唐卡的观看来说，要实现神佛对众生的观看与观者对神佛的观看之间的交流沟通，也必须有一个共同的基础。这个共同的基础在传统佛教教义里就是众生都有佛性，有菩提心。在佛教密宗根本经典之一的《大日经》里有"菩提心为因。大悲为根。方便为究竟者"[③]。而"经云，毗卢遮那告金刚手言，菩提心为因，大悲为根，方便为究竟，此经七卷三十一品从始迄终皆

[①] 正如前文所述，在哲学语言学转向中，对人的存在进行着有意的忽略。而福柯的论述也仅是预留了一个"主体—位置"的空位。而在20世纪，哲学界经历了"主体性的黄昏"，经历了从"上帝之死"到"人之死"。"绝对主体"和"先验主体"已经成为过去时，我们已然无法重建一个"主体性哲学"。在这个背景之下，传统的主体性哲学已经悄然转入"主体间性"。参见曾军《观看的文化分析》，山东文艺出版社2008年版，第61页。而"主体间性"也经历了从胡塞尔萌芽，到维特根斯坦、哈贝马斯、巴赫金和马丁·布伯的分别阐释。

[②] 交往（Communication）和对话（Dialogue）是西方哲学和美学关注的重要问题之一，许多不同传统的哲学家都阐发了语言与交流和对话在本体论上的极端重要性。语言被认为是人类知识的可能性和有效性的决定性前提，而美学则被看成一种在历史中动作的语言行为，一种社会的交流（交往）活动，一种具有特定形态的人类对话方式，是建立在主体间交往关系之上的意义的交互理解行为，是由人的存在状态确定的社会历史实践活动。参见金元浦《革新一种思路——当代文艺学的问题域》，收录于钱中文主编《理论创新时代：中国当代文论与审美文化的转型》，知识产权出版社2009年版。

[③] （唐）沙门一行阿阇梨记：《大毗卢遮那成佛经疏卷第五》，大正新修大藏经第三十九册No.1796《大毗卢遮那成佛经疏》，CBETA电子佛典V1.27普及版。

是显斯三句之义"①,指出《大日经》里核心的教义是三句话:"菩提心为因""大悲为根"和"方便为究竟"。

然而唐卡观视的视觉场域②是富于灵性的,微渺无形的,"比之图像传播或关于表征性质的问题的范围,是一个更宽广的领域"③。因为唐卡本身就具有场所的灵活性。唐卡被设计成卷轴形式,便于携带,游牧民族逐水草而居,有了唐卡,宗教场所不再仅仅限于庙宇殿堂,连最普通的百姓之家和帐篷,也能成为神圣的佛堂。也就是说,唐卡构建了一个信徒随时随地都能与佛交流沟通的机缘。

当看与被看同时出现在我们的视野,意义的研究凸显出来,在唐卡与观者之间实现来回往复的双向循环。不过,当意义成为研究的首要目的,这种看与被看的关系又走向两个不同的维度:一个是意义的过剩,一个是意义的匮乏。

从我对于唐卡艺术的研究文献综述可以看到,唐卡的意义解读可以简单地分为两大类:一种是借助艺术研究、宗教研究和文化研究的专业背景而展开的各种解读;另一类则是通过图片和文字来记录或者再现唐卡的一般性操作或表意常识。前者属于精英文化的范畴,属于典型的意义的生产和再生产。后者属于典型的大众文化的范围——尽管这类文字的总量和影响远比专家解读大得多,但是这类文化现象描述能进入专家研究视野的并不多,因为大多是最基本的常识问题,与进一步的意义生产和再生产没有关系,它们的兴趣点在于简单说明,目标指向仅仅在于告诉读者它是什么。

显然,这两种内容之间出现了深深的鸿沟,大量的文章因为介

---

① （辽）觉苑撰：《大毗卢遮那成佛神变加持经义释演密钞卷第一并序》，新纂续藏经第二十三册 No.439《大日经义释演密钞》，CBETA 电子佛典 V1.6（Big5）普及版。

② 视觉场域是对布尔迪厄"场域"的直接借鉴，由罗戈夫提出的。他将其用在对视觉文化现象的分析中。

③ ［美］伊雷特·罗戈夫：《视觉文化研究》，载罗岗、顾铮主编《视觉文化读本》，广西师范大学出版社 2003 年版，第 11 页。

于二者之间成为了相似意义的不断重复,以至于变成了毫无意义的数量堆积,反而造成了意义生产的匮乏。这又回到传统的"阐释"范畴,回到过度阐释和阐释空白的问题上。因此,我认为唐卡研究应适度转变方向,将目光从已经变成无意义的意义转到过去忽略的意义的发掘中去。

其实,唐卡意义的无限多样性源于不同身份不同经历不同目的不同文化的观者的不同阐释,源于观者自身的身份认同。

所谓观者的身份认同,就是观者在观看过程中文化身份的认同或者拒斥的态度。信徒的认同是以先前积淀在头脑中的佛教文化教义的修习、信仰和观念为前理解结构的。因而他的宗教凝视便是持念的凝视,充满崇敬、信仰的热情,纯粹,虔诚和全心的投入。这样一种相互的交流,是深入生命精神内部的一种交流:佛在看着我,在观照我,佛光照耀着我,而我祈望于佛,毫无杂念地将自身奉献于佛。如前所说,观看(seeing)活动与"假设、倾向、习惯和常规、历史关联及文化实践"密切相关。作为艺术家的凝视,则是对唐卡作为艺术作品的观想。它依据艺术家长期形成的文化的、民族的、地域的和艺术宗旨、艺术范式的艺术前理解构架。这里可能有对唐卡所表现的人文—宗教内涵的思考,有对唐卡独特的意识精神表现方式和独异的艺术风格的感受和体认,也可能有对唐卡色彩、线条与构形的艺术形式的欣赏或冲突。对唐卡的观想启示是多种多样的,从宗教到艺术的两极之间,有着无数种意义生发的可能性。

在斯图尔特·霍尔那里,文化身份可以被不断创造和建构,受到多重文化的制约。他认为文化认同分为三个历史阶段:第一个是启蒙时期,在此阶段主体是完整统一的;第二个阶段是现代主义时期,认为主体是经由个人与社会团体的互动产生,社会把个人按照性别、阶级、种族和文化的身份地位加以划分;第三个阶段是后现代主义时期,这个阶段认为主体是破碎的、有分歧的,而身份会随着时空的不同而改变，文化认同也是一个不断进行地没有终点的过程。他认为"文化属性并不永远固定在质化的过去，而是处于在历史、文化和权力中不断'游戏'中的主体"①。

霍尔强调他所说的"认同"是一种由话语实践建构的临时附属物，"意指一种交汇点，一种缝合点，它的一边是尝试进行质询的话语与实践，对我们进入一种特殊话语的社会主体位置进行责备或者欢呼；它的另一边是主体性生产的过程，使我们成为可被'言说'的主体。认同因此成为一种由散漫的运作而为我们所建构的主体位置的临时附属物"②。认同的产生，是面向对象，在面对对象的过程中反观自身，重新建构自己与对象之间的关系，从而完成文化身份的认同。"意义事实上产生于几个不同的场所，并通过几个不同的过程或实践（文化的循环）被传播。意义就是赋予我们对我们的自我认同，即对我们是谁以及我们'归属于'谁的一种认知的东西——所以，这就与文化如何在诸群体内标出和保持同一性及在诸群体间标出和保持差异的各种问题密切相关"③。

唐卡观看中的文化身份认同涉及两个方面。第一，观看活动中的文化认同方式。这是和观者和唐卡之间实际的观看关系相关的。而这一观看位置又有两种，在寺庙里唐卡的悬挂位置是高于人的视线的，观者需要仰视，这在晒佛节的观唐现场也是如此。在这一位置，观者对观看位置的认同意味着对画中佛像主体—位置的认同，这就伴随着人的自我认知趋于渺小，遵循着宗教教义所设定的观看位置和视线来展开对于唐卡形式和内容的认识和理解，进入预设的

---

① S. Hall, "Cultural Identity and Diaspora", in J. Rutherford ed., *Identity: Community, culture, difference*, London: Lawrence & Wishart, 1990, pp. 222–237.

② S. Hall, "The Question of Cultural Identity", in S. Hall, D. Held & T. McGrew ed., *Modernity and Its Future*, London: The Open University, 1992, pp. 273–316.

③ [英] 斯图尔特·霍尔编：《表征：文化表象与意指实践》，徐亮、陆兴华译，商务印书馆2003年版，第3页。

佛境模式。而在博物馆、画廊等地方，观者所处的观看位置被预设在画面的正前方，这也是画家完成绘画的位置。所以在这一位置，观者对观看位置的认同意味着对画师主体—位置的认同，这种视线的平视使观者得以遵循画家的视线指引，对画面形式、内容进行认识和评价，并且做出对于这一观看位置背后画师的认同或者排斥。

第二，文化认同中的变化、流动和差异。当我们用霍尔所总结的现代主义时期的文化认同观念来分析唐卡的文化认同，是很容易的，只需要先入为主地找寻一个本质主义的答案就行。比如特定的身份（藏族人或其他民族）、特定的立场（佛教徒或者其他宗教人士或者无神论者）、特定的审美趣味等。如果进入后现代主义的视野，就无法用简单的本质主义回答这个问题，因为"一方面，身份是流动的，从来没有被完全固定下来，总是不断地被重新构造；而另一方面，身份只是相对于它来说是'他者'的其他身份才存在的。……身份定位在社会身份之上，建立在具有共同经历或历史的社会群体之上。但是，这个概念也注定变得支离破碎，和本质论及绝对主义格格不入。身份概念指导人们把自己视为积极的参与者，允许自我意识在宽广的文化实践范围，包括文本、图像、商品之中得到表现，而不是把自己视为阶级主体、心理分析的主体、意识形态的主体，或者文本主体来对待"[①]。就连每一个观者个体也会因为知识、理念、生活环境的不同产生不同的身份认同。当唐卡进入到全球化语境，各种视觉传播手段、传媒与多元文化背景下的观者身份交织，构成了一个复杂的，由社会群体感、传统感、身份感和心理归属感等需求构建的认同系统。

正是由于文化身份的不同认知，对于唐卡的保护和开发才会有

[①] [英] 安吉拉·默克罗比：《后现代主义与大众文化》，田晓菲译，中央编译出版社2001年版，第82页。

千差万别的立场和态度。对于将唐卡作为非物质文化遗产进行保护方面，人们的分歧较少；但对于唐卡是不是应该作为文化产品进行开发，怎么开发的问题，争论一直不断。这不是一个正误判断的问题，更不是一个做出了决策之后就可以一刀切地解决的问题。正是由于有不同的文化身份认知，产生了需求不同的受众。只有分别满足了他们的需求，实现唐卡开发的多层次和多样性，才可能解决争论，避免开发过程中产生的不可逆转的失误和损失。

第三节　藏族艺术的视觉文化研究理论导论

长期以来，藏族文化和文艺理论研究建立在兄弟民族已经相对成熟的研究范式基础上，由此决定藏族文化研究领域两个基本事实：第一，藏族文化与兄弟民族文化具有相似特征，可以借用多种研究范式剖析；第二，尽管出于被动，藏族文化研究范式也会随学科范式转化而转化，不会一成不变。

实事求是纵观整个藏族文化史，藏族文化并没有明确的口头传统、书面传统、作家文学等历史阶段分期，且相较于书面文化，视觉文化与口头传统文化显然更具有连贯性和历时性，发挥着更主导和重要的作用。幸而在文艺理论视野中，书面文学、视觉文化与口头传统理论皆已繁茂，虽不至于削足适履，亦不难由此及彼，融会贯通。

如今在互联网上视频将成为主要观看方式，[①] 世界比以往任何时候更加将观看当作一种习惯，理论界开始史无前例地重视观看及其视觉理论。20世纪西方打破了长期以来形成的主客体分离的认

[①] 根据统计，2016年全国网络视频用户已经达到6.83亿，全网节目视频点击总量超过了7000亿次。数据来源："2016年视频网络传播大数据调研成果在京揭晓"，网址：http://www.zgswcn.com/2016/1201/748619.shtml（2016年12月2日）。

识论，亦突破了以逻各斯为基础的视觉中心主义在有关图像观看认识中的霸权地位，过去称之为笛卡尔透视主义的霸权开始解体，世界多元视觉批评的理论格局开始形成。① 这一潮流带动了多种文化勇于承认"视觉文化转向"的发生，也促使藏族文化等得以反思自身，以艺术的方式从来都是"实践着看与被看的互动，一如慈悲佛眼，静静观望着世人争先恐后将其咂摸点评"②。对于这种以视觉和口头传承等非文字方式为主进行文化传承的文化形态来说，视觉不仅是一种方式，更激进地说，视觉在一定程度上就是文化艺术史本身。视觉文化角度不仅是藏族文化研究一种新的研究领域，也是一种对一直被忽略的存在形态的"补充说明"，更是为了呼应我对藏族文化研究的一种基本态度：我们"无须、事实上也不可能在统一性与差异性、含义与运作、诠释与解构之间做选择……也没必要一次性地选定以揭示含义为基础的诠释策略或以揭示文本的制作模式为基础的解构策略"③。

一　遗失的拼图：藏族艺术的视觉文化研究路径

本文所谓藏族艺术的视觉文化研究与传统藏族艺术图像研究，以及后来发展出的影像批评研究有不同的侧重。除了指研究对象是视觉形式，更是代表一种研究思路的变化。

当研究的对象是视觉形态时，这不是一个新话题。但从图像或者影像批评发展史来看，向图像进行的提问从来都不是在同一种批评范式下完成的，它与提问者所处的历史年代下整个文艺批评的规范相符，对藏族视觉艺术的研究也符合这一规律。最初，传统的图

---

① 王林生：《图像与观者——论约翰·伯格的艺术理论及意义》，中国文联出版社2015年版，第34—35页。
② 意娜：《看与被看：唐卡的视觉文化分析》，《当代文坛》2013年第6期。
③ ［美］林·亨特编：《新文化史》，姜进译，华东师范大学出版社2011年版，第15页。

像志主要集中在追溯图像中符号意义上。进入20世纪，这一传统被打破，人们开始在一个更为广泛的人文背景中探索图像的意义，并形成了以图像文本为中心和以作者为中心的两种批评范式。以图像文本为中心的范式遵循"有意味的形式"的思路，对图像的考察从形式、色彩和三维空间知识三方面展开。尤因藏族艺术很大程度上的匿名性，图像文本为中心的批评范式自然而然成为正统。

以作者为中心的范式批判极端的形式主义，把对艺术家的考察纳入了批评的视野和范式。在非物质文化遗产概念进入研究视野之后，联合国教科文组织"非遗公约"里对遗产持有者的"社区、群体，有时是个人"的强调，以"传承人"为中心的保护方式，推动了以作者为中心范式的发展。该范式下，艺术家（作者）的历史就是艺术的历史，艺术家和艺术作品的产生背景是批评关注的重心，传记式批评是这一范式下的典型研究，对艺术作品的分析无不是从艺术家的生平或思想经历入手。[1] 除了对近现代艺术家的挖掘，对著名画家和传承人的推崇，[2] 在文物研究中大量引入对作者的考据，以及对四川炉霍郎卡杰等古代、近代传奇画师的挖掘整理，都是这一范式的典型表现。

随着现代技术的发展，传统的艺术理念已经悄悄发生了改变。人们开始质询"古代艺术的意义理应谁属？属于那些能够把它应用在自己实际生活中的人，还是属于古董专家这一文化阶层？"[3] 当艺术走向日常生活，或者说当我们从笛卡尔式的学科藩篱中挣脱，让艺术像它一直以来在藏区发展的自身逻辑那样回归到日常生活，再

---

[1] 王林生：《图像观看批评范式的历史性出场及其理论构成》，《内蒙古社会科学（汉文版）》2015年第5期，第160—165页。主流文艺理论中的作者研究，以及传承人口述史等人类学研究方法的引入，都加强了以作者为中心研究范式的盛行。

[2] 如十世班禅画师尼玛泽仁、土族唐卡画师娘本、藏族唐卡画师西合道等。

[3] ［英］约翰·伯格：《观看之道》，戴行钺译，广西师范大学出版社2007年版，第31—32页。

一味地追求作者赋予艺术的意义，或者遵循"原本中心论"的思路只从图像本身去分析就都成为了对艺术虚伪的虔诚。于是藏族艺术的研究路径进入艺术和情境研究，其实回到了传统学科大分工的思路，一方面解读"艺术文本"，研究艺术本身的反映、表现，另一方面从社会历史角度探索艺术创作的背景和意义。

藏族艺术的研究起步并不晚，几辈研究者进行了大量田野研究，对于艺术史的梳理也已经积累了大量的素材，形成了几部有分量的艺术史"大部头"[①]。随着非物质文化遗产观念的深入，以非遗项目为对象的艺术专门类别研究也如火如荼，主要是人类学、民俗学范式下的口述史研究和传承人研究。不管是艺术史研究还是非物质文化遗产研究，都因循着上述的传统研究思路。

藏族艺术的研究从正式建立现代研究范式开始就依附于汉地和西方的研究理论。一方面，藏族艺术史被视为整个中原佛教艺术的一个分支，是"汉藏艺术风格"中的一个表现；另一方面，在西方艺术史学者眼中，一直将藏族艺术视为"印藏艺术"或者"印度、尼泊尔—西藏艺术"的分支。[②] 两种判断方式都是从艺术学的角度出发，在从藏族艺术表现形式找出的突出的外在特征中寻找依附。但由于缺乏对藏族文化史整体上的理论建构和把握，两种说法很难互相说服，尤其是"汉藏艺术风格"的主张虽然从民间文学、民俗学、考古学等方面提出了大量证据，仍然很难改变古板的西方学界的偏见。[③]

---

① 关于艺术史，包括《藏族美术史》（康·格桑益希主编，四川民族出版社 2005 年）、《藏传佛教艺术发展史》（谢继胜、熊文彬、罗文华等著，上海书画出版社 2011 年版）。

② 谢继胜主编，谢继胜、罗文彬、罗文华、廖旸等著：《藏传佛教艺术发展史》上，上海书画出版社 2011 年版，第 1 页。

③ 以意大利藏学家图齐为代表的西方艺术史界在过去几十年里一直固执地将藏族艺术视为印度—尼泊尔—西藏艺术框架中的一部分，这些不仅表现在《穿越喜马拉雅》《印度—西藏》《西藏画卷》等早期著作中，在当下的西方博物馆里也是如此。乃至于成立于 2006 年的法国巴黎布朗利雅克希拉克博物馆中，也仍然延续此观念，将藏族文化置于印度—尼泊尔—西藏艺术体系之下。

二 视觉：一种文化史观

整部藏族文化史，从视觉的角度来看，就是不同时期对真实世界表现方式与观看方式的关系史。这里的视觉，并不囿于艺术，涵盖了包括传统艺术在内，绵延到现代传媒方式，进入宗教、历史、科学、法律、医学等专业领域的视觉文化。

从很多方面来说，藏族文化并不是文化形态的孤本，从其早期的视觉表现形式，到鼎盛时期的宗教艺术呈现，包括如今与全球同步进入当代视觉文化时代，它并没有在任何一个时期发生与世界脱节的现实。但它与世界上大部分民族文化的文化史相比，其视觉的绵延又造就了它在某些方面的独一无二：它尽管一直被外来理论所影响，却从未中断过文化传承的视觉性，也从未从根本上改变其视觉表现的基本形式，所以尽管我们可以用其他文化在各个理论时期的文艺理论和视觉文化理论套用在藏族文化研究中（由于藏族文化发生史的兼容并包，这种研究路径也并无不妥），但它所具有的历史连贯性、文化转化的渐变性却是大多数文化都不具备的，这是我们可以将其文化史作为视觉文化史最为重要的依据。

多年以来，藏族文化中的视觉表现形式一直是按照现代性框架下学科范式与理论建构的研究路径展开的。这种笛卡尔式非此即彼的范式架构忽略了视觉化的藏族文化本身"交融孕生"[①] 的现实，意即藏族视觉文化的表现形态实际上的复杂多样。比如，在文明早期以抽象视觉符号表现历史、信仰与世界观，在宗教文化繁盛的时期以视觉方式传达宗教信息，用写实的视觉产品直观地表现现实世

[①] "交融孕生"一词是经华语学者翻译创造自英文 cross-fertilization。英文原本的含义是不同地区和群体的思想、习俗等相混合孕育更好的结果（根据《剑桥高级学习词典和同义词词典》词条解释直译），见［美］玛莉塔·史特肯（Marita Sturken）、［美］莉莎·卡莱特（Lisa Cartwright）著《观看的实践：给所有影像时代的视觉文化导论》，陈品秀、吴莉君译，台北脸谱出版社 2013 年版，第 10 页。

界，在众多文明进入文字阶段以后，这里却迅速进入了将文字转化为视觉表现形式，以及将视觉表现形式转化为文字的双向转化过程中。如今，在全球进入数字化视觉表达时代时，藏区也齐头并进，在影视、广告等领域与全球保持着视觉上的同步。

然而，受到过去我们传统的学科划分的限制，我们早已习惯用一种以重要性和潜在的"等级"方式来进行人为的切割。比如将藏族文学、艺术学、宗教学进行区隔，没有建立起符合其实际的综合理论架构。建构起视觉的藏族文化史整体观念，给我们提供了一个全面的思路，让我们通过从古至今各种视觉媒体形态引领来看待藏族文化与艺术。

文化的所谓"高低"是文化这个词本来就有的含义，在此无须赘述。[1] 传统的藏族社会文化在精英阶层和民间以不同的方式交互以及并行传承，本来并无高下之分。但进入由近现代哲学所构架的学科分类和研究体系后，有了不言自明的"高低"之分，这种"高低"，在初期是由官方、经典为主要导向的社群精英和知识分子创造的"最佳的思想和言论"[2]与民间文学、民俗文化对立带来的高低划分。在这种熟悉的思维定式之下，只有高品质的物件和相关的物件和教育在人群中培养出来的才是文化，而民间文化则是不登大雅之堂的低劣文化。

这种认识在近几十年得到了一定程度的纠正，藏族艺术为代表的民族艺术，尤其是民族民间艺术已经从现代性所批判的前现代的落后文明象征物转变为后工业社会对人类反思现代性，寻找人与自然、艺术、宗教合一的精神归宿的借鉴之物，成为后工业时代人们

---

[1] 按照众所周知的常识性说法，文化理论学者雷蒙·威廉斯（Raymond Williams）所认为的，文化算是英语中最复杂的词汇之一。它是一个复杂的观念，会随着时间改变其意义。参见 Raymond Williams, *Keywords: A Vocabulary of Culture and Society*, rev. ed., New York: Oxford University Press, 1983, p. 87.

[2] Matthew Arnold, *Culture and Anarchy*, New York: Cambridge University Press, 1932, p. 6.

反观前现代传统文化的一面镜子。我们今天研究作为历史流传物的藏族艺术，已经不同于历史上任何时代对藏族文化的研究，而是带着不可避免的当代文化研究的语境。从过去年代人们带着西方文化中心论和中原文化中心论的立场，很大程度上俯视看待或者意识形态化看待藏族文化，对西藏全民宗教文化特性以及藏族文化和艺术作为人类极其珍贵的非物质文化遗产的典范意义的认识缺欠；几个世纪以来，由于藏民族本身还没有独立自在的艺术本体观念，在很长的历史时期都没有对于藏民族独特的艺术精神和艺术形式集中体现的意义给予发掘与提炼。这些，都成为藏族艺术意义生成史的组成部分。在时代的变革中，人们已经赋予它许多新的意义。在人类学定义中，文化努力摒弃传统的高低偏见，将自身定义为"生活的全貌"，也就是在某一社会里具有象征性分类和传达性质的各种活动。[①] 但是当传统民间文化获得应有的认可之后，又矫枉过正地开始转向另一种由传统文化和商业文化（或者更准确地说是文化工业乃至文化产业）带来的对立。

当我们在这里具体谈到视觉文化之时，已经不愿将其固化到过去几十年里基于物质载体讨论的艺术品本身，而更强调其"实践"属性。虽然不同的材质对于艺术作品的观看效果影响非常大，然而这种对于"实践"的强调可以有意识地将相当多人纠结的传统文化和商业文化之间的高低之分进行规避，毕竟这种划分在相当程度上是依据其物质载体和制作过程的不同进行的。比如在这种语境下对唐卡的分析，是否采用传统矿物和植物颜料、底线是手绘还是印刷都不再是分析的核心而仅仅是参考要素，这些影响实物价格高低的因素不再在视觉文化分析过程中参与高低划分。

[①] [美]玛莉塔·史特肯（Marita Sturken）、[美]莉莎·卡莱特（Lisa Cartwright）：《观看的实践：给所有影像时代的视觉文化导论》，陈品秀、吴莉君译，台北脸谱出版社2013年版，第11页。

同样以唐卡为例,强调"实践"属性,不是唐卡的绘画和制作实践,主要是指观看者,不管是个人还是群体,在观看时赋予其意义的实践。这种实践包括了作为藏族人、作为藏传佛教信徒、作为艺术鉴赏和收藏者、普通游客不同的身份认同。在此过程中,"影像和媒体文本这类物件不只是静态的买卖或消费实体,更是拉着我们以某种特定方式观看、感觉或说话的行动主体(active agent)"①。围绕唐卡,通过复杂的社交网络、宗教活动、观看、市场行为,构建了与之相关的文化。各种身份的观者,通过这些网络来交换意义。当然,同样在此过程中,物品也会赋予观看者意义,强化或者颠覆某种身份认同。

三 视觉表达:神圣语言与符号语言

对于宗教艺术为主体的藏族视觉文化来说,有两个话题始终无法避免但容易被忽视:其一是同一种视觉表达,即使是在同一种文化语境下,也有不同的解读,更不用说处于不同文化语境背景下的观者。其二是不同的视觉表达总是表达同一种神圣语言。

首先,同一种视觉表达,即使是在同一种文化语境下,也会有不同的理解,发生"意义或诠释的'浮动'"②。一个典型的例证是藏传佛教寺院门口最常见的《和气四瑞图》,在总体的敬老尊贤的和谐寓意之下,对于其故事的解读是不同的,解读的层次也是不同的。即便都是藏族文化背景下的观看者,也各自受制于不同的文化层次和关注点有不同程度的解读。普通民众只解读到四种动物按照长幼顺序互相尊敬;③ 其中,总有一些人的解读具有更大影响力,

---

① [美]玛莉塔·史特肯(Marita Sturken)、[美]莉莎·卡莱特(Lisa Cartwright):《观看的实践:给所有影像时代的视觉文化导论》,陈品秀、吴莉君译,台北脸谱出版社2013年版,第11页。
② 同上书,第12页。
③ 也有普通群众解读为四种动物合作摘取果实的故事。

影响别人的解读，尤其是在宗教背景下，宗教领袖的解读具有权威性。到最后，这种解读不再是观者根据图像内容在自己脑中生成的，而是通过图像唤起一种约定俗成的解释，是一种长时间协商产生的社会结果。

不过，虽然传统艺术理论与传统哲学风马牛不相及，但其实在传统艺术理论中充满了与传统哲学相似的"原本中心论"意识。也就是每一种"艺术品"都具有"原本"的绝对权威，对于它的释义具有无条件的支配意识。这种二元对立的逻辑一开始就抹掉了在视觉艺术作品和意义之间复杂的场域和关系。一般来说，对于藏族视觉艺术解读的"原本中心论"存在着两种不同的形态：

一是艺术作品与观赏者分属于两种不同的文化语境。如今跨文化交流不再是罕见的事情，更像是最基本的常态。而且艺术品跨文化的解读与简单的商品跨境流通完全不同，在这个过程中，藏族艺术面临着两种层次的"翻译"——一种是图像在异文化背景中的意义"翻译"，一种是图像的一种释义在另一种自然语言（如英语）中被"翻译"。从这个意义上说，过去艺术研究的理想，就不仅是要在作品与释义之间建立一种严格的对应关系，而且要在作者与观看者、作品与释义乃至"标准的"释义和"翻译的"释义之间建立严格对应关系。

二是作品与观赏者同属于一个文化语境。这种形态更多被称为"传统"（或者解释学中的历史流传物）。而且在传统中，作品本身也不是"原本"，真正的"原本"是一种具有神圣地位的东西，也被称为"经"。[①] 在藏族艺术中，《造像度量经》就是佛像绘制的"原本"，而各种佛经又是藏族艺术主题的"原本"，是开创性的"作"，而各种视觉作品只是传承性的"述"。这种传统的"作—述

[①] 参见李河《巴别塔的重建与解构》，云南人民出版社2005年版。

体制"揭示了我们在艺术研究中不可忽略的"神圣语言"。

维科在《新科学》中提到了"想象性的形而上学":"人在懵懂无知的时期就把自己当做权衡世间万物的尺度,把自己变成整个世界了。"①而传统无非是"神圣语言"的碎片,只在传统的内部有效,所谓的神圣语言直接命名或者创造了实在。②神圣语言是唯一的,但是作为碎片存在的传统却各自带有一部分神圣语言的成分,这成为了藏族艺术神圣性的基础,也成为了我们后世可以传承藏族艺术的基础。传统的传承所依据的,也是在想象性的神圣语言与我们所领会到的意义之间存在的,便是无穷无尽的符号语言。

三 观看:从方式到实践

我们太习惯通过"标准答案"来解读事物,因此会强调对于视觉艺术的解读和认知的正误。但不能忽视的是,正误的划分是由居于"权威"地位的诠释人所决定的。这个诠释人并不全然是一个群体,因为即使共享同一种文化身份和相似文化环境的人群,对于某一个具体事物的解读也总是带有偏差的。典型的现象是同一部电影播出后,会有各种不同角度的影评和解读,有些甚至会有正反完全不同的观点,因为每个人都由于各自经验、知识和立场不同,带着各自的前理解结构进入观看,又受制于自己的影像诠释过程。在不同版本的解释过程中,有的人的观点会比其他人更有说服力,他的观点会逐渐成为"正确"的观点。在作者中心论的时代,这种具有权威地位的人基本上就是作者本身。不难发现,在我们现在以人类学为导向的研究方式下,对于艺人的记录和访谈资料正是如此成为最核心的研究材料。对于具有宗教意义的藏族艺术来说,阐释者除

---

① [意] 维科:《新科学》,朱光潜译,人民文学出版社1986年版,第405—406页。
② 参见李河《巴别塔的重建与解构》,云南人民出版社2005年版。

了制作者之外，还有宗教权威，这是基于藏族传统艺术大多严格按照经文的规定来完成。从视觉文化的角度出发，意义既不是仅仅通过文本分析获得，也不是仅仅被权威个体诠释的，而是个体、影像和文本三者协商的结果，"就影响某一文化或某一团体的共同世界观这点而言，对于视觉产品的诠释与视觉产品本身一样有效"①，正如前文已经论述过的，视觉是一个实践的过程。

在这个意义上的藏族艺术史，不仅仅是艺术史家、宗教学家和人类学家/民俗学家的研究对象，而关乎每个观者。而且这种主张并不是将藏族艺术视觉从经文、口头和各种其他文本中独立出来，反而是想强调这诸多因素对于藏族艺术史的构成都有重要的作用，尤其是在这个过程中观看的实践不光成就了艺术品，也塑造了我们的生活。

看与被看（seeing and being seen）这一对视觉文化研究中被挖掘的关系在藏族艺术中早已得到证明："唐卡的意义不仅在于上述作者之看的意义，其真正的观想主体是观者。唐卡中的很多内容主题本身就是修行者用之观想的对象，它们的本意就早已超出了我们所理解的艺术范畴，是唐卡投射到观者内心协助其修持佛法的一种观看。在唐卡原本的意义里，就包含了看与被看二者的共生和互动。"② 在这一对关系中，最主要的视觉模式为凝视（gaze），借用西方学者现成的概念我将其分为"神的凝视"（sacred gaze）与"纯粹凝视"③，将最单纯的宗教意义与形式分析纳入其中，在拙文

---

① ［美］玛莉塔·史特肯（Marita Sturken）、［美］莉莎·卡莱特（Lisa Cartwright）：《观看的实践：给所有影像时代的视觉文化导论》，陈品秀、吴莉君译，台北脸谱出版社2013年版，第12页。
② 意娜：《看与被看：唐卡的视觉文化分析》，《当代文坛》2013年第6期。
③ 同上。在论文中我借用了大卫·摩根的"神的凝视"，用来描述在藏族艺术中神佛的"眉眼之神"，以及在宗教层面上看与被看的关系，又借用布尔迪厄的"纯粹凝视"，描述藏族艺术中形式美的观赏。

《看与被看：唐卡的视觉文化分析》中已有详论。

作为凝视的补充，我又增加借用瞥视、审视与扫视三个视觉模式概念，将"看与被看"的视觉关系进一步充实。瞥视（glance），本是"永久性的、精心制造的效果看起来好像是随意而转瞬即逝的细节"①。在绘画中，除了画面中心的神佛之外，总还有其他形象，或神灵或凡人，他们"吸引并指点观者观画，以使自己的画显得更加生动、可信"②。他们的存在具有两个重要意义：一方面，在藏族艺术中，尤其是佛像绘画中，形象是被度量经严格限制的，画师只能以工匠的身份准确再现造像的标准像。但画面中其他形象的创作使画师得以从"工匠"变成真正的"艺术家"，是画师艺术造诣的真正体现。

另一方面，这些人物与观者产生的瞥视模式，是一种对于"存在"的视觉交换，一种权力的彰显。与背景中的其他物体相比，他们被看到的几率会更高。西方学者所说"这个我们所知道的世界存在于观者的眼睛里"③的论断过于唯心，但瞥视中被凸显出来的背景元素为观者划定了一条知识的界限：神佛的形象是跨地域共享共知的，但这些被创作出来的部分构成了另一个观者的"共同体"，只有对某一内部共享的时间、地域、文化知识有所掌握的人才能明白这些元素所传达的信息。通过瞥视，观者的身份被确认，或者被塑造。

扫视（scan）是对画面整体大幅度的扫描式观看，各种绘画，尤其是壁画和大型的绘画有自己的几何结构，甚至由若干小的几何

---

① ［美］兰道夫·斯达恩：《在文艺复兴君侯的房间里看文化》，载林·亨特编、姜进译《新文化史》，华东师范大学出版社2011年版，第199页。
② 同上书，第200页。根据原文注解，这一观念来自意大利艺术家阿尔伯迪（Leon Battista Alberti）讨论1430年以来西方绘画艺术的论文，出处是他的著作 On Painting。
③ ［美］兰道夫·斯达恩：《在文艺复兴君侯的房间里看文化》，载林·亨特编、姜进译《新文化史》，华东师范大学出版社2011年版，第201页。

结构组成，常常是一幅画讲了若干个故事，它们以看似随意，实则遵循某种法则排列在画面中。对于绘画中这些部分的观看，不像主画面一样具有中心观看点，而需要一个一个走近，一个一个观察。整个画面通过这些组合和细节吸引着观者，最后又融入整个画面的范式当中。

这是藏族艺术生命力的寄身之处。在整个图式都被经典严格限制的世界里，艺术家在留白处的创作将作品真正变成了艺术品，而瞥视和扫视证明，这种艺术构成方式使他们的创作又不会影响整个图式的严密性。

视觉文化没有一套现成的理论可以套用，从 20 世纪中叶的英国开始，一批包括霍加特、威廉斯、汤普逊、萨韦利、霍尔等在内著名的文化批评家开辟了文化研究这一新的领域，带着反本质主义、反精英主义的批判精神，渗透到各个学科，传统意义上相对独立的文学、艺术史学、人类学、社会学、电影学、传播学等都受到极大的影响和冲击，从而造就了视觉文化这样跨学科的研究。[①]

藏族视觉文化的研究路径包括三种：

一是运用现有理论来研究藏族艺术图像和影像本身和文本意义。这是延续了过去的艺术本体论的研究方法，然而研究的目的不是艺术形式，而是作为"观看"过程中的一部分来理解，考察通过图像和影像本身透露它所属的文化本体具有的特征。

二是研究观看的场域，研究观看者（包括读者和听众）的心理和社会反应，从接受反应批评的角度观察人们对于视觉的回应模式。这一研究路径关注观看者的观看实践，其中包括藏族艺术作为宗教艺术理想化的观看者即宗教修行者；作为艺术品的专业鉴赏

[①] 金元浦：《序：约翰·伯格：一个离经叛道的另类》，见王林生《图像与观者——论约翰·伯格的艺术理论及意义》，中国文联出版社 2015 年版，第 1 页。

者；作为文化主体认同的藏族民众；作为异文化体验的其他民众。对于不同的观看者，其场域也有所不同，专业鉴赏者和宗教修行者的观看场域是理论化的，而民众则是真实的观看者。

三是研究藏族视觉艺术的跨文化传播现象，尤其是在全球化与文化多样性趋势下藏族视觉艺术的跨文化交流，以及对藏族文化本身的重新塑造。图像与影像的传播是需要相应的载体和机制的，在不同的文化脉络下，其意义也在发生改变。

藏族艺术的视觉文化研究是在以流行文化研究为主的文化研究学科已经充分发展的基础上才得以被研讨的。因而与一般的视觉文化理论建构有所差异的是，当我们进入藏族艺术视觉文化研究领域时，已经不用再经历20世纪末的理论危机，[1] 也不用纠结某一种理论的方法论，而是在各种观念中摘取酿造出新的视域，来对藏族艺术进行全新的研究。

根据视觉文化研究的应有之义，视觉文化并不仅研究那些被展示出来的东西，还要研究这些内涵是通过何种方式展现出来的，并且探寻各种并没有被展示出来的东西和观看者看不到的东西。[2]

从这个意义上来说，对于藏族艺术的视觉文化研究应该根据研究路径兼顾诸多议题。基于坚持视觉意义的产生并不是来源于图像或者影像内部，而是通过观看者在处理影像和图像的过程中产生的这一基本判断，对于几种不同类型的观看者是如何生产意义的方式成为主要的焦点。其中意识形态及其观看的权力关系，包括现代性文化生产对于藏族艺术意义的生成作用值得探讨。

---

[1] 在20世纪90年代，文化学者面临了一场批判理论的危机。因为他们在动荡时期具有的先锋作用被证明并没有产生实际的社会变革效果。于是大量理论家拒绝使用"理论"，而改用更为模糊的思考和书写方式。

[2] ［美］玛莉塔·史特肯（Marita Sturken）、［美］莉莎·卡莱特（Lisa Cartwright）：《观看的实践：给所有影像时代的视觉文化导论》，陈品秀、吴莉君译，台北脸谱出版社2013年版，第13页。

其次，藏族艺术不仅具有"工艺"的艺术本质，还具有"信徒"的宗教本质。它们都符合由布尔迪厄曾经提出的"纯粹凝视"的标准，都需要建构一套语言来将这一观看定型化仪式化。一种是艺术的语言，一种是宗教的语言，两种状态下的观看都构成了场域的自主化。它的宗教本质具有一种"宗教意象""宗教象征"甚至"宗教幻想与宗教幻象"的特质，造出了一个佛界的氛围，超越了"物"之"象"，展现出的是一种佛的境界，一种神秘的情境，是对"物"的抽象化，却又是对"象"的观念化。[①]

再次，藏族艺术史的梳理，并不是传统意义上的从传统到传统，要诚实地看到印刷、摄影、电影和数字化影像也是藏族艺术史中不可缺少的一部分。在当前全球化和文化多样性、多媒体整合的脉络之下，藏族艺术在传播途径和内容上日益全球化，传统艺术生产和展示方式都受到了冲击。这些复制技术、新的艺术形态和传播方式与视觉文化研究中的"复制"观念一样，以及他们引出的版权观念，以及在消费文化的发展和社会冲击层面上的角色，的确都是藏族艺术和文化在如今引起相当争论的话题。

---

① 意娜：《看与被看：唐卡的视觉文化分析》，《当代文坛》2013 年第 6 期。

第十二章

视觉技艺形态与规则程式

> 看往昔国君荣耀的形象,
> 获得了语言构成的镜子,
> 尽管他们已经远离我们,
> 他们的形象却并不消失。
>
> ——《诗镜》①

> sngon gyi rgyal po grags pa'i gzugs
> ngag gi rang bzhin me long thob
> de dag nye bar mi gnas kyang
> rang nyid nyams pa med la ltos
>
> *snyan ngag me long*

从历史源流和文化发展阶段来看,藏族传统艺术由于与藏传佛教的紧密联系,形成了以视觉为主体的一种基本形态。相较于书面文化,视觉文化(也包含被称为"口头传统"的口头文化)则更具有连贯性和历时性,发挥着更具主导性的重要作用。这种传统藏族视觉艺术特色鲜明,形态独具,统摄于宗教视觉表达传统,形成

---

① 赵康译。

了严格限定的视觉技艺形态和技法程式。

与世界许多国家传统艺术的表述一样，传统藏族艺术的研究、创作、批评中，极少着意提及"艺术"和"美学"，更多的是其基于藏族宗教传统构建并积淀的艺术创作/制作的结构、术语、方法、形态等，是自成一体的文化艺术的混融体系，其建构偏重于质料（介质）与叙事。本文主要讨论这一传统艺术美学的视觉技艺形态与规则程式的体系。

现代视觉理论本身并非藏族艺术美学创作中的既有理论，本文对于藏族美学与艺术视觉传统的研究，是从现代性角度对于传统的再阐释，并希望通过理论与批评的创新，逐步建构起现代意义上的藏族视觉艺术与美学新表述。

藏族文艺美学的现有框架基本上是参照中国古代文论建构的，因此偏重以文字为主的文化传统，视觉性始终没有进入研究的中心视野，藏族创作与应用中相对更为广泛和普遍的视觉艺术，往往被研究者忽略。但藏族视觉艺术作品很早就引起了全球关注，[1] 闻名于世。也曾一度创造中国艺术品在国际拍卖市场的最高价格。[2] 本文秉持"回到事物本身"的基本理念，从这里出发研究藏族文艺美学理论与创作的技艺形态和规则程式。

第一节　藏族视觉文化的技艺形态：质料性与叙事性

当前藏族视觉文化的研究被分列到两个主要领域：一部分进入

---

[1]　根据作者统计，全球超过 30 种文字出版过以"藏族艺术"为主题或章节的图书，数量超过 4000 种。

[2]　2017 年齐白石《山水十二条屏》以 9.315 亿元拍卖之前，中国艺术品最高价一直由"明永乐御制红阎摩敌刺绣唐卡"以 3.48 亿港币保持。

艺术史学科话语体系，展开基于考古学或宗教学话语的历史、材料、图案、技法等具体论域研究；另一部分成为文学研究的视觉材料，被当作"插画"，成为书面文学研究的辅助，主要展开图像内容研究。与这两部分相交的，是被视为历史学和社会学论述"证据"的图像身份。这样，作为"被观看"的对象，藏族视觉艺术的研究被细分到艺术史、艺术美学、艺术科学史、宗教艺术、艺术人类学、艺术民俗学等学科和角度。[①]

艺术创作和鉴赏双方，因此都成为需要专门培养的"技术"。这种技术分析路径强调了藏族传统艺术美学研究的两个侧重点：质料性与叙事性。

质料性的藏族文艺研究，看重藏族文学和艺术作品的物质属性，从学科和研究方法上尤其重视考古学和文物研究，比如艺术史早期的金石学考察；针对艺术史中期的古建筑、卷轴画和历史文献、宗教文献的对比研究；以及基于博物馆的艺术品比较研究。[②] 这一进路与西方19世纪至20世纪早期对藏族艺术的认识和分析方式一脉相承，早期西方学者多数是基于被拿到西方的藏族艺术和文献文物展开的观察和讨论，加之记录方式的限制，口头性和场景性的研究无法顺利展开，更无法成为主流。具体到（书面）文学与艺术作品，则以形式美学研究为主，体现为以物质形态为基础，展开对文献的版本、版式、纸张、印刷等，或美术作品的材质、图案、技法等方面的关注。

另一进路是对于叙事性的藏族文学艺术作品的研究，关注的重心常常是艺术品"所表现的是……哪个情节？所刻画的……处于何

---

① 此文只展开对藏族文艺美学"观看"传统研究的其中一个面向，限于论文篇幅独立成篇，但不应忽视藏族文艺美学"观看"传统除了本体研究，还有观看者与观看行为两个维度。

② 这种趋势与中国美术学术界的大趋势相符。关于中国艺术史与考古的联系，可以参看范景中、郑岩、孔令伟《考古与艺术史的交汇》，中国美术学院出版社2009年版。

种精神状态之下？他的动作和表情的含义又是什么？"①

图形制作是人类早期视觉意识的象征，图形符号与一般符号相比，可以"用于制作精确和准确的陈述，即便它们本身超越了定义"②。在艺术领域，视觉不应该限于感知，而与阐释关系更为密切。③ 这种叙事性的研究通常扩展至艺术品所放置的场景。其实藏族艺术品如今的展示场景与其最初的状态差别很大，多数研究者看到的藏族艺术品更多地在博物馆、图书馆、档案馆、画廊或电脑屏幕等场景，以原作、复制品、照片、影像、画册、数字图像等多种形态出现。只是这种对原始场景的"脱离"其实并不与藏族艺术本身相悖。藏族艺术，尤其是唐卡艺术的宗教功能不完全依赖于场所。唐卡艺术被创制为卷轴和其他便携形式，其中一意即为便于游牧信徒和初级观想者随身携带。从一定意义上说，不是宗教场所悬挂了唐卡，而是唐卡把它所在之处都转化为了宗教场所。

质料/介质性和叙事性的传统视觉研究视角大致可以看作是一种"作者视角"，聚焦基于艺术品创作的技术特性和"原本"意义的挖掘。藏族美术，尤其是藏传佛教美术作品多数具有鲜明的辨识度，也有相对统一的主题和立意，创作角度的技术特性在藏族文艺理论中呈现尤为突出，最重要的证据即是藏传佛教美术中严格的量度规则。记录量度经典的文献被称为"量度经"，是对这一主题文类的统称。量度经通常记录了量度单位和比例，以及每尊具体形象的具体比例。在量度经典中，既有对尊像身体和五官的量度比例，

---

① 巫鸿：《图像的转译与美术的释读》，《大艺术》2012 年第 1 期。

② W. Ivins, J. Pèlerin, *On the Rationalization of Sight, with an Examination of Three Renaissance Texts on Perspective* (Da Capo Press series in graphic art; Vol. 13, New York: Da Capo Press, 1973, p. 9.

③ N. Bryson, *Vision and painting: The logic of the gaze*, New Haven, CT: Yale University Press, 1983. 以及 Johnson Bourdieu, Randal Johnson, *The Field of Cultural Production: Essays on Art and Literature* (European perspectives), New York: Columbia University Press, 1993, p. 217.

还有尊像的姿态、法器、服装、首饰、座位等附属特征的绘制法则。经文版式、藏文字体、坛城、佛塔等，也均在量度限定范围内。

其实在藏传佛教造型量度方面，至今尚未形成高度统一的量度标准。[①] 原因之一，是藏传佛教教派众多，每个教派都有各自的尊像与神祇，而量度规则具体到每一种神像，没有一个文献可以涵盖全部。另一个原因，则是经过了漫长的临摹与注释历程，量度经典在传承过程中经历了程度不同的修订、阐释、再阐释和发展变化，并在各自的传承区域内得以充分实践，难以回溯源流，重新再合为一统。

文献中最常提到的藏传佛教艺术量度的"三经一疏"，常用以直接指代藏族量度规则，指的是收录在藏文大藏经中的四种美术理论文献。这四种文献是：

1.《如尼拘楼陀树纵围十搩手之佛身影像相》（又称造像量度经、佛说造像量度经、佛身相）（sangas rgas kyi gzngs kyi mtshan nyid，No. 5804）[②]；

2.《（转轮法王）画相》（又称绘画量度经、美术性相）（ri mo 'i mtshan nyid，No. 5806）；

3.《身影像量相》（又称造像量度经[③]）（sku gzugs kyi tsnad kyi

[①] 熊文彬、一西平措：《〈白琉璃〉造像量度画本》，《中国藏学》2010 年第 S1 期。

[②] 《造像量度经》在藏文中一般被称为"舍利弗请问经"（sha ri bu yis zhus pa'I mdo），梵文为 Pratimālakṣaṇa，全称《如尼拘楼陀树纵围十搩手之佛身影像相》，梵文为 Dasatālanyagrodha-parima-ṇḍalabuddhapratimā-lakṣaṇa。北京版藏文《大藏经·丹珠尔·经疏》部 318 筴《方技区恭》部第 123 函上五至上二十九。编号来自铃木北京版藏文《大藏经》总目，第 143 卷，1957—1958。下同。

[③] 《身影像量相》梵文为 Pratimā-māna-lakṣaṇa，也称 ātreyatilaka。《身影像量相》被译为"造像量度经"时，《如尼拘楼陀树纵围十搩手之佛身影像相》被译为"佛说造像量度经"。如当增扎西《18 世纪造像量度文献〈佛像、佛经、佛塔量度经注疏花蔓〉与作者松巴·益西班觉》，《西藏艺术研究》2015 年第 4 期。

mtshan nyid，No. 5807）

4.《造像量度经》的注疏《佛说造像量度经解》（又称等觉佛所说身影量释、正觉佛说身影像相释）（rdzgs pa'i sangs rgas kyis sku gzugs kyi tsnad kyi rnam rgre，No. 5805）①。以下分别简称为《造像量度经》《画相》《身影像量相》和《造像量度经》注疏。

和《诗镜》等其他藏族经典文献一样，"三经一疏"也从梵文翻译而成，其中《画相》的梵文原本早已失传，现有梵文版《画相》是从藏文回译的。②《造像量度经》及注疏，以及《身影像量相》都由扎巴坚赞（grags pa rgyal mtshan）和印度人达摩多罗（Dharmadhara）译为藏文。《造像量度经》的汉文版由蒙古族工布查布③（mgon po skyabs）在1742年从藏文版翻译，④并辅以他翻译或增撰的《造像量度经引》《佛说造像量度经解》和《造像量度经续补》。其中，《造像量度经引》类似序言，内容含有《画相》中绘画起源的情节，⑤以及梵式、汉式造像源流、量度和翻译的重要性等问题；《佛说造像量度经解》详述了各种量度；《造像量度经续补》分九部分，⑥专门讲述除佛之外的各撰度造像的具体量度、形象及造像的佛果与妄造之过、装藏仪轨等，并且贯穿了《时轮

---

① 《佛说造像量度经解》梵文为 Sambuddhabhāsitapratimālaksanavivarana。
② 《（转轮法王）画相》梵文为（Crakravartin）Citralakṣana，西方学术界最早关注到藏文《画相》是1913年 Berthold Laufer 在研究中提到的。魏查理、罗文华：《〈造像量度经〉研究综述》，《故宫博物院院刊》2004年第2期。Berthold Laufer, *Das Citralakshaṇa nach dem tibetischen Tanjur*（Dokumente der indischen kunst, 1. hft. Malerei），Leipzig：O. Harroassowitz, 1913。
③ 《清史稿·藩部传二》中写作衮布扎侦。
④ 根据其他学者的整理，译有种刻印版本，现今学者研究经常使用的版本是同治十三年（1874）南京刊刻的金陵刻本。见闫雪《〈造像量度经〉对勘与相关问题之探讨》，首都师范大学硕士学位论文，2009年。
⑤ 转轮王尾亚舍执政时期有个孩子夭折，梵天派毗首羯摩天教转轮王"画图之术"，画出孩子的样子，将其复活，由此诞生了绘画艺术。这一故事也被称为"求画"。
⑥ 指菩萨像、九撰度、八撰度、护法像、威仪式、妄造戒、徙灵略、装藏略、造像福。

经》《戒生经》等有关人体比例的重要经典。①

西方学者认为,这几部经典的原本均为古印度的工匠行会的专业工匠写成,并不属于某个宗教传统,而且由于其作者的匿名性,各种内容被后世重新诠释的空间相当大。其中一部分后来被佛教徒改造,并随着佛教的继承和传播成为佛教经典。②

《画相》是这四部著作中被推测最古老的文献,梵文原作可能诞生于6世纪前后。③ 在第一章引言和结尾都写着标题"绘画特点"(rimo'i mtshan nyid),以及作者名字那克那吉特(Nagnajit,藏文为意译 gcer bu thul,即裸族征服者)。第二章题目是"祭祀仪式的起源"(mchod par bya ba 'byung ba)。第三部分论述身体量度。

《造像量度经》的梵文原本成书年代也是根据藏文版确认的,被认为成书于10世纪;藏文版的名称在布顿大师1322年的目录中就出现过,证明藏文版的翻译在当时已经完成了。④ 在汉文版中提

---

① 廖方容:《"三经一疏"与汉文本〈造像量度经〉》,《美术教育研究》2012年第22期,第36页。

② Laufer 认为《画相》并非佛教著作,甚至全书都未曾提及佛。Berthold Laufer, *Das Citralakshaṇa nach dem tibetischen Tanjur*(Dokumente der indischen kunst, 1. hft. Malerei), Leipzig: O. Harroassowitz, 1913, p. 3. 后续的其他学者也都提及这一观点。比如 Asoke Chatterjee Sastri, *The Citralaksana, an Old Text of Indian Art*, Vol. 315, Calcutta: The Asiatic Society, Prefatory Note (by Jagannath Chakravorty), 1987.

③ 古斯塔夫认为《画相》是笈多时期的产物,见 Roth Gustav, "Notes on the Citralaksan and other Ancient Indian Works of Iconometry", In Maurizio Taddei ed., *South Asian Archaeology: Proceedings of the ninth Internatioanl Conference of the Association of South Asian Archaeologists in Western Europe*, Vol. 62, pp. 979 – 1028, Rome: IsMEO, 1990. 而鲁琉斯认为《画相》诞生于古印度天文学家、哲学家伐罗诃密希罗(龛日,Varahamihira)生活时期,即大约6世纪。Hans Ruelius, "Some Notes on Buddhist Iconometrical Texts", *The Journal of the Bihar Research Society*, Vol. 54, 1968, pp. 168 – 175.

④ 魏查理引述日本学者森信1993年的论文《造像量度经成立的背景及意义》,提到森信根据图齐的记录认为《造像量度经》成书于10世纪,而藏文翻译至少在14世纪已经完成。魏查理、罗文华:《〈造像量度经〉研究综述》,《故宫博物院刊》2004年第2期。

到"此经凡有三译一疏"①，被一些学者认为就是指的"三经一疏"②，但是这一说法显然并不合逻辑，在图齐的著作中也提到《造像量度经》仅在15世纪就存在四个藏文译本，③其他学者也论证了应有多个版本存在（过）。④《身影像量相》的量度与《造像量度经》略有出入，但与《画相》完全不同。⑤

尽管"三经一疏"名气很大，但毕竟原文是从无宗教差别的工匠行会文献佛教化而成，也不足以描述藏族美术在印度风格之外如今呈现极高识别度的独特风格。从文献角度来说，藏族美术经典绝非这四部梵语藏译作品而已，何况在"三经一疏"中真正产生意义和影响的也只有《造像量度经》，多数只具有学术价值，并没有多少实际的影响。⑥

由于量度经典的"面面俱到"与"事无巨细"，藏族艺术在后世发展中的创造力常受其限制，更多被描述和理解为"工艺"。然而，藏族文艺美学理论传统中，不仅有规则、限制，也有创造和突破，是一种值得剖析的文化艺术传统。

---

① 《佛说造像量度经解（大正藏）》Retrieved 2018年11月29日，from CBETA 汉文大藏.0945b28。

② 魏查理介绍逸见梅荣、悦西都持过这一观点，还提到吉崎一美认为三译是藏文本、蒙文本和满文本。[比]魏查理、罗文华：《〈造像量度经〉研究综述》，《故宫博物院院刊》2004年第2期，第60—76页。

③ Giuseppe Tucci, *Tibetan Painted Scrolls*, Vol. 1, Roma: Libreria dello Stato, 1949, p.292. 其中一个是尼泊尔译师 Jayasiddhi 和藏族译师 byang chub 的译本，另一个是阿底峡和 rma dge blo gros 的译本。另外两个译本不详。

④ [比]魏查理、罗文华：《〈造像量度经〉研究综述》，《故宫博物院院刊》2004年第2期。魏查理并没有明确论证藏文版的版本数量，而是认为梵文本身可能就有多个版本存在。

⑤ [比]魏查理、罗文华：《〈造像量度经〉研究综述》，《故宫博物院院刊》2004年第2期。

⑥ 熊文彬、一西平措：《〈白琉璃〉造像量度画本》，《中国藏学》2010年第S1期。

第二节　藏族视觉形象创作中的量度规则

除收录于大藏经的"三经一疏"以外，在密宗各种典籍中还收录有针对各自神祇的造像量度。比如《戒生经》《时轮经》《集行论》《黑色阎摩敌续》《黑色阎摩敌及其注疏》《文殊根劫》《四座续》等。[1] 通常被分为两大派：时轮派与律仪（戒生）派，就是从所依据的《时轮经》和《戒生经》来划分的。[2]

其他著作包括并不限于以下所列：

表 12—1　　　　　　　　　部分藏族造像量度书目

著作	作者
《如来佛身像度量如意宝（如来佛身量明析宝论）》（cha tshad bde bar gshegs pa'i sku gzugs kyi rab tu byed pa'i yid bzhin gyi nor bu）[3]	门拉顿珠（14世纪）（sman bla don 'grub）
《白琉璃·除锈》（bstan bcos baidurya dkar po las dri lan 'khrul snang g.ya' sel don gyi bzhin ras ston byed）	第司·桑杰嘉措（sde srid sangs rgyas rgya mtsho）1688年[4]
《听习各种立体坛城时的笔记卡片》（dkyil 'khor so so'i blos bslang gi phyag khrid gsan skabs bsnyel byang）	喜饶嘉措（shes rab rgya mtshos）

---

[1]　熊文彬、一西平措：《〈白琉璃〉造像量度画本》，《中国藏学》2010年第S1期。
[2]　（明）门拉顿珠、罗秉芬：《西藏佛教彩绘彩塑艺术——〈如来佛身量明析宝论〉和〈彩绘工序明鉴〉》，中国藏学出版社1997年版。《时轮经》通常是对密宗时轮教派经典的统称，引用量度的是《吉祥时轮根本经》（dpal dus kyi 'khor lo'i rgyud），《戒生经》指《续部·大教王律仪三十论》（rgyud kyi rgyal po sdom pa 'byung ba'i rim par phye ba sum cu pa）。
[3]　汉译本见门拉顿珠、罗秉芬《西藏佛教彩绘彩塑艺术——〈如来佛身量明析宝论〉和〈彩绘工序明鉴〉》，中国藏学出版社1997年版，第12页。
[4]　《白琉璃论》本身是一部历算学著作，著作本身和解释性的《除锈》绝大部分都与艺术和量度无关，只在《除锈》的最后部分谈到了量度系统问题。

续表

著作	作者
《圣像绘塑法知识源泉》（sku rten bzheng tshul yon tan 'byung gnas）	察哇荣巴·索南俄塞（13世纪）（tsha ba rong ba bsod nams 'od zer）
《身、语、意度量注疏花蔓（佛像、佛经、佛塔量度经注疏花蔓、佛像金塔之量度注释·鲜花蔓）》（sku gsung thugs rten gyi thig rtsa mchan 'grel can me tog phreng mdzes）①	松巴·益西班觉（sum pa ye shes dpal 'byor）
《利益之精华佛塔类型》（mchod rten gyi rnam bzhag phan bde'i gso'i gyur）	俄阿国·拿木卡桑格（rnga rgod nam mkha' seng ges）
《八佛塔之度量》（mchod rten cha brgyad kyi thig rtsa'i gtam）	荣塔·罗桑当木切嘉措（rong tha blo bzang dam chos rgya mtshos）
《度量实践说明》（thig gi lag len du ma gsal bar bshad pa）	荣塔·罗桑当木切嘉措（rong tha blo bzang dam chos rgya mtshos）
《度量疏驱散愚昧之入门明灯》（thig 'grel smin grol 'jug sgo gsal sgron）	俄阿国·拿木卡桑格（rnga rgod nam mkha' seng ges）
《度量明灯》（thig rtsa gsal ba'i sgron me blo bzang dgongs rgyan）	克珠丹增（mkhas grub bstan 'dzin）
《度量论鲜花蔓》（thig rtsa'i rnam bzhag me tog phreng mdzes）	措再·丹巴尖参（'tsho mdzad bstan pa rgyal mtshan）
《时轮度量经》（dus kyi 'khor lo'i thig rtsa）	克珠杰（mkhas grub dge）
《金刚蔓坛城尺度及实践》（rdo rje phreng ba sogs kyi thig dang bshad pa phyag len du ma'i skor）	喜饶嘉措（shes rab rgya mtshos）
《绘塑法解脱之奇观》（bris 'bur gyi glegs bam bzheng tshul mthong grol ngo mtshar ltad mo）	土观却吉尼玛（18世纪）（thu'u bkwan chos kyi nyi mas）
《常用工巧明之经箧》（bzo gnas nyer mkho'i za ma tog）	居米庞囊杰嘉措（'ju mi pham 'jam dbyangs rnam rgyal rgya mtsho）
《大日图像度量经》（ri mo'i thig rtsa nyi ma chen po）	噶玛牟觉多杰（karma mi bskyod rdo rjes）

---

① 汉译本见尕藏《藏传佛画度量经》，青海民族出版社1992年版。

续表

著作	作者
《佛像尺度佛陀身影宝鉴》（lha sku'i phyag tshad rgyal ba'i gzugs bang + nyan legs par lta ba'i me long）	次成木扎西（tshul khrims bkra shis）
《佛像度量经》（lha'i thig rtsa）	居米庞囊杰嘉措（'ju mi pham 'jam dbyangs rnam rgyal rgya mtsho）
《造像基线如日明照》（sku gzugs kyi thig rtsa rab gsal nyi ma）	居米庞囊杰嘉措（'ju mi pham 'jam dbyangs rnam rgyal rgya mtsho））

在上表所列著作中，门拉顿珠的《如来佛身像度量如意宝珠》影响最大。其中一些量度系统在原文中就标明参考来源，这些来源并不包括"三经一疏"。比如《白琉璃·除锈》中提到其尊像类别的划分依据《时轮经》《戒生经》《黑色阎摩敌续》等典籍（dus 'khor sdom 'byung gshin rje nag po'i rgyud sogs）而创作。[①] 而且《除锈》虽仍未能被尊为藏族美术的统一标准，不过其中首次明确将画像量度和塑像量度的差异提出来，[②] 这是一种在掌握大量资料基础上学者问题意识的体现，具有很大启发意义。后世许多学者，如松巴·益西班觉等，都在著作中沿用了释迦牟尼佛像的塑像高度125指，画像高度120指的说法。[③]

量度经的核心是诸尊的量度。如何对诸尊进行类别划分成为各种版本量度经之间的主要差别。传统三经一疏中的分类为5种：

[①] sangs rgyas rgya mtsho, *bai durya g. ya'sel*（W1KG12589），Tibetan Buddhist Resource Center, dehradun, 1976, p. 621.

[②] 作者在《除锈》第一函最后一页指明《时轮经》是雕塑的量度，《戒生经》是绘画的量度。sangs rgyas rgya mtsho, *bai durya g. ya'sel*（W1KG12589），Tibetan Buddhist Resource Center, dehradun, 1976, p. 621.

[③] sangs rgyas rgya mtsho, *bai durya g. ya'sel*（W1KG12589），Tibetan Buddhist Resource Center, dehradun, 1976, p. 621. 松巴·益西班觉的说法见尕藏《藏传佛画度量经》，青海民族出版社1992年版，第16页。

1. 佛造像；2. 菩萨造像；3. 独觉佛、罗汉、佛母、大梵天、大自天、那逻延天造像；4. 明王、金刚、护法神造像；5. 吉祥王菩萨造像。① 《白琉璃·除锈》中的量度系统分为：诸佛、怒相神灵、菩萨、佛母、明王护法、侏儒、有情众生和人像、金刚跏趺等8类，这一分类与门拉顿珠的《如来佛身像度量如意宝珠》更为接近。② 门拉顿珠分为 10 类：1. 出家人装束的等觉、无上化身佛像的身量；2. 具转轮王装束的无上报身、无上化身佛像的身量；3. 具有忿怒仙人身姿的诸转轮怙主的身量；4. 灭寂静菩提心、勇士等神像的身量；5. 金刚亥母等女神的身量；6. 大梵天、帝释天等世间天王的身量；7. 夜叉、罗刹等忿怒身姿的量度；8. 群主（狮身和牛头人身像）、矮人等众神的身量；9. 声闻、独觉等人像的身量；10. 盘腿打坐的众生及其服饰、手中器物等的量度。③ 松巴·益西班觉分为 7 类：1. 佛的化身和报身像；2. 本尊神、忿怒仙人像；3. 慈悲菩萨；4. 忿怒护法神和夜叉；5. 慈悲女护法神和护法神；6. 象鼻天等矮个鬼神；7. 阿罗汉。其他还有布顿大师的 11 种量度系统，噶玛牟觉多杰的 11 种量度系统，陈卡瓦·贝丹罗追桑波（'phreng kha ba dpal ldan blo gros bzang po）的 5 种量度系统，隆多喇嘛·阿旺罗桑（Klong rdol bla ma nga dbang blo bzang）的 4 种量度系统等。④

虽然量度系统不同，各种量度文本中的量度单位却完全相同，⑤只是这一单位与物理学意义上的量度单位不同，并不代表客观数值，而代表一种比例关系，这一比例在大多数情况下是十二进制

---

① 费新碑：《藏传佛教绘画艺术》，今日中国出版社 1995 年版。
② 熊文彬、一西平措：《〈白琉璃〉造像量度画本》，《中国藏学》2010 年第 S1 期。文章不仅提供了二者接近的种种例证，也转述了《除锈》画本导论对门拉顿珠的高度评价。
③ （明）门拉顿珠、罗秉芬：《西藏佛教彩绘彩塑艺术——〈如来佛身量明析宝论〉和〈彩绘工序明鉴〉》，中国藏学出版社 1997 年版，第 20—21 页。
④ David P. Jackson and Janice A. Jackson, *Tibetan Thangka Painting Methods & Materials*, London, 1984, p. 50.
⑤ Ibid..

的，即 1 个大单位等于 12 个小单位。总的来说分为大恰（cha chen）和小恰（cha chung）两个系统，或大、中、小恰三个系统。大恰的量度标准相当于所绘制的这尊佛像脸的宽度，也被称为一协，zhal tshad；zhal gang；zhal；gdong）、一拃（mtho；mtho gang）、一掌（thal mo；mthil）、一莲花（chu skyes）。一个大恰等于十二个小恰，小恰是我们经常用到的"指"（sor mo；sor），也是指正在绘制的这尊佛像的一指，而非绘画者的手。前述画像量度与塑像量度的不同就在于此：画像量度一大恰等于十二指，而塑像量度一大恰等于十二指半，即 1：12.5。一指又分为四"冈巴"（rkang pa），一冈巴又等于两青稞粒。这四种较为常见，而在量度经中还有肘长（gru mo，等于 2 大恰或 24 指）等。画像量度比例如下图所示：

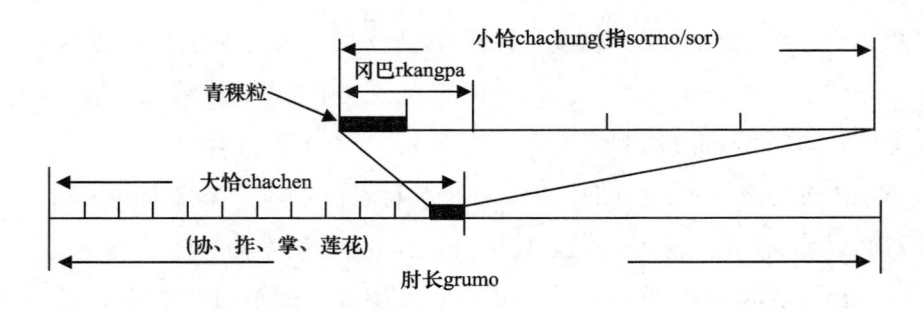

图 12—1　画像量度比例图示

第三节　量度规则下传统的藏族
　　　　文艺美学程式

量度规则代表了藏族文艺美学理论中普遍存在的一种程式传统，与用以分析藏族口头传统的"程式"（formula）理论有相似之处，是一种带有"公式"性的可重复性及稳定性[①]的结构规则。这一套规则可以保证历史流传物的忠实传承，通过形式上对有形、无形和精神"规则"的强调，并在实践中予以遵循，在事实上达到稳定的"复制"效果。与此同时，这一套规则又预留了足以形成完整可识别特征的开口：藏族文艺美学呈现出与众多其他文化截然不同的特性，既与规则来源地的古代印度和中原佛教传统有相似之处，又有高度的可辨识特征，正是这种规则外的开放空间在一代代"复制"中孕育出变化。两种作用共同发生作用，形成视觉技艺形态与规则程式，才得以发展出独出机杼的传统藏族文艺美学传统。笔者不揣冒昧，拟大略总结如下：

首先，以量度规则为代表的"程式"现象存在于藏族文学艺术的各种表现形式中。针对造像的量度占据了量度经篇幅中的大半，不过在视觉艺术领域内，如佛塔造像、经卷形制、文字书写等传统形式上也都各有相关的规则，形成了相应的程式系统。松巴·益西班觉[②]《身、语、意注疏花蔓》的成文结构就具有代表性，它分为五部分：身（坛城与佛像）量度、语（佛经）量度、意（佛塔）量度、绘画颜料、功德，其中前四部分的内容为工具性的。[③] 这一结构提示了被列入量度系统的"艺术"门类包括身、语、意三大类，指坛城、佛像和其他宗教造像、佛经和佛塔。除了视觉层面，像《格萨尔》这样的口头传统程式、《诗镜》这样的修辞学规则也构成了量度在各自领域中的一个向度。《诗镜》强调了语言对于整个文学的基础性作用，以及语法和写作规则成立的必要性，意在教

[①] 朝戈金：《口传史诗诗学的几个基本概念》，《民族艺术》2004 年第 4 期。
[②] 1704 年出生，青海托勒人，青海佑宁寺（dgon lung dgon pa）第三十二任堪布。
[③] 比如尕藏在编译时就直接删掉了第五部分，其他学者在介绍这著作时也通常直接跳过第五部分不提。尕藏：《藏传佛画度量经》，青海民族出版社 1992 年版，第 16 页。当增扎西：《18 世纪造像量度文献〈佛像、佛经、佛塔量度经注疏花蔓〉与作者松巴·益西班觉》，《西藏艺术研究》2015 年第 4 期。

导人们辨别诗德和诗病。《诗镜》开篇就对前人所写的有关各种体裁写作规则的著作进行了歌颂,认为正是有了前人关于写作规则的著作存世,"人们才有处世的准则":"如果称作词的光,①/不去照亮轮回界,/那么这全部三世间,②/就将变得黑黢黢。"这令人想起"天不生仲尼,万古长如夜"的感慨,仿佛是没有《诗镜》,人们在诗的世界里就像盲人一样,无法辨别形状和颜色。

佛像的量度包括量度标准的依据、不同身份尊像的不同量度,除了躯体,对服装、首饰、神态、配套的座椅等都有量度要求。佛像绘塑中常见如同舞蹈一般扭动的姿态也是在量度规定里写着的:"不管头伸向何处,上身要朝头的相反处倾斜,髋部要朝身体的重心部位伸出。有三道弯曲的人物画像就会显得楚楚动人"③。神佛的坐姿就分了8种,仅忿怒神的神态也在"须眉倒竖"之外可以细分为9种。④ 在绝大部分历史时期都处于"抄本"时代的藏族文化传播史中,不管宗教场所多么偏远,都能实现基本造型的误差控制在一定范围内,这与量度标准的这套规定密不可分。

第二,在宗教艺术范畴里,量度经这类"工具书"自身已然超越了工具的功能,成为宗教教义的一部分。"绘塑和供养身、语、意的圣物……赞颂佛陀,默想佛陀"⑤ 是觉悟和修行的重要方式,如果不懂量度和绘制法,随意增删、臆造,不仅无法获得功德,还

---

① 这里的"词的光"指的是文法家们的定制语言规则的文法著作。
② 指藏族传统所说的神、人、龙三域。
③ 尕藏:《藏传佛画度量经》,青海民族出版社1992年版,第22页。
④ 8种坐姿为:右足放在左腿上的"右置金刚跏趺坐";同样右足放在左腿上的"菩萨跏趺坐";右足放在左膝上,左足靠近右膝的"英雄跏趺坐";左膝放在右腿上,或者右足上翻于左大腿内侧的"女英雄跏趺坐";左足放在右腿上,左膝比右膝略低的"莲花跏趺坐";坐在坐垫上,双足间有一肘宽距离的"蹲坐姿势";坐在高座上,双足平放在地上的"圣贤坐姿";双足对掌而坐的"吉祥坐姿"。9种忿怒神神态是:妩媚相、英雄相、忿怒相、欢喜相、凶悍相、可怖相、慈悲相、威武相和善良相。
⑤ 尕藏:《藏传佛画度量经》,青海民族出版社1992年版,第3页。

会累积罪孽。在量度经中提到，一切敬仰都"不如塑一尊具妙相之佛像更有福德"。任何一个人，不管是自己画，还是请画师画、塑佛像，都可以积累功德。哪怕是孩子用沙子聚一尊佛塔，或者用木棍在墙上画一尊佛像，也具有同样的功德。当然，如果能绘塑出具有庄严相好的"三十二相"与"八十微妙相"（八十种好）的如来佛像，是极大的功德。只有绘制佛像的人性情温柔、虔诚、年轻、健壮、善良等具备诸般美德，才能绘出圆满的佛像。

　　量度经在古代印度是无教派的工艺手册，是佛教徒将其佛教化之后才成为佛教尊像的量度标准。尽管起初量度经是以佛教工艺规则的身份进入藏区，但因遭逢此时佛教艺术本身逐渐从无形到有形，从简单到复杂的发展过程已经充分展开，量度经便趁势直接深刻影响了藏族文化的形象化特质。藏传佛教在形成、发展和盛行的过程中，十分注重借助和利用具象化的艺术形式来宣扬教义，而这种形象化除了佛教普通的佛像等图示，还有以苯教和藏传佛教密宗的各种形象艺术为基础形成的各种艺术形象和祭祀仪式。在藏族文化的"十明"里，都充满了这种特质，在文学领域则是形象化为特征的描述和比喻的大行其道。在藏族艺术现实传播的语境中，藏族艺术成为藏传佛教的另一种"方便法门"[①]，一种能够逃脱藏传佛教各种繁琐修持和经咒的完美替代品。艺术和背后的精神文化借此打破跨语言、跨文化的界限，穿过宗教和教派壁垒，跨越过经济社会发展不同阶段和水平的差异，变成一种到处通用的文化语言。在这种语境下，与其说藏族艺术是一种宗教艺术，不如说艺术本身已经被认同为艺术宗教。

　　第三，各种尊像和坛城在各自的宗教文本中有不同的规定，在

---

　　① 笔者在几年前的文章里，写到过"唐卡是引导初级修炼者进入佛界的方便法门"。意娜：《看与被看：唐卡的视觉文化分析》，《当代文坛》2013年第6期。

各个教派中有自己独有的神祇和秘密神祇,没有能放之四海统领一切的标准。在《身、语、意注疏花蔓》中,就比较客观地叙述了坛城的智慧线、颜料、内部神祇多寡、神祇位置都各不相同;广布藏区的各种佛塔也分为自然形成的佛塔、无上佛塔、加持佛塔、成就佛塔、各续部佛塔、各教派佛塔等多种。[1]

上述现象同样体现了笔者此前论述过的藏族文艺美学理论中的"注释传统":双跨性、互文性与未定性。只不过在本文中,双跨性指的是技术传统在传承历史中的横、纵两种跨越,横向跨越是量度经典来源是跨语种从梵文翻译为藏文的,而且还经历多种版本的翻译、重译、回译、对勘等;纵向跨越指同一文本经历了历时传承,带有跨时代语境特征。在横、纵两种跨越综合作用下,量度经文本历经数百年传承,完成了本土化、经典化、宗教化等过程,成为藏族自己的理论著作。互文性表现在以"三经一疏"为代表的量度经典成为藏文《大藏经·丹珠尔》重要组成部分,被纳入藏传佛教这一统领性的意识形态框架下,确保了其对藏族佛像、佛经、佛塔等量度的绝对权威,也是其作为藏族文艺美学理论经典的重要原因。未定性指示观念、文化和代际等层面的错位,带来诸多样态的"视域差"。藏族传统视觉艺术观念不是简单的汇聚起来,而是经历化合作用,内化并沉潜为观念因子,发生了并持续发生着作用,推动新的艺术生产和观念生产。

第四,藏族视觉艺术体现在量度规则上,呈现出两个完全不同的理论方向。其一是以佛像为代表的对宗教含义的具象化与叙事化;另一个方向是以佛塔、佛经为代表的对意义的抽象化与哲学化。两种方向和谐共存,也是藏族文艺美学理论海纳百川的包容性体现。

---

[1] 尕藏:《藏传佛画度量经》,青海民族出版社1992年版。

第十二章　视觉技艺形态与规则程式　/　327

　　在具体佛像绘制上，同样以《身、语、意注疏花蔓》为例，比如胜乐金刚有四面，这四张脸的画法就彼此不同：正面为鹅蛋形的忿怒脸，宽十指，眼睛高十青稞粒、宽三指；口中微露獠牙，上下齿间间距两青稞粒；眉间有与忿怒仙人面相类似的怒纹。左侧为椭圆形的勇武脸，宽四指，眼睛高度九个青稞粒，宽四指半。右侧为芥子形的欲望脸，宽四指，眼睛高度为一指，宽度为三个微度量单位，要像莲花花瓣那样漂亮。后侧为四方形的妩媚脸，宽一指，略露侧面，眼睛高度六青稞粒，宽三指半，与妩媚仙女类似，像鱼腹一样美丽。①

　　辞藻学在藏文文献中的作用也同样体现在量度文献中。这在数字上表现很明显。比如数字"4"用"吠陀"（rig byed，音译为日杰）代替，②"12"有时用藏文字"太阳"（nyi ma，音译为尼玛）代替，③"14"用"人类"（ma nu，音译为玛奴）代替，④"16"用"国王"（rgyal po，音译为杰波）代替，⑤"25"用"自性"（de nyid，音译为德尼）代替。⑥这种辞藻学的运用出于"传承范围或诗歌格律、涉密等原因"⑦，构成藏族文艺美学理论默会知识的一部分。

　　与佛像量度相比，佛塔量度带有更多象征性和抽象性，更接近佛教最初的意义。对这一过程进行简要梳理，可以展现藏族文艺美

---

① 尕藏：《藏传佛画度量经》，青海民族出版社1992年版，第48页。
② 古印度吠陀分四部，故表示数字4。
③ 古印度太阳宫中有帝释等十二天神，故用来代表数字12。
④ 古印度分人类为四种姓14种，所以被用来代替数字14。
⑤ 古印度有摩羯陀等十六国，各有国王，共计十六位，故表16。
⑥ 古印度外道数论派所说的自性，包括眼、耳、舌、鼻、手、足、肛门、皮、阴处、语、意、声、触、色、味、香、空、地、水、火、风、自性、大、我慢、神我等25种，所以会被用来代表数字25。
⑦ 当增扎西：《18世纪造像量度文献〈佛像、佛经、佛塔量度经注疏花蔓〉与作者松巴·益西班觉》，《西藏艺术研究》2015年第4期。

学理论多层次的丰富性。佛教诞生于古印度，虽然同时期①在印度本土和古希腊早已塑造了无数神祇形象，但佛教在创立之初的几百年中都并不崇拜偶像，没有神佛的形象。这是因为原始佛教②的理念基于释迦牟尼的教诲，他宣讲的是缘起论、四谛、八正道，最终跳出轮回达到解脱。而任何的形象，不管是人、是万物，更是世俗的一部分，是深陷在因果轮回中的。显然，原始佛教不能以形象赋予之。像原始佛教这样并不描绘神佛造像的"无偶像论"（aniconism）③传统并非古印度独有，也不只是传承于原始佛教。如何描绘神，似乎是困扰多种宗教的一个话题，几大宗教，包括佛教、基督教和伊斯兰教都经历过这样的挣扎。信徒们既认为神是无法用具体形象描绘，超越时空之抽象实在，又迫切希望自己能与神相亲近，能有直观方式观想神世界。

佛像出现主要是佛教自身传播中向普通大众普及的需要。一个渊博的佛教徒自然可以根据经文和自己的领悟力面对空的释迦牟尼宝座感受神圣之地的"功力"，却很难说服一个普通的民众面对同样的空白生发宗教情感，古印度本地的印度教本身发展出了"宗教虔诚"（Bhakti）这种方式，带给佛教、耆那教"永恒而深远的影响"④。贵霜王朝时期接受的大夏（Bactria）希腊文化中神与人

---

① 佛教纪年按照释迦牟尼涅槃第二年开始。佛祖释迦牟尼的生平都是圆寂数百年后逐渐编写到各个部派的经律中的，大多都是传说的形式，不仅内容夸张，各种对于释迦牟尼生活年代的说法间的差别甚至前后有600多年不同。圣严法师在《印度佛教史》（台北法鼓文化事业股份有限公司1997年版）第二章"释迦世尊·佛陀的年代"中介绍，关于佛祖生活的年代有70多种不同的说法，他总结主要观点后认为，公元前380多年的说法已经被大多数学者接受。英国学者Rupert Gethin 也在 Sayings of the Buddha（London: Oxford University Press, 2008）一书中说到，公元前400年左右的说法已经得到广泛的认同。

② 这里指自释迦牟尼创立佛教到古印度孔雀王朝时代佛教分化部派佛教出现之间的佛教。

③ 关于原始佛教和佛教早期艺术中的"无偶像论"，参阅 Susan L. Huntington, *Early Buddhist Art and the Theory of Aniconism*, Art Journal, Vol. 49, No. 4, New Approaches to South Asian Art (Winter, 1990), pp. 401–408。

④ Hermann Jacobi trans. *Gaina Sūtra*, S. B. E. 22, Oxford: Clarendon, 1884, pp. xxi.

"同形""同性"的观念（Anthropotheism）可能加速了这一进程，并且对站立姿势的佛像产生巨大影响。

第五，在看似不可撼动的刻板量度之外，藏族文艺美学的技术传统暗含了其创新创意的特征。由于量度的存在，藏族视觉更容易限于工艺而远离艺术。但如今称为藏族艺术，绝对不仅是工艺的成熟和对文化多样性的尊重，从量度的工匠技术到艺术创作之间，藏族艺术探寻出自己的路径。量度经规定的造像量度主要在于尊像、法器、服装、装饰、法座等，并未对画面背景进行具体规范。同样，坛城绘制的量度规范也仅针对内容和比例，未对每一细节进行形象规范。对于画师而言，有巨大的空间可供艺术发挥。尤其是非尊像和坛城类的唐卡，如故事类、场景类唐卡，则更是展示艺术家个人才华的擅场了。同时，即便是量度标准本身，也在传承中被藏族画师和量度经作者进行过不同程度的"创作"。这种创作源于藏族美术一种主要的非书面传承方式——"临摹"。在"临摹"过程中，佛像量度被不同程度修改，同时也成为"具体艺术家个人风格因素的重要标志之一"[1]。比如《度量实践说明》中写道，六拃和三面两种量度，是藏族大师们根据以前造像完美量度的印度佛像而成。[2] 这一路径与藏族文学等其他文化艺术特征相通，构成藏族美学之所以独特的原因。

临摹亦属于藏族文化传承中的非文献记录知识。其他被我列入非文献记录知识的部分，是藏族文艺社会学中重要组成部分的口头传统、神授传统、默会知识等。由于藏学建构的特殊性，是基于本土研究的薄弱，由近现代西方学者在文献和文物研究基础上强势代

---

[1] 熊文彬、一西平措：《〈白琉璃〉造像量度画本》，《中国藏学》2010年第S1期。
[2] David P. Jackson, Janice A. Jackson, *Tibetan Thangka Painting: Methods & Materials*, London: Serindia, 1988 c1984, p.147. 参考熊文彬、一西平措《〈白琉璃〉造像量度画本》，《中国藏学》2010年第S1期。

建的，非文献的知识一直被有意无意地忽略。诚然藏族文艺中存在大量神秘主义成分，但除开对这些内容的实证和记录以外，其所营造藏族文艺非文本、非物质的特质也应该被关注。

实事求是纵观整个藏族文化史，藏族文化并没有明确的口头传统、书面传统、作家文学等历史阶段分期，且相较于书面文化，视觉文化与口头传统文化显然更具有连贯性和历时性，发挥着更主导和重要的作用。幸而在文艺理论视野中，书面文学、视觉文化与口头传统理论皆已繁茂，不难由此及彼，融会贯通。当代视觉文化的潮流带动了多种文化勇于承认"视觉文化转向"的发生，也促使藏族文化等得以反思自身，对于这种以视觉和口头传承等非文字方式为主进行文化传承的文化形态来说，视觉不仅是一种方式，更激进地说，视觉在一定程度上就是文化艺术史本身。视觉文化角度不仅是藏族文化研究一种新的研究领域，也是一种对一直被忽略的存在形态不可或缺的"补充说明"。

各种文化在描述自己的艺术历史时，都暗含着一种预设，即"自己的艺术史就是全球的艺术史，至少是呈现的与全球艺术史在基本规律方面相通的艺术史"[1]。中国的相关研究者已经和其他民族的研究者，包括西方的一些研究者一样，意识到西方艺术史的写作方式不是普适全球的，同样，以诗、书、画为主体的中国古代艺术史写作方式[2]也不普适于中国所有民族的艺术史书写。不过，总结民族自身从古至今的经验，与借鉴其他文化中艺术史研究和写作经验，对藏族艺术史的学术建构是同样重要的。

---

[1] 张法：《一种新的艺术史写作模式》，《文艺争鸣》2010年第6期。
[2] 陈池瑜、陈璐、郭良实、穆瑞凤、许俊、王珺英：《"十二五"期间我国美术学科研究成果概述》，《艺术百家》2015年第6期。

第十三章

藏密曼荼罗（坛城）之形

> 丹青之兴，比雅颂之述作，美大业之馨香。宣物莫大于言，存形莫善于画。
>
> ——陆机《士衡论画》

"曼荼罗"词是对梵文中的मंडल（根据读音转罗马字为maṇḍala）的一种汉语音译，汉译通常称为"坛城"。曼荼罗（坛城）的梵语是由意为"精华""本质"的manda，以及意为"得到""拥有"的la所组成的，因此"曼荼罗"一词即意谓"获得本质"。所谓"获得本质"，是指获得佛陀的无上正等正觉。在藏文中，曼荼罗（坛城）被称为དཀྱིལ་འཁོར（读音为dkyil-khor）。在古代印度，原指国家的领土和祭祀的祭坛，现在一般而言，是指将佛菩萨等尊像及代表心要的梵文种子字、表示本誓的三昧耶形，以及在各种因缘场域中的行动，按照一定的方式加以配置排列而显现的图样。在有的情况下，佛菩萨诸尊只是聚集于一处，即被称为曼荼罗（坛城）。曼荼罗（坛城）含有宗教精神性和仪式性的双重意义和功能。曼荼罗（坛城）的形制是一种圆形加十字的图形。

作为佛界的描绘，十方三世的诸佛圣和菩萨的居所，造作曼荼罗（坛城）在古代印度的佛教中，主要是筑土坛，并在其上绘出诸尊，并在事后毁坏的形式；所以造作曼荼罗（坛城）在古印度主要存在于印度教的壁画和佛教史书与经文的描述。在汉传佛教密宗和真言宗中，是专门用纸帛来绘出诸尊曼荼罗（坛城）。而在藏传佛教密宗里，曼荼罗（坛城）以唐卡、壁画、雕塑、建筑等形式存在，其中最为著名的是将仪式和图形合而为一的彩砂曼荼罗（坛城）。

从禁绝佛陀形象的描绘，到曼荼罗（坛城）绘满十方三世无数佛与菩萨的形象，描摹佛界面貌，曼荼罗（坛城）的出现，是对历朝佛教艺术的凝集。它并不是随着密宗出现被发明创造的，在整个佛教密宗吸纳各方传统，自成一派的过程中，曼荼罗（坛城）也经历了如此的发展。

正如经文所说，曼荼罗（坛城）是"如来以世间因缘事相。拟仪况喻不思议法界。以俯逮群机。若可承揽。便能普门信解勇进修行。及以蒙三密加被。自见心明道时。乃知种种名言皆是如来密号。亦非彼常情之所图也"[①]。就是说，曼荼罗（坛城）是如来用世间万物的面貌来比喻不可思议的法界，这样，可以鼓励众生努力修行。然后才能脱离曼荼罗（坛城）的形象，"见心明道"。

曼荼罗（坛城）的分类方式云云总总，不一而足。实际上，经过后人整理，除了藏传佛教曼荼罗（坛城）与印度后期密教曼荼罗（坛城）以外，其他印度佛教前期密宗、汉地密宗和日本"东密"对于曼荼罗（坛城）的分类基本统一，按照密宗义理分为金刚界与胎藏界的两界曼荼罗（坛城）（在日本天台宗为主体的"台密"中分为金刚界、胎藏界及别尊曼荼罗（坛城）三类）；按照义理与表现形式分为"四曼"：大曼荼罗（坛城）、三昧耶曼荼罗（坛城）、

[①] 《大毘卢遮那成佛经疏卷第四》，大正新修大藏经 第三十九册 No. 1796《大毘卢遮那成佛经疏》CBETA 电子佛典 V1.27 普及版。

法曼荼罗（坛城）、羯磨曼荼罗（坛城）。在近年关于藏密曼荼罗（坛城）的研究中，尤其是在中文研究中，绝大部分都沿用了唐密与东密的曼荼罗（坛城）分类方式。

但是，大、三、法、羯的分类方式是基于《金刚顶经》的，是以《大日经》和《金刚顶经》这些"经"（sutra）为主的。到了印度密宗的后期，尤其是藏传密宗，怛特罗（Tantra）出现，将前期的"经"也包含进来，印度密宗和藏传密宗把密宗分为事续、行续、瑜伽续和无上瑜伽续，这与唐密和东密的分类方式是不一样的。这样，曼荼罗（坛城）的分类方式也应该有不同。因此，论文建议从教义角度对藏密曼荼罗（坛城）的分类采用与藏密分类相匹配的事续、行续、瑜伽续和无上瑜伽续四类；从表现形式上分为自然智住光明曼荼罗（坛城）、平面彩画曼荼罗（坛城）和立体建造曼荼罗（坛城）三大类，再具体根据材料和形式分为具体的曼荼罗（坛城）。

曼荼罗（坛城）由最初的宗教尊像建筑等实物形式发展为抽象的形式化图式，并在历史演进中升华为文明原型、文化符号和艺术图式。荣格将曼荼罗（坛城）图形的意义解释为："梵语词曼荼罗（坛城）在普通意义上的含义是'圆'。在宗教实践领域和心理学领域，它是绘画、模型或者舞蹈出的圆形图像。"[①] 这一见解具有开拓性的启示意义。

第一节 自然曼荼罗与平面曼荼罗

藏密曼荼罗纷繁多样、千姿百态。每种形态独出机杼，特色鲜

[①] C. G. Jung, *Mandala Symbolism*, Princeton: Princeton University Press, 1959, P. 3. 原文是：The Sanskrit word mandala means "circle" in the ordinary sense of the word. In the sphere of religious practices and in psychology it denotes circular images, which are drawn, painted, modeled, or danced。

明。过去对于曼荼罗更直观的分类是根据曼荼罗的表相和质料来区分。从这个角度来看，划分的标准十分杂乱，并没有形成统一的大家都认可的分类结果。[①] 本文根据曼荼罗的表相将形象曼荼罗分为自然曼荼罗、平面绘制曼荼罗、立体建造曼荼罗三个大类。此外，还有一种身坛城，虽然观想的对象是有形的曼荼罗，但是身坛城的完成需要修习者在头脑中建构曼荼罗的形象，无法用肉眼观察并与他人分享，所以并不在我的考察范围内，而身坛城用来观想的曼荼罗形象根据其用料和表相被划分到别的类别中了。自然曼荼罗并无人为参与的痕迹。

一 自然曼荼罗

自然曼荼罗就是让炯曼荼罗。"让炯"（rang byung）是藏文的音译，是自然天成的意思，主要指的是冈仁波切峰（gangs rin po che）。这座山峰是冈底斯山的主峰，海拔6638米，位于西藏阿里普兰县境内，山顶很尖，终年积雪，山形很像一尊金字塔，四壁非常对称，自然天成，与一般的山峰完全不同。由于山峰常年云雾缭绕，人们都认为谁要是能有幸看到山顶会有好运。

因为阿里地区位于中国西藏自治区的西部，与印度、尼泊尔及克什米尔地区毗邻，在古代承载了著名的象雄文化，是古代的苯波教的中心，"由于其地理位置的原因，象雄肯定是向印度开放的，或是通过尼泊尔，或是通过克什米尔和拉达克。印度人认为冈底斯

[①] 《西藏密教史》中列举了一些过去的分类情况，并且作为几乎唯一的史料整理被广为引用。书中说："概括起来坛城有三类，一是众生的自然智住光明坛城，二是灌顶的表示符号彩画坛城，三是建造的坛城。具体分为彩色坛城、布画坛城、身坛城、资粮坛城、变化坛城、菩提心坛城、花束坛城、形象坛城等。龙菩提认为，彩色坛城从用料和表相分为珠宝粉涂画坛城、果汁画坛城、饰着本尊相的鲜花坛城、布画坛城、彩画坛城、石粉坛城、禅定坛城、身坛城八种。热、觉两位译师分为字坛城、相坛城、手印坛城、形象坛城、安放鲜花坛城、资粮坛城。轨范师金刚铃认为，坛城总分为彩色坛城、布画坛城和身坛城。"载于书中的第22—23页。

山是一座神山,所以经常前往那里朝拜进香。我们无法考证他们是从什么时候开始崇仰这一圣山的,但似乎可以追溯到象雄尚未成为吐蕃疆土之一部分的时候……那里既与犍陀罗和乌仗(斯瓦特)接壤,又与该地区的其它小国毗邻,希腊、伊朗和印度诸文明中的古老成分都经由那里传至吐蕃"①,早期的佛教就是通过这里传播到吐蕃的。

岗仁波切峰四周有八瓣莲花状的群峦护绕,与藏族人称之为"圣母之山"的纳木那尼峰相距100公里遥遥相望,两峰之间是圣湖玛旁雍错和鬼湖拉昂错。它也是亚洲四大河流的发源地。四大河流从冈仁波切四方流下,泉口状如骏马、雄狮、巨象和美丽的孔雀四只动物。

对于苯教徒来说,冈仁波切峰是"九重万字之山"。"九重万字"是苯教的象征符号雍仲"卍",因为在山的南峰从峰顶垂直而下的巨大冰槽与水平方向的岩层构成了像"卍"的形状。在印度耆那教里,认为冈仁波切峰是耆那教创始人瑞斯哈巴那刹获得解脱之山,称其为"阿什塔婆达",意即"最高之山"。古代印度教则称此山为"凯拉斯",认为是其主神之一的湿婆所居之山。

在佛教徒心中,有人认为佛教中的世界中心须弥山就是这座山,山顶就是帝释天的居所。传说,有福之人来此朝圣,还能听到峰顶胜乐宫中的罗汉敲击盘木的声音。千百年来朝圣的人们历尽千辛万苦来这里转山。他们认为,一生中只要到神山朝圣一次就算完成一件重要的善功。有一个传说,朝拜冈仁波切,转山一圈可洗去一生的罪孽,转十圈可在轮回中免去地狱之苦,如果转上一百圈在今生便可成佛。

---

① [法]石泰安:《西藏的文明》,耿升译,西藏社会科学院西藏学汉文文献编辑室编印1985年版,第22、23页。

因为如此，冈仁波切峰被视为是天然的曼荼罗。

二　平面绘制曼荼罗

平面曼荼罗即二维的曼荼罗，根据不同的标准还可以分得更细。不过现在已有的分类都将不同的标准混杂在一起，不免杂乱，所以我从介质、制作方式、色彩和材质等不同的标准对平面绘画曼荼罗重新进行归类：

从介质来分有唐卡曼荼罗、壁画曼荼罗、画板曼荼罗；

按照制作方式不同分为绘画曼荼罗、织绣曼荼罗、雕刻曼荼罗、印刷曼荼罗等；

按照色彩分为彩色曼荼罗与单色曼荼罗；

按照材质来分有织物曼荼罗、皮革曼荼罗、纸本曼荼罗、木板曼荼罗、壁画曼荼罗、掐丝镶嵌珐琅曼荼罗等。

因为按照上述标准划分的曼荼罗在分别介绍的时候会有重叠，我以介质为主线来介绍，并涉及其他各种平面绘制曼荼罗。

（一）唐卡曼荼罗

唐卡曼荼罗是最常见的曼荼罗形式。正是应了唐卡这一艺术形式被发明的初衷："唐卡的藏语意思是能摊开观赏的布绢卷轴画。它是藏族人民为适应高原游牧不定的生活，交通极为不便利的特殊生存环境而设计制造的，它携带方便，不易损伤，作画随意，不受建筑限制，易于悬挂，易于收藏，可随时随地观赏膜拜，是藏民族对世界绘画艺术形式的一大贡献。"[1] 唐卡曼荼罗也的确因此成为曼荼罗图里影响力最大的一种，不仅博物馆里展出这种形式的曼荼罗最多，现代印刷曼荼罗也大多以唐卡曼荼罗图为蓝本。

唐卡曼荼罗根据材质不同也有很多种。

---

[1] 尕藏才旦：《藏族独特的艺术》，甘肃民族出版社2001年版，第104页。

1. 织物曼荼罗，即以织物为底绘制、绣、手织或者印刷的平面曼荼罗图。

绘画的织物曼荼罗又叫"止唐"，是唐卡的两大工艺之一。用于绘画的织物以亚麻布、棉布最多，棉布中又多用白色毛布和府绸。① 此外，也有用没有图案的白色丝绸绘制的唐卡，但在过去丝绸价格比棉布昂贵得多。经过选布、上框、铺底、打磨四个步骤② 之后在其上绘画并以锦缎装裱成卷轴画。传统的唐卡绘画采用金、银、朱砂、雄黄等矿石颜料以及植物颜料，按照比例混合动物胶和牛胆汁作为颜料，这样的唐卡不龟裂不褪色变色，才得以保存至今。不过由于如今唐卡需求量大，传统的绘画颜料难寻，现代唐卡绘画有很多都采用现代美术专业颜料了。③

绘画的织物曼荼罗分为彩色和单色两种。彩色是在白色、金色（即金唐）、黑色（即黑唐）等背景的画布上用彩色颜料进行绘制；单色的绘画织物曼荼罗主要是说底色为朱红色，用金色勾勒的绘画唐卡曼荼罗。

绣的曼荼罗是将手工与绘画相结合的，分为丝绣、堆绣、丝贴。丝绣的曼荼罗是用各种不同的丝线经过手工刺绣织成。堆绣的曼荼罗是根据画面需要，用不同颜色的丝绸和布片剪成需要的形

---

① 毛布是较粗质地的棉布。很多介绍唐卡的文章望文生义，以为府绸是某种丝绸。实际上府绸是棉布的一个主要品种，用平纹组织织制。同平布相比不同的是，其经密与纬密之比一般为 1.8～2.2∶1。由于经密明显大于纬密，织物表面形成了由经纱凸起部分构成的菱形粒纹。织制府绸织物，常用纯棉或涤棉细特纱。根据所用纱线的不同，分为纱府绸，半线府绸（经向用股线）、线府绸（经纬向均用股线）。根据纺纱工程的不同，分为普梳府绸和精梳府绸。各种府绸织物均有布面洁净平整，质地细致，粒纹饱满，光泽莹润柔和，手感柔软滑糯等特征。该介绍参考中华纺织网：http://www.texindex.com.cn/Article/2003-9-3/83.html。

② 参见尕藏才旦编著《藏族独特的艺术》，甘肃民族出版社2001年版，第106页。

③ 据说，20世纪90年代中期，随着老一辈工匠的离世，后继乏人，颜料制作日渐式微，许多唐卡画师曾遭遇无颜料作画的境地。参见《华商报》2008年12月21日报道《"非遗"唐卡，何以价值百万？》。经过对五大藏区唐卡绘画画师的实地访问，除非特殊场合和需要，普通的唐卡绘画基本采用现代绘画的水粉、广告和丙烯颜料。

状，用针缝在织物上。为了增加立体感，有的还在里面填上羊毛或者棉花。在这些立体色块上再手绘更细微的图案。丝贴与堆绣有类似的地方，不过各种织片是由胶粘在织物上的。

手织的曼荼罗是将彩线直接用手编织成为曼荼罗唐卡图形的曼荼罗。

印刷的曼荼罗有两种，一种是雕版印刷唐卡，是用墨或者朱砂作颜料印在织物上的。雕版大多是木版，也有铜版和铁版，在德格印经院就藏有很多雕版曼荼罗。雕版印刷唐卡早期都单色的，后来有了套色彩印的唐卡曼荼罗。还有一种是彩色印刷唐卡，是现代印刷技术将曼荼罗图形印刷到织物上。印刷的曼荼罗是随着各个时代技术的进步而被应用到曼荼罗制作中的，印刷的曼荼罗造价比手工曼荼罗便宜很多，主要由普通百姓悬挂家中，[①] 虽然印刷曼荼罗，尤其是现代技术彩印的曼荼罗在艺术上会遭诟病，但是对于图样的普世传播有很大的帮助。

2. 皮革曼荼罗，是以处理过的皮革为画布的绘画唐卡曼荼罗，有牛皮、羊皮、鹿皮等。[②]

3. 纸本曼荼罗，是以纸为底版在其上绘画或印刷而成的唐卡曼荼罗。需要指出的是，唐卡虽然是卷轴画，但是与汉地装裱的卷轴画只是形似而已。唐卡并不是用纸装裱糊成，而是用丝绸锦缎粘

[①] 如今现代印刷技术的使用影响到了各种图样的唐卡，在我访问藏区时，发现因为价格和成本的低廉，印刷唐卡受到普通信众和游客的欢迎。我认为这并不能被理解为现代技术对于宗教艺术的损害，因为正如雕版印刷对于宗教传播的作用一样，现代印刷技术对于藏密艺术的传播也起到了同样的作用。被奉为精品并应用于宗教仪式中的仍然是传统的唐卡，但对于生活不富裕的普通百姓来说，关注的是画面的内容甚于形式，造价低画面同样精美的印刷品对他们的精神作用是一样的。

[②] 皮革曼荼罗是现在唐卡艺术市场上价格非常昂贵的一种，有人认为它才是最早形式的唐卡，符合藏区的自然与生活环境，比如天津人民美术出版社2004年出版的《中国唐卡艺术》；也有很多散见的文章说到皮革唐卡是元朝左右在蒙古高原出现的。由于没有考古证据支持，我猜测皮革唐卡最早应该是出现在藏区的，而且在纺织技术传入藏区之前皮革绘画应该已经出现了，在佛教传入之初可能就有皮革写、绘的相关作品了。

贴缝制而成。

（二）壁画曼荼罗

壁画，藏族人称之为"江塘"，文字上称为"德布热"或者"罗合热"，指的是直接画在墙壁上或者画在与墙壁大小相同的布上挂在墙壁上的绘画。壁画的颜料与唐卡差不多，也是在矿物颜料里加入动物皮胶和牛胆汁。在壁画完成后，要用蚕青和加工过的胡麻油等透明的油料涂在表面以保持其光泽。①

在藏区，壁画是非常普及的一种绘画形式，在寺庙、宫殿、住宅、公共场所都可以见到，而且包括天花板也常常绘有精美的壁画。不过，由于曼荼罗的特殊性，壁画曼荼罗主要在寺庙的殿堂里，有的比较简单的曼荼罗图形会作为装饰绘在寺庙回廊的天花板上。

（三）画板曼荼罗

画板曼荼罗因为构图与唐卡主图的构图差不多而常常被分到唐卡的类别里。实际上，由于唐卡的本意就是卷轴画，所以那些并不能用锦缎装裱成卷轴画的作品虽然呈条幅形与唐卡很像，但是划归唐卡仍显牵强。

在藏区有两种画：孜各利画和头神画，分别是指小幅的袖珍画和用作书籍插图的画，它们的共同点正是无法用唐卡的形式装裱起来。

不过，2003年，一种新的"掐丝镶嵌珐琅唐卡"出现，这是近几年根据汉地景泰蓝技艺发展的新的唐卡制作方式。从严格意义上来讲，掐丝镶嵌珐琅唐卡并不是卷轴画，基本都是用镜框装置的，不能弯曲卷折，但是它们的构图明显采取的是唐卡的主图构图，仍然用唐卡名之。所以，在介质上，我更倾向于将掐丝镶嵌珐

---

① 参见尕藏才旦编著《藏族独特的艺术》，甘肃民族出版社2001年版，第109页。

琅曼荼罗与藏区传统的孜各利画和头神画列到一起，称其为画片曼荼罗。

这种掐丝镶嵌珐琅曼荼罗，又被称作金丝彩轴画，简称掐丝曼荼罗，制作步骤与景泰蓝类似，分定稿、绘图、掐丝、点蓝、定型、装框，特点是立体感强，并且保存时间长。①

此外，还有一种木板绘画曼荼罗，方法与其他的绘画曼荼罗是一样的，只是介质的区别。这种曼荼罗画在木板上，一般是50cm×50cm的正方形，四方边框会用象征彩虹的红、黄、蓝三道边来装饰。有时候为了方便供奉，还在外面镶上木刻的边框。②

第二节 立体建造曼荼罗

立体建造曼荼罗包含的范围也很广，包括建筑曼荼罗、曼荼罗雕塑、彩砂彩粉曼荼罗、法坛曼荼罗、供品曼荼罗等，材质有金属、木材、石、砂状物、泥等，体积材质虽然差别很大，但都是三维的曼荼罗。

一 建筑曼荼罗

曼荼罗一直被认为是佛境，是神佛的居所的蓝图或描摹，所以依据曼荼罗来修建佛殿或者佛塔就显得理所当然了。不过日本学者赖富本宏曾经在著作中提出：

> 根据对西藏系曼荼罗的研究，大抵可以这么推测：曼荼罗是一种把立体的世界缩小、且加以平面化的图形。但究竟被平

---

① 参见郭晓芸《掐丝唐卡：青海景泰蓝》，《西海都市报》"文化周刊"，2007年10月18日。

② 吉布、杨典著：《唐卡中的曼荼罗》，陕西师范大学出版社2006年版，第260页。

面化的是那种物体呢？关于这点，未有定论；不过，在此可以提出两种看法。

第一种看法：认为图案上具有四门的四方形建筑物，即是城寨、城阁。《大日经》系的胎藏曼荼罗，比较显著的保留这种特色。城阁内部的空间，从宗教的象征主义的立场来说，是圣域空间，因此与曼荼罗一致。又由城阁之上垂下半鬘（半圆状的花饰），楼上高挂幢幡的这种供养情形，也可以在敦煌壁画上看到。《法曼荼罗经》等文献资料，也大致依此来解释。但关于外周的圆形，则稍嫌说明不足。

第二种看法以中央有圆轮是必要条件来看。曼荼罗是平面化的佛塔，圆轮相当于覆钵，周围的四方形相当于基坛。佛塔确实是佛教最高的神圣世界，由圆形或正方形（凹凸的部分相当于门）构成的佛塔，常在犍陀罗、东印度的拉特那基利、藏西的拉达克、尼泊尔等地见到。而且，将最外围的圆轮视为栏楯，也极为合适。但对不是圆形的曼荼罗，这又无法解释。在目前的阶段，尚无法对任何一种看法，做出正确的判断；然而，在考察曼荼罗的构造和深义时，其起源之具有重要意义，是不能否定的。[1]

我觉得赖富本宏先生做出这样的探讨稍显多虑，按照曼荼罗图形和寺庙宫殿佛塔修建的状况，我认为曼荼罗是对佛境的描绘，充满了想象的成分，正如上一章里论述金刚界曼荼罗时已经提到《金刚顶经》里记载金刚界曼荼罗的九会是大日如来当初给各位菩萨示现内证境界的情景。所以我更倾向于不将曼荼罗的内容与真实世界

---

[1] ［日］赖富本宏：《世界佛学名著译丛75·西藏密教研究》，日本种智院大学密教学会编，世界佛学名著译丛编委会译，台北华宇出版社1988年版。

的建筑形态一一对应。

除了前面提到的自然曼荼罗,建筑曼荼罗是体积最大的曼荼罗了。建筑曼荼罗包括两种,一是寺庙宫殿建筑曼荼罗,二是佛塔建筑曼荼罗。

1. 寺庙宫殿建筑曼荼罗

作为藏传密宗宇宙观和佛境的象征,很多寺庙和宫殿的部分和全部都依照曼荼罗而建。除了在藏区外,在内地也有很多类似的建构,"在我国内地,把曼荼罗的概念再现为建筑形象的做法已见与元、明时的某些佛塔,北京正觉寺金刚宝塔即是一例。到清乾隆年间还组织为建筑群的形式即当中一座高阁配以四角亭结合周匝的回廊,如像北京北海的小西天、万寿山的五方阁,承德普乐寺的旭光阁也多少具有类似的设计意图"①。

作为按照曼荼罗图形修建的寺庙最著名的自然是藏传密宗的第一座寺院,建于公元 8 世纪的桑耶寺。在 15 世纪成书的《贤者喜乐瞻部洲明鉴》里明确说明了桑耶寺的修建是按照曼荼罗修建的:"桑耶寺的修建,是仿照印度阿丹达布日寺的式样,以桑耶大屋顶殿为密教三部之须弥山,以大屋顶殿的内外依附处为七金山,建立大日如来佛拯救恶趣众生之坛城。大屋顶殿的楼上,是按照律藏修建,外围所有十四种经续,都符合经藏,七十八座泥塑像,全都与密咒相符。全佛殿共有一千零两根柱子、三十六座大门、四十二座小门、六架圆木梯、八口大钟。还有按《俱舍论》所说修建的四大洲、八中洲、日月坛。"②

这样曼荼罗结构的寺庙在藏地有很多,其他比较有名的寺庙有比如阿里地区古格扎达陀林寺、江孜白居寺等。而清代内地乾隆年

---

① 周维权:《普宁寺与须弥灵境姊妹建筑群》,《紫禁城》1990 年第 1 期。
② (明)达仓宗巴·班觉桑布着:《汉藏史集——贤者喜乐瞻部洲明鉴》,陈庆英译,西藏人民出版社 1983 年版,第 109 页。

间修建的承德避暑山庄的普宁寺和颐和园的"须弥灵境"的藏式部分又是仿照桑耶寺的格局建造的，因此也有曼荼罗的构图痕迹。周维权先生分析说：

> 乌策殿、大乘之阁、香严宗印之阁的五顶相峙的造型即是曼荼罗"坛城"的象征。作为宇宙本体的"法尔六大"，则表现在"藏式"部分的总体布局上：四十二臂观音象征"识"，识性了别，起着决断一切的作用；大乘之阁、香严宗印之阁象征"空"，空性无碍，起着不使障碍的作用。故大乘之阁正立面的六层檐口就有"空间六合"的寓意；北俱庐洲殿象征"地"，地性坚，其形方，起着保护万物的作用；西牛贺州殿象征"水"，水性湿，其形圆，起着摄受万物的作用；南瞻部洲殿象征"火"，火性燥，其形为三角，起着促使万物成熟的作用；东胜神州殿象征"风"，风性动，其形如半月，起着长养万物的作用。
>
> 根据乾隆"复为四色塔，义出陀罗尼，四智标功用"的说法，这个"藏式"部分的布局也像桑鸢寺一样，还有着另外的象征寓意——密宗的"五智"：大乘之阁、香严宗印之阁为"法界体性智"，西北角上的白色塔为"大圆镜智"，东北角上的黑色塔为"平等性智"，西南角上的绿色塔为"妙观察智"，东南角上的红色塔为"成所作智"。从上述情况看来，则"藏式"部分的建筑形象又是密宗宇宙观的完整的再现了。①

2. 佛塔建筑曼荼罗

正如前文赖富本宏先生提到的，曼荼罗很像是平面化的佛塔。

---

① 周维权：《普宁寺与须弥灵境姊妹建筑群》，《紫禁城》1990年第1期。

这样的佛塔在藏区特别多。曼荼罗形制的佛塔不仅与曼荼罗的构形相同，也代表了同样的宇宙观，基本的辨识方式是以一塔为中心五佛佛塔的造型。其中著名的有日喀则江孜白居寺的十万佛塔等。

十万佛塔其实是白居塔，藏语称"巴廓曲典"，意为"卷浪之塔"。始建于明正统四年（1439年），由当年江孜法王贡桑绕丹帕，在布顿大师（1290—1364）生前设计的基础上集资修建。塔高9层，42.4米，由塔基、塔腹、覆盆、塔幢等组成，塔基面积为2200平方米。塔内有108个门，77间佛殿、神龛和经堂，素有"塔中寺"之称。据说，雕塑、绘画的各种佛菩萨像达10万尊，藏经书1049套，因此，在藏文史籍中被记载为"古布木曲典"，意为"十万佛塔"。

在尼泊尔加德满都东北郊的博达哈镇（Boudha）有一座非常著名的藏传密宗佛塔博达哈大佛塔（Boudhanath Stupa 或 Bodnath Stupa），它是尼泊尔最大的佛塔，也在1979年被认定为世界文化遗产。这是一座典型的五佛造型佛塔，大日如来居于中央白色塔体内，四佛位于四个主要方位。9层的佛塔象征须弥神山，塔基的13个圆环象征觉悟之路。塔底有一圈不规则的16边围墙，其壁龛里绘有壁画，底座一圈有108尊观音像。佛塔的底座由三层逐级减小的大平台组成，象征"地"，人们转塔就走在这些平台上。塔身下平台上有两个圆形的基座，象征"水"，塔瓶上有一个方形的塔，四方绘上了遍知的佛眼，佛的第三只眼象征着佛陀的智慧。佛鼻是问号的形状，实际上是尼泊尔语的数字1，象征觉悟的唯一方式是接受佛陀的教诲。方塔之上是13级的金字塔形塔颈，代表觉悟的阶梯，三角形是火的抽象形式。塔顶是镀金的华盖，象征"风"，再上是镀金的塔尖，象征"空"，也象征大日如来。佛塔的主入口在上层平台的北侧，主供不空成就佛，其下是未来佛弥勒佛。①

二 曼荼罗雕塑

曼荼罗的雕塑根据材质的不同分为金属曼荼罗雕塑、木质曼荼罗雕塑以及泥塑曼荼罗。

金属曼荼罗里以金、银、紫铜、黄铜和青铜为主，其中，广泛使用了镀金和上红②技术。在很多寺院宫殿中都藏有金属曼荼罗雕塑。比如布达拉宫里有3座铜质的曼荼罗，在时轮殿里供奉着长4米的铜铸镀金时轮曼荼罗；江孜白居寺二楼佛殿里有直径3米的大金属曼荼罗；甘肃的拉卜楞寺内有12尊用黄铜和檀香木制成的曼荼罗；扎什伦布寺的东宫也藏有立体曼荼罗；青海塔尔寺也有时轮曼荼罗。在最近两年的考察中，我也在云南迪庆藏族自治州的东竹林寺等其他寺院中见到过金属曼荼罗雕塑。此外，近年来也有一些曼荼罗雕塑流入艺术品市场，为人们所见。比如2008年6月在某拍卖会上亮相的乾隆年间"铜鎏金嵌宝石坛城"③就是一例。

该曼荼罗直径92厘米，中央位置作莲花状并分为双层，上层主尊为胜乐金刚与金刚亥母站姿双运像，身躯为青金石与红珊瑚镶制而成。周围莲瓣分别镶有不同相物，每一个相物分别象征胜乐坛城修持的一个方面。如其中一莲瓣上有一行兽，食肉动物猎食是最危险的。胜乐金刚密续的修持者就坐在这样一个险境中，观想禅定。莲花下层主尊为金刚萨埵，肩胸宽厚，腰部收敛。左手持金刚

---

① 参见 David Snellgrove, *Indo-Tibetan Buddhism: Indian Buddhists and Their Tibetan Successors*, 2 vols., Boston: Shambhala Publications, 1987, p. 365; 以及 Franz-Karl Ehrhard, "The Stupa of Bodhnath: A Preliminary Analysis of the Written Sources", *Ancient Nepal-Journal of the Department of Archaeology*, No. 120, 1990, pp. 1–6。

② 上红是对已经镀金或者纯金的物品进行再次加工，使得原有的黄金色变得红亮。

③ "铜鎏金嵌宝石坛城"亮相于中拍国际2008年春季拍卖会，起拍价350万元人民币，最后以380万元人民币成交。

铃杵，右手持杵。下层花瓣内各有护法一尊，为红珊瑚镶制，造型威武，凶煞。此座曼荼罗外圈镏金火焰纹，象征火圈。火圈之内镶嵌红珊瑚、绿松石、金刚杵组合为金刚链。金刚环内嵌绿松石一周成圆环状，它代表"本真之源"，环内四周东、西、南、北各方通有四道大门，门外用各色宝石分别饰五重光线，每道大门分别用红珊瑚砌制护壁，并各有一对神兽把守。

坛城背面外圈边缘饰"回字"纹，内圈刻梵文一周。圆心由内向外展开为一朵巨莲图案，每一莲瓣内有护法一尊，姿态各异。铜皮表面泛色厚重。

整座坛城分别以红珊瑚、红宝石、祖母绿、翡翠、青金石、绿松石为饰，掐丝银线花纹作底，累计耗用近4800颗宝石。

图13—1　"铜鎏金嵌宝石坛城"下层，以金刚萨埵为主尊

在藏区，木材主要用于制造家具、餐具以及印刷经卷的雕版。木质曼荼罗雕塑最著名的是在河北承德普乐寺内旭光阁的木质曼荼罗雕塑，其顶端还供奉有铜铸的胜乐金刚像。曼荼罗之下是汉白玉雕的须弥座，木质曼荼罗由 37 块木料组合而成，象征佛陀的 37 种智慧。

泥塑曼荼罗基本是用香泥或土堆砌成立体曼荼罗的形象，并在其上施彩绘。泥塑曼荼罗比较典型的是古格王城的曼荼罗殿，用小土坯砌成曼荼罗，表面覆泥，再施彩绘。泥塑曼荼罗的另一种形式是在泥塑上施以曼荼罗浮雕。

三　彩砂彩粉曼荼罗

彩砂彩粉曼荼罗是藏传佛教独有的艺术形式。藏传佛教有几种艺术形式是独有的，包括彩砂彩粉曼荼罗、酥油花和金刚舞。彩砂彩粉坛城最大的特点是大部分在宗教仪式之后会被毁掉，因此很难见到。也正因为它所蕴含的无常的观念，使得它近年来变得非常著名，很多人也是因为彩砂彩粉曼荼罗才知晓曼荼罗这种宗教与艺术主题的。

制作彩砂彩粉曼荼罗的原料主要是彩色的矿石粉末，也有用面粉、大米或酥油制成的。关于它的细节我将在后面的章节进行详细说明。

四　法坛曼荼罗

法坛曼荼罗更多地见于民间的祭祀，它既与曼荼罗最初作为印度防止邪魔侵入功能的原意相合，也与比藏传佛教更早的苯教的神坛观念相契合。因为如此，在面对法坛曼荼罗遗址时常常不容易分辨其真正的宗教派别。① 而且，因为藏传密宗的教义规定，坛场法事完成之后，需要将坛场毁灭，所以后人很难寻找踪迹看到其

---

① 意大利的杜齐在他的《西藏考古》一书中曾经认为他在西藏一些地方看到的由巨大石块组成的圆形、方形或者直线形状的石阵是本教祭祀用的遗址。不过，周锡银、望潮的《藏族原始宗教》一书 383 页中则说："……（杜齐说的）那些石堆，作为本教古代祭祀用的神坛或寺庙遗址，是有可能的。它与今天藏区的'拉则'十分相近。不过，今天这种'拉则'式的石堆，是否即是本教古代神坛的寺庙的遗迹（有人认为'拉则'是属于佛教的，与本教无关），尚有待考古工作的进一步发掘，来给以证实。"

面貌。

在甘肃瓜州县，考古学家于 2003 年发现了一处古代坛场遗址。① 根据安西博物馆实测数据，坛场每边长 142 米，内城边长 109 米。内城里有一个用小砂石构成的直径 49.4 米的内圈，中间有一个圆坛和一个长方形的低坛，圆坛在北侧，直径 4.5 米；长方形的低坛在南侧，东西宽 9 米，南北长 7.2 米。方城的四面都有突出于墙体的方形瓮城。外墙内侧各有小坛三十余个，每坛直径 1.2 米左右。从整个构形，以及各部分的材质，都符合密宗法事的曼荼罗坛场的规范，所以应该是密宗的法坛曼荼罗遗址。并且"瓜州特大坛城，是全藏区乃至我国境内所发现的最早的坛城之一，也是藏传密宗乃至我国佛教最大的室外坛城。人们将瓜州坛城称之为'佛门第一坛'"②。

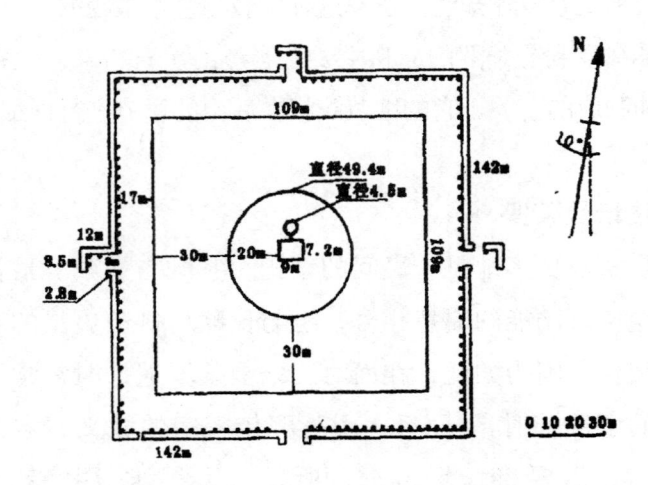

图 13—2　瓜州坛城遗址平面图③

---

① 参见张宝玺《安西发现密教坛场遗址》，《敦煌研究》2005 年第 5 期。
② 参见赵永红《走近瓜州藏传密宗特大坛城遗址》，"藏人文化网"，2008 年 8 月 11 日，http://www.tibetcul.com/zhuanti/whzt/200808/14071.html。
③ 同上。

五 供品曼荼罗

曼荼罗作为供品是将其视为整个宇宙。所以供奉曼荼罗供品，就会有更多的善业。供品曼荼罗有两种，一种是酥油花，另一种是盛有各种供品的曼荼罗容器。

1. 酥油花曼荼罗

和彩砂彩粉曼荼罗一样，酥油花也是藏传密宗特有的艺术形式。酥油花虽冠以"花"名，乃是取其造型多样，色泽鲜艳而已，实际上是用酥油进行的雕塑创作。由于在西藏本土的原始宗教中就有"血祭"的习俗存在，即以宰杀以牲畜为主的牺牲来敬献神灵。[①] 而酥油花的出现，估计是在佛教"不杀生"的理念传入藏区后，人们用酥油捏塑的各种造型代替牺牲来敬献佛与菩萨的结果。

酥油花的制作程序是，先用木头按照酥油花图案的基本形状制成各种形状的木板，背面会安装方便最后搬运的铁环；第二步是用草和纸包裹起来，做成粗坯；第三步是将酥油和豆面混合，在冷水中将酥油捏成小团；第四步是根据图案所需要的颜色的各自的数量对酥油进行染色，并揉捏均匀；第五步是用手和几根竹片把染好颜色的酥油在冷水中揉捏成各种需要的形状，粘贴在粗坯上，完成作品。[②]

我所见到的酥油花曼荼罗是将曼荼罗拼塑在大型酥油花"朵玛"供品上，而不是将酥油花整个做成曼荼罗。我想，这可能是因为酥油花在寺庙里只是用于制作供品，而曼荼罗则是宗教仪式内容的一部分，虽然都是色彩鲜艳，极富美感与立体感，但是作用不一样，所以没有单独的酥油花曼荼罗作品。

[①] 参见周锡银、望潮《藏族原始宗教》，四川人民出版社1999年版，第300—322页。
[②] 参见尕藏才旦《藏族独特的艺术》，甘肃民族出版社2001年版，第152页。

2. 供品曼荼罗容器

供品曼荼罗容器的形状很多，最常见的是一个很深的平底圆盘，边与底面接近直角。在圆盘上，还有三到四层直径逐级减小的也很高的同心圆环，不过上面的圆盘都是没有底的，被称为"铁围山"。在曼荼罗容器的最顶端装饰了一件顶饰，一般是一只法轮。供品曼荼罗容器有用金、银、黄铜、青铜制的，也有用木、石、胶泥做的。供品曼荼罗容器并不是制作完成再往里填充供品，而是从下到上，一层堆满再往上套上一层的圆环，容器所有的空间都用供品填满，一般是青稞谷粒，也有小麦、稻米等，根据奉养供品的人自己的状况，也会在谷物里掺入药材种子、绿松石、红珊瑚、珍珠、金粒、银粒或其他的贵金属，不过，也有用小石头和沙粒来代替这些谷物和宝物的。

然而，曼荼罗中最为常见的还是平面绘画曼荼罗。正如《曼荼罗：开悟建筑》（*Mandala: The Architecture of Enlightenment*）一书所说："虽然曼荼罗长期以来用不同的材质来做——包括沙、线和酥油——色泽明艳构图复杂的西藏（包括尼泊尔的一小部分）绘画对于当代观赏者而言最为熟悉。"[1] 因为其他形式的曼荼罗，金属等材质的立体曼荼罗费时费力，数量不会太多，而彩砂曼荼罗等仪式性较强，按照密宗仪轨在仪式完成时就该毁掉，所以也极少保留下来。[2]

---

[1] Denise Patry Leidy, Robert A. F. Thurman, *Mandala-The Architecture of Enlightenment*, London: Thames & Hudson Ltd, 1997, p.17. 原文是：Although mandalas have long been made in many materials-including sand, thread, and butter-the brightly colored and complex painting of Tibet (and to a lesser extent Nepal) are most familiar to contemporary viewers.

[2] 正如前文所说，自 1988 年开始，彩砂曼荼罗以"文化供养"的姿态，或者说一种"行为艺术"的态度进入西方视野，一些彩砂曼荼罗在完成以后并没有被毁坏，而是保存在博物馆中，得以以实物形态展示出来。我曾在 2008 年 10 月于德国斯图加特的 Linden 博物馆看到实物的彩砂曼荼罗，这是 1998 年在该博物馆完成的。

第三节 "圆"的文化符号意义

作为文化符号的藏密曼荼罗，从形象上来分，即"圆"与"十字"，以及二者的组合这几种，而从抽象的哲学层面来看，则是作为精神"转型"象征的符号意义。

藏密曼荼罗与唐密和东密曼荼罗相比，极高的一个辨识度在于藏密曼荼罗大部分都是外圆内方的，在方城之外有圆形的 2—3 圈用来保证曼荼罗法场洁净的火焰轮、金刚轮，有时还有莲轮。

西方符号学家菲利普·威尔赖特曾经说："也许最富有哲学意义的伟大原型符号就是圆了，以及它最常见的具体意象轮子。从有记录以来，圆被广泛认为是最完美的图形，这既是因为它的简单的形式上的完美，也是因为赫拉克利特的格言：'在圆里，开始与结束都是一样的。'"① 我认为，威尔赖斯的话提示我们这样一些信息：

首先，圆是一种原型符号，并且是其中非常重要的一种。在 12 世纪，哲学家荣格是第一个指出圆作为圆满和融合的原型具有的能量。②

对荣格来说，曼荼罗的基本语言就是圆。同心圆不仅具有宗教的仪式性意义，它在宗教的集体无意识中所具有的巨大能量被他首次应用到科学领域，与曼荼罗同名并且形似的图形成为荣格的圆满原型（archetype of wholeness），也成为他心理学理论中的重要部分。

其实，荣格之所以被我们反复提到（在后面还会有专节叙述由荣格所开创的现代心理学与曼荼罗），并不是说荣格对于藏密曼荼

---

① 参见 Philip Ellis Wheelwright, *Metaphor and Reality*, Bloomington: Indiana University Press, 1962. 原文是：Perhaps the most philosophically mature of the great archetypal symbols is the Circle, together with its most frequent imagistic concretion the Wheel. From earliest recorded times the circle has been widely recognized as the most perfect of figures, both because of its simple formal perfection and for the reason stated in Heraclitus' aphorism, "In the circle the beginning and the end are the same".

② 参见 Barbara G. Walker, *The Woman's Encyclopedia of Myths and Secrets*, Harper One, 1983.

罗本身有多么深的研究，只是因为他是第一位哲学家或者心理学家，将曼荼罗从宗教仪式和绚烂图形中剥离出来，直接抓住了曼荼罗中所蕴含的文化符号——圆，他从他西方哲学与心理学角度对曼荼罗进行了研究，同时给我们了一种思路：曼荼罗，除了背负着几千年宗教的责任，从文化的角度，也具有普适的意义。

其次，赫拉克利特的名言让我们联想起佛教的另一个非常重要的观念——轮回。当原型具象为圆形，圆形又具象为轮的形象的时候，轮的形象被赋予了更多形象化的意义。在曼荼罗的世界里，轮与圆一样，是圆满成就的象征，所谓"轮圆具足"。此外，轮上的每一点都做着周而复始的运动，借这个形象化的比喻命名了佛教的重要观念"轮回"。

威尔赖斯还曾经指出了圆具象为轮的另外两重意义，但是这两重意义都是从圆心的角度发散出来的。他认为轮子的辐条和太阳的光线是类似的，都从圆的中心发散出来，代表了创造力；另一方面，他还观察到轴心是固定不动的，所以找到了圆心就可以找到稳定的秩序。[①]

我认为威尔赖斯的观点是在人们将轮用于圆的意义的比喻中的进一步生发，借由这个观点我们可以更进一步理解关于曼荼罗"轮圆具足"的含义。位于曼荼罗圆心的本尊就如同轮的轴心，一方面，他是一种渊源，发散出的能量遍照整个曼荼罗，并且立体地惠及不管从哪个角度观想曼荼罗的修行者；另一方面，不管曼荼罗世界如何转动变化，本尊居于中心是具有永恒的"静止的核心"，代表了这种秩序。

可是，曼荼罗所代表的世界并不是一个真如轮辐的平面，而是

---

① 参见威尔赖斯《隐喻和现实》中译本。原文是："轮子有辐条，它还会转动。轮子的辐条在形象上被认作是太阳光线的象征，而辐条和太阳光二者又都是发自一个中心的生命渊源，对宇宙间一切物体发生作用的创造力的象征。轮子在旋转中有这样一种特点，即当其轴心固定时，辐条和轮圈的运动是完全规则的。这一特点很容易成为种人类真理的象征——找到一个人自己的灵魂的静止的核心就等于产生出他的经验与活动的更为稳定的秩序。"

一个立体的建构。圆表示着完美，圆满，这正是曼荼罗赋形的本意"轮圆具足"，象征了曼荼罗所代表的佛境包容一切：既是物理上的容纳所有，又是精神上的圆满成就，正如佛教所追求的。对于圆满的追求并不仅存在于佛教文化中，荣格把圆作为"圆满原型"，就从另一个角度佐证了这是众多文化共同的追求。

在人的视野里，站在旷野举目四望，天就成为一个圆形的穹顶笼罩大地，万物都被容纳其中，先民于是形成了关于圆的最初的宇宙观。正如北美原住民部落奥格拉拉苏族（Oglala Sioux）的先知黑麋鹿（Black Elk）形象说出的他们的世界观：

> 你注意到了印第安人做的一切都是圆的，因为世界的能力总是圆的，万物都试图以圆形存在……世界的能力做出的所有东西都是圆的。天是圆的，我听说地也是圆的像球一样，所有的星星也是。风，当它使出最大的力量的时候，它是旋转的。鸟筑圆形的巢，对它们来说与我们的宗教是一样的。太阳以圆形的轨道起起落落。月亮也是，日月都是圆的。就连四季也形成了大大的圆形的循环变化。我们的圆锥帐篷像鸟巢一样是圆的，而且它们也都排列成圆形。这个民族的环，一个由许多的巢组成的巢，这就是伟大精神的意义，我们以此孵育我们的孩子。[①]

[①] 在加拿大游学期间，笔者对于北美原住民的文化产生了浓厚的兴趣，他们的文化总让我感觉亲切，想起藏族文化。偶尔能读到一些原住民先知和长老朴拙但是充满智慧的言语，就抄录了一些下来，这是其中一段，出处已经想不起来了。英文的原话是：You have noticed that everything an Indian does is in a circle and that is because the Power of the World always works in circles, and everything tries to be round…Everything the Power of the World does is done in a circle. The sky is round, and I have heard that the earth is round like a ball, and so are all the stars. The wind, in its greatest power, whirls. Birds make their nests in circles, for theirs is the same religion as ours. The sun comes forth and goes down again in a circle. The moon does the same, and both are round. Even the seasons form a great circle in their changing. Our tepees were rounds like the nests of birds, and these were always set in a circle. The nation's hoop, a nest of many nests, where the Great Spirit meant for us to hatch out children.

于是我们看到，不光是我们有"天圆地方"，在各个民族的宇宙观里，都是圆形的，它象征着永恒，圆满。当圆形变成三维的，就是球体，它的每一个切面都是圆的，这个球体的世界正是我们如今所能认识到的物理的世界，不管多么尖锐的物体放在显微镜下也是由圆的微粒组成的。圆，不仅仅存在于先民的想象中，它是我们迄今为止所能认知的世界的形状。

第四节　十字的文化符号意义

曼荼罗除了最明显的圆形之外，另一个显著的符号就是十字。虽然大多数的曼荼罗呈现出的是方城的形式，不过如果把城门算上，会发现与其说是一个方城，更醒目的是曼荼罗内城的四个门与圆心的组合形成了一个十字的形状，或者更确切是被称为亚字形的"✚"形；以曼荼罗圆心画出的将内城划分为四个色块的对角线也是一个十字形。而曼荼罗本身，当去掉那些尊像与法物，便简化成为了圆中的十字。这种情形在并非方城而是数个同心圆组成的曼荼罗中更为明显。不过，仍然有一些曼荼罗是圆中的其他形状，比如两个相对的三角形的重叠，将诸尊安置在重合的部分。在这样的曼荼罗里虽然看不到明显的十字，可是跳出最外层的火焰圈，发现曼荼罗被放置在由十字分割为四个色块的背景上，仍然是圆与十字的组合。

与圆形一样，十字形也是一个跨文化的文化符号。它常常象征着一种分割的方式，比如，将世界分割为水、火、土与空气四大要素；[①] 或者东南西北四个方位；也有认为垂直的线代表宗教概念的

[①] 这里的四大要素是古希腊的水、火、土和空气。事实上，在世界各种文化中，对于基本元素的区分都是不同的。比如古希腊是水、火、土和空气，后来又增加了"以太"；佛教、本波教和日本是水、土、火、风、空；在中世纪炼金术士那里是水、火、土、空气、以太、硫磺、水银和盐七种；在道家是金、木、水、火和土五种。

统一，水平线代表世界。①

在日程经验中，儿童启蒙时候的第一次涂鸦大多是圆圈，然后就是十字。同样，在我们能找到的人类早期的岩画中，除了圆形也有很多的十字形。

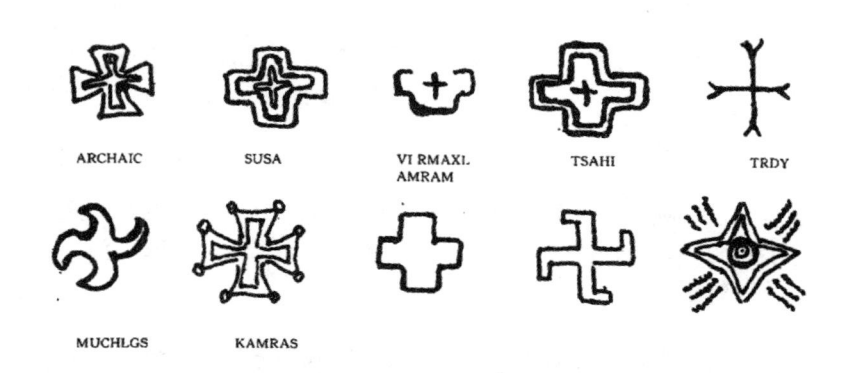

图13—3 公元前2000年以前的十字纹样②

在汉字里，"十"就是吉祥的数字，《说文》里就解释了"十，数之具也。一为东西，丨为南北，则四方中央备矣。"③ 它一直表示齐备、完备，翻译为英语的时候，除了数字10，常常使用"perfect""complete""full"等词语。

它被用在很多宗教的标志里。在世界主要的几种宗教之列的佛教和基督教中的基本图形就是十字。基督教的十字架是最熟悉的，也有很多不同的变体。而在佛教里的一个基本图形是"卐"（Swastika，梵语为स्वस्तिक，意思是"好的存在"），这也

---

① 参见 Jean Chevalier, *The Penguin Dictionary of Symbols*, Penguin, 1997 以及 Rudolf Koch, *The Book of Signs*, New York: Dover Publications, 1955。

② [英] 贡布里希：《秩序感：装饰艺术的心理学研究》，杨思梁、徐一维译，浙江摄影出版社1989年版，第422页。

③ （汉）许慎撰，（宋）徐铉增释：《说文解字·卷三上》，"文渊阁四库全书电子版"，上海人民出版社1999年版。

是一个变形的十字，同时也是印度教、本波教（卍）、耆那教和密特拉教都有的标志。由于这些宗教的信众众多，使得这个符号在世界范围内广为人知。实际上，"卐"并不光出现在亚洲，在北美原住民的地毯上，在北非、巴勒斯坦和美国的犹太会堂里都有这个符号。[①] 因此，作为一种普遍的跨文化符号，"卐"和上一节所述的圆一样，也可以用"原型"的思路去理解，也是一种历史流传物。

"卐"出现的历史最早追溯到印度河谷的历史遗迹中。比如在印度河谷古城 Harappa 遗址发掘的刻有"卐"符号的陶扣印章，距今就有大约 4 千多年。[②]

图 13—4　在印度 Harappa 遗址发掘的有"卐"符号的陶扣印章，距今约有 4 千多年

[①] 参见 Sarah Boxer, "One of the World's Great Symbols Strives for a Comeback". *The New York Times*, July 29, 2000。

[②] Harappa 古城位于南亚西部的印度河谷，繁盛于公元前 2600—1700 年。相关资料见于 http://www.harappa.com。

在长沙西汉马王堆出土的帛书里，记载过西汉 300 年间出现过的 29 颗彗星，并且绘有图示，其中最后一颗彗星的彗核喷出的气流随着彗星自身的旋转而变成了"卐"形。①而在无法确定具体是青铜时代或是铁器时代的英国西约克的伊尔克利旷野（Ilkley Moor）也发现了类似的岩刻，在"卐"的图案后拖了一条"尾巴"暗示这是彗星。②

此外，这个"卐"符号很早就在欧洲出现了，在印欧文化的器物中，像是印度—雅利安文化、波斯文化、希泰文化、斯拉夫文化、凯尔特文化和希腊文化中都出现过这个符号。1871—1875 年著名的考古学家 Heinrich Schliemann 考察特洛伊遗址，发现了这个符号，认为这个符号与原始印欧人群的古代移民有关。他将之与德国古代壶器上的标志相联系，大胆推论说"卐"与德意志、希腊和印度伊朗语系文化相关，是"遥远祖先的重要宗教符号"③。

不过，有意思的是，这个符号在曾经与印度同名的印第安早期岩画里却不曾出现过，不仅如此，玛雅人、印加人、阿芝台克人都没有迹象使用过这个符号。而在北美南部的原住民部落里，直到西班牙殖民者到达，才开始使用这个符号。④

本文无意从符号学的角度来考证各种文化中的"卐"形符号，

---

① Carl Sagan, Ann Druyan, *Comet*, *Ballantine Books*, 1997, p. 496.

② http://www.stone-circles.org.uk/stone/swastikastone.htm.

③ 参见 H. Schliemann, *Troy and Its Remains*, London: Murray, 1875, p. 102, pp. 119 – 120 以及 Sarah Boxer, "One of the World's Great Symbols Strives for a Comeback", *The New York Times*, July 29, 2000 的论述。

④ Carl G Liungman, *Symbols—Encyclopedia of Western Signs and Ideograms*, HME Publishing, 2004. 原文是：Whether it was also used that early in the Americas, however, is not known. There are no swastika-like signs on the oldest rock carvings there. Neither did the Mayans, the Incas, and the Aztecs use it. However, many of the Indian tribes in the southern parts of North America seem to have begun using the sign after the arrival of the first Spanish colonists。

在论文中对其穷举。① 人们已经普遍认可"卐"形符号大部分是从印度传播到欧洲的。不过，我始终认为，对于"卐"、十字和圆这样的人类文化的基本符号来说，研究它们之间的传承关系，并没有太大的意义。也许能发现不同符号之间出现的时间有早有晚，但是由于没有文字和其他记录的支持，大多数据此产生的传承关系的梳

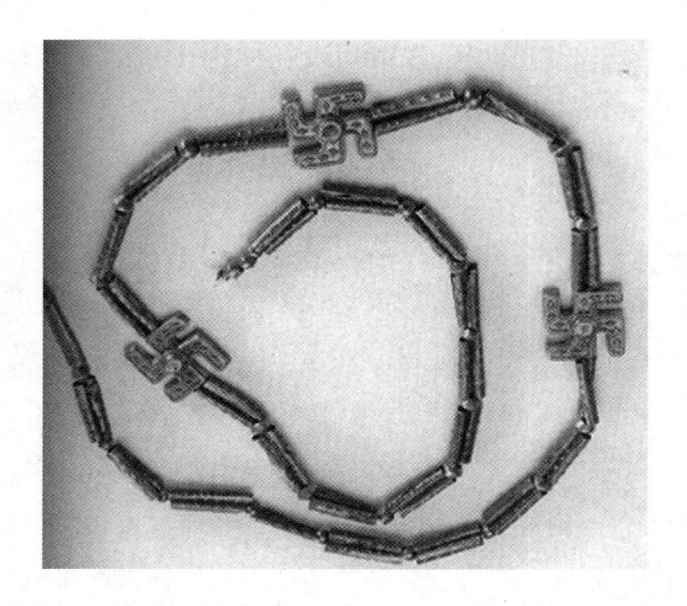

图 13—5　伊朗博物馆收藏的在伊朗 Gilan 省发掘的公元前 1000 年左右的项链，上面的饰物是"卐"形的

---

① 除了在正文里列到的"卐"图形外，还有很多例子，在芬兰、冰岛、拉脱维亚、比利时、巴西、19 世纪的巴斯克王国等国家都发现过。在上面的例子里，"卐"都是代表着吉祥与好。还有一些其他的例子。比如在 *Life's Other Secret* 一书中，Ian Stewart 提出，当意识改变时，神经中枢活动的平行波段扫过视觉皮层，且由于在大脑中，视觉信号区正好处在相反对称的位置，于是产生一个漩涡状的类似"卐"的图像。见 Ian Stewart, *Life's Other Secret*: *The New Mathematics of the Living World*, Penguin, 1999。不过，在 Heinrich Schliemann 将之与民族的祖先联系起来之后，在德国爆发的平民化运动里就将"卐"视为雅利安人的标志，随后将其倾斜 45°，设计为纳粹党的党徽，接着在近几十年里成为人们心目中纳粹主义、法西斯主义、种族主义、第二次世界大战的邪恶轴心和大屠杀的象征。战后，很多学者，比如 Steven Heller，就愤怒指出纳粹是"不可原谅"地"盗用了这个符号"。见 Steven Heller, *The Swastika*: *Symbol Beyond Redemption*? New York: Allworth Press, 2008。

理只是猜想和推论，既然现代心理学已经观察到儿童启蒙时候会自觉地画圆圈和十字，我们不妨认为它们也是人类在文明的早期也不约而同会采用的符号，没有谁抄谁，谁学谁，是各种文化的人心有灵犀的选择。

回到"卐"，或者十字本身。在西藏早期的岩画中，就有了形似"卐"的形状。根据画面所呈现的整个面貌，这个形状伴在日月旁边，更像是对星辰的描绘。不过，在其他出现类似符号的文化里，这个符号多数时候是表示太阳或者火焰。当我们把"卐"看作十字架，四条线从中心射出朝向四个方向，这通常都与太阳有关。另一种相似的情形是北半球的夜空围绕着北极星旋转的样子。有趣

图 13—6　西藏早期岩画中，就出现了形似"卐"的符号[①]

---

① 图片摘自李永宪《西藏原始艺术》，河北教育出版社 2000 年版，第 163 页。

图 13—7　秦朝太阳纹瓦当

的是，笔者发现"卐"形象被用来代表太阳或者火焰的地方，基本是存在着日崇拜的民族或者文化，而在将它用来代表星辰的藏族，其原始宗教中并没有对太阳的崇拜。

传统的"卐"形符号被用来表示好运、幸福、繁荣或胜利。从印度文化的角度解读，"卐"的横线是古印度神话中的半神人，宇宙的摧毁者希瓦（Shiva，梵文为शिव）；垂直线是希瓦的伴侣萨克提（Shakti，梵文为शक्ति）。这个图形是象征着萨克提绞死希瓦。

而从古印度哲学上讲，"卐"象征了梵天（Brahma，梵文为ब्रह्म）的两个方面：意识和能量相互作用，而二者相互结合就是宇宙。而当"卐"旋转起来，可以解释为上升的生命力（kundalini，梵文为कुण्डलिनी）的旋转运动。

"卐"分为左旋和右旋两种，在北美原住民的文化中，两种都在使用，不过目的是要起到对称的作用，所以并没有对具体的方向有严格的规定。在西藏本波教中，使用的是左旋的符号"卍"，被称作"雍仲"。而在佛教中，既有右旋的"卐"，也有左旋的"卍"。在印度的佛教中，是严格使用右旋的"卐"，不过在印度之外其他国家的佛教中，两种都有使用，而且左旋的还要多一些。不过在藏区，因为本波教已经规定了左旋的方向，所以藏传佛教为了与之区分都是右旋了。或者说，这也是比较完整地保存了"卐"在印度佛教中的传统。

有一个比较有趣的文化现象，在中国的木格窗上，常常有连续的"卍"作为装饰，因为是镂空的，所以在屋外看，这个符号是左旋的，而屋内往外看，就成了右旋的方向。笔者觉得，在这种情况下，"卍"只是起到了意寓吉祥的装饰效果，与方向并无关。而且，在汉字里，"十"字本身就是字义。

在笔者看来，除了宗教含义，十字形的形象特征作为一种原型，一种文化基因，在不同的文化中可以有不同的解读。比如垂直线比水平线长的十字形让我们联想起基督教以及耶稣受难之苦。"卐"在中国人眼中的吉祥幸福的标志，也是佛教的一个辨认标志。但是在欧洲，人们往往会联想到战争和屠杀。

第十四章

藏密曼荼罗(坛城)之神

东方破晓,另一个白天
又为炎热和寂静作准备。晨风在海上
吹起了波纹,掠海而去。我在这里
或在那里,或在别处。在我的开始中。
——T. S. 艾略特《四个四重奏》①

Dawn points, and another day
Prepares for heat and silence. Out at sea the dawn wind
Wrinkles and slides. I am here
Or there, or elsewhere. In my beginning.

T. S. Eliot, *Four Quartets*

第一节 藏密曼荼罗(坛城)的宇宙观念

圆与十字的组合,就好像竹编的篮子的底,不管篮子有多大,能装什么,装多少,重量都压在篮子的底上。而藏传密宗所代表的

---

① [英] T. S. 艾略特:《荒原:艾略特文集·诗歌》,陆建德编,汤永宽等译,上海译文出版社2012年版。

藏族人的宇宙观，也就建立在简单的圆与十字的组合上，体现在美丽的曼荼罗图式里。

图14—1 竹编的篮子底也是圆与十字的组合

十字形的妙处就在于它像是车轮的轮辐，当围绕轴心旋转，就形成了圆。而当圆旋转起来，就形成了球体。曼荼罗的奇妙就在于它用一个圆与十字组合的图形，构成了一个容纳了包括时间与三维空间的佛境，一个包含着藏密时空观念的宇宙。

在藏密曼荼罗的宇宙观里，并不仅仅包括了普通意义上的宇宙，作为肉身用于观想的对象，还包含了人自身的生理结构，以及最后决定修行者能否觉悟的人的心灵层面。正如曼荼罗图和雕塑不管多大多小，代表的都是极大的佛境，[①] 不管是天文历算的宇宙，人体的宇宙还是心灵的宇宙，也都跟曼荼罗一样，是宇宙的表现形式。在藏族文化里，这三者是紧密相连的。也正因为如此，对人体和医药学的研究，包括对于天文学的研究，都记载在经文里；而在

---

① 教义中认为火轮的直径有三十万由旬，一由旬等于四千丈。

藏医的体系里，也有专门研究天文历算的部分，在如今各地的藏医院也都能见到相应的天文历算科室。

从天文地理来看，圆与十字的组合特别体现了藏族文化的宇宙观。在藏族历史上，有大量的天文历算文献。仅在《藏文历算典籍经眼录》中所记载的就有433种，[1] 更不用说未被收录的其他典籍经卷。不过，《时轮历精要》是一百多年来藏族学习历算的入门级的课本，[2] 影响很大，现在的藏族历算研究，基本都参考时轮派的历法。[3]

在这一宇宙观中，[4] 大地的中心是须弥山，分为有形和无形的两个部分，有形的部分高十万由旬（一由旬等于四千丈），无形的部分也是十万由旬。如果用人来比喻的话，肩部以下的部分是有形的，肩部以上是无形的。须弥山根部的直径是一万六千由旬，周围还有一千由旬的座基，须弥山的顶层直径有五万由旬。在须弥山部分，分为无色界四种天，色界十六种天，欲界十一种天。[5]

大地是以须弥山为中心的圆，大地的直径是十万由旬，厚度是五万由旬；外面是水轮，直径是二十万由旬；再外面是火轮，直径

---

[1] 黄明信、陈久金：《藏历的原理与实践》，民族出版社1986年版，第12页。
[2] 同上。据该书269页介绍，《时轮历精要》原名是《白琉璃、日光论两书精义，推算要诀，众种法王心髓》，因为太过冗长，才在翻译中简称现名。
[3] 时轮历被置于重要地位，毫无疑问与时轮派的宗教地位和政教合一组织形式中的政治地位有关。据《藏汉历算学词典》（《藏汉大词典》编写组，四川民族出版社1995年版，第1页）和《藏历的原理与实践》介绍，在西藏历算中派别很多，仅时轮历中就有浦派（山桐派）、粗尔派、格登新历等几种。本论文参考上述文献及一些其他文献的说法，采用浦派。
[4] 论文中的介绍主要参考《藏历的原理与实践》中的资料，在该书第258—265页，第303—306页，某些细节参考多种其他资料。
[5] 无色界相当于须弥山的顶髻到发际之间，包括无所想又非无所想界、无所有处、识无边处和空无边处；色界相当于须弥山的头额到脖颈的上三分之二，包括风四处：色究竟天、善见天、无烦天、无想天；火四处：广果天、福生天、无云天、广善天；水四处：无量净天、少净天、极光净天、无量光天；地四处：少光天、大梵天、梵辅天、梵众天；欲界从脖颈的下三分之一一直到地面，包括他化自在天、乐变化天、兜率天、离站天、三十三天、四天王众天等。其中三十三天和四天王众天在须弥山的有形部分，三十三天在须弥山有形部分的顶端。

为三十万由旬；火轮之外是处于虚空中的风轮，直径为四十万由旬。四个轮的厚度都是五万由旬，都是由里面的一个托着上一个的边缘，各轮的顶面在同一平面上，都是圆的。风不仅使它们凝聚在一起不散，也不断搅动这些轮，这样才形成了高山和低谷。

在大地这一轮里，在以圆心为轴，半径五万由旬到七万五千由旬之间的那个圆环是大瞻部洲，按照四方分为四块，即东、南、西、北四个洲，每一个洲又可以分为东、中、西三个区，总共成为十二个区。每一个中区的形状都不同，从东起分别为半圆形、三角形、四方形和圆形。

在这个宇宙里，我们是住在南洲的中区，横着分为南北两块，而北半部分为六个区域，从北向南分别为：雪山聚，也就是大陆的最北端；苦婆罗，现在还不知道在哪里；汉域；黎域，一般认为是新疆的和阗一带；蕃域，藏族地区；圣域印度，也有说是恶鬼罗刹的居所的。

风、火、水、地四轮各分为上下两部分，一共八部分。而地轮的上半部分又分为两部分，上面是似天非天（阿修罗），下面是龙所居。剩下的七个部分都是地狱。[①]

除了空间的极广大，时间上也是极长远的。有一个"劫"的概念，分小劫、中劫和大劫。一由旬等于四俱庐舍，一俱庐舍等于两千弓，一弓等于四肘，一肘有二十四指节，再往下是麦粒、虮虱、芥子、发尖、微尘和极微，每一种比下一种大八倍。在一个一立方由旬的体积里装满发尖，每一百年取一粒，直到取完为止积累的时间算是一个小劫中的一天，这样的一天累积到一百年才是一小劫，一小劫年数的平方是一中劫，一中劫年数的平方是一大劫。和空间一样，这个时间的范围已经远远超出了人类的视野。

---

① 包括烧地狱、沙地狱、泥浆、烟、火、暗、大呼号七分。

天穹是一把大伞的形状，最高处与须弥山接近，四周逐渐降低，最低的地方接近火轮。天穹的表面凹凸不平，才造成了日月星辰运动速度的不同，整个天穹向右旋转。

从人体与心灵的小宇宙来看，曼荼罗的形象只要把它的观想和修行笃行下去，就可以把三种宇宙都通联起来，那才能真正实现民族间、群体间和个体间的和谐。

藏医学的理论与天文学紧密联系。在藏医的理论中认为，人的体内有三种因素相互配合以保证人体健康。第一种是气，藏语中是"隆"，在思想欲念上表现为"贪"；第二种是火，藏语中是"赤巴"，在思想欲念上表现为"嗔"；第三种是水和土，藏语中是"培根"，在思想欲念上表现为"痴"。①

关于气，在人体内，有左脉（kyangma）、右脉（roma）和中脉三支，左脉是阳性的，受到在藏族天文学里同属阳性的月亮的影响；而右脉是阴性的，受到阴性的太阳的影响。所以月亮和太阳的运行在西藏医学里十分重要。中脉就好像佛教所说每个人心中都有的菩提心的种子，虽然人人都有，但是大多萎缩，只有进行修炼的人才能让左右两脉的气融入充实中脉。这三脉，本是平行，在人的头顶、眉心、喉咙、胸口、肚脐、密处和脊根七个地方有脉轮，三脉在此交汇相通。

人的身体健康，不仅代表了人体内的隆、赤巴和培根三者的协调，更代表了人的内在结构与外在的天文宇宙的结构相和谐。

曼荼罗的形象只是图形，而对它的观想和修行就可以把三种宇宙都通联起来，实现真正的和谐。其中最典型的，是在之前就提到过的，曼荼罗里有一种身曼荼罗，简而言之，就是修行者在观想曼荼罗的时候，将自己的身体想象成为一座曼荼罗的修行方式。

---

① 日琼仁颇且·甲拜衮桑：《西藏医学》，蔡景峰译，西藏人民出版社1986年版，第2页。

有人称曼荼罗为"迷宫",我倒认为,与其认为曼荼罗代表着"宇宙、时间和世界历史,本质只是一个迷宫"①,不如认为,曼荼罗是一座精巧的宇宙模型,它并不是要像迷宫一样给我们人为设置非常复杂的通或者不通的道路,以迷惑众生,只是将最简单的目的地隐藏起来变得不易到达;相反,曼荼罗是要将最精妙繁复难以理解的宇宙和成就的境界用最形象的方式展示给我们,使得每一个修习的人都可以看到,但是能否到达这样的境界,需要修行者从自己的内心来寻找正确的道路。而这样,也才是佛教精神遍照众生的意义。

第二节　藏密曼荼罗(坛城)的文化内涵

古往今来,罕有几种图式,能够具有超越时间、空间、种族、宗教、地域、传统的羁绊,成为全球普适的文化符号、文化原型、文化意象。曼荼罗(坛城)就是这样一种具有极高超越性的原型图式。因此对曼荼罗(坛城)的研究,具有十分重要的学术理论价值与社会实践意义。

如上所述,曼荼罗(坛城)是藏传佛教密宗里十分重要的核心意象。这一意象形式凝聚和积淀了佛教发生史上众多的历史、观念和信众的文化心理。

何以如此?荣格对此有过深入地探讨。他是第一个将曼荼罗(坛城)的名称引入宗教哲学和心理学领域的,他自己就很着迷于曼荼罗(坛城)的绘画。荣格认为,"曼荼罗(坛城)符号并不只是表达方式,它还会有效果。它会对它的制作者产生作用。很古老

---

① 吉布、杨典:《唐卡中的曼荼罗》,陕西师范大学出版社2006年版,第100页。这本书上篇第四章的标题就是"佛法之时轮与迷宫文化",认为曼荼罗是迷宫,是通往各种道路的三维时空。

的魔力效果藏在符号里,它的魔力保存在数不清的民间习俗里……这种图形在某种情况下会对制作者有很大的治疗效果,这已经在经验上被证实,也是很容易接受的。在这种情况下,它们常常表现非常明显的企图来看,并将明显不可调和的对立面放在一起,应对显然无望地分叉"[1]。荣格感受到了佛教和印度教中对于曼荼罗(坛城)精神建构和修行的重要意义,它是东方宗教里帮助人们稍微容易实现圆满和修行的工具。观想修习曼荼罗(坛城)的过程,就是将视觉图像植入修行者精神核心的一个过程。

曼荼罗(坛城)象征了现象和本体方面的全部实在。因此,当修行者专注于观想这个象征性的器具,逼真地理解了宇宙的统一性在各个等级的真实与实在,曼荼罗(坛城)在整合修行者的心灵方面,会起到很大的心理帮助作用。对于荣格的理论而言,这种修行就是用无意识然后,修行者自己内心的曼荼罗(坛城)与外在的曼荼罗(坛城)相统一。曼荼罗(坛城)是一个完美的神圣空间:"一个有魔力的、神圣和完美的佛境,指出了觉悟意识的次序与和谐,建立在他们的圆满智慧上。一个觉悟者的纯净的圆,其中表达了觉悟者无尽的慈悲境界。"[2]

我认为,荣格看到了曼荼罗(坛城)的复杂含义,他的贡献在于把曼荼罗(坛城)从繁复的形式中抽离出来,但他的抽离只剩下

---

[1] 吉布、杨典:《唐卡中的曼荼罗》,陕西师范大学出版社2006年版,第5页。原文是: The mandala symbol is not only a means of expression, but it works an effect. It reacts upon its maker. Very ancient magical effects lie hidden in this symbol, the magic of which has been preserved in countless folk customs…The fact that images of this kind have under certain circumstances a considerable therapeutic effect on their authors is empirically proved and also readily understandable, in that they often represent very bold attempts to see and put together apparently irreconcilable opposites and bridge over apparently hopeless splits。

[2] Carl. G. Jung, *Man and His Symbols*, London: Aldus Books, 1964. 原文是: A magical, sacred, and perfected environment of the Buddha, which denotes the order and harmony of an enlightened mind, and built on their perfect wisdom. The purified circle of an enlightened being, an environment wherein the endless compassion of the enlightened one is expressed。

简单的几何图形和形式。他认为曼荼罗（坛城）之所以具有如此巨大的精神力量，与里面的装饰，与诸尊其实并没有关系，所有的力量都来自于曼荼罗（坛城）的几何图形，神圣的并不仅仅是安置在曼荼罗（坛城）中的十方三世的佛与菩萨，他们也许只是起到了细微的作用，真正神圣的是几何图形。在他看来，修行者用观想曼荼罗（坛城），或者亲手建造曼荼罗（坛城）的修行，是通过对这些几何图形的观想完成实现的，以至于使他们最后能实现觉悟。所以我认为荣格对于曼荼罗（坛城）研究的意义的伟大之处，并不仅是他第一个将曼荼罗（坛城）从特定的文化背景中拿出来放到了现代科学的领域，而是他完全改变了人们观看、对待曼荼罗（坛城）的方式。不过，也正是由于他的这种思路，让曼荼罗（坛城）的研究充满了争论，在很多人将曼荼罗（坛城）的研究泛文化化的同时，很多人都呼吁曼荼罗（坛城）的研究应该"回到宗教本身"[①]。

佛教、印度教、伊斯兰教、道教和基督教都有与曼荼罗（坛城）相似的心理建构过程，或者说整合过程。人类的现代社会，不管多大多小，都充满了疏远和不统一，这种社会状态导致了存在主义哲学的盛行，在空虚的时空关系里关注毫无意义的事件里的疏远与放弃，毫不关注人的价值。因此，在心理学家们看来，现代人更需要这种与曼荼罗（坛城）修行相类似的心理建构过程。[②]

对荣格来说，所有的这种疏远和不统一的其中一个重要原因是人们的自我幻觉（ego-illusion）。荣格的分析哲学的目的是要通过

[①] 笔者在德国学习期间，施威格先生就多次提醒我，对曼荼罗（坛城）的研究要回到藏传佛教里，甚至回到印度的古代佛教经典里。这主要是藏学家们持有的观点，我在加拿大访谈的几位藏族的藏学家也持同样的观点，有的（如藏族历史研究者次仁夏卡）甚至不建议我将曼荼罗（坛城）研究置于"艺术理论"中。在国内访谈时，一些专家（如仁真旺杰先生）建议我不仅要从佛教研究入手，还要从本教的宗教领域观察曼荼罗（坛城）。

[②] Grace E. Cairns, "The Philosophy and Psychology of the Oriental Mandala", *Philosophy East & West*, 1962, p. 223.

废除"主观自我和集体意识"（Subjective ego and of collective consciousness）的统治，获得"自我"（Self）。而自我是通过"个体化过程"（individuation process）被认知的。荣格继承了他的老师弗洛伊德关于"无意识"的概念，他意识到，对于个体来说，无意识会使人丧失对于自我为义的立场，产生从众的心理，在自己并不认同的情况下也会对其他人的堕落产生怜悯之心。所以他认识到，所谓个体化过程其实更是一个转型过程（transformation process），其基本的特征是对"罪"（sin）的认识。①

荣格认为，这个过程是与佛教和印度教里曼荼罗（坛城）修行的思路类似的。他既是心理学家，也是精神病学家，他认为类似于曼荼罗（坛城）修行的方式就是有效的治疗方式，只有个体的精神健康，才是个体的健康，而只有当个体健康，社会和人类的健康才能得以保证。这就是荣格作为一个临床医生的逻辑。② 所以他的领域会横跨如此之宽，也将曼荼罗（坛城）的研究拓展到很多样的层面。

从心理学的角度，荣格对曼荼罗（坛城）的解释是"叫做自性的内心世界，以及叫做宇宙的外部世界，在你的体内聚合的场所。曼荼罗（坛城）是你的身体，代表了整个宇宙。自性与宇宙，内心世界和外部世界的结合或者和谐"③。他意识到了曼荼罗（坛城）的先验可能性，他把曼荼罗（坛城）的概念引用到了他对病人的治疗中，帮助病人对于自己心理的窘境产生更深层的理解。

---

① C. G. Jung, R. F. C. Hull trans., *Psychology and Religion: West and East*, New York: Pantheon Books, 1958.

② Carl Gustav Jung, *Modern Man in Search of a Soul*, W. S. Dell and Cary F. Baynes, eds., trans., New York: Harcourt Brace, 1933, p. 229.

③ 同上。原文是：A place where inner world, called the Self, and the outer world, called the Universe, come together in your body. The mandala is your body which represents the entire universe. The union or harmony of self and the universe, inner world and outer world。

在1916年，荣格画了他自己的第一个曼荼罗（坛城），其基本的构形就是圆与十字的组合，十字将圆分为四份。他绘制曼荼罗（坛城）的过程，并不是经过很仔细构思与思考的。对他而言，他画的曼荼罗（坛城）更像是对于太阳的象征性描绘，而地球被认为是与太阳很类似的，在诞生之初也是一样的火球，至今仍然有一个熔化的内核。荣格用这个例子来隐喻人格的基础，将人格的中心称为"内心的太阳"[①]，并由此生发出"内心的神"。这与"神的形象的代表"的好的和坏的原型有关。人们需要一个外在的、更有能力的、比人们自己更自我的神的形象。荣格举出了历史上各种曼荼罗（坛城）的出现，比如中世纪的基督教图案，认为在基督教的曼荼罗（坛城）里，耶稣居于中心，而四位福音传道者成为四个象限。[②]

荣格从无意识的精神极出发，将曼荼罗（坛城）的图形看作一种原型理念。在心理领域，物质与精神都是无意识内容的特质，荣格认为无意识和本能是将精神和物质进行沟通的桥梁。所谓觉悟，即是修行者与全人类和整个宇宙一起得到心灵的复兴，在他看来其实就是无意识占据心灵的结果。修行者认识到过去自我中心导向的错误，因而能够摒弃意识的自我和性本能的无意识。他认为，不管是他的病人画的曼荼罗（坛城），还是佛教与印度教的曼荼罗（坛城），万变不离其宗，就是"中心"（central）。[③] 这个中心，正是转型过程中的高潮体验与之充溢心灵的那个精神极。所以对于荣格来说，在治疗步骤中最关键的一步是"定中心"。

他总结说："……曼荼罗（坛城）通常的出现与迷惑或恐慌的

[①] R. Noll, *The Jung Cult*, London: Fontana Press, 1996, p. 120.

[②] A. Steven, *Archetype: a Natural History of the Self*, London: Routledge & Kegan Paul Ltd., 1982, p. 290.

[③] Carl Gustav Jung, "The Spirit of Psychology", in *This Is My Philosophy*, Whit Burnett, ed., New York: Harper & Bros., 1957, pp. 156–157.

混乱心灵状态有关。然后，它们有目的来减少混乱至有次序，虽然它从来不是病人的自觉意识。在所有情况下，它们（指曼荼罗（坛城））表达了次序、平衡和圆满。病人自己常常强调这些图片是有利的或者抚慰的。"①

借助于曼荼罗（坛城），荣格揭示出个人在宗教中的作用。② 虽然宗教总是有意地泯灭那些艺术家和创造者的名字，用神话和匿名来代替，③ 荣格的研究思路却让我们回到修行者、宗教艺术家的个体视角上。

荣格启示我们，圆与十字的组合，是中西宗教的一个凝聚了人类不同文化的共同意象形式，而藏传密宗所代表的藏族人的宇宙观，也就建立在这一简单的圆与十字的组合的图式里。十字形的妙处就在于它像是车轮的轮辐，当围绕轴心旋转，就形成了圆。而当圆旋转起来，就形成了球体。曼荼罗（坛城）的奇妙就在于它用一个圆与十字组合的图形，构成了一个容纳了包括时间与三维空间的佛境，一个包含着藏密时空观念的宇宙。

在藏密曼荼罗（坛城）的宇宙观里，并不仅仅包括了普通意义上的宇宙，作为肉身用于观想的对象，还包含了人自身的生理结构，以及最后决定修行者能否觉悟的人的心灵层面。正如曼荼罗（坛城）图和雕塑不管多大多小，代表的都是极大的佛境，④ 不管

---

① Carl Gustav Jung, "The Spirit of Psychology", in This Is My Philosophy, Whit Burnett, ed., New York: Harper & Bros., 1957, p. 77. 原文是：…mandalas mostly appear in connection with chaotic psychic states of disorientation or panic. They then have the purpose of reducing the confusion to order, though this is never the conscious intention of the patient. At all events they express order, balance, and wholeness. Patients themselves often emphasize the beneficial or soothing effect of such pictures.

② 虽然我无法确定这一点是否是荣格最早提出的。不过这一点在 Grace E. Cairns 的 "The Philosophy and Psychology of the Oriental Mandala" 一文中也有提及。

③ 指的是在宗教艺术中很明显的，很难见到的艺术品的署名，尤其在传统宗教中，人们的创作大多冠以"神迹"之名，以利宗教传播；或坚持称自己仅是神所借助的口或手，不能称为创作，只能称之为"再现"。

④ 教义中认为火轮的直径有三十万由旬，一由旬等于四千丈。

是天文历算的宇宙，人体的宇宙还是心灵的宇宙，也都跟曼荼罗（坛城）一样，是宇宙的表现形式。在藏族文化里，这三者是紧密相连的。

第三节 藏密曼荼罗（坛城）的现代哲学蕴涵

佛教的修行从心理上来分析是人的精神世界的一种转化过程，而曼荼罗（坛城）则是这一转化过程中起导引作用和依托作用的心理的和可视的意象，帮助修行者完成这一转化。正是在这个意义上，藏密与其他的宗教借助曼荼罗（坛城）而相互交通了。也正是在这一意义上，先前反对藏密形象的喇嘛教变化为象征化的形象崇拜。因为在大部分的宗教里，甚至包括古代的哲学，都需要这种转化的象征。修行的过程首先是对于自己的罪、自私与傲慢的认识，然后通过修行洗清自己的罪过，实现转化。在修行的过程中，个人的罪责通过遭受各种自我的痛苦得以消解，而精神上与神的合一也实现了修行者与宇宙的合一。

曼荼罗（坛城）是人类各不同宗教共同的意象，这种意象凝聚了富于人类本性的哲学蕴涵。格雷斯·E. 凯恩斯（Grace E. Cairns）曾对此有过深入的研究：

伊斯兰教和基督教的曼荼罗（坛城）图式，以及伊斯兰教和基督教的神秘主义的来源总的来说是新柏拉图派（Neo-Platonism）的。在这种哲学里，疏远到回归（或者发散到回归）的宇宙曼荼罗（坛城）形式是显而易见的。疏远的过程（灵魂的疏远过程）发散于惟一的理念世界（the One of the world of Ideals），然后是灵魂世界，最后是物质和空；接着灵魂的回归旅程被描述为一个转型过程，在其中，物质世界是被否定的；

接着，依靠理念，所有的分离（个性）被战胜，精神极被认知，与"惟一"绝对合一。

在古典基督教哲学中，比如由圣·奥古斯丁和他的追随者所规定的，也有一个相似的通过转型过程的疏远和回归。疏远是由个性（傲慢）的"原罪"带来的堕落，与东方哲学一样；转型过程或回归的图形由耶稣，新存有（the New Being）来表示，他脱掉了傲慢（个性），参与上帝、土地的统一和存在的源泉。①

凯恩斯赋予曼荼罗（坛城）极大的宇宙论的意涵，并认为这"与东方哲学一样"。在当代历史哲学领域，有一种观点与前述之论相似，那就是汤因比的"退却与回归"（withdrawal-and-return）。汤因比在他1934年出版的《历史研究》（A Study of History）第三卷中，陈述了这个著名的概念。退却与回归是创意个体（他所列举的这些人就是那些在历史上起到关键作用的人物，比如耶稣，比如乔达摩·悉达多）发生的两个阶段。所谓退却是来自这个创意个体个

---

① Grace E. Cairns, The Philosophy and Psychology of the Oriental Mandala, *Philosophy East & West*, Vol. 11, No. 4, 1962, P. 226. 原文是：The source of both the Muslim and the Christian mandala patterns and of Muslim and Christian mysticism in general has been Neo-Platonism. In this philosophy, the universal mandala-form of alienation-and-return (or emanation-and-return) is especially apparent. The alienation process (an alienation-process for souls) begins with the emanation from the One of the world of Ideas, then the world of souls, and finally of matter and non-being; then the return journey of souls is described as a transformation process in which the matter world is negated; and then, by means of the Ideas, all separation (egoity) is overcome and the spiritual pole is realized, absolute unity with the One. "In classical orthodox Christian philosophy, as formulated by St. Augustine and his followers, there is a similar alienation-and-return through a transformation process. The alienation is the Fall caused by the "original sin" of egoity (pride) as in the Eastern philosophies; the pattern for the transformation process or return is represented by Christ, the New Being, who sheds pride (egoity) and participates in God, the unitive Ground and source of Being (see Paul Tillich's The New Being)。

人觉悟的意愿，而回归是他帮助他的追随者觉悟的过程。[①] 这与佛教的成佛观念是相合的。

虽然在东西方都产生过与曼荼罗（坛城）修行相通的理念与方法，不过在东西方之间、宗教与现代哲学之间的差异还是显而易见的。在早期的宗教和整个东方宗教哲学中，这个"曼荼罗（坛城）"的中心都是抽象的，不管是神力，还是绝对真理。而在西方文艺复兴以来的人文主义思潮兴起后的哲学，甚至包括宗教理念中，"曼荼罗（坛城）"的中心变成了一个具体可视的形象，而且这个形象就取自普通人的形象。西方学者在研究的过程中也发现了这一点，[②] 但他们并没有探究和说明，尽管东西方曼荼罗（坛城）的中心并不一样，那为什么是曼荼罗（坛城）而不是其中的任何其他一种图形成为这一整类理念和图形的共同的概念。

我认为，从这一个角度来说，曼荼罗（坛城）所带有的这种具有极大跨领域跨学科跨宗教意义的特质就在于，曼荼罗（坛城）的基本构形，也就是它由圆与十字为基本框架搭成的跨文化符号既能够表达前述各种抽象的宗教哲学和历史哲学的含义，成为很好的图释；并且，曼荼罗（坛城），尤其是藏密曼荼罗（坛城）的画面，又充满了对于具体真实形象的描绘，将一尊尊可见的佛像置于曼荼罗（坛城）的中心，四周绘上了充满各种象征意味的具体图形，使得曼荼罗（坛城）又符合了西方文艺复兴以后的思维与审美趣味，成为难能可贵的具有极大文化张力的符号和图形。

也正因为如此，对人体和医药学的研究，包括对于天文学的研究，都记载在经文里；而在藏医的体系里，也有专门研究天文历算

[①] Arnold J. Toynbee, "Vol Ⅲ: The Growths of Civilizations", *A Study of History*, London: Oxford University Press, 1934.

[②] Grace E. Cairns, "The Philosophy and Psychology of the Oriental Mandala", *Philosophy East & West*, Vol. 11, No. 4, 1962, p. 227.

的部分，在如今各地的藏医院也都能见到相应的天文历算科室。

从天文地理来看，圆与十字的组合特别体现了藏族文化的宇宙观。在藏族历史上，有大量的天文历算文献。仅在《藏文历算典籍经眼录》中所记载的就有 433 种，[1] 更不用说未被收录的其他典籍经卷。不过，《时轮历精要》是一百多年来藏族学习历算的入门级的课本，[2] 影响很大，现在的藏族历算研究，基本都参考时轮派的历法。[3]

---

[1] 黄明信、陈久金，《藏历的原理与实践》，民族出版社 1986 年版，第 12 页。
[2] 《时轮历精要》原名是《白琉璃、日光论两书精义，推算要诀，众种法王心髓》，因为太过冗长，才在翻译中简称现名。
[3] 时轮历被置于重要地位，毫无疑问与时轮派的宗教地位和政教合一组织形式中的政治地位有关。据《藏汉历算学词典》(《藏汉大词典》编写组，四川民族出版社 1995 年版，第 1 页)和《藏历的原理与实践》介绍，在西藏历算中派别很多，仅时轮历中就有浦派（山桐派）、粗尔派、格登新历等几种。本论文参考上述文献及一些其他文献的说法，采用浦派。

结　　语

在本书整体目标的多重考量之下，现在我不得不停下，来到"出口"。我选择思路之河横断面中的几个切片——

1. 关于藏族生命美学

藏族文化中最令人神往的是对于生命的高度关注。本书首先论证了藏族生命哲学中独特的五大"文化基因束"：

藏族生命哲学中"醉"的酒神精神；

藏族美学中的"歌"与"舞"的文化基因是藏族的民族精魂；

藏族生命哲学中"身心一体"的磕长头的修行方式，是同样具有最赤诚的生命状态的另一种藏族文化形态；

藏族生命哲学中"转经桶"的"永恒的轮回"；

藏民族对生命轮回的献祭和实践，生命即超越。

在藏族文化里，沉醉、无我、佛境、自然，坦然面对生命的必死而化作永生的宇宙天地。与自然合一的雪域高原的歌与舞，以其狂放无羁成为藏族生命活动中的"高光时刻"。而无论是磕长头还是转经筒，它在千年历史中已经融入藏民族的生命活动之中。永恒的轮回成为"人所能够达到的最高肯定公式"。在这里，生命即宗教即体验，生命即宗教即超越，生命即献祭即升华。我们可以看到在修行者宗教的迷狂中，一个伟大民族最赤诚的生命之裸陈。生命祭献的方式，是对生与死对立的永恒矛盾的解除，是生命升华的一种自如的境界。那是"万物一体仁爱"的生命哲学的最诚挚的宗教表达形态。藏传佛教的时间理念不是永恒的,但是藏传佛教里的轮回是永恒的,除非人能修炼成佛,才能跳出轮回的桎梏。这带有了"超人"的超越之意,乃"永恒轮回"之思。

与之相同,藏族诗学对梵文诗学理论《诗镜》的超越,也从"生命"开启。"生命说"在对檀丁《诗镜》内容的补充上,更主要是将诗的内容视为诗的生命,而将诗的形式视为"身躯"。如《萨迦格言》所言:没有生命的僵尸,纵然俊秀谁索取!自此,藏族诗学不再是只关于形式的"操作手册",而真正成为诗学理论。将内容提升到"生命"的用词,在《诗镜》发展史上是跨出了超越性的一步。

2. 关于藏族文化的视觉政体

在本书对传统藏族文化艺术中的主体形态的命名中,认为藏族传统的宗教文化艺术活动是在一套以视觉性为基本认知制度和价值秩序、影响全民宗教认知并达到社会共识的文化规则和运作系统,它形成了一个视觉性的文化实践和生产系统。是与90%文盲的藏族传统社会相适应,与过去时代全民宗教形态相适应的藏族视觉图像文化形态。

"视界政体"的确是在后现代语境中生发、扩展、深化的一个重要概念。后现代对于现代性的批判、否定、反转,使之与前现代有了某种契合或回归。本书借鉴视觉政体,是认为这一概念恰当地概括了在朴素原真的藏族传统文化混融一体的"艺术—准艺术"实践中,佛像雕塑、唐卡、坛城、藏戏、酥油花、尼玛石乃至格萨尔演艺等众多视觉图像,的确是藏族文艺美学主要的创作方式、传播方式、接受方式;也是宗教运行、社会交流、文化联络、群体行为中最常采用的形态。

不同于语言文字,藏族视觉图像中的"看"与"被看"具有重要的美学意义。在藏族文化中，神的凝视是指在特定的文化历史背景中所包含的观念、态度，及形成宗教观看行为的特定方式。眉眼之神是唐卡艺术的灵魂。它在眉眼的"神的凝视"中蕴含着无限的慈悲，彰显着对人的关怀，也以"无"来开示佛境的万千意涵。一种神圣的注视是一种方式，以这种方式去凝视观看者，就是一种带着神圣意义的"看"。而它"被看"则是观者在观看过程中将文化身份的认同或者拒斥，以先前积淀在头脑中的佛教文化教义的修习、信仰和观念作为前理解结构去"看"。因而他的宗教凝视便是持念的凝视，充满崇敬、信仰的热情，纯粹，虔诚和全心的投入。这样一种相互的交流，是深入生命精神内部的一种交流：佛在看着我，在观照我，佛光照耀着我，而我祈望于佛，毫无杂念地将自身奉献于佛。

3. 关于藏族格萨尔与口头诗学

口头史诗的研究，在整个文学和文化批评理论世界中，是"文化理论大都市边缘的一个村庄"。而恰恰是后现代对传统的返照与反思，让口头诗学在新时代焕发了新的光彩，成为本书重要的理论支撑。也让我们研究格萨尔史诗，有了"口头诗学"的探索路径。它既是一种方法论系统，也是一种与传统文学研究相呼应的研究视角。

"过去""神圣"和"源头"三个关键词，是格萨尔口头传统在"时间"语境下呈现的三个特征。实际上，口头传统是一种集体记忆。它在历史上一代代人的"集体记忆中经过反复洗濯、融通，并用口头方式吟诵传唱，拓篇展部，日臻完善，逐渐形成今天的宏大叙事。尽管针对《格萨尔》史诗在宏观上已经基本上有了各种"共识"和"定论"，但《格萨尔》本身并没有唯一性，我们从每一个说唱艺人说出的故事都不完全相同这一点就能知晓。这是藏族文化传统的重要特征"未定性"，意思是由于观念的、文化的、代际的等层面的错位，带着不同前理解结构的受众总是用不同的立场、眼光和视角来观察对象。简言之，就是"每个人心中都有一部不同的《格萨尔》"，不光是艺人可以对《格萨尔》有不同的理解，听众和读者也可以把自己的知识积累和观念投射到作品的理解中，用自己的眼光来看《格萨尔》，可以看成英雄史诗，也可以看作爱情故事，还可以看成地方历史和民俗活动的记录。从这个意义上来说，传统始终处于"未完成状态"，意义总有"未定性"。而未定性的另一重解读就是史诗传统的"活态性"表征，《格萨尔》的创作至今尚未结束。

4. 关于曼荼罗（坛城）

曼荼罗（坛城）的梵语是由意为"精华""本质"的 manda，以及意为"得到""拥有"的 la 所组成的，因此"曼荼罗"一词即意谓"获得本质"。所谓"获得本质"，是指获得佛陀的无上正等正觉。

本书关于曼荼罗（坛城）的分类：从教义角度对藏密曼荼罗（坛城）的分类采用与藏密分类相匹配的事续、行续、瑜伽续和无上瑜伽续四类；从表现形式上分为自然智住光明曼荼罗（坛城）、平面彩画曼荼罗（坛城）和立体建造曼荼罗（坛城）三大类，再具体根据材料和形式分为具体的曼荼罗（坛城）。

曼荼罗（坛城）由最初的宗教尊像建筑等实物形式发展为抽象的形式化图式，并在历史演进中升华为文明原型、文化符号和艺术图式。荣格将曼荼罗（坛城）图形的意义解释为："梵语词曼荼罗（坛城）在普通意义上的含义是'圆'。在宗教实践领域和心理学领域，它是绘画、模型或者舞蹈出的圆形图像。"[1] 这一见解具有开

---

[1] C. G. Jung, *Mandala Symbolism*, Princeton: Princeton University Press, 1959, p. 3. 原文是: The Sanskrit word mandala means "circle" in the ordinary sense of the word. In the sphere of religious practices and in psychology it denotes circular images, which are drawn, painted, modeled, or danced.

拓性的启示意义。

我曾惊叹于藏族"砂坛城"的制作与毁灭。上师以无比的虔诚，无上的技艺，经年累月，精工细作，终于，一件无比精美的艺术品怦然出世。然而就在那光明呈现的一刻，坛城消失了。那是一个神性的瞬间，那是一个功德完满的瞬间。对于藏族文化来说，瞬间即永恒。

5. 关于藏族文艺美学的多文本融汇

当代学术具有跨文化整合、多文本融汇和复调融合的新形态。它不再沿袭19世纪以来精细分科分类分属分目研究的基本方法论途径，而是跨文化、跨学科、跨部类整合融会的。

在藏族文化传统的传承史中，有着跨语种和内容的横向和跨时间的纵向两种跨越，我称之为"双跨性"。横向跨越指藏族文艺形式和文化传统中许多经典文本的来源是跨语种的，这在藏族许多经典书面文献中很容易得到证实。比如藏文大藏经《甘珠尔》《丹珠尔》是从汉、梵文中译出的。在口头领域，学术界会使用"交互指涉"来形容这种跨越，意思是《格萨尔》史诗故事与其他的故事存在一种互相印证的效果，同一个故事原型可能会出现在很多个不同的故事中。

文化间性（主体间性、学科间性、文学间性、地域间性、民族间性）的探索与寻找是当代阐释学的核心论题，也是本书的理论支点。当代世界多种文化形态、多种文明类型，多种语言范式与话语之间一直存在着对立、冲突、对话、交往的现实情境。文化间性是在这一背景下建构文化交流对话理论的核心范畴。

6. 关于藏族艺术的分类

藏族艺术的分类是展开藏族文艺美学研究之前最重要工作之一。这一事项很少被专门提出，却影响着整个研究迈出起始的第一步。纳吉先生在主持我在哈佛大学的讲座时说：引入类型学（typology）的方法，使我们能够将过去认为不相干的结构拿来做比较。他在这方面给了我细致的指导。在书写盛行的社会，在影视主导的年月，以及当今互联网"霸凌"的时代，我们常常忽略了在不同文化发展阶段上，不同介质曾经发挥过怎样的主导性作用。因为我们的研究要问对象是什么。这个"是"什么的提问看似简单，却是哲学存在论的核心问题，对它的提问和回答构建了整个研究活动的整体框架；当人们面对藏族文艺，做出"是什么""为了什么""要做什么"的提问并自我回答或寻求外部答案，其实就代表了提问者自身的范式观。一种范式观就是一种不同的向世界提问的方式，选择了一种范式观，就是选择了一种提问方式，也就是选择了一种回答方式。

原则上，藏族美学应遵循藏传佛教大小五明文化的分类。藏族文化受宗教思想（先是苯教，后以藏传佛教思想为主）浸淫，历史上知识分子群体几乎由僧侣阶层构成，通常还直接被"大小五明"或"十明文化"指代。大五明中的工巧明（bzo rig pa）包括建筑、绘画、雕刻等学科，与如今我们熟悉的艺术范畴有关。本书还进行了进行了繁复的资料分类、整理和研究，如藏族视觉文化的技艺形态：质料性与叙事性，藏族视觉形象创作中的量度规则，等等。

以上，可算是笔者上一阶段学术探讨的"吉光片羽"，也是对自己学术思路的坦诚回视。

参考文献

说明：参考文献包含了汉、藏、英、德等语种，藏文按转写后的字母顺序排列。

Aristotle & W. D. Ross, *Aristotle's Metaphysics*, The Clarendon Press, 1912.

Arnold, Matthew, *Culture and Anarchy*, Cambridge University Press, 1932.

Arte del Tibet (*Renzo Freschi arte orientale*), Milano: R. Freschi, 2001.

Assmann, Jan, "Communicative and cultural memory", A. Erll & A. Nünning (ed.). *Cultural Memory Studies: An International and Interdisciplinary Handbook*, Berlin, New York: Walter de Gruyter, 2008, pp. 109–118.

Bakhtin, Mikhail, *Problems of Dostoevsky's Poetics*. University of Minnesota Press, 1984.

Béguin, G et al, *Tibet, art et méditation: Ascètes et mystiques au Musée Guimet*, Musée des beaux-arts Paris, 1991.

Belting, H., *Bild-Anthropologie: Entwürfe für eine Bildwissenschaft* (Bild und Text), München: W. Fink. 2001Chandra, Lokesh: Tibetan art, Konecky & Konecky, 2010.

Benjamin, Andrew, *Translation and the Nature of Philosophy: A New Theory of Words*, Taylor and Francis, 2014.

Berger, John, *Ways of seeing.* London, New York: British Broadcasting Corporation and Penguin Books, 1991.

Bergson, Henri, *The Creative Mind: an Introduction to Metaphysics*, translated by Mabelle L. Andison, Mineola, N. Y.: Dover Publications, 2007.

Blackmore, Susan, "Imitation and the Definition of a Meme", *Journal of Memetics-Evolutionary Models of Information Transmission*, No. 2, 1998.

blo gros brtan pa（邦译师洛卓丹巴）, *snyan ngag me long gi rgya cher 'grel pa gzhung don gsal ba*（诗镜广注正文明示）.

blo bzang ye shes（洛桑益西）, *snyan ngag me long las le'u gnyis pa'i dper brjod*（诗镜第二章诗例）, Dharamsala: Tibetan cultural printing press, 1975.

Bloom, Harold, *Deconstruction and Criticism* (Continuum book). New York: Seabury Press, 1979.

Bourdieu, Johnson; Johnson, Randal, *The Field of Cultural Production: Essays on Art and Literature* (European perspectives), New York: Columbia University Press, 1993.

Boxer, Sarah, "One of the World's Great Symbols Strives for a Comeback". *The New York Times*, July 29, 2000.

Brady, Ivan ed. Special Section, "Speaking in the Name of the Real: Freeman and Mead on Samoa", *American Anthropologist*, 1983.

Brauen, Martin, *Dreamworld Tibet-Western Illusions*, Bangkok: Orchid Press, 2004.

Brown, F., "Introduction: Mapping the Terrain of Religion and the Arts", in F. Brown (Ed.), *The Oxford Handbook of Religion and the Arts.* New York: Oxford University Press, 2004.

Bryson, N., *Vision and Painting：The Logic of the Gaze*, New Haven, CT：Yale University Press, 1983.

bstan 'dzin chos kyi nyi ma（康珠丹增却吉尼玛）, *snyan ngag me long gi 'grel pa dbyangs can ngag gi rol mtsho*（妙音语之游戏海）, Thimphu：kunsang topgey, 1976.

bstan 'dzin rnam rgyal（丹增南嘉）, *snyan ngag me long gi dper brjod nor bu'i phreng ba*（诗镜颈饰诗例）, Thimphu：The national library of Bhutan, 1985.

Budelmann, Felix; Haubold, Johannes, "Reception and Tradition". In Lorna Hardwick, Christopher Stray eds., *A Companion to Classical Receptions*. Malden, MA：Blackwell, 2008.

Burkett, Delbert, *An Introduction to the New Testament and the Origins of Christianity*. Cambridge, New York Cambridge University Press, 2002.

Cairns, Grace E., "The Philosophy and Psychology of the Oriental Mandala", *Philosophy East & West*, 1962.

Casey, Maurice, *Jesus of Nazareth：An Independent Historian's Account of His Life and Teaching*. London：T&T Clark, 2010.

Cassirer, Ernst, *The Philosophy of Symbolic Forms*, Vol. 2, John Michael Krois, Donald Phillip Verene eds., Ralph Manheim, John Michael Krois trans., New Haven：Yale University Press, 1953.

Chevalier, Jean, *The Penguin Dictionary of Symbols*, Penguin, 1997.

Clark, J., *Modern Asian Art*, Honolulu：University of Hawaii Press, 1998.

Dawkins, Richard, *The Selfish Gene*, Oxford：Oxford University Press, 1989.

Deleuze, Gilles; Guattari, Félix：*Anti-Oedipus：Capitalism and Schizophrenia*, translated by Robert Hurley, Mark Seem, Helen R. Lane,

New York: Viking Penguin, 1977.

Deleuze, G.: *Difference and Repetition*, New York: Columbia University Press, 1994.

Eagleton, Terry: *Literary Theory: An Introduction*, Minneapolis: University of Minnesota Press, 1983.

Ehrhard, Franz-Karl: "The Stupa of Bodhnath: A Preliminary Analysis of the Written Sources", *Ancient Nepal-Journal of the Department of Archaeology*, No. 120, 1990.

Ehrman, Bart D. , *The New Testament: A Historical Introduction to the Early Christian Writings*, New York Oxford University Press, 1997.

Elkins, James, "Art History as a Global Discipline", In Elkins, J. Ed. , *Is Art History Global?* New York: Routledge, 2007, pp. 3 – 23.

Foley, John Miles, *How to Read an Oral Poem*, Urbana and Chicago: University of Illinois Press, 2002.

Foley, John Miles, *Oral Tradition and the Internet Pathways of the Mind*, Urbana: University of Illinois Press, 2012.

Foucault, Michel, *The Order of Discourse*, Lingual Lecture at the College de France, December, 1970.

Frazier, Jessica, "Arts and Aesthetics in Hindu Studies", *The Journal of Hindu Studies*, Vol. 3, 2010.

Frye, Herman Northrop, *Anatomy of Criticism: Four Essays*, Princeton, N. , J: Princeton University Press, 1957.

Gadamer, Hans-Georg, *Hermeneutik: Wahrheit und Methode*, Ergänzungen, Register. 2, Mohr Siebeck, 1993.

Gaina Sūtra, Hermann Jacobi trans. , S. B. E. 22, Oxford: Clarendon, 1884.

Gethin, Rupert, *Sayings of the Buddha*, London: Oxford University Press, 2008.

Glissant, Edouard, "Cross-Cultural Poetics: National Literature", in eds., *The Princeton Sourcebook in Comparative Literature*, Edit by David Damrosch, Natalie Melas, Mbongiseni Buthelezi, Princeton, N. J.: Princeton University Press, 2009.

Gordon, A, *Tibetan Religious Art*, New York: Columbia University Press, 1952.

Grondin, J., *Introduction to Philosophical Hermeneutics*, New Hawen & London Yale University Press, 1994.

Gustav, Roth, "Notes on the Citralaksan and other Ancient Indian Works of Iconometry", In Maurizio Taddei Ed., *South Asian Archaeology: Proceedings of the Ninth Internatioanl Conference of the Association of South Asian Archaeologists in Western Europe*, Vol. 62, Rome: IsMEO, 1990.

Hall, S., "Cultural Identity and Diaspora", in J. Rutherford ed., *Identity: Community, Culture, Difference*, London: Lawrence & Wishart, 1990, pp. 222 – 237.

Hall, S., "The Question of Cultural Identity", in S. Hall, D. Held & T. McGrew ed., *Modernity and Its Future*, London: The Open University, 1992, pp. 273 – 316.

Harris, J.; White, V., "Tacit knowledge", in *A Dictionary of Social Work and Social Care*, Oxford University Press, 2013.

G. W. F. Hegel, *System of Ethical Life and First Philosophy of Spirit*, Alang: State University of New York Press, 1979.

Heller, Steven, *The Swastika: Symbol Beyond Redemption?* New York: Allworth Press, 2008.

Hoy, D C., *The Critical Circle*, Oakland: University of California Press, 1981.

Huntington, John C.; Bangdel, Dina, *The Circle of Bliss: Buddhist Meditation Art*, Chicago: Serindia, 2003.

Huntington, Susan L., "Early Buddhist Art and the Theory of Aniconism", *Art Journal*, Vol. 49, No. 4, *New Approaches to South Asian Art*, Winter, 1990.

Kelly, Kevin, *Out of Control: The New Biology of Machines, Social Systems and the Economic World*, Boston: Addison-Wesley, 1994.

Kierkegaard, S., *Kierkegaard's Writings*, Princeton, N. J.: Princeton University Press, 1978.

Koch, Rudolf, *The Book of Signs*, Dover Publications, 1955.

Kuhn, Thomas, *The Structure of Scientific Revolutions*, Chicago: University of Chicago Press, 1962.

Ivins, W.; Pèlerin, J., *On the Rationalization of Sight, With an Examination of Three Renaissance texts on Perspective* (Da Capo Press series in graphic art; Vol. 13), New York: Da Capo Press, 1973.

Jacobs, Mark; Spillman, Lynette, "Cultural Sociology at the Crossroads of the Discipline", *Poetics*, Vol. 33, No. 1, 2005.

'jam dbyangs kha che（嘉木样迦湿）, *snyan ngag me long gi le'u gnyis pa'i dka' 'grel*（诗镜第二章释难）, Rewalsar: zigar drukpa kargyud institute, 1985.

Jackson, David P.; Jackson, Janice A., *Tibetan Thangka Painting Methods & Materials*, London, 1984.

Jay, Martin, *Downcast Eyes: The Denigration of Vision in Twentieth-Century French Thought*, Los Angeles: University of California Press, 1993.

Jeanrond, W., *Theological Hermeneutics: Development and significance*, New York: Crossroad, 1991.

Jones, Rachel Bailey, "History of the Visual Regime", *Postcolonial Representations of Women, Explorations of Educational Purpose*, Vol. 18, Dordrecht: Springer Netherland, 2011.

Johnson, W. J.: *The Sauptikaparvan of the Mahabharata: The Massacre at Night*, New York: Oxford University Press, 1998.

'ju mi pham 'jam dbyangs rnam rgyal rgya mtsho（居米庞囊杰嘉措）, *snyan ngag me long gi 'grel pa dbyangs can dgyes pa'i rol mtsho*（妙音欢喜之游戏海）, gser rta rdzong: gser thang bla rung lnga rig nang bstan slob gling.

'ju mi pham 'jam dbyangs rnam rgyal rgya mtsho（居米庞囊杰嘉措）, gsung 'bum mi pham rgya mtsho（米庞文集）, Gangtok: sonam topgay kazi, 1972.

Jung, C. G., *Modern Man in Search of a Soul*, in W. S. Dell and Cary F. Baynes, eds., trans. New York: Harcourt Brace, 1933.

Jung, C. G., "The Spirit of Psychology", in *This Is My Philosophy*, Whit Burnett, ed., New York: Harper & Bros., 1957.

Jung, C. G., *Psychology and Religion: West and East*, trans. R. F. C. Hull, New York: Pantheon Books, 1958.

Jung, C. G., *Mandala Symbolism*, Princeton, N. J.: Princeton University Press, 1959.

Jung, C. G., *Man and His Symbols*, London: Aldus Books, 1964.

Jung, C. G., *Two Essays on Analytical Psychology* (revised 2nd ed. Collected Works Vol. 7), London: Routledge, 1966.

Jung, C. G., *Synchronicity: An Acausal Connecting Principle*, Taylor and Francis, 2013.

Kitamura, T et al, *Hihō Chibetto mikkyō ten: Chibetto mikkyō bijutsu ni miru mandara no sekai*, Ōsaka-shi: Ryū-shōdō, 1992.

Knoblock, J. ; Miami Art Center, *Art of the Asian Mountains; A Group of Paintings, Sculptures, and Objects from Bhutan, Nepal, Sikkim, and Tibet*, Miami, Fla. : Miami Art Center, 1968.

Kurz-Milcke, Elke; Maritgnon, Laura, "Modeling Practices and 'Tradition'", *Model-based reasoning: science, technology, values*, Springer, 2002.

Lane C. , *A Classification of Sciences and Arts: or, A Map of Human Knowledge*, London: Effingham Wilson, 1826.

Lauf, D. , *Tibetan Sacred Art: The Heritage of Tantra*, Berkeley, Calif: Shambhala, 1976.

Laufer, Berthold, *Das Citralakshaṇa Nach Dem Tibetischen Tanjur* (Dokumente der indischen kunst, 1. hft. Malerei), Leipzig: O. Harroassowitz, 1913.

Leidy, Denise Patry; Thurman, Robert A. F. , *Mandala: The Architecture of Enlightenment*, London: Thames & Hudson Ltd, 1997.

Liungman, Carl G, *Symbols: Encyclopedia of Western Signs and Ideograms*, HME Publishing, 2004.

Lo Bue, Erberto, *Art in Tibet: Issues in Traditional Tibetan Art from the Seventh to the Twentieth Century*, Leiden: Brill, 2011.

Lohmar, Dieter, "Truth", in *Encyclopedia of Phenomenology*, Lester Embree eds, Dordrecht: Kluwer Academic Publishers, 1997.

Lord, A. , "Homer as Oral Poet", *Harvard Studies in Classical Philology*, Vol. 72, 1968.

Masaki, A. , *Hajimete no Chibetto Mikkyō bijutsu*, Tōkyō: Shunjūsha, 2009.

Malek, J., "Art as Mind Shaped by Medium: The Significance of James Harris' 'A Discourse on Music, Painting and Poetry' in Eighteenth-Century Aesthetics", *Texas Studies in Literature and Language*, Vol. 12 No. 2, 1970.

mi pham dge legs rnam rgyal（米庞格列囊杰）, *snyan ngag me long ma'i 'grel pa daN + Di'i dgongs rgyan*（檀丁意饰）, Sikkim: rum theg dgon pa, 1972.

mi pham dge legs rnam rgyal（米庞格列囊杰）, *snyan ngag me long ma dang bod mkhas pa'i 'grel pa*（藏文诗镜注）, gser rta rdzong: gser thang bla rung lnga rig nang bstan slob gling.

mi pham dge legs rnam rgyal（米庞格列囊杰）, *snyan ngag me long gis bstan pa'i dper brjod legs par bshad pa sgra dbyangs rgya mtsho'i 'jug ngogs*（诗镜释例妙音海岸）, sde dge: sde dge par khang chen mo.

Morgan, David, *The Sacred Gaze: Religious Visual Culture in Theory and Practice*, Berkeley: University of California Press, 2005.

Nagy, Gregory: "Ancient Greek Elegy", in *The Oxford Handbook of the Elegy*, Karen Weisman eds., Oxford: Oxford University Press, 2010.

Nagy, Gregory: "The Earliest Phases in the Reception of the Homeric Hymns", in *The Homeric Hymns*, New York: Oxford University Press, 2011.

ngag dbang chos kyi rgya mtsho（阿旺却吉嘉措）, *snyan ngag me long ma'i dper brjod rab gsal klags pas kun shes*（诗镜诗例善知窗）, copied from BDRC.

ngag dbang 'jigs med grags pa（仁蚌巴阿旺计扎）, *snyan ngag me long gi 'grel pa mi 'jigs pa seng ge'i rgyud kyi nga ro*（诗学广释无畏狮子吼）, New Delhi: ngawang sopa, 1975.

Noll, R., *The Jung Cult*, London: Fontana Press, 1996.

Noritake, K., *Nishi Chibetto Bukkyō shi*: *Bukkyō bunka kenkyū*. Tōkyō: Sankibō Busshorin, 2004.

Olschak, B. ; Thupten Wangyal, *Mystic Art of Ancient Tibet*, Delhi: Niyogi Books, 1987.

padma 'gyur med rgya mtsho（莲花不变海）, *snyan ngag me long ma'i dogs gcod gzhung don snying po*（诗镜释疑精要）, copied from BDRC.

Pal, P. et al, *The Art of Tibet*, New York: Asia Society, 1969.

Pal, P. ; American Federation of Arts; Newark Museum, *Art of the Himalayas*: *Treasures from Nepal and Tibet*, New York: Hudson Hills Press, 1991.

Pal, Richardson et al, *Art of Tibet*: *A Catalogue of the Los Angeles County Museum of Art Collection*, Los Angeles, Calif. & New York, N. Y. : The Museum, 1990.

Palmer, Richard, *Hermeneutics*, Evanston, IL: Northwestern University Press, 1969.

Regan, Tom, *Bloomsbury's Prophet*, Philadelphia: Temple University Press, 1986.

Reynolds, V. et al, *Tibet, a Lost World*: *The Newark Museum Collection of Tibetan Art and Ethnography*, New York: American Federation of Arts, 1978.

Rhie, Thurman et al, *From the Land of the Snows*: *Buddhist Art of Tibet*, Mead Art Museum, 1984.

Rhie, Thurman et al, *Wisdom and Compassion*: *The Sacred Art of Tibet*, New York: Asian Art Museum of San Francisco, 1991.

rnga rgod nam mkha' seng ges（俄阿国·拿木卡桑格）, *mchod rten gyi rnam bzhag phan bde'i gso'i gyur*（利益之精华佛塔类型）, New

Delhi: ngawang gelek demo, 1982.

rnga rgod nam mkha' seng ges（俄阿国·拿木卡桑格）, thig 'grel smin grol 'jug sgo gsal sgron（度量疏驱散愚昧之入门明灯）, copied from BDRC.

Roediger, Henry L.; Abel, Magdalena, "Collective Memory: A New Arena of Cognitive Study", *Trends in Cognitive Sciences*, Vol. 19, No. 7, 2015.

rong tha blo bzang dam chos rgya mtshos（荣塔·罗桑当木切嘉措）, *mchod rten cha brgyad kyi thig rtsa'i gtam*（论八佛塔之量度）, copied from BDRC.

rong tha blo bzang dam chos rgya mtshos（荣塔·罗桑当木切嘉措）, *thig gi lag len du ma gsal bar bshad pa*（度量实践说明）, copied from BDRC.

Rorty, R., "Religion as Conversation-Stopper", *Common Knowledge*, Vol. 3, No. 1, 1994.

rta mgrin dbang rgyal（丹增旺杰）, snyan ngag me long le'u gnyis pa don rgyan gyi dper brjod lha'i glu snyan（诗镜第二章意饰诗例）, Thimphu: kunsang topgay, 1975.

Ruelius, Hans, "Some Notes on Buddhist Iconometrical Texts", *The Journal of the Bihar Research Society*, Vol. 54, 1968.

Sagan, Carl; Druyan, Ann, *Comet*, Ballantine Books, 1997.

Samuels, Andrew, *Jung and the Post-Jungians*, London Boston: Routledge & k. Paul, 1985.

Sandison, Charles, *A Foreword by Charles Sandison*, 2009. 网址 http://www.quaibranly.fr.

Santayana, George, *Interpretations of Poetry and Religion*, New York: Scribner, 1927.

Sastri, Asoke Chatterjee, *The Citralaksana, an Old Text of Indian Art* (Vol. 315), Calcutta: *The Asiatic Society*. Prefatory Note (by Jagannath Chakravorty), 1987.

Schliemann, H., *Troy and its Remains*, London: Murray, 1875.

sde srid sangs rgyas rgya mtsho (第司·桑杰嘉措), *bstan bcos baidurya dkar po las dri lan 'khrul snang g. ya' sel don gyi bzhin ras ston byed* (白琉璃·除锈), Dehradun: tau pon, 1976.

Skorupski, T., *Body, Speech and Mind: Buddhist Art from Tibet, Nepal, Mongolia and China*, London: Spink & Son, 1998.

Sherzer, Joel, "A Discourse-Centered Approach to Language and Culture", *American Anthropologist*, Vol. 89, No. 2.

shes rab rgya mtshos (喜饶嘉措), *dkyil 'khor so so'i blos bslang gi phyag khrid gsan skabs bsnyel byang* (听习各种立体坛城时的笔记卡片), copied from BDRC.

Shils, E., *Tradition*, Chicago: University of Chicago Press, 1981.

Shusterman, R., "Art and Religion", *Journal of Aesthetic Education*, Vol. 42, No. 3, 2008.

sman bla don 'grub (门拉顿珠), *bde gshegs sku gzugs kyi tshad kyi rab tu byed pa*, Leh, Ladakh: t. sonam & d. l. tashigang, 1985.

snar than dge 'dun dpal, *snyan ngag me long gi rgya cher 'grel pa* (诗镜解说念诵之意全成就), Thimphu: kunsang topgey, 1976.

Snellgrove, David: *Indo-Tibetan Buddhism: Indian Buddhists and Their Tibetan Successors*, 2vols., Boston: Shambhala Publications, 1987.

Spiegelberg, Herbert, *Doing Phenomenology: Essays on and in Phenomenology*, Dordrecht: Springer Netherlands, 1975.

Steinmetz G., *State/Culture: State-Formation after the Cultural Turn*, Ithaca, NY: Cornell University Press, 1999, p. 2.

Steven, A., *Archetype: a Natural History of the Self*, London: Routledge & Kegan Paul Ltd., 1982.

Stevens, Anthony, "The archetypes", ed. Papadopoulos, Renos, *The Handbook of Jungian Psychology*, London, New York Routledge, 2006.

Stewart, Ian, *Life's Other Secret: The New Mathematics of the Living World*, Penguin, 1999.

sum pa ye shes dpal 'byor（松巴·益西班觉）, *sku gsung thugs rten gyi thig rtsa mchan 'grel can me tog phreng mdzes*（身、语、意度量注疏花蔓）, New Delhi, 1975.

Tatum, James, "A Real Short Introduction to Classical Reception Theory", Arion: *A Journal of Humanities and the Classics*, Vol. 22, No. 2, 2014.

Till, B.; Swart, P.; Art Gallery of Greater Victoria, *Art from the Roof of the World*, Victoria: Art Gallery of Greater Victoria, 1989.

The American Heritage© Dictionary of the English Language, 4th ed. Boston: Houghton Mifflin, 2000.

Toynbee, Arnold J., "Vol III: The Growths of Civilizations", *A Study of History*, London: Oxford University Press, 1934.

Tripathi, Radhavallabh & Sahitya Akademi, *Ṣoḍaśī, Samakālikasamskrṭakāvyasaṅgraharūpā* (1st ed.), New Delhi: Sahitya Akademi, 1992.

Tucci, Giuseppe, *Tibetan painted scrolls*, Roma: Libreria dello Stato, 1949.

Vendler, Helen, *The Music of What Happens: Poems, Poets, Critics*, Cambridge: Harvard University Press, 1988.

Walker, Barbara G., *The Woman's Encyclopedia of Myths and Secrets*, Harper One, 1983.

Wheelwright, Philip Ellis, *Metaphor and Reality*, Bloomington Indiana University Press, 1962.

Williams, Raymond, *Keywords: A Vocabulary of Culture and Society*, rev. ed., New York: Oxford University Press, 1983.

Xuereb, K., "European Cultural Policy and Migration: Why Should Cultural Policy in the European Union Address the Impact of Migration on Identity and Social Integration?", *International Migration*, Vol. 49, No. 2.

Yoritomi, Miyasaka; Yoritomi, Motohiro; Miyasaka, Yūshō, *Chibetto zuzō shūsei*, Tōkyō: Shikisha, 2001.

Zethsen, K., "Beyond Translation Proper: Extending the Field of Translation Studies", *TTR: Traduction, Terminologie, Rédaction*, Vol. 20, No. 1, 2007, pp. 281–308.

阿坝州文化局：《阿坝藏族羌族自治州文化艺术志》，巴蜀书社1992年版。

阿地里·居玛吐尔地：《〈玛纳斯〉，一部不断被激活的民族史诗》，《文艺报》2013年1月7日。

阿·额尔敦白音、树林等：《贡嘎坚赞〈智者入门〉与阿旺丹达〈嘉言日光〉比较研究》（蒙古文、汉文），社会科学文献出版社2015年版。

［美］鲁道夫·阿恩海姆：《艺术与视知觉》，滕守尧、朱疆源译，中国社会科学出版社1984年版。

［英］T. S. 艾略特：《荒原：艾略特文集·诗歌》，陆建德编，汤永宽等译，上海译文出版社2012年版。

艾翔、艾光辉：《困局与突围——中国少数民族文学批评史可能性思考》，《民族文学研究》2013年第6期。

（明）巴俄·祖拉陈瓦，《贤者喜宴》（藏文），民族出版社1986

年版。

［俄］巴赫金：《陀思妥耶夫斯基诗学问题》，《巴赫金全集·诗学与访谈》，白春仁、顾亚玲、晓河译，河北教育出版社 1998 年版。

巴莫曲布嫫：《叙事型构·文本界限·叙事界域：传统指涉性的发现》，《民俗研究》2004 年第 3 期。

白崇人：《民族文学创作论》，广西民族出版社 1992 年版。

班丹：《琐议〈仓央嘉措道歌〉篇名、几首道歌译文及其它》，《西藏文学》2005 年第 5 期。

北京版藏文《大藏经·丹珠尔·经疏》部 318 筴《方技区恭》部第 123 函上五至上二十九。

［德］本雅明：《机械复制时代的艺术作品》，王才勇译，中国城市出版社 2002 年版。

边罗：《诗镜第二篇章修辞示范简要》（藏文），西藏人民出版社 2010 年版。

［英］约翰·伯格：《观看之道》，戴行钺译，广西师范大学出版社 2007 年版。

［法］柏格森：《关于变异的知觉》，陈启伟译，载陈启伟主编《现代西方哲学论著选读》，北京大学出版社 1992 年版。

［法］布尔迪厄：《纯美学的历史起源》，载福柯、哈贝马斯、布尔迪厄等著《激进的美学锋芒》，周宪译，中国人民大学出版社 2003 年版。

［法］布尔迪厄：《〈区分〉导言》，黄伟、郭伟华译，载罗钢、王中忱主编《消费文化读本》，中国社会科学出版社 2003 年版。

［美］伊万·布莱迪：《和谐与争论：提出艺术的科学》，载［美］伊万·布莱迪编《人类学诗学》，徐鲁亚等译，中国人民大学出版社 2010 年版。

才旦夏茸、张凤翮：《关于藏族历代翻译家梵译藏若干问题之研究》，《西北民族大学学报》（哲学社会科学版）1985年第3期。

才旦夏茸：《诗学概论》，贺文宣译，《西北民族大学学报》（哲学社会科学版）2012年第5期。

才让太：《藏文起源新探》，《中国藏学》1988年第1期。

（清）仓央嘉措：《仓央嘉措圣歌集》，北京十月文艺出版社2011年版。

曹顺庆：《重建中国文论话语》，《中外文化与文论》1996年第1期。

曹顺庆：《文论失语症与文化病态》，《文艺争鸣》1996年第2期。

曹顺庆：《三重话语霸权下的少数民族文学研究》，《民族文学研究》2005年第3期。

朝戈金：《中译本前言》，《口头诗学：帕里—洛德理论》，社会科学文献出版社2000年版。

朝戈金：《关于口头传唱诗歌的研究——口头诗学问题》，《文艺研究》2002年第4期。

朝戈金：《口传史诗诗学的几个基本概念》，《民族艺术》2004年第4期。

朝戈金、巴莫曲布嫫：《口头程式理论（oral-formulaic theory）》，《民间文化论坛》2004年第6期。

朝戈金：《口头传统：人文学术新领地》，《人民日报》2006年5月29日。

朝戈金：《从荷马到冉皮勒：反思国际史诗学术的范式转换》，《学术动态》2007年第21期。

朝戈金：《国际史诗学术史谫论》，《世界文学》2008年第5期。

朝戈金：《创立口头传统研究的"中国学派"》，《人民政协报》2011年1月24日。

朝戈金：《国际史诗学若干热点问题评析》，《民族艺术》2013 年第 1 期。

朝戈金：《"回到声音"的口头诗学：以口传史诗的文本研究为起点》，《西北民族研究》2014 年第 2 期。

朝戈金：《朝向全观的口头诗学："文本对象化"解读与多面相类比》（演讲），"图像与叙事——中国国际史诗学讲习班"，2017 年。

朝戈金：《信息技术给民族文学研究带来新的可能性》，《人民政协报》2017 年 2 月 27 日。

朝戈金：《如何看待少数民族文学的价值》，《光明日报》2017 年 4 月 10 日。

朝戈金：《口头诗学》，《民间文化论坛》2018 年第 6 期。

陈池瑜、陈璐、郭良实、穆瑞凤、许俊、王珺英：《"十二五"期间我国美术学科研究成果概述》，《艺术百家》2015 年第 6 期。

（清）陈澧：《东塾读书记》，中西书局 2012 年版。

陈平原：《"多民族文学"的阅读与阐释》，《文艺争鸣》2015 年第 11 期。

［印］旦志著：《藏族诗学明鉴：汉藏对照》，多吉坚参等译，民族出版社 2016 年版。

（明）达仓宗巴·班觉桑布：《汉藏史集——贤者喜乐瞻部洲明鉴》，陈庆英译，西藏人民出版社 1983 年版。

达洛、白果：《雪域奇葩：中国藏区唐卡艺术》，黑龙江人民出版社 2011 年版。

旦布尔加甫：《卫拉特—卡尔梅克〈江格尔〉在欧洲：以俄罗斯的搜集整理为中心》，《民族文学研究》2018 年第 1 期。

丹增诺布：《〈格萨尔〉史诗的神圣性与演唱仪式》，《西藏艺术研究》，2012 年。

丹增诺布：《浅析〈格萨尔〉史诗中的口头程式语》，《西藏艺术研究》2013 年第 2 期。

丹珠昂奔：《时代·文化·哲学与少数民族文学创作》，《民族文学研究》1986 年第 4 期。

丹珠昂奔：《论佛教与藏族文学》，《西藏研究》1985 年第 1 期。

丹珠昂奔：《藏族神灵论》，中国社会科学出版社 1990 年版。

丹珠昂奔：《桑烟中诞生的世界——藏族长篇小说缘起散论》，《民族文学研究》1991 年第 1 期。

丹珠昂奔：《〈格萨尔王传〉与藏族文化圈——格萨尔之正名》，《西藏研究》1991 年第 4 期。

丹珠昂奔：《〈格萨尔王传〉的神灵系统——兼论相关的宗教问题》，《民族文学研究》1992 年第 1 期。

丹珠昂奔：《藏族文学论》，《文艺争鸣》1992 年第 4 期。

丹珠昂奔：《全球化背景下藏学研究的走向和任务》，《民族研究》2000 年第 2 期。

丹珠昂奔：《藏族文化发展史》，甘肃教育出版社 2001 年版。

丹珠昂奔：《藏族大辞典》，甘肃人民出版社 2003 年版。

丹珠昂奔：《藏族文化志》，上海人民出版社 2010 年版。

丹珠昂奔：《论走中国特色社会主义民族文艺道路》，《民族论坛》2015 年第 7 期。

丹珠昂奔：《认同、自信与自觉——习近平文化思想之思考》，《青海民族研究》2017 年第 3 期。

当增扎西：《18 世纪造像量度文献〈佛像、佛经、佛塔量度经注疏花蔓〉与作者松巴·益西班觉》，《西藏艺术研究》2015 年第 4 期。

德吉草：《四川藏区的文化艺术》，四川民族出版社 2008 年版。

[美] 阿兰·邓迪斯：《编者前言》，载 [美] 约翰·迈尔斯·弗里《口头诗学：帕里-洛德理论》，朝戈金译，社会科学文献出版社

2000 年版。

邓敏文:《中国少数民族文学史的建设历程》,《民族文学研究》1994 年第 1 期。

(清)弟司桑结嘉措:《诗镜注妙音欢歌释难》(藏文),青海民族出版社 1996

[意]杜齐:《西藏艺术》上,张亚莎、李建雄译,《西藏艺术研究》1993 年第 2 期。

[意]杜齐:《西藏艺术》(下),张亚莎、李建雄译,《西藏艺术研究》1994 年第 2 期。

杜书瀛:《"艺术的终结":从黑格尔到丹托——尝试某些"批判性"解读》,《艺术百家》2016 年第 5 期。

杜维明:《当代世界的儒学与儒教》,《北京大学研究生学志》2008 年第 4 期。

段德智:《当代伦理的重构与"回到苏格拉底"——试论苏格拉底伦理思想的历史意义与当代启示》,《东南大学学报》(哲学社会科学版)2004 年第 5 期。

多布旦、仁欠卓玛:《〈罗摩衍那〉不同版本的文化解析》,《西藏大学学报》(社会科学版)2011 年第 4 期。

范景中、郑岩、孔令伟:《考古与艺术史的交汇》,杭州:中国美术学院出版社 2009 年版。

范玉刚:《正确理解文艺与市场的关系——对"习近平文艺座谈会讲话"精神的解读》,《湖南社会科学》2015 年第 3 期。

范玉刚:《众声喧哗中的繁荣与现代性的焦虑——对五年来文学理论发展的印象式扫描》,《南方文坛》2018 年第 1 期。

[德]费尔巴哈:《宗教本质讲演录》,见《费尔巴哈哲学著作选集》下卷,荣震华、王太庆、刘磊等译,商务印书馆 1984 年版。

费新碑:《藏传佛教绘画艺术》,今日中国出版社 1995 年版。

《佛说造像量度经解（大正藏）》，CBETA 汉文大藏 .0945b28。

［美］约翰·费斯克：《关键概念：传播与文化研究辞典》（第二版），李彬译注，新华出版社 2004 年版。

冯文开：《史诗演述中语图交互指涉的诗学特质》，《内蒙古民族大学学报》（社会科学版）2018 年第 6 期。

［英］帕特里克·富尔赖：《电影理论新发展》，李二仕译，中国电影出版社 2004 年版。

［法］福柯：《词与物》，莫伟民译，生活·读书·新知三联书店 2001 年版。

［美］约翰·迈尔斯·弗里、朝戈金：《口头程试理论：口头传统研究概述》，《民族文学研究》1997 年第 1 期。

［美］约翰·迈尔斯·弗里：《口头诗学：帕里—洛德理论》，朝戈金译，社会科学文献出版社 2000 年版。

傅修延：《为什么麦克卢汉说中国人是"听觉人"——中国文化的听觉传统及其对叙事的影响》，《文学评论》2016 年第 1 期。

（清）嘎尔玛·泽旺班巴尔：《诗镜·甘蔗树》（藏文），赵康整理，四川民族出版社 1994 年版。

嘎玛赤列格列、边巴：《谈仓央嘉措道歌隐意》，《西藏文学》2014 年第 3 期。

噶玛降村、向秋卓玛：《藏梵双语诗学明镜》（藏文），四川民族出版社 2013 年版。

尕藏：《藏传佛画度量经》，青海民族出版社 1992 年版。

尕藏才旦：《藏族独特的艺术》，西藏人民出版社 2001 年版。

尕藏才旦：《藏族文艺中蕴含的价值观》，西藏人民出版社 2014 年版。

尕藏加：《西藏佛教神秘文化——密宗》，西藏人民出版社 1999 年版。

改觉：《〈诗镜论〉简介》（藏文），《西藏民族学院学报》1981 年第 4 期。

高长江：《宗教的阐释》，中国社会科学出版社 2002 年版。

高宣扬、闫文娟：《论狄尔泰的精神科学诠释学》，《世界哲学》2019 年第 4 期。

哥顿：《略谈〈诗镜〉的民族化过程》（藏文），《中国藏学》1997 年第 2 期。

格勒：《藏族早期历史与文化》，商务印书馆 2006 年版。

《格萨尔·松岭之战》，西藏人民出版社 1981 年版。

《格萨尔·赞帽词》，德庆卓嘎、饶元厚翻译《西藏艺术研究》1991 年第 4 期。

贡保扎西、琼措：《论藏族传统文化的雅与俗——以五明之工巧明的分类为例》，《西南民族大学学报》（人文社科版）2014 年第 3 期。

关纪新、朝戈金：《多重选择的世界——当代少数民族作家文学的理论描述》，中央民族大学出版社 1995 年版。

关纪新：《1949—1999 中国少数民族文学经典文库·理论评论卷》，云南人民出版社 1999 年版。

关纪新：《既往民族文学理论建设的得失探讨》，中国民族文学网，2008 年。

郭持华：《"历史流传物"的意义生成与经典化》，《杭州师范大学学报》（社会科学版）2005 年第 2 期。

郭持华《儒家经典阐释与文化传承发展——以"毛诗"为中心的考察》，《杭州师范大学学报》2018 年第 3 期。

郭翠潇：《口头程式理论在中国的译介与应用——基于中国知网（CNKI）期刊数据库文献的实证研究》，《民族文学研究》2016 年第 6 期。

国务院人口普查办公室：《中国 2010 年人口普查资料》，中国统计出版社 2012 年版。

郭绍虞：《建立具有中国民族特点的马克思主义文艺理论》，《人民日报》1980 年 11 月 5 日。

《汉书》卷三〇《艺文志》，中华书局 1962 年版。

郭晓芸：《掐丝唐卡：青海景泰蓝》，《西海都市报》"文化周刊"，2007 年 10 月 18 日。

[德] 黑格尔：《历史哲学》，王造时译，上海书店 1999 年版。

[德] 黑格尔：《哲学史讲演录》，贺麟、王太庆译，商务印书馆 2009 年版。

[美] 林·亨特编：《新文化史》，姜进译，华东师范大学出版社 2011 年版。

洪汉鼎：《理解与解释——诠释学经典文选》，东方出版社 2001 年版。

[德] 胡塞尔：《现象学的观念》，倪梁康译，上海译文出版社 1986 年版。

[德] 胡塞尔：《欧洲科学的危机与超越论的现象学》，王炳文译，商务印书馆 2011 年版。

还克加：《〈诗镜〉传入藏区前后的藏族诗歌比较研究》（藏文），中央民族大学硕士论文，2007 年。

黄宝生：《印度古典诗学》，北京大学出版社 1993 年版。

黄宝生：《梵语诗学论著汇编》，昆仑出版社 2008 年版。

黄颢、吴碧云编：《仓央嘉措及其情歌研究》（资料汇编），西藏人民出版社 1982 年版。

黄明信、陈久金：《藏历的原理与实践》，民族出版社 1986 年版。

[英] 斯图尔特·霍尔编：《表征：文化表象与意指实践》，徐亮、陆兴华译，商务印书馆 2003 年版。

吉布、杨典著：《唐卡中的曼荼罗》，陕西师范大学出版社 2006 年版。

［美］克利福德·吉尔兹：《地方性知识》，王海龙、张家宣译，中央编译出版社 2000 年版。

吉扎：《新时期藏族格律诗演变研究》，西藏大学硕士论文，2017 年。

季羡林：《罗摩衍那初探》，外国文学出版社 1979 年版。

季羡林：《罗摩衍那》，人民文学出版社 1980 年版。

季羡林：《印度古代文学史》，北京大学出版社 1991 年版。

［德］伽达默尔：《真理与方法》，洪汉鼎译，上海译文出版社 1999 年版。

嘉雍群培：《藏族文化艺术》，中央民族大学出版社 2007 年版。

（汉）贾谊著，阎振益、钟夏校注：《新书校注》，中华书局 2000 年版。

贾芝：《马克思主义经典作家与民族文学——〈马、恩、列、斯论民族文学〉前言》，《民族文学研究》1986 年第 3 期。

降边嘉措：《〈罗摩衍那〉在我国藏族地区的流传及其对藏族文化的影响》，《中央民族大学学报》（哲学社会科学版）1985 年第 3 期。

降边嘉措：《国内〈格萨尔〉研究概况》，《〈格萨尔史诗〉论著文摘》1，四川省《格萨尔》工作领导小组办公室编（内部资料），1989 年。

降边嘉措：《格萨尔论》，内蒙古大学出版社 1999 年版。

降洛：《诗镜注释》（藏文），《藏文修辞学汇编》，四川民族出版社 2016 年版。

蒋述卓、李石：《论习近平文艺思想对中国马克思主义文艺理论的创新与发展》，《暨南学报》（哲学社会科学版）2018 年第 2 期。

角巴东主:《〈格萨尔〉神授说唱艺人研究》,《青海社会科学》2011年第2期。

教育部:《西藏自治区教育》,《中国教育年鉴2000》,2000年。

金克木翻译注释:《诗镜论》,《古典文艺理论译丛·10》,人民文学出版社1965年版。

金克木:《古代印度文艺理论文选》,人民文学出版社1980年版。

金克木:"《梵语文学史》前言",《外国文学研究》1980年第2期。

金克木:《〈梨俱吠陀〉的三首哲理诗的宇宙观》,《哲学研究》1982年第8期。

金克木:《梵语文学史》,江西教育出版社1999年版。

金元浦:《文学解释学》,东北师范大学出版社1997年版。

金元浦:《论文学的主体间性》,《天津社会科学》1997年第5期。

金元浦:《接受反应文论》,山东教育出版社1998年版。

金元浦:《文艺学的问题意识与文化转向》,《中国人民大学学报》2003年第6期。

金元浦:《革新一种思路——当代文艺学的问题域》,《中国中外文艺理论研究》,2008年。

金元浦:《再论历史流传物——文化实践解释学阅读札记之二》,《湘潭大学学报》(哲学社会科学版)2012年第1期。

金元浦:《文学,走向文化的变革》,河北大学出版社2013年版。

金元浦:《序:约翰·伯格:一个离经叛道的另类》,载王林生《图像与观者——论约翰·伯格的艺术理论及意义》,中国文联出版社2015年版。

景海峰:《从训诂学走向诠释学——中国哲学经典诠释方法的现代转化》,《天津社会科学》2004年第5期。

(辽)觉苑撰:《大毗卢遮那成佛神变加持经义释演密钞卷第一并序》,新纂续藏经第二十三册No.439《大日经义释演密钞》,[版本记录］CBETA 电子佛典 V1.6（Big5）普及版。

堪布多旦热巾巴：《诗镜札记》，青海民族出版社 1996 年版。

康·格桑益希：《藏族美术史》，四川民族出版社 2005 年版。

康·格桑益希：《藏族传统美术》，文物出版社 2015 年版。

康·格桑益希：《藏族民间美术》，文物出版社 2015 年版。

［德］卢道夫·卡舍夫斯基、白玛次仁：《西藏史诗〈格萨尔王传〉的各种母题和内容索引初探》，赵秉理主编，《格萨尔学集成》，甘肃民族出版社 1990 年版。

［美］朱丽·汤普森·克莱恩：《跨越边界》，姜智芹译，南京大学出版社 2005 年版。

［英］罗宾·乔治·科林伍德：《艺术哲学新论》，卢晓华译，工人出版社 1988 年版。

［英］罗宾·乔治·科林伍德：《精神镜像，或知识地图》，赵志义、朱宁嘉译，广西师大出版社 2006 年版。

（唐）孔颖达：《毛诗正义》，《十三经注疏》，中华书局 1980 年版。

［日］赖富本宏：《世界佛学名著译丛 75·西藏密教研究》日本种智院大学密教学会编，世界佛学名著译丛编委会译，台北：华宇出版社 1988 年版。

蓝国华：《仓央嘉措写作情歌真伪辨》，《西藏研究》2002 年第 3 期。

兰卡才让：《藏族历代文选精选》（藏文），中国藏学出版社 2008 年版。

黎华玲：《西藏青壮年文盲率降至 0.52%》，新华网，2015 年。

［英］赫伯特·里德：《现代绘画简史》，刘萍君等译，上海人民美术出版社 1979 年版。

［苏］里夫希茨：《马克思论艺术和社会理想》，吴元迈等译，人民文学出版社 1983 年版。

李冰:《第五届全国少数民族文学创作会议上的讲话》,中国民族文学网,2012年9月18日。

李河:《巴别塔的重建与解构:解释学视野中的翻译问题》,云南大学出版社2005年版。

李河:《传统:重复那不可重复之物——试析"传统"的几个教条》,《求是学刊》2017年第5期。

李鸿然:《中国当代少数民族文学史稿》,长江文艺出版社1986年版。

李鸿然:《中国当代少数民族文学史论》,云南教育出版社2004年版。

李连荣:《国外学者对〈格萨尔〉的搜集与研究》,《西藏研究》2003年第3期。

李连荣:《试论〈格萨尔·英雄诞生篇〉情节结构的演变特点》,《西藏研究》2018年第1期。

李思孝:《马克思与宗教和宗教艺术》,《北京大学学报》(哲学社会科学版)1986年第5期。

李晓峰:《中国当代少数民族文学创作与批评现状的思考》,《民族文学研究》2003年第1期。

李晓峰、刘大先:《中华多民族文学史观及相关问题研究》,中国社会科学出版社2012年版。

李小红、田素美:《仓央嘉措情歌中爱情观的演变》,《名作欣赏》2011年第20期。

李心峰:《艺术的自然分类体系》,《文艺理论与批评》1992年第6期。

李心峰:《20世纪中国艺术理论中的艺术类型学研究》,《民族艺术研究》2002年第4期。

李永宪:《西藏原始艺术》,河北教育出版社2000年版。

李泽厚:《美的历程》,文物出版社 1981 年版。

李泽厚:《美学三书》,安徽文艺出版社 1999 年版。

李拯:《我们为什么要"回到孔子"》,《人民日报》2014 年 9 月 25 日。

梁启超:《翻译文学与佛典》,《饮冰室专集》卷 59,台湾中华书局 1987 年版。

梁启超:《中国佛教研究史》,中国社会科学出版社 2008 年版。

梁庭望、张公瑾:《中国少数民族文学概论》,中央民族大学出版社 1998 年版。

梁庭望、汪立珍、尹晓琳:《中国民族文学研究 60 年》,中央民族大学出版社 2010 年版。

梁漱溟:《梁漱溟全集》,山东人民出版社 1989 年版。

梁昕照:《"口头传统"不等于"口头文学"——访中国民俗学会会长朝戈金》,《中国社会科学报》2011 年 7 月 21 日第 5 版。

梁一孺:《论马克思主义经典作家关于民族文学的思想》,《民族文学研究》1984 年第 2 期。

廖方容:《"三经一疏"与汉文本〈造像量度经〉》,《美术教育研究》2012 年第 22 期。

林语堂:《吾国与吾民》,江苏人民出版社 2014 年版。

[日] 铃木:《北京版藏文大藏经总目》,第 143 卷。

刘宾:《少数民族文学研究四题》,《民族文学研究》,1983 年。

刘大先:《当代少数民族文学批评:反思与重建》,《文艺理论研究》2005 年第 2 期。

刘大先:《民族文学研究所成立始末》,中国民俗学会网站 2007 年版,http://www.chinesefolklore.org.cn/web/index.php?newsID=7242。

刘大先:《现代中国与少数民族文学》,中国社会科学出版社 2013 年版。

刘大先：《2012年少数民族文艺理论话题年度述评》，《中国中外文艺理论研究》，2013年。

刘大先：《流动的现实主义——近年来少数民族文学创作趋势扫描》，《贵州民族大学学报》（哲学社会科学版）2016年第2期。

刘刚、边巴次仁、白旭、德吉：《60年关于西藏的真相与谎言》，《人民日报海外版》2011年5月23日。

刘光耀、杨慧林：《神学美学·第一辑》，上海三联书店2006年版。

刘俊哲：《藏族苯教宇宙观的形成与演变》，《中华文化论坛》2014年第8期。

刘魁立：《继往开来——全国少数民族文学史学术会上的发言片断》，《民族文学研究》1987年第2期。

刘俐俐：《我国民族文学理论与方法的历史、现状与前瞻》，《中国中外文艺理论研究》，2009年。

刘伟：《体验本体论的美学——狄尔泰生命哲学美学述评》，《四川大学学报》（哲学社会科学版）1993年第1期。

（南朝）刘义庆著，徐振堮校笺：《世说新语校笺》，中华书局1984年版。

刘亚娟：《中国少数民族古代文论研究的回顾与反思》，《大连民族大学学报》2017年第2期。

刘跃进：《走近经典的途径》，《人民政协报》2012年2月20日。

刘跃进：《有关唐前文献研究的几个理论问题》，《深圳大学学报》（人文社会科学版）2016年第3期。

刘宗迪：《怪物是如何炼成的》，《读书》2018年第5期。

龙长吟：《民族文学学论纲》，湖南文艺出版社1997年版。

龙仁青：《仓央嘉措情歌及秘史》，青海人民出版社2005年版。

伦珠旺姆：《〈格萨尔〉圆光艺人才智的图像文本》，《文化遗产研究》2015年第1期。

〔美〕伊雷特·罗戈夫：《视觉文化研究》，载罗岗、顾铮主编《视觉文化读本》，广西师范大学出版社2003年版。

〔美〕罗拉·罗马努其－罗斯：《讲述南太平洋的故事》，载〔美〕伊万·布莱迪编《人类学诗学》，徐鲁亚等译，中国人民大学出版社2010年1月。

〔美〕丹·罗斯：《逆转》，载〔美〕伊万·布莱迪编《人类学诗学》，徐鲁亚等译，中国人民大学出版社2010年版。

〔美〕阿尔伯特·贝茨·洛德：《故事的歌手》，尹虎彬译，中华书局2004年版。

洛加才让：《论苯教和佛教的宇宙审美观》，《青海师范大学民族师范学院学报》2005年第1期。

洛珠加措、曲将才让：《〈罗摩衍那〉传记在藏族地区的流行和发展》，《青海社会科学》1982年第1期。

〔德〕马克思：《摩尔根〈古代社会〉一书摘要》，中国科学院历史研究所翻译组译，人民出版社1965年版。

《马克思恩格斯选集》第一卷，人民出版社1972年版。

《马克思恩格斯选集》第二卷，人民出版社1972年版。

《马克思恩格斯选集》第三卷，人民出版社1972年版。

《马克思恩格斯全集》，人民出版社1979年版。

《马克思恩格斯论艺术》2，中国社会科学出版社1982年版。

《马克思恩格斯论艺术》4，中国社会科学出版社1982年版。

〔德〕马克思：《1844年经济学哲学手稿》，人民出版社2014年版。

（清）马瑞辰：《毛诗传笺通释》，中华书局1989年版。

〔美〕T. R. 马特兰：《作为艺术的宗教——一种阐释》，李军、张总译，今日中国出版社1992年版。

马学良、恰白·次旦平措、佟锦华主编：《藏族文学史》下册，四川民族出版社1994年版。

麦波：《藏族历代文选》（藏文），民族出版社2006年版。

曼秀·仁青道吉：《十一世纪的格萨尔：试论格萨尔史诗的成型》，《西藏艺术研究》2001年第4期。

曼秀·仁青道吉：《远古的〈格萨尔〉：试论〈格萨尔〉的原始"素材"》，《西藏研究》2007年第4期。

毛巧晖、王宪昭、郭翠潇：《马克思、恩格斯、列宁、斯大林论民族民间文学》，中国社会科学出版社2013年版。

毛巧晖：《民间文学的时代性及其当下意义——编〈马克思恩格斯列宁斯大林论民族民间文学〉之体会》，《民族文学研究》2018年第2期。

毛泽东：《中国共产党在民族战争中的地位》，《毛泽东集》第六卷，中国共产党研究小组刊印，一山图书供应1976年版。

（明）门拉顿珠、罗秉芬：《西藏佛教彩绘彩塑艺术——〈如来佛身量明析宝论〉和〈彩绘工序明鉴〉》，中国藏学出版社1997年版。

（清）米旁·格列南杰：《诗镜注》（藏文），青海民族出版社1957年版。

牟宗三：《历史哲学》，台北：台湾学生书局1984年版。

[英]安吉拉·默克罗比：《后现代主义与大众文化》，田晓菲译，中央编译出版社2001年版。

木尔盖·桑旦：《罗摩衍那》（藏文），四川民族出版社1982年版。

格雷戈里·纳吉：《荷马诸问题》，巴莫曲布嫫译，广西师范大学出版社2008年版。

尼玛才让：《藏语书面语发展历史研究》，西北民族大学硕士论文，2010年。

诺布旺丹：《〈格萨尔〉伏藏文本中的"智态化"叙事模式——丹增扎巴文本解析》，《西藏研究》2009年第6期。

诺布旺丹：《格萨尔神秘的传承人（之二）神奇的圆光显像》，《今日民航》2009 年第 10 期。

诺布旺丹：《艺人、文本和语境——〈格萨尔〉的话语形态分析》，《民族文学研究》2013 年第 3 期。

诺布旺丹：《艺人、文本和语境——文化批评视野下的格萨尔史诗传统》，青海人民出版社 2014 年版。

诺布旺丹：《〈格萨尔〉史诗的集体记忆及其现代性阐释》，《西北民族研究》2017 年第 3 期。

Orientations Magazine Limited：《西藏艺术：1981—1997 年 ORIENTATIONS 文萃》，熊文彬译，文物出版社 2012 年版。

潘运告、熊志庭、刘诚淮、金五德：《宋人画评》，湖南美术出版社 2010 年版。

（清）皮锡瑞：《经学历史》，中华书局 2004 年版。

恰白·次旦平措、曹晓燕：《谈谈与〈仓央嘉措情歌〉有关的几个历史事实》，《西藏民族大学学报》（哲学社会科学版）1990 年第 4 期。

恰贝·次旦平措：《萨班·衮噶坚赞全集》（藏文），西藏藏文古籍出版社 1992 年版。

（明）钱谦益：《赖古堂文选序》，《牧斋有学集》，收录《钱牧斋全集》，上海古籍出版社 2003 年版。

热贡·多吉卡：《略谈修辞学之核心即 srog》（藏文），《西藏研究》1992 年第 2 期。

仁欠卓玛：《探析印度史诗〈罗摩衍那〉在藏族传统文学中的价值》，《西藏艺术研究》2015 年第 2 期。

仁欠卓玛：《藏族传统修辞理论〈诗镜〉中的罗摩故事研究》，《西藏大学学报》2017 年第 3 期。

仁增：《浅析〈诗镜〉中诗的概念》，《青海民族学院学报》2006

年第 1 期。

日琼仁颇且·甲拜衮桑着，蔡景峰翻译：《西藏医学》，西藏人民出版社 1986 年版。

［瑞］荣格：《心理学与文学》，冯川、苏克译，三联书店 1987 年版。

荣立宇：《仓央嘉措诗歌翻译与传播研究》，南开大学博士论文，2013 年。

萨班·贡嘎坚赞：《智者入门》（藏文），民族出版社 1981 年版。

萨尔吉：《藏文字母起源的再思考》，《西北民族大学学报》2010 年第 2 期。

桑本太：《藏族文化通论》（藏文），青海民族出版社 2004 年版。

（唐）沙门一行阿阇梨记：《大毘卢遮那成佛经疏卷第四、五》，大正新修大藏经第三十九册 No.1796《大毘卢遮那成佛经疏》CBETA 电子佛典 V1.27 普及版。

石凤珍：《文艺"民族形式"论争研究》，中华书局 2007 年版。

［法］石泰安：《西藏的文明》，耿昇译，西藏社会科学院西藏学汉文文献编辑室编印 1985 年版。

［法］石泰安：《西藏史诗与说唱艺人研究》，耿昇译，西藏人民出版社 1993 年版。

［美］玛莉塔·史特肯（Marita Sturken）和［美］莉莎·卡莱特（Lisa Cartwright）著：《观看的实践：给所有影像时代的视觉文化导论》，陈品秀、吴莉君译，台北：脸谱出版 2013 年版。

树林：《中国当代〈诗镜论〉研究述评》，《民族文学研究》2018 年第 2 期。

［美］兰道夫·斯达恩：《在文艺复兴君候的房间里看文化》，载林·亨特编，姜进译，《新文化史》，华东师范大学出版社 2011 年版。

[苏] 斯大林:《马克思主义和民族问题》,人民出版社1956年版。

孙晶:《印度六派哲学》,中国社会科学出版社2015年版。

索南卓玛:《国内外研究〈格萨尔〉状况概述》,《西藏研究》2006年第3期。

索朗班觉、赵康:《诗学概要明镜——〈诗镜〉简介》,《西藏研究》1983年第1期。

[瑞士] 费尔迪南·德·索绪尔:《普通语言学教程》,刘丽译,陈力译校,中国社会科学出版社2009年版。

谈士杰:《〈仓央嘉措情歌〉翻译出版与研究概况述评》,《民族文学研究》1989年第2期。

汤晓青:《多元文化格局中的民族文学研究——中国社会科学院民族文学研究所建所30周年论文集》,中国社会科学出版社2010年版。

陶立璠:《民族民间文学理论基础》,中央民族大学出版社1990年版。

佟德富、班班多杰:《略论古代藏族的宇宙观念》,《思想战线》1984年第6期。

佟锦华:《中国少数民族文库·藏族古典文学》,吉林教育出版社1989年版。

[美] 罗伊·瓦格纳:《自我意识的科学》,载[美] 伊万·布莱迪编《人类学诗学》,徐鲁亚等译,中国人民大学出版社2010年版。

汪娟:《当代少数民族文学批评何去何从》,《文艺报》2012年02月06日第6版。

[英] 奥斯卡·王尔德:《王尔德全集·书信卷》,鲁伯特·哈特·戴维斯编,中国文学出版社2000年版。

王林生:《图像与观者——论约翰·伯格的艺术理论及意义》,中国文联出版社 2015 年版。

王林生：《图像观看批评范式的历史性出场及其理论构成》，《内蒙古社会科学》（汉文版）2015 年第 5 期。

王晓易：《在羌塘草原，邂逅最神秘的格萨尔说唱传人》，《第一财经日报》2018 年 5 月 31 日。

王沂暖：《〈诗镜论〉简介》，《青海民族学院》1978 年第 4 期。

王沂暖、唐景福：《藏族文学史略》七，《西北民族大学学报》（哲学社会科学版）1984 年第 1 期。

王佑夫：《中国古代民族文论概述》，中央民族大学出版社 1992 年版。

王佑夫：《中国古代民族诗学初探》，民族出版社 2002 年版。

旺秋：《在漂泊的生活中——介绍〈格萨尔〉说唱艺人桑珠》，赵秉理主编，《格萨尔学集成》，甘肃民族出版社 1990 年版。

［意］维科：《新科学》，朱光潜译，人民文学出版社 1986 年版。

［德］马克斯·韦伯：《宗教社会学·宗教与社会》，康乐等译，广西师范大学出版社 2011 年版。

［比］魏查理、罗文华：《〈造像量度经〉研究综述》，《故宫博物院院刊》2004 年第 2 期。

巫鸿：《图像的转译与美术的释读》，《大艺术》2012 年第 1 期。

乌·纳钦：《史诗演述的常态与非常态：作为语境的前事件及其阐析》，《民族艺术》2018 年第 5 期。

吴重阳：《中国当代民族文学概观》，中央民族学院出版社 1986 年版。

吴重阳：《中国少数民族现当代文学研究》，中央民族学院出版社 2013 年版。

吴国盛：《时间的观念》，中国社会科学出版社 1996 年版。

吴健礼：《浅议"仲、德乌、苯"在古代吐蕃社会中的作用》，《西藏研究》1997 年第 3 期。

吴琼：《视觉性与视觉文化——视觉文化研究的谱系》，吴琼编《视觉文化的奇观》，中国人民大学出版社 2005 年版。

（清）五世达赖喇嘛：《西藏王臣记》（藏文），民族出版社 1980 年版。

（清）五世达赖喇嘛：《西藏王臣记》，郭和卿译，民族出版社 1983 年版。

西合道口述，吕霞整理：《美善唐卡：唐卡大师西合道口述史》，中国编译出版社 2010 年版。

习近平：《在纪念毛泽东同志诞辰 120 周年座谈会上的讲话，《人民日报》2013 年 12 月 27 日第 2 版。

习近平：《习近平在中共中央政治局第十二次集体学习时强调 建设社会主义文化强国 着力提高国家文化软实力》，《人民日报》2014 年 1 月 1 日。

《习近平在纪念孔子诞辰 2565 周年国际学术研讨会暨国际儒学联合会第五届会员大会开幕会上强调 从延续民族文化血脉中开拓前进 推进各种文明交流交融互鉴》，《人民日报》2014 年 9 月 25 日第 1 版。

习近平：《在文艺工作座谈会上的讲话》，《人民日报》2015 年 10 月 15 日第 2 版。

习近平：《在哲学社会科学工作座谈会上的讲话》，《人民日报》2016 年 5 月 19 日第 2 版。

习近平：《在中国文联十大、中国作协九大开幕式上的讲话》，《人民日报》2016 年 12 月 1 日第 2 版。

《习近平谈中华优秀传统文化：善于继承才能善于创新》，"人民网·理论频道"，2017 年 2 月 13 日。

习近平：《决胜全面建成小康社会 夺取新时代中国特色社会主义

伟大胜利——在中国共产党第十九次全国代表大会上的报告》，《人民日报》2017年10月28日第1—5版。

习近平：《在第十三届全国人民代表大会第一次会议上的讲话》，《人民日报》2018年3月21日第2版。

喜饶嘉措：《喜饶嘉措文集》（藏文），青海民族出版社2013年版。

夏玉·平措次仁：《西藏文化概论》（藏文），西藏人民出版社2006年版。

（明）象雄·曲旺扎巴：《罗摩衍那》（藏文），四川民族出版社1981年版。

谢继胜、熊文彬、罗文华、廖旸：《藏传佛教艺术发展史》，上海书画出版社2010年版。

（清）熊赐履：《学统》卷五十三，赵尚辅，《湖北丛书》，三余草堂刊本1891年版。

熊文彬：《西藏艺术》，五洲传播出版社2002年版。

熊文彬、一西平措：《〈白琉璃〉造像量度画本》，《中国藏学》2010年第S1期。

徐斌：《格萨尔史诗说唱仪式的文化背景分析》，《西南民族大学学报》（人文社科版）2006年第8期。

徐岱：《当代中国文论的"文化失语症"——兼论文学批评的话语形态》，《东方丛刊》，1996年。

徐国琼：《藏族史诗〈格萨尔王传〉》，赵秉理主编，《格萨尔学集成》，甘肃民族出版社1990年版。

徐国琼：《〈格萨尔〉考察纪实》，云南人民出版社1993年版。

徐其超、罗布江村：《族群记忆与多元创造》，四川民族出版社2001年版。

徐其超：《论藏文〈诗镜〉生命美学意蕴》，《西南民族大学学报》（人文社科版）2010年第12期。

徐世芳：《略谈对藏族文化、传统及藏族传统文化的认识》，《西藏研究》2004年第3期。

许列民：《从Exegesis到Hermeneutics——基督宗教诠释理论的螺旋式发展》，《基督教思想评论》，上海人民出版社2005年版。

（汉）许慎撰，徐铉增释：《说文解字·卷三上》，"文渊阁四库全书电子版"，上海人民出版社1999年版。

颜芳：《中苏文艺理论中的"民族形式"辨析》，《中外文化与文论》2015年第2期。

闫雪：《〈造像量度经〉对勘与相关问题之探讨》，首都师范大学硕士论文，2009年。

央吉卓玛：《幻境中成就永恒——〈格萨尔王传〉史诗歌手研究》，青海师范大学硕士论文，2011年。

央吉卓玛：《〈格萨尔王传〉史诗歌手展演的仪式及信仰》，《青海社会科学》2011年第2期。

杨伯峻：《春秋左传注》，台湾复文图书出版社1991年版。

杨恩洪：《〈格萨尔〉艺人论析》，《民族文学研究》1988年第4期。

杨恩洪：《国外〈格萨尔〉研究综述》，《〈格萨尔史诗〉论著文摘1》，四川省《格萨尔》工作领导小组办公室编（内部资料），1989年。

杨恩洪：《寻访年轻一代〈格萨尔〉说唱艺人》，《中国西藏》2008年第3期。

杨恩洪：《〈格萨尔王传〉的说唱艺人》，《中国民族报》2015年8月4日。

杨恩洪：《民间诗神：格萨尔艺人研究》，中国社会科学出版社2017年版。

杨辉麟：《西藏的艺术》，青海人民出版社2008年版。

杨慧林：《圣言·人言——神学诠释学》，上海译文出版社2002

年版。

杨杰宏：《音像记录者在场对史诗演述语境影响》，《民族艺术》2018年第5期。

杨兰、刘洋：《记忆与认同：苗族史诗〈亚鲁王〉历史记忆功能研究》，《贵州大学学报》（社会科学版）2018年第4期。

姚新勇：《对当代民族文学批评的批评》，《文艺争鸣》2003年第5期。

姚新勇、刘亚娟：《少数民族文论的困境与中国文论"失语症"连带》，《文艺理论研究》2017年第1期。

意娜：《藏族美学名著〈诗镜〉解读》，《当代文坛》2006年第1期。

意娜：《通往佛陀之城——从藏密曼荼罗（坛城）艺术看藏族艺术精神》，博士毕业论文，2008年。

意娜：《仓央嘉措：你念，或者不念》，《中国经营报》2011年12月2日。

意娜：《看与被看：唐卡的视觉文化分析》，《当代文坛》2013年第6期。

意娜：《论当代〈格萨尔〉研究的局限与超越》，《西北民族研究》2017年第3期。

意娜：《〈诗镜〉文本的注释传统与文学意义》，《文学遗产》2019年第5期。

益邛：《竹庆寺格萨尔藏戏》，《甘孜日报》2019年7月26日。

尹虎彬：《作为口头传统的中国史诗与面向21世纪的史诗研究》，《人类学高级论坛》，2002年。

尹虎彬：《口头传统史诗的内涵和特征》，《河南教育学院学报》（哲学社会科学版）2009年第3期。

尹虎彬：《口头传统的跨文化与多学科研究刍议》，《比较文学与世界文学》2012 年第 2 期。

尤巴坚、俄克巴：《诗镜注》（藏文），青海民族出版社 2004 年版。

于乃昌：《中国少数民族文艺理论概览》，《云南民族大学学报》（哲学社会科学版）1999 年第 5 期。

余永红：《陇南白马藏族美术文化研究》，中国社会科学出版社 2016 年版。

袁济喜：《从刘勰与梁启超的文学趣味论审视当代中国文化》，《文心雕龙研究》第九辑，2009 年。

袁盛勇：《民族—现代性："民族形式"论争中延安文学观念的现代性呈现》，《文艺理论研究》2005 年第 4 期。

袁晓文、刘俊波：《川西高原上的〈格萨尔〉说唱艺人》，《西藏人文地理》2011 年第 11 期。

《藏汉大词典》编写组：《藏汉历算学词典》，四川民族出版社 1995 年版。

曾军：《观看的文化分析》，山东文艺出版社 2008 年版。

曾军：《转向听觉文化》，《文化研究》2018 年第 1 期。

扎布：《藏族文学史》，青海民族出版社 2002 年版。

扎拉嘎：《民间文学的范畴与马克思两种艺术生产的思想——兼与毛星同志商榷》，《民族文学研究》1985 年第 2 期。

扎拉嘎：《马克思主义文艺学与民族学原理的结合——关于民族文学理论研究的思考》，《民族文学研究》1989 年第 5 期。

扎西东珠：《〈格萨尔〉与民间艺术关系研究述评》，《西藏民族学院学报》（哲学社会科学版）2003 年第 2 期。

扎西东珠：《藏族口传文化传统与〈格萨尔〉的口头程式》，《民族文学研究》2009 年第 2 期。

扎雅·诺丹西绕：《西藏宗教艺术》，谢继胜译，西藏人民出版社 1989 年版。

张宝玺:《安西发现密教坛场遗址》,《敦煌研究》2005年第5期。

张岱年:《中国文化的基本精神》,《党的文献》2006年第1期。

张法:《一种新的艺术史写作模式》,《文艺争鸣》2010年第6期。

张凤翮:《藏文修辞学中的"比喻"方法》,《西北民族大学学报》(哲学社会科学版)1987年第2期。

张江:《强制阐释论》,《文学评论》2014年第6期。

张江:《强制阐释论》,《文艺争鸣》2014年第12期。

张立文、周素丽:《回到孔子那里去寻找智慧》,《人民论坛》2014年第9期。

张少康:《中国历代文论精选》,北京大学出版社2003年版。

张武军:《"马克思主义中国化"与文艺界"民族形式"运动——兼及对中国当下文艺问题的启示》,《求索》2009年第1期。

张亚莎:《西藏美术史》,中央民族大学出版社2006年版。

张永刚:《构建当代少数民族文学研究的理论话语》,《曲靖师范学院学报》2018年第5期。

赵敦华:《为普遍主义辩护——兼评中国文化特殊主义思潮》,《学术月刊》2007年第5期。

赵康:《〈诗镜〉及其在藏族诗学中的影响》,《西藏研究》1983年第3期。

赵康:《论五世达赖的诗学著作〈诗镜释难妙音欢歌〉》,《西藏研究》1986年第3期。

赵康:《康珠·丹增却吉尼玛及其〈妙音语之游戏海〉》,《西藏研究》1987年第3期。

赵康:《对〈诗镜〉关于作品内容与形式的论述做出原则性发展的不是米滂》,《西藏研究》1989年第4期。

赵康:《八种〈诗镜〉藏文译本考略》,《西藏研究》1997年第2期。

赵康：《〈诗镜〉四体合璧》，中国藏学出版社2014年版。

赵永红：《神奇的藏族文化》，民族出版社2003年版。

赵永红：《走近瓜州藏传密宗特大坛城遗址》，"藏人文化网"，http://www.tibetcul.com/zhuanti/whzt/200808/14071.html，2008年8月11日。

中共中央马克思恩格斯列宁斯大林著作编译局：《马克思恩格斯全集》第一卷，人民出版社1982年版。

中共中央马克思恩格斯列宁斯大林著作编译局：《摩尔和将军：回忆马克思恩格斯》，人民出版社1982年版。

钟敬文：《检读〈中国少数民族文艺理论集成〉》，《民族文学研究》2002年第3期。

中国少数民族古代美学思想资料初编编委会：《中国少数民族古代美学思想资料初编》，四川民族出版社1989年版。

中国作家协会编：《新中国成立60周年少数民族文学作品选·理论评论卷》，作家出版社2009年版。

钟哲：《创新努力不愧于时代的伟大理论》，《中国社会科学报》2017年5月17日。

周爱明：《〈格萨尔〉口头诗学》，中国社会科学院研究生院博士论文，2003年。

周维权：《普宁寺与须弥灵境姊妹建筑群》，《紫禁城》1990年第1期。

周炜：《西藏文化的个性：关于藏族文学艺术的再思考》，中国藏学出版社1997年版。

周锡银、望潮：《藏族原始宗教》，四川人民出版社1999年版。

周忠厚：《马克思恩格斯论宗教与艺术的关系》，《江西师范大学学报》（哲学社会科学版）1991年第2期。

朱光潜：《西方美学史》，人民文学出版社1985年版。

（南宋）朱熹：《论语章句集注·四书五经》，中华书局1985年版。

朱宜初、李子贤：《少数民族民间文学概论》，云南人民出版社1983年版。

庄晶：《仓央嘉措初探》，《中央民族大学学报》（哲学社会科学版）1980年第4期。

卓玛加：《论〈诗镜〉中的"四大事"》（藏文），青海师范大学硕士学位论文，2011年。

（清）尊巴·崔称仁青：《五明概论》（藏文），民族出版社2006年版。

索　引

《白琉璃》　314，317，318，321，329

本土化　22，42，68，109，115，166，219，223，228，326

仓央嘉措　4，47，82，83，145，200

阐释　3，4，11，21，22，24，25，33—36，39，41，42，45，47，58，67，69，72，78，82，91，93，98—101，106，120，122，124，134，136，140，146，149，159，162，164，166，167，170，171，178，184，186—188，191，198，200，208，211，213—215，217，222，229，241，245，246，250，267，286，290，292，304，311，313，314，381

传播　6，7，11，16，22—24，34，37，43，46，47，70，73，74，76，79，80，83，85，94，96，104，108，109，123，128，143，144，148，165，180，181，185，188，196，201，214，227，235，241，243，252，253，259，260，269—271，286，291，293—295，307—309，316，324，325，328，335，338，358，372，378

传述　23，73，79，80，82，83，85，86，199，235

程式　22，23，68—70，74，81，85，90，91，94，98，100，152，153，175，233—235，238，242，268，275，

310，311，322，323

大小五明　19，46，47，122—124，132，174，382

大藏经　22，47，48，129，159，162，183，223，227，229，249，290，314，317，326，332，381

丹珠尔　22，47，129，159，162，223，227，314，326，381

地方性知识　11，24，36，39，87，270

第司·桑杰嘉措　47，318

多元一体　5，16，17，19，36

范式　20，23，24，37，39，40，43，66—68，70，76，84，85，90，92—94，98，101，108，110，117，122，132，133，135，193，196，197，201，252，253，258，268—270，292，295—299，307，381，382

翻译　6，21，27，34，35，42，47，58，59，66，75，76，80，83，104，106，137，138，148，149，157—159，161，163，166，170，171，178—184，188—202，204，205，207，209，212—215，219—222，229，239，241，256，259，260，264，270，299，303，315，316，326，355，364，376

非物质文化遗产　24，48，61，70，87，111，143，252，253，265，270，295，297，298，301

风格论　42，160，166，167，187

复调　4，38，39，381

格萨尔　10，20，21，23，24，43，47，48，74，77，78，81，86，87，92，95，97，117，118，124，129，152，157，158，225—241，243—272，323，378—381

构成物　34，35，59

观看　45，46，146，149，159，213，233，240，275—280，286，287，289，290，292—297，299，301—309，312，369，379

功能　6，11，21，54，58，61，66，69，73，78，90，

索 引 / 427

96，107，117，120，123，126，133，136，145，149，151，180，200，211，213，216，226，236，246—249，265，285，286，313，324，331，347

互文性 21，22，42，90，215，223，224，227，229，326

集体记忆 11，16，39，78，80，226，246，250，379

集体无意识 9，39，351

间性 19，25，33，35，37，39，41，49，73，76，100，178，201，202，223，224，280，286，290，381

接受 22，45，70，88，90，91，93，104，111，122，157，227，233，235，241—245，264，268，269，280，307，327，328，344，368，378

经典化 22，23，42，43，76，78，178—181，184—188，211，215，217，221，223，228，326

居米庞 47，163，164，184，189，206，208，225，319，320

掘藏 43，77，81，246，266，269

口头传统 3，23，41，43，48，54，64，65，68—70，73—92，95，96，98—101，123，152，223，226，228，231，233，234，241—243，268，295，310，322，323，329，330，379

口头诗学 3，39，41，43，68—70，72，89—101，105，225—227，233，235，241，242，245，249，379

历史流传物 23，24，33—36，39，42，45，75，148，178—180，185—187，204，214，215，217，221，301，303，323，356

量度规则 22，152，275，313，314，317，322，323，326，382

量度经 21，48，152，176，223，229，313—317，319，320，322—327，329

流传 4，11，21，34，35，

42，73，75，76，79，83，85，86，89，173，180—182，185，240，247，255，256，270，271

曼荼罗　45，127，128，147，275，331—334，336—354，362，363，366—375，380

眉眼之神　149，281，284，305，379

凝视　45，149，277—279，281—286，288，289，292，305，306，309，379

萨迦班智达　46，126，161，175，184，193，204，218

三经一疏　48，152，223，229，314—317，320，326

神授　43，77，81，236，237，266，269，329

生命哲学　24—26，28—30，39，377，378

时轮　22，345

《诗镜》　21—23，41，42，46，47，106，148，149，152，157—195，197—201，203—205，207—209，212，213，215，216，218—223，229，310，315，323，324，378

诗镜学统　21，42，106，148，207，215，222，223

视觉文化　44，45，108，109，144，260，264，277—279，291，295，296，299，301，302，305—311，325，330，382

双跨性　21，42，215，222—224，227，326，381

坛城　45，125，126，152，275，314，318，319，323，325，326，329，331—334，342，343，345—348，362，367—375，378，380，381

唐卡　20，21，45，47，77，95，125，127，129，130，143，144，149，150，237，238，240，249，276—279，281—284，286—297，301，302，305，306，309，311，313，325，329，332，336—340，367，368，378，379

味　57，147，152，153，327

未定性　21，22，42，147，216，218，223，224，227，230，326，379，380

文本　10，21—23，34，35，

38，39，41—43，68—70，74，76，81，82，84，89—92，94—96，98—100，144，145，148，149，178—181，184—188，193，196，198，201，204，210，212—214，216，218，219，222，223，226—228，233，235—237，242，243，245，258，261—263，266，268—272，286，294，296—298，302，305，307，325，326，381

文本化　34，35

文化符号　6，333，350，352，354，356，367，375，380

文化基因　3—8，11，12，14—16，19，22，24—29，361，377

文化认同　45，292—294

文化生态　4，11，17，18，36，37，87，97，109，133

问题意识　4，93，107—109，253，265，268，269，320

《五明概论》　48，122，123

香巴拉　24

语境　1，3，4，19，21，23，24，26，38，43，49，55，56，61，71，78，80，82，84，85，90—93，95，96，101，108，112，135，137，144—147，179，180，183，186，187，192，193，196，202，204，208，211，215，221，223，228，229，235—237，247，248，265，266，268，269，294，301—303，325，326，378，379

宇宙观念　221，362

圆光　43，77，81，236，240，263，266，269

原型　8—10，39，59，137，150，165，227，231，281，333，351—353，356，361，367，371，380，381

藏戏　20，45，127，175，176，184，229，230，241，250，378

藏族美学　19，21，22，29，37，38，40，41，46，48，57，122，124，137，157，173，311，329，377，382

主体间性　25，33，39，223，224，290，381

注释传统　78，148，149，

157，178，184，203—205，
208—211，213，215，218，
219，222，227，326

转化 5，24，26，34，35，

40，50，80，94，110，149，
187，213，222，252，267，
295，299，300，313，373

宗教化 22，41，42，326

后　　记

　　本书的选题从开始思考到如今成书，前后也已经十几年。

　　"西藏"这个词带有的精神幻象特征，几百年来从未消散。正如前言中所述的观感，这些已经积累和呈现的优秀成果一方面提供了优质的资料索引，也要求我们必须加紧努力，迎头赶上，打破种种谬论，形成具有藏族诗学美学自身特征的深入研究和成果。

　　大量的基础工作是在硕士、博士和博士后论文写作时期完成的，而后又借助国家社科基金项目和国家万人计划的资助，得以展开"藏族美学与文艺理论史"这个宏大课题的节点性探索和理论准备。

　　尤其是在哈佛燕京学社为期一年的访问学习，这本书稿中大部分的文字完成于这期间，大量的阅读、跨学科讨论和思考也使我得以将过去细节和片段性的思路全部铺展和重新整理，对过去模糊的理想有了一条相对清晰的路径勾勒。纳吉在主持我在哈佛的讲座时说：引入类型学（typology）的方法，使我们能够将过去认为不相干的结构拿来做比较，也让我们重新思考古希腊诗人西摩罗得斯（Simonides of Ceos）所说的，"绘画是无声的诗歌，诗歌是说话的绘画"。过去自然而然人为对介质的高下判断，尤其是在书写盛行的社会，以及无声电影朝向有声电影的发展过程之后，常常让我们忽略了在不同文化发展历史上所有介质同样重要地共同发生着作用。事实上，宋朝画论家赵孟溁也说过一模一样的话：诗为有声之画，画为无声之诗。中西古代美学的这种默契给了我莫大的信心。

宏大的考量之下，这本书像这条思路之河中横断面的切片，既是对上一个阶段思考的总结和提炼，也是对自己破题思路的坦诚检视。

这本书中的一部分内容和片段，在漫长的准备过程中，曾经作为当时阶段性的思考，发表在各种学术期刊上，上编中包含了《马克思主义少数民族文艺学的新发展》《新时代民族文艺理论建设的五重进路》《论口头诗学对传统文学理论的超越》中节选的部分内容；中编中包含了《〈诗镜〉文本的注释传统与文学意义》《论当代〈格萨尔〉研究的局限与超越》中节选的部分内容；下编中包含了《藏族传统艺术美学的视觉技艺形态与规则程式》《看与被看：唐卡的视觉文化分析》《藏密坛城（曼荼罗）的文化符号意义》《曼荼罗（坛城）的现代宗教哲学与心理学阐释》《藏密曼荼罗的分类、表相与质料》中节选的部分内容。

话语丛集的时代，我们还要立些什么吗？

从十几年前题目的寻找直到现在完成书稿拙作，一路走来，要感谢的人太多，个中点滴又是厚厚一本往事，只能在此一并谢过。